このやさしき大地

THIS TENDER LAND

William Kent Krueger

ウィリアム・ケント・クルーガー

宇佐川晶子訳

早川書房

このやさしき大地

THIS TENDER LAND
by
William Kent Krueger

Translated by
Akiko Usagawa
First published 2022 in Japan by
Hayakawa Publishing, Inc.
This book is published in Japan by
arrangement with
Atria Books
a division of Simon & Schuster, Inc.
through Tuttle-Mori Agency, Inc., Tokyo.

装画／草野 碧
装幀／早川書房デザイン室

ブーピーに、愛をこめて

ミューズよ、わたしに語ってください、あの物語を。

――ホメロス『オデュッセイア』

おもな登場人物

オディ・オバニオン…………………………12歳の少年。語り手
アルバート・オバニオン……………………オディの兄。16歳
モーゼズ（モーズ）・ワシントン…………スー族の少年

セルマ・ブリックマン………………………リンカーン教護院院長
クライド・ブリックマン……………………同副院長。セルマの夫
ハーマン・ヴォルツ…………………………同木工所監督官
ラヴィニア・ストラットン…………………同音楽教師
ヴィンセント・ディマルコ…………………同管理人
コーラ・フロスト……………………………同教師
エマライン（エミー）・フロスト…………コーラの幼い娘

ジャック………………………………………農夫
ホーク・フライズ・
アット・ナイト（フォレスト）…………スー族の男
シスター・イヴ………………………………〈神癒伝道団ギデオンの剣〉伝道者
シド……………………………………………同運営者兼トランペット奏者
メイベス・スコフィールド…………………フーヴァーヴィルに住む少女
ジョン・ケリー………………………………ザ・フラッツでオディらが知り合った少年
ガーティー……………………………………食堂店主
フロ……………………………………………ガーティーの店で働く女性
トルーマン・ウォーターズ（トル）………ヘロー号船長

ジュリア………………………………………オディとアルバートのおば

第一部　神は竜巻

プロローグ

　はじめに天と地を、光と闇を、陸と海とそこに棲息《せいそく》するあらゆる生物を創り、男と女を成し、一休みする前に、神はわたしたちに最後の贈り物をした、とわたしは信じている。そうしたすべての美しきものの崇高なる源をわたしたちが忘れないよう、神は物語を与えたのだ。

　わたしは物語作家だ。ギレアド川の土手に立つスズカケノキの木陰の家に暮らしている。曾孫《ひまご》たちはここへやってくると、わたしのことを年寄り呼ばわりする。「年寄りじゃおもしろくもなんともない」落胆を装って、わたしは言う。「身も蓋もないじゃないか。侮辱だ。わたしは太陽と地球と月と惑星、それにすべての星々と一緒に生まれたんだぞ。わたしという人間を形づくる原子はみな、この世のはじまりからあったんだ」

「嘘だよ、そんなの」曾孫たちは顔をしかめるが、おもしろがっている。

「嘘じゃない。わたしは物語作家なんだ」と、思い出させる。

「じゃ、お話ししてよ」彼らはねだる。

　せきたてられるまでもない。物語はわたしの経験の甘い果実なのだから喜んで分かち合う。

　今から話す出来事はギレアド川の土手ではじまった。中西部育ちの人でも、こうした事柄はおぼえていないかもしれない。一九三二年の夏に起きたことは、それを経験した者たちにとってはきわめて重要なのだが、わたしたちの多くはすでにこの世にない。

　ギレアド川は美しい川で、その両側に並ぶハコヤナギの木々は、わたしが子供の頃すでに老木だった。

　当時、物事は今とは違っていた。今より単純だったわけでも、ましだったわけでもない。ただ、違っていたのだ。旅の仕方も現在とは違っていたし、ミネソタ州フリモント郡の大半の人たちにとって、世界とは、地平線の手前に見える陸地のことだった。人を殺したら、もうそれまでの自分ではいられないことが、わたし同様、彼らにもわからなかっただろう。もしその殺された人が生き返ったら、自分が別人になったように感じることも。わたしはこの目でそういうさまざまな奇《き》蹟《せき》を目の当たりにした。たくさんの英知の断片のなかで人生がわたしに教えてくれたのは、あらゆる可能性に心を解き放て、ということだ。心に思い描くことができるなら、どんなことも不可能ではないのだから。

わたしが今から語ろうとするのは、遠い昔のある夏の物語だ。殺人と誘拐、そして無数の名を持つ悪魔どもに追いかけられる子供たちの物語である。この物語には勇気と臆病が混在している。愛と裏切りもあるだろう。そしてもちろん、希望も。結局のところ、胸にしみる物語というのはみなそういうものではないか？

1

アルバートはそのネズミに名前をつけた。ファリアと。

ファリアは老体で、灰色と白のまだら模様だった。ほとんどいつもといっていいほど、ちっぽけな隔離部屋の端にいて、ぼくが食事の堅パンのくずをすこし部屋の隅に置いてやると、そこめざして壁をちょろちょろ走っていった。夜になると、姿は見えなくても、床の上の藁《わら》の向こう、角のブロックの大きな割れ目から這《は》い出してきて、パンくずをつかんでは、きた道をさわさわと引き返していく音が聞こえた。月がちょうどいい位置にあって、たったひとつの高窓である細い隙間からさしこむ明るい月光が東側の壁の石組みを照らすと、ファリアのすんなりした楕円《だえん》形の身体に光があたって鈍い銀色の被毛がぼんやりと浮かびあがり、細い尻尾が神が後から思いついて追加したかのようにうしろに伸びているのが見えた。

ブリックマン夫婦が仕置き部屋と呼ぶ場所にぼくがはじめてほうりこまれたとき、兄のアルバートも道連れになった。その夜は月が出ていなくて、ちっぽけな隔離部屋はタールみたいに真っ黒けで、土の床にある藁の薄いマットがぼくたちのベッドだった。長方形の大きな錆《さ》びた鉄の扉の下部には、いつも堅パン一個しかのっていない皿を出し入れするための狭い隙間がもうけてあった。ぼくは死ぬほど怯《おび》えた。後年、ローズバッドのスー族、ベニー・ブラックウェルが教えてくれたところによると、リンカーン・インディアン教護院はその昔シブリー駐屯地という軍の前哨基地で、仕置き部屋は独居房として使われていたらしい。当時は戦士たちが入れられていたのだ。アルバートとぼくが入れられたときには、そこに入るのは子供たちだけだった。

当時のぼくはネズミについて何も知らなかった。知っていたのは、町から害獣を退治した『ハーメルンの笛吹き』の物語だけだった。ネズミは不潔な生き物で、何でも食べる、ことによるとぼくたちのことだって食べるかもしれない、と思っていた。四歳年上で、はるかに賢いアルバートは、人びとは理解できないものをこわがる、とぼくに言った。何かがおまえをこわがらせたら、それをもっと知るほうがいいんだ、と。そうすればこわくなくなるわけじゃないが、知っていれば、やみくもにこわがったりしない。だからアルバートはネズミに名前をつけた。名前があれば、それはどこにでもいるネズミではなくなるからだ。なぜファリアなのかとたずねると、『モンテ・クリスト伯』という本からとったのだ、とアルバートは言った。アルバートは本を読むのが好きだった。ぼくはというと、自分で物語をつくるのが好きだった。仕置き部屋に入れられたときはいつもファリアにパンくずをやって、彼にまつわる物語を空想した。教護院の図書室にあったくたびれた『ブリタニカ百科事典』で調べたところ、ネズミは利口で社交的であることがわかった。仕置き部屋に隔離されて過ごした数年とたくさんの夜のあいだに、ぼくはそのちいさな生き物を友だちとして考えるようになった。ファリア。特別なネズミ。はみ出し者の友だち。ブリックマン夫婦の暗い監獄にとらわれた仲間。

あの日、アルバートとぼくは教護院の院長であるミセス・セルマ・ブリックマンに逆らった罰として仕置き部屋に入れられ、はじめての夜を過ごした。アルバートは十二歳、ぼくは八歳だった。ふたりともリンカーン教護院の新入生だった。ニンジンとジャガイモのかけら、緑色のぬるぬるしたものが浮いている、水っぽくて味のないシチューと、すじ肉の塩漬け一切れという夕食のあと、ミセス・ブリックマンは大きな食堂の正面にすわって、子供たち全員に話をした。夕食のあとはたいてい、ミセス・ブリックマンの話があった。彼女が重要だと信じている道徳的な教訓をまじえた話ばかりだった。話がすむと、なにか質問があるかとたずねるのがいつものことだった。ぼくが理解するに至ったところでは、それは、院長と対話する機会があると思わせるための見せかけだった。話のわかる大人と聞き分けのいい子供のあいだに存在しそうな会話というわけだ。その夜、彼女はカメとウサギの競走の話をした。なにか質問はあるかと訊いたので、ぼくは手をあげた。彼女は微笑して、ぼくを指した。

「はい、オディ?」

院長はぼくの名前を知っていた。そのことにぼくは興奮した。ぼくだったら全員の名前などおぼえられっこないと思うぐらいたくさんの子供たちがいるなかで、院長はぼくの名前をおぼえていたのだ。もしかすると、それはぼくたちが新入りだからなのか、それとも、広い部屋を埋め尽くすインディアンの子供たちのなかでぼくたちの顔が一番白いからだろうか。

「ミセス・ブリックマンは、なまけているとろくなことはない、というのがそのお話の大事なところだと言いました」

「そのとおりです、オディ」

「ぼくは、大事なのはゆっくりこつこつ進めば競走に勝つということだと思いました」

「同じことでしょう」院長の声はいかめしかったが、とげとげしくはなかった。まだそのときは。

「お父さんがそのお話を読んでくれたんです、ミセス・ブリックマン。それはイソップの寓話《ぐうわ》のひとつです。お父さんが言ったのは――」

「お父さんが言った？」院長の口調が一変していた。まるで喉にひっかかった魚の骨を吐き出そうともがいているみたいに。「お父さんが言った？」食堂にいる全員に姿がよく見えるように、院長は高い腰掛けにすわっていた。そこからすべりおりて、片側に女子生徒、もう片方の側に男子生徒がすわっている長いテーブルのあいだを、ぼくがアルバートとならんですわっているところへ歩いてきた。静まり返った大きな部屋の古ぼけた床板の上で、彼女のゴム底の踵《かかと》がぎゅっぎゅっと鳴るのが聞こえた。ぼくの隣の少年が、まだ名前を知らない子だったが、雷が落ちる場所から離れようとするかのように、じりじりとぼくから身体を離した。アルバートをちらりと見ると、彼は首を振った。黙っていりゃよかったんだよ、というサインだ。

ミセス・ブリックマンがぼくの目の前に立った。

「お父さんが言った？」

「そ、そうです、マアム」口ごもりながらも、敬意をもって、答えた。

「で、そのお父さんはどこにいるの？」

「し、知っていますよね、ミセス・ブリックマン」

「死んだのよ、そうでしょう。お父さんがお話を読むことはもうないんです。今、あなたが聞いたお話はわたしがしたお話です。だからその意味は、わたしの言うとおりなの。わかった？」

「ぼく——ぼくは——」

「はい、それとも、いいえ？」

院長が身を乗り出した。彼女は痩せぎすで、細い卵形の顔は真珠色だった。目は薔薇《ばら》の生まれたてのトゲみたいな緑色で鋭かった。黒い髪を長く伸ばして、ブラシをあてて猫の毛みたいにふわふわにしていた。タルカムパウダーとほのかなウイスキーのにおいがした。長年にわたってぼくがよく知るようになる香りの混合体だ。

「はい」自分の口から出たとは思えないほどちいさな声で、ぼくは答えた。

「弟は失礼なことを言うつもりじゃなかったんです、マアム」アルバートが言った。

「わたしはあなたに話しかけましたか？」緑の目のトゲが兄に突き刺さった。

「いいえ、マアム」

彼女は背筋を伸ばすと、部屋を見まわした。「他に質問は？」


これで雷雲は遠ざかった、とぼくは思った——そう期待し、祈った。ところがその夜、ミスター・ブリックマンが寮の部屋にやってきて、ぼくとアルバートを呼びだした。彼は長身で痩せていて、教護院の女性たちの多くがハンサムだと言っていたが、ぼくに見えたのは、白目がない黒々した目ばかりで、脚のある蛇を連想させた。

「おまえたちは今夜、他の場所で寝てもらう」彼は言った。「一緒にこい」

仕置き部屋でのその最初の夜、ぼくはほとんど眠れなかった。四月のことで、過疎地である南北両ダコタ州から吹いてくる風はまだ冷たかった。ぼくたちの父さんが死んでから一週間とたっていなかった。母さんはその二年前に世を去っていた。ミネソタには親戚も友だちもなく、ぼくたちを知る人も、気にかける人もいなかった。インディアンのための教護院で白人はぼくたちだけだった。これ以上悪くなりようがないぐらいのどん底状態だった。ぼくはネズミがたてる物音を聞きながら、長く暗い数時間を過ごした。やっと日の光がアルバートと鉄のドアと、顎にひきつけたぼくの膝と、アルバートだけが見ることができ、彼だけが気づかってくれる泣きはらしたぼくの目を照らした。

あの最初の夜から四年がたって、ぼくはまた昨日の夜、仕置き部屋で過ごした。ぼくはすこし成長し、すこし変わった。昔の怯えたオディ・オバニオンは、母さんや父さんのように、とっくに死んでいた。今のぼく、オディは、反抗心の塊だった。

鍵穴で鍵が回る音を聞いたとき、ぼくは藁のマットの上に起きあがった。鉄製のドアがいきおいよく開き、どっと入ってきた朝の光に一瞬、目がくらんだ。

「お仕置きは終わりだ、オディ」

顔形はまだ見えなかったが、声ですぐにわかった。木工所の監督官で男子生徒の指導教官助手を務める年配のドイツ人、ハーマン・ヴォルツだ。戸口に立った彼の身体がぎらつく日差しをつかの間さえぎった。彼は分厚い眼鏡越しにぼくを見おろした。色白で柔和な茫洋《ぼうよう》とした容貌だった。

「院長が会いたがっている。おまえを連れていかねばならん」

ドイツ訛《なま》りがあるので、ヴォルツのwの発音はvに、vはfに聞こえる。だから口から出ると、こう聞こえた。「院長が会いたがっでいる。おまえを連れていがねばならん」

ぼくは立ちあがって薄い毛布を畳み、次に部屋に閉じ込められる子供のために、壁にとりつけられた棒にかけた。どうせその子はまたぼくなのだろうけど。

ヴォルツはぼくが出るとドアを閉めた。「ちゃんと眠れたか？　背中はどうだ？」

仕置き部屋に入れられる前には鞭《むち》で打たれることがしばしばあって、昨夜も例外ではなかった。背中のミミズ腫れが痛かったが、その話をしたところで痛みがなくなるわけではなかった。

「母さんの夢を見たんだ」ぼくは言った。

「そうか」

仕置き部屋はかつて前哨基地の刑務所だった細長い建物の中にあって、ずらりと並ぶ部屋の最後のひとつだった。他の部屋――すべて元は独房――は収納室に変えられていた。ヴォルツとぼくは昔の刑務所の中を抜け、中庭を横切って本部に向かった。赤色砂岩の二階建てのその建物は、シブリー駐屯地の初代総司令官によって植えられた堂々たるニレの木立の中にあった。木々に囲まれているせいで建物は永遠に日陰で、常に暗かった。

「それじゃ、楽しい夢だったんだな？」ヴォルツが言った。

「母さんは川で漕《こ》ぎ舟に乗ってた。ぼくも別の舟に乗ってて、追いついて母さんの顔を見ようとしてた。でもどんなに漕いでも、いつまでたっても追いつけないんだ」

「いい夢じゃなさそうだ」ヴォルツは言った。彼は青いワークシャツの上に清潔なオーバーオールを着ていた。脇にたらした大きな両手には、木工作業でできた切り傷や傷跡がいくつもあった。右手の小指が半分しかないのは、帯ノコの事故によるものだ。陰でヴォルツを四と二分の一本、と呼ぶ子供たちもいたが、ぼくやアルバートはその仲間ではなかった。ドイツ人の木工職人はぼくたちにいつも親切だった。

　ぼくたちは建物に入るとすぐにミセス・ブリックマンの事務室へ向かった。彼女は大きなデスクについていて、その背後には石造りの暖炉があった。アルバートがいるのを見て、ぼくはちょっとびっくりした。気をつけの姿勢をとった兵士みたいに、兄は院長のそばに直立していた。顔にこれといった表情は浮かんでいないが、目がぼくに語りかけてきた。〝気をつけろよ、オディ〟と。

「ご苦労様、ミスター・ヴォルツ」院長は言った。「外で待ってて」

　立ち去ろうとして、ヴォルツがぼくの肩に手を置いた。つかの間のジェスチャーだったが、その意味するところをぼくは察した。

　ミセス・ブリックマンは言った。「あなたのことが気がかりだわ、オディ。リンカーン教護院でのあなたの時間はそろそろ終わりになるんじゃないかと思っているの」

　どういう意味かよくわからなかったが、必ずしも悪いことではないと思った。

　院長は黒い服を着ていた。黒が好みの色らしかった。音楽教師のミス・ストラットンが一度別の教師に言うのを耳にしたことがあるが、それによると、ミセス・

ブリックマンは容姿にコンプレックスがあって、黒を着ると痩せて見えると思っているらしかった。確かに、効果は抜群だった。というのも、院長からぼくが連想するのは、火かき棒の長くて細い柄だったから。黒への執着からある渾名《あだな》が産まれ、ぼくたちみんなは、もちろん院長の耳には絶対に入らないところで、それを使っていた。黒い魔女と。

「わたしが何を言っているのかわかる、オディ？」

「よくわかりません、マアム」

「インディアンでないにもかかわらず、州の孤児院には空きがないからと、保安官があなたとあなたのお兄さんの受け入れをわたしたちに頼んできたのよ。だからわたしたちは善意からあなたがたを受け入れた。でも、あなたのような子供にはもうひとつの選択肢があるのよ、オディ。感化院よ。どういうところか、知っている？」

「はい、マアム」

「そこへ行きたい？」

「いいえ、マアム」

「そうでしょうね。じゃ、オディ、どうするの？」

「何も、マアム」

「何も？」

「そこへやられるようなことは何もしません、マアム」

彼女はデスクの上に両手を重ね、磨きこまれた木に広がる蜘蛛《くも》の巣のように、指を大きく広げた。たった今蠅を一匹捕まえた蜘蛛みたいに、彼女はぼくに笑いかけた。「よろしい、いいでしょう」彼女はアルバートのほうへ顎をしゃくった。「もっとお兄さんを見習わないとね」

「はい、マアム。努力します。ハーモニカを返してもらえますか？」

「あなたにとっては特別なものなのね？」

「そうでもないけど。ただの古いハーモニカです。吹くのが好きなんです。吹いてるとおとなしくしてられるし」

「お父さんからの贈り物、だったわね」

「いいえ、マアム。どこかで拾ったんです。場所ももうおぼえていません」

「それは変ね」院長は言った。「あれはお父さんからの贈り物だとアルバートから聞きましたよ」

「そうですか？」ぼくは肩をすくめた。「特別なものじゃないから、どこで手に入れたかも忘れてました」

彼女はじっとぼくを見てから、言った。「結構」服のポケットから鍵をだして、デスクの抽斗の鍵をあけ、ハーモニカを取り出した。

手を伸ばしたが、彼女はひっこめた。

「オディ？」

「はい、マアム？」

「次にまた悪さをしたら、これはわたしがもらいます。わかった？」

「はい、マアム。わかりました」

ハーモニカを渡すときに、彼女のひょろ長い指がぼくの手に触れた。寮に戻ったら、洗面所の灰汁《あく》石鹸で血が出るまでごしごし手を洗うつもりだった。

2

「感化院だぞ、オディ」アルバートが言った。「院長は本気だった」

「ぼくが法律でも破った？」

「あの女は何でも思い通りにするんだ、オディ」ヴォルツが言った。

「黒い魔女なんかクソくらえだ」

ぼくたちはニレの木陰から出て、だだっぴろい中庭へ向かった。かつてはシブリー駐屯地の練兵場だったところだ。草に覆われた広大な四角い庭の真南には厨房《ちゅう》《ぼう》と食堂があった。残りの建物の大部分はその周辺に間隔をあけて建っている。年少の子供たちのための寮が数棟、洗濯場と管理施設、木工所と大工作業所が折りかさなるように配置されている。すこしひっこんだ位置には年長の子供たちの寮数棟と一般教室があり、こちらのほうが建物としては新しい。このすべてが地元の石切場からとれた赤色砂岩でできていた。これらの向こうには運動場、給水塔、大きな重機やスクールバスのガレージ、倉庫、それに古い営倉がある。敷地全体の北端をギレアド川が流れていた。

晴れて暑い朝だった。屋外作業を割り当てられた男子生徒たちがすでに歩道沿いで雑草を抜いたり刈ったりしていた。バケツとブラシを持って歩道に膝をつき、コンクリートをごしごし洗っている女子生徒たちもいる。あんなふうに歩道を磨く人間がどこにいるだろう？ それが無意味な雑用であることをぼくたちはみんな知っていた。そうやって教護院は女の子たちが完全に無力で、教護院が絶対的支配権を握っていることを思い知らせているのだ。ぼくたちが通りかかると、彼らは作業からちらりと目をあげたが、思い切って話しかけてくる者はひとりもいなかった。ディマルコという不機嫌でだらしのない管理人の監視の目がつねに注がれているせいだ。ぼくの背中にミミズ腫れをつけたのはディマルコだった。リンカーン教護院では男子生徒が鞭をふるわれる必要が生じると、それを行使するのはたいていディマルコだったし、彼は革紐《かわひも》がうなりをあげるのを楽しんでいた。五月下旬のことで、教護院はもう休暇に入っていた。リンカーンの子供たちの多くが夏休みのためにミネソタやダコタ両州やネブラスカや、あるいはもっと遠くの居留地に住む家族のもとへ帰っていた。アルバートやぼくのような身寄りのない子、子供を迎えるには貧しすぎたり離散したりした家の子だけが一年中教護院で暮らしていた。

寮に帰ると、アルバートが背中のミミズ腫れを洗い、ヴォルツがこういう場合のために用意しているマンサクの樹皮から作った軟膏《なんこう》をそっと塗ってくれた。ぼくは顔と手を洗い、三人で食堂へ向かった。入り口の上の石には兵士たちがそこで食事をした当時のまま、メス・ホール（食堂という意味だが、メスにはとりちらかったという意味もある）という文字が彫られていた。子供たち全員に食事をあてがうのが仕事であるミセス・ピータースンが厳しい采配をふるう食堂は、メスにはほど遠かった。大食堂の床はひどくすり減っていたが、常に掃き清められてパンくずひとつ落ちていなかった。食事が終わるごとに、ずらりと並んだテーブルは水と少量の漂白剤で拭かれた。厨房とパン焼き所は厳格な手腕によって切り盛りされていた。まともな食べ物を買うお金が足りないとミセス・ピータースンは不平をこぼしていると聞いたことがあるが、とにかく、彼女はあるものでなんとかやりくりした。だからなのだろう、スープときたら固形物より水分のほうが断然多く、ドブからすくったものみたいな味がしたし、パンはこちこちで重くて、岩を砕くのにだって使えそうだったし（イーストは値がはりすぎるのだと彼女は主張した）、肉はあったとしても、ほとんどがすじだったが、それでも子供たちは全員とにかく一日三食、食べた。

　食堂に足を踏み入れたとき、ハーマン・ヴォルツが言った。「おまえに悪い知らせがあるんだ、オディ。でもいい知らせもある。まず、悪いほうからだ。おまえは今日、ブレッドソーの干し草畑での作業を割り当てられた」

　アルバートを見て、それが本当だとわかった。まったく、悪い知らせだ。仕置き部屋に戻りたくなるほどだった。

「それから、朝食も食べそこなった。だがこれはもうわかってるな」

　朝食は七時きっかりだった。一方ヴォルツは八時までぼくを隔離部屋から解放できなかった。これは彼のせいではなくて、ミセス・ブリックマンの差し金だ。とどめの懲罰。今日は朝食抜き。

　リンカーン教護院の子供にとって、もっともきつい割り当て作業より悪いのがこれだ。いい知らせとは何だろう、とぼくはいぶかしんだ。

　答えはほとんどすぐにわかった。厨房から白いエプロンに白いスカーフを頭に巻いたドナ・ハイ・ホークがあらわれた。手には小麦クリーム（オートミールのような熱いシリアルで、朝食にとる）が山盛りの白い欠けたボウルを持っている。ドナ・ハイ・ホークはぼくと同じ十二歳だった。ネブラスカ出身のウィネベーゴ族だ。二年前にリンカーン教護院にきたときはがりがりに痩せていて、ほとんどしゃべらず、長い髪を二本のおさげにしていた。彼らはおさげ髪を切って、残った髪をシラミとり用の櫛ですいた。新入りの子供の大半がそうであるように、ドナもみすぼらしい服を脱がされ、灯油で全身を洗われ、制服を着せられた。当時のドナはあまり英語が話せなかったし、めったに笑わなかった。リンカーンにきて数年のうちにぼくは、居留地からそのままやってきた子供たちが笑わず、英語を話さないのは珍しくないことを知った。

でも今、ドナははにかみがちではあったが、はっきりとほほえんで、ぼくのためにテーブルにボウルを置いてから、スプーンを取り出した。

「ありがとう、ドナ」ぼくは言った。

「お礼はミスター・ヴォルツに言って。彼がミセス・ピータースンと言い争ったの。おなかがからっぽのまままあなたを働かせるのは犯罪だって、彼女に言ったの」

ヴォルツは笑った。「大工作業所でミセス・ピータースンに新しい麺棒を作る約束をするはめになった」

「ミセス・ブリックマンがこれを知ったら、怒るだろうね」ぼくは言った。

「知らなければ気分を害することもない。食べろ」ヴォルツは言った。「食べ終わったら、おまえをブレッドソーのところへ連れていく」

「ドナ?」厨房から女性の呼ぶ声がした。「ぐずぐずしてるんじゃないよ」

「きみは行ったほうがいい」ヴォルツが忠告した。

少女は謎めいた目でぼくを見てから、厨房に姿を消した。

ヴォルツが言った。「おまえは食べてろ、オディ。わたしはミセス・ピータースンのご機嫌を取ってくる」

ふたりだけになると、アルバートが口を開いた。

「おまえ、いったい何を考えてたんだ? 蛇だなんて?」

ぼくは熱々のシリアルを食べはじめた。「ぼくがやったんじゃないよ」

「そうだな。おまえじゃない。なあいいか、オディ、おまえはリンカーンを出ることに一歩近づいたんだぞ」

「そうひどいことじゃないだろ」

「感化院のほうがましだと思ってるのか?」

「今より悪いはずがないよ」

アルバートは冷たい目でぼくをにらみつけた。「蛇をどこでつかまえた?」

「だからぼくじゃないって」

「おれには本当のことを言っていいんだぞ、オディ。おれはミセス・ブリックマンじゃない」

「彼女の召使いってだけだ」

その一言はアルバートを怒らせた。殴られるかと思ったが、代わりにこう言った。「院長は本気だ」

「本気になってるのは黒い魔女だけさ」蛇が足の上をずるずると這ったときの院長の狂ったようなあわてようを思い出して、ぼくはにやにやした。無害なブラック・レーサー種の蛇だった。あれがいたずらだったのなら、ずいぶん大胆ないたずらだ。犯人が鞭打たれるのは確実なのだから。ぼくだって、実行するかどうか二度は考えたことだろう。あの蛇はただ外から偶然食堂に入ってきただけだと思う。「院長は絶対パンツに漏らしたよ。みんなおもしろがってた」

「だけど鞭でぶたれて、ファリアと夜を過ごしたのはおまえだ。おまけに今日はこれからブレッドソーの畑で働くんだぞ」

「院長のあの顔を見ただけでも価値はあったさ」それは必ずしも本当ではなかった。夕方には蛇のことで犯人にされたのを後悔するのはわかっていた。ディマルコのふるった鞭による背中のミミズ腫れはまだ疼《うず》いていたし、干し草の埃《ほこり》と自分の汗の塩分で傷はいっそうひりひり痛むだろう。でも、アルバートに不安な表情を見せて、したり顔をされたくなかった。

兄はこのとき十六歳だった。リンカーン教護院にきてから背が高くなって、ひょろりとしていた。暗めの赤毛はうしろのほうが逆毛で、常に突っ立っていると いう災難に見舞われており、赤毛の人がたいていそうであるように、ソバカスができやすかった。夏になると、アルバートの顔は発疹《ほっしん》でも出たみたいなまだらになった。容貌に関して、兄は自意識過剰で、自分をへんてこりんだと思っていた。彼はそれを知性で補おうと努力した。アルバートはぼくの知るなかで誰よりも頭がよく、リンカーン教護院が知るなかでも、もっとも頭のよい子供だった。スポーツはいまひとつだったが、頭脳ゆえに一目置かれていた。欠点と言ってもいいぐらい彼は名誉を重んじた。これは遺伝子とは無関係だった。なぜならぼくはアルバートが道徳と称するものなどどうでもいいと思っていたし、ぼくらの父さんは詐欺師みたいな人間だったからだ。だが兄は正しいおこないをすることにかけては、頑として揺らがなかった。というか、彼が正しいと考えたことにかけては。その点が、ぼくはいつも兄とはズレていた。

「今日はどこで働くの？」熱いシリアルを口に運ぶ合間に、ぼくは訊いた。

「コンラッドを手伝って機械の修理だ」

それがアルバートのもうひとつの特徴だった。器用なのだ。他の人間が頭をかかえる技術的問題でも容易にあきらめない気性を持っていた。だから割り当て作業は、リンカーン教護院で施設管理の責任者であるバッド・コンラッドのところへ行くことが多かった。その結果、アルバートはボイラーやポンプ、モーターについて詳しくなった。将来はエンジニアか何かになるだろうとぼくは思った。ぼく自身は、何になりたいかはまだわからなかった。なんであろうと、リンカーン教護院とは縁遠いもの、それだけは確かだった。

ほぼ食べ終わったとき、子供の声が呼びかけてきた。

「オディ！　アルバート！」

ちいさなエミー・フロストが食堂を横切ってぼくたちのほうへ走ってきた。そのうしろに母親がついている。コーラ・フロストはさまざまな家事の技術――料理、裁縫、アイロンがけ、飾りつけ、掃除――を女子生徒に教えるかたわら、男女両方の生徒に読み書きも教えていた。気取りがなくて、すらっとした女性だった。髪は赤味の強い金髪だったが、瞳の色は、今日にいたるまで、はっきり思い出せない。細長い鼻は先端が曲がっていた。若いときに折ってそのままになってしまったのだろうか、とぼくはいつも思っていた。親切で思いやりがあって、男たちが美人と呼ぶタイプではまずなかったが、ぼくにとってのコーラ・フロストは天使に負けないほどきれいだった。いつもぼくは大事な宝石を思うように、彼女のことを思った。美しさは宝石そのものにあるのではなくて、光が宝石を通して輝くことにある。

一方のエミーはかわいかった。漫画の『小さな孤児アニー』そっくりの巻き毛がふさふさしていて、ぼくらはみんなエミーが大好きだった。

「朝食を出してくれたのね、よかったわ」ミセス・フロストは言った。「とても忙しい一日があなたを待ってるのよ」

ぼくはエミーをくすぐろうと手を伸ばした。彼女はきゃっきゃっと笑いながらあとずさった。エミーの母親を見あげて、ぼくは残念な思いで首を振った。「ミスター・ヴォルツから聞かされたんです。これからブレッドソーの干し草畑で働くんです」

「たしかに、ミスター・ブレッドソーのところで働くことになっていたわ。でも、あなたの割り当て作業を変更してもらったの。今日はわたしのところで働いてもらうわ。あなたとアルバートとモーゼズで。うちの庭と果樹園には手入れが必要なのよ。ミスター・ブリックマンがあなたたち三人を使っていいと許可をくれたところなの。朝ご飯をすませたら、みんなで出発よ」

ぼくは急いで残りをのみ込んで、ボウルを厨房へ持っていき、ミスター・ヴォルツに事の次第を説明した。ヴォルツはぼくのあとからテーブルに戻ってきた。

「ブリックマンの気を変えさせたのかね?」ドイツ人はあきらかに感心の体だった。

「睫毛《まつげ》をちょっとぱたぱたさせたら、あの人、フライパンの中のバターみたいに溶けるのよ、ミスター・ヴォルツ」

コーラが美人だったら、確かにそうだったかもしれない。ミスター・ブリックマンをうんと言わせたのは、彼女の善良な心根だったのだと思う。

ヴォルツが言った。「オディ、だからといって、一生懸命働かなくていいというわけじゃないぞ」

「いつも以上によく働くよ」ぼくは約束した。

アルバートが言った。「おれがちゃんと見てる」

食事の時間になると、子供たちは異なるドアから食堂に出入りする。女子は東から、男子は西からだ。その朝、ミセス・フロストは本部からは見えない男子の出入り口からぼくたちを外へ連れ出した。たぶんセルマ・ブリックマンに見つかって、彼女の夫の決断を覆されたくないからだろう。ミスター・ブリックマンはズボンをはいているが、男並みの度胸があるのはその妻のほうなのは周知の事実だった。

ミセス・フロストの運転で、埃だらけのT型フォードのピックアップトラックはギレアド川づたいに教護院から半マイル東にあるリンカーンの町へ向かった。

エミーは助手席にすわっている。アルバートとぼくは無蓋の荷台部分に乗っていた。フリモント郡裁判所のある広場を通過し、野外音楽堂や、南北戦争で第一ミネソタ有志歩兵連隊によって使われた二基の大砲のそばを通りすぎた。広場付近にはたくさんの自動車がとまっていたが、一九三二年のことで、農夫がみな車を持つほどの余裕はなかったから、荷馬車も何台か柱につないであった。ハートマンズ・ベーカリーの前を通ると、イーストの入った、かぶりついても歯が折れない焼きたてパンの匂いがした。シリアルをすでに食べていたのに、香ばしい匂いのせいでまた腹がすいてきた。町の警察署の前で、歩道に立っていた巡査がミセス・フロストに帽子を傾けて挨拶した。巡査はアルバートとぼくをじっと見た。その険しい目つきにミセス・ブリックマンの感化院行きの脅しがよみがえってきた。平気なふりをしていたが、本当は怖くてたまらなかった。

リンカーンの町を過ぎると、周辺の土地はすべて鋤《すき》で耕されていた。ぼくらがたどっている未舗装道路の両側の畑には黒い土から伸びたトウモロコシの列がまっすぐ並んでいた。本で読んだところによれば、かつてこのあたり一帯は大平原で、人の背丈より高い草が生い茂り、その肥沃な黒い土は深さ五十フィートもあったという。西にはバッファロー・リッジが隆起している。これは不毛の低い丘陵の長い連なりで、その向こうにサウス・ダコタがある。ぼくらが向かう東は土地が平坦で、到着するずいぶん前から、ヘクター・ブレッドソーの所有する大きな干し草畑が見えた。

リンカーン・インディアン教護院の男子生徒はブレッドソーや、その地域でただの労働力を求める大半の農夫たちにとっては、格好のカモだった。教護院の〝訓練〟という名目で正当化されるからだ。そこからぼくらが学んだのは、農夫になるぐらいなら死んだほうがましということだけだった。常に過酷でいやな仕事だった——牛舎の糞《ふん》を掃除したり、豚に残飯を与えたり、トウモロコシの雄穂を取り除いたり、シロバナチョウセンアサガオを根元から切ったり、この全部を情け容赦なく照りつける日差しの下でやるのだ。なかでもブレッドソーの干し草作りは最悪だった。朝から晩まで干し草の埃にまみれ、汗水たらして、大きな干し草の俵を積みあげる。無数のノミにくわれているみたいに、全身がむずがゆくなる。一息つけるのは昼食のときだけで、その昼食も普通はぱさぱさのサンドイッチと日差しでぬるくなった水だった。ブレッドソーに割り当てられるのは身体の大きい年かさの子供たちか、ぼくみたいなリンカーン教護院の職員の手を焼かせる問題児だった。年上の少年たちほどたくましくなかったから、ぼくをいじめるのはブレッドソーだけではなかった。他の子供たちもぼくがちゃんと働かないと文句を言った。アルバートがいれば、ぼくをかばってくれるが、アルバートは黒い魔女のお気に入りだから、めったにブレッドソーのところで働くことはなかった。

ミセス・フロストがトラックを乗り入れた畑では、アルファルファが刈り取られて乾かされ、地平線まで続いているかと思うほど遠くまで、きれいに並んでいた。ブレッドソーは干し草を束ねる機械を取りつけたトラクターを運転していた。干し草を熊手で機械に投げこんでいる少年たちもいれば、うしろから追いかけて俵を地面からもちあげ、平床式トラックに積み込んでいる少年たちもいた。運転するのはラルフというブレッドソーの大柄な息子で、父親に負けず劣らずいじわるだった。ミセス・フロストはトラクターの前方にトラックをとめて、ブレッドソーが近づいてくるのを待った。彼がエンジンを切って、運転台からおりてきた。ぼくは教護院の生徒たちをちらりと見た。シャツを脱ぎ、荷運び用のラバみたいに汗をかき、黒い髪は干し草の埃にまみれて金色になっていた。彼らの顔にはある表情が浮かんでいた――数分だけ休めそうだという安堵《あんど》と、アルバートとぼくが一緒に苦しんでいないことへの恨みだ。

「おはよう、ヘクター」ミセス・フロストは快活に言った。「作業は順調に進んでいる？」

「この瞬間まではそうだった」たいていの男は女性の前で帽子を脱ぐものなのに、ブレッドソーは大きな麦わら帽子を脱ごうともしなかった。「何かほしいものでもあるのか？」

「あなたの労働力のひとりをね。ミスター・ブリックマンがわたしに貸してくれると約束したのよ」

「そいつが誰だろうと、ブリックマンは最初におれと約束したんだ」

「そのあと、気が変わったの」

「おれには一言の断りもなかったぞ」

「この畑にいるあなたにどうやって連絡できて？」

「女房に電話できたはずだ」

「しばらく作業を休んで、一緒にあなたの家までいってロザリンドに訊いてみましょうか？」

それにはたっぷり三十分はかかるだろう。俵にぐったりと寄りかかっているリンカーンの生徒たちが、そうなることを期待しているのがわかった。

「それとも、レディとしてのわたしの言葉を信頼する？」

その不快な要請をブレッドソーの脳みそがじっくり検討しているのが目に見えるようだった。ミセス・フロストを嘘つき呼ばわりする気がないなら、降参するしかなかった。彼の黒くしなびたちっぽけな心の中にある一切が降参などするかと激しく抵抗していたが、この女性、この教師、この未亡人の言葉に彼は異議を唱えることができなかった。そのためにどれだけ彼女を憎んでいるかが手に取るようにわかった。


「そいつは誰だ？」彼は問い詰めた。

「モーゼズ・ワシントン」

「なんだと！」今になってブレッドソーは麦わら帽子を脱ぐと、憤懣《ふんまん》やるかたなげに地面にたたきつけた。

「クソ、ここにいる全員の中で一番の働き手だぞ」

「そして今はわたしの働き手のひとりよ」さっきから梱包機械の上に立って干し草を入れている子供に目をやって、彼女は呼びかけた。「モーゼズ、シャツを着て、わたしと一緒にいらっしゃい」

モーズはシャツをつかむと、機械から軽やかに飛びおりた。T型フォードに駆けより、平床に楽々と飛び乗ると、運転台に背中をおしつけてすわっていたアルバートとぼくに合流した。

モーズは手話で〝やあ〟と言い、ぼくは手話で〝ついてたね、モーズ〟と返した。〝おれたちはついてる〟と答えてから、モーズはぼくとアルバートと彼を示す輪を宙に描いた。

ミセス・フロストが言った。「さてと、これで目的のものは手に入ったみたいだわ」

「そうらしいな」ブレッドソーはかがみ込んで帽子を拾いあげた。

「そうそう、ミスター・ブリックマンが一筆書いてくれた許可の手紙があるの」と、彼女はそれをブレッドソーに差し出した。

「はじめっからそれをよこせばよかったんだ」

「わたしの言葉を信じるのと同じぐらい簡単だったわね。それじゃ」

ぼくたちは畑を離れながら、ブレッドソーがふたたびトラクターに乗り込んで乾いたアルファルファの長い列を移動しはじめ、リンカーン教護院の生徒たちがかがみこんでみじめな労働を再開するのを眺めた。

ぼくの隣でモーズが朝の太陽に向かっておおげさな感謝のジェスチャーをし、ふたたび手話で言った。

〝おれたち、ついてる〟

3

コーラ・フロストの所有地はリンカーンから二マイル東、ギレアド川の南の土手に広がっている。古い農家が一軒とちいさなリンゴ園、広大な庭、納屋をはじめ、いくつかの離れがあった。彼女の夫が生きていたときは、夫婦でかなりの広さを耕してトウモロコシを植えていた。彼女とアンドルー・フロストはともにリンカーン教護院で働いていて、ミスター・フロストはぼくらのスポーツのコーチで、みんなミスター・フロストが好きだった。彼はスー族とスコットランド系アイルランド人の血をひいており、すばらしいスポーツマンだった。ペンシルベニア州のカーライル・インディアン・スクールに入学し、ジム・ソープ（オリンピックに出場し、のち野球やアメリカンフットボールでも活躍した。一九五三年没）を個人的に知っていた。十一歳のミスター・フロストがフットボール試合の観客席にいた日、その偉大なスポーツマンが率いるインディアンのチームがハーヴァードのエリートチームを粉砕し、世間に衝撃を与えた。ミスター・フロストは農作業中の事故で亡くなった。荷馬のビッグ・ジョージが引くトラクター用の円板鋤機に乗って、幼いエミーを膝に乗せていた彼は、鋤き返されたばかりの黒土の塊を砕いていた。畑の端まで行ったところで馬の向きを変えようとしたとき、ビッグ・ジョージが柵の境界の草むらにあったスズメバチの巣を踏んだ。驚いた馬は後ろ足で立ちあがるなり、いきなり全速力で走りだした。幼いエミーは父親の膝から跳ねあがって外へ投げ出された。飛び出した娘を抱きとめようとしたアンドルー・フロストは座席から滑って、長さ十八インチの円板鋤機の鋭い歯の通り道に落下し、巻き込まれた。投げ出されたエミーは柵の柱に頭を打ち付け、二日間昏睡状態だった。

一九三二年の夏は、アンドルー・フロストが亡くなって一年だった。彼の未亡人はくじけずに生きていた。耕作に適した土地は別の農夫に貸していたが、それでも手入れの必要な果樹園と庭があった。古い農家は、納屋やその他の離れ同様、常に修繕の必要があった。ときどきモーズとアルバートとぼくは修繕を頼まれたが、ぼくは迷惑だとは思わなかった。エミーをひとりで育てながら、農作業をこなし、さらにリンカーン教護院で教えつづけるのは楽ではないはずだ。ミセス・フロストはやさしかったが、いつも大きな雲の陰にいるような感じで、かつてのような明るい笑顔はどこかへ行ってしまっていた。

家に到着し、ぼくらがトラックの荷台からおりると、彼女はただちにみんなに仕事をふりわけた。ただの親切心から、ぼくやモーズをブレッドソーの干し草畑から解放したわけではなかった。モーズには大鎌を渡して、果樹園の木々の間に高く伸びた雑草を刈るよう指示した。アルバートとぼくは庭のまわりにウサギよけの柵をたてるよう頼まれた。リンカーン教護院の給料ではかつかつの暮らしだったから、彼女にとって庭と果樹園は大切だったのだ。長い冬の間、エミーとふたり分の食料を補うために、彼女は野菜を缶詰にし、果物を砂糖煮にした。ぼくらが働いているあいだ、彼女とエミーは庭で鍬《くわ》をふるった。

「ハーモニカを返してもらえてよかったな」アルバー

トが言った。

　ぼくらは穴をひとつ掘り終え、そこに立てる柵の支柱をぼくがおさえ、アルバートが穴を埋め戻して土をしっかり固めた。

「院長はいつもハーモニカを永遠に自分がもらうといって脅すんだ」

「口先だけの脅しじゃない」

「ハーモニカを取りあげたら、ぼくを脅す材料がなくなるよ。仕置き部屋なんかへっちゃらさ」

「ディマルコにもっと鞭でひっぱたけと命令することだって、院長にはできる。あいつはさぞ喜ぶだろう」

「痛いのはしばらくのあいだだけで、そのうちよくなる」

　アルバートは一度も鞭で打たれたことがなかったから、知らないのだ。ディマルコの鞭打ちは猛烈に痛くて、翌一日はそろそろとしか身体を動かせない。だが、ぼくが言ったのは本当だ。そういう痛みはやがて消える。

「ハーモニカがおまえにとって本当はどれだけ大事かを知ったら、きっとおまえの見ている前でへしおるだろうな」

「だから、知らないほうが身のためさ」ぼくはおどかすように言った。

「おれが告げ口すると思ってるのか？」

「近頃はなにをするかわからないからね」

　アルバートはぼくの胸ぐらをつかんで、引き寄せた。早くもソバカスがいっぱいできていて、その顔はふやけたコーンフレークそっくりだった。

「おまえが感化院行きにならないようにしてるのは、おれだけなんだぞ、このくそったれ」

　アルバートが悪態をつくことはめったになかった。静かな声だったが、ミセス・フロストが聞きつけた。

　彼女は鍬を持ったまま腰を伸ばして、たしなめた。

「アルバート」

　アルバートは乱暴にぼくを押し戻した。「いつかおまえはなにかやらかすぞ、おれが助けてやれないようなことを」

　ぼくには兄がその日を待ち望んでいるように聞こえた。

　ぼくらは昼食のために一休みした。ミセス・フロストがおいしいハムサラダ・サンドイッチとアップルソースとレモネードを出してくれて、みんなでギレアド川の土手の大きなハコヤナギの木の下で一緒に食べた。

モーズが手話を使った。〝この川はどこへ行くんだ?〟

ミセス・フロストが言った。「ミネソタ川に合流して、そのあとミシシッピ川に合流するのよ。ミシシッピ川は千五百マイル先でメキシコ湾に注ぎこむの」

〝長い道のりだ〟、とモーズが手を動かし、低い口笛を吹いた。

「いつか川を下っていくつもりなんだ」アルバートが言った。

「ハック・フィンみたいに?」ミセス・フロストがたずねた。

「マーク・トウェインみたいに。川船で働くつもりなんです」

「その時代はもう過ぎたんじゃないかしら、アルバート」

「みんなでカヌー遊びしてもいい、ママ?」エミーが訊いた。

「作業が終わったらね。泳いでもいいわ」

「なにか吹いてくれる、オディ?」エミーがねだった。

二度頼まれるにはおよばなかった。ぼくはシャツのポケットからちいさなハーモニカをひっぱりだし、手のひらに軽くたたきつけて埃を取り除いた。それから好きな曲のひとつ、『シェナンドー』を吹きはじめた。美しいメロディだが、短調なので、ぼくたちみんながもの悲しい気分になった。ギレアド川の土手で吹いていると、日差しが薄茶色の水にちらつき、ハコヤナギの枝が落とす影がぼくらのまわりでこなごなになった。ミセス・フロストの目に涙が浮かんでいるのを見て、ぼくはこれがミスター・フロストの好きな曲でもあったことに気づき、最後まで吹くことができなかった。

「どうしてやめるの、オディ?」エミーが訊いた。

「残りを忘れちゃったんだ」嘘をついた。そして間を置かずに、もっと元気が出る曲、ラジオで聴いたことのある、レッド・ニコルズ&ヒズ・ファイヴ・ペニーズの演奏する『アイ・ガット・リズム』を吹きはじめた。練習していたが、まだ人前で吹いたことはなかった。すぐにぼくらの気分は上向き、ミセス・フロストがハーモニカに合わせてうたいだしたのにはびっくりした。歌詞があるなんて知らなかったからだ。

「ガーシュウィンね」最後まで吹くと、ミセス・フロストが言った。

「なんですか？」

「ものじゃないわ、オディ。人よ。その歌をつくった人。ジョージ・ガーシュウィンというの」

「知らなかったけど、すごくいい歌ですね」

彼女はほほえんだ。「ええそうね。あなたもなかなかだったわ」

モーズが手を動かすと、エミーが同意のしるしにうなずいた。「天使みたいに上手よ、オディ」

それをしおに、アルバートが立ちあがった。「まだやるべき仕事が残ってるぞ」

「そのとおりね」ミセス・フロストが空になった皿や何かをピクニックバスケットに戻しはじめた。

果樹園の草刈りを終えたあと、モーズはアルバートとぼくのところへきて、ウサギよけの柵作りを手伝ってくれた。それが終わると、ミセス・フロストが約束どおりぼくたちを川へ送り出してくれた。彼女が夕食の支度をしているあいだに、ぼくらは短い自由時間を使って埃や土を川で洗い流した。裸になって、川に飛びこんだ。午後はずっと暑い日差しの下で汗をかいていたから、ギレアド川の冷たい水はまさに天国だった。いくらもしないうちに、エミーが土手から呼びかけてきた。「もうカヌー遊びできる？」

エミーにうしろを向かせ、そのあいだにぼくたちは水からあがって服を着た。それからミスター・フロストがいつも保管していた川縁のちいさな掛け棚《ラック》からアルバートとモーズがカヌーを持ちあげ、ギレアド川に浮かべた。ぼくは二本のパドルをつかんだ。エミーが中央のぼくの隣にすわり、アルバートとモーズは一本ずつパドルを持って、舳先《へさき》と艫《とも》に位置をしめ、ぼくたちは出発した。

ギレアド川は幅がほんの十ヤード、流れは穏やかで安定している。張り出した木々の下をしばらく東へ漕いだ。川も、両岸の土地も、静かだった。

「楽しいね」エミーが言った。「このままずっと行けたらいいのに」

「ミシシッピ川までずっと？」ぼくは言った。

モーズが船縁にパドルをのせて、手を動かした。

〝海までずっとだ〟

アルバートがかぶりを振った。「カヌーじゃ無理だ」

「でも夢を見ることはできるよ」ぼくは言った。

ぼくらは回れ右をして、フロスト農場のある上流へ引き返した。カヌーを川縁のラックにのせ、パドルをその下に仕舞い、農家へ足を向けた。

すると、悪い知らせが待っていた。

4

ブリックマン夫婦の自動車、シルバーのフランクリン・クラブ・セダンに、ぼくら全員が気づいた。わき道の土埃をかぶったそれが、飢えた大きなライオンみたいに小道のまんなかにとまっていた。

「ちっ」アルバートが言った。「まずいことになるぞ」

モーズが手話で言った。〝逃げよう〟

「だけど、ぼくらは今日はここで働いていいって、ミスター・ブリックマンが許可したんだろ」ぼくは逆らった。

アルバートがぐっと口を結んだ。「おれが心配してるのはミスター・ブリックマンじゃない」

彼らはミセス・フロストが客間と呼ぶ、ソファがひとつと花柄模様の布張りの椅子ふたつがあるこぢんまりした居間にすわっていた。ちいさな暖炉の上のマントルピースにはフロスト夫婦がエミーをまんなかにはさんだ額入り写真が置いてあり、三人とも、家族のないぼくらが家族とはこうあるべきだと思うような、幸せそうな表情を浮かべていた。

「ああ、やっとおでましね」黒い魔女が言った。まるでぼくらが十年以上も留守にしていて、帰ってきたのがうれしくてたまらないみたいな口ぶりだった。「ボート遊びは楽しかった？」

アルバートが言った。「エミーが行きたがったんです。彼女をひとりで川遊びさせるわけにはいきませんでした」

「もちろんそうでしょう」ミセス・ブリックマンは同意した。「干し草畑で働くかわりに川で舟遊びをするほうがずっと楽しいもの、ねえ？」と、ぼくに笑いかけた。今にもくちびるの間から先が二つに分かれた舌がのぞくんじゃないかと思った。

「彼らはわたしのために、今日はとても一生懸命働いてくれましたわ」ミセス・フロストが口をはさんだ。

「モーゼズは果樹園の雑草を残らず刈ってくれたし、三人で庭のまわりにウサギよけの柵をたててくれたのよ。彼らなしでは、途方に暮れてしまったでしょう。ありがとう、クライド、今日一日彼らをわたしのほうへ回してくれて」

妻をちらりと見たとたん、ミスター・ブリックマンのゆるんでいた口元が一本の線になった。

「わたしのクライドはなにしろ寛大すぎてね」ミセス・ブリックマンは言った。「厳しく指導する必要がある子供たちを扱うにはふさわしくないわ」アイスティーのグラスを下におろした。「失礼するわ。さもないと、この子たちが夕食を食べそこなうから」

「帰るまえにうちで食事をしてもらうつもりだったのよ」ミセス・フロストは言った。

「とんでもない、それはだめ。教護院でほかの生徒たちと一緒に食べてもらうわ。今夜は映画の夕べだし。見そびれてはかわいそうですもの、ねえ？」黒い魔女は渦巻く黒い煙のように椅子から立ちあがった。「行くわよ、クライド」

「みんな、ありがとう」ミセス・フロストは励ましの笑みを浮かべてぼくたちを送り出した。

「バイバイ、オディ」エミーが言った。「バイバイ、モーズ。バイバイ、アルバート」
兄はミセス・ブリックマンのために車のドアをおさえ、ミスター・ブリックマンがフランクリンの運転席にすわり、ぼくら三人は後部シートに乗った。ミセス・フロストはエミーをかたわらに、小道に立っていた。エミーのちいさな口が心配そうなへの字になっていた。走り去るぼくたちにふたりは悲しげに手を振った。知らない人が見たら、処刑場に向かう別れの挨拶かと思ったことだろう。当たらずとも遠からずだった。

長いこと誰も一言もしゃべらなかった。ミスター・ブリックマンはアクセルを踏みつづけ、車は後方にもうもうたる土埃を巻きあげた。アルバートとモーズとぼくは猛烈な勢いで手話を交わした。

モーズ。〝おれたち、死ぬぞ〟

アルバート。〝おれがなんとかする〟

ぼく。〝ぼくら、黒い魔女の夕食にされちゃうよ〟

「そこのうしろ、いい加減にしなさい」ミセス・ブリックマンが命令した。きっと頭のうしろに目がついているんだ、とぼくは思った。

院に着くと、ミスター・ブリックマンは本部から歩いてすぐのところにある院長の自宅の車道に車を入れた。煉瓦《れんが》造りのこぎれいな二階建てで、美しい芝生と花壇はどちらも生徒たちをこき使うことで維持されている。全員がおりると、ミセス・ブリックマンが朗らかに言った。「ちょうど夕食に間に合ったわ」

食事の時間はきっちり定められている。朝は七時、昼は正午、夜は五時。食事の開始時間に遅れたら、一口も食べられない。いったんみんなが席についたら、誰も食堂に入ることはゆるされないからだ。ぼくは空腹だった。ブレッドソーの干し草畑にいたらもっと重労働になっていただろうが、それでも、ぼくらは結構一生懸命働いていた。黒い魔女の言葉にぼくはいったん元気づいた。彼女はコーラ・フロストにあんなことを言ったが、ぼくらがその晩、夕食にありつけるチャンスは、カスター将軍がリトル・ビッグホーンでスー族をこてんぱんにやっつけたのと同じくらいありそうにないことだと思っていたのだ。

結局のところ、ぼくは正しかった。

「クライド、わたしたちはここで教訓を与える必要があるんじゃないかしら。この子たちの今夜の夕食は抜きでどう」

アルバートが言った。「ぼくのミスだったんです、ミセス・ブリックマン。出発する前に念のために院長にも再確認すべきでした」

「ええ、そうね」彼女はアルバートにほほえみかけた。「でも、それに気づいたのだから、あなたが夕食を食べそこなうことはないでしょう」

アルバートはぼくをちらりと見たが、何も言わなかった。その瞬間、ぼくは兄を憎み、兄に関する今日一日のこまごましたすべてを憎んだ。なんだよ、いい子ぶって、と思った。おまえなんか食べ物を喉に詰まらせちまえばいいんだ。

「あなたたち」ミセス・ブリックマンが言った。「何か言いたいことがあるの?」

モーズがうなずいて、手話をした。〝あんたはクソ女だ〟

「何て言ってるの?」黒い魔女はアルバートに訊いた。

「自分が悪かったと。でもミセス・フロストから干し草畑を離れて一緒にくるように言われたので、先生に逆らうのは失礼だと思った、そう言ってます」

「手話でそれだけのことを全部言ったの?」

「まあだいたい」

「で、あなたは?」彼女はぼくに言った。「何も言うことはないの?」

ぼくは手話を使った。〝あんたが見てないときに、花壇にションベンをひっかけてやる〟

「なんて言ったのか知らないけど、わたしをいらだたせることに決まっているわ。クライド、わたしたちのオディは夕食を食べられないだけじゃないわね。仕置き部屋で一晩過ごしてもらいましょう。モーゼズも一緒に」

アルバートが急いでぼくたちをかばってくれるのを期待したが、彼はその場に立っているだけだった。

ぼくはアルバートに手話で伝えた。〝待ってろよ。おまえが寝ているときに、顔にションベンひっかけてやる〟

彼らはぼくの夕食を取りあげたが、ハーモニカは置いていった。その夜、日が沈んで、他の子供たち全員が映画の夕べのために講堂に集まっていたとき、ぼくは仕置き部屋で自分の好きな曲とモーズの好きな曲をハーモニカで吹いた。歌詞を知っているモーズは音楽に合わせて手を動かした。

　モーズは生まれつき口がきけないのではなかった。四歳のときに舌を切り取られたのだ。誰がやったのか、知る者はいなかった。グラニット・フォールズ近郊の道路側溝に生えた葦《あし》の茂みで、射殺された母親とともに、殴られて意識を失い、舌のない状態で発見されたのだ。これらのひどい所業が何者のしわざなのか、意思疎通の手段を失ったモーズは伝えることができなかった。なにもおぼえていない、といつも彼は言った。しゃべることができていたとしても、彼には自分の家族がわからなかった。父親を知らなかったし、母親のことはただママとしか呼んでいなかったから、彼女の本名も知らなかった。当局は最善を尽くしたと主張したが、モーズが先住民の子供だったことから、地元のスー族に二、三の問い合わせをしただけだった。死んだ女性やその子供を知っている者はいなかった。モーズは四歳でリンカーン教護院の生徒になった。話すことも、名前を書くこともできなかったので、当時の院長――スパークスという男性だった――はまったく新しい名前を彼に与えた。葦の茂みで発見されたからモーゼズ（聖書に出てくるモーセ〔モーゼズは英語読み〕が葦の茂みに捨てられたことから）。名字のワシントンは、たまたまそれがスパークスのお気に入りの大統領だったからだ。モーズは音を発することはできた。気味の悪いしわがれた音だ。でもしゃべることはできなかったため、たいてい、いつも黙っていた。例外は笑うときで、気持ちのいい、まわりまでつりこまれるような笑い声をあげた。

　アルバートとぼくがリンカーン教護院にくる前、モーズは初歩的な手話のようなもので意思疎通をはかっていた。読み書きも勉強していたが、舌がないせいでクラスの討論には参加できなかったし、ほとんどの教師は彼を無視した。教護院に入ったあと、アルバートとぼくは教えられた手話のやりかたをモーズに伝授した。ぼくらの祖母は妊娠中に風疹にかかり、その影響で、ぼくらの母さんは生まれつき耳が聞こえなかった。結婚前は学校教師をしていた祖母は手話を学び、娘に教えた。それが母さんの会話法だったので、ぼくはしゃべれるようになる前から手話ができた。ミセス・フロストはそれを知ると、彼女とその夫にもぜひ教えてほしいと言った。幼いエミーはスポンジみたいに手話を吸収した。いったんモーズと会話できるようになると、ミセス・フロストは彼の個人教師となって、教育の遅れを取り戻すことに努めた。

モーズの魂にはどこか詩的なものがあった。ぼくがハーモニカを吹き、彼が手話を添えるとき、モーズの両手は優雅に空中を舞い、それらの口にされない言葉は、声では与えることのできない繊細な重みと美しさを帯びた。

空から光が消えて仕置き部屋が真の闇に沈む直前、モーズが手を動かした。〝お話をしてくれよ〟

昨日の夜、ファリアだけを友に過ごしたときに考えだした話をぼくはした。こんな話だ。

これはあるハロウィーンの暗い夜、三人の子供に起きた物語なんだ。ひとりの名前はモーゼズ、もうひとりはアルバート、最後のひとりはマーシャルだった(アルバートは物語の登場人物にされてうれしがったためしがないが、モーズは大喜びした。マーシャル・フットはリンカーン教護院にいる、サウス・ダコタ州のクロウ・クリーク居留地からきたスー族の子で、とことん腐りきったやつだった)。マーシャルはいじめっ子だった。あとのふたりに残酷な悪ふざけをするのが好きだった。そのハロウィーンの日、友だちの家のパーティから夜歩いて帰る途中、マーシャルは彼らに先住民の悪霊ウィンディゴの話をした。ウィンディゴは恐ろしい巨人なんだぜ、とマーシャルは言った。かつては人間だったが、ある黒魔術によって人肉に飢えた人食い動物に変えられた化け物なんだ。その飢えはけっして満たされることがない。ウィンディゴは空から人の上に飛びおりる直前に、不気味な夜鳥みたいな声でその人の名前を呼ぶんだ。そうなったら万事休すだ。逃げきれないからな。ウィンディゴは人をつかまえて心臓をつかみだし、瀕死《ひんし》の被害者の目の前でそれを食べるんだ。

あとのふたりの少年はマーシャルのことをどうかしてる、そんな化け物がいるわけないと言ったが、マーシャルは嘘じゃないと断言した。三人がマーシャルの家に着くと、マーシャルはウィンディゴに気をつけろよと言って、ふたりと別れた。

アルバートとモーゼズはそんな化け物がいるもんかと軽口をたたきながら歩きつづけたが、なにか物音がするたびにびくりとした。やがて前方のどこからか、細くて甲高い声が彼らの名前を呼ぶのが聞こえた。

「アルバート」とそれは叫んだ。「モーゼズ」

モーズがぼくの腕を握りしめ、ぼくの手のひらに書いた。〝化け物か？〟

「かもね」ぼくは言った。「いいから聞いててよ」

少年たちは恐ろしさのあまり、走りだした。大きなニレの木の枝が歩道に張り出したところまできたとき、黒いものが落下してふたりの目の前におりたった。

「おまえたちの心臓を食わせろ！」それは叫んだ。

少年たちは悲鳴をあげ、もうちょっとでパンツにうんこを漏らしそうになった。次の瞬間、黒いものが笑いだし、ふたりはそれがマーシャルだと気づいた。マーシャルはふたりを意気地なし、弱虫と呼び、守ってくれるママのところへ帰れと嘲った。マーシャルはいたずらが成功したことに大笑いしながら、歩き去った。

ふたりの少年は屈辱を感じながら黙って歩きつづけたが、マーシャルにたいしてひどく腹が立ち、あんなやつは友だちじゃないと考えた。

いくらも行かないうちに、また何かが聞こえた。マーシャルの名前が、頭上の空から、夜鳥のような薄気味悪い声で呼ばれたのだ。そして、腐った肉のようないやな臭いがした。空を見たふたりは、ばかでかい黒いものが月の前を横切るのを見た。一分後、ぞっとするような悲鳴がはるか後方から聞こえた。マーシャルの声らしき悲鳴だった。ふたりは回れ右をして駆け戻った。けれどもマーシャルはどこにもいなかった。それっきり彼を見た者はいない。今に至るまで。

明かりのない暗い隔離部屋を深くて不吉な静寂に包みこませておいて、ぼくはいきなり金切り声をあげた。モーズが彼なりの金切り声、例の気味の悪いしわがれた音を出した。次の瞬間、彼は笑いだした。ぼくの手をつかんで、手のひらに文字を書いた。〝パンツにうんこを漏らしそうになったよ。話の中の子供たちみたいに〟

そのあとぼくらは仰向けになって、それぞれの思いに沈んだ。

ようやくモーズがぼくの肩をたたき、手をつかんだ。

〝おまえのはただの話だけど、それ、本当なんだ。化け物はいるし、そいつらは子供たちの心臓を食っちまうんだ〟

その後、モーズは眠りに落ちたらしく、深い寝息が聞こえてきた。ぼくはしばらくの間、ファリアが巣穴から出てくるちいさな足音に耳をすましていた。ぼくがパンくずを置いてくれたかどうか見にきたのだが、今回、パンくずはなかった。それからまもなく、ぼくも眠りに落ちた。

鉄扉の鍵が回るきしんだ音がして、闇の中で目がさめた。ぼくははっと起きあがった。真っ先に頭に浮かんだことがぼくを怯えさせた。ディマルコだ。ディマルコが仕置き部屋の中で、ぼくらふたりに何かするとは思わなかった。とりわけ、ひとりがモーズなら。だがウィンディゴ同様、ディマルコも飽くなき欲望の持ち主であり、彼が夜中に子供にどんなことをするか、教護院の生徒たちはみな知っていた。だから、ぼくは身を固くして、たとえ殺されようとも、蹴り、引っ搔《か》き、爪をたててやろうと肚《はら》をきめた。

灯油ランタンの光が扉の隙間から入ってきた。モーズも目をさましていて、身をかがめ、今にも矢が放たれんとする弓みたいに全身をはりつめさせていた。彼はぼくをちらっと見てうなずいた。ぼくらは力のかぎり戦って、ディマルコの堕落した行為に屈しない覚悟だった。

ところが、ランタンの明かりで見えたのは、ディマルコの顔ではなかった。ハーマン・ヴォルツがぼくたちに笑いかけ、唇に人差し指をあてると、ついてこいと身振りで示した。

教護院の敷地の真西には広々とした原っぱがあって、砕石がそこらじゅうにころがり、丈の高い雑草がおいしげっている。その向こうに、打ち捨てられた石切場の巨大な穴が口をあけていた。原っぱを抜ける小道は長年にわたって生徒をはじめとする人びとによって踏みしめられてつるつるになっていた。人びとはひとりになりたくて、または深く削り取られた穴に石を投げるため、あるいは、ハーマン・ヴォルツならそれとは異なる別の理由から、この小道を歩いてきたのだ。石切場の端に古ぼけた道具小屋があって、その中にはヴォルツとアルバートとモーズとぼくだけが知る秘密がひそんでいた。ヴォルツはドアに重い錠前をとりつけていた。

小屋のそばでちいさな火が燃えていて、ソーセージが焼ける匂いがした。さらに近づいていくと、アルバートがフライパンを握っているのが見えた。火明かりで顔が赤らんでいる。

ヴォルツがにやりとした。「おまえたちを飢え死にさせるわけにはいかん」

「すわれよ」アルバートが言った。「すぐにできる」

フライパンの中にはソーセージだけでなく、スクランブルエッグと角切りのジャガイモとタマネギも入っていた。アルバートは料理上手だった。アルバートと父さんとぼくの三人でそこらじゅうを旅していたとき、料理のほとんどはアルバートが作っていた。このような戸外でのこともあれば、人里離れたわびしいモーテルの薪ストーブの上ということもあった。でもアルバートだって魔法使いじゃない。食べ物をひょいと出現させることはできない。食べ物の出所はヴォルツの食料庫だったのだと思う。

黒い魔女がモーズとぼくを仕置き部屋にやったとき、アルバートひとりが罰をまぬがれた。ぼくは兄を憎いと思ったことを、今、後悔していた。あのときすでにアルバートはぼくたちに食事を与える方法を画策していたのだろうか。それとも、これはみんなヴォルツの思いつきなのか。いずれにしろ、ぼくの怒りは消えていた。

「今夜の映画は何だった?」焚《た》き火のそばの地面にすわったとき、ぼくはたずねた。

「『戦う隊商』とかいう西部劇さ」アルバートは答えた。

西部劇、もちろんそうなんだ。異論はなかった。撃ち合いがたくさんあるのは好きだ。でもいつも思うことだが、インディアンはきまって悪人で、彼らを殺すのが最善の解決法だという映画を、リンカーン教護院で見せるのはおかしくないか。

ぼくは棒きれをひろって、焚き火をつついた。「おもしろかった?」

「さあ」アルバートは言った。「見なかったんだ」

モーズが手話で訊いた。〝なんで?〟

「夕食のあとすぐミセス・ブリックマンにフランクリンの洗車とワックスがけをやらされたから」

「あの女と彼女の車ときたら」ヴォルツがかぶりを振った。

ミスター・ブリックマンは毎年妻のために新車を買う。院長は長時間車で移動して教護院のための資金集めをしているのだから、見苦しくない輸送手段を持つことが重要なのだ、というのが彼らの主張だった。一理ある。だがリンカーン教護院の子供たちの生活が、結果的に向上していないのも事実だった。

「子供たちの靴がボール紙並にお粗末なのに、院長は自分用に最高のタイヤを買うんだからな」ヴォルツは指が四本半しかないほうの手を焚き火の向こうの暗闇のほうへ振った。「ミスター・スパークスが知ったら、墓の中でころげまわるにちがいないよ」

ミスター・スパークスは黒い魔女の最初の夫だった。彼が教護院の院長だったのだが、アルバートとぼくがきたころにはとっくに亡くなっていた。死んでから何年もたつのに、いまだにみんなは敬意をこめて彼の話をした。ミセス・スパークスはあとを継いで院長になった。それからすぐにブリックマンと結婚し、名字が変わった。どっちの名前も彼女にぴったりなのをぼくは興味深く思っていた。彼女が怒ると火花《スパークス》が飛ぶ。でも静かなときだって、一トン分のあれ――わかるよね（ブリックはレンガの意味）――をこっちの頭の上に落とすタイミングをはかっているだけのような気がする。

「あの魔女、大嫌いだ」ぼくは言った。

「魔女に生まれつく人間はいない」アルバートが言った。

「どういう意味？」

「黒い魔女に命じられて働いていると、ときどき、院長が酒を一、二杯飲んだあと、いつもとちがうすごく悲しそうな顔をすることがあるんだ。一度、おれに言ったことがある。八歳のとき、父親に売られたって」

「そんなの嘘だよ」ぼくは言い返した。「人が人を売るわけない、とりわけ自分の子供を売るなんてありえないよ」

「おまえは『アンクルトムの小屋』を読むべきだな」アルバートが言った。「おれは院長の言ったことを信じた」

「お化け屋敷で役に立つようカーニバルに売ったんだ、そうに決まってる」

ぼくは笑ったが、アルバートはにこりともせずにぼくを見た。「おれたちが父さんを失ったのは、父さんが死んだからだ。院長の父親は彼女を売ったんだぞ、オディ。売った相手は、ディマルコが子供たちにやるようなことをやる男だったんだ」

だとしたら、院長はぼくたちみたいになったはずだ。でもぼくには、その出来事が彼女をさらに邪悪にしたとしか思えなかった。もし院長が鞭の痛さを――あるいはさらにひどいことを――知っているなら、もっと思いやりを見せてくれるはずだ。でも彼女は子供たちをディマルコの手に引き渡した。

「ぼくは死ぬまであの女を憎む」

「気をつけろよ」アルバートが言った。「院長の心をあんなに狭くしたのは、そういう憎悪かもしれないぞ。もうひとつある。飲んでいたとき、オザーク訛りがまじるのがわかったんだ」

「院長の中に田舎っぺがいるってこと?」

「おれたちそっくりのな」

ぼくらはミズーリ州オザークの谷間にあるちっぽけな町で育った。はじめてリンカーン教護院にきたときは、まだ強いオザーク訛りでしゃべっていた。あの鼻にかかるしゃべりかたは、ぼくらの素性を示すたくさんのことと一緒に、教護院で過ごすうちに失われていった。

「信じられないよ」ぼくは言った。

「おれは、誰も生まれつき意地悪なわけじゃないと言ってるだけだ、オディ。人生はひどいやりかたで人の心をゆがめてしまうのさ」

そうかもしれない。でも院長の邪悪な心を憎悪する気持ちは変わらなかった。

食べ物の用意ができると、アルバートは平らな石の上にフライパンを置いて、黒パンの塊の固い端の部分と、ラードの缶を取り出した。フォークをくれたので、モーズとぼくはパンを裂いて、ラードにたっぷり浸し、卵やソーセージやジャガイモにかぶりついた。

ヴォルツが古ぼけた道具小屋に近づき、コルク栓をした透明な液体の瓶を持って戻ってきた――小屋の中の秘密の蒸留器で作った自家製アルコールだ。

ヴォルツはアルバートの助けとアルバートの熟練の技を頼りに、蒸留器を作っていた。ぼくらの父さんは密造酒の販売をはじめるずっと前から、自分でも酒を密造していた。アルバートは大きくなると父さんと一緒に働き、禁酒法の承認後一気に高まった需要に応じて、たくさんの違法蒸留酒製造所を建てていた。ヴォルツとアルバートのあいだにお互いへの信頼が生まれると、蒸留器が設置された。それは、アルバートが好んで言うように、〝はじめからわかりきっている結論〟だった。ヴォルツの密造酒造りが彼自身の楽しみだけでなく、教護院のわずかな給料を補うための、密売という副業でもあることをぼくらは知っていた。これがヴォルツでなかったら、それを知っているぼくたちの身に危険がおよんだかもしれない。でもヴォルツはぼくらにとっておじいさんのような存在だったし、彼の秘密を漏らすぐらいなら拷問にも甘んじただろう。

モーズとぼくは食べた。ヴォルツは酒を飲んだ。アルバートは東のほうを見張って、誰にも見られていないことを確かめた。

夕食を平らげると、モーズがぼくに伝えた。〝おまえの物語を彼らにもしてあげろよ〟

「そのうちね」ぼくは言った。

「何て言ったんだ?」ヴォルツがたずねた。

アルバートが代わりに答えた。「モーズはおれたちに、オディの作った物語を聞かせたがってるんだ」

「ぜひ聞きたいね」ヴォルツは励ますかのように、瓶をぐいと傾けた。

「子供だましの話だよ」ぼくは言った。

モーズが手を動かした。〝パンツに漏らしそうに怖かったぜ〟

「何だって?」ヴォルツが訊いた。

「またの機会にって」アルバートが言った。

「そうか」ヴォルツは肩をすくめて、また酒をあおった。「じゃ、あのハーモニカで一曲吹いてくれるってのはどうだ、オディ?」

それなら賛成だったので、ぼくはシャツのポケットから愛器を取り出した。

「それはどうかな」アルバートが空を照らす満ちていく月を眺め、そのおぼろな黄色い輝きに浮かびあがるリンカーン教護院のシルエットを見つめた。「誰かに聞かれるおそれがある」

「なら、そっと吹いてくれ」ヴォルッが言った。

「何がいい?」ぼくは訊いた。だが、返事はわかっていた。ヴォルツが飲んでいるときに聴きたがるのはいつも同じ曲だった。

「『セントルイスで会いましょう』だ」年配のドイツ人は言った。世を去って久しい奥さんに会ったのがセントルイスだったのだ。

ヴォルツは決して酔わなかった。酔わない体質だったためではなく、素面《しらふ》でいることの大切さを心得ていたからだ。温かなぼんやりした気分になり、自身と悩み事の境がぼやけてくると、そこで彼は飲むのをやめた。ぼくが吹き終わったとき、ヴォルツはその状態にいた。瓶にコルク栓を詰め、彼は立ちあがった。

「おまえたちふたりをムショに連れ戻す時間だ」

瓶を小屋に戻して重いドアにしっかり錠をおろした。アルバートはフライパンと皿とフォークを古くなったボーイスカウトのリュックサックに突っ込んで、炎に水筒の水をかけた。灰と燃えさしを動かして、さらに水をかけ、完全に火を消した。ヴォルツがふたたび灯油ランタンを灯し、ぼくらは石切場をあとにして一列になって半月に向かって歩いていった。

「ありがとう、ミスター・ヴォルツ」仕置き部屋の扉を彼が閉める前に、ぼくは感謝を伝えた。それから兄に言った。「顔にションベンひっかけてやるなんて言ってごめん。本気じゃなかったんだ」

「いいや、本気だった」

そのとおりだったが、こんな状況で認めたくはなかった。

「ちゃんと寝ろよ。寝不足は明日にひびくぞ」アルバートは言った。

扉が静かに閉じた。鍵が回った。ふたたびモーズとぼくは闇にふたりだけになった。

藁のマットレスに横になって、アルバートが魔女のご機嫌を取っていると思ったとき、どれだけアルバートを憎んだかを考えた。と同時に、彼に伝える気はなかったが、どのくらいアルバートを愛しているかを考えた。

ちっぽけな足が壁をつたうかすかな音を聞いて、ぼくはズボンのポケットに手をつっこみ、ファリアのために取っておいた黒パンのくずを取り出して部屋の隅にほうり投げた。ファリアがせわしなく駆けより、賞品をつかんでまた急いで石壁の巣穴に戻っていくのが聞こえた。

　眠る体勢に入ったとき、モーズがぼくの腕に触れた。その手がおりていってぼくの手にたどりつき、指を開かせた。手のひらにモーズは指で文字をつづった。

〝おれたち、ついてる〟

5

　朝、ぼくらを起こしたのはヴォルツではなくて、男子生徒の顧問だった。マーティン・グリーンは大柄で無口で、頭は禿《は》げており、いつもくたびれた目をした、でかい耳の持ち主だった。のしのしと歩き、その大きな耳ゆえに、いつもぼくはゾウを連想した。彼は寮までぼくらに付き添ってきて、その間ずっと、ぼくらが教訓を学べば仕置き部屋で過ごすことは今後二度とないだろうと話した。グリーンはリンカーン教護院で常日頃から強調されている〝三つのR〟を力説した——責任《レスポンシビリティ》、尊敬《リスペクト》、報い《リウォード》。

「最初のふたつを心がければ、最後のひとつはついてくる」と彼は言った。

　ぼくらは身支度を整え、すぐに作業に出る用意をした。アルバートもヴォルツもどこにも見当たらず、ちょっと不安になった。昨夜の親切のせいで厄介なことになっていなければいいと思った。リンカーン教護院では、親切からよい結果は生まれなかった。ブレッドソーの息子のラルフがトラックで待っていて、モーズとぼくは、干し草畑での作業を割り当てられた他の男子生徒全員と一緒にトラックの荷台に乗り込んだ。

疲れる作業だったが、その日の労働時間は長くなかった。春と夏のあいだの土曜日は半日しか農作業に駆り出されなかった。これは野球の試合への参加を期待されているからで、ぼくたち教護院チームの試合は午後だった。ヘクター・ブレッドソーは干からびたパンとぺらぺらで味のないチーズの昼食を食べさせたあと、みずからハンドルを握ってぼくらをリンカーン教護院へ送り返した。ぼくらが荷台から飛び降りたとき、ブレッドソーが呼びかけた。「この週末はたっぷり休んでおけよ、おまえたち。月曜日は焼けつく暑さになるそうだ」上機嫌で笑ったような気がしたが、ぼくが勝手にそう思っただけかもしれない。

モーズをはじめとする一部の生徒は試合に出ることになっていたから、急ぐ必要があった。残りのぼくらは寮に戻った。試合のはじまる数分前に、ミスター・グリーンが先頭に立ってぼくらを球場へ行進させた。女子生徒たちが女子寮から出てくるのが見えた。率いているのは、音楽教師で女子生徒の顧問のラヴィニア・ストラットンだった。ミス・ストラットンは年齢不詳で独身だった。背が高くて、引き伸ばしたみたいに細長かった――脚も腕も長く、顔も長くて、いたって平凡なその顔はいつも不安そうだった。手はすんなり細く、指も、彼女に関する他のすべてと同様に、長くて、繊細だった。ミス・ストラットンはピアノを弾くとき、目を閉じた。すると彼女の指はみずからの意識を持つものになった。ときどきミス・ストラットンの音楽は、ぼくをリンカーン教護院での生活からつまみあげて、どこかよその幸せな場所へしばらく連れていってくれた。そのすばらしいひととき、世界は美しく、彼女も美しいとぼくは思った。演奏をやめると、顔に不安がふたたび浮かび出て、彼女はまた平凡になり、ぼくはそれまでどおり苦難に満ちた人生へ引き戻された。

ぼくら生徒は木製の観覧席に腰かけた。町の人もすこしいて、そのお目当てはもっぱらモーズの投球を見ることだった。鍵盤を走るミス・ストラットンの指がうっとりするような何かを創りだせるのと同じで、マウンドに立って硬式野球のボールを投げるとき、モーズの動きはあらゆる点で見る者をうっとりさせた。その日の対戦相手はルバーンからきた、退役軍人がスポンサーのチームだった。男たちはすでに球場でウォーミングアップしていた。ぼくはアルバートを捜した。スポーツが苦手な兄はほとんどいつもベンチにいた。どこにも姿が見当たらず、ぼくは心配になった。ミセス・フロストとエミーが観覧席のずっと向こうの端にいるのが見えた。彼女たちはいつも試合にきて、ぼくらを応援した。ミスター・グリーンがミス・ストラットンと話しこんでいるすきに、ぼくはこっそり抜け出して、エミーの隣の席にすわった。

「あ、オディ」エミーは明るくにっこりした。

「あら、こんにちは、オディ」ミセス・フロストが言った。「会えてよかったわ。ミセス・ブリックマンがあなたを永遠に仕置き部屋に閉じ込めるんじゃないかと心配してたのよ」

「一晩だけでした。でも、夕食は抜きだった」

ミセス・フロストは青ざめた。「あの女に談判してくるわ」

「いいんです。アルバートとミスター・ヴォルツがモーズとぼくに食べ物をちゃんとくれました。ふたりを見かけました？」

「アルバートは向こうにいるんじゃないの？」彼女は球場へ目をやってから、ぼくに視線を戻した。「彼に会ってないということ？」

「昨日の夜に会ったきりです。ミスター・ヴォルツにも会ってないし」

「ふたりで大工仕事をしているんじゃない？」

「そうかもしれません」彼らがここにいないのはヴォルツの蒸留器に関する計画のためだろう。そうであってほしかった。黒い魔女がくわだてた不吉な可能性のためではなくて。

そのとき、ヴォルツが観覧席をこっちへやってくるのが見えた。ぼくたちを見つけると、近づいてきた。

「いい天気だね、コーラ」彼はミセス・フロストに声をかけた。「やあ、エミー。今日もすてきだね」

エミーが笑うと、頰《ほお》にえくぼができた。

「ハーマン、アルバートを見かけた?」ミセス・フロストが訊いた。

彼は首を横にふってから、球場に目をこらした。

「どうしてあそこにいないんだ?」ヴォルツはぼくを見た。「アルバートを見たか、オディ?」

「昨日の夜から会ってないんだ」

「おかしいな。どういうことなのか調べてみるよ。だがオディ、おまえさんは他の男子生徒のところへ戻ったほうがいい」

「あたしたちと一緒じゃいけないの? いいでしょ?」エミーが言った。

ヴォルツは渋い顔をしたが、彼が折れるのはわかっていた。かわいいエミーには誰も逆らえない。「わたしがなんとかするよ」

生前のアンドルー・フロストは野球チームのコーチで、生徒たちを鍛え、目を見張る成果をあげていた。チームの強豪ぶりは有名で、今のコーチであるミスター・フライバーグ——重機の操縦が主な仕事——のぱっとしない指導すら、コーラ・フロストの今は亡き夫の努力をだいなしにはしていなかった。モーズの投球ぶりはすばらしく、守備は完璧で、ぼくたちは〇対四で勝った。アルバートを捜したり、ヴォルツが何か兄のことを知らせにくるのではないかと気を揉《も》んだりしていなかったら、大いに楽しめただろう。だが、試合が終わっても、ふたりは姿を見せなかった。

試合後の夕食の前、めずらしく一時間の自由時間があった。ぼくは寮のベッドに寝転がって、図書館から持ってきた雑誌の《アメージング・ストーリーズ》を読んだ。リンカーン教護院の図書館にある本は全部寄付によるもので、司書のミス・ジェンセンは寄付された雑誌を注意深く点検していなかったのだと思う。《サタデー・イヴニング・ポスト》や《レディーズ・ホーム・ジャーナル》にまぎれて、いつもおもしろそうなものが見つかった。《アーゴシー》とか《アドベンチャー・コミックス》とか《ウィアード・テールズ》とか。図書館からは何も持ち出してはいけないことになっていたが、シャツの下にパルプマガジンをこっそり忍ばせて外に出るのはわけのないことだった。

学年度中、年下の男子生徒と年上の男子生徒は別々の寮にいた。でも夏になると、大勢の生徒が自宅に帰るので、残った男子生徒は全員ひとつの寮に集められた。ぼくが雑誌を読んでいるときも、年下の生徒のひとりがすこし離れた寝台にぽつんとすわって、何を見るでもなくぼんやり悲しそうにしていた。特に教護院に入ってまもない子供たちにはよくあることで、その子はビリー・レッド・スリーヴという名前だった。ネブラスカの西の方からきた北シャイアン族で、カトリック教会が運営するサウス・ダコタのシセトンにある別のインディアン学校からここへ移ってきたのだ。シセトンの学校のことはぼくらみんなが知っていた。シャイアン川からきたスー族の子、エディ・ウィルソンのいとこたちは、シセトンへやられていた。エディがいとこたちから聞いた話としていろいろと教えてくれたところによると、シセトンではリンカーンよりもこっぴどく殴られるらしかった。夜になると修道女や司祭が寮に入ってきて子供たちをベッドからひきずりだし、口では言えないようなことをするとも聞いた。リンカーン教護院では数人の職員がときどき子供たちによからぬことをするので有名で、なかでも悪名高いのがヴィンセント・ディマルコだった。でもぼくらが最善を尽くして新入生たちにいちはやく警戒をうながしていたので、彼らは被害をまぬがれていた。ビリーみたいに他の学校からきた子たちはどんなことをされたかしゃべろうとしなかったが、誰にたいしても、何にたいしても見せる怯えた目つきを見れば、虐待されていたことは一目瞭然だったし、助けの手を差し伸べようとしても、彼らが身を守るために必死にはりめぐらした見えない壁にぶつかるばかりだった。

北極で火星人たちと戦う男の話を夢中になって読んでいたとき、ちらりと目をあげると、ディマルコが戸口に立っていた。あわてて枕の下に雑誌を突っ込んだが、その必要はなかった。ぼくはディマルコの眼中になかった。彼の注意はビリーに注がれていた。ディマルコは寝台の列の間を歩いてきた。寮には他の生徒がふたりほどいたが、彼らはディマルコがそばを通ると、まっすぐすわり直して柱みたいに押し黙った。ビリーは全然彼に気づいていなかった。独り言を言いながら、両手でなにかをいじり回していた。ディマルコが寝台ふたつぶん離れた場所で立ちどまり、そこに立ったまま、にらみつけた。図体が大きく、がっしりしていた。

腕も手も指の関節も、絹のような黒い毛で覆われていた。いつ見ても無精ひげが伸びていて、そのせいで頬は黒ずんでいた。ちっぽけな甲虫みたいな目が、その瞬間、ビリーの全身を這っていた。

「レッド・スリーヴ」

ビリーは数千ボルトの電流をいきなり流されたみたいに身体をびくんとさせ、顔をあげた。

「インディアン語でしゃべっていただろう」ディマルコは言った。

それはリンカーン教護院では重大違反だった。生徒が母語を使うことは禁じられていた。インディアンの寄宿学校の哲学――〝インディアンを殺し、人間を救え〟（二十世紀初頭、実際に米国各地のインディアン矯正施設のスローガンだった）――は厳格な掟《おきて》だった。英語以外の言葉をしゃべっているところを見つかったら、最低でも仕置き部屋に一晩入れられるのが普通だった。だがときには、特に見つけたのがディマルコである場合は、鞭打ちも罰の一部だった。

ビリーは弱々しく否定のしるしに首をふったが、一言もしゃべらなかった。

「何を持ってる？」ディマルコがビリーの両手をつかんだ。

ビリーは身体を引き離そうとしたが、ディマルコは無理矢理彼を立たせて、荒っぽく揺さぶった。ビリーがつかんでいたものが床に落ちた。ディマルコは少年を放し、落ちたものを拾った。そのとき、ぼくにはそれが見えた。赤いバンダナをドレス代わりにしたトウモロコシの穂軸の人形だった。

「女々しいもので遊ぶのが好きなのか？」ディマルコは問い詰めた。「おまえはしばらく仕置き部屋にいるべきだな。一緒にこい」

ビリーは動かなかった。ディマルコと仕置き部屋に行くのが本当はどういうことか、寮の生徒みんなが知っていたように、ビリーも知っていたから、動けなかったのだと思う。

「さあこい、意気地なしのインディアンめ」ディマルコはビリーをつかむと、ひきずりだそうとした。

考える間もなく、ぼくは寝台から飛びおりた。「インディアンの言葉をしゃべっていたんじゃありません」

ディマルコは動きをとめた。「なんだと？」

「ビリーはインディアンの言葉をしゃべっていたんじゃありません」

「おれには聞こえた」

「聞き違いです」

しゃべりながらも、ぼくの頭の中では声がわめいていた。〝何をバカなことをやってるんだ？〟

ディマルコがビリーを放して、ぼくのほうへやってきた。青い作業シャツの袖が二頭筋のところまでまくりあげられていて、その瞬間、力こぶがとてつもなく大きく見えた。寮の中の生徒たちは像のように固まっていた。

「これはおまえのものだってのか？」ディマルコは人形を突き出した。

「エミー・フロストのためにぼくが作ったんです。エミーにあげる前に、ビリーが見せてくれと言ったんです」

異なる真実がビリーの顔に浮かんでいるかどうか、ディマルコは一瞥《いちべつ》して確かめることさえしなかった。彼はぼくをにらみつけた。ライオンの食欲なら理解できるからライオンではなく、理解不能な食欲を持つ化け物、まさにウィンディゴのようだった。

「ふたりともおれと一緒に仕置き部屋にきてもらおうか」

〝逃げろ！〟頭の中の声が必死に忠告した。

だが動く間もなくディマルコに腕をつかまれ、指が皮膚に食い込んで、数日間は消えない痣《あざ》をつけた。蹴飛ばそうとしたが、やりそこなった。すると、喉につかみかかってきて息ができなくなった。ビリーが恐慌をきたしているのが見えた。たぶん次は自分の番だと思っているのだろう。その向こうで他の生徒たちがすくみあがり、どうすることもできずに、じっと立ちつくしている。ぼくは戦おうとしたが、ディマルコの首締めが効果を発揮し、視界がぼやけはじめた。

そのとき、威厳に満ちた声が聞こえた。「子供を放せ、ヴィンセント」

ディマルコは手をゆるめることなく、ふりかえった。ハーマン・ヴォルツが寮の戸口を入ったところに立っており、両側にはぼくの兄とモーズがいた。

「子供を放せ」ヴォルツがもう一度言った。その声が守護天使ミカエルの妙なる声のように聞こえた。

ディマルコはぼくの喉をしめつけていた手をゆるめたが、今度は万力のように肩をつかんだので、依然としてぼくは囚われの身だった。

「おれを攻撃したんだ」ディマルコは言った。

「してないよ」と抗議しようとしたが、喉をしめつけられていたせいで、カエルの鳴き声のような声が出ただけだった。

「レッド・スリーヴがインディアン語をしゃべっていた。おれは彼を罰するつもりだったんだ。規則だからな、ハーマン。そうしたら、このオバニオンがいきなりおれに襲いかかってきたんだ」

「ビリーはインディアン語なんかしゃべっていなかった」声はやっぱりしわがれていたが、意味は通じた。

ヴォルツが言った。「誤解があったようだな、ヴィンセント。この生徒たちを連れていくのはよしたほうがいい」

「よく聞け、このドイツ野郎――」ディマルコがしゃべりだした。

「いや、そっちが聞くんだ。今すぐその子を放して、この寮から立ち去れ。おまえがオディやビリーや他の子に危害を加えたと耳にしたら、おまえを見つけて半殺しにするまで殴るぞ。わかったか？」

それでもしばらくの間、ディマルコの手は痛いほどぼくの鎖骨にくいこんでいたが、やがて突き飛ばすようにぼくを解放した。

「今に見てろ、ハーマン」

「さっさと出てけ」ヴォルツは言った。

ディマルコはぼくを押しのけるようにして歩きだした。ヴォルツと兄とモーズは脇によけてディマルコを通し、彼が出ていくとまた並んで立った。

ディマルコがいなくなったあとの静寂のなか、ビリー・レッド・スリーヴの泣きじゃくる声がした。ぼくはトウモロコシの穂軸の人形を拾って、彼に返した。

「そいつは見えないところにしまっておくのが一番だよ。そしてミスター・ディマルコとふたりだけになるようなことは絶対避けるんだ。わかったかい？」

ビリーはうなずくと、ベッドの端のトランクをあけて人形を中に入れた。それからぼくに背中を向けてすわりこんだ。

「大丈夫か、オディ？」アルバートがぼくのそばに立った。「ひでぇ、あいつがおまえの喉に何をしたか見ろよ」

もちろんぼくには見えなかったが、兄の顔つきから相当ひどいことになっているのがわかった。

「あの男は臆病者なんだ」ヴォルツが言った。「それに拍車がかかってきた。ひどい目にあったな、オディ」

モーズが首を振り、手話で言った。〝ひとでなしだ〟

これまでミミズ腫れができたり、痣が残ったりするほど鞭打たれたことはあったが、窒息させられるまで首をしめられるのはそれとは別の何かがあった。ディマルコが罰を与えるのを楽しんでいるのはみんなが知っていることだったが、あれは罰ではなかった。ただの個人攻撃だった。以前はあの醜悪なゴリラみたいな男を憎んでいたし、怖れてもいた。でももう怖くなかった。激しい怒りがあるだけだった。ディマルコにいつか目にもの見せてやるぞとぼくは誓った。絶対にだ。

「一日中どこにいってたんだよ？」ぼくはアルバートに訊いた。

「忙しかったんだ」返事はそれだけで、それ以上訊いてほしくないことはあきらかだった。

ぼくはビリー・レッド・スリーヴのほうに向き直った。「大丈夫か？」

彼は答えなかった。すわりこんで床をじっと見つめたまま、殻に閉じこもっていた。

ぼくにはアルバートやモーズやミスター・ヴォルツがいる。自分には誰もいない、とビリー・レッド・スリーヴは思っているのかもしれない。さぞ寂しいにちがいない、ぼくはそう思わずにいられなかった。

でもビリーにとって、寂しさはいっそう深まっただけだったのだ。なぜなら、翌日彼は姿を消してしまったから。

6

日曜は朝食後に体育館でおこなわれる礼拝への出席が求められた。リンカーン教護院の生徒たちは二組の衣類を持っていた。ひとつは普段着で、もうひとつは日曜と、寄付をしようかと考えて学校の様子を確かめにくる外部の人間――たいていは金持ち――に見せるための服だ。ぼくらは日曜日のよそゆきを着て体育館にすわっていた。礼拝をとりおこなうのはブリックマン夫婦で、ふたりは壇上後方の椅子に腰かけていた。小型パンプオルガンによる音楽がミス・ストラットンによって演奏された。ミスター・ブリックマンは自称聖職者だったが、どこのなんという教会が彼を聖職者に任命したのかは不明だった。彼はお祈りと説教を担当した。妻は聖書の数節を読んだ。

リンカーン・インディアン教護院で認められている宗教は、キリスト教だけだった。生徒の一部は居留地で教会へ通っており、たいていはカトリックで、数人の女の子は、教護院でゆるされる唯一のアクセサリーであるちいさな十字架のついた鎖を首にかけていた。でも、カトリックであっても、彼らは町のカトリック教会へは行かなかった。インディアン名の聖霊を崇拝する隔離された地域で育った子供たちと一緒に、体育館にすわるのだ。

多くの職員が参列した。ミセス・フロストは日曜ごとにエミーと一緒に参加し、すっきりとさわやかな様子を見せていた。礼拝が心の慰めになるからというより、なるべく教護院の生徒たちの生活にとけこみたかったからではないかと思う。ミセス・フロストがいることに、ぼくは感謝していた。彼女の存在は、ブリックマン夫婦がすべてではなく、地獄の業火の中ですら、冷たい水のバケツとひしゃくをもった天使が歩きまわっているかもしれないと思い出させてくれたからだ。

説教のときだけ、ミスター・ブリックマンは人が変わった。復讐《ふくしゅう》の怒りが激しく燃えさかるみたいに、身振り手振りがはでになり、偉そうに胸をそらし、両のこぶしで空を打ち、不運にも目が合った生徒に非難の指を突きつけて、その子の凶運を予言した。とはいっても、その生徒はぼくら全員の身代わりだった。なぜなら、ミスター・ブリックマンの考えでは、ぼくらは一人残らず救いがたい人間であり、罪深い考えで一杯の、罪深い行為しかできない肉袋だったからだ。ぼくに関してはそのとおりだと思ったが、他の子供たちの大半は迷いながらも、リンカーン教護院で生き延び、その後の人生に進もうと一生懸命がんばっているのをぼくは知っていた。

その日曜日、ミスター・ブリックマンは説教をはじめるにあたって、詩篇の第二十三篇を読んだ。妙だった。いつもなら、旧約聖書の中でも感情を揺さぶる内容がたっぷりはいった一節からインスピレーションを引き出すのだ。詩篇を読んだあと、神はぼくらの羊飼いなのだ、とミスター・ブリックマンは話した。彼とミセス・ブリックマンはそれにならって、世話を必要としているぼくらを羊として考え、ぼくらの面倒を見ることに最善を尽くしてきた。だからぼくらは、魂を救済してくれる神に感謝し、身体を救済して屋根と食べ物をあたえてくれるブリックマン夫婦に感謝しなければならない。要するに、ミセス・ブリックマンと彼にたいし、迷惑をかけたりせず素直に感謝を表明する必要がある、というのが説教の要点だった。あの美しい詩篇をねじまげる利己的なやりかたは噴飯ものだったが、神が羊飼いであり、このリンカーン教護院の暗い谷を行くぼくを導いてくれるなら、こわがることはないのだと心から信じたかった。ぼくだけでない、他の子供たちも、ビリー・レッド・スリーヴみたいな他の子供もだ。でも毎日ぼくの目に映る真実は、ぼくらはひとりであり、ぼくらの安全は、神ではなくぼくら自身と、互いに助け合うことにかかっている、ということだった。ぼくはビリー・レッド・スリーヴを助けようとしたが、あれでは不充分なのだと思った。これからはもっといいおこないをし、もっといい人間になろうとぼくは胸に誓った。ビリーや彼のような子供たちみんなの羊飼いになれるよう努力しようと思った。

礼拝のあと、アルバートとぼくとモーズが体育館から出ようとしていると、ミセス・フロストとエミーがひきとめた。ブリックマン夫婦はすでに姿がなく、生徒を並ばせて寮へ戻ろうとしていたミスター・グリーンが、すこしぐらいなら遅れてもかまわないと言った。リンカーン教護院の男性職員の多くがそうであるように、ミスター・グリーンも親切な若い未亡人にはやさしかった。

体育館にいるのがぼくたちだけになると、ミセス・フロストが口を開いた。「あなたたちに話したいことがあるの」

ぼくらは待った。エミーを見おろすと、今日がクリスマスみたいににこにこしている。ミセス・フロストの考えていることが何であれ、エミーは賛成しているのだと思った。

「夏のあいだ、わたしやエミーと一緒に住むのはどうかしら？」

仮に「百万ドル、あげようと思っているの」と言ったとしても、これほどぼくをびっくりさせることはできなかっただろう。

「そんなことが本当にできるんですか？」アルバートが訊いた。

「しばらく前から考えていたのよ」ミセス・フロストは答えた。「昨日の野球試合のあと、やっと決心してミスター・ブリックマンに話してみたの。あなたたちに異存がなければ、かまわないと同意してくれたわ」

モーズが手話で言った。〝黒い魔女はどうなんです？〟

「セルマには自分から話すとクライドは言ったけど、彼女も反対はしないだろうって」ミセス・フロストはぼくを見た。「あなたのことでもう頭を悩ませずにすむのは、ミスター・ブリックマンの考えでは大きな利点なのよ、オディ」

「でもどうして？」ぼくはたずねた。「うれしいけど、でも、どうしてなんです？」

彼女は手を伸ばして、ぼくの頬にそっと当てた。「わたしもみなしごだって知っていた、オディ？　わたしは十四歳で両親を亡くしたの。世界にたったひとりでいるのがどんなものか、わかっているわ」彼女はアルバートとモーズに向き直った。「もう一度、自分の土地で農業をやりたいのよ。本気でやるつもりなら、この夏から収穫期にかけてたくさんの助けが必要になるわ。あなたたちふたりはもう少しで卒業する歳ね。いずれ近いうちにリンカーン教護院を出ていくでしょう。どんな計画を立てているかは知らないけれど、わたしのところにとどまる気はない？」

「オディと彼の学業はどうなるんです？」アルバートが訊いた。

ぼくの勉強なんかどうでもよかったが、アルバートは常に先を見ていた。

「うまくいけば、町の学校にはいれるかもしれないわ。やってみないとね。それでかまわない、オディ？」

「え、うん」踊り出したい気分だった。ミセス・フロストを抱きかかえて、ただもう踊りたかった。最後にこんなに幸せだったのがいつのことだったか、思い出せなかった。

「それで、あなたたちの返事は？」

「やったあ！」ぼくは両腕をつきあげて祝意を表した。

アルバートはもっと真面目に答えた。「いいと思います」

モーズは口が裂けそうににんまりして、手を動かした。〝おれたち、ついてる〟

絶対口外しないようにとミセス・フロストは注意した。いくつか準備しなければならないことがあり、すべてのお膳立てが整うまで、ぼくらはじっと辛抱する必要があった。彼女は特にぼくをじろりと見た。「厄介なことにならないようにしてね」

彼女が立ち去ったあと、アルバートがぼくを見た。

「浮かれるなよ、オディ。ミセス・フロストが黒い魔女と渡りあっていることを忘れるな」

寮に帰ると、ぼくらは日曜日のよそゆきを脱いだ。アルバートとモーズとぼくは互いに視線を交わしつづけ、ぼくら自身、この幸運が信じられずにいた。ハレルヤと叫びたかったが、口に栓をした。ヴォルツが入ってきて、小声でアルバートに話しかけ、ふたりは連れ立って出ていった。次にミスター・フライバーグがやってきて、モーズと他ふたりの少年を連れていった。球場を掃除して、次の試合に備えるためだ。

昼食の前にちょっと時間があったので、ぼくは寝台に寝転がって天井を仰ぎ、コーラ・フロストやエミーと暮らすのはどんな感じだろうと想像した。

母さんの記憶はほとんどなかった。母さんが死んだのはぼくが六歳のときだった。アルバートが教えてくれたところでは、身体の中で何かが母さんを食い尽くしたせいだった。最後におぼえているのは、ベッドに横たわった母さんが、水気を失ってしぼんだリンゴのような顔でぼくを見あげていたことで、ぼくはその記憶がいやだった。それとはちがうイメージを持てるような写真があったらよかったのにといつも思っていたが、ぼくらがリンカーン教護院にきたとき、アルバートが持っていた家族写真——みんなでミズーリに住んでいたときに撮ったもので、兄と赤ん坊同然のぼくと母さんと父さんが写っている——をふくめ、すべてが没収されていた。だから言ってみれば、ミセス・フロストがぼくにとっては理想の母親像になっていたし、今こうして考えると、まるでそれが本当になるかのように思えた。彼女がぼくやアルバートを養子にするというわけではない。でもわからないぞ。

とりとめのない空想は、突如あらわれたミスター・グリーンの質問によって破られた。「レッド・スリーヴを見なかったか？」

リンカーン教護院からは四六時中生徒が逃げ出した。居留地からきた子なら、たいていはそこへ戻るので、当局がヒッチハイクを試みている子を見つけるのはむずかしいことではなかった。つかまらずに居留地へたどりつける子はほとんどいなかった。仮に帰りついても、どっちみち送り返されるだけだった。居所をつきとめるのが一番困難なのは、行くあても帰るあてもない生徒だった。そういう生徒はたくさんいた。彼らが逃亡するとき、何を考えているかは神のみぞ知るだった。

ミスター・グリーンは男子生徒全員に質問したが、ビリーがずらかるのを見た生徒はひとりもいなかった。好奇心からぼくは彼の寝台の端にあるトランクを調べてみた。例のちいさなトウモロコシの穂軸の人形は消えていた。

日曜の午後には、リンカーン教護院でもっとも皮肉な集まりのひとつがあった。週に一度のボーイスカウトの会だ。ぼくらの隊長はサイファートという名の、町の銀行員だった。禿げの肥満体で、顔はブルドッグ、頭はいつみても汗でうっすら濡れていたが、ちゃんとした人だった。森で迷子になり、ひとりぼっちになったときに役に立つありとあらゆることを、一生懸命ぼくらに教えてくれた。リンカーンのまわりには森などなかったから、おかしなことだった。ぼくらは体育館に集まって、斧《おの》やナイフを剃刀《かみそり》みたいに砥《と》ぐ方法や、植物や木や鳥や動物の足跡を見分ける方法を教わった。旧練兵場に出たあとは、テントの張りかた、枝を束ねて避難用の差し掛け小屋を作る方法、火のおこしかた、火打ち石と鋼を使う火のつけかたを見せられた。夏のあいだは、生徒の数が減るため、計画される活動の数もすくなくなる。その分、残っている生徒は全員が出席することを要求された。状況がこれほど悲劇的でなかったら、滑稽だと思っただろう。なにしろ、この太った白人男性がインディアンの子供たちに教えている内容は、白人の干渉がなかったら、生まれたときから身についていることなのだから。

アルバートは部隊のリーダーで、彼はその立場を真剣に受けとめていた。そのことは意外でもなんでもない。ミスター・サイファートは教護院の図書館にボーイスカウトの公式手引書を二冊寄付していたが、それを読んだことがあるのはアルバートだけだと思う。

その午後、ぼくらはロープの結びかたを学んだ。やってみたら、案外おもしろかった。結び目には意外にもいろんな種類があって、すべてが異なる目的を持っていた。ほとんどの結びかたはあっというまにできるようになったが、もやい結びというやつにはさんざんてこずった。ロープの先端を、巣穴から出てきて木のまわりを一周し、巣穴に戻るウサギに見立てるらしい。ミスター・サイファートの説明では、船乗りたちが好む結び目だということだったので、ついにぼくは音をあげてどうでもいいやと放り出した。船乗りになるつもりはなかったし。

集会の最後に、ミスター・サイファートはぼくら全員をすわらせて、今にも泣きそうな顔でぼくらを見た。「みんな」と、彼は言った。「悲しいニュースがあるんだ。隊長としてきみたちに会うのはこれが最後なんだよ」

ほとんど反応はなかったが、ミスター・サイファートも生徒の反応の鈍さにはもう慣れていただろう。ぼくたちの大半はミスター・サイファートの好意的発言や行動をことごとく無表情に受け入れてきたから。

「勤め先の銀行の都合でセントポールへ異動すること

になったんだ。来週、出発する。きみたちの新しい隊長になってくれる代わりの人を探しているところだが、正直いって、ちょっと手間取っていてね」

　彼はポケットから清潔な白いハンカチを出した。禿頭と額に噴き出ている汗を拭くのだと思った。ところが、彼は代わりに洟《はな》をかみ、目を拭いた。

「きみたちがこの先、生きていくのに役立ついくつかのことを余さず伝えられたならいいんだが。結び目とか、テントの張りかたの話をしているんじゃないよ。本来の自分を尊重し、いったんこうと決めたらそれにむかって突き進むという気持ちを大切にするようにってことだ」

　彼はぼくらを見回し、一瞬、胸が詰まって口がきけなくなったようだった。

「きみたちはこの国の他の子供たちとすこしも変わらない。そうじゃないと言うやつの言葉など信じるな。スカウトの誓いは生きていく上で悪くない規律だ。今、唱和しようか、みんな？」

　ミスター・サイファートは公式なボーイスカウトの身振りで右手をあげ、ぼくたちもそれにならった。

「名誉にかけて」ぼくらは彼と一緒に繰り返した。「わたしは神とこの国への義務を果たすため最善を尽くします。スカウトの掟に従い、常に他人を助け、身体を鍛え、精神を覚醒させ、道徳を守るため、最善を尽くします」

　彼は腕をおろした。

「きみたち全員の幸運を祈る」

　隣に立っているアルバートのほうを向き、ふたりは握手した。そのあと、ミスター・サイファートはなにかとても大事なものを失った人のような顔つきで、のろのろと体育館から出ていった。

　彼がいなくなったあとのしんとしたなかで、ぼくたちはすわっていた。

　やがてアルバートが口を開いた。「さあ、みんな寮に戻ろう」

　ヴォルツとミスター・グリーンが体育館のドアのそばで、ぼくたちを先導すべく待っていた。ぞろぞろと外へ出ながら、ぼくは彼らに訊いた。「ビリーのこと、何かわかりましたか？」

「何も」ミスター・グリーンが言った。

「そのうちあらわれるさ」ヴォルツがぼくを元気づけた。「いつだってそうだ」

帰り道、ぼくはアルバートとモーズと一緒に歩いた。

「異動なんて嘘だ」アルバートは言った。

モーズが手話で訊いた。〝どういうこと?〟

「ミスター・サイファートは借金の返済が滞っている農夫に抵当権を行使するのを拒否したんだ。セントポールの連中は、それをやってくれそうな人間に銀行業務をまかせようとしている」

「抵当権を行使するってなに?」ぼくはたずねた。

「銀行が農地を取りあげるってことだ」

「そんなことできるの?」

「できる。すべきじゃないけど、できるんだ。みんな大暴落のせいさ」

ウォール街大暴落は知っていたが、実際にそれがなにを意味するのかは知らなかった。最初にその言葉を聞いたとき、ぼくが想像したのは、ウォール街は銀行の金を全部隠し持っているばかでかい城壁みたいなものだということだった。やがてある日——人びとはその日をブラック・フライデーと呼んでいて、そのことを頭に思い描くとき、どんよりした空の下で城壁ががらがらと崩れて、銀行が隠しておいた金が全部風に吹き飛ばされ、なくなってしまうのが見えるような気がした。でも、大平原地帯《グレート・プレーンズ》（北米大陸中西部の大平原）の端にいるぼくにはなんの興味もなかったし、なんの影響もなかった。そこでは誰も金を持っていなかったから。

その夜、消灯時刻が過ぎて真っ暗な寝台に横になっていると、年下の子供たちのひとりが泣いているのが聞こえてきた。新入りの子は何ヵ月たっても、夜になると泣くことがある。古顔の生徒ですら圧倒的な孤独感にさいなまれて涙をこぼすことがあるのだ。コーラ・フロストの提案と、リンカーン教護院を出られそうだという、その朝のうれしいニュースにもかかわらず、ぼくはなんとなく気がふさいでいた。ミスター・サイファートのことを考えた。善人であることは、彼にはなんの益ももたらさなかった。家庭やなじんだ環境から引き離された生徒たちのことを考えた。特に心に重くのしかかっているビリーのことを考えた。ビリーみたいな子供を導く羊飼いになることを誓っていたのに、ミスター・グリーンに訊かれるまで、ぼくはビリーがいなくなったことにすら気づいていなかったのだ。

「見つかると思う？」ぼくはささやいた。

アルバートの寝台はぼくの隣だった。消灯後のおしゃべりは禁じられていたが、声を殺してしゃべればとがめられなかった。

「ビリー・レッド・スリーヴのことか？　わからない」

「無事だといいけど」

アルバートが寝返りをうつのが聞こえ、よくは見えなかったが、こっちを向いたのだとわかった。「いいか、オディ、あんまり他人のことを気にかけるな。結局、彼らはいなくなっちゃうんだ」

「父さんのことを考えてるの？」

「母さんを忘れるな」彼は言った。だんだんぼくが母さんを忘れるようになっていたせいだ。

「ぼくがいなくならないかって心配？」と、訊いてみた。

「おれがいなくなることのほうが心配だ。そうなったら、誰がおまえの面倒を見てくれる？」

「神様かな？」

「神様？」ぼくが冗談を言ったみたいに、アルバートは聞き返した。

「聖書に書かれているみたいなことがほんとにあるのかもしれないだろ」ぼくは言った。「神は羊飼いで、ぼくらは彼の群れで、彼がぼくらを見守ってるんだ」

長い間アルバートは無言だった。ぼくはさっきから闇の中で泣いている生徒の声に耳を傾けた。途方に暮れて、ひとりぼっちで、誰ひとり自分を気にかけてくれないと思っているのだ。

ようやくアルバートは小声で言った。「なあ、オディ、羊飼いは何を食べる？」

兄が何を言おうとしているのかわからなかったから、ぼくは答えなかった。

「仔羊の群れさ」アルバートは言った。「一匹ずつ順番に」

7

月曜日の朝、モーズとぼくはブレッドソーの干し草畑での作業を割り当てられた。朝食のとき、ヴォルツが食堂のぼくたちのテーブルに立ち寄って、そう伝えたのだ。アルバートと他の男子生徒はドイツ人を手伝って、古い給水塔の漆喰《しっくい》を新しく塗り直すことになっていた。

給水塔には語り草になっている逸話があった。ぼくらがリンカーン教護院にくるずっと前、サミュエル・キルズ・メニーという子が逃げ出した。出ていく前に、彼は給水塔のタンクに大胆にも黒いペンキで〝地獄へようこそ〟と描いた。キルズ・メニーは逃亡後もつかまらなかった数すくない生徒のひとりで、リンカーン神話の重要な一部分になっていた。職員はサミュエルの別れぎわの心情を漆喰で塗りつぶしていたが、何年もするうちに、漆喰がはげて、大胆な黒々とした文字――リンカーン教護院の全生徒の心に響く――が下から幽霊みたいにふたたびあらわれはじめていた。

風のない朝はすでに暑く、すごくむしむしして、空気じゃなくて水を吸っているみたいだった。ヘクター・ブレッドソーが予告していたとおり、ろくでもない日になりそうだったが、ビリーの居所のほうがもっと心配だった。

「レッド・スリーヴのニュースは?」ぼくは訊いた。

ヴォルツは首を横に振った。「いなくなってまだ一日だ。あせるな、オディ」

ブレッドソーのトラックの荷台に乗り、モーズとぼくと他の生徒たちは、日が暮れるまで干し草を束ねたり運んだりする運命にあった。ぼくらは薄情な農夫に動物みたいに酷使される予定の一団にふさわしく、黙りこくっていた。ビリー・レッド・スリーヴの思いつきは正しかったのかもしれない、と思った。もしもぼくが彼と一緒に逃げていたら、つかまったときに受ける罰は、まちがいなく仕置き部屋での一夜と、それにくわえて、とびきりの鞭打ちだったことだろう。だが、すべてを考慮すると、容赦なく照りつける日差しの下で息が苦しくなるまで干し草の埃を吸いながら干し草畑で一日働くより、そのほうがましだったかもしれない。

正午に作業から解放されると、ぼくらは干し草を運ぶ荷車の日陰に我先に駆け込んだ。ブレッドソーの妻がめいめいのために作るパサパサのサンドイッチを食べ、ひとつの水袋をわけあい、全員が汗をたらしながら横になって、心の中でブレッドソーを呪い、自分たちが生まれた日を呪った。全員と言ったけど、モーズは別だ。彼は文句ひとつこぼさず黙々と働くことができた。不平を言う声を持っていないからではなく――彼の手はとても雄弁だ――肉体労働が身体と精神を鼓舞するという意味で、彼は労働を楽しんでいるふしがあった。ひとり涼しい顔をしているからといって、誰も彼を責めなかったのは、助けを必要としている生徒がいれば、モーズが常に率先して助けてやるからだった。モーズの物言わぬ受容をよいことに、ブレッドソーはしばしばもっとも過酷な作業を彼に押しつけた。

ぼくは荷車の下でモーズの隣にすわりこみ、西の空を見つめた。険悪な空模様になりだしていた。バッファロー・リッジの上に雲が集結していた。夏の平穏な日の白いふわふわした雲ではなくて、南西からそびえたって稲妻を吐く黒々とした壁だった。ヘクター・ブレッドソーと息子のラルフがトラックの陰に腰をおろして空をにらんでいた。

モーズがぼくの腕を叩いて、手を動かした。〝嵐がくる。早くやめられそうだ〟

ぼくはかぶりをふって言った。「ブレッドソーは最低野郎だ。干し草作りがだめなら、雨の中でぼくらに家畜囲いの糞の始末をさせる」

車の音がして、見ると、ミセス・ブレッドソーがB型のトラックで干し草の列の間を走っていた。彼女はトラックをとめて運転台からおりると、西の空を身振りで示しながら夫に話しかけた。ブレッドソーは首をふったが、彼女は腰に片手をあてて夫に向かって指を左右にふり動かした。ブレッドソーがもう一度空をじっと見た。いやな感じの嵐雲がみるみる広がっていた。彼は大きく息を吸うと、自分のトラックから離れてこっちへ歩いてきた。ポケットからしわくちゃのハンカチをひっぱりだして、干し草の埃が詰まった鼻をかんだ。

「女房が大きな嵐になると言ってる。今日はここまでだ。干し草が乾いたら、またおまえたちを拾いにいく。みんなトラックに乗れ」

あんなに素早くみんなが動くのを見たのははじめてだった。ぼくらはブレッドソーが鼻をかみおわらないうちにトラックに乗り込んだ。モーズがぼくを肘でつついて、ミセス・ブレッドソーのほうへ顎をしゃくった。彼女は自分のトラックのそばに立ったまま、亭主が言われたとおりにするのを確かめるように待っていた。

〝彼女に感謝しろ〟モーズが手を動かした。

「ありがとうございます、マアム」ぼくは呼びかけた。ミセス・ブレッドソーは片手をあげ、ブレッドソーがぼくらを運びさるのを見守った。

教護院に着いたときには、雲は黒っぽい緑色になって大釜の中で煮え立つ魔女のスープみたいにぐるぐる回っていた。風が強くなり、トラックからおりると同時にちいさな雹《ひょう》が降り出した。ぼくらの帰宅は予定外だったので、引率の職員は待っていなかった。その必要はなかった。ぼくらは寮めざして走った。建物の中は無人だったが、平日は珍しいことではなかった。昼食の時間はとっくに過ぎていたから、生徒は全員、割り当てられた作業に戻っていたのだろう。でもこの不穏な天気では、みんな室内に帰ってくるはずだった。

ぼくらは寮の窓辺に立って、嵐がバッファロー・リッジの上を通り過ぎるのを見守った。雹がひどくなって屋根を叩く音が耳をつんざき、大声で叫ばないと互いの声が聞こえないほどだった。窓がこなみじんになってモーズの足元の床にプラム大の雹がぶつかった。二分ほどで雹ははじまったときと同様、ぱたりとやんだが、嵐は終わっていなかった。一マイル向こうで灰色に渦巻く細長い雲がゆっくりとおりてくるのが見えた。バッファロー・リッジ上空を通過していたあの大きな緑の壁から降下してくるさまは、地面にむかって伸ばされた神の指のようだった。地面にふれたとたん、それは荒れ狂う黒に変わった。

「竜巻だ！」誰かが叫んだ。「逃げろ！」

誰も動かなかった。釘付けされたみたいに窓のそばに立ち尽くしているうちに、それが近づいてきた。感電したように全身がちりちりした。長くて曲がった雲の指は見るも恐ろしかったが、目を離すことができなかった。それのまわりの空間には錯乱したカラスの群れみたいに黒い瓦礫《がれき》の破片が無数に舞っていた。いろんなものが、この世のなにをもってしても逆らえない力によってひきちぎられて飛びかかっていた。いまではかなり近づいていたので、ギレアド川を横切りながら竜巻が木々を根こそぎ引き抜くのが見えた。竜巻は給水塔に接近しつつあった。突然ぼくはアルバートとヴォルツがその大きなタンクに漆喰を塗っていることを思い出した。窓ガラスに鼻を押しつけて、彼らがまだ給水塔にのぼっているのか確かめようと目をこらした。作業は半分しか終わっておらず、〝地獄へようこそ〟の文字が昔の漆喰の下にまだ見えていたが、ぼくにわかるかぎり、塔に人気《ひとけ》はなかった。

竜巻は球場を蹂躙《じゅうりん》し、ぼくの見守る前で観覧席がこっぱみじんになった。ぼくらも避難所を見つけるために逃げ出すべきだったが、もう遅すぎた。死が迫ってくるのを目の当たりにしながら、ぼくらはしびれたように立ち尽くした。

次の瞬間、奇蹟的に竜巻が向きを変えて、川をたどりはじめた。教護院の北の地面をずたずたにしながらあらゆる建物とブリックマン夫婦のこぎれいな家をかすめて、リンカーンの町へと向かっていった。ぼくらは寮の東側に並んだ窓に駆け寄って、竜巻が町の南端を迂回《うかい》し、川沿いのもっと先の農地へ進んでいくのを見つめた。

それが向かっている先がどこか、ぼくは気づいた。モーズもだ。彼はぼくの腕をつかんで、手を動かした。〝ミセス・フロストとエミーが〟

外へ走り出たとき、ヴォルツとアルバートが食堂からやってくるのが見えた。その後方から数人がぱらぱらと出てきた。みんなであの石の大きな建物の中で肩を寄せ合い、嵐をやりすごしたのだろう。モーズとぼくは旧練兵場を猛スピードで横切った。

「ミセス・フロストとエミーが危ない」ぼくは大声で叫んだ。「ふたりを見た？」

ヴォルツが首を振った。「今日は見てない」

「あの竜巻がふたりの家のほうへ向かっていったん

だ」

「教護院のどこかにいるんじゃないか?」アルバートが言った。

「教室をあたってみよう」ヴォルツが言った。

ミセス・フロストはいなかった。

「ミセス・ブリックマンだ、彼女なら知っているだろう」ヴォルツは次にそう言った。

ぼくらは大急ぎでブリックマンの家に駆けつけ、ドアをたたいたが、返事はなかった。アルバートがガレージへまわり、中をのぞきこんだ。

「フランクリンがない」

ヴォルツがさらにドアをがんがんたたくと、ようやく開いた。幽霊みたいに青ざめたクライド・ブリックマンが立っていた。

「あのいまいましい竜巻にもうすこしで殺されるところだった」ブリックマンは言った。

「コーラ・フロストは、彼女は今日、学校にいたか?」

ブリックマンは眉をひそめて、一瞬考えこんだ。

「いや、わからん」

「ミセス・ブリックマンは、彼女なら知っているかな?」

「セルマは今朝セントポールへ出かけたんだ、ハーマン。今週いっぱい帰らない」

「ちくしょう」

ヴォルツは東へ目をやって嵐による破壊のあとを眺めた。ぼくたち全員がそっちを見た。一生のうちで、あれほど恐ろしかったことはない。

「ここで待ってろ」ヴォルツが言った。「車を取ってくる」

ヴォルツはぼくら全員を——ブリックマンを含めて——乗せて、コーラとエミー・フロストの家へ向かった。リンカーンの南端では、穀物倉庫の隣の木造の建物群が倒壊してばらばらになっていた。ぼくたちは川沿いの未舗装道路をたどり、気まぐれな破壊跡もなまなましいなかを走った。こちらでは、納屋がまっぷたつになっているのに、二十ヤードと離れていない場所では農家が傷ひとつなく建っていた。あちらではサイロの屋根が吹っ飛んでいたが、その横の家畜囲いは無事で、雌牛たちが何もなかったかのように草を食んでいた。波型の大きな金属板がクリスマスの包装紙みたいにハコヤナギの幹に巻き付いているのが見えた。生まれてはじめて、ぼくは真剣に祈っていた。コーラ・フロストとその娘をお助けください、と死に物狂いで神に頼んでいた。

農場に到着したとき、ぼくの希望は潰えた。ほんの数日前、ミセス・フロストとブリックマン夫婦がお茶を飲んでいた客間は粉微塵《みじん》になった板が残っているだけだった。納屋は跡形もなくなっていた。果樹の大部分は根元から裂けてぐしゃぐしゃにからみあっていた。ミセス・フロストのトラックは死んだカメのように逆さまになっていた。あらゆるものが完全な静寂のなかにあった。

ぼくたちは瓦礫を持ち上げ、彼女たちの名前を呼び、破壊され尽くした建物の中を捜した。生きているふたりが見つかるとは思えず、またそれゆえに、彼女たちを見つけたくなかった。嵐がどんなに易々と固い建造物をねじまげ、ひきちぎるかがわかったから、肉と骨でできたか弱いものがどうなってしまうのか、現実を見たくなかった。だからぼくは折れた屋根の梁《はり》のてっぺんにただじっとしていた。かつてはコーラとエミー・フロストを守り、束の間ではあったが、ぼくをも守ってくれると信じた屋根の上に。

ぼくは両親を亡くしている。殴られたり、ひどい目にあわされたり、孤独に突き落とされたりしてきたが、その瞬間までは、いつか状況はよくなるという希望を失わなかった。

そのとき、モーズが手を動かした。〝聞こえた？〟

ぼくは耳をすました。すると、ぼくにも聞こえた。みんなもモーズが板や折れた梁をどかしはじめた。みんなも加わった。自分たちの耳がとらえたかすかな泣き声を閉じ込めている瓦礫を、狂ったように取り除いた。そしてついに地下室に通じる戸外の入り口があらわれた。壊れた根太《ねだ》の重い部分がふたつ、ドアをふさいでいた。ぼくらはそれをどかし、モーズがドアをぐいとあけた。中の闇からぼくらをじっと見あげていたのはちいさなエミー・フロストだった。顔も衣服も埃だらけで、巻毛は砂でごわごわになり、突然差し込んだ光に青い目をしばたたいていた。モーズが階段を飛ぶように駆けおりてエミーを抱きあげて外に連れ出し、手話でたずねた。〝お母さんは?〟

「わかんない」エミーは激しく泣き出した。乱暴にかぶりを振って、繰り返した。「わかんないの」

「一緒に地下室にいたのかな?」ヴォルツが訊いた。

ふたたび首を振る。頭髪から煙のように埃が飛んだ。

「ママはあたしをここに入れて、それから、ずっと帰ってこなかったの」

「どこへ行ったんだと思う、エミー?」アルバートがたずねた。

「ビッグ・ジョージのとこ」エミーは言った。「納屋から出しにいった」

夫の死後、コーラ・フロストは荷馬を飼いつづける道を選んでいたが、そういう身体の大きな馬に飼い葉をやるのは費用のかかる仕事だった。ヴォルツとアルバートはすでにかつての納屋だった瓦礫の山を調べていたが、もう一度駆け戻って、ふたたび調べはじめた。

「ママはどこ?」エミーが泣き叫んだ。「ママ?」

「静かに、いいね」ブリックマンが言った。「泣いたところで役には立たんよ」

エミーは聞いていなかった。「ママ?」

モーズが家の残骸の上に腰をおろし、エミーを膝に抱きあげてしっかり胸に押しつけた。エミーは泣きつづけた。しばらくしてアルバートとヴォルツが引き返してきて、静かに首を振った。

「わたしがエミーを学校へ連れて帰ろう」ヴォルツが言った。

「わたしも一緒に行く」ブリックマンが言った。

ぼくは腕を組んで足をふんばった。「ミセス・フロストを見つけるまで、ぼくは帰らない」

ヴォルツは反論しなかった。「いいだろう、オディ。アルバート、モーズ、きみらも残るか?」

彼らはそろってうなずいた。

「誰かを手伝いによこすよ。クライド、この子をここから連れ出そう」

彼らはエミーをモーズから引き離そうとしたが、エミーはがむしゃらにモーズにしがみついた。ついにヴォルツが言った。「きみもきてくれ、モーズ」

モーズがエミーを抱きかかえたまま、彼らは歩き去ったが、ブリックマンはすこしあとに残って崩壊のありさまを眺め、低い声で毒づいた。「なんてことだ」

「あなたは間違ってましたね」ぼくは言った。

彼はぼくを見て、目を細めた。「間違っていた？」

「言ったでしょう、神は羊飼いでぼくらを見守っているって。神は羊飼いじゃない」

ブリックマンは答えなかった。

「神がなんだかわかりますか、ミスター・ブリックマン。ろくでもない竜巻、それが神の正体なんだ」

ブリックマンは無言で踵《きびす》を返し、歩き去った。

彼らがいなくなったあと、アルバートとぼくはふたりきりで突っ立っていた。頭上の空は青く澄み、地獄の二時間を投げつけたことなどないような顔をしていた。クサヒバリが歌うのが聞こえた。

「完璧になるところだったんだ」ぼくは言った。「何もかもがついに完璧になるところだった」

アルバートはぐるりと一回転して、まわりの惨害の跡全体を眺めた。口を開いたとき、その声は相変わらず厳しかった。「順番に調べよう、オディ」彼は言った。「順番に」

8

コーラ・フロストはその日遅く、一マイル離れた農場のニレの木の枝に抱かれるようにして亡くなっているのが発見された。竜巻の被害自体はまったく及んでいない場所だったが、竜巻が消えるときに落とした瓦礫が山のように積もっていた。荷馬のビッグ・ジョージはめちゃくちゃになったフロスト農場からそう遠くない場所で無傷で見つかり、ギレアド川の土手沿いの雑草をのどかに食んでいた。

災害の報を受け取ると、ミセス・ブリックマンはすぐさまセントポールから戻ってきた。エミー・フロストはいつまでも母のない子ではない、と彼女は宣言し、度量の大きいところを見せた。なるべく早く幼い少女を養女にするつもりだったのだ。

これを聞くとモーズは手話で言った。〝黒い魔女がエミーの新しい母親だって？〟そのあと彼は手話で、〝

ミセス・フロストが生きていたらきっと叱ったであろうことを言った。

アルバートがあきらめたような低い声でつぶやいた。

「ほしいものを手に入れる、それが黒い魔女だ」

ぼくにとってそれは、不当なことの連続にもうひとつ不当なことが加わっただけのように思えた。冷酷な神が送りこんできたあらゆる失望や破壊に、ぼくなら折り合いをつけることができる。もしかしたら、ぼくはそんな目にあって当然なのかもしれない。でも、エミー・フロストは？　これまでの短い人生で彼女がしたことは、ぼくらをひたすら幸せな気持ちにさせてくれた。そしてミセス・フロストは？　この地上に天使がいるとしたら、それは彼女だった。

葬儀は木曜日に体育館でとりおこなわれた。教護院じゅうの生徒が参列したが、ビリー・レッド・スリーヴの姿はなかった。当局はまだ彼を見つけていなかった。ぼくらは日曜日のよそゆきを着ていた。ミスター・ブリックマンがいつも説教をする演壇が体育館の床に置かれ、そのうしろに彼とミセス・ブリックマンのための椅子、エミーのための椅子が用意されていたが、力なくすわっているエミーは生気のない人形みたいだった。あの竜巻の日から、ぼくらはひさしぶりにエミーを見た。新しいドレスを着て、ぴかぴかの新しい革靴をはいていた。髪にもぐりこんだ砂埃や漆喰が洗っても取れないほど大量だったため、彼らはエミーの巻毛を地肌ぎりぎりまですっかり刈り込んでいた。ドレスを着ていなかったら、男の子で通っただろう。

ミス・ストラットンがパンプオルガンに向かって腰かけた。『ちとせの岩』の調べが流れ、ぼくたち全員がそれに合わせてもぐもぐとうたった。ミスター・ブリックマンは追悼のスピーチをした。おおげさな言葉が一切ない、礼儀をわきまえた口調で彼がぼくらに話しかけたのは、記憶にあるかぎりはじめてだった。彼のことは好きではなかったが、コーラ・フロストについてミスター・ブリックマンが口にした思いやりのある——そして本当の——話にぼくは感謝の気持ちでいっぱいになった。

そのあとブリックマン夫婦は不意打ちをくらった。ミス・ストラットンが発表したのだ。「オディ・オバニオンとわたしでコーラの思い出に捧《ささ》げたいものがあります」彼女がぼくに向かってうなずき、ぼくは起立した。

「なにをするんだ？」アルバートが小声で言った。彼はブリックマン夫婦を見た。ふたりはおよそキリスト教徒らしくない表情を顔に浮かべていた。

「いいから聴いてて」

モーズが手話で言った。〝やさしくな、オディ〟

ぼくはパンプオルガンの隣に立ち、ポケットからハーモニカを取り出した。ミス・ストラットンとふたりでこっそりあの歌を練習してあった。

絶対泣かないとぼくは自分に約束していた。コーラ・フロストの思い出に自分が捧げられる唯一の贈り物をしたかった。でも、『シェナンドー』の最初のメロディを吹きはじめたとたん、涙がこぼれた。それでもとにかくハーモニカを吹くのはやめなかったし、ミス・ストラットンの伴奏もついてきた。音楽そのものが泣いているようだった。その週にぼくらが失ったものだけでなく、幼いうちに家族や子供時代や夢を永遠に失った子供たちのためにも、泣いていた。だがハーモニカを吹いているうちに、ぼくは音楽だけが連れていってくれる世界へはいりこんでいた。コーラ・フロストは死んでしまい、よりよい暮らしへのぼくのはかない希望とともに埋葬されようとしていたが、どこかで彼女が今は亡き夫をかたわらにこの調べを聴いて、ぼくやエミーやアルバートやモーズをはじめ、すくなくとも短いあいだとはいえ、フロスト夫婦のおかげで多少幸せをあじわったみんなにほほえみかけているような気がした。結局のところ、そのことがぼくを泣かせたのだった。

演奏が終わったときは、全員が泣いていた。ミスター・ブリックマンさえ例外ではなく、彼にもちいさいなりに心があるのだとわかった。だが黒い魔女は心がないから、涙一滴こぼさなかった。彼女はぼくとミス・ストラットンを辛辣な目で見ていた。ぼくは自分の席に戻ろうとしたが、ミス・ストラットンに手をつかまれてひきとめられた。

ミスター・ブリックマンの祈りで式が終わると、子供たちはぞろぞろと体育館の外へ出ていった。ミセス・ブリックマンがエミーのほうへ身を傾けて何か言ったあと、立ちあがってパンプオルガンのほうへ歩いてきた。

「すてきな曲ね」と彼女は言ったが、その声はまったく別のことを語っていた。「驚くじゃないの」

ミス・ストラットンは黒い魔女が飛びかかってきて、彼女を丸ごと食い尽くすと思っているかのような顔をした。

ぼくは言った。「ぼくの思いつきだったんです、マアム。あの歌をミセス・フロストが好きだったのを知っていました。ミス・ストラットンは親切に同意してくれただけです」

「親切にね、そうでしょうとも。いいこと、ラヴィニア、次に親切心を出すときは、前もって知らせてもらいたいわ。言っておきますけれどね、あなたが生徒のひとりの気まぐれにあっさり従うなんておかしいじゃないの」

「今回だけです、セルマ」

ミセス・ブリックマンはぼくに視線を転じた。「上手だったわ、オディ」

「ありがとうございます」

「できるあいだに、楽しんで吹くことね」

彼女はエミーのところへ戻ると、彼女の腕をつかんで外へ連れ出した。エミーは一度だけ、ちらりとぼくをふりかえった。よく知っている表情だった。そのようるべない顔を見てぼくは胸が張り裂けそうだった。

ミス・ストラットンはふたりが出ていったあとをじっと見つめて、静かに言った。「あの竜巻はさらう女をまちがえたのよ」

リンカーン教護院に暇な時間はめったにない。その日も例外ではなかった。ぼくら全員に作業が割り当てられていた。ブレッドソーの干し草畑での労働は終了していたが、ぼくはもうひとつろくでもない貧乏籤をひいていた――ディマルコの冷酷な監視下でおこなわれる屋外作業だ。その午後をディマルコのもとで働くなんてまっぴらだった。他のみんながヴォルッとミスター・グリーンについて食堂へ向かうすきに、ぼくは抜け出した。

壊滅状態のフロスト家の農場までは三マイルあった。着いてみると、すべてがあの恐るべき竜巻が襲った午後のままであることがわかった。なにもかもが瓦礫となって放置されていた。ひきちぎられた果樹の葉はすでに乾ききって茶色に枯れはじめていた。トラックは逆さまにひっくりかえったまま、やっぱり死んだカメを連想させた。ミセス・フロストの広い庭で、一匹のウサギが若葉をもぐもぐ食べているのを見つけた。ウサギはぼくをじっと見たきり、逃げる気配もなかった。農場全体がすっかり崩壊しているのに、百ヤード離れたところでは、川沿いの木々が被害ひとつ受けずに立っていた。

ミスター・フロストがいつもカヌーを保管していたラックへ歩いていった。頑丈な小舟はパドルを下に抱いたまま、無事だった。ぼくは川の土手に腰をおろし、最後にそこにいた幸せな日を思い返した。『シェナンドー』を吹いたときはちょっと泣いたが、今は涙があとからあとからこぼれでた。アルバートの言ったとおりで、ぼくは兄を憎らしく思った。ミセス・フロストやエミーと親しくなるべきではなかったのだ。ひとりは死に、もうひとりもぼくからすると、死んだも同然に思えた。幼い少女の運命を思い出すと、いたたまれない気持ちだったが、ぼくに何ができただろう？　ビリー・レッド・スリーヴのときと同じだった。ぼくは自分が願うよき羊飼いにはなれそうになかった。

立ちあがって涙を拭き、破壊されつくした農家に引き返すと、瓦礫をあさって、そもそも自分がここへきた目的のものを捜すことにした。捜すべき大体の場所はわかっていたので、午後の大半をかけて、もちあげたり、押したり、這ったり、動かしたりした。リンカーン教護院をこっそり抜け出したときも、このささやかな使命の成功率は低いとわかっていたが、時間がたつにつれて、気持ちはくじけていった。

見覚えのある埃まみれのブリキ缶が見つかった。ミセス・フロストがジンジャー・クッキーをしまっていた缶だ。残骸からそれを救出し、あけてみた。半分ほどのクッキーが残っていて、ぴったり閉まる蓋のおかげで砂埃をまぬがれていた。それを全部取り出してふたつにわけ、ポケットにしまってから、掘りつづけた。五分後、ぼくは目当てのものを見つけた。銀の写真立ての角が天井の梁の下から顔をのぞかせていた。それを取るためには、下から近づいて瓦礫の中からひっぱらなくてはならなかった。ぼくは注意深く写真立てを引き抜いた。ガラスはこなごなに砕けていたが、中の写真はまだ無事だった。写真を取り出し、シャツの内側にすべりこませると、瓦礫の山からおりて、その場をあとにした。

寮に着いたときは、夕食の時間で男子生徒たちが手を洗っていた。ヴォルツがぼくを見て、そそくさと近づいてきた。

「大変なことになるぞ、オディ」彼は言った。「ディマルコがかんかんになっている。おまえの生皮をはぐ勢いだ。どこに姿をくらましていた？」

「やらなくちゃならないことがあったんだ」ぼくは答えた。

アルバートとモーズが洗面所から出てきて、その日、死んで埋葬されることになっているのがミセス・フロストひとりじゃないような目でぼくを見た。

「ディマルコはおまえを懲らしめるチャンスをずっと求めていたんだ、オディ」アルバートが言った。「くそっ、それなのにおまえときたら自分からそれを差し出しちまった。一体どこにいたんだ？」

「言葉に気をつけろ」ヴォルツが兄に注意した。こモーズが怯えた顔で、手を動かした。〝あいつ、おまえの背中の皮をはぐつもりだ、オディ〟

「平気だよ。大事な用事だったんだ」

アルバートがぼくの肩をつかみ、数日前のディマルコと同じくらい荒っぽく指を食い込ませた。「どこにいた？　そんなに大事なことってなんだったんだ？」

答えないうちに、うしろでディマルコの叫び声がした。「オバニオン！」

ぼくは瓦礫の中から取ってきた写真をひっぱりだして、いそいでアルバートに渡した。「あいつに見つからないようにして」それからディマルコのほうを向いた。

彼は牡牛みたいにやってきた。嘘じゃなく、床板が震動した。右手に、ぼくら全員におなじみの革の鞭をつかんでいた。

「ヴィンセント」ヴォルツが言いかけた。

「フィンセントだと？」ディマルコはドイツ人の発音をあざけった。そして警告のしるしに片手をあげた。「黙ってろ、ハーマン。今度という今度はゆるさん」襟首をつかんでぼくをひきずりはじめた。「さあ、こい」

「わたしも行く」ヴォルツがすかさず言った。

ディマルコは立ちどまって、考えた。ぼくとしてはすごくありがたかった。ふたりだけなら、ディマルコは背中に鞭をふりおろす以上のこともやるに決まっているからだ。ディマルコは言った。「よし、ここでやろう。ルールに従わないとどうなるか、他の生徒たちにも見てもらいたい。シャツを脱げ、オバニオン、そして向こうを向け」

ぼくはのろのろとボタンをはずし、回れ右をし、モーズにシャツを渡した。彼は自分が鞭打たれようとしているような顔でぼくを見た。ぼくは首を振って、手話で伝えた。〝大丈夫だ〟

「アルバートとモーズ、おまえたちふたりでオディをおさえろ」ディマルコが言った。

「やめてください」アルバートが訴えた。

「こいつをおさえるんだ、さもないとおまえも鞭をくらうぞ。そのあと、おれが他の生徒たちにも鞭をふるいだす可能性もある。鞭で打たれたいか？　そうなることは、おまえたち全員がわかっていることだ」

それは本当だった。だからヴォルツはあきらめの表情で立っていたし、だからアルバートが片腕を、モーズがもう片方の腕をつかみ、ぼくは覚悟を決めた。

鞭でひっぱたかれたことは何度もあったが、あの日のディマルコはいまだかつてなかった勢いで鞭をふるった。声をあげて彼を満足させることは絶対にすまいと誓っていたが、十回めに、とうとうぼくは悲鳴をあげて泣き出した。ディマルコがさらに二回、残酷な罰を加えたとき、ヴォルツが命令した。「もう充分だ！」

ディマルコがぼくを仕置き部屋へ連行するとき、年配のドイツ人がついてきてくれたことにぼくはほっとした。ディマルコがさらなる懲らしめをするつもりかもしれないと恐れていたからだ。

「よく眠れよ、オバニオン」ディマルコは言った。「明日はおまえのために特別な割り当て義務を用意してあるんだ。今、背中が痛いと思っているなら、まあ、待ってろ」彼はヴォルツのほうを向いた。「邪魔だてしようとするなよ、ハーマン。クライド・ブリックマンからこの不良をおとなしくさせるのに必要なことをなら何でもやっていいと言われているんだ。こいつはおれのものさ」

「これ以上この子を痛い目にあわせたら、ヴィンセント、おまえをぶちのめしてやる。わたしは解雇されたってかまわん」

「最後に勝つのがどっちか、いまにわかるさ、ハーマン。オバニオン、あのろくでもないハーモニカをよこせ」

ディマルコはすでにぼくから多くのものを奪っていた。尊厳、鞭が背中に何度も食い込んでも音を上げないという固い決意。だが、ハーモニカはもっとも失いたくないものだった。

「そんなことはゆるさんぞ」ヴォルツが言った。

「ハーモニカを望んでいるのはブリックマンだ、ハーマン。院長夫妻はオバニオンに関しては我慢の限界に達しているそうだ。それからな、よく聞け、このドイツ野郎、夜中にここへきて、このガキに食い物ややさしい言葉を与えようと思っているのなら、考え直したほうがいい。なぜなら、もしそうなら、ブリックマン夫妻におまえの石切場でのあのでかい秘密をおれがばらすからだ。おまえは酒の供給源も職も失う。それもみんな、このこぎたないゴキブリのためによかれと思ってやったことのせいでな」

ディマルコはぼくのハーモニカをつかんで、けがらわしい口に押しあて、甲高い音を吹いた。それから扉を閉めて鍵をかけた。

9

何年か前に読んだ『ブリタニカ百科事典』で、ぼくはネズミの寿命が長くて三年であることを知った。ファリアを知るようになってもう四年がたっていた。元は独房だった部屋に守られて、ファリアは相当な年寄りになっていた。若い頃の特徴だったすばしっこさや敏捷《びんしょう》さはもうなくなっていた。広がった壁の割れ目から忍び出てくるときも、ちょこちょこ走ることすらなく、壁づたいによたよたやってきた。飼い猫でもいたら、たやすく餌食になってしまっただろう。でもぼくにとって、ファリアはなじみの友だちだったから、仕置き部屋での孤独な多くの夜、自分に差し出せるパンくずが、相手になってくれるお礼になればいいと思っていた。

その夜、ファリアは早々と隠れ家から出てきた。頬ひげのあるちいさな鼻が壁の裂け目から突き出ているのを見たときは、びっくりした。暗闇にまぎれずに出てくることは一度もなかったからだ。彼はさらにちょっと顔を出すと、ぼくを見た。月明かりで見るその目はいつもちいさく光っていたが、このときはどんより曇って見えた。ぼくはポケットに手を入れて、フロスト家の破壊された農家の残骸から持ってきたジンジャー・クッキーをつかんだ。割れていたが、かけらをいくつか、遠くの角に投げてファリアの気を引こうとした。彼は動かなかった。変だった。ぼくはというと、そのときには馬一頭でも食べられるほど腹ぺこだった。ファリアのために特別にとっておいたクッキーだったので、彼が興味を見せないことで不安になった。さらにいくつかの屑《くず》をもっと近くに投げてみたが、相変わらずファリアは反応しなかった。とうとう、壁の裂け目めがけて投げたが、クッキーは彼の足元に飛び散っただけだった。

ファリアはぼくの貢物に向かって鼻をうごめかしたが、つつくことはせず、じっとしたままぼくを見た。

人間はいろんな方法で意思を通わせる——声で、両手で、文字で、身体でということさえある。でも、ネズミにはどう話しかけたらいいのだろう？「どうした、ファリア？　気分でも悪いのかい？」彼にとりついているふさぎの虫がなんであれ、そいつを追い払うために、物語を聞かせてやりたいと思った。共感を示すためでもいい。ぼくもディマルコに鞭打たれたあとで、気分がすごくふさいでいたからだ。ぼくは語りだした。なだめるような低い声でしゃべりつづけたが、ファリアはじっと動かなかった。ようやくぼくは真実に気づいた。そのちいさな生き物は死んでいた。ぼくの目の前、六フィート足らずのところで、息絶えていた。

コーラ・フロストのために涙を流したのとまったく同じように、一匹のネズミのために泣いたなんて滑稽に思えるにちがいないとはわかっている。愛は実に多くの形でやってくるし、痛みも同じだ。ファリアの死を悟ったときに感じた痛みにくらべれば、背中のミミズ腫れの痛みなど物の数ではなかった。

〝順番だ〟と、アルバートは言っていた。ぼくは兄と神に向かって叫びたかった。

ちいさな身体を干し草の山の上に置き、朝がきたら埋めてあげるよと誓った。夜になると、横になって、ハーモニカがあればいいのにと思った。慰めてくれるのは音楽だけのような気がしたからだ。だがディマルコはブリックマンの命令に従っていたから、そのひどい夜のぼくを慰めてくれるものは何もなかった。

鉄扉の鍵が回る音に目がさめた。闇のなかでぼくは起きあがり、ヴォルツがディマルコの脅しを無視したことに感謝した。失ったものはたくさんあっても、ぼくにはまだ友だちがいる。それは大きな意味を持っていた。扉がスライドして開いたが、ヴォルツは今回ランタンを持っておらず、満月に近い月の光だけが静かな部屋に差し込んだ。月光に照らされた空を背景に黒い影が浮かびあがった。

「ミスター・ヴォルツ？」

「ドイツ人は今夜はこないぜ、オバニオン」

ディマルコだった。ああ、どうしよう。ぼくは床を蹴って遠くの壁にへばりついた。

「ミスター・ブリックマンがおまえに会いたがってる」彼は言った。

「今？　なんのために？」

「コーラ・フロストの娘だ。あの子が逃げた。おまえならどこへ行ったかわかるかもしれないとブリックマンは思ってる」

見当もつかなかったが、たとえエミーの行き先を知っていても、彼らに言うつもりはなかった。だが、ぼくの考えるディマルコがやってきたもうひとつの理由よりはましだったので、彼について外へ出た。ディマルコは歩きだしたが、ブリックマン夫婦の家とは方向が違っていた。

「どこへ行くんですか？」ぼくは訊いた。

「ブリックマンが石切場へ行ったんだ。子供がそっちへ行ったかもしれんと思ってな。そこでおれたちを待っている」

ヴォルツが小屋にこっそり保管している蒸留器のことを、ディマルコはブリックマンにしゃべったのだろうか。ディマルコがヴォルツの秘密に気づいたら最後、ヴォルツが密告されるのは時間の問題だとぼくは思っていた。そうなれば、ヴォルツはリンカーン教護院を辞めざるをえないだろう。他にもあまりに多くのことが奪い去られた今、そういうことになっても不思議ではない気がした。

ぼくのすぐうしろにディマルコがぴったりくっつく格好で、ぼくたちは月明かりが照らすなか、教護院と石切場の間に広がる無人の数エーカーを歩いた。石切場の端の小屋にたどりつくと、ランタンが岩の上にのっていた。ほんの数日前、アルバートがフライパンを置いてモーズとぼくのためにルール違反の料理を作ってくれた場所だ。ミスター・ブリックマンも、他の誰もいなかった。その光景に背筋が冷たくなった。ランタンの隣の岩の上に、その日ディマルコがぼくにふるった革の鞭があり、その横にちいさなトウモロコシの穂軸の人形がころがっていた。たしか、ビリー・レッド・スリーヴが脱走したときに持っていったものだ。

「レッド・スリーヴは赤ん坊みたいに泣きわめいたぜ」ディマルコが言った。

知りたくなかったが、それでもぼくはたずねた。

「ビリーはどこにいるんだ？」

「誰にも見つからないところだ。おまえもおれの手で、じき同じところへ行く」

ディマルコは鞭をつかみ、だらりと垂らした。逃走をはばむように、ぼくと教護院のあいだに立ちはだかった。ぼくのうしろには石切場の穴が口をあけていた。ランタンの明かりを浴びてにやりと笑ったかと思うと、いきなり飛びかかってきたが、ぼくは無力で無抵抗なビリー・レッド・スリーヴではなかった。攻撃をかわして、走った。石切場の端には砕けた岩が無数にころがっており、それらを飛びこえて、ジグザグに走った。背後にディマルコの悪態が聞こえ、ここでころんだらどういうことになるか容易に察しがついた。ぼくの身長ほどもある高くて巨大な二個の岩の間を駆け抜け、そのうちのひとつが落とす黒い影の中へすべりこんだ。岩のそばにしゃがみこんで、できるかぎりちいさく丸まった。ディマルコがすぐ横を駆け抜けたかと思うと、足をとめ、ふりかえった。

「見つけたぞ、このチクショウが」

何でもいいから身を守るものがないかと、ぼくは死に物狂いで地面を手探りした。石切場の端全体はちらばった岩だらけなのに、投げつけられそうな石すらぼくの両手は見つけられず、もう逃げ場はどこにもなかった。

こうこうと照らす月光を浴びて、ディマルコの口が飢えた笑いにゆがむのが見えた。ぼくはウィンディゴを連想した。あの生き物は想像から生まれた架空の怪物だった。だが、石切場の端からぼくをにらんでいるのは生きた人間で、それがかきたてる恐怖はぼくのこれまでの想像をはるかに超えていた。

とっさにぼくはディマルコめがけて突っ込んだ。彼との間の距離を三歩で縮め、肩をさげ、全身で力いっぱいぶつかった。だがディマルコはわきへよけただけで、ぼくは勢いあまって穴に落ちそうになり、両腕をばたつかせて踏みとどまろうとした。でも、だめだった。

今日《こんにち》に至るまで、あの落下の悪夢を見る。夢の中で、黒々とした穴が下で大きく口をあけ、そのぎざぎざの歯でぼくの骨を嚙み砕こうと待ちかまえている。ところが驚いたことに、落下距離はほんの二、三フィートだった。薄暗い崖っぷちではほとんど見えなかったが、気がつくと、ちいさな舌のように突き出た岩の上に身体がのっていた。

起きあがって直立しても、頭は穴の縁《ふち》に届かなかった。ぼくは壁にへばりついて、薄闇にとけこもうとした。ディマルコが頭上にあらわれた。穴の縁に立っていた。あの長い鞭、猛烈な痛みの道具が、身体のわきに垂れていた。無意識にぼくは闇から手を伸ばして革紐をつかみ、力いっぱいひっぱった。ディマルコは完全に不意をつかれたにちがいない。声をあげることもなく、彼の身体はぼくをかすめて奈落の底へ落ちていった。

取るに足らない死などないし、祝福されるべき死はないと今では信じている。だが、ぼくや、他のたくさんの子供たちの人生を苦しめることしかしなかったヴィンセント・ディマルコを殺したあと、一瞬とはいえ、ぼくは一種の高揚感をおぼえた。

やがて犯した罪の重さに気づき、膝から力が抜けた。壁によりかかって身体を支えた。ディマルコの死を願っていたし、かぞえきれないほど彼を殺すことを夢想していた。だが、それはあくまでも頭の中でのことだ。これは現実だ。冷酷な殺人だった。

肩に手が触れ、ぼくは電流でも流されたみたいにびくっとした。だがそれは穴の縁に立っていたモーズだった。

彼は手話で言った。〝大丈夫か？〟

「どこからきたの？」

〝おまえは仕置き部屋にいなかった〟彼は言った。〝だから捜しにきた〟

「アルバートとふたりで？」

〝ヴォルツもだ。二手に分かれた〟モーズは穴の縁に膝をついて、下をのぞきこんだ。〝ディマルコが縁を越えるのを見たけど、今は影も形もない〟

「死んでないかもしれない」

〝固い岩の上に二百フィートの高さから落ちたんだ。死んでる〟

罪の重さがずしりと肩にのしかかった。自分は人を殺したのだ。どんな状況だったかは考慮されないだろう。なにが起きたかをきちんと伝えることはできるが、それは名うての問題児、名うての嘘つきの言葉なのだ。ミネソタに死刑があるのかどうかわからなかったが、もしあるなら、電気椅子送りになるのは確実だった。

モーズが言った。〝行こう〟

命を救ってくれた突き出たちいさな岩からモーズにひきあげられて、ぼくはその場をあとにした。うしろ髪をひかれる思いで。

10

「どこにいた?」アルバートが訊いた。

「ファリアが死んだ」ぼくは言った。そして付け加えた。「ディマルコもだ」

アルバートの目が大きくなった。「どうやって?」

「ただ死んだんだ」

「ディマルコが、ただ死んだ?」

「ちがう、ファリアだよ。ディマルコはぼくが殺したんだ」

帰ってみると、アルバートとヴォルツは旧練兵場に立っていた。彼らはそこらじゅうをくまなく捜し、ぼくの身を案じているところだった。

また脚の力が抜けて、ぼくは草むらにすわりこんだ。なにがあったかをモーズが手話で伝え、アルバートがそれをヴォルツに通訳した。

ヴォルツは膝をついて、ぼくの顔をのぞきこんだ。

「ヴィンセントがビリー・レッド・スリーヴを殺したのか？」

相変わらず気分が悪くてからっぽな感じのまま、ぼくはうなずいた。

「おまえが殺さなかったら、あいつはおまえまで殺しただろう」ヴォルツは言った。

ぼくは彼の思いやりのある顔を、共感の浮かぶ目を見つめた。「ディマルコに死んでもらいたかったんだ。ぼくはあそこに立って、あいつが死んだことを喜んだ」

アルバートが言った。「ここにはいられない」

「警察に本当のことを言おう」ヴォルツが言った。

「オディみたいな子供の話を誰が信じる？」アルバートは言った。まさしくぼくが考えていたことだった。

「ビリーの死体を見せるんだよ」

モーズがぼくに訊いた。〝ビリーがどこにいるか知ってるのか？〟

ぼくが首を振ると、アルバートはヴォルツに言った。「ディマルコがビリーをどうしたのか、弟は知らないんだ」

ドイツ人は指が四本半しかない手で顎をこすると、月明かりの下で目を細めた。「おまえの言うとおりかもしれん。しかし、ただいなくなったらあやしまれるだろう」

「逃げるしかない」アルバートが言った。

モーズが訊いた。〝逃げるってどこへ？〟

「脱走しても、あっという間に見つかっちまうだろうな」アルバートが言った。

「列車に乗れるかもしれない」ヴォルツが言った。

「それで遠くまで行くんだ」

「おれたちが逃げたと公表されたら、鉄道ポリがひとり残らず駆けつけてきて、スー・フォールズからセントポールまでおれたちをしらみつぶしに捜すよ」アルバートは言った。

鉄道ポリのことなら知っていた。ベンジー・アイアン・クラウドという名の生徒が一年前に教護院から逃げ出したことがある。彼は貨物列車に飛び乗り、鉄道ポリ、正しくは鉄道警官につかまって、死ぬほど殴られたあげくしかるべき機関へ引き渡されたのだ。

「わたしが車で乗せていってやる」ヴォルツが申し出

た。

「だめだよ」アルバートは言った。「これはおれたちが引き起こしたことなんだ、関わらないほうがいい」

「ぼくのせいだ」

アルバートがぼくをじっと見た。「おれたちのせいだ。家族だろ」

モーズがうなずいて、手を動かした。〝家族だ〟

ぼくは目をそらして原っぱを眺めた。ディマルコの注意深い監視のもと、草むらは男子生徒によって入念に刈り取られていた。食堂の上空に月がのぼって、冷たい光の川が旧練兵場に降りそそいでいた。

「ギレアド川」ぼくはつぶやいた。

アルバートが戸惑ったようにぼくを見た。「なんだって?」

「ミセス・フロストが言ったことをおぼえてる? ギレアド川はミネソタ川につながっていて、ミネソタ川はミシシッピ川につながっている。ミスター・フロストのカヌーに乗れば、行きたいところまでずっと行けるよ」

モーズが手話で言った。〝竜巻で壊れちまってるよ〟

ぼくは首を横に振った。「今日、あっちにいたとき見たんだ。ラックにちゃんとのっていた。どう思う、アルバート?」

「おまえは見た目ほどばかじゃないと思う。おれたちにとっては最高のチャンスかもしれない」

「コーラの家までおまえたちを乗せていくよ」ヴォルツが言った。

「ハーモニカを取り返さなくちゃ」

「おまえのハーモニカはブリックマン夫婦が持っているんだぞ、オディ」アルバートが言った。「あきらめろ」

「ハーモニカなしじゃどこへも行かない」

「ばか言うな」

「先に行っててよ。なんとかしてハーモニカを取り返したら、合流するから」

アルバートはヴォルツを見、ヴォルツはアルバートを見た。ふたりは無言で問答した。

アルバートが口を開いた。「なんとかなるかもしれない」

当時、ミネソタ州リンカーンの人たちは自宅のドアに鍵をかけなかった。ほとんどのちいさな町ではそうだったと思う。住民はみな知りあいだったからだ。だが、ブリックマン夫婦の家の玄関は鍵がかかっていた。裏口もだ。

「昔ながらの方法で入ろう、オディ」アルバートがそう言って、ミスター・サイファートからの誕生日プレゼントである、ボーイスカウト公認のポケットナイフをぼくに渡した。

「昔ながらの方法?」ヴォルツが聞き返した。

「聞かなかったことにして」アルバートは言った。

ぼくはナイフを持って、地下窓のひとつに近づいた。密造酒を販売していた父と旅をしていた数年間、アルバートとぼくは鍵をこじあける方法を身につけていた。地下窓の鍵をあけるのは造作のないことで、ぼくはすばやく中に入った。地下室は真っ暗だったが、背後の細い窓から月光がさしこんでいて、一分もすると、すっかり目が闇に慣れた。階段をあがって一階に着くと、フライドチキンのにおいがした。ディマルコの罰で夕食抜きだったので、ぼくは腹がへっていた。台所に寄り道したかったが、まっすぐ玄関へ行き、みんなのためにドアをあけた。アルバートとモーズが入ってきたが、ヴォルツが続こうとすると、アルバートがとめた。

「かかわっちゃだめだ」彼はささやいた。

「わたしならすでにかかわっている」ヴォルツは静かに言った。

「公式にはちがうんだ。ねえ聞いてくれよ、ハーマン。少しでもこれに関与したと非難されたら、ブリックマン夫婦はあんたを厳しくやりこめるだろう。リンカーン教護院の生徒は全員、最悪の事態を防いでくれるあんたを頼りにしてる。彼らのことを考えてほしい。彼らのためにも悪事にかかわっていないことを示す必要があるんだ」

ぼくはアルバートがヴォルツをファーストネームで呼ぶのを聞いて、驚いた。彼らの仲が想像以上に深まっていることにすこし傷ついた。ふたりの人生から仲間はずれにされたような気がした。

ヴォルツはあきらかに気乗りしないようだったが、うなずいて、外に残った。

「ここで待っている。まずいことになったら、ここにいるからな」ヴォルツは約束した。

アルバートがドアをそっと閉め、先に立って歩きだした。ぼくがブリックマン夫婦の家に入るのはそれがはじめてだったが、アルバートが部屋の配置に通じているのはあきらかだった。居間を通り抜けた。窓から入る月光に照らされた部屋は、革の家具のにおいがした。ランプはごてごてしていて高級そうに見え、踏みしめる絨毯《じゅうたん》はふかふかだった。アルバートが台所にはいった。チキンのにおいが不安をねじふせ、ぼくの胃袋が鳴った。

「しっ」アルバートが小声でたしなめた。

「夕食抜きだったんだ。腹ペコだよ」

アルバートが冷蔵庫をあけると、庫内に明かりがついた。ブリックマン夫婦が王様のような贅沢《ぜいたく》をしているのがわかり、黒い魔女はどうやって骨みたいな細さを維持しているのかといぶかしく思った。冷たいフライドチキンの皿からアルバートがドラムスティックを一本取ってぼくに渡した。ぼくはただちにかぶりついた。ブリックマン夫婦のすべてが大嫌いだったが、彼らのフライドチキンはすごく気に入った。

アルバートは台所の抽斗をあけて、中を手探りした。と思ったら、懐中電灯の明かりが闇を貫いた。彼はすぐにそれを消し、モーズとぼくに身振りでついてこいと合図した。二階へぼくらを招き、廊下を歩き、閉じたドアの前で足をとめて、手話を使った。〝おれにしゃべらせろ〟彼はノブをつかむと、ぱっとドアをあけた。同時に懐中電灯をつけた。

これまで見たこともないほど大きな四柱式ベッドを光線が照らした。ブリックマンががばと起きあがった。シーツが腰から下を覆い隠していた。上半身は裸だった。ブリックマンはひとりではなく、ぼくは変だと思った。ミセス・ブリックマンはその日の午後、シルバーのフランクリンでセントポールへ出かけ、二日間は帰らない予定だったからだ。そのとき、相手の髪がブロンドなのが見えた。彼女はシーツを胸に押しあてて、ゆっくり身を起こした。ミス・ストラットンのおとなしい目が懐中電灯の明かりをぼんやり見つめた。

「何事だ？」ブリックマンが怒鳴りつけた。

「あんたの助けが必要なんだよ、クライド」アルバートが言った。

ブリックマンはアルバートの声に気づいたにちがいない。「オバニオン――」と言いかけた。

「おれたちはオディのハーモニカがほしい、それだけだ」

「ハーモニカだと？　なにを考えてるんだ？」

「ハーモニカがもらえないなら、ミセス・ブリックマンがあんたとミス・ストラットンの仲を知ることになる」

遅まきながら、音楽教師がシーツをひっぱりあげて顔の下半分を隠した。

「わたしを脅そうたってだめだぞ」

「もう脅したよ」

「一緒にいるのは誰だ？」

「弟だ。それとモーゼズ・ワシントン。それに道徳的清廉さも一緒だ」

いったい何のことなのか、さっぱりわからなかった。でも、ぼくはアルバートに感心した。兄は、ただの子供にすぎないのにそこに立って、城の王様みたいにリンカーン教護院で権力をふるっているクライド・ブリックマンと対決し、しかも、驚いたことに、優位に立っていた。

「ハーモニカ？」ブリックマンが言った。「ほしいのはハーモニカだけなのか？」

「あと、エミーにさよならを言うこと」ぼくは横から言った。

それがブリックマンを困惑させたのはあきらかだった。「さよなら？」

「おれたちはリンカーン教護院を出ていく」アルバートが言った。

「たわごとを言うな」ブリックマンが言った。

「あんたもそのほうがうれしいだろう。だからハーモニカは？」

モーズが手話で言った。〝それから、エミー〟

「それからエミーだ」アルバートが言った。

「服を着る必要がある。廊下で待っていろ」

「おれたちはここで待つ」

ブリックマンはカバーをはねのけ、立ちあがった。素っ裸だった。ベッド横の椅子にかけてあったズボンをはき、サスペンダーをかけた。ベッドにいる女のほうを向いて、言った。「きみはそこにいろ。これはわたしがやる」

ブリックマンはぼくらを押しのけて廊下にでると、別のドアの前へ歩いていった。ポケットから鍵をひっぱりだした。

「エミーを鍵をかけて閉じ込めているのか？」ぼくは言った。

「今夜だけだ」自分の寝室のほうをふりかえったので、ぼくは納得した。それにしても、エミーが閉じ込められていたのかと思っただけでいやな気がした。

ブリックマンはいきおいよくドアをあけ、呼びかけた。「エミー、おまえに会いにきた連中がいる」

彼が壁のスイッチに手を伸ばすと、明かりがついた。エミーはオーバーオールにシャツに、真新しい靴という格好で、まるでぼくらを待っていたかのように、隅の椅子にすわっていた。ぼくらがあらわれると、ちいさく叫んで飛びあがり、部屋の向こうから駆けてきて、モーズに抱きつき、次にぼくを抱きしめ、最後にアルバートにしがみついた。

「きてくれるってわかってた」エミーは言った。

「ここにきたのはさよならを言うためなんだ、エミー」アルバートはブリックマンのほうを向いた。「ちょっとの間、ぼくたちだけにしてくれないか」

ブリックマンはぼくらのプライバシーを尊重して、廊下に戻った。

「おかしな真似をしてみろ、クライド、黒い魔女になにもかもばらすぞ」

ブリックマンはその侮蔑的な渾名に怯むようすさえみせず、無言で兄にうなずいた。

ぼくたちだけになると、エミーはおびえた顔で、目に涙をためて、ぼくらを見あげた。「さよならって？」

モーズが手話で伝えた。〝おれたち、行かなけりゃならない〟

「知ってるもん」エミーは言った。「あたしも一緒に行きたい」

「知ってたって？」アルバートが訊いた。「どうやって？」

「ただ、わかったの。あたしも一緒に行くから」エミーは涙ながらに訴えた。

「だめだよ」ぼくは短く刈り込まれた彼女の髪をなでた。「でも、いいものがあるんだ。写真を出して、アルバート」

ブリックマン夫婦の家にくる途中、アルバートはこっそり寮に引き返して、ぼくが渡しておいたあの写真を取ってきた。フロスト家の客間のマントルピースの上に飾ってあったそれには、ミスター・フロスト、ミセス・フロスト、エミーの家族全員がしあわせそうに写っていた。アルバートがそれをぼくによこし、ぼくからエミーに渡した。

「ぼくはきみぐらいのときに母さんを亡くしたんだ、エミー。どんな顔だったのか、もう思い出すこともできない。でも、きみにはお母さんやお父さんを忘れてほしくない。だから、それを持ってきたんだよ。どこか安全な場所、ブリックマン夫婦に見つからない場所にしまっておいて。きみの両親はいい人たちだった。おぼえていてあげないとね」

エミーは写真を胸に押し当てた。それから懇願した。

「あたしをここに置いていかないで。ふたりは意地悪なの。お願い、一緒に連れていって」

「できないよ、エミー」ぼくは言った。

口をはさんだのはモーズだった。彼はぼくの肩をたたくと、言った。〝いいじゃないか？〟

「エミーは六歳なんだぞ」アルバートが言った。「ぼくらでどうやって面倒を見ればいいんだ？」

モーズが手を動かした。〝ここのほうがましだってのか？〟

エミーを連れていくとは考えてもいなかったが、それを見て、思い直した。いいじゃないか。彼女を連れていくほうが断然理にかなっている。エミーを黒い魔女とその夫のもとに置いていったら、毎晩ぼくはまちがいなく悪夢にうなされる。一緒に連れていったらどうやって面倒をみるのかと心配するほうがずっといい。

「モーズの言うとおりだ」ぼくは言った。「エミーを連れていこう」

「どうかしてるぞ」アルバートは反対した。

「この計画自体、どうかしてるんだ」ぼくは言い返した。

「お願い、お願い」エミーはアルバートの腰に抱きついた。

アルバートはしばらくじっと動かなかったが、やがて身体から力が抜けるのが見ていてわかった。「いいだろう」彼は一歩さがって、エミーのズボンとシャツを見た。「もうそのための服を着ているみたいだな」

「いつまでもなにをしゃべってるんだ？」ブリックマンが廊下から呼びかけた。

ぼくたちがエミーを連れて部屋を出ると、ブリックマンは心臓発作でも起こしそうな顔をした。

「連れていく気じゃないだろうな」

「連れていくよ、クライド」

「誘拐も同然だぞ」

「彼女が行きたがるなら、そうじゃない」

「そうはさせん。セルマに殺される、おまえたちもだ」

「その前にまずおれたちをつかまえないとね。ハーモニカはどこだ？」

「そうはさせん」ブリックマンは腕を組み、廊下に立ちはだかった。

「黒い魔女があんたをこっぴどい目にあわせる原因はどっちだと思う？」アルバートが言った。「どっちみち彼女を嫌っている子供をおれたちが奪ったことか？　それとも、あんたとミス・ストラットンが彼女の留守中によろしくやっていると知ることか？」

ブリックマンがエミーに無関心なのをぼくらは知っていた。だが、ミセス・ブリックマンとの快適な暮らしとなると？　それは大いに重要だろう。それでも、ブリックマンはためらっていた。

「それに密造酒を忘れるなよ、クライド」アルバートは念押しした。

ぼくのあずかり知らぬことだったが、それが最後のダメ押しになった。ブリックマンは回れ右をして、言った。「こっちだ」

ぼくらは彼のあとから階下におりて、別の部屋に入った。彼がデスクランプをつけたので、そこが書斎か図書室なのがわかった。どの壁際にも本棚が並んでいる。教護院の図書室の本はすべて寄付されたもので、さんざん読まれたせいで、背が破れたり、ページが抜けたりしていた。だがここにある本はろくに手を触れた形跡がなかった。ブリックマンが歩み寄った角に大きな金庫があった。彼はその前に膝をついて、ダイヤルをこっちへ回したり、あっちへ回したりしたあと、ハンドルをぐいと引いて金庫の扉をあけた。身体が邪魔になって、ぼくらには中に何が入っているのか見えなかった。彼が取り出したのは銃だった。

黒い魔女だったら、迷うことなくぼくらを撃ち、それからあらためてもう一度撃ったことだろう。だが、ミスター・ブリックマンはあきらかに迷っていた。

「今すぐ立ち去れ、このことは誰にも言うな」

「さもないと？」

ぼくがふり向くと、書斎の入り口にヴォルツが立っていた。

「本気でその子たちを撃つ気か、クライド？　だったら、わたしも撃たないとな。彼らのことは説明できるだろう。だが、わたしについてはそうはいかないぞ」

ブリックマンの顔に狼狽《ろうばい》が走り、ぼくはまずいと思った。ネズミだって追い詰められれば反撃する。手の中の銃が、彼をネズミよりはるかに危険な存在にしていた。

その状況を逆手に取ったのはモーズだった。デスクの上に書類の山があって、そこに黒っぽい磨かれた石みたいなペーパーウェイトがのっていた。モーズはそれをつかむなり、絶妙な角度で投げた。ペーパーウェイトはブリックマンの側頭部に命中し、彼は床に崩折れた。アルバートが飛びあがって銃をつかみ、ブリックマンに向けた。その必要はなかった。彼は動かなかったし、まったく息をしていないように見えたからだ。

死んだ、とぼくは思った。また殺人だ。モーズをちらりと見ると、茫然としているのがわかった。ぼくらはみんなブリックマンを嫌っていたが、殺してしまったという思いは、モーズの善良な心にはたぶん耐えがたいものだったろう。

兄が男の首すじに手を当てた。「脈がある」

モーズが深い安堵のため息をついた。

アルバートは金庫の前に膝をついた。ぼくの立っていたところから、細かリボンで束ねた書類やら手紙やらがぎっしり入っているのが見えた。金もあった。分厚い札束がふたつ。

「オディ」アルバートが言った。「エミーのベッドから枕カバーを持ってこい」

ぼくは二階に駆けあがって彼女の部屋まで行った。

枕からカバーをはずし、戻る途中で、ブリックマンの寝室の前を通ったとき、ミス・ストラットンが呼びかけてきた。「オディ？」

ぼくは戸口をまたいだ。懐中電灯がないので、ほとんど何も見えなかった。

彼女がベッドから言った。「わたしのことをしゃべる？」

ぼくらがしゃべったら、彼女は仕事と評判を失うだろう。他にミス・ストラットンが失うものがあるとは思えない。

「いいえ、マアム。約束します」

「ありがとう、オディ」そのあと、こう言った。「できるなら、わたしも出ていきたいぐらいよ」

それを聞いて、リンカーン教護院の囚人は子供たちだけではないのだと気づいた。

「お元気で、ミス・ストラットン」

「神があなたについているわ、オディ」

書斎に戻って、アルバートに枕カバーを渡すと、彼は金庫に身をかがめた。まっさきに兄がしたのはぼくにハーモニカを返すことだった。それから一切合切、枕カバーにつっこみはじめた——金、書類、何かの革綴《と》じの本、紐でからげた手紙の束ふたつ。

「なんで全部持っていくんだ？」ぼくは訊いた。

「ブリックマン夫婦が金庫にしまっていたなら、それだけの価値があるってことだ」

金庫をからっぽにすると、アルバートはミスター・ブリックマンから取りあげた銃をじっと見た。

「置いていけ」ヴォルツが言った。「持っていてもろくなことにならない」

アルバートはとりあえず銃も枕カバーにほうりこみ、立ちあがった。

「出発の時間だ」兄は言った。

11

まぶしいほど白い月の下で、ぼくらは旧練兵場にふたたび集まった。リンカーン教護院の四角い建物群がまわりに黒くそびえて、大きな影を落としていた。数年を過ごしていたのだから目に馴染《なじ》んだ眺めのはずだが、その夜は、すべてが普段とは違って感じられ、巨大でものものしかった。空気そのものまでが不穏で生々しい脅威に満ちているようだった。

〝神があなたについているわ〟ミス・ストラットンは最後にぼくにそう言っていた。だが今、ぼくの知る神は、一緒にいてもらいたい神ではなかった。ぼくの経験では、彼は与えずに奪うだけの神、予想不能な気まぐれと悲惨な結果をもたらす神だった。神にたいするぼくの怒りはブリックマン夫婦への嫌悪以上に深かった。黒い魔女たちのぼくへの扱いは、結局、ぼくの招いたことだったから。でも神は？　かつてはぼくだって希望を持っていた。だが今はなにを期待すればいいのかさえ、わからなかった。

「食堂の向こう側でみんなで待っててくれ」ヴォルツが言った。「わたしが車で迎えに行く」

「その前にやらなくちゃならないことがあるんだ」ぼくは言った。

「今度はなんだ？」アルバートが言った。

「木工所の鍵を渡してもらえる、ミスター・ヴォルツ？」

「なにをする気だ、オディ？」

「お願い」

「渡してやって、ハーマン」アルバートが言った。

「時間がもったいない」

ヴォルツはポケットからちいさな鍵束を取り出し、鍵の一本をはずして、ぼくに手渡した。

「十五分以内に食堂の裏に行く」ぼくは言った。

木工所のドアの鍵をあけると、いろんなにおいが渦巻いていた——ニス、かんな屑、オイル、テレピン油。明かりをつけて、壁際の木製の戸棚に歩みよった。ペンキの缶が色と使用目的ごとに並んでいた。ぼくは黒ペンキの缶をつかむと、上の棚からハケを一本取った。明かりを消し、鍵をかけ、急いでその場を離れた。

給水塔の白漆喰は、竜巻によって作業がいったん中断されたが、今は隅々まで塗り直されて、サミュエル・キルズ・メニーの別れの言葉は完全に見えなくなっていた。梯子《はしご》が取り付けられた細長い支柱の一本の下に立って、ぼくは月光を浴びて純白に輝くタンクをじっと見あげた。それは純粋な期待だけを胸に、空を仰ぐ純真な子供の顔のようだった。ペンキ缶の持ち手を腕にかけ、ハケをズボンのウエストにはさんで、梯子をのぼりはじめた。タンクのまわりにはりめぐらされた狭い通路は、地上からたっぷり百フィート上にあった。通路にたどりつくと、ぼくはちょっと足をとめて、リンカーン教護院に最後の見納めをした。ぼくの心は固くしこったままだった。視界に入るのは建物群の投げる黒い影ばかりで、まるでそれらが地面を食い尽くそうとしているように見えた。まさにそうだったのだ。ぼくの人生の四年間は闇によって食い尽くされていた。

やるべきことをすませると、ペンキ缶とハケを置きざりにして、梯子をおりた。


みんなは食堂の裏でぼくを待っており、ヴォルツの車にはエンジンがかかっていた。

「なにがそんなに重要だったんだ?」あきらかにいらついた口調でアルバートが訊いた。

「なんでもないよ。もうすんだ。行こう」

アンドルー・フロストとコーラの倒壊した農場まで時間はかからなかった。ヴォルツが家の瓦礫のそばに車をとめ、ぼくらは外に出た。カヌーのラックがある川岸のほうへ歩きだしたが、エミーはぐずぐずしていた。ちいさな手をオーバーオールの胸当ての内側にすべりこませ、ぼくが壊れた家屋から救出したあの写真を取り出した。それをじっと見てから、木っ端みじんになった板きれの山をエミーは見つめた。かつてそこにあった彼女の生活は二度とよみがえらない。

ぼくは肩を抱きよせて、できるだけやさしく言った。「これからはぼくらがきみの家族だよ、エミー。絶対きみをひとりにはしない」

エミーはぼくを見あげた。「約束する?」頬を伝う涙が月明かりの中できらめいた。

「神にかけて」ぼくはそう言って、胸に十字を切った。

ギレアド川の土手の木々の下でモーズとアルバートはすでにカヌーを川に浮かべていた。彼らがカヌーをおさえているあいだにエミーはまんなかあたりに乗り込んだ。つづいて乗り込む前に、ぼくはハーマン・ヴォルツに手を差し出した。四本半の指を持つ手で、ヴォルツは静かにぼくと握手を交わした。

「ありがとう、なにもかも、ありがとう、ミスター・ヴォルツ」

「この子の面倒をみるんだぞ、オディ。きみ自身も気をつけろよ」

「わかった」

ヴォルツはリンカーン教護院から持ってきた、畳んだ四枚の毛布をよこした。寮のすべての寝台にそなえつけられている薄い毛布と同じたぐいのものだ。そのほかにも、ブレッドソーの畑で働くときに飲むような、キャンバス地の、口までいっぱいに入った水袋をくれた。脇の部分に消えないように白ペンキで文字が書いてある。ヴォルツ――大工作業所。

「ぼくらが捕まったら、この水袋から助けたことがばれちゃうよ」ぼくは言った。

「きみたちが捕まったら、オディ、わたしは死んでもきみたちと自分の名誉を守る」ヴォルツは誓った。

エミーのあとから乗り込んで、お尻の下に敷くように毛布を二枚渡し、自分も二枚敷いた。アルバートがブリックマン夫婦の金庫の中身をいれた枕カバーをカヌーにほうりこんだ。

「やつらはあんたをきっと締めあげるよ、ハーマン」

「そうでもないんじゃないかな、アルバート。きみとわたしはクライド・ブリックマンの弱みを握っている」ヴォルツはにやりとすると、アルバートの手を両手で包んだ。「さびしくなるよ。きみたちみんながいなくなったら、さびしくなる」

モーズも年配のドイツ人の手を握りしめ、そのあと慎重にカヌーの艫《とも》に乗り、一方のアルバートが舳先についた。ふたりはパドルをあやつって、カヌーをギレアド川のやさしい流れへ押し出し、ぼくらは、ぎざぎざの月影がさす土手に立つ、この世で最後の友人であろうヴォルツと別れた。

進みだすと、ヴォルツが惜別の言葉を叫んだ。「神のご加護があるように」

でもヴォルツが言ったのは、今ぼくが知っている神のことではなかった。行く手に待ち受ける未知の世界への旅に漕ぎ出しながら、給水塔に太い黒文字で残してきた自分の別れの言葉について思い返した。いまだにリンカーン教護院に閉じ込められている全生徒なら、きっと理解してくれる言葉だった。**神は竜巻。**

第二部　片目のジャック

12

その最初の夜、ぼくらは月光をたよりにパドルを漕いだ。周辺の農地に人工的な明かりはひとつも見当たらず、世界には自分たちしかいないような気がした。川面にはハコヤナギの枝が垂れ下がり、カヌーはその影から出たり入ったりした。ときおり聞こえるのは夜風に吹かれて葉がさらさら鳴る音と、二本のパドルがあげるしぶきの音ばかり。川と並行して走る鉄道線路がときどき川のカーブに沿って、川を横切っている。そんな線路下の土手に、赤い残火が見えて、ぼくらみたいな、あてもなくさまよっている人が焚き火をしているのだろうと思った――当時はそういう人たちがすごくたくさんいたのだ。やがてモーズとアルバートはパドルをひきあげ、ぼくたちは静かに川を流れていった。

ちいさなエミーはヴォルッツがくれた毛布の上に横になり、眠りこんでいた。ぼくはというと、どうがんばっても目をつぶることができなかった。ディマルコを死に追いやったことで、ぼくは子供時代の最後の名残りみたいなものを失っていたが、川とアルバートとモーズが闇をついてカヌーを進めるうちに、自分が得たもののことで頭がいっぱいになり、それ以外のことが考えられなくなった。それは自由だった。一瞬たりとも、自由を味わいそこねたくない、と思った。胸に吸い込む空気はかつてないほど爽やかだった。月に照らされた白いサテンのリボンのような川、銀色のハコヤナギの木々、黒いビロードとみまがう空には無数のダイヤモンド、これほど美しいものは見たことがないような気がした。ディマルコを殺したことで自分は古い殻を脱ぎ捨てたのだ。今感じているのは、新しい自分の誕生なのではないか。ついにぼくはそう結論づけた。生まれ変わったオディ・オバニオン、彼の本当の人生がこの先に広がっていた。

数時間後、アルバートが言った。「すこし休息したほうがいいな」

ぼくらは川岸にカヌーをつけ、エミーを起こした。土手をあがると、地形が見えた。一マイルばかり南にいくつかの明かりがかたまってまたたいていた。ちいさな町があるのだろう。その町まではだだっぴろい平原があるばかりだった。ぼくらは毛布をひとり一枚ずつ広げ、横になった。

「暗いね」エミーが言った。「怖い」

「ほら」ぼくは自分の毛布がエミーの毛布にかさなりあうように調整した。「ぼくの手を握って」

彼女は言われたとおりにした。最初はぎゅっと握っていたが、すこしすると、指の力が抜けて、眠りこんだ。モーズの深い寝息で、彼も眠ったことがわかった。でもアルバートはぼくの隣で毛布の上に寝転がったまま、起きていた。

「ぼくらは自由の身だ」ぼくはささやいた。「とうとう自由になったんだ」

「そう思うか？」

「思わないの？」

「これからは、もっと用心しなけりゃならない。やつらがそこらじゅうでおれたちを捜しているだろう」

「ミスター・ブリックマンは別だよ。アルバートに弱味を握られているから」

「おれが心配しているのは、あいつじゃない」

誰のことを言っているか、すぐにわかった。ディマルコをのぞけば、黒い魔女はぼくがこれまでに知った誰よりも邪悪な心の持ち主だった。ぼくらは彼女からエミーを盗んだ。だから、なにがなんでも追ってくるだろう。その代償を支払うのはアルバートとモーズとぼくだけではない。黒い魔女につかまったら、ちいさなエミーの人生は地獄よりひどくなる。

「ミス・ストラットンが無事だといいけど」ぼくは言った。

「おまえは自分の心配をしろ」

「どうやって彼女とミスター・ブリックマンのことを知ったの？」

「知ってたわけじゃない」

「じゃ、どうして寝室にいきなり入ったのさ？」

「ブリックマンに関しては別のことを知っていたんだ」

アルバートが廊下で言ったことが記憶によみがえった。〝密造酒を忘れるなよ、クライド〟そして、アルバートとヴォルツがしょっちゅう一緒に出かけていたこと、深い仲間意識がふたりの間にできあがっていたこと、仲間はずれの気分を味わわされたことを考えた。「ブリックマンと取引をしていたんだね、密造酒の販売?」ぼくは言った。

「そうびっくりするなよ。我が家の商売じゃないか」

「だけど、ミスター・ブリックマンがそんなことを?」

「あいつはれっきとした詐欺師だ、オディ。密造酒販売は、まちがいなく氷山の一角さ」

朝になると、アルバートはブリックマン夫婦の金庫からくすねた札束から一ドル札を抜いて、昨晩明かりが見えたちいさな町へ出かけていった。彼がいなくなると、ぼくは枕カバーをあけて、ふたつの札束を取り出し、数えた。

それからじっとすわったまま、モーズを見た。「二百四十九ドルもある」

モーズが手話で言った。〝おれたち、車を買える〟

エミーが賢明な提案をした。「みんなに新しい靴を買えば?」

エミーはブリックマン夫婦が買い与えた、新品の丈夫な紐靴をはいていた。ぼくは自分のぼろ靴を見おろした。リンカーン教護院では毎年一足の靴が与えられる。そもそも作りがお粗末なのと、四六時中はいているのとで、一年もたたないうちに底が穴だらけになる。ぼくら生徒の大半はできるだけ水がはいらないよう、ボール紙のきれっぱしを中に入れていた。

「新しい靴に新しい服、まるごと新品の人生だな」想像もしなかったほど金持ちになった気分だった。

金をもとに戻し、紐でゆわえてある手紙の束のひとつを取りだした。紐をほどき、封筒を見ていった。どの手紙も宛名はリンカーン・インディアン教護院長となっていた。差出人住所はミネソタ州の全土と、グレート・プレーンズやその向こうに散らばっていた。

親愛なる院長様

わたしたちの息子、ランドルフ・アウル・フライズはあなたの学校の生徒です。わたしたちにとって、ランドルフに会いにそちらへ行くのはとても困難です。クリスマスのプレゼントを息子に贈りたいのです。この一ドルで、あの子になにか特別なものを買ってやってください。雪がとけて、道路が通れるようになったら、会いにいくつもりでいると、伝えてください。かしこ。ルイスとアーサー・アウル・フライズ。

ぼくはランディ・アウル・フライズを知っていたし、クリスマスに彼が何かもらったことがないのも知っていた、ただの一度もだ。

もう一通、開封して読んだ。今度のはサウス・ダコタ州イーグル・ビュートに住む家族からの手紙だった。さっきの手紙と同じように丁寧で礼儀正しい字で書かれており、彼らの娘ルイーズ・ルデュークが祖母の葬式のためにリンカーン教護院から自宅に帰る許可を院長に求めていた。バス代として五ドルを同封すると記されていた。

ルイーズのおばあさんが死んだときのことを、ぼくは思い出した。彼女は一週間泣き通しだったが、家には帰らなかった。

どの手紙も内容はほぼ同じで、少額の現金を添えてなんらかの要請をしていた。ぼくは枕カバーを見て思った。そこに入っているお金はみな、いくばくかの希望をこめたものなのに、結局、希望はかなえられなかったのだ。そういった手紙はアルバートやモーズやぼくみたいな、夏のあいだも家に帰らず、よって、金がくすねられたことを報告できない子供たちの家族からきたものばかりだった。

そのあと、ネブラスカ州シャドロンで投函された、レッド・スリーヴの家族からの手紙を見つけた。

親愛なる院長様

ビリー・レッド・スリーヴはわたしたちのひとり息子です。息子はわたしたちの農場にいてもらわなくてはなりません。状況はよくありません。ビリーの母親は息子を連れていかれて激しく泣きます。いまも泣いています。このことを誰に頼んだらよいのかわかりません。だから、あなたに頼みます。ビリーがバスで家に帰れるよう、お金を送ることができます。どうすればよいのか、どうか教えてください。敬具、アルヴィン・レッド・スリーヴ。

ぼくは手紙をおろし、あの大きなむなしさがまだ心に居座っているのを感じた。ビリーの死体が見つかったら、誰がそのことを両親に話すのだろう。それとも、両親はこの先ずっと、家路をたどるちいさな人影を求めてサウス・ダコタのむきだしの地平線を見守りつづけることになるのだろうか？　枕カバーの開いた口から、ミスター・ブリックマンがぼくらを脅した銃がのぞいていた。それをつかんで、ヴィンセント・ディマルコをもう一度殺したかった。

アルバートがパン一塊、ピーナツバターの瓶、アップルバターの瓶、オレンジ四個を麻袋に入れて帰ってきた。リンカーン教護院に入れられてからオレンジというごちそうは食べていなかったが、アルバートが買ってきたのはぱさついていて、まずかった。ぼくは枕カバーに中身を全部戻して、知ったことは自分の胸にしまっておくことにした。すくなくともビリーのことと、使った一ドル札のいわれについては。アルバートと彼の倫理観を知っていたので、金の出所を知ったら、兄は手をつけないだろうし——つければ、その金は二度も盗まれたことになる——ぼくらの誰にもさわらせないだろうと不安になったからだ。

「ぼくらのことで何か耳にした？」

「全然」アルバートは言った。「でも、安心するのはまだ早い。噂が広まるのはこれからだ」

ぼくらは毛布の上で食べた。モーズがアルバートに伝えた。〝枕カバーに金がいっぱいだ〟

「永遠にはもたないよ」

エミーが言った。「服を買えるね」

アルバートはぼくたちが着ているリンカーン教護院の制服を見た——紺色のシャツに紺色のズボン、すりへった靴。「名案だ、エミー」彼は言った。

そのときぼくは、すくなくとも新しい服を着るまでは、金のことは黙っていようと思った。

食べ終わると、エミーが言った。「あたし歯を磨きたい」

「歯磨きについてはあとで考えよう」アルバートは言った。

モーズが兄の肩をたたいて、手を動かした。〝農夫〟ぼくらが一晩過ごしたハコヤナギの木立と境を接する野原のほうへ、彼は顎をしゃくった。トウモロコシの青々とした列の間を、ひとりの男が歩いていた。ときどき腰をかがめて、収穫物の出来具合を調べている。その横を一匹の黒い犬が飛びはねていた。彼らはぼくらから二百ヤードばかりのところまで野原を横切って、こっちへ向かってきた。

「荷物をまとめろ」アルバートが言った。「出発するぞ」

ぼくらは食べ物を集めて麻袋に戻し、毛布を畳んだが、川までの土手をおりないうちに黒い犬に見つかった。においを嗅ぎつけたのかもしれないが、激しく吠《ほ》えはじめた。

「伏せろ」アルバートが命令し、ぼくらは地面に腹ばいになった。

農夫がこっちを見て犬に話しかけた。犬はぼくらと農夫のあいだを行ったりきたりしている。

「這って進め」アルバートが言った。

土手を這いおりて、いったん姿が犬から隠れると、大急ぎで持ち物全部をカヌーにほうりこみ、もやい綱を解いた。アルバートとモーズががむしゃらにパドルを漕ぎ、ぼくは首を伸ばして昨夜の避難所だった木立をふりかえって、農夫と犬があらわれないか見張った。

「見つかったと思う?」ぼくは訊いた。

「わからない」アルバートは言った。「だがここはさっさと退散だ。漕ぎつづけろ、モーズ」

その晩は倒れたハコヤナギの大木が川を半分ふさいでいる場所で野宿した。水が突風みたいな音をたてて枝の間を流れていた。別のちいさな町が見え、暗くならないうちにアルバートがまた一枚ドル札を持って、食べ物を買いに行った。食料のほかに、《ミネアポリス・スター》紙の夕刊を持って戻ってきたが、心配そうな顔つきだった。

「すっかり知られてる」そう言って、ぼくらに見出しを見せた。『凶悪な誘拐事件!』その下にエミーの写真が載っていて、隣に給水塔と、ぼくが黒ペンキで描いた文字の写真が並んでいる。アルバートが代表して記事を読みあげた。

リンカーン・インディアン教護院の男子生徒の顧問、マーティン・グリーンさんが、教護院のクライド・ブリックマン副院長が自宅書斎で縛られているのを発見した。ブリックマン副院長はマスクをかぶった見覚えのない三人の賊に襲われたと主張している。寝ていたところをいきなり襲撃され、金庫をあけろと要求された。拒否すると、殴られた（右目に黒痣のできた、ブリックマンのちいさな写真があった）。彼がなおも拒否すると、賊はエマライン・フロストをつかまえて、危害を加えると脅した。ブリックマン副院長はついに金庫をあけた。賊は中身をすべて持ち出し、彼を縛りあげたが、少女は返さず、ブリックマンさんの言葉によれば、こう言い放った。『おれたちを追跡しようとすれば、この子がひどい目にあうぞ』

記事はボブ・ウォーフォード、フリモント郡保安官の意見を引用していた。保安官は赤ら顔のがっしりした男で、よくブリックマン夫婦とつるんでいた。脱走した生徒の捜索に関わっていて、ときには尋問のために年上の少女たちを預かることがあった。帰ってきた少女たちの様子から、手荒に扱われ、ことによるともっとひどい目にあわされたことはあきらかだった。彼女たちは死ぬほど怯え、保安官に拘束されていたあいだに何があったか絶対にしゃべらなかった。

「われわれはこの犯人たちを早急に捕まえるつもりだ」とウォーフォードは新聞に語っていた。「第二のリンドバーグ事件にしてはならない」

リンカーン教護院にいると、外の世界のニュースはろくにわからなかったが、リンドバーグ家の子供が誘拐され、身代金を支払ったものの無残な結果に終わった事件は、ぼくらみんなが知っていた。いたいけな幼児が頭を負傷した遺体で発見されたと聞いたときは、アメリカじゅうの人間と同じようにぼくらも心を痛めた。誘拐犯たちの大がかりな捜索がいまも続いていることも知っていた。

「マスクだって？」ぼくは言った。「ぼくらはマスクなんてかぶっていなかったよ。ぼくらのことをブリックマンはちゃんと知っていた。なんでそう言わなかったのかな」

「さあな」アルバートは言った。「それはどうだっていい。とにかくこの郡のいたるところに警官がうようよしているんだ」

「でも、みんなはあたしを誘拐したんじゃないわ」エミーが言った。「あたしが行きたかったんだもの」

「同じことだよ」

「あたし帰りたくない」ぼくはエミーがいまにも泣きそうなのに気づいた。

モーズが手話で言った。〝おれたちがきみを守るよ。約束する〟

「誰がミスター・ブリックマンを縛りあげたんだろう」ぼくは訊いた。

「ミス・ストラットン以外にいないだろ」と、アルバート。

「新聞には彼女のことは一言も書かれてないよ。ヴォルツのことも」ぼくはそう言いながら、ほっとした。すくなくとも、ミス・ストラットンとヴォルツは無事なのだ。

「職員のひとりが行方不明になっている、と書いてある」ページをもっと下のほうまで読みとばしていたアルバートが言った。「ヴィンセント・ディマルコ。当局は彼を捜しているが、彼は誘拐の容疑者ではないとさ」

日が沈んで、暗くなりだしていた。川は固い鋼鉄を思わせる銀灰色だった。川面に張り出した木々が薄れゆく青い空に黒く浮かびあがっていた。空気は息をとめたみたいに、しんとしていた。

アルバートが棒きれを拾って川に投げると、すぐにハコヤナギの倒木の枝にひっかかった。「おれたちが謎の賊であることはどうでもいいんだ。それより、エミーの写真が今にどこの新聞にもでかでかと掲載されるだろう。誰かが彼女に気づいたら、おれたちは一巻の終わりだ」

エミーが「ごめんなさい」といって泣き出した。モーズがエミーの肩を抱いた。ぼくは、夜とは関係のない闇がぼくらの頭上におりてくるのを感じていた。反抗の火花が胸の奥で燃えあがった。

「ねえ」ぼくは口を開いた。「新聞に出てるあのエミーの写真は竜巻の前に撮られたものだ。髪は長くて、縮れている。でも今はすごく短く切ってあるから、男の子にしか見えない。だから、エミーはそのオーバーオールのままでいてもらって、誰にも近くでじっと見られないようにすればいいんだ。そうすりゃ、ぼくらの弟か何かみたいに見える」

アルバートはすぐには何も言わなかった。モーズが頭をめまぐるしく回転させているのがわかった。だがエミーはすぐにぱっと顔を輝かせた。

「あたし、男の子になってもいい。男の子ができることならなんだってできるもん」

モーズが肩をすくめて、手を動かした。〝いいんじゃないか?〟

アルバートがゆっくりうなずいた。「うまくいくかもしれない。エミーの顔が隠れるようなつばの広い帽子が手にはいれば」彼はぼくを見て、しかたなく笑った。「うまくいくかもな」

兄は町でチーズと大きなボローニャ・ソーセージを一本買ってきていた。彼がボーイスカウトのナイフでそれらを薄切りにし、ぼくらは残りのパンにのせて食べた。それが夕食だった。食べ終わると、川岸の雑草の上に毛布を敷いて寝転がった。するとエミーが言った。「ハーモニカで何か吹いてくれない、オディ?」

「音楽はだめだ」アルバートが鋭く言った。エミーのがっかりした顔を見ると、口調を和らげて言い聞かせた。「誰かが聞きつけるかもしれないだろう。危険は冒せない」

「お話をするのは?」ぼくは訊いた。

「うん、お話して」エミーが元気を取り戻した。

モーズが言った。〝おもしろいのにしてくれよ、オディ〟

一日中ギレアド川をくだっているあいだ、ひとつの物語が頭の中にできあがりつつあった。どこから湧いてきたのかわからなかったが、すべての断片がひとつにまとまるにまかせていると、時間の経過を忘れることができた。だから、ぼくはその話をした。

あるところにエミーという名のちいさな孤児がいました。

「あたしみたい」エミーが言った。

「きみみたいだね」ぼくは答えた。

エミーはふたりのすごく意地悪な人たち、おじさんとおばさんと一緒に住むことになったのです。

「その人たちって、ミスター・ブリックマンとミセス

・ブリックマン？」
「偶然だけど、そうなんだ、エミー、それがふたりの名前だった」

ちいさな少女は意地悪なブリックマン夫婦の家でそれはそれは不幸でした。と、ぼくはつづけた。ある日のこと、大きな暗い家の中を探検していると、高い塔にはいるドアの前に出ました。以前はいつも鍵がかかっていたのに、誰かがその日は鍵をかけ忘れていました。中に入ったエミーは気持ちのよさそうな小部屋を見つけました。本棚やおもちゃやすてきなふかふかのソファやちいさな読書ランプで小部屋はいっぱいでした。その一角に木彫りの額に入った古くて背の高い鏡がありました。家中にこんなすてきな部屋は他にないわ、とエミーは思いました。あのいやなブリックマン夫婦からは想像できないすてきな部屋です。エミーは棚から本を一冊抜きました。『サニーブルック農場のレベッカ』という本です。

「あたしたち、その本を持ってた」エミーがぼくに言った。「ママが読んでくれたの」

「すごい偶然だね」ぼくはそう言って、お話をつづけた。

エミーはソファに腰をおろして読みはじめましたが、いくらも進まないうちに、ちいさな声が〝こんにちは〟と呼びかけるのが聞こえました。変です。だって部屋にはエミーしかいなかったのですから。〝こんにちは〟と声がまた呼びかけました。エミーが隅の大きな鏡を見ると、ちょうどエミーそっくりに、ちいさな少女がソファにすわっているのが見えました。でも、それはエミーが映っているのではありませんでした。別の少女だったのです。エミーが立ちあがると、鏡の中の少女も立ちあがりました。エミーが鏡に歩みよると、少女も鏡に歩みよります。

〝あなたはだあれ？〟エミーは言いました。

〝プリシラ〟と少女は言いました。〝あたしは鏡に住む幽霊なの〟

〝幽霊？　本物の幽霊？〟

〝そういうわけでもないの〟プリシラは言いました。

〝説明するのはむずかしいわ〟

〝あたしはエミー〟

〝知ってる〟プリシラは言いました。〝あなたがきたらいいなってずっと思ってたの。あたしを見ることができる人がくるのって、すごくひさしぶりなの〟

〝ミセス・ブリックマンにはあなたが見えないの？〟エミーは訊きました。

〝あたしの姿を見たり、声を聞いたりできるのは、いい人だけだもの〟

〝どうやってそこに入ったの？〟エミーはたずねました。

〝鏡に片手をあててみて、そうしたら教える〟プリシラが言いました。

ところが、鏡にふれたとたん、気がつくとエミーは鏡の中にいて、プリシラが外に出ていました。プリシラは両手をたたき、喜んではねまわりました。

〝自由になったわ！　すごく長い間、その鏡の中に閉じ込められていたの、でも、もう、あたしは自由よ！〟

〝どうなってるの？〟エミーは叫びました。

〝これは鏡の呪いなの。あたしは、前にそこに入っていたちいさな女の子によってそこに閉じ込められたのよ。今はあなたが入れ替わって、そこに閉じ込められたってわけ。ごめんね、エミー。ほんとうにごめんなさい。でも、あたし、もう一度自由になりたくてたまらなかったの〟

突然ミセス・ブリックマンが部屋に入ってきました。たった今エミーと場所を入れ替わった少女をいかめしくにらむと、意地悪な声で言いました。〝この叫び声は何事です？　ここで何をしているの、エミー？〟

〝その子はエミーじゃないわ〟ちいさなエミーは鏡の中から叫びました。〝あたしがエミーよ〟

でもミセス・ブリックマンにはエミーが見えませんし、声も聞こえません。ちっともいい人ではないからです。

〝きなさい、エミー〟ミセス・ブリックマンは言いました。〝いてはいけない場所にいた少女がどういうことになるか、今から教えてあげるわ〟

ミセス・ブリックマンはプリシラの耳をつかんで、部屋からひっぱりだしました。

エミーは鏡から出ようとしましたが、無駄でした。そこで彼女は鏡の外で読んでいた本をもって腰をおろし、いさぎよくあきらめることにしました。するとどうなったと思いますか？　鏡の中の快適な小部屋に自分ひとりだけしかいないことが、とても幸福であることに気づいたのです。

それから間もないある日、プリシラがいきなり塔の部屋に入ってきて、鏡に駆けよりました。

〝ああ、エミー！〟彼女は叫びました。〝どうかあたしを鏡の中に戻して。ミセス・ブリックマンてすごい意地悪ばばあだわ。あたし、耐えられない。お願い、どうぞそこへ戻らせて〟

〝わかるわ〟エミーは言いました。〝ミセス・ブリックマンと一緒に暮らすのは恐ろしいことだもの。でもあたしはここがとても気に入ってるの。だから、他の家族がこの家に引っ越してくるまでは、ここにいるつもりよ。やさしい女の子のいる親切な家族がくるまで。そうしたら、出ていくかもしれない〟

プリシラは悲しそうに立ち去り、ちいさなエミーは棚から選んでおいた新しい本を読もうと腰をおろしました。それは『鏡の国のアリス』という本でした。

アルバートがぼくを見て、感心したようにうなずいた。「『鏡の国のアリス』か。うまいじゃないか、オディ」

その夜はひときわ星々が明るく思えた。エミーは手を握ってやるまでもなく、眠っていた。一日のほとんどをパドルを漕いで過ごしたモーズとアルバートも、たちまち眠りに落ちた。ぼくの頭には入りきらないほどの夢想があふれていた。《ミネアポリス・スター》紙の一面に掲載された給水塔と、そこに自分が書いたそのままの言葉の写真を見たせいで、有名人になったような気分だった。必ずしもベーブ・ルースみたいな有名人というわけじゃない。なにしろ、彼の名前は誰もが知っていたのだから。でも、ただの名も知れぬ孤児よりはましな存在になった気がした。ぼくは行く手に待ち受けるすばらしい可能性の数々を想像しはじめた。ぼくらは名前を変えたほうがいいのかもしれない、と思った。万が一に備えて。カウボーイのスター俳優バック・ジョーンズにちなんでバックと名乗ることにしたらどうだろう。倒れたハコヤナギの枝の隙間を流れる川音に耳をすましながら、物語の中のエミーのように、自分たちが最後は鏡の安全な側にたどりつくことを、ぼくは心の底から願いはじめた。

胸にちいさな手が置かれて、目がさめた。目をあけるとエミーが月光の中に立っていて、ぼんやりした顔でぼくを見おろしていた。

「どうしたの、エミー？」小声でたずねた。

彼女は片手を差し出した。枕カバーの中の札束から抜いたのだろう、五ドル札が二枚、その手に握られている。「これをあなたの靴の中にしまって」

催眠術をかけられたみたいに感情のこもらない口調だったので、夢遊病かなと思った。リンカーン教護院の生徒の何人かは夢遊病者で、ヴォルツからは彼らの目をさまさないよう注意されていた。だからぼくは金を受け取った。

「靴に入れて」エミーは言った。

ぼくは靴の中にしまいこんだ。

「誰にも何も言わないで、アルバートにも、モーズにも」

「これをどうすればいいんだい？」

「そのときがきたら、わかる」

エミーは自分の毛布に戻って横になった。規則正しい息づかいから、彼女がまた熟睡しはじめたことがわかった。

今の出来事にぼくは面くらい、アルバートとモーズに言うべきかどうか考えた。だが、エミーの態度にふざけたところは微塵もなく、ちいさな声は真剣そのものだったから、自分ひとりの胸にしまっておくことにした。

13

「なんて言うつもり？」

「どういう意味だ？」

「ポケットに十五ドル入ってるんだろう、アルバート。そのことをどう説明するんだい？」

「どうして説明しなけりゃならないんだ？」

アルバートは頭がよかった、ぼくよりずっと頭がいい。だけど他人のこととなると、ときどきすごく物わかりが悪くなる。新しい靴と、その日の食料を買うつもりで、ぼくらは昨夜アルバートが新聞を買ったちいさな町を歩いていた。モーズとエミーはカヌーを見張るためにその場に残った。

「十五ドルだぞ、アルバート。そんな大金をぼくらみたいな子供が持って歩いていたら、人はいぶかしく思うよ。なにか質問するかもしれない。そうしたらなんて言うつもりなんだ？」

「自分たちで稼いだ金だと言う」

「どうやって？」

「さあ。働いてだ」

「誰のところで？」

「なあ、オディ。ここはおれにまかせろ。大丈夫だよ」

「そっちのせいでぼくらが牢屋にほうりこまれたら、殺してやるぞ」

「そんなことにはならない」

「だといいけどな」

町はウェスターヴィルといって、これまでに見た町と似たり寄ったりだった。線路わきには大きな穀物倉庫が何棟かそびえている。木立の上に教会の尖塔《せんとう》が四つ、突き出ているのが見えた。リンカーンにあるような裁判所の塔は見えないから、ここはまだフリモント郡なのだろうと思った。

早朝だったので、まだ町はにぎわっていなかったが、店は開いていた。パン屋があって、そこから流れてくる匂いに涎《よだれ》が出てきた。金物屋、ＩＧＡ食料品店、ドラッグストア、文房具店、本屋。通りの片側にはバターカップ・カフェというちいさなレストランがあった。その横に建つのは、ウェスターヴィル警察署で、正面にパトカーが一台とまっており、胃袋がぎゅっと縮こまるのをおぼえた。ようやく商品をたくさん並べたショーウィンドーの前に出た。しゃれた文字でガラスに〈クレン商店〉と描いてある。ぼくらはショーウィンドーの前で立ちどまり、並べてある商品を見つめた。靴もいろいろあった。

「ここがよさそうだ」アルバートが言った。

ぼくは入ろうとしたが、アルバートは躊躇《ちゅうちょ》した。

「どうかした?」

「なんでもない。ただ……」アルバートはそれ以上何も言わず、深呼吸した。「よし」

リンカーンにも百貨店はあった。〈ソレンソンズ〉といって、一度だけ行ったことがある。多種多様な売り物――家具や服や工具や――がそれこそ山のようにあり、宮殿だってこれほどたくさんのすごいものは所有できないだろう、と思ったものだ。〈クレン商店〉は大きさや上等さという点ではかなわないものの、陳列物の多様さでは負けていなかった。アルバートとぼくはシャツやズボンや下着、生地やリネンの棚の列の間を歩いた。化粧品カウンターの前を通ると、空中に花の香りが充満していた。

また別の通路に入ると、そこは金物でいっぱいで、もうちょっとでオーバーオールにシードキャップをかぶった痩せて背の高い男にぶつかりそうになった。こっちに背中を向けていたが、両手に目覚まし時計を持って、ダイヤモンドを調べるみたいに注意深く眺めまわしている。男は急にぼくらのほうをふり向いた。海賊みたいに片目に黒い眼帯をしていて、ぼくらに向けたいいほうの目の凶暴なことといったら、野生の豚さえ怯えて逃げ出しそうだった。

男の相手をしている店員が言った。「すぐにきみたちの希望を聞くからね。そのへんを見ていてよ」

ぼくは喜んで、店員と〝片目の豚脅し〟のそばから離れ、ようやく靴が陳列されている場所にたどりついた。見本をのせた箱が大量に山積みになっている。アルバートは横にバスター・ブラウンとある箱に近づいた。見本の靴を持ちあげたとき、背後から陽気な声がした。「何かお探しかしら?」

ぼくらにほほえみかけている女性はちょっとミス・ストラットンを連想させた――背が高く、ほっそりしていて、ブロンドで、平凡な顔立ちだ。目がすこしおかしいように見える。左右の目の焦点が微妙にずれているのだ。でも、やさしい目つきだったし、笑顔は本物で、感じがよかった。

「あの……」アルバートが口ごもった。「ぼくらは……あの……」

「はい？」女性が励ました。

アルバートは床を見つめ、もう一度しゃべろうとした。「ぼ、ぼくら……ええと……、ぼ、ぼくらは……その……」

そうか。女性店員にどんな作り話をするつもりでいたにせよ、アルバートは言葉が出てこないのだ。勇気がないせいではないと思った。なんといっても、アルバートはクライド・ブリックマンを屈服させたくらいなのだ。恐怖のせいでないなら、ぼくに思いつける説明はたったひとつ、この感じのいい女性に嘘がつけないせいだった。

「兄は言語障害があるんです、マアム」ぼくは横から言った。「どもるので、きまり悪いみたいで。バカとかそういうんじゃなくて、ただ、すらすらしゃべれないだけです」

「かわいそうに」

「ええとですね」ぼくは言った。「父さんに言われて、ぼくら、新しい靴を買いにきたんです」

手伝ってあげたいという熱意に女性店員の顔が輝いた。「そうなの、それならきっとお役に立てるわ。バスター・ブラウンを見ていたわね。とってもいい靴よ」ちらりと下を見た彼女は、ぼくたちの履き古した安物の靴を見て、笑顔を絶やさないまま、言った。「でも、あまり高級じゃないのを見たいかもしれないわね」

積みあげられた箱の上に、ぼくの目をとらえたブーツがあった。「あれは？」

別の大声が割って入った。「レッド・ウィング社製のコンバット・ブーツだよ。わたしの意見では、史上最高のブーツだね。それが歩兵を支え、先の大戦に勝てたんだ」

〝片目の豚脅し〟の相手をしていた男の店員がそばに

きていた。

「ここミネソタ州で作られているんだ。すばらしい出来だし、ものすごく長持ちする」

「ロイド」女性店員が口をはさんだ。「この子たちがあのブーツに興味があるとは思わないけど」

彼女の視線がぼくらの紙みたいに薄くへたった革靴に向けられると、男性店員は彼女の言わんとするところを汲《く》み取った。

「でも他にもいろいろないい靴を取り揃《そろ》えているよ」彼は熱心に言った。「どんなのがいいのかな？」

「レッド・ウィングのはいくらですか？」ぼくはたずねた。

「一足五ドル七十セントだ。高いと思うだろうけど、それだけの値打ちはある」

「ぼくら、十五ドル持ってるけど、他にも一週間分の食料品を買わなくちゃならないんです」ぼくは言った。

「十五ドル？」男は露骨に驚いたが、それは予想できる反応だった。「十五ドルもどこから持ってきたんだい？」

「お父さんがこの子たちに渡したのよ、ロイド。その少年が言うように、靴と一週間分の食料品を買うために」

「きみたちは兄弟か？」

「はい」ぼくは言った。

「それにしちゃ、ちっとも似てないな」

「ロイド、あなただって弟と全然似てないわよ。いつも自分のことをハンサムなほう、と言ってるじゃない」

男はぼくらをじろじろ見た。「きみらが着ているのは、どこかの制服かい？」

「ちがいます」ぼくは言った。「ウォーシントンの教会のご婦人がたがくれたんです。たぶん、学校かどこかのものだと思うけど、知りません。だけど、これでも前に着ていた服よりずっといいんです」

「きみたちのお父さんの名前は？」

「クライド・ストラットン」とっさに浮かんだふたつの名前をくっつけた。

「知らないなあ」

「町にきたばかりなんです。父さんは穀物倉庫の仕事につきました」

「あそこで人を雇ってるのか？　一年のこの時期に？」

「父さんは修繕のために雇われたんです。手先が器用だから」

「このご時世に仕事につけたなら、きみらのお父さんは運がいいよ」

「そうですね」ぼくはそう言ったあと、しょげた顔を作った。「でも、いつまでつづくかな」

「お母さんは？」女性店員がたずねた。

「母さんはもういません。死にました」

「それはお気の毒に」

「それからずっと旅をしてまわってるんです。ぼくらの古いこの靴はもうぼろぼろです」ぼくは片方——五ドル札を前の晩に隠したほうじゃない靴——を脱いで、女性店員に見せた。

　彼女は男性店員を見た。「フーヴァーのぼろ靴よ」

　彼女はぼくが穴をふさぐのに入れておいたボール紙の断片をひっぱりだした。「こっちはフーヴァーのぼろ革」彼女は限りない哀れみをこめてぼくを見た（ハーバート・フーヴァーは時の合衆国大統領。大恐慌に有効な策を打てなかった）。

「きみの弟はほんの子供だが、しゃべるのはもっぱら弟だね」男の店員はアルバートに向かって言った。「きみはどこか悪いのかい？　舌がないのか？」

「ロイド」女性が強くたしなめた。「その子はどもるのよ」

　ぼくは靴を取り戻し、死骸でも見るようにそれを見た。「父さんは財布をからにして、新しい靴を買うようにと言ったんです。買えるかぎり一番いい靴を。だけど、十五ドルしかありません」

「ぼ、ぼ、ぼくらは、食料品も、か、か、買わなくちゃなりません」アルバートの口から、言葉がたよりなげにこぼれ出た。

「一週間分の」ぼくは付け加えた。

「バスター・ブラウンの靴なら一足二ドル七十五セントだ」男は言った。「それなら食料品を買う金もたっぷり残るよ」

「レッド・ウィングのほうがいいなあ」ぼくは未練たっぷりに言った。自分で自分がかわいそうになるほどだった。

　アルバートが殺すぞと言いたげな目でにらんできた。

ぼくのやりすぎを恐れているのだ。

「ロイド」女性がきつい調子で言った。

男はあきらめたように天井を仰いだ。「こうしよう、きみたち。五ドルぽっきりでレッド・ウィングを売ってあげよう。こっちの儲《もう》けはゼロだ」

アルバートが口を開いた。受け入れようとしているのだとわかったが、ぼくはそれをさえぎった。「三足十五ドルで売ってくれるなら、ぼくたちは父さんにも新しいブーツを買って帰れます」

「でも、それじゃ食料品を買えなくなるわ」女性が言った。

「ぼくたち、食べ物をかき集めるのがすごくうまいんです、マアム。ここにいる兄は町外れのあの川で魚を釣るのが上手なんですよ。ぼくは、三十フィート離れたところからだってパチンコでリスの片目に命中させられる。それに自分がなにを探しているかちゃんとわかっていれば、食べられる草もいっぱいあるし。だけど靴は別です。ぼくらじゃどうすることもできません。あともうひとつあるんです、みなさんにはどうでもいいことだけど、今日は父さんの誕生日なんです。父さんのために何かを買うお金なんて持っていたことがなかったけど、あの新しいコンバット・ブーツを買って帰ることができたら、きっと最高のプレゼントになると思います」

女性店員の目はまちがいなく涙でうるんでいた。

「ロイド、もしもあんたがこの子たちにブーツを売らなかったら、これからひと月はポーチのブランコで寝てもらうわよ」

ぼくたちは真新しいレッド・ウィングの靴三足と、新しい靴下三足、それに古い靴下の穴を修繕できるようにと、女性がおまけにくれたちいさな裁縫キットを持って、町を出た。町で最後の家から遠く離れたところで、アルバートが言った。「よくも蜂蜜みたいに甘い嘘がすらすらと口から出てくるもんだな、ええ？」

ほめられたと思ったので、ぼくは気をよくした。

「生まれついての才能だよ」

「あるいは、呪いだ。あの女性はいい人なんだ、オディ。おれたちにたいして親切だった。おまえが彼女にしたことは詐欺だぞ」

その一言が胸に突き刺さった。それでも、ぼくはひきさがらなかった。「今、彼女がどう感じているか想像してみてよ。三人の貧乏人を助けたんだ。それはまぎれもない真理だよ」

「穀物倉庫で働くクライド・ストラットンなんていないと知ったとき、彼女はどう感じるだろうな？」

「兄さんだって一役買ったじゃないか」ぼくは言い返した。「あの……あの……あの。舌が喉につかえてるみたいに聞こえたよ」

アルバートは足をとめ、真剣な、悲痛な顔をぼくに向けた。「いいか、オディ、おまえにはいろんな悪いことが起きた。おまえを守るためにもっとがんばるべきだったのはわかってる。だが、あいつみたいにはなってほしくないんだ」

「クライド・ブリックマンのこと？　ディマルコ？　ぼくをそんな人間だと思ってるの？　クソくらえだ」

ぼくはありったけのスピードでアルバートから離れた。腹が立ったせいばかりではなく、どんなに傷つけられたか知られたくなかったからだ。

「待てよ、オディ」アルバートが呼びかけた。

ぼくは立ち止まったが、アルバートのためじゃない。警察のサイレンの音がしたからだ。アルバートもふりかえり、ぼくらふたりが見ているうちに、一台のパトカーがウェスターヴィルからの砂利道を、元気いっぱいの野生の馬の群れがやってきたのかと思うような土埃を巻きあげて猛スピードでみるみるこっちへ向かってきた。

「まずいぞ」ぼくは言った。

「あわてるな、オディ。落ち着け」

朝日がフロントガラスに反射して目がくらみ、運転している警官が見えなかった。ぼくは立ちすくんだ。黒い魔女をにらみつけることも、その夫に屈しないこともできるが、制服を着てバッジと銃で武装した人間には、ぼくの勇気をふにゃふにゃにしてしまう何かがあった。

「手をふるんだ」車が近づいてきたとき、アルバートが言った。「笑顔になれ」

ぼくは手をあげたが、腕は鉛のようだった。

車はあっというまに走り去り、運転手の顔すらよく見えなかった。パトカーは道を突っ走って、ギレアド川にかかった橋を渡り、ずんずん遠ざかっていった。

橋までたどりついたあともそのままぐずぐずして、車が戻ってこないことを確かめ、まわりにこっちを見ている人がいないことを確認してから、川沿いの木立の中に入りこみ、カヌーのあるところまで進んでいった。そこに着いたとき、アルバートとぼくは驚いて顔を見合わせた。

モーズとエミーがいなかった。カヌーも消えていた。

14

モーズとエミーがいないのを発見したときほど恐怖をおぼえたことはなかったし、ディマルコの最悪の脅しですら、それにくらべれば物の数ではなかった。

「どこにいるんだろう、アルバート?」

「わからない」彼は土手に立って、上流と下流をかわるがわる眺めた。「きっとなにかがふたりを怖がらせたんだ」

「それとも、誰かに連れていかれたか」

「カヌーごとか? そうじゃないと思う。ふたりは川にいる」

「どっちへ行ったんだろう?」

アルバートは昨夜ぼくらが毛布を広げた地面を観察した。次に木の幹のまわりを歩いた。なにをしているのか、ぼくにはさっぱりわからなかった。

「あった」ようやくアルバートは雑草が生えているあ

る場所に膝をついた。

二本の棒がV字形に地面に置かれていて、東を指していた。それはミスター・サイファートがボーイスカウトの授業でぼくらに教えてくれた、行き先をあらわす標識だった。

「下流だ」アルバートは言った。

レッド・ウィングのブーツの箱をかかえて、ぼくらは木立や藪《やぶ》を抜け、ギレアド川をたどった。半マイル行ったとき、エミーの呼ぶ声が聞こえた。川に注ぎこむちいさな支流にエミーとモーズがいるのを発見した。

「なにがあったんだ?」ぼくは訊いた。

モーズが手話で言った。〝子供たち、魚釣りをしてた〟

エミーが補った。「川の向こう側を子供たちが歩いていたの。でもあたしたちのことは見なかった。モーズがあの場所を離れたほうがいいと考えたの」

ぼくらは新しい靴下と靴にはきかえた。ぼくはみんなに背を向けて、古い靴から五ドル札をひっぱりだし新しいブーツに移した。立ちあがったとき、天使が歩く雲をはいているような気がした。それほど心地よい感触を味わったのははじめてだった。

ふたたび川に出て、午前中いっぱいリンカーン教護院との距離をさらに広げることに費やした。ぼくの前でエミーが退屈そうに水に指先をひたしているのを見て、あることを思いついた。親切な女性店員がくれた裁縫キットを取り出し、中に入っていたちいさな鋏《はさみ》でシャツの黒いボタンを三つ切り取ると、ぼろ靴下の片方の底の部分に三角形に縫い付けた。枕カバーからなにかの書類を束ねている赤いリボンをちょっと切って、楕円形にし、踵に縫い付けた。古い靴下のもう片方を丸め、靴下のつま先に押し込んだ。すると、人形ができあがった——ボタンの目がふたつ、ボタンの鼻、赤いリボンの口。ちょっと汚れてはいるが、全体としては、悪くなかった。

靴下人形を片手にはめ、ぼくなりに考えた人形らしい甲高い声で言った。「エミー」

こちらをふり向いたエミーはぼくの作ったちいさな人形を見ると、顔を輝かせた。それを渡すと、自分ではめて、エミー流の人形の声を出した。カエルに似ていなくもないしわがれ声だ。靴下を詰めた頭がふくれているのでエミーは人形にパフ《フィー》と名をつけ、彼女とパフはその日はずっとふたりだけでおしゃべりをしたり、ぼくらとしゃべったりし、時間はまたたくまに過ぎていった。

午後になるとまもなく、ギレアド川の四分の一マイル南方に線路が見え、線路沿いの木々の上に教会の尖塔と給水塔が見えてきた。アルバートが枕カバーからお金を取って、昼と夜の食料と、さらに翌日の朝の分まで買いに行った。

エミーは耕された畑の端の雑草の上にすわってパフを動かした。パフはモーズとぼくにしのびよる、腹をすかせたライオンだった。

ぼくはさりげなくたずねた。「エミー、きのうの夜のこと、おぼえてる？」

「どんな？」手にはめたパフを直しながら、彼女は上の空で言った。

「真夜中にぼくに話しかけたんだよ、おぼえてる？」

「ううん」エミーは低くうなって、パフをモーズのほうへ突き出し、モーズは怖がって身を引いてみせた。

「あるものをぼくにくれたのをおぼえてないの？」

「なんにも」エミーはかぶりをふって、もっぱらモーズを襲うほうに注意を向けた。とりあえず、ぼくはそれ以上追及しないことにした。

カヌーからそれほど遠くないところに一軒の農家があり、裏庭の物干しに洗濯物がぶらさがっているのが見えた。ぼくは枕カバーから三ドル取って、モーズとエミーにすぐに戻ってくると伝え、上流に向かった。

農家の近くまで行き、土手に沿った木々の間にしゃがみこんだ。ペンキがすっかり剝《は》げた古い納屋があった。むき出しの外壁は灰色で、木部は腐ってやわらかくなっているように見えた。くたびれた年寄りみたいに、ちょっとかしいでいる。農家はちいさくて、納屋に負けないほど老朽化していた。ニワトリ小屋にはめんどりとヒナがたくさんいて、地面をついばんだり、互いに突つきあったりしていた。家の裏の物干しにはオーバーオールとパンツとシャツが、大きいのとあまり大きくないのと二種類かかっていた。たぶん父親と、その息子のだろう。川で通過したとき、ぼくの目がとらえたのはそれだった。

しばらく様子をうかがって、人の気配がないのを確かめると、ぼくは用心深く裏庭へ入っていった。着古したシャツは継ぎがあたっていて、何度も繕われていた。ぼくは大きなシャツ二枚とちいさめのを一枚、そっと洗濯ばさみからはずしにかかった。最後の一枚をはずしたとき、ちいさな女の子がまるで魔法みたいに目の前にあらわれた。エミーよりすこし年下で、おさげの金髪に大きな青い目をしていた。リンカーン教護院の生徒たちより栄養がいいようには見えなかった。ちいさな袋みたいな服を着て、裸足だった。

「やあ」ぼくは言った。

「それ、父さんのシャツだよ」女の子は言った。「それにヘンリーの」

「ヘンリーはきみのお兄さん？」

女の子はうなずいた。

「どこにいるの？」

「マカダムズさんのところで働いてる」

「その人はこのへんに住んでるの？」

「クローフォードの向こうに大きな農場を持ってるの。父さんはここで農業をしてたけど、銀行があたしたちの土地を取りあげたの」

「お母さんは？」

「町で働いてる。ドローバーの奥さんのためにアイロンがけと掃除をしてるの」

「きみの名前はなんていうの？」

「アビゲイル。あんたは？」

「バック」ぼくは言った。

「盗むの？」アビゲイルは言った。

「ちがうよ、アビゲイル。買うんだ」

枕カバーからもってきた金をひっぱりだし、アビゲイルには高くて手が届かない物干しに洗濯ばさみで留めた。

「お金持ちなの？」

「ついてただけさ。会えてよかったよ、アビゲイル。でももう行かなくちゃ」

「鉄道線路に戻るの？」

「たぶん。どうして？」

「だって、食べ物や仕事や夜寝る場所を探して、みんながそこからやってくるんだよ。母さんはあたしたちができることをするのが大切だって言うの。でも、その人たちはお金を持ってない」

「そのとおりだよ」ぼくは言った。「鉄道線路に戻る。スー・フォールズ行きの列車をつかまえられるかどうかやってみるよ」

「列車はクローフォードにはとまらないよ」

「とまる駅のある次の町までヒッチハイクしなくちゃならないかもしれないな」

「リンカーンよ」

「じゃ、リンカーンまで。さよなら、アビゲイル」

ぼくは歩きだしたが、川には戻らなかった。家の前の未舗装の道をぶらぶらと歩いて郡道に合流する場所まで行くと、そこから鉄道線路のある反対側へ渡った。砕けた石の路盤に立ち、枕木のクレオソートのにおいを嗅ぎながら農家をふりかえった。持ってきたシャツのようにくたびれていたが、温かく安らかな場所を求めて線路を歩いているアビゲイルの家族よりさらに貧しい者にとって、その家がどんなに魅力的に見えるか理解できた。

ぼくはしばらく町の方角へ歩いてから、次の原っぱを横切る近道をして川に戻った。アルバートがすでに帰っていて、ぼくを叱り飛ばした。

「いったい、どこへ行ってた？」

「ぼくらのリンカーンの制服の代わりになるものを持ってきた」ぼくは誇らしげにシャツを持ちあげた。

「どこでそれを手に入れたんだ？」

「上流の農家」

「盗んだのか？」アルバートの顔に浮かぶ怒りの激しさに、ぼくはぶたれる、と思った。

「ぼくは泥棒じゃない。金を払ったんだ」

アルバートは枕カバーにちらりと視線をやった。

「いくら？」

「一枚一ドル」

モーズの眉毛がぐいっとあがり、彼は手話で言った。

〝このボロに？〟

「誰に払った？」アルバートが問い詰めた。

アビゲイルのことは黙っているのが一番だと判断し、ぼくは言った。「物干しに留めてきたんだ」

「まったくばかにもほどがある」アルバートは非難しはじめた。

「すくなくとも、今ぼくたちを見つけても、リンカーン教護院の脱走者には見えないよ」

「三ドルだって」アルバートは今にもぼくの首を絞めそうだった。

「あの家の人たちには金が必要なんだよ」

「金のことじゃない。その人たちが通報するのを心配しているんだ」

「だとしても、警察はぼくらが列車に乗ってどこかへ向かっていると思うだけさ」

「へえ？　どうして？」

〝ぼくがアビゲイルにそう告げたから〟と言いたかったが、代わりにこう答えた。「だって、そう考えるのが一番筋が通るだろ」

アルバートはうんざりしたように首をふった。「とにかく出発だ。おれたちとその三ドルのあいだに距離を置く必要がある」

アルバートとモーズは必死にパドルを漕ぎ、ぼくはエミーと一緒に中央にすわって、じっと考えこんだ。ぼくが何をしてもアルバートは不満なのだ、と思った。ふん、かまうもんか。彼の後頭部をにらみつけながら、ぼくはいろんな筋書きを想像した。アルバートが大しくじりをしでかして、ぼくが彼を救い、ついにアルバートもぼくが弟であるのがいかに幸運かを悟るのだ。

夕暮れ近く、西の空に雲がわきあがり、地平線ぞいに稲妻が見えた。エミーが目に恐怖をたたえて、今にも降りだしそうな空を見つめた。

「今夜は屋根のある場所を見つける必要があるよ」黙っていられなくなり、ぼくはアルバートに言った。

モーズがパドルで水をはねかえし、ぼくらの注意を引いた。彼は川の南側を指さし、手を動かした。〝果樹園〟

ギレアド川の土手並木の向こうに、なじみのある光景が広がっていた――フロスト家の農場にあったちいさな果樹園そっくりに、リンゴの木々が枝を広げている。薄れゆく光の中で濃い緑色の枝が差し招いていた。

「あそこなら眠れるかもしれないよ」ぼくは言った。

「見てこよう」アルバートが川岸にカヌーを寄せた。

「おまえたちふたりはここで待ってろ」そう言って、モーズについてくるよう合図した。

ふたりだけになると、エミーは懐かしそうにリンゴの木々を見た。「ママに会いたい」

「わかるよ」

「オディもママに会いたい？」

「たまにね」ぼくは言った。「でもぼくらの母さんが死んだのはずっと前のことなんだ」

エミーはオーバーオールに手を入れて、ぼくが農家の瓦礫の中から救出した写真をひっぱりだし、じっと眺めた。それから涙をぽろぽろこぼしながら、ぼくを見あげた。「あたし、ずっとママを恋しく思うの、オディ？　ずっとつらい思いをするの？」

「ママのことはずっと恋しいと思うよ、エミー」ぼくは言った。「だけど、ずっとつらいわけじゃない」

遠くで稲妻がごろごろと鳴っているのが聞こえ、その前兆である雨のにおいが風に乗って運ばれてきた。アルバートとモーズがようやく戻ってきた。

「果樹園の向こう側に農家と納屋なんかがある」アルバートが言った。「広い庭に古い道具小屋があるんだ。ちいさいし、雨漏りもしそうだが、ドアには鍵がかかってないし、頭をおおってくれる屋根がある。今夜はそこで眠れそうだ。農家の人が起きる前に、朝早く出ていけばいい」

さほど遠くない西の空を稲妻が割り、数秒後に雷鳴がとどろいた。ぼくは最初の大きな雨粒がおちてくるのを感じた。ぼくらにゆっくり考えている時間はなかった。荷物を集め、カヌーとパドルを川岸の繁茂した茂みに隠すと、走って果樹園を抜け、その向こうの道具小屋をめざした。

あたりはほぼ真っ暗闇で、黒い単純な形の農家の窓からおぼろげな光が漏れていた。納屋は、リンカーン近くのヘクター・ブレッドソーの納屋とは違ってとりたてて大きくはなかった。これまで見てきたたくさんの農場と同じで、苦しい生活の様子がうかがえた。ぼくらが道具小屋に逃げ込むと同時に空が裂けて激しい雨が降りだした。頭上で稲妻が光り、小屋の老朽化した板の隙間から風が吹き込んだ。エミーはぼくとモーズにしがみついて、できるかぎり身体をちいさく丸めた。

小屋が長い間使われていなかったのはあきらかだった。道具類は見当たらず、かびと腐食のにおいがした。床は土だったが、すくなくとも乾いていて、この悪天候の中、外にいるよりはずっとましだった。

嵐がやっと通過すると、たちまち空は晴れた。満月があらわれ、道具小屋の窓から太い銀色の筋が差し込んで、土の床を照らした。アルバートがその朝買ってきた食べ物の一部を取り出し、ぼくらは食べた。一日の疲労が襲ってきて、とうとうみんな横になった。エミーはお話をせがむこともなく、片手に持ったパフにやさしく頬ずりした。

さっき感じていた怒りは、いつものように消え失せていた。アルバートの隣で毛布の上に寝転がり、アルバートが兄であることに感謝したが、それを口に出して言うつもりはなかった。アルバートを理解できないこともあったし、自分がしばしば兄を困らせていることも知っていたが、心は論理的な臓器ではない。でも兄を深く愛していたし、アルバートがそばにいてくれるおかげで、ぼくは温かい気持ちで眠りに落ちた。

夜中、エミーがいつもの発作を起こした。急な動きを感じて、ぼくはすぐさま目をさました。エミーが月光の照らす土の床に横たわったまま身もだえしていた。歯を食いしばり、白目をむいて、全身の筋肉を小刻みにふるわせていた。

アルバートとモーズとぼくは前にも一度フロスト家の農場でこれを見たことがある。事故で父親が死亡し、エミーが意識不明に陥ってから数ヵ月後のことだ。意識が戻ったとき、もうエミーは大丈夫だと誰もが思った。ところが数週間後に彼女は庭で倒れた。恐ろしい悪魔に取り憑《つ》かれたかのように震えだすにおよんで、ミセス・フロストは真実を話すしかなくなった。あの事故以来、たまに、エミーはそういう発作を起こすようになったという。症状はてんかんに似ているが、医者たちはてんかんではないと言っていた。実際、彼らにもわからなかったのだ。発作がエミーの健康に害をおよぼすことはなさそうだったし、発作がおさまると、エミーはけろりとしてなにもおぼえていなかった。ミセス・フロストはこのことが知れ渡ってよくない噂がたつのを心配し、内緒にするようぼくらに誓わせていた。ぼくらの知るかぎり、リンカーン教護院では誰もエミーの症状に気づいていなかった。黒い魔女が知っていたら、絶対にこの幼い少女を養女にしたいと思わなかっただろう。

アルバートはエミーをしっかり抱きかかえた。やがて発作がおさまり、エミーは目をあけた。朦朧《もうろう》とした顔つきで、たどたどしく言った。「彼は死んでないわ、オディ。彼は死んでない」

「誰が死んでないの?」ぼくは訊いた。

だがエミーはそれだけ言うとまた目を閉じて、眠ってしまった。ぼくらは彼女を毛布でくるんで寝かせた。モーズが手話で言った。〝悪い夢を見たんだ〟

それが一番ありそうな説明に思えた。ディマルコの夢を見たのだろうか、とぼくは思った。彼が本当は死んでいないとしたら大変だ。ぼくは人殺しになりたくなかったが、ディマルコが生き返るのはもっといやだった。

ぼくらはみなあらためて眠りについた。


翌朝の明け方、だみ声がぼくらを起こした。「不法侵入しやがって」

ぼくはただちに起きあがった。アルバートとモーズも同じだった。ちいさなエミーは聞こえなかったらしい。

「けしからん。おまえら、出てこい」

男は長身だが身体つきがいびつで、両手でショットガンを構えていた。顔はダイヤモンドみたいだった。鋭い角度でカットされた固い物体、ということだ。片目に黒い眼帯をしていた。いいほうの目がぼくらをねめつけ、ぼくは前日ウェスターヴィルの店で見かけた男だと気づいた。目覚まし時計を買っていた男だ。

アルバートとモーズとぼくは立っていたが、エミーは夜中の発作のせいなのだろう、目覚めるのに時間がかかった。ようやく起きあがって、目をこすった。エミーを見ると、〝豚脅し〟は幽霊でも見たように目をみはった。

「こいつはたまげた」男は言った。

15

〝豚脅し〟は、ぼくらにとって価値のあるすべてが入っている枕カバーを取りあげた。「納屋だ」とひとこと言って、ショットガンの銃口をおんぼろの建物のほうへ振った。

ショットガンには誰もいやとは言えない。ぼくらは列を作って小屋を出ると、身を寄せ合って男の前を歩いた。ぼくは幼いエミーの手を握り、モーズがもう片方の手を握った。アルバートが先頭になり、食われる前の仔羊みたいに、みんなで納屋の暗がりへ入っていった。

中にあった機械はひとつだけ、古い黒のフォードの平床式トラックだった。エミーの両親が所有していて、竜巻でひっくり返ったあれと同じようなトラックだ。納屋は干し草のにおいがしたが、はっきり見える俵は数個しかなかった。正面の壁には果樹園で使う道具がずらりと並び、ワークベンチの上のペグボードからは複数の工具がぶらさがっていた。片隅には木製の運搬台が人の背丈よりも高く積まれている。奥の壁際にリンゴ圧搾器の残骸のように見えるものがあった。だれかが怒りの発作にとりつかれて大ハンマーでばらばらに壊したみたいだった。男はそっちへ行けと、納屋の角に銃口を向けた。そこに四角く仕切られた小部屋があった。ぶらさがったままの手綱や馬具から判断して、昔は馬具部屋だったのだろうとぼくは思った。

ひとりずつそこへ入った。ぼくらがいったん中に入ると、男はエミーをつかんで、ぼくらから引き離した。モーズが飛びかかってエミーを取り戻そうとしたが、男はショットガンをふりまわし、モーズは左頬をまともに一撃されてひっくりかえった。ぼくもエミーを取り戻そうとしたが、アルバートがシャツの襟をつかんで引き戻した。

「この子を痛い目にあわせはしない」男は言った。「おまえらが逃げようとしないかぎりはな」

男はドアを閉め、差し錠が掛けられるのが聞こえた。続いて聞こえたのは、どこかへ連れ去られるエミーの泣き声だけだった。

アルバートが膝をついて、さっきからぴくりともしないモーズの様子を調べた。兄はさらに身をかがめ、小首をかしげて耳をすませた。

「ちゃんと息をしてる」

「エミーをどうするつもりだろう？」ぼくは壁を引き破ってでも外へ出て、エミーを取り戻すのに必要なことならなんでもやる覚悟だった。

「保安官に知らせるんだ、たぶん」アルバートが言った。兄はモーズの隣にすわりこんだ。あれほど落胆した兄の様子は見たことがないと思う。

モーズが呻《うめ》くような声をあげて横を向き、ゆっくりと目をあけた。まばたきしたかと思うと、我に返って起きあがり、狂ったようにあたりを見まわした。

〝エミーはどこだ？〟手が飛ぶように動いた。

「あの片目の〝豚脅し〟が連れていった」ぼくは言った。

「〝豚脅し〟？」アルバートが聞きとがめた。

説明する気にはなれなかった。「エミーを取り戻して、ここから出なくちゃ」

アルバートはちいさな馬具部屋を天井から床まで眺めた。窓はひとつもなく、古いうえに手入れもされていなかったが、ぼくらを囲んでいる板は頑丈そうだった。

「なにか名案は、オディ？」アルバートは本気でたずねているわけではなかった。ぼくの無能ぶりをぼくに知らしめようとしているだけだった。

ぼくは新しいレッド・ウィングで壁を蹴ってみた。埃が舞い上がっただけだった。モーズが立ちあがり、肩を低くして身体ごとドアにつっこんだが、はねかえされた。モーズは腕をさすり、ショットガンで殴られて早くも腫れてきた顔の横をそっとさわった。

「じゃ、ぼくらはただここにすわって、リンカーン教護院におとなしく送り返されるのを待つの？」ぼくは言った。

「たとえ出られても、エミーを置いていくわけにはいかないだろう？」アルバートの静かな声とその理屈の正しさはぼくの怒りをかきたてただけだった。

「出られたら、あいつに襲いかかることができる。アルバートとぼくとモーズで、あいつをやっつけられる」

「やつのショットガンは？」

「じっとしてるわけにはいかないよ」

「さしあたって、おれたちはまったくのお手あげってことだ、オディ」アルバートは馬具部屋の土から干し藁を一本拾って投げた。それはぽとりと下に落ちた。

馬具部屋の壁によりかかって、ぼくらは長いこと黙っていた。やがて差し錠が引き抜かれる音がして、ドアが開いた。片目の〝豚脅し〟が相変わらずショットガンを構えて、そこに立っていた。

「出ろ」男はそう言って、わきに寄った。

ぼくらは立ちあがって馬具部屋を出た。男に飛びかかって地面に組み伏せるきっかけをぼくは待っていた。すくなくともアルバートとモーズがあとにつづいてくれたら、力を合わせて男をやっつけられる。ところが、男はかなり後方に立っていて、ショットガンをぼくらに向けていたから、一丸となって飛びかかるのは不可能だった。その前に吹っ飛ばされてしまう。見た目の卑劣そうな人間は躊躇なく引き金を引くとぼくは確信していた。

「おまえ」と、男はモーズに言った。「そこの鎌を取れ。おまえはあの梯子だ」とアルバートに言った。「それから、小僧、おまえは剪定鋏《せんていばさみ》とあの剪定用のこぎりだ」

ぼくらが指示どおりにすると、男は身振りでぼくらを納屋から外に出した。

「エミーはどこだ？」ぼくは訊いた。

「エマラインなら元気だ。そのままでいてほしいなら、言われたとおりにしろ」

男はぼくらを、放置状態の果樹園の端まで歩かせた。木と木の間は雑草がぼうぼうに茂っていた。大枝は好き放題に伸びてからみあっている。枝に沿ってちいさな緑のベルみたいな若いリンゴの実がついていた。二年間フロスト家の果樹園で働いていたから、剪定しないでほうっておくと、しまいには果実の重みで枝がぽきっと折れてしまうことをぼくは知っていた。注意深く剪定すれば、果実の質がよくなることも知っていた。

「おまえ」と男はモーズに言った。「あそこの端からはじめて、鎌で木の間の雑草を全部刈り取れ。一列ずつ果樹園全体の草を刈るんだ。逃げたら、このふたりとおまえの大事なエマラインを殴って半殺しにする。わかったか?」

モーズはうなずいた。力なくぼくらを見て、モーズは歩き去った。

「おまえ」男はアルバートに言った。「梯子を立てかけてから、小僧から剪定鋏を受け取れ」アルバートが言われたとおりにすると、〝豚脅し〟は言った。「おれの指示する箇所を切れ。小僧、おまえは地面に落ちたものを全部集めて、あの納屋のうしろのガラクタの山の横に投げろ。いいな?」

ぼくはガラクタの山を見て、うなずいた。ぼくらは作業を開始した。

アルバートは一本ずつ、伸びすぎた枝を剪定した。まず立ったまま切ってから、次に梯子をたてかけ、ぼくがしっかりとおさえた。定期的に落ちた枝を集めて納屋の裏に積んだ。フロスト家のおかげで、ぼくらにはなじみのある作業だった。とはいえ、エミーの両親のものである果樹園を手伝うのは労働とは感じなかった。〝豚脅し〟のために働くのとは大違いだ。ひとつには、フロスト夫婦がぼくらに銃器を向けたことは一度もなかったからだ。〝豚脅し〟はアルバートに指示を与えるあいだもショットガンを構えていたし、いい方の目は果樹園で進行中の動きをことごとくたどれているようだった。

太陽が空に昇った。蒸し暑い日で、汗が滝のように流れた。二時間後、ぼくは耐えきれなくなって言った。「ぼくらが喉が渇いて死んだら、あんたの役には立たないよ」

男はぼくの訴えを考慮した。「家とニワトリ小屋の間にポンプがある。そこに木の桶《おけ》があるはずだ。水をいっぱいに汲《く》んで持ってこい。いいか小僧、何かばかなことをたくらんだら、あの女の子がそのツケを払うことになるぞ」

ぼくはポンプを見つけ、たっぷり水を飲んでから、網を張り巡らした小屋の中で鳴くニワトリの声に耳をすました。桶に水をいっぱいに汲み、農家を観察した。二階建てだが、二階はちいさかった。屋根裏部屋があるだけだろう。エミーを隠す場所はたくさんはないはずだ。忍びこんでエミーを見つけようかと考えた。そのあとはどうなる? エミーとぼくは逃げられるかもしれないが、アルバートとモーズが置き去りになる。あの片目のろくでなしがふたりにどんな真似をするか、わかったものではない。

ぼくが木の桶を果樹園まで持って戻ると、男はアルバートに水を飲ませた。次に、ぼくに桶をモーズのところまで運ばせた。

〝フロスト夫婦のところみたいだ〟モーズはぞんぶんに飲んだあと、そう言った。

「違うのは、あそこでは働くのが嫌じゃなかったってことだ」ぼくは言った。

モーズは額の汗をぬぐった。〝あいつ、おれたちを突き出す気かな？〟

「必要なだけぼくらをこき使うまでは、絶対何もしないよ」

モーズはリンゴの木の列を眺めた。〝まだだいぶかかる〟

ぼくらは昼食も与えられず、太陽がすっかり傾くまで働いた。ブレッドソーだって、もうすこし親切だった。〝豚脅し〟がぼくらを納屋へ帰したとき、剪定された枝はうずたかく積みあがり、その隣のガラクタの山に負けない大きさになっていた。ぼくは馬具部屋の土の床にばったり倒れこんだ。身体中の筋肉が痛かった。

男は物も言わずに、ぼくらを閉じ込めた。

「腹を空かせた人間は働けないよ」アルバートがうしろ姿に呼びかけた。

床の土が汗をかいたあらゆる部分にくっついた。

「干し草畑より悪いや」

モーズが手話で言った。〝エミーのことが心配だ。大丈夫だと思う？〟

「あいつは一日中ぼくらをこき使っていた」ぼくは言った。「エミーを傷つける暇はなかったよ」

モーズは立ちあがって四方の壁づたいに歩きながら、板という板を調べた。〝ここから出よう。どうすればいいかわからないけど、出るんだ〟

「そしてエミーを一緒に連れていく」ぼくが言った。

〝エミーなしじゃ、おれたちはどこにも行かない〟モーズの手が断言した。

馬具部屋の壁板にはちいさな隙間がいくつかあり、遅い夕方の光がそこから差し込んでいた。自由の身になるというモーズの決意が万能薬のように効いて、ぼくは気持ちが楽になった。どうせ食事にありつけないなら、すこしでも楽しくしようと、ハーモニカを引っ張り出した。

　好きな曲のひとつ、『オールド・ジョー・クラーク』を吹きはじめた。威勢のいいメロディで、モーズがやがて両手を叩いて拍子をとった。そのあとラグタイムのナンバーを吹き、『スイート・ベッツィ・フロム・パイク』に移ろうとしたとき、ドアの差し錠がはずされて開き、そこにエミーが立っていた。彼女は両手に大きなボウルをかかえていた。ローストポテトのにおいにみるみる唾が出てきて、頰の内側が痛いほどだった。エミーのうしろで〝豚脅し〟がいつものあのショットガンをかかえていた。

「食わせてやれ」男はそう言って、エミーをつついた。

　一日中何も食べていなかっただけに、たとえそのボウルに入っていたのがブタの餌同然のものだったとしても、ぼくは喜んでむさぼり食っただろう。アルバートとモーズとぼくはきたない手で食事をわしづかみにして口に押し込んだ。塩漬けの豚肉とタマネギを少量くわえたジャガイモはびっくりするほどうまかった。

〝豚脅し〟は水を入れた牛乳瓶をエミーからぼくらによこし、ぼくらは水を喉に流しこんだ。彼は干し草の俵のひとつをひきずって、馬具部屋の入り口のすぐ外に置き、エミーと並んでそこにすわった。ぼくらが食べるのを見ながら、オーバーオールのポケットから透明な液体の入った一パイント瓶を取り出し、口をつけて飲んだ。水でないことはあきらかだった。

　ぼくらがジャガイモを跡形もなく食べてしまうと、エミーがボウルを取り戻し、男はふたたび彼女を隣にすわらせた。表は暗くなってきていて、〝豚脅し〟が納屋の壁にかけてあった灯油ランタンを取って火を灯し、ランタンを干し草の俵のわきの土の上に置いた。

「あのハーモニカを吹いていたのは誰だ？」男は訊いた。

「ぼくだけど」

「『レッド・リヴァー・ヴァレー』を知ってるか？」

「うん」

「吹け」

　ぼくは吹いた。ちいさなランタンの光に照らされた納屋の薄暗がりの中、あの古いバラードの忘れられないメロディがぼくらみんなの上に重い毛布みたいに覆いかぶさった。ふいに深い悲しみが〝豚脅し〟から感じられた。馬具部屋の壁を見つめるいいほうの目が、ぼくのふたつの目には見えない何かを見て、悲しみをたたえていた。瓶から澄んだ液体をぼんやりと飲むその様子にも悲哀がにじんでいた。

ぼくが吹き終わると、彼は言った。「もう一度だ」

今回、ぼくはさらに注意深く観察し、アルコールがかなりまわっていることを見てとった。瓶を空にするまでこの歌を吹きつづけ、飛びかかろうと思った。ショットガンは膝にのっていたが、酔っている人間の反射神経はあてにならない。そんなことを考えていたせいだろう、ぼくの演奏は最初とは感情の入れ方がちがっていたようだ。〝豚脅し〟がいきなりわめいた。

「もういい！」彼は瓶に栓をし、立ちあがって帰ろうとした。

「土の床におれたちを寝かせるつもりか？」アルバートが訊いた。

〝豚脅し〟は考えこんだ。ちゃんと立っていられないのがわかり、ぼくは襲いかかることを考えた。アルバートはぼくの意図を察知したにちがいない。やめておけというようにぼくの腕に手を置いたからだ。

「その干し草の俵を広げてもいいかな？」兄は言った。

〝豚脅し〟がモーズにむかってうなずいたので、モーズは立ちあがって俵を馬具部屋の中に投げた。すると男はドアをしめて差し錠をかけ、ぼくらは闇に置き去りになった。

「お休み、エミー」ぼくは呼びかけた。

「お休み」彼女が答えた。

みんなで俵をほどき、中身を広げて横になった。四方を壁に囲われ、薄い藁のマットに土の床、ぼくらを閉じ込める鍵のかかったドア、そんな状況が妙に馴染み深く感じられ、まるで仕置き部屋に舞い戻ったような気がした。ぼくはすぐには目をつぶらなかった。疲れていなかったからではない。考えていたのだ。

〝豚脅し〟はぼくが吹いた歌に深く影響されていた。人が特定の歌をリクエストするとき、それはたいていその曲が特別な意味を持っているからだ。悲しい曲はとりわけ深い意味があるように思える。過去に、心が傷つくようななにかが〝豚脅し〟の身に起きたのだ。だがそのなにかは、二度めの演奏を中断させるほど彼の怒りをあおってもいた。当時は人生について知らないことがまだたくさんあったが、このことだけはぼくも知っていた。男が本当に傷つくのは、たいてい女が理由だということを。

16

その夜、モーズが泣いた。

胸が痛くなるような彼のすすり泣きでぼくは目を覚まし、起きあがった。ゆがんだ隙間から月光が差し込んで、馬具部屋に光の筋がついていた。見ると、アルバートも起きていて、壁によりかかってすわっていた。

リンカーン教護院では生徒が夜間泣くことがよくあった。悪夢のせいであることもあれば、寝つけぬままになにか個人的な悲しみから胸も張り裂けんばかりに泣く生徒もいた。教護院へやってくる多くの子供は、すでに不安や恐怖にとりつかれていた。そうでない生徒たちにとっても、到着後に直面する虐待のひどさは一生悪夢にうなされるほどだった。モーズはぼくが知るなかで一番身体が大きくて、一番の力持ちであり、肉体的に一番有能な生徒だったし、一番感じもよかった。なにかにつけ不平をこぼしたことは一度もなく、つらい試練も彼にとってはたいしたことではないように見えた。でもときどき夜中に、聞いたこちらの魂がよじれるような激しい泣きかたをすることがあって、しかも、自分が泣いていることに気づいてさえいないのだった。ぼくらは折に触れて彼を苦しめている恐ろしい夢からモーズをひきずりだそうとしたが、目をあけると、泣き声はとたんにやんで、どんな夢を見ていたのかまるでおぼえていないようだった。泣き声がつづくのをほうっておいて、そのまま朝になると、モーズは泣いたおぼえなどまったくないと言い張るのだった。

ぼくらは自分たちにされたことを全部、永遠にかかえている。ぼくらの大半はよいことにしがみついて、残りを忘れようと一生懸命努力する。でも、心の奥底の、頭では触れることのできない、触れたくもないどこかには、最悪のことがしまいこまれていて、それを確実にあける唯一の鍵は、ぼくらの夢の中にあるのだ。

〝モーズを起こす?〟ぼくは手話でアルバートに訊いた。

彼は首を横にふった。

エミーはどうしているだろう、と思った。今、エミーは泣きじゃくっているのだろうか? 教護院でじかに見たいろいろなことのせいで、そして、他の学校からきた子供たちから聞いた想像を絶する暴力の話のせいで、ぼくは大人が無力な子供にたいしておこなうぞっとするような事柄を知っていた。〝豚脅し〟はどういう人間なのだろう? 公正な神、哀れみ深い神を信じていたら、祈ったかもしれない。だが今信じているのは別の神、竜巻の神であり、その神が苦しみの叫びに耳を傾けようとしないのをぼくは知っていた。長いことぼくはモーズのすすり泣きを聞き、胸がはりさけそうになった。そして昨夜のエミーの発作と、今、彼女が置かれている状況と自分たちの立場について考えた。わずか二日前、新しい土地と新しい人生に向かってギレアド川にカヌーを漕ぎだしたときの明るい希望のすべてが消えてしまったように思えた。

朝、ぼくらは食べ物ぬきで、前日と同じ労働を開始した。モーズは鎌をふるって果樹園の雑草を刈り取った。アルバートは〝豚脅し〟の指示にしたがって剪定をし、ぼくは切り落とされた枝を集めて納屋の裏に積みあげた。そこにはすでに大量のごみが山を作っていて、その中におびただしい数の空のパイント瓶が混じっていた。〝豚脅し〟は酒に目のない男だった。果樹園と農地全体の手入れがおろそかになっているのは、そのせいなのだろう。

午前なかば、農家の方角から自動車の警笛が聞こえた。

「そのまま働いてろ」〝豚脅し〟は言った。「なにかやってみろ、ちいさなエマラインがその代償を払うことになるぞ。わかったか？」

「わかりました」アルバートは言った。

〝豚脅し〟は果樹園を抜けて立ち去った。彼がずっと先まで行くのを待って、ぼくは集めていた枝を落とし、あとを追いはじめた。

「どこに行くんだ？」アルバートが訊いた。

「様子を見てくる」

「戻ってこい」アルバートが強い口調で命令した。

でもぼくは耳を貸さなかった。農家に向かって木から木へとこっそり移動するあいだも、大きく広がる枝の陰から出ないよう心がけた。納屋と農家の間にパトカーがとまっているのを見て、足をとめた。カーキ色の制服姿の男が果樹園に背を向けて立っていた。〝豚脅し〟は男の背後にあるニワトリ小屋の前を歩いている。ニワトリたちがやかましく鳴きだしたため、警官がふり向いた。北欧系の大男で、夏の日差しを浴びた顔が日焼けしていた。

「ああ、いたのか、ジャック。どこにいたんだ？」警官が挨拶代わりに言った。

「果樹園で剪定してた」

「そのショットガンでか？」

「コヨーテよけさ」〝豚脅し〟は言った。「何の用だ？」

「住民に用心を呼びかけているんだ。少女が誘拐されたのを聞いただろう？」

「新聞で読んだ。写真を見たよ。かわいい子だ。ソフィをいやってほど思い出した」

「道路封鎖は空振りだった。少女をさらった暴漢どもは徒歩で移動していて、まだこのあたりにいるかもしれないとわれわれは考えている。ランバートン付近の住民から、昨日、物干しのシャツがなくなったと通報があったんだ」

「盗まれたんか？」

警官は首をふった。「金を置いていった。そこから、服を取ったのは警察が捜索している犯人のひとりじゃないかということになってな。誘拐ついでに犯人は金も盗んでいったんだ」

「人相はわかってるのか？」

「いいや、その家にいたのは幼い女の子ひとりだけで、あんまり要領を得ないんだよ。ひとりきりだったことを考えると、彼女は幸運だったと思うね。幼いエマライン・フロストよりずっと運がいい。彼女をさらったやつらは鉄道線路にそって逃走しているとわれわれは見ている。それにな、ジャック、やつらは武装していて危険だ。われわれが一味を発見したら、まず撃て、質問はそのあとだ、とウォーフォード保安官から命じられている。だから、おれがあんただったら、そのショットガンはしばらく手元に置いておくよ」

「それだけか」

「何か見たら、知らせてくれ」

〝豚脅し〟はうなずいた。

警官は農家と納屋、ニワトリ小屋をしげしげと見た。

「アギーとソフィからなにか連絡は？」

「他の家をまわらなくていいのか」

「わかったよ、じゃあな」警官は車に戻り、リンゴの木々の間の小道を走り去った。

ぼくはすばやく果樹園に引き返した。アルバートが梯子からおりていた。

「警笛を鳴らしたのは何者だった？」アルバートは訊いた。

「警官だよ。ジャックにぼくらのことを警告しにきたんだ」

「ジャック？　それがあいつの名前か？」兄は農家と納屋の方角を見た。「その警官にあいつはなんにも言わなかったのか？」

「なんにも。助かったよ、なあ？」

アルバートは肩をすくめた。「わからないぞ」

「警官は言ってたよ、保安官の命令で、まずぼくらを撃って、質問するのはそのあとだって。ちくしょう、みんながぼくらを捜してるんだ」

「エミーを見たのか？」

「ううん」

「やつがくる」アルバートはまた梯子をのぼった。

午前中ぼくは〝豚脅し〟がぼくらについて口をつぐんでいる理由について頭をしぼり、仕事が片付くまでぼくらをこきつかって、それから通報するつもりなんだろうと思った。その頃には賞金まで出ているかもしれない。その間もずっと自問しつづけた。アギーとソフィとは誰だろう?

桶の水を飲んだだけで、その日は一日中働きづめだった。太陽の位置が低くなりだすと、ようやく〝豚脅し〟が停止を命じ、ぼくらを馬具部屋へ連れ戻した。くたくたで、腹ぺこで、みじめな気持ちで、ぼくらは床に倒れこんだ。〝豚脅し〟はぼくらを警察に突き出すのではなく、死ぬまで働かせるつもりなのだ、と今は信じて疑わなかった。

「アルバート」ぼくは兄にたずねた。「ヴォルツとブリックマンは、密造酒一パイントをいくらで売ってた?」

干し草の薄い寝床に横になっていた兄は、だるそうに首をこちらに回した。「それを知ってどうする?」

「いくら?」

「ハーマンはひとりでやるときは、一パイント七十五セントで売ってた。ブリックマンは一回分の新しい酒を全部一ドルで売るつもりだった。なにを考えてるんだ、オディ?」

「別に」まだ計画がきちんとできあがっていなかったので、ぼくはそう答えた。

一時間後、馬具部屋の差し錠が抜かれてドアが開き、〝豚脅し〟がエミーをかたわらに、立っていた。エミーが身につけているのは、リンカーン教護院から急いで逃げ出したときのオーバーオールではもうなかった。きれいな緑色のワンピースを着ていた。

ぼくはすばやく手話で問いかけた。〝大丈夫?〟

エミーはうなずいたが、両手に大きなボウルを持っていたので、手話で返すことはできなかった。

「食べ物を床に置け」〝豚脅し〟が命令した。

エミーがボウルを置いたとき、スクランブルエッグと、前の晩と同じローストポテトがいっぱい入っているのが見えた。エミーはワンピースのポケットに手を入れて、スプーンを三本取り出し、ぼくらに一本ずつ渡した。ぼくらはすぐさまがつがつと食べはじめた。

「その子に食事は与えているんだろうな？」ぼくは口いっぱいにほおばったまま、訊いた。

「食べてるさ」

「いい服だ」ぼくは言った。

それが世界最低の侮辱だったかのように〝豚脅し〟がぼくをにらみつけ、一瞬モーズと同じようにショットガンの銃身で顔を殴られるのではないかと思った。

「エミーが幸せそうだと言おうとしただけだ」アルバートが言った。

それを聞いて、〝豚脅し〟は気持ちを和らげたようだった。オーバーオールの尻ポケットから一パイント瓶を出して、飲んだ。引き金にかけられている指が一時的に離れた。

モーズが手話で言った。〝飛びかかろうか？〟

だがぼくらも食べることに忙しく、〝豚脅し〟は瓶に栓をして、言った。「その手振りはなんだ？」

「しゃべれないんだ」

「なんだと？　唖《おし》か？」

それはぼくの嫌いな言葉だった。その意味は知っていたが、いつも侮辱的に聞こえた。

「誰かが彼の舌を切り落としたんだ」

「誰が？」

「知らないんだよ。そのときはちいさかったから」

すると〝豚脅し〟がぼくを驚かせた。こう言ったのだ。「子供にそういうことをするやつは馬の鞭でひっぱたいて吊るしてやりゃいいんだ」

卵とジャガイモをぼくらが食べ終わると、エミーがボウルとスプーンを回収し、〝豚脅し〟は昨晩と同じように馬具部屋のドアの前に俵を置き、ランタンを灯し、命令した。「小僧、あのハーモニカを吹け」

「『レッド・リヴァー・ヴァレー』？」

「テンポの速いのがいい」

ぼくはこれ以上ないというぐらい威勢のいい『草競馬』を演奏し、そのあとさらに二曲なじみぶかいスタンダードナンバーを吹いた。吹いている間、〝豚脅し〟は頻繁にパイント瓶を取り出していたが、すぐに足でリズムを取りだした。すると、またあの音楽の魔法が起きた。彼は、ぼくらにやさしさのかけらも見せず、にこりともしない人間だったが、音楽はその固くて険しい殻の下にもぐりこんで、彼の中にあるもっと柔らかな人間らしい一面に触れる方法を見つけていた。

最後の曲を吹き終わったとき、〝豚脅し〟はほとんど空のパイント瓶をじっと見て栓を口にねじこんだ。夜を終わりにするつもりなのがわかった。

「その密造酒にいくら払ったんだい？」ぼくは訊いた。

いいほうの片目が疑わしげにぼくを観察した。

「七十五セント？　一ドル？」

「一ドル二十五セントだ」ようやく彼は言った。

「うまいのかい？」

「灯油を飲んでるようなもんだ」

ぼくはハーモニカをたたいて溜まった唾を出し、シャツのポケットにしまった。「これまで味わったことがない最高のコーンウイスキーを手に入れる方法を知ってるよ。しかも、ただ同然で」

17

明くる朝、〝片目の豚脅し〟はモーズとぼくを果樹園で働かせ、アルバートとトラックで出発した。どんな方法であれ、おまえらが裏切るような真似をしたら、保安官に突き出すぞ、と脅し文句を吐いた。彼がいなくなると、さっそくぼくは熊手を放り出し、モーズに鎌で作業を続けるよう言って、その場を離れようとした。

モーズがぼくの腕をつかんで、言った。〝なにする気だ？〟

「エミーを見つけに行く」

モーズは首をふった。〝やつが知ったらエミーを痛い目にあわせる。おまえのこともだ〟

「彼女の無事を確かめなくちゃ。だけど、モーズは作業をつづけたほうがいい。さもないと、やつにさぼったと思われる」

モーズは激しくかぶりをふった。

「モーズ、ぼくらはエミーのことを知る必要がある。ここから逃げ出すつもりなら、やつのことも全部知る必要があるんだ」

〝あいつが戻ってきたら？　おまえをつかまえたらどうするんだ？〟

ぼくは水桶を蹴飛ばして、中身をからっぽにした。

「水を汲みに行かなくちゃならなかったと言うさ」

モーズは不安がっていたし、すっかり納得したわけではないのもあきらかだったが、とうとう腕を放した。

農家のドアは鍵がかかっていたが、窓はあいていて、面倒なのか、網戸に掛けがねはかけられていなかったので、ぼくはするりと中に入りこんだ。どうせ豚小屋みたいな家だろうと思っていたが、意外にも、こざっぱりとしていた。ぼくらが果樹園で働かされているように、エミーもここで働かされているのだろうと思った。広いメインルームの中央には大きなだるまストーブがあり、冬のあいだはそれが主な熱源になるようだった。ぼくはテーブルと椅子が三脚ある台所の隅に立った。仕切りの役目を果たす長椅子がメインルームとこぢんまりした居間のあいだに置かれている。居間には古ぼけた布張りの安楽椅子が二脚あった。椅子と椅子のあいだには、仕上げ塗料が剝げて下の木目があらわになったテーブルがあり、当時〝ファームラジオ〟と呼ばれていた電池パックが電源のラジオがのっていた。ハーマン・ヴォルツが大工作業所にそれを置いていて、ぼくらの作業中も音楽を聴かせてくれたものだ。フロスト家の農園にもそのラジオがあり、ときどき労働が終わると、ミセス・フロストが『デス・ヴァレー・デイズ』や『ディ・エヴァレディ・アワーズ』、バーンズとアレンの『ザ・ガイ・ロンバード・ショー』などの番組を聴かせてくれた。

メインルームにはドアがふたつあった。ひとつめをあけてみた。そこは寝室で、がらんとしていた――くしゃくしゃのベッド、たんす、洗面台には大きな琺瑯《ほうろう》のボウルと剃刀、その上の壁に簡素な丸い鏡がかけてあった。たんすの上にきれいな木製の額縁におさまった写真があった。〝豚脅し〟と女性がさっきの部屋の長椅子に並んですわっている。男の膝にはおさげ髪のちいさな女の子がすわっていた。年頃はエミーと同じくらいで、驚いたことに、エミーによく似ていた。〝豚脅し〟と女性はすごくものものしい顔つきだが、ちいさな女の子はほほえんでいた。

ぼくはふたつめのドアに手をかけた。鍵がかかっている。膝をついて鍵穴からのぞいたが、よく見えなかった。「エミー?」そっと声をかけた。

最初は何も聞こえなかったが、すぐにさらさらという音がした。ファリアが仕置き部屋の床を急いで横切っていたときによく聞いた音に似ていた。

「オディ?」ドアの向こうからエミーの声がした。

「大丈夫かい?」

「ここから出して、オディ」

「ちょっと待って」

鍵穴式の鍵はあけるのがもっとも簡単なもののひとつだ。ぼくは台所の抽斗をひっかきまわして、長い仕上げ釘《くぎ》と丈夫なワイヤーを見つけ、その一端を曲げた。釘をさしこみ、次に曲げたワイヤーをさしこんで、一分足らずでドアをあけた。エミーが飛びだしてきて、ぼくに抱きついた。昨夜のあのワンピースをまだ着ていた。

「痛いめにあわされなかった?」ぼくはたずねた。

「全然。でもここにいたくない。あたしたち、逃げだせるの?」

「今はまだだめだ、エミー。危険だ」

「でも、あたし、逃げたい」

「ぼくもだよ。だから逃げるつもりだ。でも今はだめだ」ぼくは目の高さがエミーと同じになるように、膝をついた。「あいつにいじめられるの?」

エミーはかぶりをふった。「あの人はすごく悲しんでるの。夜になると泣いて、それを聞くと、あたしも泣きたくなる」

ぼくは立ちあがり、エミーが閉じ込められていた部屋に入った。ベッドはちいさくて、きちんと整えられていた。風通しが悪く、見ると、ひとつしかない窓が開かないよう釘で打ち付けてあるのがわかった。〝豚脅し〟が最近やったことらしく、エミーが窓から逃げないようにするためだろうと思った。青リンゴ色のかわいいたんすがあって、あけてみると半分がた埋まっていて、ワンピースその他の女の子の服がきちんと畳まれて入っていた。部屋の片隅には子供用の椅子もあり、ラガディ・アンの人形が黒いボタンの目でぼくを見つめていた。

「パフを取りあげられたの、オディ。ほしかったら、あの人形をやるって言われたの」エミーは言った。「でも、あれ、怖い」

エミーの部屋の外には二階へあがる梯子があった。「ここにいて」ぼくはそう言って、梯子をのぼりはじめた。予想していたとおり、見つけたのは屋根裏部屋だった。天井の低い、細長いスペースにおいてあるのはほとんどがガラクタだった。部屋の半分はカーテンで仕切られていて、カーテンをあけると、基本的な生活空間があらわれた——ベッド、たんす、椅子、洗面台に鏡、おまる。ここで誰が暮らしていたのか手がかりになるものはなかったが、あることがぼくの心をざわつかせた。寝具が床に投げ出され、薄いマットレスのカバーがずたずたに切られて中身の綿がはらわたを抜かれた動物の内臓みたいにこぼれ出ていたのだ。

梯子をおりると、エミーが自分の身体を抱きしめて、怯えていた。「オディ、あたしここから逃げたい。お願い、今すぐ逃げたいの」

「できないよ、エミー。すぐにはだめなんだ」ぼくはやわらかい口調で静かになだめた。「あいつはアルバートと一緒なんだ。もしぼくらが出ていったら、アルバートをひどい目にあわせるかもしれない。ぼくらのことを通報し、保安官がぼくらをつかまえて送り返すにきまってる。もうしばらく様子を見る必要があるんだ」次に、もっともつらい部分を口にした。「きみを部屋に戻して鍵をかけなくちゃならない」

「いやよ、オディ。置いていかないで。お願いだから、あたしを置いていかないで」

「しかたないんだよ、エミー、今だけだ。でも、ここから逃げるときはみんな一緒だよ。約束する」エミーはじっとぼくを見た。その目は恐怖をたたえたちいさな白いボタンのようだった。「信じてくれるね？」ぼくは言った。

エミーにとっては過酷な試練だった。見ているぼくのほうが胸が痛んだが、ようやく彼女はこっくりとうなずいた。

「じゃ、いいね。でもエミー、もしもあいつがなにかしようとしたら、痛い目にあわされそうになったら、逃げるんだ。そして脚が運んでくれるかぎりここから遠くに行くまで、立ちどまるな。そうすると約束してほしい」

「オディとモーズとアルバートなしじゃ行きたくない」

「あいつが痛い目にあわそうとしたら、逃げるって約束してくれ。約束しなけりゃだめだ」

「約束する」エミーは泣きそうになりながら言った。

「神に誓うか」

エミーは神に誓った。

「よし、部屋に戻って。夕食のときに、あいつがまたきみをぼくらに会わせてくれる」

彼女はうなだれて部屋に入った。ぼくが鍵をかけたらすぐにでもベッドに身を投げて涙でシーツをぬらすのだろうと思った。

外に出ると、ぼくは水桶をつかんで果樹園へ引き返しはじめた。十歩も行かないうちに、果樹園を抜ける土の小道から車のエンジン音が近づいてきた。ぼくはニワトリ小屋のうしろに身をひそめた。埃をかぶったA型フォードが家の前にとまり、籠を腕にさげた女性がおりてきた。目の上に手でひさしを作り、農地をざっと眺めて、「ジャック?」と声をはりあげた。ちょっと待ってから、彼女はドアまで歩いていって、ノックした。

「ジャック?」また呼んだ。

反応がないので、庭のほうをふりかえり、注意深くあちこちを眺めた。ぼくはその女性に親近感をおぼえた。というのも、次に女性がしたのが、留守中の家のドアをあけようとすることだったからだ。ドアがびくともしないとわかると、窓から中をのぞきはじめた。

ぼくはニワトリ小屋のうしろから出ていった。「なにか用ですか?」

ぎょっとしたのはあきらかで、見るからにバツの悪そうな顔になった。「いえね……ただその……」次の瞬間、顔をしかめた。「あんた、誰?」

「ジャックおじさんの甥《おい》です」ぼくは言った。「そちらは?」

「フリーダ・ハインズよ。お隣なの。週に一度の卵をもらいにきたんだけど」

「ジャックおじさんからはなにも聞いてないけど」

「あらそう？　このごろあの人はときどき忘れっぽいからね。とりわけ、あれからというもの……ほら、わかるでしょ。ここに親戚を住まわせているとは知らなかったわ」ぼくの存在に彼女の心は和んだようだった。ぼくに近づいてきた。「でも、彼がひとりじゃないのはいいことよ。ジャックはどこにいるの？」

「町です。買い物に」

「甥とはねえ」無断侵入を試みる前に庭を隅々まで眺めたように、彼女はぼくをじろじろ見た。「あんたの話は聞いたことがないわ」

「あなたの話も聞いたことがないです」

「名前は？」

「バック」

「ジャックのほうの甥なの、それとも彼女のほう？」

「どっちに似てると思います？」

彼女は笑った。「アギーの血縁ね、きっと。アギーは元気？」

「元気です」

「あんなふうに真夜中に出ていったから、あたしたちみんなそれは心配してたのよ。セントポールに戻ったって聞いたけど。そうなの？」

「はい」

「ちいさなソフィはどうしてて？　かれこれ一年になるわ」

「もうそんなにちいさくないですよ。雑草より早く背が伸びて。でも相変わらず、おさげ髪です」

「そうでしょうねえ」次の質問をする前に、女性はこずるい表情を隠そうとした。「で、ルディは？」

その人物のことはよくわからなかった。不確かな状況では秘密めかした態度を取って、口を閉じておくのが最善であることを、ぼくはとっくに学んでいた。だから、そうした。

「彼女を捨てた、そうなんじゃない？　まったく男ってやつは」吐き捨てんばかりの口調だった。

「ジャックおじさんにあなたが卵をもらいにきたと伝えましょうか？」

「ありがとう、バック。彼の都合がよければ、明日の朝くるわ」

「問題ないはずですよ、マアム」

「さて、それじゃお邪魔したわね。会えてよかったわ」

　彼女は車に戻り、手を振りながら走り去った。

　果樹園に戻ると、モーズが鎌をふるって一生懸命働いていた。ぼくを見るとほっとした顔で、手を動かした。〝エミーを見つけた？〟

「彼女は大丈夫だよ」

〝やつのことでなにかわかったか？〟

「たぶんね」

　ぼくは熊手を拾いあげて、〝豚脅し〟の悲しい人生を想像し、写真の中のあの女性とちいさな女の子に本当は何があったのか、そしてルディとは誰か、あのずたずたのマットレスについて考えながら午前中を過ごした。

18

　太陽が頭の真上にきたとき、〝豚脅し〟が小道をやってきて、納屋のそばに車を止めた。彼はアルバートにぼくらを連れてこさせ、ぼくらはショットガンを向けられながら、トラックの荷台からいろんなものをおろした。納屋に運びこんだのは次のようなものだった。五×三インチの銅のシート、長さ二フィートの固い銅のパイプ、長さ十フィートの銅の管、無頭釘一袋、挽《ひ》き割りトウモロコシと砂糖数ポンド、温度計、イースト。

　最後の品をおろしたとき、ぼくは言った。「女の人があんたを捜しにきたよ」

　〝豚脅し〟はぴたりと動きをとめた。「女？　おまえ、話しかけたのか？」

「名前はフリーダ・ハインズだって言ってた。卵を取りにきたんだ」

「卵か、ちくしょうめ」自分の物忘れにうんざりして、彼はいいほうの目をぎゅっとつぶった。「あの女になにを言ったんだ、小僧？」

「ぼくはあんたの甥で、あんたは町へ食料を買いにいったと」

彼はすこし考えこんだ。「果樹園のおまえのところへあの女がわざわざきたってのか？」

「ぼくはポンプで水を汲んでるところだったんだ」

「なにも言わなかっただろうな？　ほかのやつらのことを？」

「一言も言わなかった、誓うよ。アギーとソフィのことを訊かれた」

強風に顔を殴られたみたいな表情が浮かんだ。

「ルディのことも」

彼の次の言葉は氷の破片のようだった。「おまえはなんと言ったんだ？」

「なにも言わなくてすんだよ。女の人が勝手に全部想像してた。ふたりはセントポールにいると思い込んでるんだ。つまり、アギーとソフィのことさ」

「ルディは？」

「ルディがアギーたちを見捨てたって思い込んでるみたいだった」ぼくは肩をすくめた。「問題ないよね」

〝豚脅し〟はじっくり考えてから、ぼくの対処の仕方を認めるかのように、満足そうにぼくを見た。

「アギーとソフィ。あんたの奥さんと娘さん？」

答えるかどうか思案したあと、彼はただうなずいた。

「明日の朝、卵をもらいにまたやってくるよ」

「あのでしゃばり女にはおれが会う」

アルバートとモーズは仕事に取りかかった。たいした手間ではなさそうだった。一ガロンぽっちの蒸留器を作るなら、完成までいくらもかからないだろう。彼らが働いている間にぼくはコーンウイスキー用のマッシュ（原材料と熱湯を混ぜたもの）を作った。〝豚脅し〟はショットガンを持ってかたわらに立ち、黙って興味深そうに見守った。

しばらくしてから、ぼくは思い切って言った。「あの隅にあるの、リンゴ圧搾器だよね」

彼は奥の壁にたてかけてあるばらばらになった機械に目をやった。「かつてはな」残念そうな口調だった。

「竜巻にやられたみたいに見えるね。なにがあったの？」

「おまえは質問が多すぎる」

「賭けなんだ。たまにだけど、答えてもらえることもある」

今にもにやりとしそうだと思ったが、彼は代わりにこう言った。「古くなって、自然にばらばらになっただけだ」

そんなの嘘だ。誰かが大きなハンマーをあの圧搾器にふりおろしたにきまってる。ぼくの名前、オディ・オバニオンを賭けたっていい。密造酒取締官はときどきそういうことをする。だが、怒り狂った男もときには同じことをするかもしれない。

夕方には小型の蒸留器は完成し、マッシュが発酵していた。最初の運転準備ができるまで数日はかかるだろうが、〝豚脅し〟はうれしそうだった。その夜、彼が馬具部屋の鍵をあけたとき、エミーがぼくらに持ってきたのは山ほどのローストチキンとローストキャロットだった。ぼくらが食べ終わると、〝豚脅し〟は馬具部屋の外で干し草の俵にすわり、エミーを横に腰かけさせて、言った。「『グッバイ・オールド・ペイント』をハーモニカで吹けるか？」

「『リーヴィング・シャイアン』のことでしょう？うん」

ぼくはハーモニカを取り出したが、それを口に当てる前に、〝豚脅し〟がぼくを驚かせた。干し草の俵のうしろからバイオリンを持ちあげ、顎の下にはさんだのだ。

「いいぞ」彼は言った。

そこで、あの懐かしいカウボーイ・ソングを吹きはじめると、〝豚脅し〟がぼくに合わせてバイオリンを弾きはじめた。腕前は上々で、ぼくらの合奏は捨てたもんじゃなかった。演奏中ずっと、ぼくは彼の両手がショットガンではなくて楽器をつかんでいる事実に気づいていたが、彼もばかではなかった。干し草の俵をかなり離れた場所に置いていたのだ。ぼくらの中で一番敏捷《びんしょう》なモーズでさえ、〝豚脅し〟がショットガンをつかむ前に飛びかかることはできなかっただろう。それでも、そのことはぼくに希望を与えた。

「バイオリンがうまいんだね」ぼくは言った。

「久しぶりに弾いた」両手で楽器をそっと抱き、彼は一瞬、どこかよそにいるように見えた。「夜、ソフィを寝かしつけるとき、弾いてくれとよくねだられた」その名を口にしたとたん夢からさめたかのように、彼はバイオリンを下におろした。

その歌から馬を思い浮かべたぼくは、たずねた。

「ここにある馬具をつけていた馬たちはどうしたんだい？」

「売った。一年前だ。当世風にトラクターを買うつもりだった」

「結局、買わなかったの？」

「ここらに一台でもあるか、小僧？」

「ない。動物もいないね、いるのはあの小屋のニワトリたちだけだ」

「前はヤギも何匹かいた」〝豚脅し〟は言った。「ほとんどソフィのためのペットだった」

またその名前が口から転がり出た。出たとたんに、ブーメランみたいに向きを変えて彼の心臓にぶつかったようだった。彼はいずまいを正し、尻ポケットから密造酒の瓶を出してながながとあおった。

「ヤギたちはどうなったの？」

「食った」

「娘さんのペットを食べちゃったんだ？　正しいことは思えないね」

「おまえいくつだ、小僧？」

「十三歳」厳密には、それは事実ではなかった。十三になるまでにはまだ二カ月あったが、サバをよんだほうがいい気がしたのだ。年を取れば、それだけ賢くなる。たくましくもなる。

「あと二十年は」彼はぼくに指をつきつけながら、言った。「正しいこととは何か、おれに説教できるとは思うな」彼は立ちあがると胸をそらし、ショットガンとバイオリンをつかんで、エミーに言った。「チキンの骨と皿を集めろ。夜は終わりだ」

「こいつに悪気があったわけじゃないんだ」アルバートが言った。

「その坊主に悪気があったかないか、おれが気にすると思うのか、ノーマン？　さっさとしろ、おい」彼はエミーをせきたてると、馬具部屋のドアに差し錠をかけた。

暗闇に横たわって、ぼくは〝豚脅し〟の中にある辛辣さと悲しみについて考え、そのふたつは切っても切れない仲なんだろうと思った。彼をさいなんでいるのは愛ではなく、強い喪失感なのだろう。それは、ギレアド川に逃れたぼくら全員が知っているものだった。ぼくらは四人とも両親を亡くしているから、ぼくの考える喪失感はそこに根ざしていた。でも、立場が逆でも喪失感は同じようにある。子供をなくすのは心の大きな部分を失うのと同じようなものであるに違いない。

〝豚脅し〟は、最初にぼくが会ったときのちいさなネズミのファリアを思わせるようになっていた。知れば知るほど、彼は怖くなくなっていった。

壁の細い隙間から差し込む月光で、モーズがアルバートの腕を軽くたたいて、手話をするのが見えた。

〝ノーマンって？〟

「金物屋にいた年配の店員がありとあらゆるたぐいの質問をしてきたんだ」アルバートが説明した。「ジャックに向かって、〝この子供は何ていう名前なんです？〟と訊くから、おれは子供じゃないと言ったら、ジャックが、おまえは大人《マン》でもない、と言ったので、おれは店員に言ったんだ、名前はノーマンだとね。子供でも大人でもない」

ふうん、なるほどな、とぼくは思った。ぼくはというと、名前を訊かれたときはあせって、映画に出てくるまぬけなカウボーイの名前を思いつくので精一杯だった。アルバートはたいしたしゃれを思いついたものだ。今度、誰かに訊かれたら、ノーマンみたいな気の利いた名前にするぞと決心した。

〝豚脅し〟との四日目の朝がくる頃には、ぼくらは果樹園の作業を終えており、彼の指示で納屋のペンキ塗りと、広い庭の手入れに取りかかった。毎晩、馬具部屋に閉じ込められ、一日一食しか食べられないことをのぞけば、それはフロスト家の農場でやっていた仕事と変わらなかった。エミーには毎晩会えたし、彼女は問題なくやっているようだった。食後は〝豚脅し〟がバイオリンを取り出し、ぼくがハーモニカを口に当て、一緒に何曲か合奏した。ぼくには、彼が悪いやつには思えなかった。人生が彼には過酷すぎただけだった。彼は彼なりの竜巻の神に見舞われたのだ。

ある夜、ぼくは眼帯のことをたずねた。

「ドイツ皇帝との戦いで片目を失った」彼は言った。「戦争を終わらせるための戦争（第一次大戦の連合軍の標語）だとさ。へっ！」

「戦争は何の役にも立たなかった？」アルバートが訊いた。

「世の中には二種類の人間がいるんだ、ノーマン。持っている人間と、他人の持っているものをほしがる人間だ。この世界のどこにも戦争がない日は一日もない。戦争をなくすための戦争だ？　病気をなくすための病気と言ってるようなもんさ。戦争をなくす方法はひとつだけ、地球上のすべての人間が死ぬことだ」

モーズが手話で言った。〝欲深い人間ばかりじゃない〟

エミーが〝豚脅し〟のために通訳した。

「あのな、おれがお目にかかった人間は、どいつもこいつもてめえの一番の利益しか考えてなかった。他人はどうなってもいいのさ」彼はいいほうの目でぼくらをひとりずつじろじろ眺めた。「正直に言え、おれから逃げるチャンスがあったら、おれの喉をかききるつもりだろうが、え？」

逃げるためにぼくはすでに人をひとり殺していたが、〝豚脅し〟の喉をかききるなんて、考えただけで胸がむかむかした。「ぼくはそんなことしない」ぼくは言った。

〝豚脅し〟は持参していた酒を飲み干してしまうと、空っぽの透明な瓶を見つめ、納屋の壁めがけて投げつけた。衝撃で瓶はこなごなになり、夕方の音楽が醸し出していた友情は脆《もろ》くも砕け散った。

「いいか、小僧。おまえができないと思っていることがなんだろうと、そのことを考えたとたんにそれはおまえの心に入りこむ。想像のなかじゃそれはもうおこなわれてる。おまえの手がそれを実行するのは時間の問題なんだ」

彼はエミーをつかんで乱暴に立たせると、馬具部屋の錠をかけて、ぼくらを暗闇に閉じ込めた。

翌日は終日雨だった。細かい雨が降りつづき、〝豚脅し〟はぼくらを納屋で働かせ、道具類の刃を研がせたり、油をささせたり、発酵途中のウイスキーのマッシュの具合を見させたりし、その間、自分はエミーと家に閉じこもっていた。ぼくは納屋の奥に放置された壊れたリンゴ圧搾器をじっくり観察した。圧搾器はすさまじい怒りの標的にされていた。昨夜〝豚脅し〟が言ったことをぼくは考えた。なにか恐ろしいものが頭の中に入りこんだら、それを実行に移すのは時間の問題にすぎないというあれだ。彼の頭や心の中はのぞけないが、なにかが彼の中にあったのだ。いかに恐ろしいものだろうと、〝豚脅し〟にはそれが実行できたのだろう。アギーとソフィとルディのことを考えつづけ、実際に彼らになにが起きたのかとますますいぶかしく思いはじめた。その間もずっと逃げ出す方法をひねりだそうとした。

その日、納屋の中のあらゆるものを観察するうちに、ついに悪くないアイデアが浮かんだ。いろいろな工具にまじって、固くて重いワイヤーが一巻き壁に掛けてあった。カッターでそれを長さ二フィートに切り、一端を曲げてフックを作った。

モーズが手話で訊いた。〝なにしてる？〟

「今にわかるよ。アルバート、ぼくを馬具部屋に入れて鍵をかけて」

馬具部屋にはいり、アルバートが差し錠をかけると、ぼくはたわんだドアの板の鍵穴にワイヤーを差し込み、フックが錠の端のつまみにひっかかるまでワイヤーを動かした。慎重にワイヤーを引き抜き、錠をそれとともに動かすと、一分もしないで、外に出られた。

アルバートとモーズは感心したようにぼくを見た。

〝いつ逃げる？〟モーズが手を動かした。

アルバートが言った。「エミーを助け出すまではだめだ。オディ、そのワイヤーは馬具部屋の干し草の下に隠しておけ。よくやった」

雨のせいで〝豚脅し〟は機嫌が悪そうだった。あるいは、昨夜の話のせいだったのかもしれない。いずれにしろ、エミーが食事を持ってきたとき、彼はあまり口をきかず、バイオリンも持ってこなかった。ぼくらが食べ終わるとすぐにエミーに皿を集めさせ、夜のためにぼくらを閉じ込めた。

ようやく雨があがって雲が切れた。月がのぼり、納屋の壁の隙間からその明るく黄色い指が入りこみ、馬具部屋の床に届いた。モーズとアルバートがいびきをかいているのが聞こえたが、ぼくの目は冴《さ》えていた。

〝豚脅し〟のこと、彼の不機嫌な様子について思いをめぐらせ、エミーのことが心配になった。じっとしていられなくなって、干し草のマットレスに隠しておいたワイヤーを取り出し、忍び足でドアに近づいた。鍵穴にワイヤーを差し込み、錠のつまみにフックをひっかけ、ゆっくりとワイヤーを抜いた。錠がはずれ、ぼくはすこしずつドアを開いた。

肩に手が置かれ、飛びあがった。さっとふりかえると、モーズが縞模様《しま》の月光を浴びて立っていた。

〝どこへ行く？〟

〝エミーのところ〟ぼくは手話で返した。〝心配なんだ〟

〝おれも。一緒に行く〟

ぼくがこれまで訪れたたいていの農家では犬を飼っていたが、〝豚脅し〟は例外だった。いよいよぼくは彼のことを悲嘆を呼吸し、悲嘆を食べ、悲嘆を身にまとっている人間だ、と思うようになっていた。だから何もほしくないし、悲嘆を和らげてくれる犬の存在すら受け付けないのだろう。理由は不明だが、妻と娘を失ったことと関係がありそうだ。いや、ソフィだけかもしれない。奥さんの名前を彼が口にするのは聞いたことがないから。モーズやアルバートやぼくは、彼にとってただの労働力にすぎない。でもエミーはそれ以外のなにか、たとえば将来への希望のようなものをあらわしているのかもしれず、エミーがその希望を打ち砕いたら、悲嘆にくれる〝豚脅し〟がなにをするか、わかったものではなかった。

ぼくたちは影をうしろに引き連れて、そろそろと農家に近づいていった。あけっぱなしの窓からラジオの音楽が聞こえた。ぼくは壁にぴったり張りついて、こっそり窓の中をのぞいた。部屋はオイルランプで照らされていた。〝豚脅し〟が布張りの肘掛け椅子のひとつにすわって、パイント瓶から密造酒を飲んでいる。ぼくらが蒸留器を作動させ、うまく密造酒が造れるようになったら、〝豚脅し〟はひと財産を節約できるだろう。〝豚脅し〟は頭をのけぞらせ、目をつぶった。

ぼくはモーズに合図して家の裏へ回りこんだ。

エミーの部屋の窓は相変わらず釘で打ち付けられていたが、月光はガラスを貫いて、ベッドで眠っているエミーに降り注いでいた。

モーズがにっこりして手話で言った。〝天使だ〟次に、〝悪魔だ〟と、正面側の部屋のほうへ顎をしゃくった。

悪魔じゃない、とぼくは思った。ただ、人間も悪魔のようなことができるのかもしれない。

エミーの部屋のドアがいきなり開いた。ランプの明かりを背に〝豚脅し〟のシルエットが浮かびあがった。ぼくは急いで地面に身を伏せ、モーズも同じことをした。息をとめ、見つからなかったことを祈った。数秒後、ぼくらの頭上で窓ががたがた音を立てた。ぼくの中のすべてが〝逃げろ！〟と叫んだ。モーズはぼくのあわてようを察知したにちがいない。ぼくの手を地面におさえつけ、かすかに首を横にふった。ぼくらは家の裏手の外壁にへばりついて五分間、身じろぎもせずにいたが、それ以上何も起きなかった。窓はこなごなにならなかったし、〝豚脅し〟はぼくらを撃たなかった。やっとのことで立ちあがり、思いきってもう一度エミーの窓をのぞいた。エミーはまだベッドで眠っていて、他には誰もいなかった。

〝ここから離れるなら今だ〟モーズが手話で言ったので、ぼくは彼のあとから納屋に向かった。

中庭を渡りきらないうちに、家の正面ドアが開いて〝豚脅し〟がランタンを手に出てきた。ドアを後ろ手にしめ、ふらつき気味に歩きだして果樹園に入っていった。

〝エミーを救い出そうか？〟モーズが手を動かした。〝ここから逃げる？〟

ぼくは首を振って、手話を返した。〝あいつがすぐ戻ってくるかもしれないよ。そうなったら、まずいことになる〟彼が消えた方角をちらりと見た。〝あとをつけよう〟

モーズは首を振ると、手話で言った。〝冗談だろ？〟

〝豚脅し〟はかなり遠くまで行っていたので、ぼくは小声で言った。「夜中に人はどこへ行く、モーズ？」

〝小便〟モーズが答えた。

「小便なら中庭でできるよ。いいからこいって、手遅れにならないうちに」ぼくは歩きだした。

木々の列の間に鎌で刈られた雑草がたまり、月が銀色の光を投げかけていた。モーズとぼくはリンゴの木々の黒々とした影を伝っていった。〝豚脅し〟のランタンを追いかけるのは簡単だった。彼は果樹園の端へと西へ向かっていた。モーズとぼくが最後の一本にたどりついたとき、彼は五十ヤードむこうで、未開墾の一角にぽつんと立つオークの木の下にひざまずき、額が地面にふれるほど深く身体を折っていた。低くて太いすすり泣きは石をも泣かせるほどだった。人目もはばからぬそんな苦悩を見てしまったら、強い憐憫をおぼえずにはいられない。ぼくはリンカーン教護院のちいさな子供たちが夜通し泣くのを聞いたことがあるし、モーズが泣くのも聞いたことがあったが、大の男がこんなふうに泣くのは聞いたためしがなかった。大人になっても、年を取っても、ぼくらの中にはいつも子供の自分がいるのだと思い知らされた気分だった。

モーズがぼくの腕にふれ、手話で言った。〝ひきあげよう〟

〝豚脅し〟の真夜中の行動を突きとめたものの、それが何を意味するのか、まだよく理解できなかった。それでも、ぼくはうなずき、モーズとふたりで納屋の方角へ足音を忍ばせて引き返した。

19

翌朝、〝豚脅し〟は拍子抜けするほど上機嫌だった。涙がすくなくともしばらくは、彼の悲嘆をきれいに洗い流したのだろうかと思った。あるいは、マッシュが蒸留器の最初の運転にふさわしい状態になったとアルバートから伝えられたせいかもしれない。それとも、全然違う理由があるとも考えられる。

薪小屋のたきぎが哀れなほど少ししかなくて、アルバートは〝豚脅し〟に、蒸留器の燃料や、農家のストーブで作る料理のためにも、たきぎが必要だと告げた。エミーがニワトリ小屋から卵を集める仕事を終わらせたとき――それが彼女の日課のひとつだった――彼はエミーにアルバートが蒸留器の第一回の運転の準備をする手伝いをさせた。納屋の壁にかかっていた、両端にハンドルのあるのこぎりをモーズに渡したあと、彼は自分用に斧をおろした。隅にあった木製の手押し車を指さし、ぼくに言った。「あれを持ってこい。おまえとそっちのだんまり、おれと一緒にこい」

いついかなるときも手放さないショットガンを持って、彼はぼくらの先頭に立ち、ギレアド川の縁に向かって果樹園を歩いていった。道中、〝豚脅し〟は陽気に『ウォバッシュ・キャノンボール』を口笛で吹きつづけた。ぼくらを待ち受ける労働がなんであれ、それを心待ちにしていたかのようだった。彼が足を止めたのは大きなハコヤナギの前だった。枯れてからだいぶたっているようだがまだまっすぐに立っており、枝はひからびて折れやすく、幹は穴だらけでリスかキツツキが巣を作っていた。ハコヤナギの木は、ぼくらがカヌーを隠した川岸の茂みからいくらも離れておらず、ぼくはモーズの目をとらえて、不安な視線を交わした。

「ほら、これだ。しばらく前からこいつを切り倒すつもりだったんだ。今日がその日らしい」

朝の空気は爽やかで、果樹園と川のあいだの未開墾地にはエンレイソウや野バラやプレイリー・スモークが咲き乱れ、いい香りが漂っていた。暑い日になるのは確実で、何時間もかけて木を切り倒し、ストーブや蒸溜器の燃料に見合った大きさに切断するのかと思うとうんざりした。でも、美しい一日と〝豚脅し〟の機嫌の良さがそんな気持ちをまぎらわせてくれた。ヘクター・ブレッドソーの干し草畑で汗みずくになって働くことだって、ブレッドソー自身がいやなやつでなかったら、あれほどつらくはなかっただろう。その日の〝豚脅し〟は陽気そのもので、そこが大きな違いだった。

モーズとぼくがハコヤナギの木を切り倒す前に、彼は太さを測るみたいに木のまわりをぐるりと歩いた。川に面した側でひざまずき、「おっ」と言った。手を伸ばして地面から何かをつかみ、ぼくらに見えるようにその手を突き出した。

「毒キノコ？」ぼくは言った。

彼は首をふった。「アミガサタケさ、ものすごくうまいキノコだ。アミガサタケ狩りに行ったのはずいぶん昔だな。そら」とぼくに言った。「これを持って、川沿いにもっと見つからないかどうか探してみろ」

色は茶色、長さは四インチ、グリム童話に出てくる大地の精かなにかがかぶっているみすぼらしい帽子みたいだ。ちっともうまそうに見えなかったが、古いハコヤナギの木を汗水たらして切り倒すより、キノコ探しのほうが断然おもしろそうだった。

「見つけたら」と〝豚脅し〟が言った。「まっすぐここへ持ってこい」いいほうの目を彼はつぶってみせた。「おまえの考えていることはわかってるんだ。重労働をしないですんだ、そう思ってる。戻ってきたら、やることはどっさりあるぞ、まちがいなく」

ぼくはその場を離れた。うしろで、のこぎりの刃がハコヤナギに食い込む音が聞こえた。

地面に目をこらして、木々の間を縫いながらゆっくりと川岸へ向かった。ありとあらゆる野生の植物が生えていた。目当てのへんな格好のキノコをさらに数個見つけた。川は果樹園の端で大きくカーブしていて、すぐに〝豚脅し〟とモーズが完全に視界から消えた。

地面から目を離さず使命に集中していたが、ふと目をあげると、昨夜〝豚脅し〟がひざまずいて胸がはりさけんばかりに泣いていた、あのぽつんとそびえるオークの木のそばまできていた。ちらりと後方をふりかえって自分の姿が向こうから見えないことを確かめると、ぼくはオークの木に駆けよった。

そこにあったのは、ちいさな墓地、家族の埋葬所だった。埋葬を規制する法律が行き渡っていなかったり無視されたりする田舎では、そういう墓を見たことがある。柵で囲ってある墓地もあるが、これはそうではなかった。いくつもの木製の墓標が直立しており、日差しに色褪《あ》せたり風雪にさらされたりして、かつて記された文字も今では判読不可能だった。墓標がまったくない墓も三つあったが、それらはワイルドクローバーによってはっきりと他と区別されていた。自分が見ているのは、たぶん最初に地面を耕した〝豚脅し〟の祖先の墓だろうと、立ったまま考えた。農園にいるのは彼だけだから、彼が家族の最後のひとりで、家系は彼で絶えるのだろう。われらが片目のジャックのことをぼくはじっと考えた。自分しかおらず、死んだら、思い出してくれる人も、悲しんでくれる人もいないなんて、ずいぶんさびしい話だ。ぼくにはアルバートとモーズがいるし、今ではエミーもいる。〝豚脅し〟には、そういう存在がまるでないらしい。

それにしても、この三つの墓標のない墓はなんとなくひっかかるところがあった。とりわけ、怒りが爆発してめちゃくちゃになった屋根裏部屋の様子と合わせて考えると大いに気になった。心を騒がす暗い推測にふけりながら、ぼくはちいさな墓地をあとにした。

アミガサタケを両手にいっぱい持って引き返してみると、ハコヤナギの木は倒されて、モーズと〝豚脅し〟は幹にすわって一休みしていた。ふたりともシャツを脱いでいて、肌が汗で光っていた。〝豚脅し〟はその労働が気に入っているかのように、ほほえんでいた。不思議なことに、モーズもだった。

「狩人が丘から帰ってきたぞ」〝豚脅し〟が威勢のいい声をはりあげ、キノコを見るとぼくの背中をぴしゃりとたたいた。「大漁じゃないか、小僧。今夜のチキンはこれでぐんとうまくなるぞ。そいつは手押し車の下に入れて、今から一汗かく用意をしろ」

彼らはすでに幹を数カ所切断しており、〝豚脅し〟はぼくにそれらをもちあげて手押し車に積み込む作業をさせた。重くて、きつい仕事で、ぼくがそれに取り組んでいるあいだ、モーズと〝豚脅し〟はひきつづきのこぎりで幹を切断した。

もう一度一休みしたとき、〝豚脅し〟が言った。

「おまえの名前は？」

「バック」

「だんまりの友だちは？」

ぼくはモーズを見た。彼は手話でつづりを言った。

〝ジェロニモ〟

ぼくが伝えると、〝豚脅し〟は笑った。「ぴったりだ。部族は？」

「スーだよ」ぼくは言った。

「いいものを見せてやろう」彼はオーバーオールからポケットナイフを取り出して、ハコヤナギの木から細い枝を切り落とし、切り口をぼくらに見せた。「そこに星が見えるだろ？」

彼の言うとおりだった。枝の中心に黒っぽいとがった点を五つ持つ星がある。

「おまえの部族はこれにまつわる物語を持ってるんだ」と彼はモーズに言った。「彼らの話じゃ、空のすべての星は実際は地中で作られている。星たちはハコヤナギの木の根っこを探し出し、木の中にすべりこみ、辛抱強くずっと待つ。ハコヤナギの木の中の星たちは、ここに見えるように、どんよりして、光を持たない。そうこうするうち、夜空の偉大なる精霊がもっと星が必要だと考えて、風を起こして枝をゆさぶり星たちを解放する。彼らは飛んでいって空に落ち着き、きらきらと光って、ずっとそうなるはずだった輝く創造物になる」彼はハコヤナギの枝の中の星をうやうやしく見つめた。「おれたちもそれに似ている。解き放たれた夢なんだ。おまえらもおれも、神の地上にいる他のみんなも。ジェロニモ、おまえの部族はたいした知恵の持ち主だ」

モーズは見たこともないほどにっこりした。

「おまえは今の物語が気に入らなかったのか?」〝豚脅し〟がぼくに訊いた。モーズみたいに笑っていなかったからだ。

「そんなことないけど」

「ここが好きか、バック?」

「働くのがきつい」

「手を見せてみろ」彼はぼくの手のひらのタコをしげしげと見た。「おまえは重労働に慣れてる」

「だからって、好きなわけじゃないよ」

「なんだって大変なんだ、バック。そのことを肝に銘じてないと、人生に足をすくわれるぞ。おれは、この土地と仕事を愛している。教会には行かない。神が屋根の下にいるか? おれはそうは思わないね。いいか、神はここにいるんだ。土に、雨に、空に、木々に、リンゴに、ハコヤナギの星に。おまえやおれの中にも。それは全部つながっていて、それが全部神なんだ。たしかにこれは重労働だが、おれたちをこの土地につなぐものの一部なんだからいい労働なんだ、バック。この美しく、やさしい土地にな」

「この土地はエミーのお母さんを殺した竜巻を引き起こしたんだ。それでもやさしいって言うの?」

「悲劇だ、おれならそう呼ぶ。だが、土地を責めるな。ここは昔からそういう土地柄で、竜巻ははじめからその一部だった。干魃《かんばつ》もだ、イナゴや雹《ひょう》や山火事や、人びとを追い出したり殺したりするものすべてがそうなんだ。土地はそういうもんだ。人生はそういうもんだ。神は神であり、おまえもおれも、おれたちはおれたちなんだ。完璧なものなんかない。それとも、すべてが完璧であって、それに気づくだけの頭がおれたちにないだけかもしれん」

「あの果樹園の木々は、ぼくらがここにくる前は荒れ果てていた。この土地をそんなに愛してるなら、なんでほっといたんだ？」

「見捨てたんだ、バック、単純で簡単なことさ。見捨てたんだ。おれのせいさ。だがあのおんぼろの道具小屋でおまえたちを見つけたのは、結局、祝福だった。おれはまた元気が出てきた」

これがエミーの部屋の窓に釘を打ちつけ、納屋の壁に酒瓶を投げつけ、オークの木の下で泣いた男と同一人物だろうか、と不思議でならなかった。ある意味で彼は彼の愛するこの土地と同じで、ある瞬間は人殺しの竜巻であり、次の瞬間には青空になる。この変化をもたらすのは酒なのだろうか。それとも、前からそういう男で、そのためにアギーは彼のもとを去ったのだろうか。彼女が本当に去ったのだとしたら。

「いいか、バック」彼は言った。「一休みしたいなら、あの木材を手押し車で納屋まで運んでいけ。道具小屋のそばに薪割り台がある。見たことがあるだろう。そこへ積んでおけ。こっちへ戻る前にポンプで木桶に水を汲んで、ここへ持ってきてくれ。ちょっと喉が渇いた。できそうか？」

「ああ」ぼくは言った。

「おまえはどう思う、ジェロニモ？」

モーズは笑って、うなずいた。

「ぐずぐずするなよ、バック。やるべきことをやれ。蒸溜器がどんな具合か、それも知らせろ」

ぼくはアミガサタケを手押し車にのせたが、ハンドルを握ったときは五百ポンドの重量を持ちあげている気分だった。全体重をかけて懸命に引くと、手押し車が動きだした。

小屋の隣の薪割り台に木材を積みあげ、自分が採集したアミガサタケをつかみ、アルバートが蒸溜器をどこまで動かしているか見ようと納屋に入った。

何をやらされても失敗しない不思議な才能が兄には備わっている。彼が〝豚脅し〟のために造った小型蒸溜器――銅の鍋とコイル状の銅の管から成る――はぴかぴかの美しい物体だった。ウォームと呼ばれるコイル状の管の低い方の端に、清潔な半ガロン入りのガラスのミルク瓶が置かれて、滴る密造酒を集めていた。

エミーがアルバートと一緒にいた。今日は昨夜と違って、青いエプロンドレスを着ている。鍋の下のちいさな平炉の前に膝をついているので、顔が炎に赤く照らされていた。

「あたしが薪をくべてるのよ、オディ」エミーは言った。

ぼくは兄に調子はどうかと訊いた。

彼はミルク瓶の方へ顎をしゃくった。すでに半分まで密造酒が入っている。「正確に作動してる。向こうはどんな具合だ?」

ぼくは墓を見つけたこと、昨夜モーズとふたりで〝豚脅し〟をそこまでつけていったことを話した。

「自分でもよくわからないんだけどさ、アルバート。あいつのことが好きになってきたんだよ、でも、なんだか怖いところもある」

エミーが言った。「あたしにはやさしいけど、ここにみんなと一緒にいさせてくれたらいいのにって思う」

「もっとたっぷり食べさせてくれたらいいのにと思うよ」ぼくは言った。

「あんまり食べ物がないみたい」エミーが言った。「あたしたちと同じぐらいしか食べないもの」

「ぼくらの金を持ってるんだよ。あれをちょっと使って、戸棚に食料品をたくわえればいいんだ」

「やつが手をつけていないのは、あれがおれたちの金だからかもしれない」アルバートが言った。

もしそれが本当なら、〝豚脅し〟への好意はさらに深まりそうだった。もうこれからは〝豚脅し〟として彼のことを考えるのはよそうと決めた。今から彼はジャックだ。

ぼくは納屋を出て、アミガサタケを農家の入り口前の階段に置き、水桶に水をいっぱい汲んだが、ジャックとモーズが働いているハコヤナギの木のところへはすぐに戻らなかった。アルバートとエミーとの会話がぼくを考えこませていた。ブリックマン夫婦の金庫からぼくらが取ってきた、いろんなものが詰まっている枕カバーをジャックはどうしたのだろう。水桶を正面ドアのわきに置いて、そっと家の中に入り、たちどまって頭を働かせた。もし何かを隠したかったら、自分ならどこへしまうだろう?

真っ先に調べたのはジャックの寝室だったが、押し入れがないので、可能性はふたつだけ、たんすとベッドの下だった。何もなかった。エミーの部屋は調べるまでもない。台所の食器棚をあけ、居間近辺の家具の下とうしろをのぞき、最後に目をとめたのが、ずたずたのマットレスから中身がはらわたみたいに飛び出ていた部屋にのぼるための梯子だった。あそこへまた入っていくのかと思っただけで身体が反応して気分が悪くなった。だが、あの枕カバーを見つけたかったから、ぼくは梯子をのぼった。

ベッドとマットレスとおまるがある場所は、相変わらずカーテンで仕切られたままだった。ぼくは屋根裏部屋のもう片側に保管されているものを片っ端から調べた。木と革でできた船積み用トランクがあった。トランクの蓋をあけると、注意深く畳まれた手作りのキルト、同じく丁寧に畳まれてしまわれているウェディングドレス、聖書、日焼けしたベビー靴などの過去の記念品があらわれた。さらに奥のほうをあさると、軍服と、額入りの写真が出てきた。軍服姿のふたりの男が兵舎の前に立っている。ひとりはドイツとの戦いで片目を失う前のジャックだった。もうひとりは同年配のようだ。ふたりとも笑っていて、友人に対してやるように、ジャックはもうひとりの男の肩に腕をまわしている。写真の一番下に、白インクで〝不名誉よりも死を、ルディ〟と書いてあった。ぼくは、別れ際にハーマン・ヴォルツが口にした誓いの言葉をちょっと思い出した。〝死んでもきみたちと自分の名誉を守る〟

一切をトランクに戻して蓋を閉じ、最後にカーテンをあけた。

マットレスは内臓が飛び出た動物みたいに、床にころがったままだった。視線を動かして丹念に見ていったが、枕カバーとその中身が隠されていそうなものはなかった。その場に立って眺めれば眺めるほど、ここでなにか恐ろしいことが起きたのだという確信は深まる一方だった。ぼくはよろめくようにあとずさって梯子をおり、その呪われた場所から逃げた。梯子をおりきってしばらく立ったまま自分を落ち着かせた。

あるものに目がとまったのはそのときだ。台所の片隅の床板が他の部分よりほんのわずかに隆起している。膝をつき、床板をこじあけると、そこはちいさな食料貯蔵庫になっていた。涼しい床下で食べ物が腐らないよう保管する場所だ。食べ物はなく、枕カバーが毛布やヴォルツのくれた水袋と一緒におさまっていた。枕カバーの中を調べた。手紙や書類や革綴じの本は入っていたが、金は全額なくなっていた。ぼくは驚かなかった。もしぼくがジャックだったら、やっぱり電光石火の早業で現金をひったくったことだろう。意外だったのは、ブリックマンの銃があったことだ。どういう風の吹き回しか――激しい暴力の証拠がいたるところに残ったあの屋根裏部屋からおりてきたばかりだったせいかもしれない――ぼくはピストルをつかむと、枕カバーを食料貯蔵庫に戻し、床板をもとどおりにした。急いで納屋に向かい、中に入る前に武器をアルバートやエミーに見られないよう隠した。馬具部屋の藁のマットレスの下の、脱出用につくったワイヤーの隣に突っ込んだ。足早に外へ戻って水桶をつかみ、木製の手押し車にのせて、ギレアド川と切り倒したハコヤナギの木のほうへ引き返した。

20

その夜はお祝いとともにはじまった。ジャックがぼくらを家に招き、ぼくらは家族みたいにちいさなテーブルを囲んですわった。ローストチキンを食べた。ぼくが集めてきたアミガサタケをジャックがバターで炒《いた》めたものが添えられていた。あんなにうまいものを食べたのは生まれてはじめてだった。酒がテーブルにあったのは言うまでもない。ジャックは半ガロンのミルク瓶のひとつから透明なコーンウイスキーを自分のグラスに注いで、飲んでは食べ、しゃべり、笑った。

「家の中に笑い声がするのはひさしぶりだ」ジャックは言った。「ノーマン、おまえが組み立てた納屋のあの蒸溜器はすばらしいな。ジェロニモ、おまえほどよく働く者は見たことがない。今日もよく働いた。エマライン、家を掃除し、明るさを取り戻してくれてありがとう。それからバック」彼はいいほうの目でぼくをしげしげと見た。なんて言うんだろう、とぼくは首をかしげた。ぼくはモーズみたいに働き者じゃないし、アルバートの驚異の小型蒸溜器みたいなものを造ったわけでもなく、エミーみたいにジャックを慰めているわけでもない。「おまえはおれの人生に音楽を取り戻してくれた。おまえとあのハーモニカでおれを救った」

ジャックはしゃべった。みずから仕置き部屋に長期間閉じこもっていた人間みたいに、しゃべりまくった。仲間意識を示したにもかかわらず、ショットガンは離さなかった。食後、ジャックがコーンウイスキーを飲んでいるあいだに、ぼくらは皿を集めて洗った。やがて彼が言った。「バック、おまえのあのハーモニカをひっぱりだして、納屋でささやかな、スクエアダンス・パーティをやろう」

彼はバイオリンとショットガンをつかむと、エミーにミルク瓶を持ってくるよう言いつけ、ぼくらはみんなでぶらぶらと庭を横切った。赤味を帯びたオレンジ色の太陽が地平線上に釘付けされたみたいに静止し、長くて赤い光線が古い納屋の壁の隙間から差し込んで、茶褐色の土の床を熱い溶岩が流れているように見せていた。

「ジェロニモ、あの干し草俵をふたつここへ持ってきてくれ。バック、おまえがひとつ取れ、もうひとつにはおれがすわる。ノーマン、おまえとエマラインは踵を蹴り上げる気分になってるか？」

兄は答えなかったが、エミーが叫んだ。「踊りたい」

「よしよし、いい子だ。思う存分踊ったらいい」

ぼくらは古いフォークソングをたくさん演奏した。父さんが教えてくれたものや、母さんがぼくの六歳の誕生日にくれた歌集でおぼえたものだったが、母さんはあれからまもなく死んでしまった。エミーはうれしそうに踊り、モーズがそこに加わって、ふたりはものすごい勢いでぐるぐる回った。コマみたいにくっついたり離れたりし、空中に土埃を舞いあげた。アルバートは傍観しているだけだったが、メロディに合わせて手拍子を取った。曲の合間にジャックは酒を飲み、額に汗の玉が噴き出して、目つきがいよいよ熱を帯びてきた。

外はほぼ真っ暗で、納屋からほとんど光が消えてしまうと、ジャックが言った。「『レッド・リヴァー・ヴァレー』をやろう」

「ほんとに？」ぼくは言った。

ジャックはにらみつけてきた。「おれの言うとおりにやれ」

まただ。青かった空が突然、竜巻の脅威をはらむ。

ジャックはミルク瓶からながながと密造酒をあおると、干し草俵の横の地面に瓶を置いた。バイオリンの弓をつかみ、楽器を顎の下にはさみ、ぼくにうなずいてみせた。

その夜でもっともスローテンポの、もっとも悲しい曲を、ぼくらは演奏しはじめた。エミーは納屋の土の床の上にすわり、モーズが隣にすわった。アルバートは壁によりかかって立っていた。光が消えようとしていたから、納屋の隅のほうはもうよく見えなかった。だが、演奏するジャックの顔は見えた。目を閉じていたが、頬をつたう涙をとめられないようだった。曲が終わったとき、彼はバイオリンを顎の下にはさんだきり、長い間、黙っていた。ようやく目をあけ、薄暗がりにすわっているエミーを見つめた。

「この曲が好きか、ソフィ？」

「あたしはエマラインよ」

その一言がジャックを愕然《がくぜん》とさせたようだった。

「おまえがエマラインなのはわかってるんだ、くそ」一瞬、バイオリンをエミーに投げつけるのではないかと思った。「夜は終わりだ」干し草俵にずっとたてかけてあったショットガンをつかむと、彼は立ちあがった。「その瓶を持て。おまえら男どもは馬具部屋に戻るんだ。さっさとしろ！」

エミーは急いで命令どおりにしようとした。ハーモニカをポケットにしまって、馬具部屋の方へ行きかけたとき、ミルク瓶が倒れる柔らかな音を聞いて、ぼくはふりかえった。ジャックとエミーが並んで立ち、倒れた瓶を見おろしていた。中身が納屋の床にこぼれて、土がどろどろになっていた。

「ちくしょう！」ジャックがわめいた。「どうしてくれるんだ、おい！　自分が何をしでかしたか、見ろ！」

「ごめんなさい」エミーは言った。「暗くて、見えなかったの」

「言い訳するな」彼はエミーの腕をつかんだ。「言い訳するとろくなことにならないぞ」

「彼女を放せ」アルバートが言った。

「やかましい」

「彼女を放せ」アルバートが繰り返し、壁から身を起こしてまっすぐ立ち、納屋のドアの前に立ちはだかった。

ジャックはエミーを放したが、今度はショットガンを両手で持ち、アルバートに銃口を向けた。「どけ」

「エミーを絶対に傷つけないと約束しろ」

ぼくはモーズが工具類を保管している作業台へにじりよっていくのに気づいた。いいほうの目の隅からジャックもその動きに気づいた。

「動くんじゃない、インディアン」

モーズは立ち止まった。だが今度はぼくが向きを変えて、歩き出した。

「おい、バック、どこへ行く?」

「馬具部屋だよ、あんたが言ったとおりに」

ジャックはふんと鼻を鳴らした。「おまえらのひとりは何が自分のためか、わかってるようだな」

馬具部屋にはいると、ぼくは午前中に藁のマットレスの下に隠しておいた銃を取り出して、戸口に立った。ふるえる両手につかんでいるものがジャックには見えないはずだった。

「どけ」ジャックはアルバートに命令した。「どけ、さもないと後悔するぞ」

「エミー」ぼくは言った。「そいつから離れるんだ」

ジャックがいいほうの目をぼくに向けたので、エミーを見張ることができなくなり、彼女は急いでモーズに駆けよった。モーズはエミーとショットガンの間に割り込んだ。

「恩を仇《あだ》で返すのか」ジャックは言った。「おれはおまえらを匿った。食わせてやった。するとどうだ?おまえらはおれに逆らった。ひとり残らずだ」

「おれたちは出ていく」アルバートが言った。

「笑わせるな」ジャックは言った。

ショットガンを見ながら、ぼくも思った。〝それはこっちのせりふだ〟

「なめるなよ、小僧」ジャックが警告した。彼はショットガンを持ちあげて肩に銃床を当て、アルバートとにらみあった。世界から音が消えた。

〝どくんだ、アルバート〟ぼくは叫びたかった。ジャックは本気だということが、はっきりわかったからだ。ジャックの中には何かすさまじい怒りが潜んでいた。農家の屋根裏部屋のずたずたになったマットレスから、ぼくはその怒りに何ができるかをすでに見ていた。

ぼくは考えなかった。ただ引き金を引いた。銃声が夜を砕いて無数の破片にした。

エミーが悲鳴をあげ、ジャックが納屋の床に崩れ落ちた。

喪失はあらゆる瞬間にやってくる。ぼくらの命は刻一刻盗まれていく。過去は二度と戻ってこない。

ぼくはヴィンセント・ディマルコを殺していた。それは取り返しのつかない影響をぼくに与えていた。だが、今日に至るまで、もし人にたずねられたら、彼の死を悔やんだことはないと答えるだろう。ジャックはそうではなかった。ジャックがあんな態度を取ったのは彼のせいではなく、彼の中にひそむ激しい怒りのせいなのだ。ぼくは別人のようなジャック、感じのいいジャックを見ていた。時間と状況によっては、喜んでジャックを友人と呼んだかもしれない。彼を撃つことは、狂犬病にかかった動物を撃つのに似ていた。そうせざるを得なかったのだ。だが、あの引き金を引いたとき、ぼくは自分自身の一部を失った。ディマルコを殺したときよりもっと大事ななにかを失った。今思うと、それは魂のかけらのようなものだった。一瞬後にぼくは納屋の土の床にへたりこみ、後悔にまみれた。

アルバートがジャックの上にかがみこんでから、モーズを見あげて言った。「心臓に命中したみたいだ」彼はぼくの方に歩いてきたが、肩に手が置かれたこともろくに感じなかった。「みんなで逃げないと、オディ」

アルバートに助けられて立ちあがり、外に出ると、エミーとモーズがすでに待っていた。エミーはぼくを抱きしめて、ぼくの胸に頬をおしあてた。

「心臓が」彼女は言った。「籠に閉じ込められた野生の鳥みたいに暴れてる」

ぼくはモーズがアルバートに手話でたずねるのを見

た。〝金は？〟

「なくなってた」ぼくは言った。その声は他人がしゃべっているかのように、ぼくから切り離されて聞こえた。

食料貯蔵庫で枕カバーを見つけたことを話すと、アルバートとモーズはそれを取りに家に入っていった。身体に力が入らず、中庭の薄暗がりにふたたびすわりこんだ。からっぽの両手を見つめ、ぼんやりとあの銃はどうなったのだろうと思った。

アルバートとモーズが農家から戻ってきた。枕カバーと水袋、ヴォルツがぼくらにくれた毛布数枚、それに最初にここにきたときにエミーが着ていた服を持っていた。

「そこらじゅう捜したが」アルバートが言った。「金は見つからなかった。もうあいつが使ったのかもしれない。とにかく、ここから逃げないと」

ぼくらは月に照らされた果樹園に向かい、自分たちが手入れした木々のあいだを歩き、モーズが鎌で刈った草むらを踏んだ。ごく短いあいだとはいえ、ぼくらはこの土とそこで生長したものに多少かかわったわけだから、ぼくはこの土地に親しみを感じていたし、ジャックが会話のなかで土地をやさしいと表現したことを思い出した。その夜、ぼくはとんでもないことをしてしまったが、ジャックだって同じようなことをしたのかもしれなかった。土地を責めるべきでないのはわかっていた。もう一歩踏みこんで、ジャックのように、周囲のいたるところに神を感じようとした。でも、心はしびれたままだった。感じたのは喪失とむなしさだけだった。

モーズとアルバートは茂みに隠しておいたカヌーを引きずり出して、ギレアド川に浮かべた。ぼくはまだ茫然としており、エミーが手を貸して乗せてくれ、ぼくの正面にすわった。モーズが舳先に、アルバートは艫《とも》に乗って、ぼくらは出発した。前方に月光を浴びた乳白色の川の流れが見えた。カヌーの後方近くの水中に何か重いものがボチャンと落ちるのが聞こえた。アルバートがそこに放り投げたのが何なのか、たずねるまでもなかった。

こうしてぼくががむしゃらに想像しているみんなの新しい生活――ますます曖昧《あいまい》にはなってきたが――と

願うものに向かって、ぼくらは進みつづけた。

第三部　天国

21

何十年もの月日を経て身につけた幾ばくかの知恵の高みから、何がどうなるかもわからぬまま、蛇行する川を旅するその四人の子供たちを、わたしは今、見おろしている。遠い昔のことなのに、わたしは彼らのために胸を痛め、彼らのために今も祈っている。若き日のわたしたちは決して死んではいない。たとえ聞こえなくても、わたしたちは彼らに話しかけ、不幸な結果になりそうな決定には異議を唱え、慰めと希望を差し出す。「アルバート」とわたしはささやく。「頭脳明《めい》晰《せき》のままでいてくれ。モーズ、たくましさを失うな。エミー、物事を見通す真の力をしっかりつかんでおくんだ。そしてオディ、オディ、怖がるな。わたしはここにいる、ギレアド川の土手でおまえを辛抱強く待っているぞ」

リンカーン教護院を逃げ出してから十日しかたっていないのに、もう永遠が過ぎたような気分だった。天気が一変し、ぼくらは灰色の空の下を漂流していた。みんな口数が減り、希望もしぼんでいた。あとに残してきたものの記憶――これまでのところ、それはおもに死と絶望だった――が重い錨《いかり》をひきずっているようで力が出ず、ぼくらは川にゆっくりと運ばれるままになっていた。

ジャックの家を出てから二日めの夜、ダンス音楽が聞こえてくるちいさな町の近くで野宿した。バイオリンにギターにアコーディオン。ハーモニカを引っ張り出して飛び入りし、アメリカ在郷軍人会か、エルクス慈善保護会か、教会の支部か知らないが、ホールで踊る人たちを陽気にする曲を吹き鳴らしたい、と思った。だがぼくらは死者を置き去りにしていた。発見される恐れがあったから、アルバートはハーモニカを禁じた。

アルバートは夕闇にまぎれて町へ出かけ、まだ肉がすこしついている腿《もも》の骨とジャガイモとニンジンの皮を一山、レストラン裏の残飯入れに新聞紙にくるまれて捨てられていたのを見つけて、持ち帰ってきた。シャツの袖には裂け目もできていた。ぼくら同様、腹をすかせて残飯入れのそばに潜んでいた痩せこけた犬の挨拶を受けたのだ。食事と呼べるほどのものではなく、一番いいところをぼくらはエミーにあげた。包装紙代わりに使われていた新聞の見出しにぼくらが載っているのが判明したが、ほっとしたことに、ジャックの農場での出来事ではなかった。どうやらあの犯罪はまだ発見されていないようだった。新聞は《マンケート・デイリー・フリー・プレス》で、ギレアド川がぼくらを運んでいる方角、つまり東部にある町で発行されていた。見出しはこうだった。〝泥棒と誘拐！　今度は殺人か？〟

アルバートが記事を声に出して読んでくれた。警察はヴィンセント・ディマルコの死体を石切場の崖の下で発見した。石切場付近でディマルコが使用していたとされる蒸溜器が見つかったため、ウォーフォード保安官は当初、ディマルコが酔って崖の縁から転落したと考えていた。ところが、正式な解剖によりディマルコの血中からアルコールが検出されなかったこと、誘拐と泥棒のあった夜以降ディマルコが行方不明になっていたことから、保安官の考えは殺人へと傾いた。記事の終わり近くに、ビリー・レッド・スリーヴについての短い記述があった。ディマルコの死体発見につづき、石切場の捜索によって失踪中のインディアンの少年の死体も見つかったとあった。それだけだった。それ以上の説明はなかった。インディアンの子供が死んだ、ただそれだけ。

「これですくなくともビリーの家族が思いわずらうことはもうなくなった」ぼくは言った。

「警察はヴォルツの蒸溜器をディマルコのものだと断定してる」アルバートが指摘した。「ブリックマンが不正にかかわりたくないもんだから、偽証したに決まってる」

「ヴォルツもこれで疑われずにすむね」ぼくはおおいに安堵して、そう付け加えた。

〝まだおれたちのことが書いてない〟モーズが自分とアルバートとぼくを示しながら、手を動かした。

「不思議だな」アルバートは首をふった。「でも、おれたちはついてるぞ」枕カバーに手を突っ込んで、アルバートは古ぼけたシードキャップを取り出した。ジャックがときどきかぶっているのを見たことがある。他のものと一緒に持ってきたのだろうと思った。いつだって兄は先を考えている。アルバートはうしろの紐を調節して、エミーにキャップを渡した。

「これからはそいつをかぶるんだ」彼は言った。

「どうして?」エミーが訊いた。

「ジャックは新聞の写真を見て、きみに気づいた。他にも気づく者が出てくるだろう。他人がそばにいるときはいつもそのつばを下げて、顔を隠すようにするんだ」

その夜、ちいさなエミーは横になると、モーズの腕の中でずっと泣いていた。ぼくらがわけを訊いても、彼女に答えられたのは、自分はひとりぼっちなんだと思ったということだけだった。ぼくにはその気持ちがよくわかった。リンカーン教護院での最初の数週間を今もおぼえていたからだ。あの頃は、アルバートもぼくも一切を失ったようなものだった。夜になるとたいていぼくは他の多くの子供たち同様、よく泣いた。そりゃ怖かったけれど、怖くて泣いたわけではないし、苦しんでもいたが、苦しくて泣いたわけではない。身体的な痛み以上に深く強い痛みというものがある。それは魂が負った傷だ。世界中の人から、神からさえ、見捨てられたのだという気持ち。底知れぬ孤独感。身体の傷は癒えても、傷跡は残る。モーズの力強い腕の中で泣いているエミーを見守りながら、魂だって同じなんだとぼくは思った。今、ぼくの心にはぶあついかさぶたができているが、エミーの傷はまだ生々しくて癒える気配もなかった。モーズが彼女の手のひらに何度も〝ひとりじゃない〟と書くのを、ぼくは見つめた。

翌日の晩は穴のような明かりが全然見えない場所で野宿した。そこなら、ぼくらも人目にふれないはずだった。アルバートはおもいきって火を焚く決心をした。川岸沿いのハコヤナギなどの木から落ちた枝を集め、ボーイスカウトの手引き書の内容を頭に刻みつけていたアルバートが、枝をたくみに組み合わせて炎をおこした。暗い夜の焚き火には特別なものがある。みんなと囲む火は陰気な気持ちを追い払ってくれる。陽気なちいさな炎を囲み、小枝がはぜ、炎が踊るのを見ているうちに、朝から何も食べていなかったにもかかわらず、星々にむかってたちのぼる煙とともに気分が高揚していくのを感じることができた。笑ったり、ほほえんだりしたのが遠い昔みたいな気がしていたから、みんなの顔に、喜びではなくても、いくらかの安堵と慰めが浮かんでいるのを見るとうれしかった。

「みんなのために歌を演奏して」エミーが言った。

アルバートにちらりと目を向けると、彼はうなずいた。

納屋に死んだジャックを置きざりにして逃げてきてからはじめて、ぼくはハーモニカを取り出して吹きはじめた。『テキサスの黄色いバラ』を選んだのは、明るい曲調で誰もが歌詞を知っているからだ。アルバートとエミーが声を合わせ、モーズの両手が優雅なバレエを踊った。

「これはモーズのために」と言って、ぼくは『わたしを野球につれてって』を吹いた。モーズは満面の笑みを浮かべ、その歌が終わると、手話で言った。〝革のグローブのにおいが恋しい〟

「おまえの未来に野球はまだある」アルバートが言った。

エミーが両手をたたいた。「いつかあなたは有名な野球選手になるわ、モーズ。あたしには見えるの」

モーズは首をふった。〝自由でいるだけで幸せだ〟

エミーがリクエストした。「『シェナンドー』をやってくれる、オディ？」

明るい曲を続けたかったが、エミーにとってそれが特別な歌なのはわかっていた。彼女のお母さんのお気に入りだったから。だから、ハーモニカを口に当て、そのもの悲しくも美しい曲を吹いた。そのあとぼくらは黙って焚き火を見つめ、それぞれの思いにふけった。

「あたしがどうしたいかわかる？」エミーが突然言った。彼女はモーズからアルバートへ、さらにぼくへと視線を移した。「死ぬまで毎晩、こんなふうにみんなと焚き火を囲みたい」

モーズがにやりとして、手話で言った。〝世界中の森を全部燃やすことになるぞ〟

「煙のことを考えてごらんよ、エミー」アルバートが笑いながら言った。「空全体が覆われちまう」

火明かりの向こうから、声が聞こえた。「煙は祈りを天国へ運んでいくとインディアンは信じている」

男が暗がりからあらわれた。大きくて逞《たくま》しい身体つき、両肩はバッファロー並みに盛りあがり、頭髪はバッファローの冬の被毛みたいに肩まで届いていた。古ぼけた黒のカウボーイハットをかぶり、スナップボタンのシャツに薄汚れたリーヴァイスをはき、先の尖《とが》ったブーツをはいている。たった今キャトル・ドライブ（牛の群れを一カ所から別の場所へ移動させること）から戻ったようないでたちだが、どう見ても男はカウボーイではなく、インディアンだった。麻袋を肩にかけ、火明かりの端に立っている。表情は読めなかった。

「音楽が聞こえた。一緒にいいか？」

エミーがぱっとモーズに駆けより、モーズはかばうように片腕を彼女にまわした。アルバートは挑むように立ちあがって、男をにらみつけた。ぼくはすばやくあたりを見て、武器になりそうなものを探し、いざとなれば、手の届く位置にあるハコヤナギの大枝を使おうと決めた。

「おまえたちが腹をすかせているかどうか知らないが」男は言った。「料理の材料はあるんだ、その火を使わせてくれるなら」麻袋の中へ手をいれて、取り出したのは、新聞紙でくるんだ二匹のナマズだった。「むろん分けてやるとも」

友好的な申し出に聞こえたが、ジャックの監禁から逃げてきたばかりだったので、暖かく燃えさかる焚き火に赤の他人を喜んで迎える気分にはなれなかった。一方で、この二日間、ぼくらはほとんどなにも食べていなかった。右のブーツの中に五ドル札が二枚入っているのだから、それで食べ物を買おうかと何度も思った。だが、エミーがぼくのそばにきて半睡状態でしゃべったあの夜、お金を使うべき時がきたら、ぴんとくると言っていたし、まだそのときとは思えなかった。だから、熱くてうまいナマズを食べられるという考えは実に魅力的だった。

アルバートがついにうなずいた。

インディアンはぼくらが火にくべるために用意しておいた薪の山から、丈夫でまっすぐな棒を二本抜き取った。はらわたや鱗《うろこ》をすでに取り除いてあるナマズの口から棒を差し込み、炎と木炭に魚があぶられる角度で棒を地面に突き刺した。それから、焚き火から離れた場所にすわった。

「自分たちだけで旅をするには若いな」インディアンは言った。「だが、おれも十三の歳からずっとひとりだ」

「カウボーイなの？」ぼくはたずねた。

「前はな。サウス・ダコタで雇われて牛追いしていた。今は牛のために金を払う者はいないから、辞めたんだ。ふるさとに帰る決心をした」

「どこがふるさと？」

彼は両手を広げた。「ここだ」

「ここ？」ぼくは地面をたたいた。

「ああ。あっちもこっちもだ」彼はギレアド川の上流と下流の両方向を指さした。「これは全部おれの土地、おれたちスー族の土地だった。そう書いてある書類は持ってない。だが、売ったことはない。ただ奪われたんだ」

彼は特別な興味をもってモーズを見つめ、ぼくの知らない言葉でモーズに話しかけた。モーズの顔つきから、彼にもわからないのはあきらかだった。ところが、エミーが答えた。「そうよ」

インディアンの目が大きくなったかと思うと、口元がほころんだ。ふたたび、あの奇妙な言語でしゃべると、エミーが同様の言語で答えた。

インディアンは、口をあけて見ているぼくらに目を留め、モーズを指さした。「そこにいるおまえたちの友だちに、おまえはスー族かとたずねた。次に、そのちいさな女の子に、どうしておれの言葉がわかるのかとたずねた。スー族の血がまじっているのだと彼女は教えてくれた」

「スー族の言葉がしゃべれるなんて、知らなかったよ」ぼくはエミーに言った。

「パパが教えてくれたの。だけどリンカーン教護院では、使わせてもらえなかった。あの規則をおぼえてるでしょ、オディ」

おぼえていた。規則を忘れた子供たちにたいし、鞭打ちや仕置き部屋での一夜が科せられたこともおぼえていた。

すっかり打ち解けたので、ぼくはインディアンが最初にあらわれたときから気になっていた質問をした。

「竿《さお》はどこ？」

「竿？」

「釣り竿だよ」焚き火であぶられているナマズの方へ、顎をしゃくった。

「竿と鉤《かぎ》針がなくても釣れる。おれは手なずけた《ヌードル》」

「ヌードル？」

「わかるだろう」彼は指をうごめかした。「ナマズはバカだから、この指を虫とまちがえる。ぱくっときたら、素手で捕まえる」

　危険な気がして、ハーマン・ヴォルツの四本半の指を思わずにいられなかった。でも、インディアンの両手にはちゃんと五本ずつ指がそろっていた。

　エミーは相変わらずモーズにくっついてすわっていたが、もう彼の腕の下にはいなかった。スー語で会話をしてから、インディアンへの恐怖は消えたようだった。エミーはまたあの言葉で彼に話しかけ、彼が答えた。

「彼女がおれの名前を訊いた」彼はぼくらのために通訳した。「ホーク・フライズ・アット・ナイト、と答えた。だがたいていはフォレストと呼ばれてる」

「どうして？」ぼくは訊いた。

「それがおれの白人の出生証明書の名前なんだ」

「名前がふたつあるの？」

「もっとある。それじゃ、おまえたちみんなは何て名前なんだ？」

「エミー」エミーが即座に言った。

　アルバートとぼくはとがめるようにエミーをすばやく見たが、彼女の天真爛漫《てんしんらんまん》な率直さがひきおこしたかもしれない危険を取り消すのはもう遅すぎた。

「バックだ」ぼくは言った。

「ノーマン」アルバートが言った。

「で、おまえは？」インディアンがモーズに訊いた。

　モーズは手話で名前を告げた。

「口がきけないのか？」インディアンがたずねた。

「誰かが舌を切り落としたの」エミーが言った。「すごくちいさかったときに。名前はモーズよ」

　インディアンはカウボーイハットをすこしうしろへ傾け、かぶりをふった。「世の中の残虐な行為には終わりがない、どんなに遠くへ行ったって、底なしだ。だがおまえのためになることがひとつあるぞ、モーズ。おまえはスー族だ。おまえの体内には善良で高潔な血が流れている。誰がどう言おうとそれを信じろ」

フォレストは麻袋に塩と胡椒を持っていて、ナマズが焼きあがるとそれで調味した。ポケットナイフでナマズを切り分け、骨に気をつけろと注意しながら、ぼくらひとりひとりに分けてくれた。ぼくらががつがつと食べるさまが、うれしかったらしい。最後になってぼくは彼が自分ではちょっとしか食べずに、大半をぼくらに与えていたことに気づいた。

「あのハーモニカをもうちょっと吹いてくれないか、バック？」彼は言った。

ハーモニカを取り出して『バッファロー・ギャルズ』を吹きはじめたのは、フォレストの第一印象が平原のあの大きな動物だったせいだろう。次に『カミン・ラウンド・ザ・マウンテン』を吹くと、フォレストをはじめ、みんなが一緒に声を合わせてうたった。ぼくらは声をたてて笑い、楽しいひとときを過ごした。

三曲めは何にしようかと考えていたとき、フォレストが麻袋に手を入れて、透明な液体の入った密閉式の瓶を引っ張り出した。蓋をねじってあけ、ぐいっとあおった。それから瓶を自分の横の地面に置いた。

密造酒だ。これまでは密造酒を見てもなんとも思わなかったのだが、ジャックとの一件があってから、それが突然目の前にあらわれると不安をかきたてられた。他の三人も用心深い顔つきになった。

「『リーヴィング・シャイアン』はどうだ？」フォレストが言った。「オクラホマ出身のカウボーイを知ってた。ギターでその曲を弾きながらうたって、そりゃ心がふるえたもんさ」

ぼくがハーモニカを口に当てると、フォレストは瓶を口に当てた。

彼は酔っ払わなかったし、ジャックのように意地悪くもならなかった。むしろ、さらに饒舌《じょうぜつ》になった。ついに、彼はぼくらに爆弾を落とした。

「おまえらの首には賞金がかかってるぞ、知ってるか？　五百ドルだ」

彼はぼくらの反応をうかがい、ぼくらがどんな表情を浮かべたにせよ、おもしろそうに笑い声をあげ、麻袋に手を突っ込んだ。ぼくは緊張し、アルバートとモーズもいつでも飛びかかれるように身を固くするのがわかった。

フォレストが取り出したのは、その日付けの《ミネアポリス・スター》紙だった。焚き火越しに彼はそれをアルバートに渡し、ぼくらはうしろからのぞきこんだ。エミーの誘拐がまた一面を飾っており、彼女の別の写真が載っていた。今回の内容は、ブリックマン夫婦がエミーを連れ去った犯人たちの情報に対して申し出ている報酬に終始していた。情報はセルマかクライド・ブリックマンに直接伝えること、条件は問わない、とある。

「ああ、おまえらの正体はわかってる。だが心配するな。これが見えるだろ？」フォレストはカウボーイハットの下から飛び出しているむさくるしい髪を指さした。「子供の頃、これにも報奨金がかけられたんだ、おれがスー族だってだけで。打ち明けると、記事を読んだとき、おれも他のみんなと同じようにエマラインの身を危ぶんだ。だが、彼女が危険にさらされていないのは見りゃわかる。新聞なんて」さもけがらわしげに、彼は言った。「数部売るためならなんだって書くんだ」フォレストは密閉瓶の中身をまた一口飲んだ。「おまえらを尊敬するよ。大勢の警官を右往左往させてる」

「ビリー・ザ・キッドだ」ぼくは言った。

「そりゃなんだ？」

「ぼくらはビリー・ザ・キッドみたいなもんさ。無法者だよ」

「無法者か」フォレストは同意し、ぼくらに乾杯した。

さっきから陰気に黙りこんでいたアルバートが、もう遅いから、眠らないと、と言った。フォレストは瓶の蓋をしめ、密造酒を麻袋に戻した。巻いてある毛布をひっぱりだして、それを焚き火の向こう側に広げた。ほどなく、インディアンの朗々たる深い寝息が、ときおりのいびきとともに聞こえてきた。

モーズとエミーは一枚の毛布に横になり、モーズは片腕を伸ばして幼い少女をかばっていた。ぼくはアルバートの隣に横になった。くたびれていたが、気分はよかった。うまいナマズ。音楽。それに名声。まさにビリー・ザ・キッドだ。

眠りに落ちる前、兄を一瞬盗み見た。アルバートは目を大きくあけて、身じろぎひとつせず、欠けはじめた月を、ずっと前に死んだ人間みたいにじっと見あげていた。

22

腕に何かが触れて、目がさめた。

リンカーン教護院では、子供に関するディマルコの忌まわしい性癖を生徒たち全員が知っていたから、ぼくらの眠りは浅く、夜間の予想外の接触は警報も同然だった。ぼくはぱっと目をあけて起きあがろうとしたが、身体が地面におさえつけられていて動けない。口をあけると、悲鳴をあげさせまいと、手が口をふさいだ。

頭上の頼りない月明かりの中で、アルバートとモーズが見えた。アルバートが口に人差し指を当て、声を出すなと警告した。ぼくが完全に目をさましたことがわかると、モーズが手を離した。アルバートがみぶりで起きろと言った。ぼくが寝ていた毛布をつかみ、アルバートは手話をした。〝ついてこい〟モーズがぼくにブーツを渡した。

焚き火の燃えさしがまだ赤く残っていて、向こう側でインディアンがぐっすり眠っていた。ぼくらは忍び足でそのそばを通り、川へ向かった。すでにカヌーが浮かべてあり、エミーが待っていた。アルバートが、ぼくらが寝ていた毛布を畳んで、もう一枚の毛布と一緒にカヌーの中央にのせた。枕カバーとキャンバス地の水袋もあった。ぼくらが乗り込む間、モーズがカヌーをおさえ、そのあと彼が艫《とも》に乗って、カヌーを押し出し、ぼくらはギレアド川を矢のように進んだ。

なぜなのか、ぼくにはわからなかった。モーズとアルバートがパドルを漕いでいるのをよそに、どんな理由で兄がこんなふうにこっそり出発することにしたのかと考えをめぐらせた。ぼくはフォレストに好感を持っていた。親切だったし、状況に応じてきままに旅をするのはぼくらとそれほど違わないように思えた。密造酒のせいだろうか？　アルバートはジャックの二の舞を怖れたのだろうか？

野宿の場所からかなり離れ、しゃべっても危険はないと判断できるまで、ぼくは待った。

「どういうことだい、アルバート？」ぼくは声を落としてたずねた。

「ホーク・フライズ・アット・ナイトから逃げるためだ」

「なんで？」

「あいつはおれたちを警察に突き出すつもりだった」

「なんでわかるの？」

「口まで密造酒が入っていたあの密閉瓶」

「それが？」

「四角い瓶だった」

「だから？」

「おまえ、四角い密閉瓶を見たことがあるか？」

あまり考えたことはなかったが、言われて、考えた。

「ないと思う」

「おれもだ、ブリックマンにむりじいされて、おれとハーマン・ヴォルツがマッシュを作らされるまでは見たこともなかった。ブリックマンは密造酒を入れるのに、特別な四角い密閉瓶を買ったんだ。四角いほうが詰めやすいと言ってた」

「フォレストがブリックマンから密造酒を買ったってこと？」

「そういうことだ」

「そして報奨金のために、ぼくらを突き出そうとしていた？」

「あたりまえだろ？　おまえなら五百ドルをドブに捨てるか？」

エミーは丸くなって眠りはじめた。モーズとアルバートは夜を徹してパドルを漕いだ。ときおり遠くで、農家の庭の常夜灯らしき明かりがぽつんと見えた。アルバートの言うとおりだと思った。五百ドルは大金だ。でもぼくなら全額つぎ込んで、ああいう家に暮らす安全を買う。我が家と呼べる家にいる安全を。

午後遅く、ぼくらは停止した。フォレストとのあいだにはたっぷり距離をかせいでいた。モーズとアルバートはくたくたになっていた。ぼくらは川を見おろすちいさな丘にのぼり、一本の孤立したスズカケノキの木陰に腰をおろした。大草原から隆起した丘からはあたり全体の景色が見渡せた。鉄道路盤は川からそれて遠くへのびている。付近には農家も納屋も柵もなく、不器用な人間の手によって汚されたものはひとつもなかった。見渡すかぎり、丈の高い雑草と野の花が風の調べに合わせてダンサーのようになびいているばかりで、ぼくらの頭上は白いスズカケノキの枝と緑の葉が作りだす堂々たる天蓋に覆われていた。

〝きれいだ〟モーズがものうげに手話で言った。〝しばらくここにいよう〟

「永遠にいようか？」ぼくは言った。

「あたしたち、家を建てられる」エミーが言った。「みんなで一緒にそこで暮らすの」

モーズが手話で言った。〝アルバートなら建てられる。アルバートはなんだってつくれる〟

「ここにとどまるつもりはないよ」アルバートが言った。「おれたちはセントルイスに行くんだ」

セントルイスをおぼえてはいたが、かろうじて、だった。母が死んだあと一度だけ訪れたことがあったが、それっきりだった。

モーズが手を動かした。〝セントルイスになにがある？〟

「我が家だ」アルバートは言った。「たぶん」

彼は枕カバーに手を入れて、その他もろもろと一緒に投げ込んでおいた手紙の束のひとつを取り出した。

紐で束ねられたままになっていたが、結びかたはブリックマンの単純な靴紐結びではなかった。〝すべる八の字結び〟といって、ほどかなくても結び目を簡単にゆるめたり、ぎゅっと締めたりできる複雑な結びかたであり、ぼくらがボーイスカウトで習ったものだ。いつやったのか知らなかったが、アルバートは手紙を調べていた。結び目をゆるめて一番上の手紙をするりと抜き出し、ぼくに手渡した。宛先はリンカーン教護院の院長になっていた。

「読んでみろ」アルバートは言った。

ぼくは封筒から手紙を抜いた。

関係各位

ふたりの少年がそちらのリンカーン教護院で保護されていることを、最近知りました。彼らの名前はオバニオンです。兄はアルバートで十四歳になります。もうひとりはオディの呼び名で通っていて、兄より四歳年下です。わたしにはこのふたりを養う収入がありませんが、折にふれ、いくばくかのお金を送りたく思っています。お金は、学校側に用意する義務がなくても、彼らに必要なもの、彼らの生活を多少楽にしてくれるものなどを買うのに使ってください。

個人的理由により、このお金の出所は少年たちに知られたくありません。ここに二十ドルを同封します。

そちらで保護されているすべての子供たちのためになさっている善行が神に祝福されますように。

手紙に署名はなかった。ぼくはもう一度読んでから、アルバートを見つめた。「ジュリアおばさんかな？」

アルバートはうなずいた。「ジュリアおばさんだ」

「ブリックマン夫婦は、おばさんは死んだと言ったよ」

「消印を見ろ」

差出人住所はなかったが、ぼやけた赤い消印を調べた。セントルイスの文字と日付が見分けられた。「おばさんがこれを出したのは二年前だ」

「ブリックマン夫婦がおばさんは死んだと言ったのは、

もっとずっと前だった」

　ぼくはこらえきれずに手紙の束に手を伸ばした。

「他にもあるの？」

「その一通だけだ」

「お金はどうなったんだろう？　おばさんがときどきぼくらに送ると言ったお金は？」

「さあな。だが、この一通だけでおれには充分だよ。教護院を出たときは、どこへ行けばいいのかよくわからなかった。今ははっきりしてる」

　モーズが手話で訊いた。〝おれたちみんなにとっての我が家か？〟

　アルバートが言った。「おれたちは家族だ、そうだろう？」

　ぼくらは丘の上で夜を過ごすことにした。大草原という海原から隆起した平和な小島、スズカケノキの大きく広がった枝の下の安全地帯で。

　ぼくは不眠に悩まされていた。ジャックを撃ってからずっとそうなのだ。いつまでたっても眠れなかったり、寝つけても、ジャックの納屋の牢屋に閉じ込められている悪夢で何度も目がさめた。その恐ろしい夢の中で、ジャックはいいほうの目をかっと見開いて、納屋の土の床からとがめるようにぼくをにらみつけている。ごめんなさいと言おうとしても、口が針金で閉じられたかのように動かず、七転八倒しているうちに目がさめるのだった。

　その夜もいつまでも眠れなかった。横たわったまま、ぼくらの頭上に屋根のようにかかるスズカケノキの枝をじっと見あげ、空きっ腹を鳴らしながら、〝我が家〟のことを考えつづけた。ぼくは我が家の味を知らなかった。リンカーン教護院の前は旅まわりの生活だったし、その前はたくさんの猫を飼っている老婆の家の二階に住んでいて、断片的なことしかおぼえていなかった。リンカーン教護院はぼくを収容していたが、家ではなかった。セントルイスやジュリアおばさんのことで興奮しないよう努力したが、それは空腹な子供に熱々の食べ物のにおいに涎《よだれ》をたらすなというようなものだった。

　ぼくは眠っているみんなのそばを離れ、スズカケノキをあとにした。そのとき見た美しい光景は、八十年生きてきた今でも忘れられない。丘からなだらかに起伏する草原がホタルで活気づいていた。見渡すかぎり、ちいさな輝く無数のランタンが土地を照らしていた。きままな気流にのってまたたくホタルは星の海であり、地上の天の川だった。夜のエッフェル塔のてっぺんから光の都を見渡したことがあるが、あの人工の輝きは、少年だったときの六月のある夜、ギレアド川の岸で目撃した奇蹟には遠く及ばなかった。

手が自分の手の中にすべりこむのを感じて、下を見ると、エミーが横に立っていた。闇の中でも彼女の目が輝いているのが見えた。「いつかまたここにきたいわ、オディ」

「きっとこよう」ぼくは約束した。

ぼくらは手をつなぎ、奇蹟のただなかにしばらく立っていた。腹はからっぽだったが、心は満たされていた。

翌朝、カヌーに荷物をのせたとき、兄が西を見て低い口笛を吹いた。

「空が赤い」アルバートは言った。

西の地平線に沿って、空が炎症を起こした皮膚のように赤らんでいた。モーズとアルバートは天気に追いつかれまいと、がむしゃらにパドルを漕いだが、二日近く前にフォレストが分けてくれたナマズを食べたきりだったので、すぐに疲れてしまった。雲の動きはのろかったが、午後も遅い時間にはぼくらに追いついていた。後方で風が立ち、嵐が襲ってくる直前にギレアド川と、はるかに大きなミネソタ川の合流地点にたどりついた。雨が激しく降ってきたが、カヌーをとめるのにいい場所を探してぼくらは進みつづけた。ようやくガマにおおわれた細長い砂州を見つけた。そこへカヌーを寄せて、降りた。モーズとアルバートが土手の木にカヌーをたてかけて上から毛布の一枚をかぶせ、ぼくらは濡れてへとへとになりながらその下に身を寄せ合った。

ミネソタ川は幅が広く、流れもギレアド川よりずっと急だった。ぼくらが見ているなか、どんどん流れていく大きな木の枝が、水が荒々しく渦巻いて茶色く回転しているあちこちでひっかかっていた。雨に濡れ、くたびれて、空腹であるうえに、速い流れに怖じ気づいていたぼくは、セントルイスまでずっと川で行くというアルバートの計画が本当に正しいのかどうか首をかしげはじめた。

雨は降りつづけ、ぼくらの気分は下降する一方だった。みんなの顔に疲労の色が見え、ぼく自身もくたくただった。我が家への期待も元気づけてはくれなかった。

夜がきて、やっと雨があがると、闇のどこからか音楽と、これまでに耳にしたこともないような美しい声が聞こえてきた。

23

〝なんだろう？〟モーズが手話で言った。

「見当もつかない」アルバートが言った。

「天使よ」エミーの顔つきは本気でそう思っているようだった。

「誰だか知らないけど、すばらしい声だね」ぼくは言った。「それに、あのトランペット」

「天使ガブリエルの角笛よ」とエミー。

「それはわからないけど、すごくうまい」ぼくはアルバートを見た。「行ってみるべきだよ、そう思わない？」

「全員ではだめだ」

「ぼくが行く」

「あたしも行きたい」

モーズが手話で言った。〝みんなはひとりのため、ひとりはみんなのため〟

アルバートはすぐには答えず、いろんな要素を秤《はかり》にかけた。「いいだろう」やっと言った。「ただし、慎重にやる必要がある。おれたちの首には五百ドルがかけられているんだ。天使だってぐらっとくる」

ぼくらは砂州を離れて急な川堤をのぼり、まばらな木々の列のあいだを歩いていった。反対側は鉄道路盤と線路で、やがて広々とした草原があらわれ、そのむこうに町が見えた。空は依然として低くたれこめていて、町明かりが低い雲に映り、燃えさかる火からたちのぼった煙のように見えた。草原の中央に巨大なテントがひとつあって、もうすこしちいさなテントがまわりを囲んでいた。巨大テントは内側から明るく照らされて、いくつもの影がキャンバス地の壁を動いていた。草原にはたくさんの自動車がとまっていた。

「サーカスかな？」

「宗教的な音楽を演奏するサーカスなんて聞いたことないだろ」アルバートが言った。「信仰伝道集会《リバイバル》だ」

「リバイバルってなあに？」エミーが訊いた。

「行ってみよう」

歩きだしたぼくの腕をアルバートがつかんだ。「危険すぎる」

西から穏やかな風が吹きつけてきた。服が湿っていたから、微風でも寒かった。エミーが自分の身体を抱きしめて身震いした。

モーズが手話で言った。〝エミーは寒いし、濡れてる。テントが避難所になるよ〟

「エミーはそこらじゅうの新聞に出てる」アルバートが言った。「気がつく人間があらわれるかもしれない。ホーク・フライズ・アット・ナイトみたいに」

「食べ物のにおい」エミーが言った。

ぼくは鼻をうごめかせた。「においがするね」

「うまい食べ物のにおいだよ。きっとあの巨大テントから漂ってくるんだ」

モーズが熱をこめて手を動かした。〝リバイバル集会では食べ物をくれるのか？〟

「さあな」アルバートは言った。

「お願い、アルバート」エミーが懇願の目つきでアルバートを見あげた。「あたし、凍えそう。それに、おなかもぺこぺこ」

エミーはアルバートが与えたシードキャップをかぶ

っていた。「そのつばをうんとひきおろすんだ」ぼくは彼女に言った。言われたとおりにしたエミーを見て、ぼくは言った。「ほらアルバート。顔はほとんど見えないよ」

兄は軟化した。「モーズとおれを最初に行かせてくれ。万事問題がなかったら、オーケーの合図を出す」

ぼくらが草原を横切りだすと、また音楽が大テントの中からはじまった。リンカーン教護院の体育館でブリックマン夫婦が主催する礼拝で聞いた賛美歌、『すべての希望に満ちた主』だ。美しい天使の歌声がひときわ高く響き、楽器演奏よりも大きく聞こえた。それは人間の深いあこがれに語りかける声だった。テントの中にすでにいる人びとだけでなく、ぼくにも語りかけてくる声だった。エミーとぼくは、アルバートとモーズが様子を見に行っているあいだ、テントの入り口近くで待った。音楽がやむと、女の人がしゃべりだすのが聞こえた。モーズがあらわれて、こいよというように合図した。

テントの中は支柱からぶらさがる電灯で照らされていた。たくさんのベンチが並べられていて、その真ん中を走る通路の先に高くなっている演壇があって、ピアノが置かれ、そのうしろの折り畳み式椅子に数人の楽団員がそれぞれの楽器を持ってすわっていた。演壇の上に〈神癒伝道団ギデオンの剣〉と謳《うた》った横断幕がかけてある。女性がひとり、中央ステージに立っていた。キツネの毛を思わせる淡褐色の長い髪がつややかに波うち、裾の長い、流れるような白いゆるやかなドレスを着ていて、動きにつれて、その裾がうしろでなびいた。テントの中は半分がた埋まっていて、その大半はぼくらと似たりよったりのくたびれた服を着た年配の男女だった。子供たちの姿もあちこちにあったので、ぼくらは目立たずにすんだ。アルバートとモーズは中央通路の左側のベンチに並んですわっていた。エミーとぼくはその反対側のベンチにすわった。テントの中は暖かだったが、ぼくに寄り添っているエミーの身体は震えていた。いいにおい——チキンスープだ、とぼくは推測した——が濃厚に漂っていたが、現物は見えなかった。

「……ですから、わたしたちはみな怖れているのです」白いドレスの女性が言っていた。「飢えを、喪失を怖れ、今日あるものを怖れ、明日がよくないこと、あるいはもっと悪くなることを怖れています。この暗い日々にあって、わたしたちは仕事を失うのではないか、家を失うのではないか、家族が引き裂かれるのではないか、と怯えています。ドアがたたかれても開けるのをためらうのは、差し押さえの書類を持った悪魔がそこに待っているかもしれないからです。わたしたちは膝をつき、このすべてのみじめさからの解放を神に祈るのです。物事がよくなる兆《きざ》しを求めて、天を仰ぐのです」

彼女は演壇の中央に立っていた。明るいライトの下で白く燃え立つ熾火《おきび》のような長い髪、純白のゆるやかなドレス、澄んだ目は、テントの後方からでも新緑のヤナギを思わせる緑色なのがわかった。両腕を大きく広げると、ドレスの生地がひろがって、まるで翼が生えたように見えた。男がひとり、演壇にあがって、彼女の背丈ほどもある木製の十字架を手渡した。彼女がそれを両手で受け取って高々と持ちあげると、テントの明かりが弱まって、背後でまだ光っている電灯ひとつだけになった。すべてのベンチとそこにいる人びとの上に、彼女とその十字架が長い影を投げた。

「兆しはすでにわたしたちに与えられました」女性はナイチンゲールのように美しい声で叫んだ。「それは血に染まった約束として、苦悩と愛のうちに語られたのです。〝主よ、彼らをおゆるしください〟」十字架をさらに高くあげ、唱えた。「〝主よ、彼らをおゆるしください〟」十字架をおろすと、声がそれとともに低くなり、彼女はやさしく、陽気に言った。「〝主よ、彼らをおゆるしください〟兄弟姉妹よ、世界をこよなく愛された神は、ただひとりの大切な息子をわたしたちの救済のためつかわされました。そんな神があなたがたに背を向けることはありません。あなたがたのもっとも暗い時間、サタンがあなたがたのドアをたたいているときですら、神はあなたがたのそばにおられます。深い罪に沈み、神の愛を失ったと信じるときですら、神はあなたがたのそばにおられ、あなたがたの罪をゆるしてくださるのです。主が求めるのは、あなたがたが全身全霊をかけて神を信じること、それだけです」

女性はそれはすばらしい笑顔を見せた。するとエミーがぼくから離れ、まるで目に見えない強力な風に吸い込まれたかのように、彼女の方へ身を乗り出した。

前列近くの男が立ちあがって、叫んだ。「シスター・イヴ、われわれには兆しが必要です。どうか、兆しを与えてください、今、今夜にでも」

「わたしが兆しを与えることはできません、兄弟よ。それは神からのみ、くるのです」

「あなたを通じてでしょう、シスター・イヴ、わかっています。前に見たのです。息子を癒やしてください、シスター。どうか、うちの息子を癒やしてください」

男は下に手をやって、ぼくといくらも歳の違わない子供を抱きあげた。その少年は背中がひどく曲がってい て、身体がほぼくの字になっており、ろくに顔をあげることができなかった。「息子のサイラスは悪魔を背中にしょって生まれてきました。生まれてからずっとこんなふうなのです。あなたは人びとから悪魔を追い出すと聞いています、シスター・イヴ。お願いです、息子から悪魔を追い出してください」

女性の顔に深い同情の色があふれた。彼女は十字架を持ってきた男に返すと、背中の折れ曲がった少年のほうへ両腕を広げた。

「わたしのところへその子を連れていらっしゃい」

少年が演壇のステップをのぼるのを見ているのは、苦痛だった。父親に助けられてステップをのぼり、父子はシスター・イヴの前に立った。少年は立ってはいたが、背中がひどく曲がっているため、視線をあげるのがみるからにつらそうだった。彼女は膝をついて、少年と向き合った。

「サイラス、あなたは神を信じますか?」

「はい、マアム、信じます」と彼が言うのが聞こえた。

「神があなたを愛しておられることを信じますか?」

「はい、マアム、信じます」

「神があなたを癒やすことができると信じますか?」

「信じたいです、マアム」少年が声を詰まらせるのが聞こえた。こちらに背中を向けているので顔は見えなかったが、滂沱《ぼうだ》の涙を流しているのはまちがいなかった。

「信じるのです、サイラス。全身全霊をかけて信じるのです」シスター・イヴが腕を伸ばして両手を彼のいびつな背中にあてた。純白のドレスの襞《ひだ》が少年の肩にかかった。彼女はキャンバス地のテントの屋根のほうへ視線をあげた。「その聖なる息でわたしたちを命で満たしてくださる神の御名において、その愛の鉄床でわたしたちの心を形づくる神の御名において、そのかぎりなき恵みによって不自由な手足を癒やしてくださる神の御名において、この少年の苦悩が取り除かれんことを。彼の身体から、骨から、存在から、すべての不純なものをことごとくとりさり、この子をふたたびまっすぐ歩かせたまえ。われらの神のやさしい御名において、少年を健康体にさせたまえ」

するとと、なんと、あの背中の曲がった少年が身体を起こしはじめた。まるで一枚の葉が広がるのを見るようだった。誓ってもいいが、背骨の関節ひとつひとつが、ぼきぼきいうのが聞こえた。彼がまっすぐに立つと、明かりがふたたびつき、彼はベンチにすわっているぼくらみんなのほうを向いた。ぼくは予想が正しかったのを知った。滝のような涙が少年の頬をつたっていた。父親も泣いていて、我が子を抱きしめた。

「主よ、感謝します、あなたに神のお恵みを、シスター・イヴ」男は感極まって叫んだ。

「神を称えよ」ベンチから叫びがあがると、他の人たちがそれに唱和した。

もっと癒やしの行為がおこなわれる予定だったのかもしれない。献金皿が回される予定だったのかもしれない。そうだったのだとしても、そうはならなかった。こうなったのだ。男と少年がさがってベンチに腰かけたとき、後方からわめき声がした。「ふざけるな！」

全部の頭がいっせいにテントの入り口をふりかえると、四人の若い男たちが下卑た薄笑いを浮かべ、ふらつく足で立っていた。そのうちのひとりが持っていたパイント瓶は、密造酒にちがいなかった。わめいたのはその男で、またわめいた。「ふざけるなよ、このインチキ女」

あとの三人が笑い声をあげ、瓶を回し飲みした。

シスター・イヴの十字架を持ったままだった男が、それをおろしてステージ上の彼女のそばに近づいた。がっしりしていて、かつてはヘヴィーウェイト級のボクシング選手だったのかもしれないと思わせる鼻と顔をしている。シスター・イヴが片手をあげて男に距離を保つよう無言で伝えてから、テント後方にいる騒々しいグループに話しかけた。

「何があなたをここへこさせたのか、わかりますか？」怯える動物をなだめるかのように、彼女はやさしく言った。

「病人を癒やすとかいう、あんたのくだらない見世物の噂を小耳にはさんだのさ。この目でそれを見たかったんだ。シスター、あのなあ、お笑いの舞台でももっとましな出し物をやってるぜ」嘲りの声をあげて、男は瓶をつかみ、ぐびりと飲んだ。

「あなたがきたのは、魂の面倒を見てもらう必要があるせいね」彼女は言った。

「あんたが面倒をみられるものをおれは持ってるぜ、シスター、だが、それはおれの魂じゃない」男は卑猥《ひわい》なジェスチャーをし、酔っ払いの奇声をあげた。

「出ていけ」誰かが叫んだ。「おまえみたいな飲んだくれの馬鹿野郎に入ってきてもらいたくない」

賛同のざわめきが起きた。

「大丈夫」シスター・イヴが湧きあがる怒りの波を鎮めようと両手をあげた。「〝すべて重荷を負うて苦労している者は、わたしのもとにきなさい。あなたがたを休ませてあげよう。わたしは柔和で心のへりくだった者であるから、わたしのくびきを負うて、わたしに学びなさい〟（口語訳聖書「マタイによる福音書」第十一章より）」

「おれはそのでかいおっぱいで休むほうがいいね、シスター」男の仲間がどっと笑った。

シスター・イヴはステージをおりて、ドレスの長い裾をひきずりながら、ゆっくりと通路を歩いてきた。彼女が通ると誰もがふりかえり、後方にいる飲んだくれのグループに近づいていく彼女を魅入られたように見守った。よこしまな飢えたけだものたちの前の白い仔羊のように、彼女は彼らの前に立った。「わたしの手を取りなさい」礼儀知らずの若者に、彼女は片手を差し出した。

男はびっくりしたように見え、その目に警戒の色が忍びこんだ。

「わたしの手を取りなさい、あなたを生まれ変わらせてあげましょう」

男は彼女の広げた手のひらを凝視したまま、動かなかった。

シスター・イヴはやさしく微笑した。「怖いの？」

それが癪《しゃく》にさわったようだ。男は手を伸ばして乱暴に彼女の手をつかんだ。

シスター・イヴはしばらくのあいだ、祈っているかのように、目を閉じていた。ふたたび目をあけ、理解をたたえた温かな表情を男に向けた。「彼女が亡くなったとき、あなたはいくつだったの?」

まるで、パイプレンチで眉間を殴られたみたいに、男は茫然となった。「いつ誰が死んだって?」

「あなたのお母さんよ。あなたはずいぶんちいさかった、そうでしょう?」

男は手を引き抜いた。「お袋は関係ない」

「お母さんは火事で亡くなったのね」

「お袋は関係ない、と言ったんだ」

「あなたはお母さんが焼死するのを見た」

「ちくしょう!」男は殴りかかろうとするように、拳をあげた。

「あなたはそれを自分のせいだったと信じている」

「ちがう」男は叫び、拳を宙でふりまわした。「ちがう」とまた言ったが、今度は弱々しい声だった。

「あなたはこの重荷を長すぎるほど背負ってきたのよ。あなたがいやでなければ、わたしはそれを取り除くことができるの」

「おれにさわるな、クソ女」

「この重荷をなくせば、あなたは生まれ変わるでしょう。生まれ変わったように感じるわ、約束します」

男は腕をおろし、目を見開いて彼女を見つめ、ぼくはそれを見て、男が懇願していると思った。「だ……だめだ」

「自分があまりにも罪深いと思っているのね。わたしたちみんながそうなの。でも、わたしたちはみなゆるされている。わたしたちに必要なのはそれを信じることよ。さあ、わたしの手を取って、信じなさい」

男はうつむいて地面を見つめた。彼女の目を見ることができないかのようだった。

「わたしの手を取りなさい」ぼくにはほとんど聞こえないほど、静かな声だった。

ずっと死んでいた物体みたいに、男の腕がのろのろと持ちあがった。男は片手をシスター・イヴの手のひらにもう一度のせると、彼女の前に膝をついた。そして泣き出した。深い嗚咽《おえつ》が男の身体を揺すった。シスター・イヴはひざまずいて、男を両腕に抱いた。

「信じますか？」ぼくがこれまで聞いたこともないような深い慰安に満ちた声で、彼女は言った。

「信じます、シスター」

「ではあなたの魂を憩わせましょう」

彼女はしばらく男を抱擁していたが、立ちあがって、男を一緒に立たせた。「さあ安心してお行きなさい、ブラザー」

男はしゃべることができなかった。ただうなずいてふりかえり、一緒にきた三人の若者を見たが、三人はその目に思わずあとずさりした。彼らはテントから退却し、男もつづいて出ていった。

シスター・イヴはぼくら全員にむかって両腕を広げた。「テーブルの用意ができました。主に感謝し、主の寛大さにあずかりましょう」

テントの横のカーテンがあけられると細長いテーブルがあらわれ、大きな湯気のたつ鍋がふたつのっていて、チキンスープのにおいが漂ってきた。天にも昇るにおいだった。

24

その夜、ぼくは毛布の上でまたしても眠れないまま横になっていた。ほんの数ヤード向こうで、砂州の端に生えたガマをミネソタ川が洗うさらさらという音が聞こえた。町――名前はまだ知らなかった――が近いので、通りを走るトラックの車台の金属の骨がぶつかりあうような音がときどき伝わってくる。川ではアマガエルたちが自然界の子守歌をうたっていたが、いっこうに眠くならなかった。

眠れない理由ははっきりしていた。あの神癒伝道団のテントにいた若い酔っぱらいのことが理解できるからなのだ。彼は自分の心が悪でいっぱいなので、清らかにはなれないと信じていた。ぼくは二度も人を殺している。呪われた魂があるとしたら、それはぼくの魂だった。

そのとき、天使の声が聞こえた。とても低かったので、空耳かとも思った。起きあがって川堤をのぼり、木々の間をぬけて鉄道線路を横切った。草原の端に立つと、あの巨大なテントが見えた。その後方に町があって、丘陵地帯のあちこちでまだいくつか明かりがまたたいていた。ほとんどの自動車はなくなって、草原は無人に近かった。テントのキャンバス地を照らすのは、ぼくらが今夜早く見た、たくさんの電灯の強い光ではなく、やわらかな明かりだった。たぶん、ひとつかふたつしか電灯がともされていないのだろう。音楽も華やかな大きな音ではなくて、ひっそりした音だった。ピアノとトランペット、そしてあのすばらしい声だけだ。

ぼくは草原を横切った。テントの入り口のカバーがきちんと閉じていなかったので、膝をつくと中が見えた。

彼らは演壇上のピアノのまわりに集まっていた。トランペット奏者とピアノ弾き、そしてシスター・イヴだ。彼らの頭上にひとつだけ明かりがともっていた。シスター・イヴはもうあの白いドレスではなく、スナップボタンのついたウェスタンシャツを着ていた。ブルージーンズは足首のところまでまくりあげられていて、本物のカウボーイブーツをはいているのが見えた。コーラ・フロストの家のラジオで聞いたことのある歌を、演奏していた。『テン・センツ・ア・ダンス』、金をもらって男とダンスをしているが、そんなすべてから自分を連れ去ってくれる人を懸命に求めている女性をうたった、悲しいメロディの曲だ。トランペットの調べは長くてもの悲しいためいき、ピアノのリズムは葬式の哀歌、そしてシスター・イヴは魂が死にかけているかのようにうたっていて、ああ、その声の響きがぼくに語りかけてきた。

歌が終わると、彼ら三人は笑い、トランペット奏者が言った。「なあ、イヴィ、ブロードウェイに行くべきだよ」彼は長身で、てかてかした黒い髪に青白い肌、鉛筆みたいに細い口ひげを生やしていた。

シスター・イヴがこぶりな銀のケースから煙草を一本抜くと、トランペット奏者がライターを持ちあげて、火をつけた。彼女はいきおいよく煙を吐き、言った。「神の仕事をするので手一杯よ、ブラザー」ピアノの上に置かれたグラスを手に取って口をつけた。

「次は何にする?」ピアノ弾きがたずねた。彼はストローみたいに細くて、肌が糖蜜のような褐色で、粋な角度に黒の中折れ帽《フェドーラ》をかぶっていた。

シスター・イヴは煙草を吸い、次にくちびるをちいさなOの字にして、完璧な煙の輪を二個、吐きだした。「ガーシュウィンは本当に素敵。『エンブレイサブル・ユー』にはいつもうっとりしちゃうわ」

ぼくも知っている歌だったが、誰が作った曲かは知らなかった。シャツのポケットの中のハーモニカの重さが気になり、口がむずむずした。ピアノ弾きが最初の数小節を弾いたところで、ぼくは草原の闇にひっこんで、腰をおろし、ハーモニカをひっぱりだして、彼らと一緒に演奏をはじめた。長い飢えのあと食べ物にありついたような気持ちだった。でもそれは、その夜の無料のスープとパンがもたらしたものとは違う充足感だった。すべての音に、ぼくは心の奥底にある憧れを吹き込めた。愛の歌だが、ぼくにとっては、他のなにかを求める歌だった。我が家かもしれない。安全かもしれない。確信かもしれない。いい気分だった。ときどき想像したように、本当に神を信じていて、それに打ち込んでいれば、祈りとはこういう気分をもたらしてくれるのかもしれなかった。

曲が終わり、ぼくは音楽の一部でいることが与えてくれる温かな感情の高まりのなかですわっていた。テントのカバーが持ちあげられた。内側からの明かりを背に、シスター・イヴがみじろぎもせずに立ち尽くして、夜の闇に目をこらした。

翌朝はまばゆいほどの晴天で暖かだったが、ぼくらは全員遅くまで寝ていた。ようやくアルバートが毛布からころがりでて、言った。「川に戻って、距離を稼ぐ必要がある。ホーク・フライズ・アット・ナイトのことがまだ心配なんだ。だがまず、持っていく食べ物をかき集められるかどうかやってみる」

「もう一日だけここにいられない?」エミーが言った。「夕べのスープはすごくおいしかった。それに、町も見たいの、アルバート」

「町なんかどれも似たようなもんだよ」そっけない言い方だったが、わざとそうしたわけではないと思う。いったんこうと決めて、それが最善だと思ったら、アルバートは下り坂を転げ落ちる大きな石になる。邪魔をする者はただではすまない。だがエミーの傷ついた表情を見ると、アルバートは顔の高さが同じになるように膝をついた。「つかまるのはまっぴらなんだよ、エミー。きみだってそうだろう？」

「うん」エミーの口がへの字になって、下くちびるがちょっとだけふるえた。

「泣かないね？」

「わかんない」

アルバートはおおげさなためいきをついて、空を仰いだ。「わかったよ。町へ行っていい、ちょっとだけだぞ。そうしたら、出発する、いいね？」

「うん」エミーの態度はたちどころに一変した。

エミーの感情はいつも率直で嘘がないが、彼女がアルバートをふりまわしているのはあきらかだった。それがいいことかどうかわからなかったが、ぼくらの状況を考えれば、仕方がないのだろう。はみだし者と一緒にいれば、ちょっとしたはみだし者になるものだ。

「おれはかなりうろつくことになるだろうし、行き先もわからない。腹をすかせた野良犬を追っ払わなくちゃならないかもしれないから、おまえたちは一緒にこないほうがいい。それに単独行動はだめだ」彼はモーズとぼくを見て、すばやく決断した。「おまえがエミーと一緒に行け、オディ。シードキャップを低くおろしておくのを忘れるなよ。昨夜の集会にいた誰かがおまえに気づいても、おまえたちふたりが一緒なのを変だとは思わないだろう。誰かに訊かれたら、兄弟だと答えろ、いいな？」

ぼくはエミーに笑いかけた。「ずっと弟がほしかったんだ」

モーズが手話で訊いた。〝おれはどうするんだ？〟

「誰かがカヌーのそばにいなくちゃならない。それに、おまえはインディアンだし、口がきけない。誰かがおまえに話しかけたら、その時点で、注目されてしまう。おれたちは目に見えない存在でいないとまずいんだ」

頭にきたはずだが、モーズはしぶしぶアルバートの理屈を受け入れた。

「おれが最初に行く」兄は言った。「おまえたちはすこし待ってからこい」

アルバートは川堤へ向かい、木立を縫っていなくなった。

モーズはしゃがみこんで石を拾うと、川に投げた。

「怒ってる？」ぼくは訊いた。

〝インディアンなのがいやだ〟彼は手話で言った。

ぼくはエミーにシードキャップを渡し、彼女の手を取って川堤をのぼった。

そこはニューブレーメンという町だとすぐわかった。町の中心地は広場を囲むように建てられていて、大きな裁判所があった。ぼくらは歩道をぶらぶら歩き、緑の日よけの陰に立って、店のウィンドーをのぞきこんだ。こんなふうに姿をさらしているせいで、神経質になっていたが、ゆっくり歩いていたから、ぼくらに注目する人はいないようだったし、エミーははしゃいでいた。レクソール・ドラッグストアの前を通過すると、隣は菓子店だった。

「モーズにリコリスを買っていけたらいいのに」エミーが店内のお菓子を見ながら言った。リコリスがモーズの好物なのを、ぼくらはみんな知っていた。

こぢんまりした菓子店の隣のベンチに腰かけて、広場を行き交う自動車や、あちこちの店に出入りする人びとを眺めた。ニューブレーメンはリンカーンよりずっと大きくて、通りも歩道も混雑していた。野球のグローブやバットを持った少年の一団が押し合いながら広場を横切って、どこかの野球場めざして裁判所の裏手に入って見えなくなった。

「ここに住めたらいいなあ」エミーが言った。

「いい町だな」ぼくは認めた。「だけど、ぼくらの目的地はセントルイスだよ」

「いい所？」

本当を言うと、自分たちがめざしているその大都市をぼくはほとんどおぼえていなかったし、捜している女性についてはろくに知らなかったし、その住所も謎のままだった。それでも、ぼくらにとってはたったひとつの家族に会えるチャンスであり、あとに残してきたものにくらべればずっとましだった。

「すごくいい所だよ」ぼくは言った。

ドラッグストアのドアがあいて、ふたりの人が笑いながら出てきた。ぼくはすぐにシスター・イヴに気づいた。カウガールの服装でも白いロングドレスでもなく、襟にそって金色のフリルのついた緑のワンピースにしゃれた金色の帽子をかぶっていて、雑誌で見たような装いだった。靴も帽子に合っていて、くるぶしにちいさなストラップがついていた。一緒にいるのは、トランペット奏者だった。彼のほうは白いシャツに白いパナマ帽をかぶっていた。歩道にでると、彼はスーツの上着のポケットに太い葉巻を二本すべりこませた。

ふたりはぼくらのほうに向きを変え、シスター・イヴの視線がぼくらにとまった。すぐに彼女はほほえんだ。

「あら、こんにちは。あなたたちふたりを昨夜見たわ。スープはおいしかった？」

「はい、マアム」ぼくは答えた。「おいしかったです」

「あなたも？」彼女はエミーのほうに腰をかがめた。

「うん」エミーが言った。

エミーを軽く小突いて、シードキャップのつばをさげるのを思い出させようとしたが、エミーはにこにこしながらシスター・イヴを見あげた。

春の若葉のような緑の目がエミーからぼくへ、またエミーへと移動した。「ふたりだけなの？」

「はい、マアム」ぼくは言った。

「昨夜もふたりだけだったわ。お母さんは？」

「死にました」ふたりを代表して、言った。

「お父さんは？」

「同じです」

「まあ」

シスター・イヴはぼくらの隣に腰をおろした。トランペット奏者はいらいらした様子で腕組みし、ドラッグストアのウィンドーに寄りかかった。

「あなた、名前は？」

「バック。バック・ジョーンズと同じなんだ」

「カウボーイのね」彼女は笑みを浮かべた。「じゃ、あなたは？」とエミーにたずねた。

ぼくが答えようとしたが、エミーはさっさと本名を言ってしまった。「エミー」

「エメットだよ」ぼくはあわてて言った。「でもぼくらはエミーと呼んでるんです。ぼくの弟です」

「誰があなたたちの面倒をみているの？」

「自分たちでやってます」

「ふたりだけで？」

「ふたりだけで」

シスター・イヴはぼくのほうに手を伸ばして、シャツのポケットからハーモニカを抜き出し、心得顔にぼくを見た。「すてきな曲を吹くのね。昨夜、草原であなたのハーモニカを聴いたわよ」ハーモニカを元の場所に戻してから、彼女はエミーの顔をじっとのぞきこんだ。「手を出してごらんなさい」彼女はエミーのちいさな手を自分の手で包みこみ、目を閉じた。ふたたび瞼《まぶた》をあけたとき、彼女は生まれたときから知っていたかのようにエミーを見つめた。「あなたはたくさんのものを失ったのね。でも、その代わりにすばらしいなにかを与えられたことが見えたわ。今夜の集会にまたきてほしいの。あなたのために特別なものを用意するわ」彼女は、ぼくが責任者であるかのように、ぼくに注意を転じた。「約束してくれる？」

風はそよとも吹いていないのに、まるですがすがしい風がシスター・イヴから吹いてきたように思えた。昨夜の白いロングドレスと長いキツネ色の髪の彼女は、天使よりも美しかった。今、ぼくは彼女の頬にアルバートと同じくらいたくさんのソバカスがあるのに気づいたし、顔の左側、ちょうど耳の前に、長い髪で部分的に隠れている醜い傷跡があるのにも気づいた。彼女はその目でぼくをつかんでいた。目をそらすことができなかった。すばらしく澄んだ目はミントのように爽やかだったが、目がそらせないのは、そのせいばかりではなかった。シスター・イヴの目をじっとのぞきこんでいると、このままでは溺れてしまうとわかっていながら、その深い魅惑的な水に飛びこんでしまいたくなった。

「約束します」自分が言うのが聞こえた。

トランペット奏者が腕時計を見た。「イヴィ、ベイビー、遅れるぞ」

「キャンディーが先よ、シド。何が好き？」

「レモンドロップ」エミーが即座に答えた。

「バックは？」

モーズのことを考えて、ぼくは言った。「リコリスをお願いします」

シスター・イヴがシドを見あげると、彼はやれやれと言わんばかりに天を仰いだが、それでも菓子店に入っていき、キャンディーを持って出てきた。

「それじゃ、今夜ね、バック」シスター・イヴはそう言ってから、エミーにわかっていると言いたげな笑みを向けた。「あなたもよ……ぼうや」立ちあがり、トランペット奏者と腕をからませて歩き去った。

ふたりがいなくなるが早いか、ぼくはエミーのほうを向いて、できるだけいかめしく言った。「本名を誰彼かまわずばらしちゃだめじゃないか」

「大丈夫よ」ぼくが知らないことを知っているような口調で、エミーは答えた。「あの人は信用できるもん」

のんびりと遠ざかっていくシスター・イヴをぼくは見つめた。どうしてなのかよくわからないが、エミーは正しいと思った。

25

「だめだ」アルバートは言った。「絶対だめだ」

「約束したんだよ」ぼくは食い下がった。

「それが何だ。おれたちは出発する。今すぐにだ」

ぼくらが川に戻ったとき、アルバートとモーズはすでに一切合切をカヌーに積み込んでいた。モーズは町へ行けなかったことでいまだにちょっとむくれていたが、リコリスでいくらか機嫌を直した。そろそろ正午という時間で、モーズが川堤の木陰で黒いキャンディーを食べているあいだ、アルバートとぼくは口論していた。ぼくのちいさな同盟者のエミーが、ぼくのそばに立っていた。

「あと一晩だけだよ、アルバート。それのどこがいけないんだ？　それにシスター・イヴはぼくらのために特別なものを用意しておくって言ったんだよ」

「ああ、手錠さ」

「そんな人じゃないよ。わかるんだ」

「間違っていたらどうするんだ？」

「オディは間違ってないわ、アルバート」エミーが言った。「シスター・イヴはいい人よ。あたしたちを売ったりしない」

モーズが笑って言った。〝売ったりしない？　ギャングみたいだな、エミー〟

「おれたちは出発する、それだけのことだ」アルバートはカヌーに向き直った。

「いつ神になったんだよ？」ぼくは兄の背中に向かって叫んだ。

彼はくるりとふりかえった。「残りたいのか？　いいさ。残れよ。おれたちは出発する」

モーズは木陰から動かなかったし、エミーはぼくにさらにすり寄った。

「投票するのはどう？」ぼくは言った。

「投票？」呪いの言葉でも聞いたかのようだった。

「ぼくら、民主主義の世界に生きてるんだよ。投票しよう。多数派が勝ち。ここに残りたいひとは？　手をあげて」

ぼくは手をあげ、エミーもぱっと手をあげた。アルバートはモーズに向かって顔をしかめたが、モーズはあせる様子もなく、のんびり手をあげた。

「そうかい」アルバートが言った。「刑務所へ面会に行ってやるよ、みんな」

足を踏みならしてカヌーに近づき、のりこむふりをした。それはみんな見せかけだった。ぼくは兄を知っていたから、ぼくらを見捨てるはずがないこともわかっていた。アルバートはミネソタ川の広くて茶色い流れの横に立ち、首を振った。

「知らないからな。おれたちみんな、今に後悔するぞ」

ぼくらが川の土手をあがって伝道団のテントに向かったのは、夕方だった。昨日の夜よりも草原にはたくさんの自動車がとまっているようだった。テントの中のベンチはほとんどすでに埋まっていて、ぼくは、背中の曲がった少年がシスター・イヴの癒やしの手によってまっすぐ立てるようになったとの噂が広がったせいだろうと思った。最前列にすわっていたのは、夕べさんざん悪態をついたあと、シスター・イヴによって態度を改めた若者だった。アルバートとモーズは、ぼくと、シードキャップをかぶったエミーのうしろに腰かけた。暑く、蒸し蒸しする夜だった。ぼくの横には図体が大きくて、髪がぼさぼさの熊みたいな男がすわっていた。においから判断して、納屋で家畜の糞の掃除をしていたにちがいなかった。女連れで、その女性はぐったり男にもたれて目を閉じていた。眠っているんだろう、と思った。でも、いったんシスター・イヴが演壇にあがったら、眠ってなどいられないだろうと思った。

不意にエミーがささやいた。「ハーモニカを持ってる?」

「ここにあるよ」ぼくはシャツのポケットからハーモニカを持ちあげた。

「『夢見る人』の吹き方、知ってる?」

「うん。なんで?」

エミーが答える前に楽団員たちが入ってきて、演壇のそれぞれの定位置を占めた。トランペット奏者が立ちあがって叫んだ。「神を称えよ、兄弟姉妹よ! 神を称えよ!」

昨日スープがふるまわれた開口部からシスター・イヴがテントに颯爽《さっそう》と入ってきた。白いロングドレス姿で髪が茜色の細い川のように肩にこぼれている。演壇の中央に進み出て両腕を広げたので、今度もまた翼が生えているように見えた。

「主は言われました、〝だれでもかわく者は、わたしのところにきて飲むがよい〟(口語訳聖書「ヨハネによる福音書」第七章より)。兄弟姉妹よ、川に集い、聖霊の命の水を飲み、元気を取り戻しましょう」

間髪をいれずに、彼女の背後にいた楽団員たちが演奏をはじめ、シスター・イヴがうたいだし、美しい声で語りかけた。「川辺に集いましょう、輝く天使の足が踏んだ場所……」

ぼくはその古い賛美歌を知っていた。ブリックマン夫婦がよく使っていた歌で、気がつくと、ぼくはその歌詞が絶対の真実だと信じているかのように、心をこめて、シスター・イヴの声に合わせて力強くうたっていた。

その夜、彼女は演壇を自在に動きまわって、固いベンチにじっとすわっている人びと全員に希望を語りかシスター・イヴ。ありがとうございます」演壇をおりたとき、女性は目が雨雲であるかのようにぼろぼろ涙を流していた。

ぼくの隣にすわっていた図体の大きな、くさい男が立ちあがった。片手にショットガンを持っていた。もう一方の手で男は彼に寄りかかって眠っていた女性をひきずり立たせた。男は片腕を女性に回し、ベンチの間の通路に出ると、彼女の足が地面をひきずられるのもかまわず、身体をかかえたまま歩きだした。

そのときぼくはその女性が眠っていたわけではなかったことに気づいた。悪臭は納屋の糞掃除のせいではなかったのだ。

演壇のステップまで行くと、男は立ちどまってシスター・イヴを口をあけて見つめた。目の前の状況に驚いたのだとしても、シスター・イヴはそんな様子はみじんも見せなかった。

「何を求めているのですか、ブラザー？」彼女はたずねた。

「女房だ。もうおれに話しかけてくれない。あんたが人を治すと聞いた」


けた。髪は乱れて顔にかかり、テント内の熱気と伝道活動への熱意から、汗が命の水のように流れ落ちた。彼女はうたい、熱心に説き、そして最後に両手を大きく広げて神の癒やしが必要な人は誰でも前に出てくるよう招いた。

杖《つえ》にすがっていた男がよろよろと立ちあがり、そのあとに、これといってどこも悪くなさそうな女性が続いた。シスター・イヴの両手に触れると、男は杖を投げ出し、文字通り踊るように演壇をおりた。どこも悪くなさそうな女性はシスター・イヴに自分の吃音《きつおん》を訴えようとした。言葉を押しだそうともがく女性の声に耳を傾けるのは責め苦だった。シスター・イヴは女性の頭に手を置き、左右の手のひらで万力のように頭をぐっとつかんだ。そして聖霊の御名において、この女をはっきりとしゃべらせたまえと懇願した。シスター・イヴが両手を離すと、女性はしばらく言葉を押しだそうとしていたが、ついに、はぎれよくこう言った。

「ありがとう、シスター」次の瞬間、彼女はハンマーで殴られた牝牛《めうし》みたいに茫然たる表情になった。「ありがたや」彼女は叫んだ。「あなたに神のお恵みを、

「あなたのお名前は?」

「ウィリス」

「奥さんのお名前は?」

「サラ」

「聖書に出てくる善女の名ですね。わたしと一緒にすわりましょう、ブラザー・ウィリス。あなたがたふたりとも」

シスター・イヴが一番上の段に腰をおろすと、ドレスの襞が白い滝となってなだれ落ちた。ウィリスといううむさくるしい熊みたいな男は妻の身体を自分とシスター・イヴの間でまっすぐに支えた。ショットガンはすぐ手の届くところに立てかけた。シスター・イヴは死んだ女性の手を取り、自分の両手にはさんで、長いこと目をつぶっていた。やっと目をあけて、言った。

「人生はつらいですね、ブラザー・ウィリス?」

「そのとおりだ。近頃、農家は楽じゃない。トウモロコシの値段も長いことひでえ安値だ」

「眠れないのですね」

「心配で目がさめちまうんだ。銀行から手紙がきた。ショットガンを手放せないのは、やつらに襲われるかもしれないからだ。土地をとられるわけにはいかねえ」

「そしてサラは毎晩あなたに寄り添って、あなたに慰めを与えようとしているのですね」

「おれが正気を保っていられるのはサラがいるからだ。だが、もう話しかけてくれない。声を失った。おれたちがここにきたのは、あんたが人びとを癒やすと聞いたからさ」

「わたしが癒やすのではありません、ウィリス。神が癒やすのです。わたしはただの身代わりです」

「女房のために祈れ。またおれに話しかけるようにしろ」

「神を信じますか、ウィリス?」

「人並みに」

「サラはどうです?」

「いつも聖書を読んでる。慰めになると言ってる」

「そしてサラがあなたを慰めてくれるんですね」

男が妻に向けた目は切望にあふれていた。「声を聞くだけで充分なんだ」

「でも、もう奥さんは話しかけてこない」

男はうなだれて地面をみつめた。「口がきけなくなったんだ。あるひどい罪のせいで」

「奥さんの罪ですか、それともあなたの？」

男は答えなかった。シスター・イヴが男のほうに身を乗り出し、ささやきに等しいちいさな声でなにか言った。だがテントの中は、シスター・イヴのまわりを飛ぶ蠅の羽音だって聞こえるぐらい、静まりかえっていた。

「その罪について話して、ウィリス」

彼は野生動物がたてるような音を鼻の穴から出した。低くて、不安をかきたてるとどろきのような咳払いをした。「女房は……」と言いかけて、考えをまとめようとするように、首をふった。「女房はおれと別れると言ったんだ。実家に戻ると。おれは逆上し、怒り狂った。おれたちはののしりあった」

「奥さんに手をあげたのですね」シスター・イヴがそっと言った。「そのときから、奥さんはあなたに話しかけなくなった」

「悪かったと謝ったんだ。膝をつき、ゆるしてくれ、なんでもいいから話しかけてくれと頼んだ」

「奥さんはもうあなたに話しかけることはできないのです、ブラザー・ウィリス。あなたもわかっているでしょう。この世ではできません。でも、彼女は悩みのないすばらしい場所であなたを待っていますよ。そこには苦しみもありません。愛だけがある場所です。与えられるものは決して奪われない場所なのです」彼女は死んだ女性の上に手を伸ばした。「わたしの手をお取りなさい、ブラザー・ウィリス」

ウィリスは誘惑されたかのように目を見開いた。昨夜若者の中のけだものを手なずけたのと同じやりかたで、彼女はこの男のさまよえる魂を安らがせるのだと思った。ところが、男はぼくを驚かせた。ぼくら全員を。シスター・イヴですらぎょっとした。

「いやだ」男はわめくやいなや、立ちあがった。ショットガンをつかみ、床尾を肩にあて、銃口をシスター・イヴの鼻に向けた。「さっさと女房を治せ。もう一度、女房がおれに話しかけるようにならなければ、いいか、おまえの頭を吹っ飛ばすぞ」

これまでの人生でぼくは恐怖をいやというほど見てきた。恐怖にはたくさんの顔があるが、声はないことが多い。ショットガンの銃口をじっと見つめるシスター・イヴの顔つきから、しゃべることもできないほどの恐怖にとらわれているのがわかった。しゃべれなければ、人殺しも辞さない熊男が望む奇蹟を起こすことはできない。いや、どんな奇蹟だって無理だ。

「吹いて、オディ」エミーがぼくにささやいた。

「『夢見る人』を吹いて」

ばかげていたが、ショットガンが火を噴いてシスター・イヴの顔を吹き飛ばすのを手をこまねいて待っているのだってばかげている。テント内のみんなと同じように、このままでは、今にも大惨事が起き、自分もそれを目撃することになるに決まっている。いったん殺人がはじまったら、犠牲者はシスター・イヴひとりではすまないかもしれない。口の中がからからになって、喉がやすりでできているようにひりひりした。息をするのが苦しかった。ハーモニカを吹くことができるのかどうか皆目わからなかった。でも、ぼくはシャツのポケットからハーモニカを取り出して、口に当てた。エミーがちいさな手をぼくの脚に置き、ぼくを見あげて、心底信じているかのように、ほほえんだ。

ぼくは吹きはじめた。ひそやかな曲だったが、しんとしたテントの中では耳をつんざく大音響に聞こえた。人びとの顔がいっせいにこちらを向き、ウィリスの顔もぼくのほうに向けられた。ショットガンの銃口がすばやく動いてぼくに狙いをつけるだろうと思った。懸命に吹きながらも、心臓は胸の中で激しく跳ねていた。この場違いな演奏をもう終わらせるべきだと思い、やめようとしたとき、天からの声が演奏に加わった。シスター・イヴだった。

美しき夢見る人よ、
わたしのために目覚めておくれ
星の光と露のしずくが汝《なんじ》を待っている
俗世のつまらぬ喧噪《けんそう》は
月の光に和らいで消え去った

大男の顔をゆがませていた憤怒の表情がやわらぎはじめた。ショットガンの銃口がだらんと下を向いた。ぼくはハーモニカを吹き続け、シスター・イヴはこの世のものとは思えない声で慰めの天使のようにうたった。

美しき夢見る人よ、わが歌の女王よ
汝への愛の歌を聴いておくれ
せわしないこの世の悩みは消えていく
美しき夢見る人よ、
わたしのために目覚めておくれ
美しき夢見る人よ、
わたしのために目覚めておくれ

図体の大きなけだものは目に涙をためてがっくりと膝をつき、死んだ妻の膝に顔を埋めて胸が張り裂けんばかりに泣いた。ショットガンが床にころがり、昨夜、自分の中のけだものを鎮められた若者がベンチからはじかれたように立ちあがってそれをつかんだ。

顔から汗がぽたぽた滴り、ぼくはちょっと気が遠くなりそうだった。ハーモニカをおろして、ちらっとエミーを見た。

「最高の演奏だったよ、オディ」彼女は言った。

26

「奥さんのお気に入りの歌だったのね」シスター・イヴが言った。「『夢見る人』。あれが彼の心の琴線に触れるたったひとつのものだったんでしょう。どうしてわかったの、バック？」

ぼくらはニューブレーメンで一番上等のホテル、モロウ・ハウスの個室ダイニングルームにすわっていた。テーブルにはグレイヴィソースをかけたチキンの丸焼きがのっていて、マッシュドポテトとアスパラガスが添えてあった。豪華な雰囲気には不釣り合いだが、ぼくはエミーのシードキャップを脱がせなかった。エミーとぼくは猛烈ないきおいで食事を詰め込んでいた。一緒にテーブルを囲んでいるシスター・イヴとトランペット奏者はゆっくり食事を口に運びつつ〝グレープジュース〟を飲んでいたが、本当は赤ワインだった。シスター・イヴは白いロングドレスから青いワンピースに着替えていた。トランペット奏者は襟幅の広いグレーのスーツ姿で、赤いネクタイにダイヤモンドのネクタイピンをしていた。

「そうじゃなくて」ぼくはシスター・イヴに言った。「エミーがぼくに、あの曲を吹くべきだって言ったから」

「そうだったの？」彼女はエミーを興味深げに見つめた。「あなたたちふたりはどこに泊まっているの？」

「川のそばで野宿してるんだ」

「そこで生活しているってこと？　ずっと？」

「そういうわけじゃなくて、セントルイスへ行く途中だから」

「セントルイスに何があるの？」

「ぼくの、いや、ぼくらの家族がいる」ぼくは言い直した。

「セントルイスまでは長い道のりよ」

「そうだよね。でもエミーとぼくとでたどりついてみせる」

シスター・イヴはグラスをもちあげて、ワインをじっと見た。「わたしたちもセントルイスへ行くのよ。直行するわけじゃないけど。まずデモイン、ローレンス、カンザスへ行くの」彼女は一口飲んでから、なにげなく言った。「一緒にきてもかまわないのよ」

トランペット奏者がチキンを喉に詰まらせそうな顔になった。「厄介事をどっさりしょいこむだけだぞ、イヴィ」

「どんな？」シスター・イヴは訊いた。

「誘拐の疑いをかけられかねない」彼は薄いくちひげをナプキンでそっとおさえた。

「誘拐？　国中に見捨てられた子供たちがあふれているのよ、シド。いいこと、それについてはわたしもすこしは知ってるの」彼女はぼくに視線を戻した。「あなたたちを家族のドアの前まで送り届けられるわ」

「おいおい、待てよ」トランペット奏者が言った。

「シド」それ以上は言わせない目つきで、彼女はシドを見た。

ぼくはちらっとエミーを見たが、シードキャップに隠れた顔は、エミーがどう思っているのかなんの手がかりも与えてくれなかった。楽な日々を過ごせそうで、ぼくはシスター・イヴの提案が気に入ったが、ぼくだけで決められることではなかった。

「よく考えてみないと」ぼくは言った。

「そうしてちょうだい」

アルコールは一滴も飲んでいなかったのに、シスター・イヴの微笑にぼくはすっかり酔っていた。

その夜、川に戻ってみると、アルバートとモーズは焚き火を囲んでいた。

「何か食ったか?」アルバートが訊いた。

「王様みたいに」エミーが浮き浮きと答えた。

「スープはどうだった?」ぼくはたずねた。

大テントに入る前に別れてから、アルバートとモーズとは口をきいていなかった。ウィリスと彼のショットガンのせいで集会はお開きになっていた。聴衆のなかにいた保安官代理がベンチにいた男性ふたりに協力を要請して、相変わらずすすり泣いている熊みたいな男を外へ連れ出していた。他の人たちは奥さんの遺体を小型トラックの荷台まで運んで、死体安置所へ走り去った。シスター・イヴはスープとパンのために全員をテーブルへ招き、そこでぼくとエミーに気づいたのだった。

モーズが腹をたたいて、手話で言った。〝すごくうまかった〟

エミーは焚き火のそばにすわると、いきなりしゃべりだした。「シスター・イヴがあたしたちに一緒にいてもらいたがってるの」

アルバートは言った。「おれたちの目的地はセントルイスだ」

「彼女もセントルイスへ行くんだ」ぼくは言った。「デモイン、カンザス、それからセントルイスの順で」

「彼女の行くところ群衆が集まる。それこそおれたちが何よりも避けなけりゃならないことだ。いずれ誰かがエミーに気づくぞ」

「用心すればいい」

「今も用心している。見世物のリバイバル集会にくっついていくなんてありえない」

「神癒伝道団だよ」

「好きなように呼べばいいさ、おれたちとは関係ない」

アルバートの言うとおりだと心の中で思っていなか

ったら、ぼくは投票で決めようと主張したことだろう。エミーはどちらでもかまわないらしく、今にもうとうとしそうだった。

「いい夢を見たよ」大部分は自分にむかって、ぼくは言った。

みんなが横になったあとも、ぼくは眠らずに、満天の星空をじっと仰いでいた。ガマのあいだから聞こえるカエルたちの歌に耳をすませながら、シスター・イヴの伴奏をしていた楽団員たちのことを考え、仲間に入ってハーモニカを吹くのはどんな感じだろうと想像した。そういう機会はこれまでに二回――ミス・ストラットンと、ジャックと――あり、どちらもふたつの心が呼応しあうような魔法を感じた。

「忘れろよ、オディ」アルバートが静かに言った。

「彼女はいい人だった。ついていけば、楽しかったんじゃないかな」

「彼女は詐欺を働いている」

「どうしてそう思うの？」

「治療されたあの連中は、サクラだ」

「今夜のあのグリズリーはちがう」

「あいつが治癒されるのを見たのか？　おまえが救っていなかったら、彼女の頭は吹っとんでいた」

ぼくは寝返りを打ち、兄の顔を見ようとした。アルバートにはどんな夢があるのだろう、と思った。ぼくの夢はできれば、ミュージシャン、あるいは物語作家になることだった。お金ももらえるし、そのふたつはぼくの大好きなことだ。アルバートは何が好きなのだろう？　彼を心の底からふるわせるものとは何なのだろう？　何も思いつかないことに、ぼくはびっくりした。

「すばらしすぎるものは、なんだろうと本物じゃない、詐欺にきまってるんだ、オディ」兄の口調はちょっと悲しそうだった。「あのシスター・イヴだって、じっくり観察したら、天国までにおうようなくさいところがあるとわかってくるさ」アルバートはごろりと寝返りを打ってぼくに背中を向けた。

翌朝、目をさますと、驚くような光景が目に飛びこんできた。シスター・イヴが砂州にいて、アルバートとモーズと一緒に焚き火のそばにすわっていたのだ。

またカウガールみたいな服装の彼女は、野外の起伏の多い景色にすっかりとけこんでいた。火がぱちぱちと燃え、アルバートとシスター・イヴは低い声で話しこんでいた。モーズが手話で会話に加わると、アルバートが通訳している。ぼくは毛布をはねのけて、裸足のままそっちへ歩いていった。

シスター・イヴがぼくを見てほほえんだ。「おはよう、バック。それとも、オディと言うべきかしら？」

「ここで何をしてるんですか？」

「さよならを言いにこようと思ったのよ。そうしたら、このふたりの不良少年に会ったの」

アルバートとモーズはイヴといると誰もがそうなるように、すっかりくつろいでいて、その茶目っ気たっぷりの表現に苦笑した。ぼくはシスター・イヴが手なづけた若者の内なる獣のことを思わずにいられなかった。ぼくのふたりの仲間にも、彼女は同じ魔法をかけたようだった。

「あなたのお兄さんとモーズを、川でセントルイスに行くよりは、わたしと一緒に旅をするほうがずっと安全だと説得したところよ」彼女は白い袋を持ちあげた。「ひとついかが？」

中にはドーナツが入っていた。見るからにうまそうな、大きくて完璧な、シロップがけのやつだ。

「すわって」彼女は言った。

ぼくは砂地にすわってドーナツを食べた。そこまでうまくて、柔らかくて、甘いものは食べた記憶がなかった。

「こういうことなのよ」シスター・イヴは説明と招待をこめて両手を広げた。「モーズとお兄さんを雇ったわ。すくなくともセントルイスに着くまでは伝道団の仕事を手伝ってもらうつもりよ。わたしのために働いてくれているほかのメンバーたちと一緒に寝泊まりすることになるでしょう。あなたとエミーはわたしと一緒にモロウ・ハウスに泊まる。あなたたちはわたしの甥《おい》と姪《めい》だと全員に伝えることにするわ。つばの広い麦わら帽子をいくつか持っているから、それをエミーにかぶってもらう。シードキャップよりずっと素敵だけど、顔ならちゃんと隠れるわよ」

「エミーが誰だか知ってるんだね？　でもどうやってわかったの？」

「それはどうでもいいの。大事なのは、あなたたちの安全を守って、目的地までちゃんと送り届けることよ。わたしならできるわ」

「トランペット奏者が言ったみたいに、厄介事をしょいこむことになりかねないよ」

「シドは心配性なのよ。わたしは生まれてからずっと厄介事をかわしてきたわ」

ぼくはアルバートを一瞥した。「本当にいいのか？」

アルバートは肩をすくめた。「彼女としゃべって、納得した」

モーズに目をやると、彼はにやりとして言った。

〝毎日ドーナツだ〟

「どうかしら、オディ？」イヴの顔は真剣で、声はとても魅力的だった。「話に乗る？」

ぼくはドーナツの最後のひとかけを急いで口に突っこんだ。シスター・イヴに言われることなら何だってのみこむ気になっていた。「そりゃもう」

「エミーを起こして、訊いてみる？」

エミーは毛布に丸くなってぐっすり眠っていた。ぼくはそっと彼女を揺り起こした。エミーは仰向けになり、目を薄くあけた。

「目がさめたかい、エミー？」

エミーはもごもご言ったが、話はちゃんと理解できそうだった。

「ぼくらはしばらくシスター・イヴと一緒にいることになりそうなんだ」

エミーは重い瞼をぱちぱちさせた。

「わかってた」と言うと、エミーは向こうを向いて、また眠りはじめた。

27

リンカーン教護院を出た日から、ぼくはシャワーを浴びていなかった。熱くて、透明で、間断なく降りそそぐシャワーの下に立っていると、天国にいる心地がした。シスター・イヴはぼくらに新しい服を買って古い衣類を洗濯に出し、ぼくらはキリスト教神癒伝道団の巡回生活に身を落ち着けた。

エミーとぼくは、シスター・イヴがモロウ・ハウスに賃借しているスイートルームの寝室を与えられた。関係が疑われないよう、アルバートとモーズは川の野営地でもう一日待ってから一行に加わり、男性専用の共同テントの簡易寝台に寝泊まりすることになった。伝道団の女性たちはもうひとつのテントを使っていた。団員たちはみんな最低ひとつは割り当て仕事を持っていたが、たいていの人が複数の仕事をかけ持ちしていた。

モーズは厨房テントに配置され、奉仕運動のたびに出される食事の準備を手伝ったり、シスター・イヴとともに巡回する全員——十二人はいただろう——の食事を作る助手をやったりした。コックはアイスキューブみたいに禿げあがった大男で、右の二頭筋に裸の胸をさらした人魚の刺青《いれずみ》をしていた。ディミトリと自称していたが、本名ではなさそうだった。しゃべる言葉はギリシャ語訛りで、シスター・イヴに同行する他のみんなと同じく、モーズは彼が大好きだった。モーズが意思を疎通させるために使う簡単な手話をディミトリは難なく理解できるらしく、モーズのことをこれまでで最高の働き手だと断言した。

アルバートは雑役係たちと一緒に働いた。彼らの大部分は楽団員でもあった。どんな問題も機械に強い能力とこつで応急処置ができるので、あっというまに仲間の称賛を獲得した。ほぼすべてのことに通じているから、みんなから教授と呼ばれるようになった。

ぼくはピアノ弾きのウィスカーにかわいがられた。彼は痩せていて、手足はストローみたいに細く、肌は糖蜜のような褐色だった。年寄りで、というより、当時は五十歳ぐらいに見え、疲れた目をしていた。ウィスカーの音楽の教えかたは、ミス・ストラットンとはまるでちがっていた。ぼくは楽譜の読みかたは知っていたが、大人数の楽団員にまじって演奏をしたことは一度もなかった。タイミングをはかること、他の団員の演奏に耳を傾け、いわゆる〝高貴な泡〟を感じることをウィスカーはぼくに教えこんだ。〝高貴な泡〟というのは、楽団員ひとりひとりが出す音のすべてがなめらかにまざりあって、えもいわれぬ美しい調べとなり、演奏者と聴衆双方の心をとらえて、ふわふわと空へ運んでいくことを指していた。

「しゃぼん玉みたいに」ぼくは言った。

「そういうこと」ウィスカーはそう言って、煙草のヤニで汚れた歯を見せて笑った。いつもピアノの上に置いてあるグラスで、彼は指二本分の密造のウイスキーを飲んだ。いつまで飲んでも、その量はすこしも減らないように見えた。「いつもってわけじゃないけどな、バック、それが起きると、神さまに手のひらへすくいあげられたような気分になるんだよ」

本名はグレゴリーだったが、誰もが、彼自身を含めて、ウィスカーと呼んだ。「おっかさんは、おれがあんまり細いんで、猫の頬ひげ《ウィスカー》のうしろにだって隠れられる、とよく言ってたもんだ。それが渾名になってな」他の楽団員も友好的で歓迎してくれたが、トランペット奏者のシドだけはぼくに冷たかった。ぼくらの存在が伝道活動を危うくするからだと単純に考えていたが、ウィスカーがもうひとつの可能性をほのめかした。

「シドはやきもちを焼いてるんだ」

夜間はスープとパンを配る長いテーブルのひとつで、昼ご飯を食べているときだった。

「ぼくにやきもち？　どうして？」

「おまえには作り物じゃないなにかがあるんだ、あのハーモニカからにじみでる特別ななにか、教えられたり、学んだりしたんじゃないなにかがあるのさ。それがミュージシャンか、あるいは別のなにかへの道を開いてくれるかもしれない。誰にもわからない。だがなにかがそなわってるのは確かだ。それに、シスター・イヴはおまえをかなり気に入っている。おまえは彼女の甥、彼女の家族だ。シドより有利な立場だ。いやはや、あの洒落者《しゃれ》は自分以外の人間にシスター・イヴが好意を見せるのがおもしろくないんだよ」

ウィスカーの生い立ちをぼくはほとんど知らなかった。自分の過去については全員が寡黙だったから、ぼくらはたやすく溶け込むことができた。でもウィスカーはテキサスの小作人の家に生まれたと話してくれた。大きくなるにつれ、州境の綿花畑から逃げ出すことだけが希望だったと。

「ホットケーキみたいに平らな固い地面の上で汗水垂らして働く仕事だ。生きてきたなかで綿花つみほどつらいことはなかった」

家族についてたずねると、ウィスカーは二十年以上会っていないと言った。

「恋しくないの?」

「新しい家族がいるからな」彼はそういって、伝道テントのほうへ両腕を広げた。

伝道集会は夕方にはじまり、二日もするとぼくは楽団員にまじって演壇に立っていた。シスター・イヴは神について語り、ぼくらは気分を高揚させる音楽で盛り立てた。希望を持った人びとと声を張ってなじみぶかい賛美歌をうたった。おしまいに照明が落ちて、シスター・イヴだけにスポットライトが当たると、目の見えない人や脚の悪い人、心を病んだ人が進み出て、彼女の足下にひざまずき、治癒の手を求めた。彼らが落胆して立ち去ることはなかった。目に視力が戻らなくても、ねじれた脚が治らなくても、シスター・イヴはその穏やかな表情で彼らに希望を与えているようだった。

「彼らはオートミールの上の糖蜜みたいに希望をなめる」ぼくはシドが楽団員のひとりに言うのをたまたま耳にした。「脚は相変わらず悪いままでも関係ないんだ。帰るときには心に光がさしこんでる。ああいう連中にとってはそれだけで状況が一変するのさ。財布をぱかっとあけて、金の雨をふらせる」

そのときに警戒すべきだった。でも、集会にくる人びとに食べ物を与えるのは、かなりの出費だろうとも思った。大変な時代だったし、多くの人びとにとって、スープとパンの夕食がその日胃袋におさまるたった一度の食事ということもある。食費は、食べ物に困っていない人、多少金があってシスター・イヴに心や良心を動かされた人の寛大な寄付によってまかなわれていた。

　ぼくのお気に入りの時間は、伝道活動が終わり、腹が満たされたあと、シスター・イヴとシドがウィスカーのピアノを囲むひとときだった。ぼくも仲間に入れてもらい、聖歌隊とはおよそ無縁の音楽を演奏した。シスター・イヴはティン・パン・アレー（マンハッタンの一角の呼称。十九世紀末にはたくさんの音楽関係の会社がひしめいていた）から誕生した歌に夢中だった。ウィスカーの説明によると、それは三十二小節形式と言い、四つのセクションで構成されていて、各セクションの長さは八小節だった。アーヴィング・バーリン（二十世紀前半の人気作曲家。『ホワイト・クリスマス』が代表曲）が作曲したものは大部分が三十二小節形式なんだ、と彼は説明した。演奏しやすく、とてもロマンティックな曲で、シスター・イヴはさまざまな感情を見事にうたいあげるこつを心得ていた。彼女は密造のウイスキーを飲み――みんなも――煙草を吸い、まるで喉をベルベットでくるんだような、聴く者をほろりとさせる柔らかでしっとりした声でうたった。ちいさなエミーはその頃にはたいていテントの奥の毛布の上でぐっすり眠っていた。夜がようやくお開きになると、シドが車までエミーを運び、ぼくらをホテルへ送り届け、エミーをベッドに寝かせてから、スイートのドアの前でシスター・イヴにお休みを言うのだった。

「セントルイスまでずっとこんなふうなのか？」ある夜、シドがせつなげな声で訊くのが耳に入った。

「ずっとね、シド」シスター・イヴは言った。「お休み、ハニー」

　彼女の魅力にまいっているのはシドだけではなかった。シスター・イヴと巡業している全員が彼女を愛していた。彼らは流れ者やはみだし者など、社会にうまく適応できない人びとの集まりだった。だが身体が不自由な人に希望を与えたのと同じやりかたで、シスター・イヴはぼくらみんなの気持ちを明るくした。ぼくはリンカーン教護院の子供たちのことを考えた。彼らはシスター・イヴが手を差し伸べる人たちにとてもよく似ていた。みんな道に迷い、心に傷をかかえている。責任者が黒い魔女のセルマ・ブリックマンじゃなく、シスター・イヴだったら、あそこでの生活は大きく様変わりするだろうと思った。

伝道団はニューブレーメンに二週間滞在する予定だと、シスター・イヴはぼくに言った。四日めの夜、聴衆がぞろぞろとテントを出て、それぞれの家へ、あるいはスープとパンを求めて細長いテーブルへ向かっていたとき、シスター・イヴは演壇のステップに腰をおろした。ぼくはその隣にすわった。

「今すぐ煙草と一杯のお酒が飲めるなら、人殺しだってできちゃいそうよ、オディ」彼女は白いローブに包まれたヒップをふざけ半分にぶつけてきた。

「ここにいる人たちはあなたを完璧だと思ってる。酒を飲んだり煙草を吸ったりしているところを見たら、幻滅しちゃうよ」

彼女は笑って、ぼくの肩に腕をまわした。「完璧なのは神だけよ、オディ。神はわたしたちにありとあらゆるたぐいの皺《しわ》やひびをお与えになったの」彼女は頰を隠している髪を持ちあげて、長い傷跡をぼくに見せた。「もしわたしたちが完璧だったら、神がわたしたちを照らす光はすぐに跳ね返るわ。でも、皺は光をとらえる。そしてひびは、そこから光が入ってくる入り口なの。祈るとき、わたしはけっして完璧を求めてはいないわ、オディ。求めるのはゆるしなの。それなら与えてもらえるとわかっているから」

ぼくはしょっちゅうアルバートを見かけたが、兄弟であることを見破られるのではないかという心配はしなかった。ぼくらはあまり似ていなかったのだ。アルバートは父方の親戚に似て赤毛だし、ぼくは母方に似ていた。モーズと、厨房で働く人たちが食事を出してくれるとき、ぼくはよく長いテーブルでアルバートと一緒にすわった。

「リッツでのお暮らしはどうですか？」ある日の昼食のとき、アルバートがからかった。

「ねえ、アルバート、ぼく、ずっと考えてたんだ。もしセントルイスでジュリアおばさんが見つからなかったら、どうする？　だってさ、どうやって捜せばいいのかもわからないんだよ」

「今からそんな心配するな」

「でも、もし見つからなかったら？」

「なにか考えがあるのか？」

「うん、考えてたんだ。シスター・イヴと一緒にいればいいんじゃないかな」

アルバートはボローニャ・サンドイッチをもぐもぐやっているところだった。彼は大テントのほうを見てから、その向こうの草原を眺めた。そこには川が流れていて、アルバートが隠したぼくらのカヌーがある。

「いいことは長続きしない、オディ」彼は言った。

「なんで？」

「おれたちにとって気楽なときなんてあったか？」

「だからって、ずっと苦難つづきなんてありえないだろ」

「いいか、痛い目にあうのは気を抜いてるときなんだ。快適な状況に慣れすぎるな。シドには気をつけろよ。あいつ、おまえに悪意を持ってるぞ」

「シスター・イヴはシドをうまくあしらえる」

「シスター・イヴだって四六時中シドを見張ることはできない。おれの言うことを忘れるなよ、オディ、あいつは蛇みたいなやつだ」

シドとシスター・イヴは毎日ホテルで一定時間ともに過ごし、彼女が帳簿と呼ぶものとにらめっこをした。トランペットを吹くのに加えて、シドは彼女の営業部長でもあって、請求書の支払いをしたり、この先訪問する町での基礎的準備を指示し、宣伝活動をおこなったりしていた。遠路はるばるツイン・シティーズから伝道集会にやってくる人びとがいるところを見ると、なかでも宣伝活動は得意だったにちがいない。シドをとりたてて好きではないウィスカーさえも、そこは評価していた。

「おれがはじめてテキサスでシスター・イヴと手を組んだとき、彼女はもっと地味だったんだ。今やってるような祈りと癒やしはしてたが、シドがきてから、すべてが一変した。あの白いローブはイヴを天使みたいに見せてるだろ？　あれはシドのアイデアだった。照明も楽団員の伴奏も、スープとパンですら、全部シドが考え出したものなんだ」

「どうしてシドは家族の一員になったの？」家族という言葉を使ったのは、伝道活動にたずさわる人たちをぼくが家族と考えるようになっていたからだ。

「おれたちみんなと一緒さ、孤独だったからだ。シスター・イヴは偶然シドを見つけた。二年前、ウィチタで伝道集会を開いたとき、シドはそこの巡回サーカスの団員だった。ホルンを吹いたり、蛇使いみたいなことをしてた。やつもみんなと同じでイヴに惚《ほ》れ込んだんだ」

「イヴはどこからきたの？」

「知らないのか？　おまえのおばさんてことになってるんだろうが」ウィスカーは笑った。「おまえがおれたちの同類だってことは、ずっとわかってたよ。イヴはおまえが道に迷っているのに気づき、おまえを軽くつついてみたら、ついてきた。心配するな、バック。おまえの秘密をばらしたりしないよ」ウィスカーは首をふった。「イヴがどこからきたのかは謎だ。カウボーイブーツへの愛着からすると、西部のどこかの出身だろうと思うがね。蛇にも動じないしな」

「蛇？」

「ああ、そうなんだ。おまえはまだシドと彼女が蛇を扱うのを見たことがないんだな。言っとくが、ありゃ見ものだぞ」

「蛇をどうするの？」

「蛇を使って、神が味方になればサタンをあやつることもできる、と人びとに思わせるんだ。一見の価値ありだよ。北部じゃあんまりやらないが、南部に行けば、貧乏白人どもが食いつくこと請け合いだ」

「蛇を見られる？」

「かまわんだろう」

伝道集会のテント村の厨房の真後ろにはシスター・イヴが毎晩集会の前に身支度をするちいさなテントがある。ウィスカーはそのテントのカバーを持ちあげて、ぼくを手招きした。鏡のついた化粧台があり、その前にはやわらかそうなスツールがあった。化粧台の隣の衣装掛けには白いローブが他の服と一緒にたくさんぶらさがっていた。大型スーツケースのまわりには、シスター・イヴが集会ではく白くてシンプルなフラットシューズが何足かちらかっていたが、カウボーイブーツも二足あった。奥の壁のそばに低くて細長いテーブルがあって、ガラスケースが三個並んでいた。テラリウムというのだとあとで知ることになるのだが、はじめて聞く言葉だった。ひとつひとつのテラリウムには植物と大きな石が一、二個入っていた。蛇がそのまわりを這ったり、陰に隠れたりするのだろう。

「どういう種類の蛇なの？」

「二匹はサンゴ蛇にそっくりだ」ウィスカーが顎をし

ゃくったガラスケースの中では、黒と黄色と赤の縞模様のちいさな蛇が二匹からまりあっていた。「サンゴ蛇のことを知ってるか？」

知らないとぼくは言った。

「猛毒を持ってる。あっちのはマンバってやつだ。見てろ」彼は真ん中のテラリウムのガラスをこつんとたたいた。濃い灰色で長さが三フィートぐらいの蛇が身体を直立させ、首と頭のまわりを広げて、今にも咬《か》みつきそうに見えた。ウィスカーは笑った。「まるでコブラだな」

「でもちがうの？」

「こいつらは見た目とちがって危険じゃない。毒蛇とまちがわれるが、無害な蛇だ。だがこいつは」——ウィスカーは一番大きなテラリウムを顎で示した——「こいつは別だ。本物だ。おれたちはルシファーと呼んでる」

「ルシファー？」

ウィスカーがガラスのほうへ身を乗り出すと、蛇はとぐろを巻いて鎌首をもたげ、攻撃体勢を取った。

「これは正真正銘のガラガラ蛇だ。ルシファーが尻尾を振ると、おれはほんとにぞくっとする」

「シスター・イヴはこの全部を扱えるの？」

「サンゴ蛇みたいなのとマンバをな。ルシファーを扱えるのはシドだけだ。シドとあの蛇は長いつきあいなんだろう。シスター・イヴがシドを見いだしたのは、彼が巡回サーカスで蛇の見世物をやってたときなんだ」

「ふたりは咬まれたことはないのかな？」

「ときにはあるだろうさ。だがサンゴ蛇とマンバに咬まれてもどうってことはない。それにシドはルシファーを扱う前には必ず毒をしぼってる」

その蛇はとぐろを巻いていたから、どのくらいの長さなのかわからなかったが、太さはぼくの手首ぐらいあった。そいつはまっすぐぼくを見て、二つに分かれた舌をすばやく出したりひっこめたりした。まるでぼくを味わおうとするかのように。

「ルシファーの餌は？」

「たいていはネズミをあそこへ入れてる。丸呑みだよ。厨房を走りまわってる小型のドブネズミをつかまえて食わせることもある」

ぼくはリンカーン教護院の仕置き部屋にいたファリアを思った。彼があの大きなガラガラ蛇に丸呑みされるところを想像し、その蛇を嫌悪した。

「ここの蛇どもを扱おうなんてするなよ」ウィスカーが警告した。「やるのはシスター・イヴとシドだけだ」

「心配いらないよ」ぼくはルシファーからあとずさりしながら言った。「さわるつもりなんてさらさらないから」

28

伝道団は家族だった。ともに働き、信頼しあい、互いの交流に喜びを見いだしていた。アルバートとモーズが加わる前は六人の男性と四人の女性がいた。エミーがあらわれるまで、子供はいなかった。そのせいか、伝道団の全員がまるで母親アヒルみたいにエミーの世話をした。エミーはよくシスター・イヴと一緒にいたが、ひとりのときでも自由にちいさなテント村を歩きまわって、可能ならば手伝いをした。でも、たいていは顔を見せるだけでどこででも喜ばれた。シスター・イヴにもらったつばの広い麦わら帽子をずっとかぶっていたし、外部の人目があるときは必ずつばを下げて顔を隠した。伝道団のみんなは、エミーが本当はシスター・イヴの血縁でないことを知っていたにちがいないが、正体を知っていたとは思えないし、知っていたのだとしても、気にしなかった。

男性のなかにはかなりの強面もいた。ディミトリは禿頭で胸板がぶあつく、刺青をしていた。楽団員のひとりのトーチは、猫が吐きだしたみたいな髪をしていた。アルバートと同じ年頃のツボイの顔は、というか顔の右半分は、ひどい怪我の傷跡で盛りあがっていた。ウィスカーの話によれば、飛び乗ろうとした列車からふりおとされて大けがをしたとのことだった。伝道団に子供はいなかったが、女性団員に子供がいないわけではなかった。夜の川のような色の長い髪をしたエキゾチックな容貌のサイプレスは、三人の子持ちだったが、飲酒癖のせいで子供たちを取りあげられていた。彼女はもう飲まなかった。すくなくとも、ぼくは見たことがなかった。エミーがそばにいると、サイプレスの顔は暖かな火が胸の中で燃えているかのように明るくなった。団員たちのわずかな身の回り品は、それぞれの簡易寝台の下にしまわれていた。誰でも盗もうと思えば盗める場所だ。誰も盗まなかった。

ある意味、彼らはリンカーン教護院にろくに荷物もないままほうりこまれた子供たちとあまり違わなかった。でもリンカーン教護院はディマルコや黒い魔女や二本脚のトカゲみたいなその夫のような連中によって管理されていて、ぼくら生徒の最大の共通点は恐怖だった。伝道団にはシスター・イヴの精神がすべてに浸透していて、そのことが一切を教護院とはまるで異なるものにしていた。

日々の生活には決まった仕事があって、暇な時間はほとんどなかった。やる必要のある仕事はなんだろうと、午前中に達成された――ジャガイモの皮むき、キャンバスの修繕、大テントをはじめとするテント村の周辺を塵《ちり》ひとつなく清掃すること。男性ふたりがトラックで近隣の町々へ出かけ、集会のビラを貼った。作業が終わると、シスター・イヴはよくぼくらを地域社会の手伝いに行かせた。ぼくは彼女がニューブレーメンでの集会に先立って、地元の牧師やカトリックの司祭を訪ね、教区民のなかでも特に手助けを必要としている人たちについてたずねていたことを知った。手伝いを雇うだけのお金がない農夫はたくさんいて、シスター・イヴは可能ならばどこへでも、団員を、男女の別なく、無料で派遣した。ぼくらも、伝道団に参加したほとんどその日から、手伝いに出かけた。初日は柵を修理し、次の日は納屋の屋根を直した。二日後、ぼくはアルバートを手伝って、農夫が二度と走りそうもないと言ったトラクターのエンジンを修理した。トウモロコシ畑からチョウセンアサガオを引き抜いたり、干し草を運んだり、ヘクター・ブレッドソーのための労働そっくりだったが、同じではなかった。というのも、ぼくらが助けていたのはどうしようもなく困窮している人たちだったからで、その人たちのためなら、働くのはちっとも面倒ではなかったからだ。もしもブレッドソーの手伝いをする理由が、たんに彼が助けを必要としているというだけで、ブレッドソーとブリックマン夫婦がぼくらの労働から私腹を肥やしているのでなかったら、リンカーン教護院での労働だってずいぶん違うものになっていただろう。

毎朝、シスター・イヴと帳簿をにらんだあと、シドは二時間ほど姿を消した。どこへ行くのかは神のみぞ知るだ。午後は毎日シスター・イヴもどこへともなく消えた。そのわけを知ったのは、しばらくたってからだった。

ある週末、モーズは厨房テントで働いていて、エミーは彼のそばにおり、アルバートは毎晩のリバイバル集会用のライトの電源であるガス発生器の修理に取り組んでいた。どこかの農夫を手伝いに行く予定もなく、めずらしくぼくは自由だった。そこで、もうすこしニューブレーメンに詳しくなろうと決心した。

野球場のある公園に行くと、近所の子供たちのグループが寄せ集めのチームで野球をやっていた。声をかけあったり、冗談をとばしたりしていて、野球と気の置けない友情だけで生活が成り立っているように見えた。ぼくは急な丘をくだって、川沿いの平地におりた。穀物倉庫が鉄道線路のきわに城塞みたいにそびえていた。線路のそばには、尖塔のある白い教会もあって、それを囲む未舗装の通りには丘の上にある家よりもちいさくて安っぽい家がたくさん並んでいた。あけっぱなしの教会のドアから、次の日曜の礼拝にそなえて誰かが練習している賛美歌のオルガンの呻きが聞こえてきた。ぼくは線路をたどってミネソタ川にかかる木の構脚橋へ近づいていった。枕木に腰をおろして、下方のリンゴ酒みたいな色の濁った水を見おろしながら、ニューブレーメンのおだやかな暮らしのもとで生まれていたらどんなだっただろうと想像しようとした。

結局、想像はできなかった。想像力が羽ばたかなかったからではなく、そんなふうに夢想するのがこわかったからだ。これまでの人生で夢が現実になったことなど一度もなかった。

川堤沿いの構脚橋をあとにして、地元の人びとの行き来ですりへった小道をたどった。川が差し出す冒険の数々を楽しむ子供たちの通り道なのかもしれない。向こう側は膝の高さまで伸びた新緑のヤングコーンの畑で、その向こうに空を肩にかついだような丘陵が隆起していた。けだるい夏の午後、川と、その浸食作用でできた美しい谷を前に、ぼくは無性にここの住民になりたい、どこかに根をおろしたいと思った。

自分でも気づかないまま、カヌーをひきあげた土手の下の場所に向かって歩いていた。リバイバル集会のテントから呼びかけてくる天使の歌声を最初に聴いたあの場所だ。驚いたことに、シスター・イヴがそこにいた。ぼくらに伝道団への参加を促したあの砂州に脚を組んですわっている。シスター・イヴはひとりで、頭を垂れていた。深く祈っている最中なのはあきらかだった。邪魔をしたくなかったので、なるべく物音をたてないようにぼくは土手をのぼりはじめた。

「オディ」静かに呼びかける声がした。

「すみません」ぼくは言った。「邪魔するつもりじゃなかったんだけど」

「邪魔だなんて。おすわりなさいな」彼女は隣の砂地をぽんとたたいた。

「ここにきてたんですか？　午後は毎日？」

「どこで伝道活動をするにしても、ひとりきりになれるちょっと静かな場所を見つけるようにしているの。ここみたいに美しい場所とはかぎらないけど」

「祈るために？」

「日頃の疲れを癒やして元気を回復させるためよ」彼女は川を抱擁するように、両腕を大きく広げた。「そして神の創りたもうた万物の美しさを思い切り感じるため。あなたにとってそれが祈りなら、祈りと呼んでもいいわ」

ぼくにはわからないすばらしく充実した何かをシスター・イヴが感じているのは疑いの余地がなかった。彼女が太陽ひたすらうらやましく思うばかりだった。

に向かって顔をあげると、髪が頬から落ちてそこに走る長い傷跡があらわになった。「ナイオブララー川をちょっと思い出すわ」

「え？」

「わたしが育ったネブラスカの川なの」

「質問してもいい？」

「どうぞ」

ぶしつけなのはわかっていたが、好奇心には勝てなかった。「その傷のことだけど」

驚いたようすはまったくなくて、よく訊かれる質問なのだろうかと思った。

「わたしの言ったことをおぼえてる？　神は光がわたしたちの中に入るように、みんなにひびを入れたという話。この傷がわたしのひびなのよ、オディ。わたしが洗礼を受けた日に、与えられたものなの」

「洗礼って、水をちょっとかけられるだけだと思ってた」

「わたしの場合は水盤じゃなくて、馬の飼い葉桶だったわ」

おもしろい話に違いないと思い、続きを聞きたかったが、頼もうとしたとき、誰かが土手の上から呼びかけてきた。「シスター・イヴ。急いで。エミーが」

エミーは女性用テントの簡易寝台に横たえられていて、ほとんどの団員がそのまわりに集まっていた。アルバートがすぐそばをうろうろしており、モーズはエミーのかたわらに膝をついてちいさな手を握りしめていた。エミーは目を閉じており、顔は血の気がなかった。ぼくは兄の隣に膝をついた。

「なにがあったんだ？」

「例の発作が起きた」

「どういうこと？」シスター・イヴがたずねた。

「ぼくらもよくわからないんだ」ぼくは答えた。「しばらく前に柵の支柱に頭を打ちつけたことがあって、それ以来こんなふうになっちゃったんだ。でもたいてい、自然に治る」

エミーの瞼がひくひくふるえてぱっと開き、彼女はぼんやりとぼくを見あげた。

「彼は大丈夫よ」エミーは不明瞭に言った。「彼は大丈夫」

「誰のことだい、エミー？」

急に思いがけない強い力で彼女はぼくの手を握りしめた。「心配しないで、オディ」エミーは言った。「あたしたち、悪魔をやっつけたのよ」

次の瞬間、エミーは手を放し、目を閉じて深々と息をつき、眠りはじめた。

「ホテルに運びましょう」シスター・イヴが言った。

全員が道をあけた。モーズがエミーを抱きあげて、普段シドが運転しているぴかぴかの赤いデソートに運んだ。彼が後部シートにエミーを寝かせると、シスター・イヴがそこに畳んであった毛布をかけた。ぼくは隣にすわってエミーの頭を膝にのせた。モーズとアルバートはシスター・イヴと並んで前にすわり、彼女がモロウ・ハウスまで車を走らせた。二階にあがると、モーズはエミーをそっとベッドに横たえ、アルバートとふたりでテント村へ帰っていった。シスター・イヴはエミーのかたわらに腰かけて、彼女の手を握り、ぼくに部屋を出てドアをしめていくように頼んだ。ぼくは客間の窓辺に立った。いつもぼくらが朝食を食べる部屋だ。窓の外の広場を見つめた。普段どおりに行き交う人たちを眺め、疎外感を味わった。

廊下に出るドアが開いて、シドが入ってきた。ぼくを見る目つきは、ガラガラ蛇のルシファーがぼくに向けた目を思い出させた。

「あの子のことを聞いた」

「名前はエミーだよ」

「子供なんて面倒なだけだとイヴに言ったんだ」

「人はみな面倒なのよ、シド、あなたを含めてね」シスター・イヴがエミーの部屋から出てきて、ドアをあけたままにした。

「エミーは？」ぼくは訊いた。

「元気よ、オディ。目がさめたの。あなたを呼んでいるわ」

エミーは背中に枕をふたつあてて起きあがっていた。ぼくを見て、にっこりした。

ぼくはベッドに腰をおろした。「大丈夫なのか？」

エミーはうなずいた。「シスター・イヴが何があったか話してくれた」

ドアをきちんとしめておかなかったので、隣の部屋から荒々しい怒りの声が聞こえた。シスター・イヴとシドが言い争っているのを聞くのははじめてだった。怖くなったのは、ふたりの口論の原因がぼくらのこと――エミーとぼくとアルバートとモーズ――だったからだ。最初からぼくは、シスター・イヴと過ごす時間も、これまで味わった楽しいことと同じような結末を迎えるにちがいないと想像していた。消えてしまうのだ。

シドが言った。「おれたちがこの町を去るときは、あの子供たちには勝手にどこかへ楽しく行ってもらおう」

「わたしたちが何をして、何をしないかは、わたしが決めるわ、シド」

「おれにいてほしいなら、あのガキどもと縁を切れ」

「出ていきたいなら、シド、とめないわよ」

「いいか、イヴィ、おれに会うまえの自分がどんなだったかおぼえてるだろう？　安っぽい余興まがいのことをやってた。おれがおまえをシスター・イヴにしたんだ」

「神がわたしをシスター・イヴにしたのよ」

「セントルイスで週一度のラジオ出演の仕事をとってきたのも、神なのか？」

「なんですって？」

「コーマンから電報が届いたんだ。全国的になりたければ、彼がセントルイスのでかい公会堂を使わせてくれる。彼らはそこから直接、毎日曜に何百万ものアメリカ人に放送する予定なんだ」

「何百万？」

「何百万だよ、ベイビー。全国的な有名人になるぞ」

「いつ？」

「おれたちはデモインには行くが、カンザスは取り消して、まっすぐセントルイスに向かう」

隣の部屋がしんとなった。ぼくがエミーを見ると、エミーも見返してきた。

「そこが子供たちの目的地なのよ、シド。一緒につれて行くわ。向こうに着いたら、家族を見つけるのを手伝うつもりよ。そのあとはいなくなる。これでどう？」

また長い静寂があった。「いいだろう」ようやくシドが言った。

ぼくはこれまでさんざん嘘をつかれてきた。だから、嘘は聞けばわかった。

29

ルシファーがぼくをじっとうかがっていた。ぼくもルシファーの様子をうかがった。まばたきをしないぶん、彼のほうが優勢だった。他の蛇たちはたいていガラスの檻《おり》の中であまり動かず、おとなしくしているようだったが、ルシファーはつねに攻撃体勢だった。ぼくは嫌悪の念をかきたてられると同時に、ルシファーに魅了された。

ウィスカーがガラガラ蛇を見せてくれたあと、ぼくはそのしなやかな爬虫類がガラスの檻にまだとじこめられていることを確かめるためだけに、こっそりシスター・イヴのテントに忍びこむようになっていた。夜になると、ルシファーはぼくの夢の中にはいりこみ、ぼくを追いかけてきたり、ぞっとするすばやさで躍りあがって咬みつこうとしたりした。ときには、ルシファーと殺された片目のジャックが悪夢の闇から一緒に飛びかかってくることもあり、目がさめてそれっきり眠れなくなった。そんなとき、エミーはぼくを夢うつつで安心させてくれるのだった。「なんにも心配いらないわ、オディ」

だが彼女はまちがっていたし、ぼくにはそれがわかっていた。

これまでぼくの人生でよかったことは全部、竜巻の神によってめちゃくちゃにされていた。幼い頃のことはぼんやりとしか思い出せないが、しあわせだった気持ちはおぼえている。やがて竜巻の神が母を奪った。そのあとは、ずっと旅暮らしだったが、父とアルバートとぼくは家族として幸福になる方法をいくつか見つけていた。そうこうするうち竜巻の神は父の背中に三発の銃弾を撃ちこんだ。リンカーン・インディアン教護院は、全体的に見たら、そんなに悪い場所ではなかったかもしれないが、竜巻の神が地獄をつくりだすためにブリックマン夫婦を責任者にしたことを、ぼくは心の中で知っていた。コーラ・フロストによって人生が救われるかもしれないと一時的に期待したが、竜巻の神は彼女もさらっていった。

だから、すべてが順調にいくなどという幻想は持っていなかった。竜巻の神はいつだって見張っていて、邪悪で破壊的な何かを隠し持っているのだ。だが今回は、自分が一歩先んじていると思った。逆風はきっと吹いてくるが、その源はわかっている。シドだ。

ぼくらはみんな秘密を持っている。秘密をかかえたぼくらは、木の実を持ったリスみたいなものだ。どこかに秘密という木の実を隠し、苦しくてもそれにすがって生きている。慎重にやれば、リスのあとを追って隠し場所へたどりつくことができる。シドの場合も同じだ、とぼくは思った。だから、彼を尾行した。

朝、シドはシスター・イヴやエミーやぼくと朝食をすませると、赤いデソートで走り去り、正午まで帰らない。その間何をしているのか、シドは口をつぐんでいた。

ウィスカーに訊いてみると、彼は肩をすくめて言った。「いつもそんなふうにどこかへ出かけてるよ。どこへ行くのか訊こうと思ったこともない。あいつの勝手さ」

ぼくも勝手にさせてもらうことにした。

〈神癒伝道団ギデオンの剣〉――ウィスカーの話だと、その名前はシドが〝勇ましくて神聖で、頼もしくて心地よくて、すごくありがたい感じがするから〟と考案したものだった――に加わって一週間以上たったある朝、ぼくらは全員雑用から解放され、男たちは老いも若きもテントのそばの原っぱで野球をすることになった。ウィスカーもまじっていて、彼のあの細腕がすばらしい打球を飛ばすのを見て、ぼくはびっくりした。ぼくが外野に配置されたのは、そこでならたいした被害にはならないだろうと彼らがふんだせいだったが、ぼくにとっては好都合だった。

試合のはじめに、どちらがモーズをとるかで議論が起きた。その頃にはモーズの優雅な身のこなしに全団員が注目していたからだ。モーズはしなやかで力のみなぎる若いライオンであり、おっとりした茶目っ気はカワウソそっくりだった。みんなモーズが好きで、みんなが彼を自分のチームに加えたがった。アルバートはまたちがうタイプだった。兄は無口でときどき思い悩むことがあり、エンジンなどには魔法の手腕を発揮したし、どんなたぐいの珍妙な仕掛けにも応急処置をほどこすことができたが、スポーツには興味がないと断言していた。ぼくは、アルバートが団体スポーツのメンバーにつきもののリスクを嫌がるようになったのはリンカーン教護院でベンチを温めていたせいだろうと思った。ところが、兄がやらないと、両チームの人数がそろわなかったため、モーズにさかんになだめすかされて、ついにアルバートは折れた。ぼく同様、アルバートも外野に追いやられた。

ぼくらのチームが攻撃側だったとき、シドが試合を見物しているのに気づいた。いつもは午前中にいなくなるので、これはめずらしいことだった。ただし、赤いデソートがテントのそばにとめてあったから、そのうち謎の用事に出かけるのだろうと思った。試合は白熱し、モーズの打順がまわってきた。伝道活動を手伝っている女性たちが声援を送ると、モーズは大きな笑顔で応えた。次に、レフト方向を指さし、そっちへ打つつもりでいることを示し、〝ホームランだ〟と手を動かした。ベーブ・ルースやルー・ゲーリッグそっくりだ、とぼくは思った。

相手チームのピッチャーはギリシャ人コックで巨漢

のディミトリだった。彼の腕はサイの太腿並みで、剛速球を投げるため、キャッチャーのツボイは古ぼけた薄いグローブで受けとめるたびにちいさく悲鳴をあげていた。ディミトリは二球投げ、二度ともバットは動かなかった。三球め、モーズのバットが空気を引き裂いた。ボールにバットが命中した音ときたら銃声みたいで、ボールはレフト上空の青空にみるみるちいさな白い点となって飛んでいった。シドは、他のみんなと同じように啞然《あぜん》としていた――ヒットそのものに、どこまでも飛んでいくボールに、そしてケンタッキー・ダービーの若い競走馬みたいに優雅に猛スピードでベースを走るモーズの姿に。今こそ、チャンスだった。

ぼくはこっそり抜け出して赤いデソートにすべりこむと、後部の床に仰向けになり、シートから畳んである毛布をひきずりおろして、上からかけた。息が詰まりそうな暑さだったが、さほど待つまでもなく、シドが運転席のドアを開ける音がした。彼が席に落ち着くと車が動きだした。車がとまるまで、三十分以上走っただろうか。シドはエンジンを切り、外に出た。ドアがしまるやいなや、ぼくは起きあがって窓の外をのぞいた。町の商店や事務所の建物が建ち並んでおり、車は通りの縁石に沿ってとまっていた。ぼくの知る、もっとも近い町はマンケートだった。茶色の革鞄《かばん》をさげたシドがのんびり歩道を歩いている。途中で足をとめ、鞄をおろして煙草に火をつけ、ふたたび歩きだした。

ぼくはデソートからおり、安全な距離を置いて、あとを追った。シドが角を曲がって見えなくなった。走っていって、建物の角からそろそろとのぞきこんだ。ブロックのなかほどにあるカフェの前でシドは足をとめ、煙草を最後にひと吸いすると、吸い殻を通りにほうり、カフェに入っていった。ぼくはカフェの窓に忍び寄った。

シドがブースにすわって、数人の人たちとしゃべっている。シドの身体で視界がさえぎられていたので、最初は彼らが見えなかった。なんらかの指示を与えるかのように、シドが南を指さし、鞄をあけて一通の封筒を取り出して手渡した。席を立ち、さらにふたことみこと何か言ってから、出入り口のほうを向いた。そのとき、ブースにいる人たちが見え、アルバートが真実を語っていたことを知った。シスター・イヴはまったくのまやかしだった。

ニューブレーメンに戻ったシドはモロウ・ハウスの前に車をとめて鞄をつかみ、中に入っていった。ぼくは後部からすべりでて、あとを追った。まっすぐシスター・イヴのスイートへ向かっている。数分待ってから、ぼくも中に入った。彼らは、普段シスター・イヴが届けられた朝食をとるテーブルについていた。顔をあげてぼくを見ると、彼女はほっとしたようだった。

「いたのね、オディ。消えちゃったかと思ってたのよ」

「そこらをほっつき歩いていただけ」ぼくは言った。

イヴはまじまじとぼくを見た。「大丈夫?」

大丈夫どころか、怒りがあふれそうで、吐き出したかった。彼女とシドのふたりに怒りを爆発させたかった。でも、ぼくは煮えくり返る気持ちに蓋をした。

「なんともない」ぼくは言った。「でも、しばらく横になりたい」

エミーと共同で使っている寝室に行ってドアをしめたが、すこしだけあけておいた。その細い隙間の横に立って耳をすませた。

「デモインでおれたちと会うよう言ってきた」シドは声を低くおさえていた。

「そんなことをする必要はないわ、シド」

「これまでおれの言うことに耳を傾けてきたじゃないか、イヴィ。きみを有名にしてやっただろう?」

「わかったわ」イヴは譲歩したが、うれしそうではなかった。

「コーマンのためにサインしてもらいたい書類がある」

隙間からのぞくと、シドが鞄から証書みたいなものを取り出して、シスター・イヴの前に置くのが見えた。

「これを読まなくちゃならないの?」

「サインだけだよ、ベイビー。おれたちがセントルイスに到着する頃には全部準備できてるはずだ」

シドの求めに応じてイヴが署名をすると、彼はそれらを鞄に戻し、椅子のそばの床に置いた。スイートのドアをたたく音がした。

「どうぞ」シスター・イヴが呼びかけた。

ドアがあいて、ウィスカーの声が聞こえた。「テントでちょっと厄介事が持ちあがってね、シド」

「どうした?」

「警察がお尋ね者を捜してるんだ。令状があると言ってる」

「誰のことだ?」

「パパスという名前のやつだと。おれはディミトリのことじゃないかと思うんだ」

「今行く」

「わたしも行くわ」シスター・イヴが言った。

ぼくはまだドアの隙間からのぞいていた。彼女が立ちあがってこちらへ近づいてくるのを見て、あわててベッドに横になった。イヴが軽くノックした。

「なに?」具合が悪そうな声で応えた。

彼女はドアをすこしあけた。「シドとわたしはテントに行ってくるわ、オディ。わたしたちが戻るまでここにいてちょうだい、いいわね? 帰ってくるまで外出しないで、約束できる?」

「うん」ぼくは言った。「何かあったの?」

「心配いらないわ。いいからここにいて」

彼らが出ていくのが聞こえた。人気がなくなると、ぼくはさっそく寝室の外に出た。シドの革鞄は椅子のそばに置かれたままになっていた。鞄をつかんでテーブルにのせ、あけた。書類と文書と伝道活動のチラシがぎゅうぎゅうに詰めこんであり、他にもマンケートのカフェでシドが渡していたような封筒がいくつかあった。そのうちの一通をのぞいてみると、十ドル札が三枚入っていた。他に全部で五通の封筒があって、金額はさまざま——二通は三十ドル、二通は五十ドル、一通は百ドル——だったが、全部十ドル紙幣だった。鞄の脇ポケットに、銀めっきのちいさなリボルバーを発見した。もうひとつのポケットには茶色のスナップ付き封筒が入っていた。ぼくはスナップをはずして、蓋をあけた。注射器が一本と、透明な液体の入った小瓶がいくつかおさまっていた。

アルバートとぼくが、密造酒の配達をしていた父さんと一緒に旅をしていたとき、ぼくらは定期的にケープ・ジラードーでアルコールの密売所をやっていた男を訪問した。最後の訪問のさい、父さんは男を起こすのに苦労し、長いことドアをたたきつづけて、やっと姿を見せた男は、くしゃくしゃの服を着て、ひどく混乱していて、戸口にゆらゆらと揺れながら立っていた。片手に注射器を持ち、もう片方の手には透明な液体の小瓶があった。これを見た父さんはぼくとアルバートをトラックへとせきたて、ただちにその場を走り去った。あの男はどうしたのか、なぜ配達をやめたのか、と訊くと、父さんはいらだたしげに答えた。「麻薬中毒者には売らない」

麻薬だ、とぼくは手にしたスナップ付き封筒を見ながら思った。シドは麻薬中毒者なんだ。そのことにはちっとも驚かなかった。

封筒を一通、それとも全部、取ることを考えた。でもアルバートの声が頭の中に響いた。盗んだりしたら痛い目にあわせるぞ。だから、金はそのままにしたが、注射器と麻薬の瓶が入ったスナップ付き封筒はもらっておいた。すくなくともシドに違法の快楽を与えないことならできる。

ホテルを出て、〈神癒伝道団ギデオンの剣〉がテントを設営している草原へ向かった。シドの赤いデソートが、大テントのそばに駐めてある二台のパトカーの横に見えたので、そこから充分距離を取って、川の上の鉄道線路沿いに並んだハコヤナギの木立に身をひそめた。しばらくして、警官たちがぞろぞろ出てきた。ディミトリが手錠をかけられ、両側から警官にはさまれている。シスター・イヴとシドがそのうしろからついてくる。ディミトリはパトカーの一台の後部に乗りこみ、シドとシスター・イヴは警官たちとちょっと話をしていたが、やがて警官たちは車で走り去った。シドはすぐに大テントに引き返していったが、シスター・イヴはしばらくひとりで立ったまま、ディミトリが連れ去られた方角を見つめていた。そのあと、狼《おおかみ》に仔羊をとられた女羊飼いみたいだった。そのあと、彼女はシドのあとを追って大テントに姿を消した。

アルバートとモーズとエミーを捜しだして、マンケートで見たことを話し、今すぐ出ていくべきだと話そうかと考えた。でもそうはしないで、みんなで野宿した砂州まで歩いていった。その場所ではじめてぼくはシスター・イヴの美しい声が呼びかけてくるのを聞いたのだ。彼女が顔の傷のいわれをすこしだけ話してくれたのもそこだった。その日の何もかもが不愉快だった——暑さ、湿気、裏切られたという気持ち、そしてまたひとつ夢が破れたという気持ち。川向こうのカバの木立にカラスの群れが集まっていて、ひっきりなしに聞こえるその鳴き声が、ぼくをあざけっているように聞こえた。アルバートの警告の言葉もそれにまじって耳の奥にひびいた。〝順番だ〟

シスター・イヴが憎かった。ぼくは彼女を信じていた。神について、彼女の病を癒やす力について、伝道団に同行すればぼくらの行く手にあるかもしれない美しい人生について、すべてについて、信じていたのだ。今ではイヴが偽物であること、すべてがまがいものであることがわかっていた。なんてばかだったんだろう。何度ひどい目にあえば、ぼくは利口になるんだ？　ハコヤナギの木陰にすわり、勢いよく流れていく茶色の水を眺めるうちに、いつしかぼくは泣いていた。熱い怒りの涙がこぼれ、あけっぴろげに泣いていることが恥ずかしく、ひとりでよかったと思った。

でも、ひとりの時間は長くは続かなかった。

「オディ！」

エミーの叫び声が聞こえて顔をあげると、エミーとアルバートとモーズが草原のテント村の方角から川の土手をおりてくるのが見えた。エミーが駆けよってきて、まるでぼくを永遠に失ったみたいに、抱きついてきた。

「ああ、オディ、すごく心配した」

見ると、エミーも泣いていた。

「ぼくなら大丈夫だよ」そう言いながら、アルバートとモーズに気づかれないうちに自分の涙をぬぐった。

「どこにいたんだ？」アルバートが近づいてきて、問いつめた。「野球の試合から突然いなくなって。そこらじゅうを捜してたんだぞ」

「出ていかなくちゃ」前置き抜きで、ぼくは言った。「ここから逃げないと」

モーズが手話でたずねた。〝なんで？〟

怒りで声が詰まり、ろくにしゃべれなかったので、ぼくは手話で返した。〝シスター・イヴを憎んでるから〟

突然ぼくの頭にシカの角が生えたか、三つめの目が出現したみたいに、彼らはまじまじとぼくを見た。

「でも、あたしたちシスター・イヴを愛してるでしょ」エミーが言った。

「ぼくが見たものを見ていないせいだよ」

「何を見たんだ？」アルバートが訊いた。

「シスター・イヴのことをすごくうさんくさいって言ったのをおぼえてる？　その意味がわかったんだ」

シドの車の後部にもぐりこんでマンケートまで行ったこと、彼を尾行してカフェまで行ったことを話した。金の入った封筒をシドが誰かに渡すのを見たこと、シドがブースから立ちあがったとき、その人たちの正体を見たことを話した。ぼくは気持ちを落ち着けようと、ちょっと言葉を切った。

〝誰だったんだよ？〟モーズがじれったそうに手を動かした。

「ぼくらが見物した最初の見世物で、背中の曲がった少年を連れてた男をおぼえてる？　身体がくの字に曲がっているのでろくに歩くこともできなかった、あの子だよ。シスター・イヴが手を触れたら、少年の背筋がまっすぐに伸びただろう？　ふたりともそこにいたんだ。それから、吃音があって、なにを言ってるのかわからない女性がいただろう？　彼女もいた。杖を投げ出した足の悪い男、彼もいたんだ。全員が嘘の演技をした見返りに金をもらっていた。あるいは次の見世物の前払いなのかもしれないな。シスター・イヴがデモインに到着したら、あいつらもそこにいるだろうからね」

彼らはぼくを見つめ、みんながモーズと同様、言葉を失っていた。

「わからないのか？」ぼくはわめいた。「彼女は偽物なんだ。彼女のすべてがでたらめなんだ」

「ちがうわ、オディ」エミーが言った。「シスター・イヴは天使よ」

「たいした天使だよ」苦々しい思いで、ぼくは言った。涙がまた頬をつたったが、拭う気にもならなかった。

モーズが手話で言った。〝死んだ妻を連れてきた男はどうなんだ？〟

「イヴは死んだ妻を治せなかったじゃないか。エミーがぼくにハーモニカを吹けって言わなかったら、シスター・イヴはどうなってたと思う。あの夜を救ったのは誰なのか、教えてくれよ」

「彼女はすごくたくさんの人びとを癒やしたのよ、オディ」エミーが反論した。「全員が偽物のはずない」

「金の入った封筒は何通もあった。シドが午前中姿を消すときは、いつもシスター・イヴのために見世物を演じる連中に金を払いに行くんだと思う」

〝ウィスカーはどうなんだ？〟モーズが手話でたずねた。〝ツボイは？　他のみんなは？　彼女は彼らを助けてる〟

「利用してるだけってこともある」ぼくは言った。

「ディミトリみたいに逮捕されるまでのことさ」

「ウィスカーに訊くべきよ」エミーが言った。「彼なら嘘はつかない」

「どうしてわかるんだ？　きみはただの子供じゃないか」ぼくは辛辣に言った。口からその言葉が出たとたん、エミーの傷ついた顔を見て、後悔した。

しばらく無言だったアルバートが口を開いた。「ウィスカーはおまえの友だちだ、オディ。彼が嘘をついてたら、わかるか？」

「率直に質問したら、嘘はつかないと思う」

「じゃ、率直に訊いてみろ」アルバートは言った。

「わかった、そうする。でも、その前にもうひとつ」ぼくはポケットからスナップ付き封筒を取り出した。

〝何だ、それ？〟モーズが訊いた。

「シドは麻薬中毒なんだ」ぼくは封筒の口をあけて、注射器と小瓶を見せた。

「そんなことだと思った」アルバートが言った。「処分しろ、オディ」

「それこそやろうと思ってたことさ」

ぼくはスナップをはめて、封筒をできるだけ遠くに投げた。それは川に落ち、しぶきひとつあげずに見えなくなった。

「答えを見つけに行こう」アルバートが言った。

30

　ぼくらがテントで告げられたのは、シスター・イヴとシドがディミトリを釈放させるために警察署へ行ったということだった。容疑は密造酒の販売らしいが、アルバートとぼくにとってそれは犯罪でもなんでもなかった。大テントの演壇では、ウィスカーがひとりピアノを弾いており、細い指が鍵盤の上を軽やかに動いていた。伝道活動のピアノ演奏をするさいは無帽だが、それをのぞくと、ウィスカーはたいてい黒いフェルトのフェドーラを粋な角度でかぶっていた。ぼくらが演壇にあがると、彼の濃い紫色のくちびるの両端が持ちあがって温かな笑みを形づくった。

「よお、バック。みんな心配したんだぞ。ふいっと姿が見えなくなったから」

「抜け出して、考えなくちゃならないことがあったんだよ、ウィスカー」

　象牙の鍵盤をくすぐっていた指がとまり、ウィスカーは目をすぼめて、じっとぼくを見た。「なにを考えていたにしろ、あんまり気に食わないことだったらしいな」

「訊きたいことがあるんだよ、ウィスカー。真実が知りたいんだ」

　ウィスカーはピアノの椅子にすわりなおし、ぼくからアルバートへ、モーズへ、そして最後にエミーへと視線を移した。テントの中は暑く、彼の鼻の下が濡れたひげみたいに汗で光っていた。「真実を知るのがいいとはかぎらんぞ、オディ」

「教えてくれるの、それとも、だめなの？」

「知っていることなら教えるさ」

「シスター・イヴだけど、彼女は本当に病を癒やすの？」

「そりゃどういうたぐいの質問だ？」

「いいから答えてよ」

「オディ、おれはこのテントの中で思い出せないほどたくさんの奇蹟を見てきた」

「本物の奇蹟、偽の奇蹟？　背中の曲がったあの少年や、まともにしゃべれない女の人みたいなのは偽物だよ」

「ははあ」ウィスカーはうなずいた。「すると、あの連中の正体はわかっている、と思っているんだな？」

「シドが彼らに金を払っているのを見たんだ」

「彼らは確かにシドが雇ったサクラだ」

「他のみんなはどうなの？」

ウィスカーはふたたび鍵盤に指をおろして、ラジオで聞いたことのある曲を静かに弾きはじめた。『やさしい嘘』だ。うつむき加減に弾いていたが、数小節が過ぎると、フェドーラのつばの下から目をあげた。

「おまえさんが話すべき相手はシスター・イヴだよ」

「彼女は嘘つきだ」

「彼女にはいろんな面があるんだよ、オディ」弾きつづけながら、彼は言った。「嘘つきはその中に入っていない」

「シスター・イヴはあのシドのサクラの病気を癒やすとはっきり言った。でも嘘だった」

「子供の頃は誰もが物事は白黒はっきりしていると思うもんだが、そうじゃないんだ、オディ。シスター・イヴと話してみろ。彼女は決して嘘はつかないよ」

「ウィスカー――」なおも追及しようとしたが、ウィスカーはさえぎった。

「言っただろう、シスター・イヴと話してみろ」

ぼくらは彼女のテントに行って、帰りを待つことにした。ひとりで中に入ったことは何度もあったが、連れがいるのははじめてだった。低い細長いテーブルに置かれた複数のテラリウムに蛇がいるのを見ると、三人は目を丸くしたが、ぼくは説明した。本当に危険なのはルシファーだけで、あとの蛇たちは見かけ倒しなのだと。「これも嘘の一部さ」とぼくは言った。

ほどなく外からシスター・イヴの声が聞こえてきた。料理担当の女性たちに話しているらしく、シドがディミトリをすぐにも返してくれるよう働きかけていると安心させている。そのあと、彼女がテントに入ってきた。ぼくらの顔つきを見ると、シスター・イヴは元気づけるように微笑した。

「ディミトリのことは心配いらないわ。シドがうまく取りはからってくれたの」

「ディミトリのことじゃないんだ」ぼくは言った。

シスター・イヴはぼくを凝視してから、あとの三人に目を移した。「どうかしたの？」

「あなたは嘘つきだ」そう言ったとたん、目から涙があふれたのは、自分が美しいなにかを殺しているような気がしたからだった。でも、ぼくは自分に言い聞かせようとした、はじめからなかったものを殺すことなどできないと。

「嘘つき？」彼女はその非難をはねつけようとはせず、うなずいて、化粧台の前のやわらかなスツールに腰をおろした。「手を出して、オディ」

ぼくは鉄の棒でも呑んだみたいに微動だにしなかった。

「こわがらないで」彼女は言った。「手を出してちょうだい。かまわないでしょう？」

外の厨房テントから物音が聞こえてきた。今夜の集会にやってくる人たちに出す食事をスタッフが作りはじめたのだろう。鍋やフライパンがぶつかりあう音がする。指図するディミトリの声を聞いて、シドがうまく釈放させたことがわかった。大テントでは数人の楽団員がウィスカーに加わって、その晩歌われるであろう賛美歌のひとつを練習しはじめた。『こころみの世にあれど』だ。それでもぼくは動かなかった。

腕にエミーの手が触れるのを感じた。「ほら、オディ」

シスター・イヴはぼくのほうへ片手を伸ばしてじっとしている。ぼくは観念して片手を伸ばし、彼女の手を握った。彼女は目をつぶり、かなりたってから言った。「そうなのね」ほほえんでぼくの手を放し、スツールの隣を軽くたたいた。「すわって、オディ」

「一緒にすわりたくない」

「無理もないわ。じゃ、あなたはシドのあとをつけ、真実を知ったと思っているのね」

「彼があのインチキたちと一緒にいるのを見たんだ。あなたが彼らを治したんじゃない」

「わたしは治すと言ったことはないのよ、オディ。治すのは神であって、わたしではない、といつも言っているわ」

「じゃ、あなたを通して治すでもいいよ。でもそういうことじゃないんだ。誰も治ったわけじゃない。あなたはインチキだし、彼らもインチキだ」

「混乱しているのね、オディ」

「インチキ！」ぼくはシスター・イヴにむかって叫んだ。「このコブラと同じインチキだ」

彼女に背を向けると、ぼくはテラリウムがのった低いテーブルに近寄り、衝動的にケースの中に手を突っ込んで、ウィスカーがマンバと呼んでいると教えてくれた無害な蛇をつかんだ。のたうちまわるマンバを握りしめてシスター・イヴに突きつけた。わかったかといわんばかりに。シスター・イヴは平然としていた。

悲鳴をあげたのはエミーだった。エミーはぼくから飛びのいた拍子にテラリウムの低いテーブルにぶつかってテーブルもろとも倒れこみ、ガラスが砕けた。次の瞬間、ルシファーの立てるぞっとするようなガラガラという音が聞こえた。

ぼくはしびれたように動けなかったが、アルバートはちがった。すばやく倒れたテーブルを飛びこえてエミーを抱きおこし、モーズに突きだした。モーズはひったくるようにエミーを抱きかかえた。アルバートがテーブルをまたいで戻ろうとしたとき、ちいさな叫び声をあげたのが聞こえた。

シスター・イヴは立ちあがり、エミーのそばに膝をついた。立ちすくんでいるエミーの肩に両手をのせ、すばやく彼女の全身を眺めた。「咬まれた？」

「ううん」首をふるエミーの頰を涙がつたった。

「ああ、よかった」

そのとき声がした。石がしゃべることができたら、そんなふうかと思わせる声だった。「おれが咬まれた」アルバートが言った。

咬まれたのは右のふくらはぎの上部だった。アルバートがまくりあげたズボンの裾の下に、赤く血のにじんだふたつの咬み跡が見えた。姿は見えないが、ルシファーはひっくりかえったテーブルの向こう端でガラガラと音を立てつづけている。モーズが力強い動作でテーブルの脚の一本を手早くボキッともぎ取り、テーブルの天板を楯《たて》にガラガラという音がやむまで何度もそれをふりおろした。

エミーの悲鳴を聞きつけた人たちが駆けつけてきた。ディミトリとシドもそのなかにいた。シドは壊れたテーブル、砕けたテラリウムを見てとり、最後にアルバートのむきだしのふくらはぎを見た。

「ルシファーか？」

アルバートはうなずいた。

「くそ」シドが悪態をついた。

「どうしよう」ぼくはすがるように訊いた。

「落ち着け。解毒剤を持ってる。よくなるはずだ。落ち着かせて、じっとさせておいてくれ、イヴィ。すぐに戻る」

「どこへ行くの？」シスター・イヴがたずねた。

「ホテルさ。鞄に解毒剤を入れてあるんだ。数分で戻ってくる」

いきなり脚から力が抜けそうになった。「茶色の鞄？」

「ああ、茶色だ」

「注射器とガラス瓶が入ったスナップ付き封筒のこと？」

「そうだ」シドが険しい目つきを向けてきた。「どうして？」

やっとのことでぼくは言った。「ホテルにはないよ」

「なんだと？　どこにあるんだ？」

「川の中」

「川？」

「ぼくが投げ込んだ。麻薬だと思ったんだ」

「この野郎」シドがぼくの両肩をつかんだ。素手で握り潰されるかと思った。そうはしないで、彼はぼくを突き放すと、つぶやいた。「なんてこった」

「どうするの、シド？」シスター・イヴが言った。やけに物静かな声は、「夕食はなににする？」と訊いているかのようだった。

「医者に診せるんだ。今すぐ」

シドが運転し、エミーとモーズは彼の隣にすわった。ぼくはアルバートとシスター・イヴとともに後部に乗った。兄の身体がふるえているのが伝わってきたが、それが毒のせいなのか、それとも、ぼくに負けないぐらい怯えているせいなのか、わからなかった。

「ごめん、アルバート」ぼくは謝りつづけた。「本当にごめん」〝死なないで〟と言いたかったが、〝死〟という言葉を口にするのがこわかった。考えたくもなかった。だがその言葉は、ぼくの頭の中で大きな風船みたいに膨張し、他の思考をすべて締め出していた。胸の中でぼくは金切り声をあげた。〝死なないで、死なないで、死なないで〟

医院はニューブレーメンの中央広場のはずれにあった。二階建ての、白い杭柵《くいしがらみ》をめぐらした赤煉瓦の家で、正面に看板が出ていた。ロイ・P・フェイファー医学博士&ジュリアス・フェイファー医学博士。ぼくらは重なりあうように車をおり、アルバートはぼくら全員に囲まれて脚をひきずって中に入った。玄関奥のちいさな待合室に、幼い子供を連れた花模様のハウスドレスを着た母親がすわっていた。ぼくらが入ったとき、ドアの上のベルが鳴り、すぐにひとりの女性がにこやかな表情であらわれた。彼女は若くて、ズボンをはいていた。当時そういう服装の女性は珍しかった。ましてやちいさな町では。ぼくらが大人数で、顔がひきつっているのを見ると、その柔和な顔つきが一変した。「患者はどなた?」

「彼です」ぼくがアルバートの手を握って言った。

まくりあげたズボンから出ている脚を一瞥し、彼女は額に皺を寄せた。「どうしました?」

「蛇に咬まれたんだ」シドが言った。「ガラガラ蛇だ」

驚いたのはあきらかだったが、彼女はすぐに落ち着きを取り戻した。「こちらへどうぞ」

導かれた部屋には診察台があり、彼女はアルバートをそこへ寝かせた。「すぐに戻りますから」と言って、姿を消した。

ちいさな瓶がぎっしり並んだ戸棚があり、その下に抽斗がいくつかついたステンレス・テーブルがあった。流し、大きな金属の笠《かさ》がついた直立式の金属ランプスタンド、木製の書き物机と椅子、壁には数枚の牧歌的な絵画、裏庭の薔薇《ばら》薔薇園を見おろす窓。あいた窓から漂ってくる薔薇のかおりが薬っぽいにおいを圧倒している。ぼくは医院というものを知らずにきた。リンカーン教護院にはいわゆる保健室というのがあったが、ベッドが四つあるただの部屋で、水ぼうそうとかおたふく風邪とかはしかといった感染性の病気にかかった子供たちがすっかり回復するまでのあいだ隔離される場所だった。そこはまた、アルバートとモーズとぼくがいたあいだに、ふたりの子供が送りこまれて死んだ場所でもあった。フェイファー先生の診察室のほうがずっと心強い気がした。

さっきの女性が六十がらみの男の人と一緒にあわただしく戻ってきた。肘までまくりあげた白いシャツを着ていて、赤い蝶ネクタイにはちいさな白い水玉が飛んでいる。眼鏡のレンズがすごく分厚いので、その奥の目がやけに大きく青く見えた。白髪交じりの髪は強風に乱されたかのようにくしゃくしゃだ。

「ドクター・フェイファーだ」と、男の人がシドに話しかけた。「あんたの息子さんかね?」

「いや。ただの――」シドは適切な表現を求めて口ごもった。

「わたしが責任者です」シスター・イヴが言った。「彼は〈神癒伝道団ギデオンの剣〉で働く若者のひとりです」

医師の灰色の眉がぴくりとあがり、ぼくは彼がシスター・イヴとその伝道団をどう思っているかはっきりと理解した。それでも、医師は言った。「ガラガラ蛇に咬まれたと。確かなんだね」

「間違いありません」シスター・イヴが言った。

「きみのふくらはぎが咬まれた?」医師はここでようやくアルバートに注意を向けた。

「はい」

アルバートはふたつの恐ろしい咬み跡が医師に見えるよう、脚をひねった。ルシファーが兄に牙を突き立ててからさほど時間がたっていないのに、咬まれたあたりの皮膚はすでに黒ずんで腫れあがり、邪悪な毒の巻きひげが膝と足首に向かって上下に広がっていた。

「解毒剤が必要だ」シドが言った。

「解毒剤か」医師は感情のこもらない声でおうむがえしに言った。「ミスター――?」

「キャロウェイ。シド・キャロウェイ」

「ミスター・キャロウェイ、スー郡では数十年間、ガラガラ蛇に咬まれた者はひとりもおらんのだ。仮にガラガラ蛇がここにいたことがあったとしても、とうの昔に駆逐されている。わたしの知るかぎり、ここらに解毒剤はない。間違いなくガラガラ蛇だったのかね?」

「ガラガラ蛇です、間違いなく。解毒剤がないってどうしてわかるんです?」

「ガラガラ蛇に咬まれたら、ここらじゃニュースになるからだよ。それに、適切な処置をできる者がいるなら、わたしが知っているはずだからだ。だが一応サミーにいくつか電話をかけさせよう」医師はズボンをはいた若い女性をふりかえった。「マンケートのデ・コスター外科病院にかけてくれ。助けを得られるかどうか訊いてみるんだ」医師は向き直ってアルバートの脚を調べ、ようやく言った。「毒の一部は取り除けるかもしれん」

医師はステンレス・テーブルに歩み寄って一番上の抽斗をあけ、メスを取り出した。戸棚から薬瓶の一本をつかみ、流しでメスを持ち、瓶の中身をメスの刃にかけた。テーブルの上の山から白いタオルを一枚取り、半分に折り畳んでからアルバートのところへ引き返した。

「腹ばいになって」兄が言われたとおりにすると、医師は言った。「少々痛いぞ、いいかね?」

「わかった」

ドクター・フェイファーは畳んだタオルをアルバートの脚の下にすべりこませると、咬み跡の間をV字形に切開した。血がどくどくと兄のふくらはぎの皮膚を流れ落ちた。フェイファーはテーブルに戻って別の抽斗から針のない注射器みたいなものと、ゴムのチューブがついたちいさなガラスの球を取り出した。注射器をチューブの先端につなぎ、ガラス球を切開部分にぐっと押しつけて注射器を動かした。ちいさなガラス球内部の空気が吸い出され、真空を作り出した。球に血が充満した。蛇毒もそこに入っていることをぼくらは願った。医師が球を脚からはずすと、どす黒い混合体が噴き出て畳んだタオルに染みこんでいった。医師はこの処置を三回くりかえした。しまいにタオルは血でぐしょぐしょになった。

最後の処置がおわり、フェイファーが傷口をヨードチンキで消毒していると――アルバートは歯を食いしばってうめいた――若い女性が戻ってきた。「解毒剤はなかったわ。でも、ウィノーナ総合病院に電話してみたらどうかって。山岳地帯にはまだガラガラ蛇がいて、ときどき蛇の咬み傷を治療しているの。だから電話して、こっちの状況を説明したわ。解毒剤を用意して車で人を送ってくれるそうよ」

「ウィノーナだと」ドクター・フェイファーの口調にはあきらめがにじんでいた。「それじゃ四、五時間かかるだろう。それまでどうすべきかなにか言っていたか？」

「毒を吸い出して、患者を安静に寝かせるようにって」

「それだけか？」医師はアルバートの黒く腫れあがったふくらはぎをじっと見た。ぶあついレンズの奥の目は猜疑《さいぎ》をたたえた大きな青い水たまりだった。傷口にガーゼをあてて彼は言った。「患者を観察室へ連れていって、楽にさせてやってくれ、サミー。ウィノーナ総合病院と話がしたい」

シドとモーズは、今やほとんど歩けない状態の兄を両側から支えて、ズボンをはいて、男の名前をもつ女性のあとから短い廊下の先にある部屋へ向かった。アルバートはそこのベッドに横になった。夏の暑さのなかで、彼はがたがたと震えていて、サミーが軽い毛布をかけた。

数分後、フェイファーが戸口にあらわれてシスター・イヴに声をかけた。「ちょっといいかね」

彼らが廊下へ出ていくと、ぼくはドアのそばに近づいて彼らの話を聞こうと耳をそばだてた。

「ウィノーナ総合病院の医者の話によると、毒が彼の心臓や肺に達したら、助かる見込みはあまりないし、たとえ助かっても、内臓に半永久的なダメージを及ぼす可能性がある。確実に若者の命を救いたいなら、手遅れにならないうちに片脚を切断することを考慮しなければならんそうだ」

「手遅れって、あとどれぐらいは大丈夫なんですか？」

「よくわからんのだ。だが脚を切断し、そのことが功を奏したら、彼を救ったことになるかもしれん。脚を切断し、死んでしまったとしても、しかたがないんだ」

「解毒剤を待つわけにはいきませんの？」

「ウィノーナ総合病院によれば、四、五時間のうちに、あの若者は死んでもおかしくない」

片脚だけの身体になったら、アルバートにとって人生はどんなものになるだろう、とぼくは考えた。一度、ジョプリンでひとりの男性を見たことがある。アルバートや父さんと放浪していたときのことだ。古い軍服を着ていた。脚が一本しかなくて、松葉杖をついていた。通り過ぎようとしたとき、男性は帽子をぼくらに突き出して、言った。「大戦でアメリカのために戦って片脚を失いました。助けてくれませんか？」父さんはポケットの小銭を彼にやり、ぼくらは歩きつづけた。アルバートがどこかの街角に立って、小銭を恵んでもらおうと帽子をさしだしている姿が、頭の中で膨れあがった。

ぼくは廊下に出ていって、言った。「だめだ」

フェイファーが顔をしかめてぼくを見た。

「あの若者の弟なんです」シスター・イヴが説明した。「オディ、お兄さんの命を救うには、それが唯一のチャンスかもしれないのよ」

「片脚だけの人生なんて、アルバートはいやがるよ」ぼくは必死に泣くまいとした。「死んだほうがましだって言うよ。そうでしょう？」

フェイファーはシスター・イヴを見た。「あの若者には決断をくだす親がいないのかね？」

「ぼくらは孤児なんだ」ぼくは言った。

「アルバートがなにを望むか、訊いてみるべきじゃないかしら」シスター・イヴは言った。

「そういう決断を下せるような容態ではないと思うが」フェイファーは答えた。

「やってみなければわからないわ」

彼女はアルバートのそばへ戻ると、祈りを捧げるかのようにひざまずいた。アルバートの手を両手で握った。「よく聞いて、アルバート」

彼女の顔が見えるよう、アルバートは枕にのった頭を動かした。

「お医者様はあなたの片脚を切断すれば、命を救えるかもしれないと考えているの」

返事には時間がかかったが、アルバートはやっとのことで言った。「切断しなかったら、おれは死ぬの？」

「可能性はあるわ」

「でも、絶対じゃない？」

シスター・イヴが目をあげてフェイファーを見ると、彼は肩をすくめた。

「絶対ではないわ」

「脚をなくすのはいやだ」アルバートの声はふるえていた。

「わかったわ」シスター・イヴは身を乗り出してアルバートの額にキスした。立ちあがり、フェイファーのほうを向いた。「お聞きになったでしょう」

フェイファーは言った。「他に診なければならない患者がいるが、引き続き、様子を見にこよう。なるべく安静に、楽にさせてやるんだ。必要なら、すぐにくる」彼とサミーは立ち去り、ぼくらはアルバートと残った。兄の心臓へのぼっていく毒とともに。

31

一九三二年夏のあの暑い日、長い午後が這うように経過するなか、兄の命が救われることに一縷《いちる》の望みを託して解毒剤の到着を待つのはまぎれもない拷問だった。

時間がたつにつれアルバートの容態は悪化した。恐ろしいほど腫れあがった脚はじわじわと上に向かって黒ずんでいった。身体中の穴から汗が流れて、服とその下の寝具を濡らし、彼は痛みのせいでひっきりなしに苦しげな呻き声をあげた。日没が近づくと、呼吸さえ困難になりだした。

もうひとり医者が到着していた。フェイファーの息子のジュリアスが往診から戻ってきたのだ。フェイファーは彼をジュリーと呼んでいた。サミーはその妻だということがわかった。アルバートの容態が心配でいてもたってもいられない状況でなかったら、男が女の名前で、女が男の名前だなんておもしろいと思ったことだろう。だが彼らが相思相愛なのはあきらかだったし、若いほうのドクター・フェイファーが蛇の咬創《こうそう》に関して父親よりすぐれた処置法を知っているわけでないこともまたあきらかだった。彼はアルバートの脚を氷で冷やして腫れをおさえてはどうかと提案し、サミーとふたりで実行したが、まったく効果は見られなかった。アルバートの苦しみようlater、若い医師はとうとうモルヒネの使用を勧めた。ある程度、効果はあったが、アルバートの意識は朦朧となった。

アルバートが死にかけているちいさな部屋には椅子が三脚あった。容態が悪くなるにつれ、ふたりのドクター・フェイファーとサミーがそのうちの一脚にかわるがわるすわり、残りのぼくら——その夜の集会中止の知らせを出すためにテント村へひきあげていったシドをのぞく全員——は交替でふたつの椅子にすわった。窓があけはなたれているのに、部屋は息が詰まりそうで、裏庭からたちのぼってくる薔薇のかおりも悲運の空気をやわらげることはできなかった。今日に至るまで、薔薇のかおりがすると、あのニューブレーメンでの瀕死の床を思い出さずにいられない。アルバートに付き添っていないとき、ぼくらは治療を求めてやってくる他の患者たちと並んで待合室に腰かけた。ある女性が連れている男の子は、激しい咳がやまなかった。ある男性は大きな甲状腺腫が首の横から風船みたいに張り出していた。まだ十代の若い両親は生まれてまもない赤ん坊を連れていた。目に氷を包んだ布巾をあてている妻をともなった男性は、サミーに妻が「台所でばかをやった」とぶっきらぼうに説明していた。男性がそう言ったのは、シスター・イヴがぼくと一緒にすわっているときだった。すると彼女は男に言った。

「飼い犬を蹴ったときも、痣を犬のせいにするの？」

ぼくはその医院にじっとしていられなかった。男がシスター・イヴをにらみつけたとき、ぼくは立ちあがって正面ドアから外へ出た。ポーチに鎖でつないだブランコがあり、そこに腰をおろした。西の空低く、地平線沿いに集まった黒っぽい雲海の上に太陽が浮かんでいた。

シスター・イヴが出てきて、隣に腰かけた。彼女が足でそっとポーチを押すと、ブランコが前後にのんびり揺れ、彼女は口を開いた。「わたしに訊かなかったわね、オディ」

「なにを？」

「アルバートを治せるかって」

「だってインチキだもの」数時間前なら、ぼくはその非難を石ころのように彼女に投げつけていただろう。だが怒りの炎はとっくに消えて残っているのは灰ばかりだった。

「シドがあの人たちと一緒にいるのを見たから？」

「はじめからずっとわかってたんだと思う。アルバートから言われてたんだ、今にあなたがすごくうさんくさい人間だってことがわかるだろうって。あなたに人を治すことなんかできやしないんだ」

「前に言ったでしょう、オディ、わたしは人を治すと主張したことはないのよ。治すのは神だとずっと言ってきたわ」

「だけど、本当に治った人なんかいない」怒りは消えたと思っていたが、燃えさしがまだくすぶっているのを感じた。

「シドと一緒のところをあなたが見たあの人たちは、彼らの主張する苦しみから本当に回復したのよ。ただ、あの瞬間によくなったわけではないわ。ジェッドと息子のミッキーはイリノイ州カイロで主に癒やされた。ロイスの吃音はミズーリ州スプリングフィールドで取りのぞかれた。グーチ――杖にすがっていた男の人よ――はオクラホマ州エイダで脚に力が戻ってきた。あなたが見なかった人たちは他にもいるわ」

「どういうこと？」

「伝道活動であなたが見たのは、実際に彼らに起きたことの再現なの。シドのアイデアだったのよ。新しい町で最初の活動をするときは、彼の言いかたを借りれば、〝ポンプに呼び水を差す〟必要があるというわけなの。ある程度はそのとおりなのよ」

確かに、ぼくが大テントで神癒と称するものを見た最初の夜以降、観衆の数は増えていた。今ではベンチというベンチは毎晩ぎゅう詰めで、すわれない人たちははじっこに立たなくてはならなかった。さらなる神癒がおこなわれ、最後にシスター・イヴがスープとパンの供応に人びとを招く頃には、神癒を受けなかった人たちまであきらかに高揚した顔で帰っていった。

「そしてね、オディ」シスター・イヴは話しつづけた。「人びとが手を伸ばして神への深い信仰を抱擁するには、手本となるものが必要な場合もあるの。ジェッドやミッキーやロイスやグーチはそれをしているのよ。彼らの経験は、他の人びとにとっての手本なの。そしてね、オディ、効果があるのよ。前に出てくる人たちの手を握ると、わたしは彼らの信じる心の強さを感じることができる。彼らを治すのはそれなのよ。わたしじゃなく。すばらしい神の力を信じる心なの」

彼女は靴の爪先でブランコを揺らしつづけ、ぼくはその揺れと、なめらかに流れる声の催眠性に気持ちがやわらいでいくのを感じた。

「ジェッド、ミッキー、ロイス、グーチ、彼らは仕事も家庭もなく、ひとりでは食べていけない人たちでもあるわ。伝道団との旅は彼らの生活を保証しているの。でも、これは言い訳にはならないわね。彼らが現在わたしのためにしているのは、実際は詐欺なんですもの。それについてはシドと話しあってきたけれど、いつも言い負かされてしまうの。そろそろやめるべきなのかもしれないわ」

「彼らの手を握ると」シスター・イヴがぼくの手を取ったときのことを思い返しながら、たずねた。「いろんなものが見えるの?」

「一言でいうとそういうことよ、オディ。わたしには彼らがどこにいたか、今どこにいるかが見えるの。彼らが何を失ったか、なにを求めているかが見える。魂がそこへ落ちてしまったとたくさんの人が思いこんでいる穴が見えて、そのことが、彼らをすくいあげて信仰の道へ戻してあげる助けになることもあるわ」

「どうやるの?」ぼくは長くつややかな淡褐色の髪で半分見えない傷跡を見つめた。「あなたの洗礼と関係がある?」

「ある意味では」彼女は傷跡を指でなでおろした。「これは父がしたことなの、わたしが十五歳のときだったわ。わたしたちは農場に、というより、ネブラスカの砂丘地帯では農場で通る場所に住んでいた。トウモロコシも育たないような痩せた土地で、細々と作物を育てていた。父はいつも悪魔に追われているような、うらみがましくて、世の中に失望した人間だったわ。ある日、その悪魔が父の前にあらわれたの。父は母を殴り、とめようとしたわたしを殴ったわ。コーンウィスキーのジョッキがわたしの顔の横に当たって割れ、わたしは意識を失った。意識が戻ったとき、わたしは半分減った飼い葉桶の中に横たわっていて、母はその隣の地面で死んでいた。父は納屋の梁に渡したロープで首を吊っていたわ。わたしはそこから逃げ出した。いつまでも歩きつづけたの、オディ、でも、気がついたのよ、父のしたことがわたしを永遠に変えたことに。唯一無二のこの能力、他人の心や暮らしを見抜く能力が与えられたの。確かに、父はわたしからいろんなものを奪ったけれど、自分でも知らずに、与えてもいたのよ」

「じゃ、本当に人を治せるの？」

「治すのはわたしじゃないって何度言えばいいの？　治すのは信じる心なのよ。人の心をのぞいて、彼らの信仰の強さが充分ではないとわかったときは、ある程度の平安を与えようと努めることもある。前に進むのを助ける力のようなものをね」

「妻を殺したあの男のときみたいに？」

「ええ、オディ、そうよ」

ぼくはブランコをとめて、切実な気持ちでシスター・イヴを見た。「もしアルバートが信じたら、心から信じたら、彼を治せる？」

彼女はすばらしい笑みを浮かべた。「わたしじゃないわ」

「じゃ、神は治せる？」

「あなたは神を信じる？」

「信じたい。本当に信じたい。もしあなたがアルバートを治してくれるなら――神がアルバートを治してくれるなら――信じるよ、誓う。なんだって信じる」

「重い皮膚の病気があるって知ってる？」

知っていたので、ぼくはうなずいた。

「イエスによって十人の重い皮膚病患者が治った物語（『ルカによる福音書』より）を知っている？」

聖書で知っている話はごくわずかだった。クリスマスとイースターと善きサマリア人などのよく知られている話だけだ。十人の皮膚病患者の話は聞いたこともなかった。

「ある日イエスが路上にいると、十人の重い皮膚病にかかった人が呼びかけてきて、治してほしいと頼みこむの。イエスは気の毒に思い、要求にこたえる。その奇蹟にたいし、イエスに感謝したのはひとりだけだった。その男に向かってイエスは説明するの、あなたの信仰心があなたを良くしたのです〟ってわかる? イエスは自分の手柄にはしていないのよ。男を治したのは男自身の信じる心なの。わたしはアルバートが回復すると信じているわ、でも、彼の信じる心が充分に強ければの話よ。信じる心を彼に与えることはできないの」

「でも、ぼくならできるかもしれない」ぼくはブランコから跳ねるように立ちあがった。「神を信じるようぼくがアルバートに訴える」

ぼくは急いでアルバートがいる部屋に向かった。若いほうのドクター・フェイファーがベッドの横に立って、アルバートの脈を診ていた。ぼくは医師を無視してひざまずき、兄のほうへ顔を近づけて言った。「アルバート、聞こえる?」

閉じられていた目が、ぼくの声に反応して、すこしだけ開いた。

「聞いて、大事なことなんだ。シスター・イヴは治せるんだ、治す力を持ってる。ペテン師じゃないよ。本物なんだ、誓うよ。信じさえすればいいんだ、アルバート。神を信じるんだ。全霊をこめて信じるんだ。それだけだ。信じるんだ。信じるって彼女に言って、アルバート。お願いだから、神を信じるって言ってよ」汗に濡れた枕カバーにぼくの涙が落ちた。あとからあとから涙がカバーを濡らした。つかんでいたアルバートの手を、死に物狂いで強く握った。「死ななくてすむんだよ。彼女に、信じるって言うだけでいい」

シスター・イヴがベッドの反対側にひざまずいて、アルバートのもう片方の手をやさしく握った。アルバートは力のない細くあいた目を彼女に向けた。怯えた動物をなだめ、招き寄せて食べ物をやるかのように、彼女はそっと話しかけた。「本当なのよ、アルバート。あなたはよくなるわ。あなたの中には信じる気持ちがある、愛する神への信仰がある。昔あなたのお母さんが信仰心を植えつけたのがわたしには見えるの、アルバート。自分の心の奥深くをのぞきこんでごらんなさい、そこに神がいて、癒やしの光と、癒やしの手、癒やしの愛を持って待っているのが見えるでしょう。神を信じなさい、アルバート。全身全霊をもって信じれば、きっとあなたはよくなるわ」

アルバートはどんよりした目で彼女を見つめたきり、反応しなかった。

「言うんだ、アルバート」ぼくは懇願した。「信じるって彼女に言ってよ」

「一切の闇を取りのぞくのよ、アルバート」シスター・イヴがやさしくささやいた。「あなたが思っているほどむずかしいことじゃないわ。重いものを手放すようなことなの。きっと翼が生えたように感じるわ」

「いいから言ってよ、アルバート。頼むから、信じると彼女に言って」

兄の下くちびるがぴくりとふるえた。口が開き、長い消耗しきった吐息とともに、たった一言、彼は言った。「嘘つけ」

「ちがう」ぼくは叫んだ。「嘘じゃないよ、アルバート。彼女はインチキじゃない。信じてくれよ、ちくしょう」

だが、兄はふたたび目を閉じて、シスター・イヴから顔をそむけ、それっきりなにも言わなかった。

「兄さんを治して、シスター・イヴ」こぶしで目をごしごしやりながら、ぼくはすがりついた。「できるでしょう」

ぼくの訴えには耳を貸さずに、シスター・イヴは兄にささやきかけた。「怖れることはないわ。行く手に待ち受ける旅が、穏やかな場所へあなたを連れていってくれる」

彼女がしていることをぼくは知った。兄の心の中をのぞき、信じる気持ちが回復には不充分であることを理解した彼女は、今、自分にできる唯一のものを差し出していた。それは安楽だった。アルバートが死に向かっていることを彼女は知っていた。

「兄さんを行かせないでよ」ぼくはシスター・イヴに向かってわめいた。

「彼の命は神の御手にゆだねられたのよ、オディ」その目は思いやりに満ちた柔らかな緑の羽根枕を思わせた。「神の御手だけに」

だが兄のベッドわきにひざまずいたぼくに考えられたのは、羊を順番に食べていく羊飼いのことだった。

闇が近づく頃、地平線上にできあがりつつあった嵐がニューブレーメンに突然襲いかかった。嵐は町に雷を次々に投げつけ、ノア以来、地球が見たこともなかったような雨を降らせた。ぼくは雨水が通りにあふれるのを見、ドクター・フェイファーがむなしく懐中時計を見つめるのを見た。解毒剤が間に合わないのはあきらかだった。

アルバートが蛇に咬まれたのはぼくの責任だったし、死を招き寄せたのもぼくだった。そしてみじめな臆病者もぼくだった。兄が死ぬのを見ているのが耐えられなくて、ぼくは逃げ出した。

32

ミネソタ川にたどりついたときには、ずぶぬれになっていた。医院を飛び出したとき、ぼくには行くあても、計画もなかった。血の気のない顔で死んだように横たわるアルバートのそばで、じっとしていられなかっただけなのだ。エミーが呼びかけてきたが、ふりかえらなかったし、歩調をゆるめることすらしなかった。胸を裂かれるような苦しみから逃げようと走りつづけたが、どんなに速く脚を動かしても、逃げ切ることはできなかった。嵐のせいであたりは早々と暗くなり、たどりついた川は黒い濁流となって行く手をはばみ、それ以上先へ進むことはできなかった。ぼくは濡れた砂の上にすわりこんで泣いた。涙が涸《か》れると、顔をあげ、稲妻にあいかわらず痛めつけられている空を仰いで悪態をついた。「ばかやろう」名前を言う必要はなかった。神はわかっているはずだ。

シスター・イヴがぼくを見つけたときには、嵐は通り過ぎていた。とにかく最悪の猛威は。雨はまだ降っていて、シスター・イヴもぼくのようにびしょぬれだった。髪が濡れた束となって顔にへばりつき、眉からも鼻からも顎からもしずくが垂れていた。彼女はぼくの隣に腰をおろしたが、何も言わないので、たまりかねてぼくは口を開いた。

「あなたが彼を治すべきだったんだ」

「わたしにはできなかったのよ、オディ」

「兄さんの言ったとおりだったよ、あなたは嘘つきだ」

「あなたに嘘を言ったことはないわ。わたしがお兄さんを治すと言った?」彼女は空を見あげた。空が彼女の顔に涙をこぼしているようだった。「彼の手を取った瞬間に、わたしには治せないとわかったのよ」

川の上方の線路に列車が近づいてきたかと思うと、通過車両の重さと轟音《ごうおん》がぼくのすわる砂地を震動させ、遠ざかっていく汽笛は苦しむ動物の悲痛な鳴き声だった。

ふたたびあたりが静かになると、シスター・イヴが言った。「なにもかも失ったような気持ちでしょうね。わかるわ。あなたのいる闇が理解できる。でも、真っ暗闇の夜の中でさえ、神は光をもたらすのよ。わたしの手を取って、一緒に行きましょう。目をそむけてはならないものがあるのよ」

逆らう気力もなかった。ぼくは立ちあがって彼女の手をつかみ、ゾンビのように、導かれるまま歩いた。

〈神癒伝道団ギデオンの剣〉のトラック以外はがらんとした濡れそぼった草原を抜け、テント村の前を通ると、ウィスカーが格別もの悲しい『アム・アイ・ブルー?』を弾いているのが聞こえた。丘陵をのぼってニューブレーメンに入り、人気のない広場を横切って、ついにぼくが死から逃げ出した医院までやってきた。ぼくは立ちどまり、手をもぎはなして雨の中で立ちすくんだ。

「入れない」

「わかるわ、オディ。でも入らなくちゃ」

アルバートに最後の別れを告げる覚悟ができていなかった。さよならを言う覚悟ができていなかった。

「いやだ」

シスター・イヴは手を差し伸べた。その手のひらに雨が集まった。「大丈夫」

彼女はぼくを医院の中へと導き、廊下の先のちいさな部屋につれていった。エミーとモーズが中にいた。シドと若いほうのドクター・フェイファーがアルバートの死の床のわきに立っているせいで、兄の青ざめた生気のない顔はぼくには見えなかった。医師はぼくたちが入ってきたのを聞いて、ふりかえり、わきへどいた。

アルバートはぼくが逃げ出したときのまま、枕に頭をのせ、目を閉じていた。シスター・イヴがぼくの手を放した。ぼくは考えた。兄のそばに行って、そして……そしてどうするんだ？　別れを告げるなんてまちがってると心が叫んでいるのに、どうすればいいんだ？　頭の中の声という声が死なないとわめいているのに、どうしてあきらめられるんだ？

結局、ぼくはなにもしないですんだ。なぜなら次の瞬間、アルバートが目をあけ、こちらを向いて、言ったからだ。「やあ、オディ」

モーズが手話でぼくに言った。〝先生は言いつづけてた、なにがアルバートを生かしているのかわからないって。とっくに死んでておかしくなかったって。奇蹟だと言ってた。そうとしか言いようがないってさ〟

すでに夜は更け、嵐は去り、雨もやんで、ふたりのドクター・フェイファーとサミーは全員ベッドへ引きあげ、シドはホテルの部屋に戻り、モーズとエミーとシスター・イヴとぼくだけがアルバートの看病に残った。ぼくが逃げ出したあとまもなく、ウィノーナ総合病院の車が到着して、解毒剤が投与されていた。脚はまだ黒ずんでいたが、前ほどではなかった。筋肉組織の一部が破壊されたため、アルバートは生涯、軽く脚をひきずることになりそうだった。身体はまだ弱っていて、息づかいも乱れぎみだったが、彼は死ななかった。今はこんこんと眠りつづけていた。

サミーがぼくらのために簡易寝台を持ってきてくれた。エミーとシスター・イヴはアルバートの病室で眠った。モーズとぼくは待合室をあてがわれ、モーズの手話が見えるようにと、そばのテーブルには蠟燭《ろうそく》が灯された。

「奇蹟だ」ぼくは静かに言った。「神を信じるかい？」

　モーズがその問いかけを頭の中でころがしているのが目に見えるようだった。〝聖書に出てくる神のことは知らないけど〟と彼は言った。〝おれはおまえとアルバートとエミーと、今じゃシスター・イヴのことを知ってる。ハーマン・ヴォルツとエミーのお母さんのことを考える。愛情ならおれにもわかる。だから、もしも、シスター・イヴが言うみたいに、神は愛だというのが本当なら、おれは信じるよ〟

　モーズは眠りについたが、ぼくは蠟燭が燃え尽きるのを眺めたあと、ついに起きあがってポーチに出、ブランコに腰をおろした。町は暗く、静かだった。空は闇をまとい、星々できらめいていた。裁判所の時計が一時を打った。玄関のドアが開いてシスター・イヴがあらわれ、ぼくの隣にすわった。

「先生はアルバートは死ぬところだったと言った。死ななかったのは奇蹟だって。あなたは兄さんの手をつかみ、彼の信仰が命を救うほど強くはないことを知った。奇蹟が起きるのが見えた？」

「先のことは見えないの。見えるのは、手を握った瞬間のその人の心の中だけなのよ。だから、相手がどこにいたのか、どこへ行きたがっているのかはわかるわ。あなたが旅の先に望んでいるものは見えるけれど、それが叶うかどうかは見えない」

「アルバートが望んでいるものってなんだろう？」

「彼がずっと望んできたことよ。あなたを守ること。心の中で彼はそれができなかったと思っていたの」

「そんなことないよ」涙が頰を転げ落ちるのがわかったが、それはアルバートのような兄がいることへの感謝の涙だった。涙をぬぐって、ぼくは言った。「モーズはどう？　彼の手を握った？」

「もちろん」

「じゃ、モーズはなにを望んでいるの？」

「自分が誰かを知ること」

　ぼくは側溝で見つかったインディアンの子供のことを思った。そばには母親が死んでいて、その子は舌を切り取られており、素性すらわからなかった。

「エミーは？」

「エミーは自分が望むものがまだわからないのよ。でも、そのうちわかるわ」

「それを見たの？」

「言ったでしょう、未来は見えないのよ。わたしはエミーを知っているだけ、神を知っているだけ」

ブランコが揺れるたびに、ポーチにブランコを繋《つな》いでいる鎖のひとつがくたびれたギイという音をたてた。ぼくはとうとう勇気を奮い起こして次の質問をした。

「ぼくは？　ぼくはなにを望んでる？」

「あなたのが一番簡単なの、オディ。あなたがずっと求めているのはたったひとつ、我が家よ」

互いの存在にくつろぎを感じながら、ぼくらは静かにブランコを揺らした。死んでも不思議じゃなかったアルバートが一命を取り留めたあとの長い夜、ぼくはシスター・イヴと〈神癒伝道団ギデオンの剣〉のおかげで、ついに自分の求めているものが見つかったのかもしれない、と思った。

33

アルバートは次の日も一日中ずっとフェイファー父子の医院で過ごし、ぼくらのひとりが常に付き添った。ほとんどそれはぼくだったが、ときどきモーズとエミーが交替した。アルバートが一度だけひとりになったのは、眠っている彼を置いて、午後の一時間ばかりぼくが町の広場の菓子店へ出かけたときだった。子供のいないサミーが思いやり深くくれた二十五セントで、ぼくは兄の奇蹟の回復を祝って、エミーにレモンドロップを、モーズにリコリスのキャンディーを、自分とアルバートに、トゥーシー・ロール（チョコレート味のソフトキャンディー）を買った。その晩はアルバートの部屋の寝台に横になったがほとんど眠らなかった。アルバートはしきりに寝返りを打ち、悪夢でも見ているのか弱々しい声をあげた。ぼくは暗い数時間の大半をみずからを責めて過ごした。解毒剤を入れたシドの茶色のスナップ付き封筒を川へ投げこんだ自分がゆるせなかった。やっと夜が明けたときはほっとした。

昼近く、フェイファー両先生から、アルバートをテント村に移してよいとのゆるしが出た。正午にシドとシスター・イヴが迎えにきて、治療費を支払った。モーズとエミーも一緒だった。ぼくらは手を貸してアルバートを赤いデソートに乗せ、草原へと走った。

もともと伝道団の滞在は二週間の予定だったが、シスター・イヴとシドはその夜を最後にすると決めていて、荷造りをすませて次の目的地へ向かう準備を整えていた。シドは興奮していた。その最後の伝道活動に兄を使って、シスター・イヴのおかげで、死んでも不思議ではなかったのに命を救われた子供として、みんなに兄を見せびらかしたかったのだ。彼女は断固それを拒んだ。シドはあっさりあきらめ、それでケリはついたとぼくは思った。甘かった。

午後遅く、ウィスカーがその日の《マンケート・デイリー・フリー・プレス》を持ってきた。アルバートが大きく取りあげられていた。トップ記事は彼ではなく、ワシントンDCに復員軍人が集結し、約束された政府による救済が果たされることを求めた特別手当行進《ボーナス》と呼ばれる事件だった。兄の写真は、蛇の咬創で命を落としても不思議ではなかったのに助かった話として、二面に載っていた。記事はそれがシスター・イヴの起こした奇蹟であるとほのめかしていて、写真には小部屋で安らかに眠るアルバートのかたわらに立つドクター・ロイ・フェイファーが写っていた。せめてもの救いは、少年の名前がプライバシーの理由から伏せられていると見出しに書かれていたことだ。

シスター・イヴがあんなに怒ったのは見たことがない。彼女はシドに向かって怒りを炸裂《さくれつ》させた。彼らはふたりだけでシスター・イヴの更衣室であるテントにでいた。割れたテラリウムは片づけられていて、無害な蛇たちはとっくに逃げて自由の身になっていた。テントにプライバシーはないから、ぼくらには口論の一言一句が聞こえた。

「嘘じゃない、イヴィ、おれは一切知らないよ」

「でたらめはよして。シド・キャロウェイのしわざなのはあきらかじゃないの」

「わかった、わかったよ。マンケートの記者に電話して、読者が今求めているのはちょっとした明るい話だと言ってやったんだ。記者はフェイファーに、実のところ、父と子の両方に取材し、裏を取った。子供にも取材したがったが、おれがさせなかったんだ」

　ぼくが菓子店でキャンディーを買っていたあいだの出来事だろう。そう思うと、兄のそばを離れたことが悔やまれた。

「いいえ、あなたは記者にアルバートの写真を撮らせたのよ、南部ミネソタじゅうにばらまけるようにね。ひどいわ、シド、どういうつもりなの？」

「どういうつもりかって？　こういう奇蹟こそ、セントルイスに行くにあたりおれたちに必要なものなんだよ。イヴィ、きみはエイミー・マクファーソン（当時よく知られていた女性伝道者）より有名になれるんだ」

「それはわたしが望むことではないわ、シド、望んだことすらないわ」

「そうか？　おれがコーマンやセントルイスでのラジオ放送の話をしたときの自分の目を見るべきだったな。まるで大きなダイヤモンドみたいに期待にぎらついてたぞ」

「もっと大勢の人たちの心を動かせると期待したからよ、シド。わたしのためじゃない。彼らのためよ。わからない？　この活動がわたしのためだったことは一度もないわ」

「いいか、イヴィ、おれがくる前、きみは安っぽいドサ回りをしていた。だがもうちがう。セントルイスへ行ったら、きみはずっと願っていたように、何百万もの人びとの心をつかめるんだ、おれのおかげで。おれがここにいる田舎者の気持ちをつかむコツを知っているおかげでね」

「田舎者ですって？　毎晩、希望を求めてここにやってくる人たちのことをあなたはそんなふうに思っているの？　シド、世界は大いなる闇の中にあるのよ、だから、どんな理由のためであるにせよ、神はわたしに光を与え、わたしを人を導く明かりにしてくださった。わたしがしているのは神聖なことなのよ」

　長いあいだキャンバス地の向こうはしんと静まり返っていた。

「おれは間違っていたようだ、イヴィ」シドがやっと認めた。「悪かった」

「あなたが謝る相手はわたしじゃないわ。あなたに将来を危険にさらされたあの子供たちよ。さあ、謝ってきて」彼女が言うのが聞こえた。「ゆるしてくれるといいわね」

ぼくはシドがどうしても好きになれずにいた。最初から、どうも信用ならない気がしていた。ぼくとエミーが大テントの中でアルバートが横たわる簡易寝台のそばに立っているのを見つけると、シドは細くて黒い口ひげをなで、希望か奇蹟を求めてやってくる人びとによって、すっかり踏み荒らされた草原を見つめた。

「悪かった」シドはついに言った。「おれは間違いを犯したらしい」

「まったくだ。大変なことをしてくれたよ」ぼくは言った。

「イヴの礼賛者を増やすことが、おれの最大の狙いなんだよ。彼女のために、おまえだってそうなってほしいだろう？　彼女には天賦の才能がある」

「そうやってあんたは彼女にたかっているんだ」ぼくは言ってやった。

「いいか、きさまは――」

演壇の上でピアノを前にすわっていたウィスカーが口をはさんだ。「否定するなよ、シド。その子の言うとおりだ。おれたち全員、シスター・イヴの人気にあやかっている」

「口出しするな、ウィスカー」シドが嚙みついた。

「おれが言おうとしてるのは、おれのせいで子供たちが厄介な目にあったら、謝るってことだ。まだなにも起きていないようだがな」

「まだ今は、だよ」ぼくは言い返した。

「とにかく、悪かったと言いたかった、それだけだ」

シドの謝罪はひびの入ったベルから出る鈍い響きに似ていたが、ぼくはそれ以上彼をいらだたせても仕方がないと思った。シドが踵を返してテントを立ち去ると、すぐにぼくは言った。「出ていく準備をしなくちゃ」

「へとへとだ」アルバートが言った。「ここで横になっていたい」

「誰かがあの写真に目をとめるよ。遅かれ早かれ、黒い魔女がぼくらを追ってくる」

アルバートはテントの天井を見あげてかぼそい声で

言った。「そうはならないかもしれない」

果たして立てるのかと心配になるぐらい、アルバートは弱って見えた。だが問題は肉体的衰弱だけではなかった。蛇の咬創は命こそ奪わなかったが、毒液は彼の精神を殺していた。アルバートはぼくらを駆り立て、前に推し進め、常に先をめざす、ぼくらの原動力だった。どんよりした目や単調な声は兄のものではなく、彼の抜け殻のそれだった。

「ぼくらは出ていくんだ、決まりだ。モーズに言ってくる」

モーズはディミトリと働いていて、ぼくが伝えると、ただうなずいた。彼は大柄なギリシャ人のほうを向いて手を動かした。ぼくらが彼に教えた手話ではなくて、モーズとディミトリがふたりで作ったにちがいない無言の言葉だった。ギリシャ人は言った。「おまえはこれまでで最高の助手だった」彼は片手を差し出し、モーズと握手した。「元気でな」

ぼくらが戻ってみると、シスター・イヴがアルバートの寝台のそばで草むらにすわって、兄の手を取っていた。彼女は顔をあげ、微笑した。

「シドには欠点もあるけれど、本当のところ、悪い人じゃないのよ。この町の警察にコネがあるから、わたしたちが明日出発するまであなたたちの安全を保証するためになにができるか確かめに行ったわ。あなたたちにはわたしと一緒にいてほしいの」

「誘拐の疑いをかけられているんだよ、シスター・イヴ」ぼくは反論した。「シドにそんな力があるの？」

〝チャンスをやったら？〟モーズが手話で言った。

ぼくは首をふった。「危険すぎる。見つかれば、エミーはブリックマン夫婦のもとに戻される。きみとアルバートとぼくは刑務所行きだ。早く出発しなくちゃ」

ぼくはアルバートに目を向けた。いつもぼくが寄りかかる肩でいてくれたアルバートは、目をつぶっただけだった。

「荷物をまとめよう」兄がたびたび口にしていた命令口調を真似て、ぼくはモーズに言った。「ぐずぐずしちゃいられない」

シスター・イヴはみるからに悲しそうだったが、もはや反対はしなかった。「ウィスカー、ホテルのわたしの部屋へ行って、子供たちの服を集めてちょうだい。全部わたしのスーツケースに入れて、ここへ戻ってきて」ウィスカーが行ってしまうと、彼女は言った。「モーズ、あなたとアルバートの持ちものを忘れないようにね。わたしはディミトリに言って、出発のときに持っていく食べ物を用意してくれるよう頼んでくるわ。さあ、急いで」

二時間後、ぼくらは出発するばかりになって、大テントに立っていた。アルバートはその体重のほとんどをモーズにあずけて寄りかかっていた。夜の伝道活動を見に最初の車が何台か到着しはじめており、シスター・イヴとウィスカーはぼくらを見送りに裏手へまわってきた。テントの裏でぼくらはさよならを言った。ウィスカーがぼくの手を握った。細長い指は温かく、別れを惜しむようになかなか離れなかった。「寂しくなるよ。あのハーモニカの練習を怠るなよ、いいな。おまえの中には音楽がある」

シスター・イヴはエミーの前にしゃがんだ。「あなたの中には驚くような、美しいものが眠っているの。いつかそれに気がつくわ。そのとき、その場にいられたらすてきでしょうね」モーズにはこう言った。「あなたほどここが強い人ははじめてよ」モーズの心臓の上に手を触れてから、彼女はモーズを抱きしめた。アルバートに言った。「あなたは回復する。元気を取り戻したら、彼らをちゃんと導けるようになるわ」彼女はアルバートの頬にキスした。最後に彼女はぼくにちいさな紙袋を渡した。「脱脂綿と消毒剤とガーゼなんかを入れておいたわ。お兄さんの傷跡はつねに清潔に保たないとだめよ。ほかにも役に立つものがいくつか入っているからね」そのあと彼女は身をかがめて、ぼくの耳元にささやいた。「大事なことを言うわ。エミーの身の安全は、ひとえにあなたにかかってるの。しっかり守ると約束して」ぼくは約束した。すると彼女は言った。「このことをおぼえておいて、昔のことわざだけど、真実をついているわ。心が思えば、そこが我が家」

シスター・イヴはぼくの頬にもキスをした。出発しようとしたとき、あるものを見て、ぼくの希望はぺしゃんこになった。草原にやってくる車にまぎれて、見おぼえのあるシルバーのフランクリン・クラブ・セダンが近づいてくる。そのうしろにフリモント郡の保安官のパトカーがついていた。

「黒い魔女だ」心臓が早鐘を打ちはじめた。

「さあ行って」シスター・イヴがせきたてた。「あとはわたしにまかせてちょうだい」

ぼくらは急いで出発したが、アルバートの衰弱のために、思うように進めなかった。草原を横切り、線路をまたぎ、川を見おろす土手の木立に入った。モーズとアルバートとエミーは水際へおりていき、モーズがカヌーを隠したガマの茂みへ向かった。ぼくは木立のあいだにとどまって、見張った。脚のある蛇みたいなクライド・ブリックマンが車からおりて、助手席側へまわり、ドアをあけた。セルマ・ブリックマンの、全身黒ずくめの燃え尽きたマッチ棒みたいに痩せた姿が、ぼくの心を凍りつかせた。パトカーからがっしりした赤ら顔の男が出てきた。リンカーン教護院から逃げ出したたくさんの生徒を恐怖でふるえあがらせたボブ・ウォーフォード保安官だ。ブリックマン夫婦とウォーフォードは大テントに向かって歩きだし、シスター・イヴが出てきて彼らを迎えた。

見たのはそこまでだった。ぼくは急いで土手を駆けおりた。モーズがカヌーをすでに川に浮かべていた。キャンバス地の水袋と毛布、ブリックマン夫婦の金庫からとった手紙や書類をつっこんだ枕カバーも積んであった。シスター・イヴがエミーとぼくに買ってくれた服を入れたスーツケース、ディミトリが用意してくれた食べ物のバスケットもカヌーにあった。アルバートはパドルを漕げる状態ではなかったから、エミーと一緒に毛布を敷いて真ん中にすわり、バスケットを膝にかかえていた。ぼくは船首に腰をおろし、モーズが流れにカヌーを押し出してから艫《とも》に位置をしめると、シスター・イヴが黒い魔女と卑屈な夫をなんとかごまかしてくれることを祈りながら、ふたりで全力でパドルを漕いだ。

川はニューブレーメンの東の端でカーブした。通りすぎる平原には穀物倉庫や、隣りあって建つ家々があり、ちいさな教会の白い尖塔が木々の尖端から突き出ていた。ぼくらは線路の構脚橋の下をなめらかにくぐりぬけた。上流で祈りを捧げるシスター・イヴにばったり出会う前、ぼくはその橋にすわっていたのだった。

町は後方に遠ざかっていった。ぼくらの努力と川の流れのおかげで、カヌーは耕作地から伸びるヤングコーンと大豆畑のあいだを順調に進んだ。太陽は、肥沃な氾濫原と境を接する起伏のある稜線《りょうせん》の下に沈んでいた。ぼくらは丘陵地帯の青い広々とした影の中へ移動した。長いこと誰もしゃべらなかった。ひとつには、モーズとぼくが距離を稼ごうと力を使い果たしたせいだったのかもしれない。とにかくぼくは肩で息をしていて、しゃべるどころではなかった。でも、その沈黙は、またもぼくらが喪失に苦しんでいたからでもあったと思う。もうおなじみの感覚のはずだったが、心が張り裂けそうな思いに誰が慣れたりできるだろう?

夕闇が深まってあたりが真の闇に包まれる頃、木におおわれた小島にたどりつき、ぼくは後方のモーズに呼びかけた。「ここで夜を明かそう」

モーズはパドルを使って、小島の尖端にあるちいさな砂浜へとカヌーを誘導した。ぼくは飛びおりてカヌーを岸へひっぱり、エミーと兄がおりるのを手伝った。最後にモーズが毛布と食べ物のバスケットを持っておりた。数年におよぶ洪水で砂浜の上端に壁のように積み上がった流木が日差しにさらされて漂白され、まるで白骨を組んだ構造物のようだった。壁の陰の風が当たらない場所にぼくはアルバートのために毛布を広げた。彼はすぐに横になった。エミーが他の毛布を取り出し、モーズがバスケットをあけた。ハムサンドイッチとリンゴとレモネードのちいさな容器が入っていて、ぼくらはろくに味わいもせずにそれらを口に運んだ。迫りくる陰鬱な闇のなかで腰をおろし、みんな暗い気分で黙っていた。悲しみがのしかかってくるのを感じ、このままではいけないと思ったので、ぼくは流木を集めて火を焚いた。アルバートは力なく反対した――「危険だ」と言った――が、言い争う気力は兄にはなかった。頭上に星がひとつまたひとつと集まってきて、炎の輝きが入り江の真っ暗闇を外側へと押しやるなか、ぼくはハーモニカで陽気な曲をいくつか吹いた。すこしだけみんなも元気になったようだった。そこでぼくはハーモニカを片づけて、言った。「ひとつ、話をしようか」

34

太陽の光も届かないほど高い木々がこんもりと茂った森の空き地にひとりの女の人が住んでいました。森の中はいつも夜のように暗かったので、長いあいだに女の人の目は、他の人びとには見えないものが見えるようになっていました。彼女には夢の影や、希望の残影が見えました。なにひとつ彼女に隠すことはできませんでした。

森の彼方の土地には飢えと疫病が蔓延《まんえん》していました。

「疫病ってなあに、オディ？」エミーが訊いた。火明かりに青い目を大きく見開いている。

「ありとあらゆる怖い病気のことさ」

「悲しいお話なの、オディ？」

「そのうちわかるよ」

ある日、女の人がちいさな小屋で暮らしている森の空き地に、四人の旅人がやってきました。彼らは自分たちをさすらい人と呼んでいました。

「さすらい人って？」エミーが訊いた。

「あちこちをさまよう人さ。家を持たない人のことだよ」

「あたしたちみたいな？」

「そのとおり」

ひとりは力持ちの巨人、ひとりは魔法使い、ひとりはきれいなお姫様、ひとりは小鬼です。女の人は彼らに宿と食べ物を与え、外の世界の様子をたずねました。彼らが伝えたのは、森の彼方のそれは恐ろしい出来事でした。彼らは彼女に言いました。巨人が一度、巨大な石を投げて大きなドラゴンをやっつけたこと、魔法使いが魔法の機械を発明したこと、きれいなお姫様が獰猛《どうもう》なけだものをうっとりさせたこと、そして、小鬼がいつもあとの三人を厄介事にひきずりこむことを。

「どこかで聞いたような話だな」アルバートが横になったまま、言った。

さすらい人は女の人に、あちこちさまようのはもううんざりだから、あなたと一緒にいられませんかとたずねました。でも彼女は彼らの目をのぞきこみ、心の底まで見通して、彼らがさまよっている理由を知りました。四人には強く願うものがあって、それがひとりひとりちがったのです。安全な森の中にいたら、彼らの探すものが見つからないのはあきらかでした。

そこで女の人は彼らをオデュッセイへと送りだしたのです。

「オデュッセイって?」

「冒険に満ちた長い旅のことさ、エミー」

森の外には、魔女の暮らすお城がありました。

「黒い魔女?」エミーが訊いた。

「実際、彼女が着るのは黒い服ばっかりだった」

「魔女ってだいきらい」

「当然だね」ぼくは言った。

黒い魔女は子供たちを地下牢に閉じ込めていました。魔女は大人の目にだけ自分が美しく見えるように魔法をかけていたのです。そして飢えや病気で親をなくした子供たちは、必ず、お城へ送られて魔女の監視のもとに置かれました。いったん、お城の石壁の内側に入ったら最後、二度と逃げることはできません。魔女が子供たちの心臓を食べて生きていることを、大人たちは知りませんでした。たくさんの心臓を食べたくせに、魔女はあいかわらずリコリス・キャンディーみたいに細くて黒く、その飢えは満足することがありませんでした。彼女が子供たちを閉じ込めた地下牢には、石と石のかすかな隙間からもれる以外、日光はいっさい差しませんでした。毎日ちょっとだけ、ほんのわずかな日光が地下牢に差すと、子供たちは手を伸ばしてその温もりを感じようとしました。それ自体はよいことでしたが、そこにはひとつだけとんでもない悪がひそんでいたのです。太陽のぬくもりは希望を与え、希望は子供たちの心臓を大きく育てます。それこそが魔女の狙いでした。希望で太った心臓は魔女の途方もない食欲の犠牲となりました。

森に住む女の人はさすらい人たちに、あなたたちで魔女を滅ぼさなくてはいけません、と言いました。そこで彼らは魔女を捜しに出発しましたが、そのことが自分たちの心の願いを叶えてくれるとは知りませんでした。出発前、女の人は小鬼に魔法の霧をつめた小瓶を渡し、いよいよのときは小瓶をあけて、中身を空中に解き放つよう言いました。

黒い魔法によって、さすらい人たちがやってくることを知ると、魔女は蛇の大群に彼らを襲わせました。蛇のなかには猛毒を持つガラガラ蛇やコブラなどがいて、咬まれたら死ぬおそれがあります。ボアコンストリクターやニシキ蛇は獲物にからみつき、目が飛び出すまで締めあげます。

お城まで行く手前で、さすらい人たちは魔女の軍勢をひそかに偵察しました。オークの大木のような棍棒《こんぼう》を持った巨人が最初に行って、頼もしい棍棒をふりまわし、蛇どもをばったばったと殺しました。魔法使いは蛇の猛毒がさすらい人たちに害を与えることができないよう、魔法をかけました。きれいなお姫様は翼を使って蛇たちの上へ飛んでいき、妖精の粉をふりかけました。おかげでたくさんの蛇は無害な芋虫になりました。けれども、蛇はあとからあとから湧いてでました。あまりの多さにさすらい人たちはひるみ、万事休すかと思われました。

そのときです、小鬼が森の女の人にもらった小瓶を思い出したのは。彼は栓を抜いて、霧を空中に放ちました。ちいさな雲が巨大な灰色の雲になり、蛇たちの目をくらませました。蛇が四人のさすらい人を見失ったすきに、彼らはすばやくその場を抜け出し、蛇の大群をはるかうしろに置き去りにしました。目が見えず、混乱した蛇たちは互いに争いはじめ、殺しあって、とうとう全滅しました。

「で、この冒険はそこで終わりなんだ」ぼくは言った。

「でも、黒い魔女はどうなったの、オディ?」エミーが言った。「彼らは魔女をやっつけたの?」

ぼくはエミーの鼻先を指でつついて言った。「彼らのオデュッセイは終わっていないよ。それはまた別のお話なんだ」

夜は更けていた。焚き火は消えかけていて、細長い新月が小島の上にのぼっていた。エミーはモーズとぼくのあいだで安全に毛布にくるまって横になった。苦しい体験のせいでまだ弱っているアルバートはぼくの反対側で、すでに目をつぶっていた。しばらくすると、彼ら全員の低い寝息が聞こえてきた。ジャックを殺してからつきまとって離れない不眠症に悩まされているぼくは、すこししてから静かに立ちあがり、星々と細い月の下の薄ねずみ色をしたやわらかな細い砂浜を歩いた。小島のそばで弧を描いて流れる川は、広く、静かで、黒々としていた。川岸の木立の向こう、ずっと遠くに明かりが集まっていて、ちいさな村がそこにあることを示している。家の中で眠っている人びと、心安らぐ愛情を家族や友人と分かちあっている幸福な人びとのことを想像した。かつては彼らがうらやましかったが、もうちがう。さすらい人のひとりのように、自分がどこへ向かっているのかはわからなかったが、そんなことはどうでもよかった。自分の心がどこにあるのか、はっきりわかっていたから。

第四部　オデュッセイ

35

ミネソタ川のまんなかの小島にまる二日間とどまっているうちに、アルバートの体力はすこしずつ回復していった。乱雑に積みあがった流木の壁は、そのほとんどが洪水で荒れ狂う川が運んできたものだが、ぼくらにとっては、隠れ家であり、穿鑿《せんさく》好きの目から隠してくれるめくらましでもあった。もっとも、そこにいたあいだ、川岸にはひとっこひとり見当たらなかった。ジャックが取りあげたパフの代わりに、ぼくはエミーのためにもうひとつ靴下の人形をこしらえた。今度の人形には子ウサギの耳をつけ、アルバートの手当て用にシスター・イヴがくれた脱脂綿の一部を糸で結んで尻尾にした。ヨードチンキを水で薄め、ボタンの目の下に少量たらしてピンクの鼻みたいにし、両側に黒い糸のほおひげを三本ずつ縫い付けた。エミーにプレゼントすると、彼女はすごく喜んでその場で人形をピーター・ラビットと命名した。

医療品の紙袋をくれたとき、シスター・イヴは他にも役に立つものをちょっと入れておいた、と言っていた。それは五枚の十ドル札だった。たぶん、シドの鞄の中に見た封筒のひとつなのだろう。ブリックマン夫婦の金庫にぼくらが見つけた思いがけない大金には到底およばなかったけれど、それでも当時は頼もしい金額だった。小島での二日めの朝、ぼくは十ドル札の一枚を持って、モーズとふたりでカヌーで川を横切った。昨夜明かりがついていた近くの村へ向かい、ちっぽけな市場を見つけて水袋をいっぱいにし、食料品を買った。ミミズが餌として売られているのを見て、釣り糸一巻きと鉤針一箱も合わせて買った。《マンケート・デイリー・フリー・プレス》も一部買った。エミーが一面を部分的に飾っていて、連邦誘拐法——またの名をリンドバーグ法（一九三二年、飛行士チャールズ・リンドバーグの愛児誘拐事件をきっかけに定められた法律。複数州にまたがる誘拐は連邦犯罪となった）——に関する記事が載っていたからだ。議会はついさきごろこの法案を承認し、よって、エミーの誘拐は連邦法の重大犯罪となった。ぼくらは電気椅子送りになりそうだった。

ぼくが新聞を渡すと、アルバートはエミーを怖がらせないように、黙読した。ぼくらの危うい状況について、モーズとぼくはとっくに認識していた。すこしほっとしたのは、シスター・イヴと〈神癒伝道団ギデオンの剣〉の名が一切言及されていない点だ。記事によれば、誘拐された少女、エマライン・フロストの足取りは依然として不明だった。セルマ・ブリックマンが、自分の悲痛な心境にリンドバーグ法が与えた衝撃についてインタビューを受けていた。かわいい少女の身が心配だし、ひとでなしの誘拐犯たちが少女をどんな恐ろしい目にあわせているかわかったものではない、と雄弁に語っていた。記事は次のようにその言葉を引用していた。「誰だろうと、犯人たちはきっと悪魔の手下です。この新しい法律が定めている迅速で容赦のない罰にふさわしい連中ですよ」

アルバートが言った。「この野営地はちょっと殺風景だな。エミー、野の花をつんできてくれないか」

エミーはその思いつきがうれしかったと見えて、すぐさまそばを離れた。

彼女がいなくなるとぼくは言った。「わからないんだけどさ、ブリックマン夫婦はぼくらがエミーを連れていったのを知ってる。なんで、そう言わないんだ？」

「自分たちに火の粉がふりかかってくる可能性があるからさ」アルバートは言った。「ブリックマン夫婦はおれたちとの問題をできるだけ内密に片づけたいんだ」

「どうやって？ ぼくらを待ち伏せして殺すのか？」

ブラックジョークのつもりだったが、アルバートは真顔だった。

「おまえに言ってないことがある」彼は言った。「枕カバーを持ってこい」

ぼくはカヌーから枕カバーを持ってきて、兄に渡した。アルバートは黒い革綴《と》じのちいさな本を取り出し、開いた。どのページにも名前と日付と金額がぎっしり書き込んであった。

「台帳だ。なにかの支払い記録だよ。ウォーフォード保安官の名前がここにある。リンカーン警察署長の名前もだ。市長の名前も」

「なんの支払いだろう」

「わからない。酒の密造かもしれない。他のことかもしれない」兄は本を閉じた。蛇の毒が心臓にむかって這いあがっていたときと同じくらい、その顔はげっそりして見えた。「あの郡には、おれたち全員がふっと消えて、この台帳が二度と人目にふれないのが一番だと思っているやつらがたくさんいるんだよ」

「まず撃て、質問はそのあとだ、か」警官が片目のジャックに言っていたことを思い出した。「だけど、ぼくらはもうフリモント郡にはいない。このへんの警察に出頭して、知っていること全部話したほうがいいのかもしれないよ。枕カバーの中の手紙や台帳を全部見せて、エミーが黒い魔女の養女になんかなりたがってないって話すんだ」

「おまえがふたりの人間を殺したこともか？」

それは非難ではなく、ぼくらの置かれている現実を思い出させる冷静な言葉だった。

〃オディは自分とおれたちを守るために殺したんだ〃モーズが手話で言った。

「誘拐と合わせて考えてみろ、誰がおれたちの言うことを信じる？　どう軽く見ても、おれたちは全員刑務所行きだ」アルバートは蛇に咬まれてから使うようになった感情のない声でそう言った。見出しにちらりと視線を落とし、「もっとひどいことになるかもしれない」

ぼくらは新聞を火にくべた。

ぼくはミミズと釣り糸を持って、流木のそばをうろつき、やっと竿になりそうなまっすぐな棒を三本見つけた。流木の壁に覆いかぶさるように枝を伸ばしたばかでかいトネリコの陰にアルバートが横になっているのを尻目に、モーズとエミーとぼくは川べりの砂浜に立った。釣り糸一本ずつに乾いた小枝を浮きとして取り付けておいた。農園育ちのエミーは身をくねらすミミズを平然と鉤針に刺し、モーズやぼくより先に糸を水中に投じた。ぼくらは午後いっぱい釣りに専念したが、あたりはなかった。

とうとうモーズが竿を置いて、ためいきをついた。

〃ヌードルしようかな〃

ぼくは、ニューブレーメンにくる前に遭遇したインディアン、フォレストの言葉を思い出した。ぼくらにわけてくれたナマズを釣るのにヌードルした、と彼は言っていた。

モーズは指をミミズみたいにうごめかせて、なにをするつもりか、ぼくらに教えた。次に小島のへりをたどって、ハコヤナギの大木が川の流れで倒れているところへ歩いていった。露出したレースみたいな弓形の根がちいさな洞を作り、そこに川の水が半分たまっていた。モーズは太い根の一本の上をひょいと進んで腹ばいになると、片手を根っこのあいだの水に突っ込んでそのままにした。手は見えなかったが、太ったナマズにとっては、くねくねと動く指はうまそうに見えるだろう。

それを見ながら、エミーがこわごわささやいた。

「指を食べられない？」

「食べようとはするだろうな」ぼくは言った。ハーマン・ヴォルツと彼の四本半しか指のない手のイメージが頭の中でふくらんだ。ナマズについてはなにも知らなかったが、彼らの歯が帯ノコの刃よりうんと寛大でありますようにと思った。

モーズの辛抱強さは人並みはずれている。エミーの関心がよそへ移り、ぼくの関心も薄れてしまったあともずっと、彼はその太い根っこに腹ばいになっていた。ぼくらはヌードルしている彼をそのままにして、小島を覆い尽くす森に入った。木々には蔓《つる》がびっしりからみつき、大きく張り出した枝の下の地面は藪《やぶ》に覆われている。エミーとぼくはゆっくり進んでいった。ぼくらは小島を探検しているんだ、とエミーに言った。冒険の旅に出たさすらい人だから。

「魔女を殺すため？」エミーが言った。

「それと、子供たちをおびやかす他のすべての怪物を」ぼくは高らかに言った。

幹からぶらさがっている蔓をつかんで、リンカーン教護院で観るのをゆるされた数少ない映画のひとつ『類猿人ターザン』の中でジョニー・ワイズミュラーがやっていたみたいに、空中を移動しようとした。蔓がぼくの重みでぶつんと切れた。身体が落下して、ウルシの茂みのどまんなかにどしんと尻餅をついた。ちょっとぼうっとして、束の間ぼくはすわりこんでいた。心配そうに名前を呼ぶエミーの声が聞こえ、ふりかえって下を見たとたん、ぼくは悲鳴をあげた。
すぐそばで頭蓋骨が大きく口をあけ、不気味な歓迎の笑いを浮かべていた。

36

モーズが走ってきた。すぐにアルバートもやってきたが、力なく息を切らしていた。ふたりはエミーとぼく——不気味な笑う骸骨からおおあわてで飛びのいていた——の横に立ちすくみ、みんなで、小島におけるただひとりの隣人を茫然と見つめた。頭から爪先まで完全にそろった一体の骸骨。肋骨《ろっこつ》のあいだから伸びる植物の巻きひげが、からっぽの眼窩《がんか》からのぞいている。小島の尖端に山を作っている流木のように、骸骨も真っ白になっていた。しばらくのあいだ、ぼくらはただじっと見つめていた。

とうとうモーズが手話で言った。〝誰なんだろう?〟

アルバートが言った。「さあ」

「あんまり大きくないね」ぼくは言った。

「おまえぐらいだな」アルバートが同意した。

〝子供だ〟とモーズ。

「どうしてここにあるんだろう？」

「流木と同じなんじゃないか」アルバートが言った。

「川に流されてここにたどりついたんだ」

恐怖がすこし薄れ、ぼくはもう一度骸骨のそばへそろそろと近づき、しゃがんで、ぼくらの隣人をもうちょっと注意深く眺めた。「見て」頭蓋骨の側面、蜘蛛の巣状のひび割れの中心にあるへこみを指さした。

「ぼくは警官じゃないけど、きっと誰かがこの子の頭をぶんなぐったんだ」

〝殺人だ〟

「まだわからない」アルバートが言った。

骸骨の足下になにかがあるのを見つけて、ぼくはそれを拾いあげた。濃い茶色の脆いものが手の中でくずれたが、ぼくらにはそれがなんなのかわかった。

「モカシン」エミーが言った。

「インディアンの子だ」ぼくは言った。ビリー・レッド・スリーヴのことが頭に浮かんだ。「どうする？」

「別に」アルバートが言った。

ぼくは兄を、抜け殻みたいになっている兄を見た。消耗しきっていてそれどころではなかったのかもしれないし、蛇に咬まれた不運からまだ回復しきっていないせいかもしれないが、根はもっと深いような気がした。ニューブレーメンでアルバートは死にかけた。死が彼の目をのぞきこんだのだ。まだその恐怖が消えていないのだとぼくは思った。

〝別に？〟モーズが手話でそう返した。めったに怒らない彼がひどく腹を立てているのがわかった。

「なにが起きたにせよ、ずっと昔のことだ」疲れた声でアルバートは言った。「誰にもわからない。百年前かもしれない。いまさらどうすることもできないさ」

ディマルコに石切場で突き落とされ、長いこと忘れられたまま、そのちいさな身体を横たえていたビリー・レッド・スリーヴのイメージをぼくは脳裏から追い払うことができなかった。「このままにはしておけないよ」

「じゃどうするんだ？」アルバートの言葉は冷たい石だった。「警察に通報するのか？　そいつは名案だな」

〝おれたちでその子を埋める〟モーズが言った。

「骨に手を触れるのはごめんだ」アルバートは言った。ほとんど対決姿勢を見せたことのないモーズが、兄を正面から見すえて怒ったように手を動かした。〝その子はおれみたいなインディアンの子供だったんだ。もしおれがあの溝で母さんと一緒に死んでいたら、ちゃんと埋葬してほしいと思っただろう。だから、おれたちはその子をちゃんと埋葬する。おれが骨を扱う〟

モーズとぼくは流木の壁から引き抜いた棒きれを使って、やわらかな地面に穴を掘った。三フィート掘ると、水が土からしみだしてきたので、そこでやめた。モーズがばらばらの骨を運んでちいさな墓の中に置き、ぼくらが発見したときの形にほぼ整えたので、インディアンの子の骸骨は安心して眠っているように見えた。

土をかぶせる前にモーズが言った。〝なにか言ってくれよ、オディ〟

とっさに思ったのは、なんでぼくが？　ということだった。でもアルバートが無関心なのはあきらかだったし、モーズが望んでいるのだ。

「この子は」と、はじめた。「ぼくらと同じだったんだ。日差しを顔に浴びるのが大好きだったし、草むらにおりる朝露や木立から聞こえる小鳥たちの歌が大好きだった。川で石を飛ばすのが大好きだった。夜には砂浜にねころがって星々を見あげ、夢を見るのが好きだった。ぼくらと同じだった。愛してくれる家族がいた。でもある日、彼は出ていったきり帰らず、家族は悲嘆に暮れた。帰ってくるまで、二度と彼の名前は口にしないと家族は誓った。その日はこなかった。でも毎晩母親は川岸に立って、彼の名前を呼んだ。夜、耳をすませば、川面を渡る風が、その子が忘れられることのないよう、名前をささやくのがいまでも聞こえるだろう」

「なんて名前、オディ？」エミーが訊いた。

「今夜、風に耳をすませてごらん」ぼくは言った。

モーズが墓の上に身をかがめて、語りかけた。〝忘れないよ〟そして骨に土をかけはじめた。

結局モーズはヌードルに成功したらしく、夕食に太ったナマズを二匹ぼくらのちいさな野営地に持ってきた。アルバートのボーイスカウトのナイフを使って、モーズは二週間前にフォレストが見せたあざやかな手さばきそのままに、はらわたを取りのぞき、棒に刺して砂に突き立て、焚き火で焼いて火を通した。ぼくが村の市場で買ってきたパンと一緒にぼくらは魚を食べ、デザートにハーシーのチョコレートを分け合った。

日が落ちると、焚き火を囲んですわり、それぞれの思いにふけりながら、炎を見つめた。ぼくはアルバートのことを考えていた。彼はまだ本来の兄ではなかった。だが、骸骨を埋めたせいで、ぼくはリンカーンの墓地にある貧者の墓に横たわる父さんのことも考えていた。ぼくの知るかぎり、父さんの埋葬式はおこなわれなかった。ただ穴に投げこまれ、埋められただけだった。

父さんの墓は二度見たことがある。一度めは、アルバートとぼくがリンカーン・インディアン教護院に入ってまもない頃、ミスター・ブリックマンに付き添われておざなりの墓参りをしたとき。彼はぼくらを墓まで連れていき、離れたところに立って、ぼくらだけに数分間の時間を与え、待ちかねたようにあわただしくぼくらを連れ帰った。あの訪問のあいだ、ぼくはほとんど反応しなかったし、アルバートも同様だった。孤立した敷石みたいに地面に埋められたちいさな墓標をじっと見おろしただけだった。ぼくは泣かなかったし、ブリックマンのせっかちな凝視の下では泣きたくもなかった。

二度めはぼくの十二歳の誕生日でのことだった。その頃には母さんの容貌はほとんどおぼえていなかったし、父さんの顔もあやふやになりはじめていた。どうしても父さんを忘れたくなかったので、学校を抜け出して墓地をまた訪れた。墓標がなかなか見つからなかったのは、貧者の墓がほとんど放置状態で雑草が丈高く茂っていたせいだった。ぼくはしゃがみこんで雑草を抜き、墓標にしるされた名前——名前しかなかった——を読んで、一時間かけて父さんに関するありったけの記憶をよみがえらせた。

父さんは音楽が好きで、笑うのが好きだった。おぼえているのは、腰をかがめてぼくを抱きしめると、いつも無精ひげが頬にふれてちくちくしたことだ。夜寝る前にはぼくらに物語を読んでくれて、登場人物になりきって声がさまざまに変化した。状況がちがっていたら、父さんは俳優になれたかもしれないと、今は思っている。仕事は密造酒作りで、母さんが亡くなったあとは、もっと実力のある密造人たちの使い走りだった。生まれ育ったのはオザーク山地の丘陵地帯で、コーンウイスキー作りは由緒ある伝統だったから、父さんはそれが生業であるのを恥じてはいなかった。ぼくらを連れてミズーリからミネソタまで密造酒を売り歩き、みんなでリンカーン郊外のギレアド川ぞいで野宿したものだ。その晩、アルバートとぼくを川のそばに残して、父さんはT型のピックアップを運転して町まで配達に出かけた。それっきり戻らなかった。保安官事務所の人たちがぼくらのところへやってきて、そこではじめてぼくらは父さんの死の真相を知らされた。背中を撃たれ、死ぬにまかせて放置されたのだ。動機は説明されなかったし、容疑者も特定されなかった。父さんはただの悪党で、悪党にふさわしい最期を迎えたのだ。アルバートとぼくは悪党の息子であり、黒い魔女の支配下で暮らす宣告を受けた。なぜふたりの白人少年がインディアンの子供たちのための学校に入るのか？　セルマ・ブリックマンはつねづねそれをこんなふうに説明していた。「わたしたちがあなたがたを引き取ると申し出たのは、州の孤児院がもう満員だったからよ。通りで物乞いをしないですむのをあなたがたは感謝すべきなんです」だがコーラ・フロストは教えてくれた。ブリックマン夫婦はぼくらを引き受ける代わりに、州から毎月小切手を受け取っているのだと。

母さんはぼくの過去のぼんやりとした影のようなものだったが、父さんのことは今もおぼえていたし、アルバートもそれは同じだった。ぼくらは自分たちがどこの出身か知っていたし、セントルイスには、自分にできる唯一の方法として、苦心して送金してくれたおばさんがいるのを知っていた。エミーは両親のことをおぼえているし、ふたりを忘れないための写真も持っていた。でも、炎を見つめて物思いにふけっているモーズを見たとき、たぶんモーズには記憶に残る肉親がいないのだとぼくは悟った。そしてシスター・イヴの言ったことを考えた。ぼくらひとりひとりには求めているものがあって、モーズは自分が何者なのかつきとめることを求めている、そう彼女は言ったのだ。

その夜、ぼくらは早々と眠りについた。エミーとアルバートはすぐに眠りこんだが、ぼくは目をあけたまま横になっていた。モーズも眠れなかったようで、すこしすると起きあがって、まだ燃え残っている低い火の前を通りすぎ、川べりまで行ってぽつんとすわりこんだ。ぼくはしばらく彼をそっとしておいてから、毛布から抜け出して、彼の隣にすわった。

あとのふたりを起こしたくなかったので、手話を使った。〝どうしたんだい？〟

ずいぶん長い間があき、ようやくモーズは答えた。

〝耳をすませてるんだ〟

砂浜にうちよせる水がつぶやいていた。背後の森からはアオガエルの歌が聞こえ、ときおり火がぽんとはぜた。川の流れる谷を風が渡った。でも、聞こえたのは小島の木立がざわつく音だけだった。

〝おれには名前があるんだ〟モーズが言った。

〝モーゼズだろ〟

彼は首をふった。〝スー族の名前だよ〟彼はつづりを手話であらわした。A-M-D-A-C-H-A。

〝どうして知ってるの？〟

〝シスター・イヴだ。おれの手を握ったとき、そう教えてくれた〟

〝どういう意味なんだろう？〟

〝みじんに砕けるって意味。大おじにちなんだ名前だそうだ。戦士なんだ〟

夜風にふるえる木々の音に耳を傾けながら、ぼくはジャックの話を思い出していた。ハコヤナギの枝の中には星々があって、夜空の精霊が木をゆさぶって星たちを解放するという話だ。精霊はその夜、星を求めていたにちがいない。空は無数の光の点できらめいていたから。

〝これからはみじんに砕けるって呼ぼうか？〟

モーズが答えないうちに、後方で騒ぎが起きて、アルバートが叫んだ。「エミーだ」

アルバートは痙攣《けいれん》しているエミーを抱きかかえておさえていた。モーズとぼくはそのとなりにすわり、エミーの両手を握った。エミーの苦しみはぼくらの苦しみでもあった。こうした発作は長くは続かないが、ちいさな身体が苦しんでいる様子は見ているだけでつらかった。

痙攣がおさまると、エミーはぐったりとなり、目をあけて、言った。「彼らは死んだの。みんな死んだの」

「誰のこと、エミー?」

「あたしは助けられなかった。助けようとしたけど、できなかった。もう終わっていたの」

「インディアンの子供のことを言ってるのかな?」ぼくは訊いた。

「ひとりじゃない」アルバートが気づいた。「彼らはみんな死んだ、と言ってた」

ぼくはエミーを見おろした。目はあいているが、うつろだった。「この小島には死んだ子供がもっといるの、エミー?」

「やってはみたの。あたしにできることはないの」

「なにをやってみたんだ?」アルバートがたずねた。

エミーはそれには答えず、目を閉じたかと思うと深い眠りに落ちた。ぼくらはエミーを毛布でくるみ、ちいさな焚き火の最後の炎が消えて赤い燃えさしの鈍い輝きだけになるまで、そばについていた。

「彼らはみんな死んだって言っていたね」ぼくは言った。「どういう意味なんだろう?」

アルバートは棒で火をかきたてた。「発作のあいだにエミーが言うことは、いつもわけのわからないことに聞こえる」

〝そうじゃないのかもしれない〟モーズが言った。彼はふりかえって、小島をおおい、神だけが知る謎を隠していた暗い木立をじっと見つめた。

「この場所は薄気味悪いよ」ぼくは言った。「立ち去ったほうがいいんじゃないか」

モーズはうなずき、同意した。〝朝一番に出発しよう〟

その夜は落ち着かなくてきれぎれにしか眠れなかった。はっきりとはおぼえていないが、見た夢は脅威に満ちていた。空が白みだすと、モーズとぼくは起きあがり、冷たく青い曙光《しょこう》のなかで身の回りのものをまとめ、カヌーに積んだ。アルバートが手伝おうとしたが、あまり役に立たなかった。エミーは深い眠りに沈みこんでいて、モーズが抱きあげてやさしくカヌーに乗せたときも、みじろぎもしなかった。アルバートは中央にすわった。蛇に咬まれてから、そこが定位置になっていた。ぼくは舳先にすわった。モーズがカヌーを小島から押しだして艫《とも》に飛び乗り、ぼくらはパドルをあげた。

ぼくらはまだ知らなかったが、ミネソタ川の流れがぼくらを運んでいった先には思いもよらぬ新事実が待っていて、黒い魔女よりもっと深い闇があることがあきらかになったのだった。

37

川の先に影を落とす鉄道線路は見あたらなかったし、かなりの距離を進んでも、町ひとつなかった。土手に沿ってこんもりと木々が茂っているばかりだったから、穿鑿好きな目に見つかる怖れもなかった。その朝、ぼくらはかなりの距離を稼いだ。桃色の夜明けの光のなかで目をさましたエミーは、いつものように、昨夜の発作をおぼえていなかった。元気そうで、にこにこしており、その上機嫌と、ピーター・ラビットとの生き生きした会話がぼくを勇気づけ、アルバートの気分すら上向かせたようだった。モーズはむろん無言だったが、インディアンの子供の骸骨を発見してからの陰気な気分からいまだに抜け出せていないことがなんとなく伝わってきた。

正午近く、ぼくらは川岸で細流が沈泥の目立つ茶色の川に注いでいるあたりでカヌーをとめ、村の市場で買ってあった最後の食料を食べた。

「リンカーン教護院を出てからどのくらいになるかな」ぼくはアルバートに訊いた。

彼はのろのろと答えた。「ひと月ぐらいだろう」

「ミシシッピまであとどのくらい？」

「数日だ」重いためいきまじりに彼は言った。

「じゃ、セントルイスまでは？」

「数週間。数カ月。知らないよ」

「数カ月？　ずいぶん先だ」

「ブレッドソーの干し草畑で働いているほうがましなのか？」

「モロウ・ハウスで食事して、柔らかいベッドで眠っているほうがよかったな」

エミーがためいきをついたが、悲しそうというよりはいたずらっぽかった。「あたしは白鳥の背中にのってるお姫様になるほうがよかった」

「そしてアイスクリームばっかり食べてるんだろ」ぼくはつけくわえた。

エミーは靴下の人形を持ちあげた。「チョコレート・ソースがかかってるやつ」と、ピーター・ラビットがウサギの声で言った。

「きみはどう、モーズ？」ぼくはたずねた。

彼はぼくらに背を向けて、川に石を投げていた。あんまり強く投げるものだから、水がちいさく破裂するような音をたてた。モーズは答えなかった。

「どうなんだよ」ぼくは言った。「なにをしていたかった？」

彼がふりかえった。その顔にはぼくをひるませるなにかが浮かんでいた。彼は手話で言った。〝母さんを殺したやつをつきとめることだ〟

その一言で遊びは終わった。

午後遅くまで川を進み、そのあと切り立った岩のふもとにあるちいさな砂州で野宿した。ぼくはまた魚釣りに挑戦し、今度はうまくいって、どう見てもナマズではない大きな魚を釣った。夜になると棒に刺した魚を焚き火で焼いた。しまった白身の肉はぽろりと骨からはずれ、これまでに食べたどんなナマズより格段にうまかった。それがミネソタではめったに獲れないスズキだったと知ったのは、ずいぶんあとのことだ。

あたりが闇に包まれる頃、まるで火事のような輝きが東に見えた。父さんと一緒にオマハの南で野営したときも似たような現象を見たことがあった。遠くの町が夜空を照らしていた。

「マンケートかな」ぼくはアルバートに訊いた。

「たぶんな」

「わりと近いね。午前中に着きそうだよ」

アルバートは首をふった。「明日は午後までここにとどまり、それから闇にまぎれて進むんだ。そのほうが見つからない」

それは以前のアルバートが唱えそうな計画で、ぼくは心強く思った。ただしそうすると、明日の午後までモーズの相手をしないといけなくなる。はじめて見るモーズの近寄りがたい雰囲気は、ぼくら全員を重苦しい気持ちにさせていた。ハーモニカが助けになるかもしれないと思い、モーズの好きな陽気な曲を吹いたが、彼が閉じこもっている固い殻にひびは入らず、エミーがすごくかわいくジグを踊ったときですら、モーズはまるで無表情だった。ある意味、モーズの鬱々とした様子はエミーの発作と同じぐらい不安をかきたてた。

翌朝、ぼくらは全員機嫌が悪かった。スズキをさばいたとき、ぼくがはらわたを川べりの砂地にほったらかしにしたせいで、クロバエの大群がやってきて、はらわたばかりかぼくらまで攻撃した。アルバートがぼくをののしり、ぼくがののしり返し、エミーは泣き出した。それがモーズの保護者的側面を刺激し、彼は手が壊れるんじゃないかと思うほどの剣幕でアルバートとぼくを非難した。

「一日じゅうアルバートとここにいるのはまっぴらだ」ぼくは兄に食ってかかった。

「上等だ」アルバートは反撃した。「セントルイスまで泳いでいけよ」

ぼくはぷいっと野営地をあとにした。断崖をたどり、カバの木の木立を抜け、川から遠ざかった。昨夜、南のほうから貨物列車が線路をがたごと走っていく音や、遠くで鳴る汽笛の響きを聞いていたから、線路をめざした。四分の一マイルほど先で線路を見つけ、そのまま、夜にその輝きを見た町へと歩きつづけた。そのあいだずっと兄をののしり、シスター・イヴからぼくらを引き離した不運をののしり、セントルイスにたどりつくまでの——たどりつけたとして——数週間だか数カ月だかをののしった。警官がそこらじゅうでエミーを捜しているのはわかっていた。もしつかまったらぼくらは一巻の終わりだ。みんなのところへ戻らないほうがいいかもしれないと思った。ひとりでいたほうがいいのかもしれなかった。

二時間ぐらい歩いて、やっとマンケートに着いた。人口何千もの町が川の湾曲部の両側に広がっていた。川べりには何ブロックにもわたって倉庫や工場建築物が並んでいる。町の背後に木々の並ぶ切りたった崖が延々とそびえていて、その麓の平地が下町の商業地区になっていた。ぼくがシドの後をつけていき、伝道団とともに旅をして、何度も〝癒やされた〟人たちに彼が金を払っているのを目撃した場所だ。にぎやかな繁華街の中心へ足を向けた。車が猛スピードで通りを行き交っている。静かなカヌーの旅を続けてきただけに、車の警笛や騒音が襲いかかってくるような心地がした。正午の町は蒸し暑く、空気はむっとしていて、そこらじゅうに熱いタールの不快なにおいが漂っていた。

ぼくはこれまでいろんな町に行ったことがある。セントルイス、オマハ、カンザスシティ。でも相当昔のことだから、よくおぼえていなかった。シドを追跡してマンケートにいたのはごく短時間だったので、町の印象もあやふやだった。ちいさな町リンカーンでの数年間と、そこよりいくらか大きいだけのニューブレーメンで過ごした時間しか知らなかったせいだろう、歓迎されない見知らぬ土地にいるような気がした。しかも、ひとりきりで。そのことが一番こたえた。ぼくはひとりぼっちだった。アルバートにたいしてあんまり腹が立ったので、ひとりになりたかったのだが、その現実を噛みしめると、気分がふさぎ、もう一度アルバートたちと一緒にいたくなった。

急いで野営地へ引き返そうとしたとき、一本の通りの先が騒々しくなり、好奇心に負けて複数の大声がするほうへと角を曲がると、その他の予備役軍本部の前に人びとが集まっていた。その周辺で警官たちが目を光らせている。ただちに立ち去るべきだったのに、熱いスープや、さらには焼きたてパンのイーストのにおいが漂ってきて、足がとまった。目の前に人垣ができているせいで、食べ物は見えなかったが、本部の石段に立っている男は見えた。頭ひとつ群衆より高いその男はメガホンで叫んでいた。

「諸君」男は大声で呼びかけた。「諸君のどれだけがフランスのぬかるみを辛抱強く歩きつづけ、悪臭ふんぷんたる塹壕《ざんごう》の水に腰までつかってすわり、あるいはまた、ドイツ軍の有刺鉄線の上に身を投げだしたことだろうか」

男の問いはやんやの喝采に迎えられた。

「そして諸君のどれだけが、目の前で戦友たちが死んでいくのを見たことだろう」

これにはあまり好意的反応はなかったが、さざ波にも似たざわめきが生じた。

「そして幸運にも帰還したわれわれに国はなにを約束した？　国は軍役へのボーナスを約束した。われわれが目撃した恐怖、味わった恐怖をつぐなうための金を払う、と約束したんだ。ところが、待てと言う。われわれは待てない。今、われわれには仕事がないんだ、そうだろう？」

「そうだ！」無数の大声が地鳴りのように響いた。群衆の大多数が着ている服の状態を見れば、納得がいった。

「家もなければ、自分たちや家族に食べさせるものもない、そうだろう？」

これは群衆を心底苦しめていることらしく、彼らは拳をふりあげて叫んだ。「そうだ！」

「もらえるはずの金が、われわれには今すぐ必要なんだ。今日じゅうに。数年後じゃ遅い。ちくしょう、それまでには、われわれは全員餓死してるだろう！　そうだろう？」

群衆からの物狂おしい叫びから判断して、賛成なのはあきらかだった。

そのとき、警官たちが突入した。警棒を持って路地や脇道から出てきて群衆に突っ込み、混乱した人びとはばらばらになり、あちこちへ逃げだした。

「おい、おまわりさん、あんたはフランスで戦ったのか？」メガホンの男が呼びかけた。

呼びかけられた警官が警棒で男の頭を殴ったことからすると、そうではないようだ。男が倒れるのが見えた。

あたりは大混乱に陥り、ぼくは逃げようとする人たちに突き飛ばされ、煉瓦塀にたたきつけられた。這って壁のへこみに逃れたが、そこは印刷店の入り口で、通りに人気がなくなるまでしゃがみこんでいると、店のドアがあいて首を出した男ががみがみ言った。「出てけ、小僧。ここでうろうろするんじゃない」

あわてて鉄道線路まで引き返し、線路をたどって町の外へ出た。兄とエミーとモーズのところへ戻りたかったし、なによりも、心なごむ愛情に包まれた家族の安全圏にもう一度入りたかった。たしかにぼくらはときどき怒って怒鳴りあったりするけれど、警棒をふりまわしたことは一度もなかった。

その朝、線路を歩きだした地点を見つけたときには午後も遅い時間になっていて、影が大地に長くのびていた。夜を過ごした川の切り立った岩へおりていきながら、みんなにまた会える期待でぼくの心はうたっていた。

ところが、野営した細長い砂地にたどりついたものの、ぼくはやっぱりひとりだった。みんないなくなっていた。

38

二十四回めの誕生日は、フランスのブレストの焼け落ちたカフェの店内で、周囲の空気をドイツ軍の銃弾が切り裂くなか、うずくまったまま過ごした。すくんではいたが、正直なところ、十二歳のときミネソタ川の誰もいない岸辺に立ち、たったひとつの家族を失ったと思ったときの恐怖にくらべれば、なにほどでもなかった。

焚き火の名残がまだくすぶっていて、砂の上にはぼくらが夜寝た跡がまだついていたが、浜はからっぽだった。とっさに頭に浮かんだのは、アルバートが怒りにまかせてあとのふたりを説得し、ぼくを見捨てることにした、ということだった。でも彼はぼくの兄だったし、これまでにも大喧嘩をしたことはあった。どんなにぼくが無茶をしたとしても、置き去りにすることなどありえない。ぼくは手がかりを捜した。モーズが前にギレアド川で残したみたいなものを。そういうものは見つからなかったが、気になるものは発見した――川べりの濡れた砂に、モーズがつけたと思われるものよりずっと大きな足跡があったのだ。ぼくはすべての足跡を注意深く眺めた。エミーの足跡はちいさくて見つけやすかった。アルバートとモーズは同サイズのレッド・ウィングのブーツをはいている。ふたりの足跡は、サイズこそ大きいが、ぼくのブーツがつける足跡と同じだ。ところが、大人サイズの他の靴跡と、犬たちの足跡があった。誰かが、複数の人間がここにいた。なにかが起きて、アルバートとモーズとエミーは逃げることを余儀なくされたのだ。

　でも、どこへ逃げたんだろう?

　ぼくは川を見つめた。褐色の流れはマンケートのある東へ流れている。彼らが向かったのはそこしかないと思った。

　午後の残り、ぼくは川の流れに沿ってマンケート周辺へと向かったが、家族はいなかった。もう夕方だった。疲れて、空腹で、意気消沈していた。兄とモーズとエミーは砂浜から逃げたのではなく、つかまったのだと自分に言い聞かせた。黒い魔女がなんらかの黒魔術を使って彼らの居所をつきとめたのだ。みんながつかまったときぼくはいなかったが、運がよかったとは言えない。今や完全なひとりぼっちになってしまったのだから。

　ミネソタ川の支流であるもうひとつの川を横切る構脚橋にさしかかった。二百ヤード北にふたつの川の合流点が見えた。枕木に腰をおろして足をだらんと垂らし、みずからの状況を理解しようとした。アルバートとモーズはもう刑務所だろう。自分も出頭しようかと考えた。ぼくはどうなるのだろう? 十二歳でも電気椅子にかけられるのだろうか? アルバートがそうなる運命なら、ぼくもそうなる可能性がある。一緒に死ぬのだ。

　絶望の穴に深々と入りこんでいたとき、あるものが聞こえてきて、胸がとくんと鳴った。下流の木立のあいだからハーモニカの甲高い音がする。知っている曲、『アーカンソー・トラベラー』だ。シャツのポケットから自分のハーモニカを取り出して、その曲の対位旋律を吹きはじめた。向こうのハーモニカがびっくりしたように鳴りやみ、すぐにまたうたいだした。ぼくらは最後まで一緒に演奏した。構脚橋をおりて、ぼくは音楽が聞こえる木立のほうへ向かった。

ふたつの川の合流点に仮設住宅が集まっていた。町のゴミ捨て場で見つけるような材料――ボール紙、金属板、波形の板、木片、木箱――で作ったちいさな家がたくさん建っている。防水布をはった流木の差し掛け小屋もいくつかあった。あちこちにテントも張ってあったが、ほとんどが暮らし向きのいい人びとが廃棄したものによって形と実体を与えられた苦肉の策であり、それらが寄り集まって村を形成しているのだった。丈を詰めた樽《たる》の中や、ひらけた場所で火が燃えていて、食べ物を料理するにおいがした。

ハーモニカの声がずっとぼくを呼んでいた。小屋と小屋のあいだの小道を縫っていくと、人びとが火から顔をあげたり、壁や囲いのない小屋の入り口からぼくをじっと見たりした。

ついにぼくは大きなティピ(北米のインディアンが住居としたテント小屋)みたいなものにたどりついた。細長い枝を円錐状に組んだ上からキャンバス地をかぶせてある。それは大きな川と境を接する丈の高い草むらに建っていた。そばには古ぼけたピックアップトラックが一台あり、家具やらなにやらが荷台にぎゅう詰めになっていた。ティピの入り口の前に石釜のようなものがあり、その中心で火が赤々と燃えており、大きな黒い鍋がのっていた。火を囲んで三人の大人が低い木箱にすわっていた。そのうちのずんぐりした禿頭の日焼けした男がハーモニカを口に当てている。三人の顔がぼくのほうを向き、男がハーモニカをおろした。彼らはじっとぼくを見た。敵意のこもった目ではなくて、次にどうなるか知っているような目だった。

「ぼくも吹くんだ」ぼくは消え入りそうな声で言って、自分のハーモニカを見せた。

「ちょっと前のはおまえだったのか」男が訊いた。

「うん」

男の隣に女の人がすわっていた。見たところ、彼らは同年齢だった。ぼくの両親が生きていたらそれぐらいの年だっただろう。ただ、彼女の顔は男にくらべるとずっとやつれていた。編んで肩にだらんと垂らした金髪は大いに洗う必要があった。身につけているのは小麦粉の袋で作った着古した服だが、バレリーナや蝶々の色とりどりの模様が入っていた。分解寸前の作業靴をはいていて、ぼくにわかるかぎり、靴下ははいていなかった。

だがぼくの注意をひきつけたのは、ものすごく年寄りのおばあさんだった。たるんだしわしわの顔の中からふたつの黒い目がぼくをしげしげと観察していた。足首まであるくたびれた服の上にショールをかけ、口の隅にコーンパイプをひっかけていた。

「ひとりなのかい?」おばあさんはびっくりするほどやさしい声で訊いた。

「はい」

「家族は?」

「いません」

「みなしごなの?」若めの、やつれた女の人が言った。

「はい」

「ここに誰か知り合いがいるのかい?」おばあさんが訊いた。

「いいえ。ただ鉄道線路をたどってここまできたんです」

「渡り労働者《ホーボー》にしちゃずいぶん若いわね」女の人が言った。

「きょうび、ひとりで生きてる子はいくらでもいるよ、セアラ」おばあさんが言った。「あたしらみんなにとって大変な時代さ。ごはんは食べたのかい?」

「今朝、ちょっと食べました」

「あたしらと一緒にお食べ。もうじきスープができあがる」

「ビール母さん」男が言った。

「スープぐらいこの子の分もあるよ、パウエル」おばあさんは言った。顔の下半分の皺がいっせいに縮んで微笑を作った。「それに、お返しに音楽を聞かせてくれそうじゃないか」

しばらくたつうちにわかってきたのは次のようなことだった。パウエル・スコフィールドとその奥さんのセアラ、セアラの母アリス・ビールはカンザス州スコット郡の農園を失って、ビール母さんの家族がいるシカゴで仕事を見つけようと出てきたが、トラックのエンジンの調子が悪くなり、修理代はもちろんガソリン代すらなかったので、この寄せ集めの村――フーヴァーヴィル（一九三〇年代、合衆国全土にあった掘っ立て小屋の建ち並ぶ村。時の大統領フーヴァーの名に由来する）と呼ばれているそうだ――にきた。一週間以上前のことだった。フーヴァーヴィルはそこらじゅうに存在していた。これもあとで知ったことだ。野営地にいる大勢の男たちのように、スコフィールドも地域の缶詰工場に仕事があると聞いていたが、それはまっかな嘘であることがわかった。今現在、彼らは行き詰まっていた。

ミセス・スコフィールドが黒い鍋の中のスープをかき混ぜながら、言った。「パウエル、メイベスと子供たちを呼んできてくれない？　食事の用意ができたからってね。あと、グレイ大尉に自分のスプーンとボウルを持ってくるなら歓迎すると伝えて」

男は立ちあがった。背は高くないが、たくましい身体つきで、農作業で胸や腕の筋肉が盛り上がっている。彼はにわか作りの住居のあいだをとぼとぼ進んで、ぼくがここへたどりついたときに聞いた子供たちの遊ぶ声のするほうへと歩いていった。

ビール母さんが品定めでもするようにぼくを見た。

「バック・ジョーンズだって、え？」

名前を訊かれたとき、ぼくがそう名乗ったからだ。その名前がだんだん好きになりだしていた。

「西部劇映画のスターみたいじゃないの」

「はい、マアム」

「ふうん」彼女はぼくをじろじろと眺めまわした。「いい服だね。それに、あたしの間違いでなけりゃ、そのブーツはレッド・ウィングで、しかもまだ新品に近い。疑り深い人間なら、家出少年だと思うだろう」

当たらずとも遠からずだ。家出というより逃亡のほうが正確だけど。

「家出しようにも家族がいません」ぼくは言った。「父は四年前に死んだし、母はそれより二年前に死にました」

「他に家族はいないのかい？」

「セントルイスにおばが。ぼくらは、いや、ぼくはそこへ行くところなんです」

「セントルイスは遠いよ」

「何週間も何週間もかかりますよね」

「他に連れはいなくて、あんたひとりだけで？」

「ぼくだけです」

ミセス・スコフィールドがスープを味見して、服のポケットから小袋をひっぱりだし、なにかをひとつまみ加えた。「それはずいぶんと……」彼女は湯気のあがる鍋の上で片手をとめて、言葉を探した。「勇敢ね」としめくくった。

ビール母さんが笑った。「まったく無謀な子だと思ったけど、あたしなんか七十年間、思慮深く生活してきたあげく、こうだものねえ」彼女は口からパイプをはずして長い軸で大きく半円を描き、フーヴァーヴィルのぺらぺらの小屋すべてを示した。「彼らをごらん。一寸先は闇だってことが、みんなわかっちゃいなかったのさ。手に負えないことが多すぎるってことがね」おばあさんはぼくにほほえみかけた。「だから、あたしはあんたがなにを考えているにせよ、無謀とは言わない。神がついていなさると言うだけさ」

ミスター・スコフィールドが三人の子供を引き連れて帰ってきた。そのうちのひとりはぼくと同年齢の女の子だった。彼女は男の子のシャツに男の子のダンガリーのズボンをはき、裸足だった。はにかむようにぼくにほほえみかけてから、すぐに母親を手伝って食事の最後の準備をした。これがメイベス・スコフィールドだった。男の子の格好をしていたが、こんなきれいな女の子は見たことがない、とぼくは思った。あとのふたりは八歳の双子、レスターとリディアだった。彼らのうしろにすこし離れて背の高い人影がついていて、足をひきずりながら火のそばにやってきた。木の陰から夕方の光のなかに出てきたとき、彼を前に見たことがあるのに気づいた。メガホンで退役軍人たちに、国が軍役についた人びとに約束したボーナスを要求しよう、と熱心に説いていた男だ。顔の横に黒ずんだ痣が広がっているのを見て、警官が警棒をふりおろしたことを思い出した。でも、足をひきずっているのはどうしてだろう。

「アルゴンヌでなくしたんだ」彼が右のズボンの足をたたくと、木の音がした。

そのときにはすでに食事中で、ぼくはスコフィールド一家とボブ・グレイ大尉の現在に至るまでのあれこれを知った。メイベスは双子と一緒に火の向こう側にすわっていた。彼女の髪は母親と同じだった。ブレッドソーの畑の天日干しされた淡い黄金色のアルファルファの色だったが、母親の髪よりやわらかそうだし、清潔そうだった。ぼくが彼女の視線に気づくと、メイベスはそのたびにあわてて目をそらした。当時はなぜなのかわからなかったが、純真でおとなしそうなそのそぶりはぼくをとりこにした。

「降るはずの雨が降らなかった」ミスター・スコフィールドが言った。彼はスープ——野菜入りのうまい鶏ガラスープ——を飲み終えていて、いらだたしげに棒きれを火に投げこんだ。「この二年間、トウモロコシは実らなかった。家畜にやる餌もなくなった。みんな骨と皮ばかりになっちまった。銀行はおれが融資を頼んでもけんもほろろだった。そして農場を取りあげたんだ。ひとでなしめが」

「それだけじゃなかったよ」ビール母さんが言った。

「ああ、だが、それが核心だった」彼は唐突に立ちあがった。「やることがある」彼は大股に木々の下の暗がりに吸い込まれていった。

ビール母さんはその後ろ姿を見送った。「干魃のせいだ、と言うんだよ」

「ママ」ミセス・スコフィールドがたしなめた。

「あたしが言ってるのは、それでも乗り越えた農民もまわりにはいたということさ」

グレイ大尉——彼はそう呼ばれるのを好んだ——は彼なりの使命感に燃えていて、ワシントンDCまで旅をする仲間を募り、大勢の退役軍人たちと一緒になって約束されたボーナスの支払いを要求するつもりでいた。

「ミネソタにはわれわれを含め、金が必要な連中がたくさんいる。われわれが求めているのは施しなどではない。約束が果たされることを求めているんだ。政府は約束を守るべきだ」

「政府が政府を構成する人たちと異なる態度を取るかどうか、あたしにゃわからない」ビール母さんはパイプをくわえたまま言った。「こと金となると、人はしばしば無礼で恩知らずなふるまいをするものさ」

食事が終わったあと、ビール母さんは言った。「子供たち、後片付けを手伝っておくれ。バック、あんたはハーモニカで一曲吹いてくれる約束だったね」

「ハーモニカを吹くのか?」グレイ大尉が訊いた。

「小屋にアコーディオンがあるんだ。一緒に演奏してもいいかね？」

「もちろんです」ぼくは答え、セアラ・スコフィールドにたずねた。「洗い物を手伝いましょうか？」

「ありがたいけど、バック、こっちは大丈夫よ。なにを吹くか考えて」

ぼくは母親を手伝うメイベスを見つめた。彼女は母親みたいに辛抱強く双子に指示を与え、猫のように優雅に動いた。なぜだか、日焼けして泥で汚れたほっそりした小麦色の素足が特別美しく見えた。ぼくは彼女が感心してくれるような歌を思いつこうとした。きれいで叙情的だけれど、ちょっと悲しくて寂しくもある曲がいい。ぼくがそんな気分だったせいもある。それを理解してもらいたかった。ようやく『シェナンドー』にしようと決めた。

戻ってきたとき、グレイ大尉はアコーディオンだけでなく、黒い大文字でフーヴァーヴィルと書かれた大きな白い板も持っていた。その文字が赤ペンキで横線を引かれて、下にホーパーズヴィル（希望の村の意）と書き替えられている。

「この看板はわたしの小屋のそばの木に長いあいだ掛けられていたんだ」グレイ大尉は言った。「そろそろもっと明るい呼び名にする時期だと思ってね。どう思う、ビール母さん？」

「申し分ないよ、グレイ大尉」彼女は答えた。

ぼくらは一緒に何曲か演奏した。ぼくのレパートリーのほうが大尉より豊かだったが、知っている共通のメロディもいくつかあった。演奏するにつれて、人びとがそれぞれのちいさな家から出てきて焚き火のまわりに集まった。そして一種の奇蹟が起きた。というか、そのときのぼくにはそう思えたのだ。ひとりの男がジンジャー・クッキーの袋を持ってきて、その場にいた子供たちに配った。他の誰かはリンゴ酒の壺《つぼ》を提供した。リンゴの薄切りやチーズやパンがあらわれた。グレイ大尉とぼくが演奏しているあいだ、曲を知っている何人かが一緒にうたいだし、集まった人びとはかつかつの暮らしをしているのに、食べ物をわかちあった。

ミセス・スコフィールドがようやく口を開いた。

「もう遅いし、子供たちは寝る時間よ」

「もう一曲だけ」ぼくは言った。「特別な曲なんです」

「いいわ。一曲だけよ」

予定していたとおり、『シェナンドー』を吹いた。最後に焚き火のむこうにいるメイベス・スコフィールドに目を向けた。露を宿したようなふた粒の青真珠を思わせる目がうるんでいた。ほほえみかけられて、ぼくは天にも昇る心地だった。

39

リディアとレスターがスコフィールド一家のティピのベッドに入る前に、ビール母さんは聖書を取り出した。マホガニー色をした上質の革綴じの古いもので、小口が金色だった。

「字は読めるのかい、バック？」

「はい、マアム」

「一日を締めくくる一節を読んでもらえるかね？　それがあたしら家族の習慣なんだよ。救いようのない状況にはちがいないが、あたしらは主に見捨てられたとは信じていない」

ギレアド川の旅をはじめたとき、ぼくは神を深く信じていた。といっても、ちがうたぐいの神、恐怖を雨と降らせた神を。そういう邪悪で力にあふれた神、みずからの群れを食らった羊飼いの神がいて、様子をうかがっているという恐怖がぼくの頭にはしみこんでいた。だがシスター・イヴがぼくに与えたイメージはそれとは違っていたし、ビール母さんに聖書を手渡されて朗読したときは、ちっともいんちきみたいには感じなかった。それが一番なじみがあるという理由から、詩篇の第二十三篇を選んだ。

読みおえると、ビール母さんが言った。「今のあたしらの状況を考えると、ぴったりだったね、バック。お休み、子供たち」

ミセス・スコフィールドが年下の子供ふたりをティピの中へ連れていった。聖書をビール母さんに返す前に、ぼくは最初の数ページに手書きで複数の名前と日にちがしるされているのに気づいた。

「我が家の家系図だよ」おばあさんは説明した。彼女は腰かけていた木箱をぼくのところまでひきずってくると、各ページを指でたどり、一番はじめの名前と日付――エズラ・ホーンズビー、一八〇四年九月二十一日――から一番最近の名前――レスターとリディア・スコフィールド、一九二四年五月十八日――にいたる家系を説明した。それを見てなぜティピなのか、ぼくは納得した。ビール母さんの父親サイモン・ホーンズビーは監督教会の宣教師で、ダコタ準州のスー族のあいだで活動し、彼女はそこで生まれ育って、そのシンプルな構造物の美と調和を学んでいたのだ。

ぼくはそれらのページをじっと見つめた。堅固に結びついた家族の地図がうらやましかった。この人たちは自分が何者で、どこからきたかを知っていたし、自分たちの人生がさらに大きな生地に織りこまれていくことを理解しているのだ。ぼくは自分が糸一本でぶらさがっているような心細さを感じた。

ビール母さんは聖書を膝に置いた。「夜はどこで過ごすつもり？」

夜の出来事にすっかり夢中になっていたので、そのことはまったく考えていなかった。「どこか草の茂っているところで寝ます」

「メイベス、バックに毛布を一枚もってきておあげ」

「いえ、マアム、大丈夫です」

「わかったね、メイベス？」

少女はティピの中に入り、畳んだウールの毛布を一枚かかえて戻ってきた。それをぼくに渡す前に、彼女の父親が火明かりの中へよろめきはいってきて、木箱のひとつにどすんと腰かけた。見おぼえのあるぼうっとした目つきをして、ウイスキーのにおいがぷんぷんした。

ビール母さんが言った。「で、なにでそれを買ったんだい?」

「え?」彼は必死にしらばくれようとした。

おばあさんがじっと見ると、彼は目を伏せた。

「おれのハーモニカだよ。物々交換さ」

ミセス・スコフィールドがティピから出てきて、夫が火のそばで深くうなだれているのを見た。激しく非難するかと思ったが、彼女は夫を抱きしめた。彼は子供が母親にするように、彼女の肩に頭を埋めて目をつぶった。彼女がビール母さんに向けたまなざしを、そのときのぼくは理解できなかったが、それ以来、母性のもたらす深い憐《あわ》れみを知るようになった。忍耐の深い井戸から湧き出る力みたいなものだ。大人になるにつれ、それはセアラ・スコフィールドだけにかぎったものではないのだとわかってきた。苦しい目にあっても、希望を失わず、敗れた者をゆるす抱擁力のある女性たちをほかにも見てきた。

「休みましょう、あなた」彼女はそう言って、ミスター・スコフィールドをティピの中へ連れていった。

「メイベス、バックが夜を過ごす柔らかい場所を見つけるのを手伝っておやり」ビール母さんは言った。「あたしはここで待ってるからね。すぐに帰ってくるんだよ」

ぼくらは火明かりの外へ出たが、あまり遠くまでは行かなかった。空に半月が浮かんでいるだけで、夜はかなり暗かったからだ。川岸の丈の高い草むらは砂地に取って代わられていて、ぼくが見つけたのはスコフィールド一家の小屋から数十ヤード離れた場所だった。そこの砂浜に毛布を敷いた。星がたくさん出ていて、天の川は空にかかるやわらかにぼやけた弧だった。

「よかったら、ちょっとここにいる」メイベスが言った。「ここはなんだか怖いから」

「ぼくは怖くないよ」

「そうでしょうけど」

ぼくらは毛布の上にすわり、メイベスは脚を交差させて、片方の膝の絆創膏《ばんそうこう》をこすった。

「きれいな服を持ってたの」メイベスは言った。「ブルーの。でも、あげちゃった」

「どうして？」

「ジャニー・ボールドウィンが困ってたから。町の庭で彼女がイチゴを摘んでたとき、本当は盗んでたんだけど、犬に襲われたのよ。服は噛みちぎられて、ぼろ同然になっちゃった。ボールドウィン一家はうちより、あの、生活が苦しいの」

「きみの家族はいい人たちだね」

メイベスは火明かりのほうをふりかえった。「あたしはパパのことが心配」

ぼくは父さんのことを考えた。パウエル・スコフィールドのような男たちのためにウイスキーを売って生活の糧を稼いでいた父さん。どう返事をしたらいいのか、わからなかった。

「あたしの星があるわ」彼女はそう言うと、北斗七星のひしゃくの中の高い位置でまたたく星を指さした。

「きみの星？　きみのものなの？」

「そう決めたの。空の星は地上の人間より多いでしょ、だから、たくさんの星がうろうろしてる。あの星をあたしの星に決めたのは、あの星をその下にある星と結ぶ線をたどれば、北極星が見つかるから。あたしがどこへ向かっているか知るのを助けてくれるの。あなたの星はどんな星？」

「その下の星だ」ぼくは言った。「上の星と結びついて、道を教えてくれる星」

自分たちの星を見つめていると、やがてメイベスが言った。「もう帰らなくちゃ」

「毛布をありがとう」

立ち去るのだと思ったが、メイベスはすぐには帰らなかった。「何歳？」

「十三」ぼくは答えた。九割は本当だった。

「あたしも。『ロミオとジュリエット』を知ってる？　シェイクスピアの？」

コーラ・フロストのおかげで、その劇作家のことは知っていた。あらすじもおぼろげにおぼえていた。ふたりの人間が愛しあうが、彼らにとってはあまりいい結末にならなかった、という内容だ。

「ジュリエットは十三歳だった、ロミオもすこし年上なだけ。昔の人は若く結婚したの」

その夜の早い時刻、焚き火の向かい側にいる彼女を見ながら、ぼくはメイベス・スコフィールドにキスすることを考え、どんな感じがするものなのか、想像しようとしていた。

「〃お休み、お休み、別れがこんなにも甘く切ないなら、朝になるまでお休みと言いつづけましょう〃」

彼女がしゃべったあとの静寂のなかで、ぼくは目の前の月明かりにぼんやり照らされた川を見つめ、もう一度、メイベス・スコフィールドにキスするのはどんな感じだろうと思った。

「バック?」

ぼくが彼女のほうを向くと、メイベスが身を乗り出して、ほんの一瞬、ぼくの口にくちびるを押しつけた。次の瞬間、彼女は立ちあがって家族の小屋へ駆け戻っていった。

その夜、寝転んで、頭の中では永遠に結ばれているふたつの星を見あげた。まったく新しい火が燃えさかっていて、それに焼かれるのは苦痛ではなく、無限の喜びだった。「メイベス」声に出して言うと、舌がとろけそうな気がした。

やがてぼくはアルバートとモーズとエミーのことを考え、永遠に彼らを失ったのかもしれないと、ふたたび恐ろしくなった。ぼくをさいなんだのは恐怖だけではなく、罪悪感でもあった。というのも、短いあいだとはいえ、スコフィールド一家との交流で彼らのことを忘れていたからだ。なんてひどい弟なんだろう。

新たにホーパーズヴィルとなった村に早々と朝が訪れた。毛布の中で寝返りをうったとき、はやくも料理の火が焚かれているにおいがした。起きて、薔薇色の空を映し出している大きな川を見ているうちに、その日やらなくてはならないことがはっきりした。

ミセス・スコフィールドが火をおこしていた。水が半分はいった黒い鍋が火にかけられていて、煤《すす》のついたコーヒーポットが焚き火の端の燃えさしのあいだに置かれている。他には誰もまだ起きていないらしく、ミセス・スコフィールドは片手に湯気のたつ青い琺瑯引きのカップを持って、ひとりですわっている。ぼくを見ると、彼女は微笑した。

「いつも早起きなの、バック?」

「やるべきことがあるときは」ぼくは言った。

「コーヒーは？」

普通は飲まなかったが、もうすぐ十三歳だった。昔なら結婚してもおかしくない年齢なのだから、きっとコーヒーを飲んでもおかしくない年齢だと思った。

「いただきます」

「トラックのうしろのあの赤い木箱からカップをひとつ持ってらっしゃい」

テールゲートは下ろされていて、カップや皿やナイフやフォーク、鍋、フライパンを入れた赤い木箱が荷台にのっていた。残りのスペースには、スコフィールド一家がカンザスから持ってきたありとあらゆるものがぎっしり詰まっている。ぼくが木箱からカップをひとつ持っていくと、ミセス・スコフィールドが黒くなったコーヒーポットからなみなみと注いでくれた。苦くて、全然好みじゃなかったけれど、ぼくはさもうまそうにほほえんで、お礼を言った。

「じゃ、予定があるのね、バック？」

「見つけなくちゃならない友だちがいるんです」

「このへんに？」

「たぶん。そうだといいんだけど」

「どこへ捜しに行くの？」

それについては夜じゅうずっと考えていた。もし警察がぼくの家族を逮捕していたら、一連の手続きのため、彼らはマンケートに連れていかれるのではないか。だから、警察署を訪ねて、たしかなことを突き止めるつもりだった。その先は、まだわからない。

「このへんをぐるっと」ぼくは言った。

「それは大変ね。ホーパーズヴィルにいるってことはないの？」

「それはないと思います。ぼくのハーモニカが聞こえていたら、駆けつけてきたはずだから」

ビール母さんがティピからあらわれた。白髪まじりの長い髪が一夜寝たせいでぐしゃぐしゃになっている。早朝の光のなかで見ると、嵐に痛めつけられた老木みたいだった。彼女が背筋を伸ばすと、花火がはじけるような音がした。おばあさんはぼくを見ると、笑顔になった。

「よく眠れたかい？」

「はい。あらためて、毛布をありがとうございました」

「あたりまえのことだよ、バック。人は助けあわなくちゃ。これはこれはコーヒーのいいにおいがするねえ」

メイベスが次に起きてきた。長い髪はふんわりして、一晩寝たようには見えなかったから、とかしてから出てきたにちがいない。

太陽がのぼったばかりだった。新しい一日の光が木々のあいだから差し、メイベスが金色に染まるのを見て、ぼくは胸がどきりとした。

「あたしはなにをしようか、ママ？」彼女は訊いた。

「オートミールと糖蜜を取ってきて」ミセス・スコフィールドが言った。

メイベスがトラックのほうへ行くとビール母さんが言った。「手伝っておやりよ、バック」

テールゲートの前に立っていたとき、メイベスが言った。「昨夜、あなたの夢を見たわ。あたしの夢を見た？」

「うん」実際にはメイベスの夢を見なかったが、まんざら嘘でもなかった。さんざん彼女のことを考え、さらなるキスを想像していたから。

「あの箱よ」メイベスが指さした。「ここへおろしてくれる？」

その段ボール箱には缶詰のほかに、店には売っていない、ありとあらゆる種類の瓶詰めの保存食がぎっしり詰まっていた。

「手作り？」

「ほとんどはママとビール母さんが作ったけど、あたしも手伝った。大部分はカンザスのうちの庭でとれたものなの」

彼女は琥珀《こはく》色の液体が入った壺をひっぱりだした。糖蜜だ。

「それとあの箱」指さす別の箱をぼくがテールゲートの上におろすと、メイベスはそこからクエーカー・オーツの丸い箱を取り出した。

戻ったときには双子も起きていたが、ミスター・スコフィールドはなかなか姿を見せなかった。ビール母さんがお祈りを捧げ、ぼくらが食べていると、ミスター・スコフィールドが無言で奥さんの隣に腰をおろした。ミセス・スコフィールドは彼のために熱いオートミールをよそった。

「バック」ミスター・スコフィールドが言った。「今日、ちょっと手を貸してもらえないかな」

「なにをするの?」ビール母さんが訊いた。

「あのトラックのエンジンを修理できないかどうかやってみる」

ミセス・スコフィールドとビール母さんが目を見交わすのが見えたが、彼女たちはなにも言わなかった。

「エンジンのことはあんまり知らないんです」ぼくは言った。

「おれもさ、バック、しかしエンジンが直らないと、われわれはいつまでたってもシカゴに行けない」

ぼくはアルバートのことを思った。アルバートなら故障中のエンジンを魔法みたいによみがえらせることができるだろう。ぼくはその日自分に課した使命を思い出したが、見込みはあんまりなさそうだった。

「パウエル」ビール母さんが言った。「バックには予定があるようだよ」

「いいんです。手伝いますよ」ぼくは言った。

だがそれは最初から無駄な努力だった。二時間ほどがんばったあげく、ミスター・スコフィールドは水兵も青ざめるような悪態をつき、白旗をあげた。エンジンの部品は地面に散らばり、もし直せる可能性があったとしてももう無理だと思った。ミスター・スコフィールドはぼくらの労力の結果を見て首を振り、言った。

「飲まずにいられん」

家族にはなにも言わずに、彼は木々の下へ歩き去った。

「メイベス」ミセス・スコフィールドが言った。

「わかってる、ママ」メイベスは父親のあとを追おうとした。

「手伝いましょうか?」ぼくは申し出た。

ミセス・スコフィールドはうなずいた。

一緒に歩きだすと、メイベスはすぐにぼくと手をつないだ。家族を見つけなくてはならない気持ちはまだあったものの、ぼくはもう孤独を感じなかった。

40

ホーパーズヴィルは活気に満ちていた。掘っ立て小屋は当座しのぎのものかもしれないが、そこにある生活は本物で活力にあふれていた。建ちならぶ小屋に住む多くは独り身の男性だったが、野営地には家族連れもたくさんいて、子供たちの笑い声は普通の住宅地で聞かれる声と大差なかった。

メイベスとぼくは距離を置いて、彼女のお父さんのあとを追った。彼はホーパーズヴィルの上にそびえる、木々の多い岩だらけの丘を迂回して、マンケートに入る鉄道線路をたどっていた。行き先が定まっているのはあきらかだった。ぼくらはしゃべらなかったが、背中をすぼめた父親の姿を見ているメイベスからは深い悲しみが伝わってきた。線路を横切る未舗装道路を彼は右折し、百ヤードほど先で、ぼくがよく知っているたぐいの店に姿を消した。多くの人はもぐり酒場と呼ぶのだろうが、ぼくの父さんはいつも〝目の見えない豚〟と呼んでいた。わけは知らない。アルバートとぼくは、密造酒の配達をする父さんと一緒に何度もそういう場所へ行った。ミスター・スコフィールドが、ぼくが薄々思いはじめているような人間なら、とうぶんそこからは出てきそうになかった。

メイベスは朝日のなか、立ち尽くして、みすぼらしい道端の店を見つめた。「どうしてなんだろう」

「ぼくの父さんが言ってたよ、一部の男にとっては病気みたいなものなんだって」ぼくはメイベスに言った。「飲まずにいられないんだ」

「あたしたちが農場を失った本当の理由はそれなの。パパは天気のせいにする。銀行のせいにする。全部、自分以外のもののせいにするの」

その言葉には怒りがこもっていて、悲しみは消えていた。

「しばらく出てこないよ」ぼくは言った。「ぼくは町に用事があるんだ。一緒にこない？」

マンケートで新聞の売店を見つけると、朝刊の見出しに目を走らせた。家族がつかまったなら、大きく報道されているだろう。でも、なにも出ていなかった。だからといって、不安が消えたわけではなかった。保安官事務所はどこかとたずねると、郡裁判庁舎を教えられた。高い時計塔のある堂々たる建物で、塔の上には目隠しをして天秤《てんびん》を持った正義の女神の巨大な像が立っていた。

これまでメイベスは辛抱強く黙っていたのだが、このとき言った。「あたしたち、ここでなにをしてるの？」

裁判庁舎の階段につづく歩道の隅に石のベンチがあった。そこに腰をおろし、ぼくは彼女の目をじっとのぞきこんだ。「きみを信用していいかな」

彼女の返事はぼくにもたれて口にキスすることだった。今度のは長かった。

ぼくは本当の名前と、過去数週間に起きたことをすべて話した。人を殺したことをのぞいて。愛する少女に自分が冷血な人殺しだなんて、口が裂けても言えない。

「みんながあの建物の中にいると思うの？」

「警察がつかまえたなら、たぶん」

「中に入っていって、訊くつもり？」

「迷ってる」

「警察はあなたを捜している、でしょ？」

「ぼくの名前はどの新聞にも出ていなかったから、それはないんじゃないかな」

「訊くだけで、身元がばれちゃうかも」

たぶんメイベスは正しい。ぼくはそこにすわって石の彫像をじっと見たが、どうしたらいいのかわからなかった。

「あたしなら訊ける」彼女が言った。

また彼女にキスしたくなった。だからそうした。

「危険かもしれない。厄介事に巻き込まれる見込みだってあるよ」

「助けたいの」メイベスは立ちあがると、ぼくを見おろして微笑した。「心配しないで、すぐに戻ってくる」

彼女は裁判庁舎へ歩いていき、階段をのぼった。巨大な正義の殿堂がその姿をすっぽり呑みこんだ。

ぼくは長いこと待った。裁判庁舎の塔の時計によれば三十分近かった。きっとなにかあったのだと思った。

まずい人たちにまずい質問をし、今はぼくの家族のようにつかまってしまったのだ。ぼくのせいだった。石の要塞を見つめながら、ひとりでここにいる理由がないと思った。立ちあがって大股に歩道を進み、階段をのぼってドアに手をかけようとしたとき、メイベスが光の中へ戻ってきた。

彼女はぼくの腕を取り、ぼくらは石のベンチに逆戻りした。

「警察で働いている女の人と話をしたんだけど、彼女自身は警官じゃないの」メイベスはひそひそ声で言った。「タイプを打ったりとかしてるのよ。なにか大きなことが起きてる。人狩りって呼んでた。でも聞き出せたのはそれだけ。あなたの家族のことはなんにもわからなかった」その顔に浮かぶ恐怖は、ぼくの恐怖をそのまま反映していた。「あなたを追っているの？」

人狩りか。ぼくは一足飛びに、最悪の恐怖が現実になったと思いこんだ。警察はアルバートとモーズとエミーをつかまえたのだ。そして今、ぼくを捜している。

「そうかもしれない」

「これからどうするの？」

「あそこにいる家族をほうってはおけないよ。出してあげないと」

「どうやって？」

「わからない。考えなくちゃ。歩こう」

ぼくらはマンケートの通りを歩いた。どのくらい歩いただろう。メイベスは傍らで黙っていた。家族を自由にするにはどうすればよいかと知恵をしぼったが、自分はただの無力な子供だという事実にいつも戻ってしまった。

「帰らなくちゃ」ついにメイベスが言った。「ママやビール母さんが心配するわ。行こう、オディ」

「バックだ」ぼくは言った。「今じゃぼくの名前はバックなんだ」

その荒っぽい口調に彼女はあとずさった。だが、離れはしないで、ぼくの手を取った。「信じるものが他になにもないときこそ、奇蹟を信じなくちゃ」

ぼくはメイベスの継ぎだらけのズボンを見た。踵がすりへり、靴紐の代わりにただの紐を通したよれよれの靴、日にさらされてすっかり白茶けた薄っぺらいシャツ。カンザスで彼らが失った農場、今も〝目の見えない豚〟にいて一家のなけなしの財産で酒を飲んでいる父親。スコフィールド一家はすべてを失ったのに、それでもまだメイベスは奇蹟を信じている。

彼女はそっとぼくの手をひっぱった。「一緒にきて。ふたりで考えれば名案が湧いてくる」

他に行くあてもなかった。だからぼくはメイベスと一緒に踵を返して帰りはじめた。

けれどもホーパーズヴィルへたどりつく前に、多数の死者の記念碑に出くわした。草の茂ったちいさな一画に鉄の柵がはりめぐらされ、墓石みたいな形の大きくてなめらかな御影石が立っていた。その表面に文字が刻まれていた。

一八六二年十二月二十六日
三十八人の
スー族のインディアンが
ここで首を吊られた

「なんてこと」メイベスが言った。「ひどい。なにがあったの?」

「さあ」

人間の大いなる悲劇を記すその灰色の記念碑をじっと見ているうちに、頭に浮かんだのはエミーのことだった。この前、発作が治まって心身を癒やす眠りに戻る前に、彼女の言ったことが思い出された。エミーはこう言った。「彼らは死んだの。みんな死んだの」こじつけのようだが、ぼくは考えずにいられなかった。エミーが見たのはこれだったのだろうか? そうだとしたら、どうやって知ったのだろう?

そこからふたたびアルバートとモーズ、とりわけ幼いエミーのことが脳裏に浮かんだ。この堅牢で厳かな悲劇の記念碑の前に立ったその瞬間、自分がこれまでにしたのはどれも人びとの信頼を裏切ることだったように思えた。ぼくはジャックを殺した。アルバートが蛇に咬まれる原因を作った。シスター・イヴにエミーを見守り、危険にさらさないと約束したのに、エミーはもう黒い魔女の貪欲な手に落ちているのだろうし、アルバートとモーズは刑務所で痩せ衰えていくだろうし、そのどれについても、ぼくにはどうすることもできないのだ。

「行こう」メイベスがそう言ってぼくの手を握った。

帰ってみると、焚き火のそばに熱い湯をいれた桶があり、ミセス・スコフィールドが二本の木のあいだに渡した紐に洗濯物を干していた。ホーパーズヴィルの住人誰もがやっているように、スコフィールド一家も木々の茂る丘の向こう側にある大きな公園のポンプから水を汲み、料理や洗濯用に遠路はるばる運んでくるのだ。メイベスが教えてくれたのだが、水汲みはときとして悲惨な経験になりうるらしい。町の人びとがホーパーズヴィルを嫌っているからで、公園で彼らと遭遇すると、侮辱されたり、ときには石を投げられることすらあるという。メイベスがそんな残酷な目にあっていると思っただけで、ぼくは怒りをおぼえた。

村に戻ったときは正午をとっくに過ぎていた。ビール母さんは木箱に腰かけて編み物をしていた。双子はレスターが土に描いた円のまわりでビー玉で遊んでいた。メイベスを見ると、ふたりは遊ぼうと叫んだ。

「あとで」彼女はふたりを待たせて、ビール母さんに説明しはじめた。「あたしたち、パパのあとをつけていったの――」

「パウエルは戻ってるよ」おばあさんは憤懣やるかたないというようにためいきをついて、ティピのほうへ顎をしゃくった。大きないびきが中から聞こえてきた。「今度はあんたのお母さんの真珠のブローチをかたにした」

「あのブローチは何年もつけていなかったもの」洗濯物を干していたメイベスのお母さんが言った。

「ガソリン代と交換することだってできただろうに、セアラ」

「それでどこまで行けるの？　シカゴまではとても無理よ」

ビール母さんはトラックに目をやった。ほぼ解体されたエンジンが地面にころがっている。「もうシカゴへは行けないかもしれないね」

「あの人だって努力はしたのよ、ママ」ミセス・スコフィールドが言った。

ビール母さんの表情は固かったが、口を開いたとき、その声はやわらかだった。「あんたたち、おなかがすいてるなら、パンとチーズがあるよ」

ちょうどそのとき、グレイ大尉が足をひきずりながらスコフィールド一家の掘っ立て小屋へやってきた。

「警察がホーパーズヴィルを捜索している、誰かを捜している」

「誰を？」ビール母さんが訊いた。

「わからない。だが徹底的に捜しまわっている。おとなしくしているのが一番だ」

犬たちの吠える声が聞こえてきた。何匹もいる。かすかな叫び声もした。

ミスター・スコフィールドがベルトをしめようとしながらティピから転がり出てきた。まだ酔いが醒めていないのか、目の焦点がちょっと合っていない。「何事だ？」

「警察だよ」ビール母さんが言った。「誰かを捜している」

「行って、バック」メイベスが言った。「逃げて」

全員が驚愕と疑念を浮かべて、ぼくを見た。犬たちがこっちへ向かっているのが聞こえたが、ぼくは決めかねて、まだその場に突っ立っていた。

「早く！」メイベスがぼくを押した。「あとで見つけるから」

なんのことだかわからないまま、ビール母さんが言った。「お逃げ。神があんたについているよ」

ぼくはミネソタ川の土手づたいに走りだした。百ヤードほど行ってからウルシのこんもりした茂みのうしろに逃げ込んで腹ばいになった。そこからだとホーパーズヴィルの様子が見える。リードにつながれた犬たちを連れた警官が野営地をすばやく動き回って、人びとを小屋からたたきだしたり、連れている犬とたいして変わらない声で荒っぽく怒鳴ったりしている。逆らった人が棍棒で殴られた。ぼくは腹が立ち、うしろめたくなった。すでにさんざんな環境なのに、そこにまた混乱が生じているのはひとえにぼくのせいだからだ。犬を連れた警官三人がスコフィールド一家に近づくのを見て、子供たちがいるのだから、最悪の目にはあわずにすむことを祈った。だがグレイ大尉が家族と警官のあいだに割ってはいると、彼は地面に押し倒され、うなりをあげる犬が飛びかかった。ミセス・スコフィールドが悲鳴をあげて助けようとすると、棍棒で一撃されて倒れた。ベルトをしめるのにまだ手間取っていた夫が妻をかばうように警官の前に進みでたが、ズボンがずりおちてひっくり返り、ミセス・スコフィールドの上に倒れこんだ。メイベスが両親を助けようと駆けより、警官のブーツで肋骨を蹴られた。ビール母さんは双子を胸に抱きかかえて、老いた身体でふたりをかばった。

耐えられなかった。ぼくに心を開き、家と呼べるほどのものではないとはいえ、家に温かく迎えてくれた善良な人たちを助けようともせずに、じっとしてはいられなかった。目がくらむほどの怒りをおぼえ、彼らを助けに駆けつけようとした。なんの策もなかったが、この蛮行を続けさせるつもりはなかった。

一歩踏み出そうとしたとき、背後から力強い手がぼくの肩をつかみ、低い声がつぶやいた。「つかまえた」

手がぼくを半回転させた。ぼくはホーク・フライズ・アット・ナイトの顔をのぞきこんでいた。

41

手をもぎはなそうとしたが、インディアンは万力みたいにぼくをつかんでいた。

「放せよ、ばか野郎」ぼくは彼を蹴った。

「落ち着けって」彼は言った。「大声を出すな。彼らがおまえを待ってる」

「誰のことだ?」ぼくはもう一回蹴ろうとした。

「アムダチャ」

「誰?」

「みじんに砕ける、だよ。おまえは彼をモーズと呼んでる。彼と、おまえの兄、幼い女の子」

それを聞いて、ぼくは逆らうのをやめた。「どこで?」

「川向こうだ。急げ、あいつらがおれたちを見つけないうちに」

「あの人たちをほうっておけないよ」ぼくはスコフィ

ールド一家の野営地のほうを絶望的な思いで見た。騒ぎは続いていて、メイベスは両親の隣に倒れて蹴られた脇腹をおさえており、双子は泣きわめき、年取ったビール母さんは仁王立ちになって、制服警官たちになぜこんなことをするのかとまくしたてていた。

「おまえに彼らは助けられない」インディアンは言った。「彼らにティピを建てる才覚があるなら、これを切り抜ける頭だってある。だが警察につかまったら、バック、おまえは一生お天道様の光を見られない」

ティピの中へ入っていった警官のひとりが今、出てきて、騒ぎをかき消すほどの大声で何事か叫んだ。警官はグレイ大尉から犬を引き離して、移動しはじめた。ぼくらのいるほうに。インディアンとぼくはウルシの茂みのうしろを這って進み、一緒に走りだした。川にかかった橋にたどりつくまで、とまらなかった。

ホーパーズヴィルから四分の一マイル下流の、鬱蒼《うっそう》たるポプラの木立でぼくらは彼らを見つけた。カヌーは木々のあいだに運びこまれて横向きになっていた。川からも遠くの土手からも、この野営地を見つけるのはほぼ不可能だったろう——焚き火が人目をひきつけないかぎりは。だが火を焚いた痕跡はどこにもなかった。やわらかな下生えの中に毛布がまとめてあり、ここでみんなが夜を過ごしていたのだとわかった。

インディアンとぼくが姿をあらわすと、彼らは駆けよってきた。とにかくアルバートとエミーは。ふたりと離れてすわっていたモーズは目をあげただけで、まるでぼくが彼とは無関係な見知らぬ人間であるかのようにこっちを見ただけだった。エミーはぼくに抱きつき、感極まって泣いた。普段ならスパナ程度の感情しかあらわさないアルバートでさえ大きく笑ってぼくを抱擁した。

「どこで見つけたんだ、フォレスト？」兄が言った。

「川向こう。おれたちが考えたとおりだ」インディアンは答えた。

「昨日、ぼくらの野営地に戻ったら、みんないなくなってた」ぼくは言った。

「犬と人がやってくるのが聞こえたんだ」アルバートが説明した。「あそこを離れるしかなかった」

「あなたに知らせるしるしを作ってる暇もなかったの」エミーが言った。「大急ぎで逃げなくちゃならなかった」

「すこし前に、川向こうのあの掘っ立て小屋の村でまた犬たちの吠える声が聞こえた。なにがあった？」アルバートが言った。

「警官たちがぼくを捜しにきて、そこらじゅうをめちゃくちゃにしたんだ」

「おまえを捜してたんじゃない」フォレストが口をはさんだ。彼は地面に敷いた毛布の上でくつろいでいた。

「じゃ誰を？」ぼくは訊いた。

「数マイル下流に精神異常の犯罪者を収容する州立病院があってな。二日前に頭のおかしいやつが脱走した。えらく危ないやつらしい」

「どうして知ってるの？」ぼくは訊いた。

「川の向こう側でおれは地面に耳をつけてたんだ。だが、もし警官たちがそいつの代わりにおまえをつかまえていたら、ミスター誘拐犯、やっぱりお手柄ってことになっただろう」

「あたしたちにとっては悪いことよ」エミーがそう言って、またぼくをぎゅっと抱きしめた。

モーズは野草の細長い葉を嚙んでいて、陰気に何事かを考えているように見えた。

「モーズはどうしちゃったの？」ぼくはアルバートに訊いた。

「骸骨を見つけてからずっとあんななんだ」

「もうあたしたちと口もきかないの」とエミー。

「あいつにつらく当たるな」フォレストが言った。

「あいつにはやらねばならないことがあるんだ。バックがもう行方不明者じゃなくなったから、そろそろ行動する潮時だろう」

「何をするんだ？」ぼくはたずねた。

だがフォレストは答えようとしなかった。立ちあがってモーズのところへ歩いていき、すわりこんで静かに長いこと話しかけた。モーズはじっと聴き入っていて、フォレストが言いたいことを言いおわると、一度だけうなずいた。

フォレストはぼくらが待っているところへ戻ってきた。「おれたちはしばらくいなくなる」

「一緒に行こうか？」アルバートが言った。

「これはアムダチャとおれの問題だ。おまえたちはおれたちが戻るまでここにいてくれ」

フォレストが木立の外へ向かうと、モーズはぼくらのほうを一顧だにせず、ついていった。モーズが個人的な悩ましいなにかにどっぷりはまりこんでいるのはあきらかだったが、ぼくは彼の普段の温和な性質がまだどこかに残っていることを願った。

彼らが行ってしまうと、ぼくは言った。「どうしてフォレストと協力してるのさ？ ぼくらを警察に突き出すんじゃないかって心配してただろ？」

「彼はあたしたちを待っていたの、オディ」エミーが言った。「あたしたちが川のここにきたとき、彼が合図してきたの。アルバートはカヌーをとめたくなかったんだけど、モーズがきっぱりとここで停止すべきだって態度だったの。ホーク・フライズ・アット・ナイトは、あたしたちを見ていたと言ってた」

「ただここで待ってたのかい？」

アルバートが言った。「彼はおれと蛇の咬創のことを新聞で読んだんだ。それに、どこかにいなけりゃならないという縛りなど彼にはないからな。フォレストが本当に心配してるのはモーズなんだ」

「なんでモーズなの？」

「たぶん、同じスー族だからだろう」

「あたしたち、昨日の夜、あなたがハーモニカを吹いているのを聞いたと思ったの」エミーが言った。「でも暗かったし、フォレストが言ったの、朝まで待ったほうがいいって。朝になったら、自分が捜しにいくって。そうすれば、あたしたちはつかまらないでしょ。フォレストはいい人よ、オディ」

「おまえこそなにがあったんだ？」アルバートが訊いた。

ぼくは洗いざらい彼らに話したが、メイベスとのキスのことは黙っていた。ぼくの大事な思い出だったからだ。しゃべってしまうと、自分が助かった今は急に時間のたつのが耐えられないほどのろくなった。メイベスとスコフィールド一家のことしか考えられなくなり、彼らのことが心配でいてもたってもいられなくなった。ぼくはついにそれ以上耐えられなくなった。

「戻らなくちゃ」ぼくはアルバートに言った。「スコフィールド一家が無事かどうか確かめずにいられないんだ」

「二度とばらばらになっちゃだめだ」

「帰ってくるよ、約束する、アルバート」

「だめだ」ずっと思いのままに使ってきた威厳たっぷりの声をアルバートは出そうとしたが、鉄の意志を持つ以前のアルバートはまだ還ってきていなかった。

「行く」ぼくは立ちあがった。

アルバートも立ちあがったが、動作はのろかった。

「だめだ」

「喧嘩しないで」エミーが言った。「行かなくちゃならないなら、行ったほうがいいのよ、アルバート。ぷんぷん怒って出ていったときとは様子がちがうもの。大事なことなんだわ」

アルバートは喧嘩をする気力もないほどくたびれているように見えた。だがなんだか意地悪く言った。

「帰ってこなくても、もう捜さないぞ」

「暗くなる前に帰ってくるよ」

ぼくはホーパーズヴィルに引き返した。掘っ立て小屋の村を通りぬけながら目にしたのは、警察が残した破壊のかずかずだった。差し掛け小屋はひっくりかえり、ボール紙の囲いはひきちぎられ、ピアノ運搬用の箱でできた住居の薄い板は粉砕されていた。波形のブリキ板は小屋の側面から引き剝がされ、ドアはにわか作りの蝶番《ちょうつがい》からひきむしられていた。警察は捜索を口実にこの共同体の精神を打ち砕き、その望まれない住人を追い払おうとしたのだと思った。スコフィールド一家がいたところにたどりついたとき、ぼくが見いだしたのは転がされて地面に横たわる死骸のようなティピだった。でも人びとがそのちいさな場所に集まっていた。昨夜、食べ物と音楽を分かちあったときの顔ぶれがそろっていて、ビール母さんの指示のもと、ティピを起こそうと長いポールから防水布をはがしていた。

メイベスが駆けよってきた。彼女はぼくに抱きついて、ぼくを永遠に失ったかのように、しがみついた。

「ああ、バック。すごく心配したのよ」

ぼくはうしろへさがって、彼女の蹴られた脇腹にそっと手をあてた。「大丈夫？」

「ちょっと痛むけど、平気。無事だったのね。大事なのはそれだけよ」

「お母さんは？」

ミセス・スコフィールドは双子と一緒に、エンジンがばらばらになったピックアップトラックのそばにすわっていた。彼らを抱きかかえて、なだめるような低い声で話していた。

「あの警棒はカンザスの雹よりましだって言ってた。たくましいのよ、ママは」

父親には同じ表現はあてはまらなかった。彼の姿はどこにもなかった。ぼくは質問はしなかった。ミスター・スコフィールドがどうしているか、だいたいの察しはついた。遅かれ早かれ彼は〝目の見えない豚〟から戻ってくるだろう。そのときには、骨折り仕事は終わっているのだ。

ぼくがティピの立て直しに加わると、ビール母さんはぼくに笑いかけた。「戻ってくるかどうかと思ってたんだよ。会えてよかった、バック」

ティピがふたたび直立すると、ビール母さんはその場の全員に言った。「夕食にシチューとビスケットをこしらえよう。みんな招待する」

「ここにはいられないんだ」ぼくはメイベスに言った。

「どうして？」

「見つけたんだ。ぼくの家族を。戻らなくちゃ」

「旅を続けるってこと？」

「今すぐじゃないよ。さよならを言わずに出発したりしない、約束する」

「さよなら」彼女の口から出たそれははかなく悲しい鐘の音のようだった。「この言葉、嫌い」

ぼくだって嫌いだった。遅い午後の長い影のなかを歩きながら、それを言わなくてはならない瞬間を想像すまいとした。

フォレストが野営地に戻っていたが、ひとりだった。

「モーズは？」ぼくは訊いた。

「おまえの友だちにはやるべき仕事がある」フォレストは答えた。

「帰ってくる？」

「たぶん。心の準備ができたら」

フォレストは食べ物を持ってきていた――パンとチーズとリンゴとボローニャソーセージの大きなかたまりだ。水袋もいっぱいにしていた。

「どうやって食べ物を手にいれたんだろう？」ぼくはアルバートに小声でたずねた。

「シスター・イヴにもらった金をおれがフォレストに

渡したんだ」

ぼくは目を丸くして兄をまじまじと見た。「ぼくらの金を持ち逃げされると思わなかったの？」

「選択の余地はなかった」アルバートは言った。「おまえはいなかった。おれはエミーをひとりで残していくわけにはいかなかった。フォレストは最後の一ペニーにいたるまで、釣りをちゃんと持って帰ってきたよ」

なにかがぼくらに起きていた。この旅に乗り出したとき、アルバートは極端に用心深くて、ろくに知らない男を信用するより、イギリス国王になる可能性のほうが高いぐらいだった。モーズは、これまで知ったなかでもっとも穏やかな性格だったが、ぼくらに背を向けていた。ぼくは恋に身を焼いていた。川に出てひと月しかたっていないのに、すでにぼくらはリンカーン・インディアン教護院にいたときには想像もつかなかった側面を見せていた。

42

モーズは翌日になっても帰ってこなかった。アルバートもエミーもぼくも心配したが、フォレストが大丈夫だと断言した。ぼくにそこまでの確信はなかった。危険に巻き込まれたのではないにしても、あんな暗い一面をモーズが見せたことはこれまで一度もなかったからだ。朝遅く、ぼくはスコフィールド一家の野営地へまた足を向け、メイベスを捜した。彼女はいなかったが、お母さんがメイベスは洗濯物を干しにいった、じきに戻ってくるだろうと言った。双子は大きな川のそばで遊んでおり、ミスター・スコフィールドは見当たらなかったが、行き先は想像がついた。コーンパイプをふかしていたビール母さんが、一緒にすわるようぼくを手招きした。

「ちょっと元気がないね、バック」彼女は言った。「恋をしている若者の顔つきじゃない」

「恋なんかしてません」

おばあさんはパイプをくわえたまま微笑した。「じゃそういうことにしておくよ。なら、なにを悩んでいるんだね?」

ぼくは、人には言えないぼくらの脱走については一切触れずに、モーズの話をした。

「あたしは長期間スー族に囲まれて暮らしていたんだよ」ビール母さんは言った。「ありとあらゆる種類の苦労に悩まされていた人びとだったが、スー族は善良でおもいやりがあって強かった。それが特に発揮されるのは、彼らが昔ながらのやりかたを実行するときだった」

パイプを吸って、彼女はしばし考えにふけった。

「昔」と続けた。「スー族の男の子は十一、二歳になると、未来を求めてひとりで出ていったもんだった。彼らはそれを〝ハンブレチェヤピ〟と呼んでいたよ。夢を強く求めるという意味だったと思う。それが創造主、彼らの呼びかたによればワカン・タンカの魂とつながる方法だったんだ。あたしが少女で、草原の草が男の頭より高かった頃、あたしは外へ行って、頭上の青空しか見えないように高い草むらにすわり、目をつぶって、ワカン・タンカを感じ、夢がおりてくるのを待とうとしたものさ」

「感じたの?」

「よく感じたのは、深い平安だった。もしかしたら、それが神、つまりはワカン・タンカなのかもしれないね。未来を求めるというのはそのことなのかもしれない。ねえバック、あんたが心のうちに平安を見つけることができたら、神はそう遠くにはいないようにあたしには思えるんだよ。このあんたの友だちはどうやら楽じゃない人生を送ってきたようだ。彼が探しているのは心の平安なんじゃないかね。それを見つけるには、ひとりになる必要があるんだよ」

メイベスが川の方角から野営地に入ってきた。ぼくの知らないシャツを着て、継ぎ当てのすくない知らないズボンをはいている。髪にはブラシがあてられ、顔は清潔で日に焼け、ほほえんでいた。もっとも顕著なのは、彼女からは木を燃やした煙のにおいがしないことだった。ホーパーズヴィルでは誰もかれもが焚き火で料理をするので、燃えた木と木炭の強いにおいがいつも服から漂ってくる。川を旅するぼくらも火を焚くから、アルバートとモーズとエミーとぼくも同じにおいを放っていた。そのにおいに囲まれていると、鼻がバカになる。でもメイベスはアイボリー石鹼のにおいがした。まるで香水のようだった。

「あら、バック」ぼくをそこで見つけたことが、申し分のないうれしい驚きであるかのように、メイベスは言った。

「バックは友だちをなくしたんだよ」ビール母さんが言った。「慰めてあげたらどう」

「散歩に行こう」メイベスが言った。

ぼくらはホーパーズヴィルをゆっくり通りぬけた。人びとは前日に破壊されたもろもろを元通りにしようと今も努力しており、周囲にはあらゆる混沌《こんとん》が広がっていたが、ぼくはろくすっぽ気づかなかった。掘っ立て小屋の村を見おろす木々におおわれた丘をのぼり、美しいミネソタ川の渓谷が見える涼しい木陰に平らな岩を見つけた。メイベスがぼくの手を握り、ぼくらはキスした。

メイベス・スコフィールドにぼくが感じた愛情の前では、ジュリエットにたいするロミオの恋心だってかすんだことだろう。一九三二年のあの夏の日、ミネソタ南部ではエミーと彼女をさらったぼくらを警察が捜しまわっており、スコフィールド一家はシカゴでの新生活のずっと手前で立ち往生し、周囲では大恐慌による絶望が渦巻いていたが、ぼくもメイベスもお互いしか見ていなかった。

ようやくスコフィールド一家の野営地に戻ると、メイベスの父親が帰ってきていた。足元がおぼつかないが、おんぼろのトラックのボンネットをあけて首を突っ込んでいる。ぶつぶつとつぶやいたり、悪態をついたりしており、一方ではビール母さんがいらだたしげにそれを見守り、ミセス・スコフィールドがときどき励ましの言葉をかけていた。

「あの人を手伝ってやってくれない、バック？」ミセス・スコフィールドが頼んできた。「怪我をしないか心配だわ」

「ぼくが役に立つとは思えません、マアム。だけど、エンジンに奇蹟を起こす人間を知っているんです」

「本当？　その人をここへ連れてきてもらえない？」

「頼んではみるけど、彼次第です」

「ぜひ頼んでみて、バック。お願いするわ」

「午後にとりあえずまたきます」

ぼくはメイベスを家族のもとに残して、自分たちの野営地に引き返した。フォレストはいなかったが、アルバートとエミーは使いふるしたひと組のカードで〝ゴー・フィッシュ〟をやっていた。ブリックマン夫婦の金庫のものをアルバートが枕カバーに根こそぎつっこんだとき、ついでに入れたカードだ。ぼくはスコフィールド一家の状況を説明して、アルバートに助けを求めた。でも、彼がむけた固い表情から苦戦することになるとすぐにわかった。

「危険すぎる」持っていたカードをおろして、アルバートは言った。

「いつまでもこわがってるわけにはいかないよ」ぼくは言った。

「いつまでもじゃない。セントルイスに着くまでだ」

「着けるとしてだろ」

「おまえはジュリアおばさんを見つけるのはまちがいだと思ってるのか？」

まちがいはそのことではなかった。ぼくがメイベス・スコフィールドと恋に落ちたのがまちがいなのだ。それがすべてを変えていた。

「いつまでも隠れてはいられないと思ってるだけだ。それにあの人たちはぼくらの助けがどうしても必要なんだよ。兄さんの助けが」

エミーがカードを回収しはじめた。「助けなくちゃだめよ、アルバート」彼女は言った。まるでエミーが大人でアルバートが子供のような口ぶりだった。

「なんで？」

「そうするのが正しいことだって、あなたは知ってるから」

アルバートはあきれたように天を仰いだ。処置なしというように首をふってから、ついにうなずいた。

「いいだろう、だがおれだけだ。おまえたちふたりはここにいろ。そのほうが見つかる見込みは低い」

「ありがとう、アルバート」兄もそんなに悪いやつじゃないと思い、エミーは年齢よりずっと賢いと思い、メイベスがどんなに喜ぶだろうと思った。その思いが一番強かった。

アルバートは足をひきずりながら立ち去った。まだ痛みがあるのだ。そして日が暮れても戻ってこなかった。フォレストも同様だった。さらに、モーズはどこに消えたのかすらわからなかった。ぼくは不安になってきた。誰も戻ってこなかったら、どうする？　エミーとぼくだけになってしまったら？　そのとき思い出したのは、旅をはじめてすぐの頃、モーズがエミーを慰めようと何度も手のひらに書いた言葉だった。〝ひとりじゃない〟

モーズの言うとおりだった。ぼくらはひとりではなかった。ぼくらにはお互いがいる。エミーとぼく、そして今はスコフィールド一家も。シカゴはセントルイスよりいい所かもしれない。メイベスと一緒なら最高だろう。なんの問題もなさそうに思えた。

「モーズがいないとさびしい」エミーが言った。

同感だった。陰気に黙りこんでいるモーズではなく、いつもにこにこして、うたうことはできなくても、心に歌があるようにいつも見えるモーズが恋しかった。ぼくらが死んだインディアンの子供の骸骨を発見し、それからすべてが変わったのだ。

小枝でちいさな家を作りはじめたエミーに、ぼくは訊いた。「彼らはみんな死んだってぼくに言ったのをおぼえてるかい？」

「彼らって？」

「この前発作が起きたとき、きみがそう言ったんだよ。〝彼らは死んだ。みんな死んだの〟って。おぼえてないの？」

「うん。いつも靄《もや》がかかったみたいにぼやけてるんだもの」エミーは小枝の家を壊し、退屈したように言った。「お話してよ、オディ」

太陽は西へ傾き、ポプラの木々のところどころに生じた影が長く伸びて、鳥たちが夜に備えるかのように枝に身を落ち着けた。

「お話はこんなふうにはじまるんだ」ぼくは言った。

四人のさすらい人は魔女の家来の蛇の群れと戦ったあと、さらに旅を続けていました。四人とも疲れていたので、川の近くで野宿することにしました。遠くにお城の塔がそびえています。

「魔女のお城？」エミーが訊いた。「子供たちが地下牢に閉じ込められてるあのお城？」

「そうじゃない。これはちがうお城なんだ。いいから聞いてて」

さすらい人たちはそのお城についてはよく知りませんでしたが、それも無理のないことでした。その土地全体が黒い魔女の闇に包まれていたからです。そこでは誰のことも信用できないのをさすらい人たちは知っていました。お城に近づいて様子を探るひとりを決めようと、彼らは麦藁の籤をひきました。小鬼が貧乏籤をひきました。彼は仲間に別れを告げて、ひとりで川の上流へ向かいました。お城は川の向こう側にぬっと建っていました。橋のところへきましたが、それはほったらかしにされてずいぶんたっていて、蔦《つた》にびっしりおおわれていました。橋を渡ると、向こう側の道がひどいありさまなのがわかりました。周囲の土地はまるでジャングルみたいで、城壁のすぐ手前まで草がぼうぼうに茂っているのです。城門は大きく開いたままで護衛もいないので、小鬼は用心深く中に入りました。入ってみると、死人のような人びとが歩いています。目には生気がなく、身体はアイスキャンディーの棒みたいに痩せているのです。彼らは腹をすかせていましたが、飢えよりもっとおそろしいことが彼らの身に起きていました。黒い魔女が彼らの魂を盗んでいたのです。人びとは生きているけれど、命がありません。小鬼は話しかけてみましたが、城壁の石にむかってしゃべっているようなものでした。彼らにはしゃべろうという意志も、力すらもありませんでした。不気味に沈黙したまま歩き、お城の外に出る勇気もなかったため、ぐるぐると無意味に円を描いているのです。

小鬼はその昔、お父さんである偉大な小鬼からもらった魔法のハーモニカを持っていました。

「ちょうどオディのハーモニカみたいな」エミーが言った。

「ぼくのとはちがうよ。魔法のハーモニカなんだ」

「あなたが吹くと魔法みたいだよ、オディ」

「しーっ」ぼくは言った。「最後まで話をさせてよ」

その陰気な場所を希望の歌で明るくしたくて、小鬼はハーモニカをひっぱりだしました。吹きはじめると、美しい歌声がお城の一番高い塔からそれに合わせてうたいだしました。彼のハーモニカ同様に、魔法のような声でした。彼はその声を追いかけて長い曲がりくねった階段をのぼり、ついにある部屋にたどりつきました。そこにはえもいわれぬほどかわいらしいお姫様がいました。

「名前はなんていうの？」

「メイベス」ぼくは言った。「メイベス・スコフィールド」

「メイベス・スコフィールド？　そんなのお姫様の名前じゃないわ。もっとこう――エスメラルダみたいな名前じゃなくちゃ。それこそお姫様の名前よ」

「このお話をしてるのは誰だい？」

「いいわ。メイベス・スコフィールドで」だがエミーはレバーを食べたみたいに顔をしかめた。

小鬼がお姫様になにがあったのかたずねると、お姫様は黒い魔女が人びとにかけた魔法について話しました。子供たちの心臓を食べたのと同じやりかたで、黒い魔女はお城じゅうの人びとを餌にするために、彼らの魂を奪っていたのです。

「でもきみの魂は無事なの？」彼は言いました。

「わたしを苦しめるために、魔女はわたしの魂には手をふれなかったの。人びとが痩せて、衰弱し、希望を失っていくのを見ることがわたしを苦しめるのよ」お姫様は小鬼に言いました。「でも、あなたのハーモニカを聞いたとき、わたしはうたいたくなったの。窓の外を見たとき、人びとに変化が生じたのがわかったわ。顔に生気が戻ってきたのよ。目にふたたび力強さが戻るのが見えたわ。あなたがハーモニカを吹きつづけ、わたしがうたいつづけたら、みんなを救えるかもしれないわ」

ふたりはそうしました。彼は魔法のハーモニカを吹き、お姫様は人びとへの深い愛情から美しい声でうたいました。するとお城じゅうの、魂を奪われていたみんながゆっくりと目をさまし、新しい魂が彼らの中で大きくなって、ふたたび元気で幸せになりました。

「小鬼はお姫様と結婚したの？　そしていつまでも幸せにくらした？　他のさすらい人たちはどうなった？」

その質問に答えないうちに、オイルやグリースで両手を真っ黒にしたアルバートが帰ってきた。

「トラックは修理できたの？」ぼくは訊いた。

「ああ、だけどガソリンタンクがからっぽじゃ直ったところで意味がない。相変わらずどこへも行けない」

アルバートは枕カバーから石鹸を取り出して、川へおりていった。兄が手を洗っているあいだにフォレストが戻ってきたが、モーズは一緒ではなかった。

「モーズはどこ？」エミーが訊いた。

「おれにもさっぱりわからん」インディアンはのんきに肩をすくめた。

「知らないの？」

「ひとりになる必要があるなら、人はそれにもっとも適した場所を自分で見つけるもんだ。昨日から会っていないよ」

「どうでもいいんだね」ぼくは言った。

「心配はしてない。彼は答えてから、ちいさな笑みを浮かべた。「おまえだってしばらくいなかっただろう、バック。でも今はいる。自分の友だちを信用しろ」

ぼくらは冷たい夕食を食べて、火も焚かずに寝床についた。七月はじめのことで、夜は暑かった。毛布の上に寝転がって、眠れないままぼくはモーズのことを考えた。ひとつだけでなくいろんな意味でモーズがぼくらのそばからいなくなってしまったように思えた。

そしてメイベスと彼女の一家の窮状を考えた。お姫様と小鬼の物語はどんな終わりを迎えるのかと考えた。

闇のなかでぼくは起きあがり、懐中電灯とシスター・イヴがくれたお金の残りを持って、みんなが眠っているすきにそこを抜け出した。

43

スコフィールド一家の焚き火の燃えさしはまだ赤く光っていた。みんなもう寝ているかもしれないと思っていたが、下火になった焚き火のそばにミスター・スコフィールドがしょんぼりとすわっていた。魂が抜けた人のように見えた。

「よお、バックか」

「こんばんは、ミスター・スコフィールド。メイベスはいますか?」

「しばらく前に寝たよ。ぐっすり眠っているだろう」

計画らしい計画もなかったが、ミスター・スコフィールドは誰よりも話をしたくない相手だったから、ぼくは気まずい思いでそこに立っていた。彼はぼくをじっと見あげた。ぼくが立ち去るのを待っていたのだろう。あるいは、その場にとどまる適当な理由を口にするかと思ったのかもしれない。

「まあすわれ、バック」しびれを切らしてミスター・スコフィールドは言った。

燃えさしの上に薪をふたつ放り込むと、すぐに炎があがった。焚き火はそれだけで人を誘う歓迎のしるしだ。それに、ミスター・スコフィールドの悲しげだが心からの招待を断ることはできなかった。ぼくはひっくりかえした木箱のひとつに腰をおろした。

「眠れないのか?」彼は言った。

「はい」

「おれもだ。トラックの修理に兄さんをよこしてくれてありがとうな。彼は魔法使いだ」

「兄はものすごく頭がいいんです」

「きみらふたりはどこへ向かってるんだ?」

「セントルイス」

「セントルイスになにがあるんだね」

「おばです」

「ああ、家族がいるのか。それは大事だ」ミスター・スコフィールドの目がさっとティピに向けられた。

「この世でなによりも大事なものだ。いいか、バック、家族があるなら、すべてを失っても、自分は恵まれていると思えるもんさ」

ぼくらはしばらく沈黙したまますわっていた。ぼくは居心地が悪かったが、ミスター・スコフィールドはなんとも思っていないようだった。彼はただ炎を見つめ、物思いにふけっていた。

「酒のせいだと思われている」なんの脈絡もなく唐突に彼は言った。「だがそうじゃない」

「はい？」

「おれたちが農場を失った理由だよ。酒のせいじゃない。農作業をしたことは、バック？」

「いえ、あんまり」

「あれほど厳しい生活はない。すべてが思うようにならん。雨、太陽、暑さ、寒さ、イナゴ、立ち枯れ病、根腐れ、黒穂病、胴枯れ病、手に負えないことばかりだ。日照りのときは雨を、畑が水浸しになれば青空を、必要なものを神に祈るしかない。春には遅霜がおりないように祈り、秋には早霜がおりないように祈る。雹がトウモロコシの若い茎を全滅させないように祈る。祈って、祈って、祈る。祈りが聞き届けられないときは、言っておくがな、バック、聞き届けられることなどめったにない、そのときは、神に向かってわめき、酒にささやかな慰めを求める以外どうすることもできない」

「竜巻の神だ」ぼくは言った。

「なんだ、それは？」

「神は竜巻のようなものなんです」

「そのとおりだ」

「前はそう信じていました」

「今でも信じる価値はあるよ、バック。誓って言うが、おれが知っている神はそれだけだ」

「あなたにメイベスを与えた神がいるじゃないですか。それにミセス・スコフィールドを。レスターとリディアを。それに、ちょっとつらく当たるけど、ビール母さんだっています。人はすべてを失っても、自分は恵まれていると思うことができるって、たった今言ったでしょう」

「おれが？　そうか？」ミスター・スコフィールドはちいさな笑い声をあげた。「それだけじゃない。おまえとおまえの兄さんがいる。おまえさんたちはおれたちスコフィールド一家にちいさな太陽を連れてきてくれた。感謝しているよ」

彼は真の同志にやるみたいに、ぼくの背中をぴしゃりとたたいた。

「男の話し相手がいるというのはいいもんだよ、バック。めったに味わえない喜びだ。めんどり小屋に住んでいるからな」

川の向こう側で眠っているみんなのそばから抜け出してきたとき、スコフィールド一家の野営地まで行ったら、どうするかという明確な考えをぼくは持っていなかった。メイベスがまだ起きているといいと思っていたのだが、彼女のお父さんと一緒にすわって、大人の男同士みたいにしゃべりながら、ぼくは決心を固めた。

「ミスター・スコフィールド、どうやって一家全員をシカゴまで連れていくか、なにか考えはあるんですか？」

ミスター・スコフィールドはまたがっくり肩を落とした。「それを考えるだけで、飲みたくなるんだよ」

「あげたいものがあるんです」

ぼくはポケットに手を突っ込んで枕カバーから取ってきた金をメイベスのお父さんに差し出した。彼の目が焚き火の燃えさしみたいに生気を取り戻して大きくなった。

「こりゃいったい？」

「四十ドルちょっとあります。あなたにあげたいんです、家族をシカゴへ連れていくために」

「四十ドルもどこで手に入れたんだ？」

「盗んだんじゃありません」ぼくは言った。「誓って本当です」

「受け取れないよ、バック」

「お願いです。あなたとあなたの家族はぼく以上にお金が必要です」

「なんと言ったらいいのか」

「もらうよと言ってください。そして全額をシカゴに行くために使う、と約束してください」

ミスター・スコフィールドは差し出された金から顔をあげて、厳粛に誓った。「約束する」

彼は札束を受け取り、ポケットにすべりこませた。火明かりのなかで、涙がひと粒ふた粒彼の頬を伝った。大人の男が泣くのを見るのはきまりが悪かったから、ぼくはホーパーズヴィルの暗がりに目を転じた。他にも焚き火が燃えていて、そのまわりにはいまだにうちひしがれたままの人びとがすわっていた。ミスター・スコフィールドにお金をあげたことでひどく気分が高揚していたので、もっとたっぷりのお金があったら、彼ら全員を救うために最善を尽くしたことだろう。

「どこへ行ってたんだ？」アルバートが起きあがった。懐中電灯の光線に細められた目が非難していた。

「どこにも」嘘はぼくの良心とそりが合わなかったので、兄の隣に腰をおろした。「ぼくらのお金をあげてきた」

「なんだと？」

「ぼくらのお金をあげてきたんだ」

「全部か？」

「全部」

「誰に？」

「ミスター・スコフィールドに。家族をシカゴに連れていくには、お金が必要なんだ」

「おれたちはセントルイスに行くのに金が必要だ」

「セントルイスには行けるよ」

「おまえは愚かなことをする前に立ち止まって考えたことがあるのか？」

「シスター・イヴはお金がいいことのために使われるのを期待して、ぼくらにくれたんだ。ぼくはそれをしただけだよ」

兄は膝をかかえると、救いようがないというように首をふった。「最後の一ペニーまで飲んじまうのがおちだぞ、オディ。よく聞け。金をドブに捨てたようなもんさ。くそ、どうやってセントルイスまで行ったらいいんだよ」

その夜、いつものように、ぼくはよく眠れなかった。アルバートの言うとおりかもしれず、自分のしたことはスコフィールド一家の状態を悪化させるだけかもしれないと心配になった。メイベスのことを考えると胸が痛み、愛と不安がよりあわさってトゲのあるロープになり、心に巻き付いた。

フォレストが曙光とともに毛布から転がり出て、ちいさな火をおこし、オートミールを大きなブリキ缶に放り込んだ。ラベルによれば、もとは桃の缶詰だったらしい。他のみんなはまだ眠っていたが、ぼくは起きあがってフォレストのところへ行った。

「昨夜は大変な賭けをしたわけだ」彼はオートミールをかきまぜながら言った。「四十ドルぶんの」

「聞いてたの?」

「静かな夜だった。おれは耳がいい」

「どういう意味、賭けって?」

「人の性格は変えられない。酒は御しがたい悪魔で、組み伏せるのはむずかしい。善良な人間が酒でだめになるのをいやってほど見てきた。しかし、こういうことなんだ、バック。やってみなけりゃわからない、ってな」

「悪い考えじゃなかったと思うの?」

「おまえの兄貴が言ったように、金をドブに捨てた結果になる見込みはある。しかしおれは、信じてやってみるおまえの心意気に感心する」

アルバートは起きてくると、冷たい目でぼくをにらみつけ、沈黙の壁をはりめぐらせて、自分のオートミールを食べた。二週間前にブーツの底に隠した五ドル札が二枚まだあることを話してもよかったのだが、思い直した。勝手にしろ。

朝食を食べ終わると、ぼくは立ちあがった。「スコフィールド一家に会いに行ってくる。ポケットを確かめて、他に盗んだものがないか確認するかい?」

アルバートが心を鎮めようとしているのがわかった。

「先はまだ長い。おれたち全員の安全を守るために、おれは最善を尽くしているだけだ」

もっともだった。その瞬間は口が裂けても言わなかったけれど、ぼくはありがたいと思った。

44

ホーパーズヴィルはゆっくりと目覚めつつあった。

掘っ立て小屋の村にぶらりと入っていくと、人びとが料理の火をおこしていた。男たちはその日最初の煙草をふかし、みんなが伸びをして身体のこりをほぐしたり、眠い目をこすったりしていた。数人はもうぼくのことを、名前は知らなくても顔で知っていて、にこやかに挨拶してくれた。

スコフィールド一家のティピまで行ってみると、ビール母さんが逆さまにした木箱に腰かけて、火にかけた大きな鍋をかきまぜていた。

「小麦クリームだよ、バック」ぼくを見ると彼女は言った。「一緒にお食べよ」

「もう食べたんです。でもありがとう」

ミセス・スコフィールドが双子を先頭にティピから出てきた。子供たちは、斜めに差す朝日をあびて溶けた金のような色をしている川へまっすぐむかっていった。母親は焚き火のそばへやってきて、ぼくにほほえみかけたが、どことなく上の空だった。

「ふたりは?」彼女はビール母さんに訊いた。

「まだ姿が見えない」

「メイベスですか?」ぼくはたずねた。

「父親を迎えに行ったんだよ」ビール母さんが言った。

「彼はどこにいるんです?」ぼくの心の水平線に黒っぽい恐怖が湧きあがった。

女性たちは答えなかったが、ふたりの表情がぼくの悪い予感に悲痛な真実を打ちこんだ。金をドブに捨てた。

「いったいなにを飲み代にしたのかねえ」ビール母さんが言った。「貴重なものは洗いざらいとっくに売り払っちまったのに」

「わたしたちの見当違いかもしれないわ、ママ」ミセス・スコフィールドが言った。

それは事実の表明というより嘆願に近くて、ぼくはこの新たな苦々しい夫の堕落行為を招いた自分の役割を思って心がこなみじんになった。

ビール母さんはそれには答えず、熱いシリアルの鍋をただかきまぜつづけた。

「あの子だわ」ミセス・スコフィールドが言った。

メイベスはひとりだった。それだけで状況はあきらかだったが、うなだれ、肩をすぼめ、のろのろと歩いてくるその様子は、失意を声高に物語ってもいた。

「見つけられなかったの、ママ」ぼくらのところまでくると、メイベスは言った。「そこらじゅう捜したのよ」

彼女があの〝目の見えない豚〟や似たような場所へひとりで入っていき、むなしく父親を捜しまわったことを思うと、あの男に金をあげたときに感じた気分のよさが体内から流れ出ていった。この暗澹《あんたん》たる状態の元凶はぼくなのだと打ち明けようとしたが、勇気が出なかった。

「なにを金に替えたにせよ、全部飲んじまったら帰ってくるよ」ビール母さんが言った。「そうこうしてるうちに、熱々の小麦クリームができあがった。メイベス、双子を呼んできてくれるかい？」

一家はすわって陰気に黙りこみ、食事をした。普段は騒がしい双子でさえ家族の絶望の重みを感じたかのように、一言もしゃべらなかった。ぼくはシスター・イヴと一緒だったときに天から降ってきた希望の心を、今度もつかまえようとした。ところが気がつくと、川の小島に埋めたインディアンの子供の骸骨のことや、ぼくらの手の届かないところにもぐりこんで行方をくらましたモーズのこと、くだらない義俠心（ぎきょうしん）から渡した金のこと、そしてしまいには、自分が正義からの逃亡者で、一歩間違えば一生刑務所で過ごすかもしれないことをうじうじと考えつづけた。闇が心に覆いかぶさってくるとき、それは薄ぼんやりした闇ではない。月のない夜の真っ暗闇をともなって降りてくる。料理の火を囲む女性たちの顔にぼくが見たのは、うちひしがれたうつろな表情であり、それはすべてぼくのせいなのだった。

「ぼくがミスター・スコフィールドを見つけてきます」せめてもの罪滅ぼしだと思ったからだが、それは絶望に暮れる小集団から逃げ出す方法でもあった。

「あたしも行く」メイベスが言った。

ぼくらは立ちあがって一緒に出発した。

「パパが飲みはじめるのは、いつもはもっと遅くなってからなのよ」歩きながら、メイベスは言った。「飲むのはこの状況のせい、どうしたら抜け出せるのかわからないままここに立ち往生しているせいなの」

そう信じられたらいいと思ったが、ぼくにはわかっていた。家族の悲惨な環境を変えるための資金をぼくはメイベスの父親に提供したが、彼がやったのは大酒を飲むことだったのだ。金をドブに捨てたも同じだった。アルバートが正しかったことが悔しかった。

「こんなに気持ちが沈んだことってない」メイベスは言った。「ママとビール母さんが必死にあたしたちみんながばらばらにならないよう努力しているのを見ると、胸がつぶれそうになる。それなのにパパがこんなことをしに出ていくなんて」

ぼくはメイベスの手を握りしめた。心を痛めるあまり表情はすぐれなかったが、それでも、メイベスがこれまでにぼくが見たもっともきれいな女の子であることに変わりはなくて、彼女の苦しみはぼくの苦しみでもあった。正直に事実を打ち明けろ、と良心は叫んでいたが、メイベスに嫌われるのではないかと思うと、心がひるんだ。助けたいのに、どうすればいいのかわからなかった。だから、ぼくは自然に頭に浮かんだことをした。ハーモニカを取り出して、ふと思いついた元気のいい曲を吹きはじめた。ガーシュウィンの『アイ・ガット・リズム』だ。

数小節吹くとメイベスがうたいだし、歌詞を知っていることにぼくはびっくりした。

笑顔になってうたっているのは、うちには面倒事なんてきやしない、というような内容で、その笑顔がまばゆいほどきれいに見えた。次の瞬間、メイベスの目が大きく見開かれ、彼女がたった今聞いたものをぼくの耳もとらえた——酔ったテノールで彼女の父親が一緒にうたっている。彼の声は近くから聞こえていた。ホーパーズヴィルのどこかだ。ぼくのハーモニカに合わせてミスター・スコフィールドがうたっている。その声をたどっていくと、グレイ大尉のほぼ段ボールでできた小屋の壁を背に、さかさまにしたバケツに腰をおろして大尉と一緒にいるミスター・スコフィールドを見つけた。彼はぼくらを見てにっこり笑い、歓迎のしるしに両腕を大きく広げた。

「見てくれ、大尉。おれの好きなふたりの若者だよ、朝日のなかで天使みたいに輝いている」

「パパ」メイベスの声は苦々しかった。「そこらじゅう捜したのよ」

「そこらじゅうではなかったようだな」彼はにこやかに言った。「だって、おれはここにいるんだからね」

「酔ってるのね」メイベスはそう言って、大尉も含めて冷たい目を向けた。

ミスター・スコフィールドは厳粛な誓いでも立てるように片手をあげた。「今日は一滴も飲んでいないよ。酔っているとしたら、幸福に酔っているだけさ。そのわけはこれだ」と、ぼくを指さした。

飲んでいないと誓ったものの、どうみても彼は酔っ払っているようだった。ところが近づいてみると、酒のにおいがしない。だが、ガソリンのにおいがした。

「われらが救世主だよ、メイベス。そして彼の寛大さの結果がこれだ」メイベスの父親は下に手を伸ばして、赤い、注ぎ口のある、五ガロン入りの、胴体に〝スケリー〟と書かれたガソリン缶をさわった。「ホーパーズヴィルを出るわれわれの切符だよ。次の停車地はシカゴだ」

メイベスは当然ながら、混乱しているようだった。

「飲んでいたんじゃないの？」

「言ったろう、一口も飲んじゃいない。今朝、おれはガソリンスタンドを探しに行ったんだ。それから店をな。そこでおまえたち全員にささやかな贈り物を買ったた」

ぱんぱんにふくらんだ茶色の紙袋に手を入れ、彼が取り出したものを見て、メイベスは驚きと喜びにちいさな声を漏らした。ブルーのワンピースだ。

「ジャニー・ボールドウィンにあげたのとそっくり」彼女は叫んでワンピースをつかみ、似合うかどうか鏡で確かめるように身体に当てた。着たらさぞかしかわいいだろうとぼくは思った。

「バック、おまえさんのプレゼントで他の人にプレゼントを買っても気にしないでくれるね」ミスター・スコフィールドは言った。

「もうあなたのお金です」ぼくは言った。

「うん、それじゃ、ここにいるグレイ大尉にもささやかなプレゼントをあげたんだが、かまわんだろう。DCまでのバス料金だよ、おかげで、ボーナス行進に参加できるんだ」

ワシントンDCまでのバス代がどのくらいするのか、ぼくは知らなかった。スコフィールド一家がシカゴに着くまで充分な金が残っているのを祈るだけだった。

ミスター・スコフィールドは笑った。「全額を使っちまったんじゃないかと心配しているな。顔を見ればわかる。安心しろ、バック。計算したよ。おれたちをシカゴまで送り届けてくれるだけの金はまだたっぷりあるんだ」

グレイ大尉が握手を求めて手を差し出した。「そしてわたしは、心の底から、義足の芯から、お礼を言うよ、バック」

メイベスがびっくりしてぼくを見つめた。「お金を持ってるの?」

「もうないけどね。きみのお父さんに全部あげたんだ」

〝目の見えない豚〟のような環境を知り尽くした男に現金を渡したぼくを、メイベスが叱るのではないかと思った。叱るどころか、彼女はぼくに身を寄せて、お父さんやグレイ大尉や、他にも見ている人がいるかもしれないのに、ぼくにキスした。まともに口に。それも長々と。

「もういい、もういい」ミスター・スコフィールドはさかさまにしたバケツから腰をあげ、ガソリン缶を持ちあげた。「おいで、メイベス。荷造りをしないとな」

彼はスコフィールド一家のティピのほうへ歩きだし、メイベスもついていった。

自分のしたことの現実がそのとき跳ねかえってきた。メイベスは行ってしまう。メイベスはいなくなるのだ。

45

終わりだ。終わりだ。終わりだ。

その言葉が弔いの鐘のように頭の中で鳴り響き、ぼくはスコフィールド父娘と一緒に彼らのティピへ引き返した。メイベスは片手にブルーのワンピースをつかみ、もう片方の手でぼくの手を握って、足取りも軽く歩いていた。ぼく自身の足は鉛の塊で、心はいまにも張り裂けそうだった。

終わり。最終決定。言葉の墓標。おしまい。

焚き火のかたわらにすわっていたミセス・スコフィールドが立ちあがり、ビール母さんは近づいていくぼくらを油断なく見守った。ガソリン缶に気づいたミセス・スコフィールドは信じられないように夫を見た。

「それ……？」思い切って問いかけた。

「ガソリンスタンドまで行ける量が入ってる、スタンドで満タンにできる」

「どうやって……？」

「このバックのおかげだよ。彼がしたことさ。彼の寛大な心が」

ビール母さんは額に皺をよせてぼくをしげしげと眺めた。「ガソリンを買ったのかい？」

「ガソリンだけじゃない」ミスター・スコフィールドは言った。

紙袋に手を入れて、カラフルな花模様のスカーフを取り出し、妻に与えた。「シカゴまで行く途中おまえを風からかばってくれるだろう、セアラ」

ミセス・スコフィールドはスカーフで髪を覆い、顎の下で結んだ。「どう？」

「天使のようだ」夫は言って、彼女の頬に軽くキスした。

「双子はどこにいる？」ミスター・スコフィールドは訊いた。

「川のそばで遊んでいるわ」妻が答えた。

「そうか、あの子たちには箱入りクレヨンと、『ちいさな孤児アニー』の塗り絵を買ってきた」彼は義母をちらりと見た。「あなたにもあるんだよ、ビール母さん」

彼は紙袋から輪ゴムをかけたちいさな札束を取り出し、それをおばあさんに差し出した。「おれは意志薄弱な人間だ。これはバックが寛大にも分けてくれた金の残りだ。あなたがこれを受け取って、シカゴに着くまでの家計の目付役となってくれたらありがたいんだが」

ビール母さんはミスター・スコフィールドの差し出したお金をしかつめらしく受け取った。「ありがとう、パウエル」次に彼女はぼくを見た。「みるからに貧乏な少年が赤の他人の一家を救うだけの金をどこで調達したのか、訊くつもりはないよ。まっとうな方法で手にいれたのだと信じているし、あんたにはお礼を言い、主を称えるだけにしよう」

そのあとビール母さんはぼくを驚かせた。立ちあがって焚き火をまわりこんでぼくに近づくと、愛情をこめてぼくを抱擁し、ぼくの顔を胸に引き寄せたのだ。

「さて」ぼくを放すと、彼女は野営地を見まわした。「はじめたほうがいいね」

噂はすぐに広がって、人びとがスコフィールド一家の手伝いにやってきた。メイベスは踊らんばかりに出発の準備にいそしみ、シカゴへ早く行きたいというその気持ちは理解できたものの、それがぼくにとって、ぼくらふたりにとって、どういう意味を持つのかさっぱりわかっていない様子にぼくは傷ついた。防水布や毛布はティピから運び出されたが、骨組みそのものは、そこに住みたい他の誰かのために、そのままにしておく決定がくだされた。

ほとんど準備が終わると、メイベスは大きくぼくに笑いかけて言った。「あなたはあたしと並んでうしろにすわればいいわ。双子も一緒に」

ぼくは完全に不意をつかれた。「ぼくが一緒に行くと思ってるの？」

「ちがうの？　だからガソリン代をくれたんだと思った。みんなそろってシカゴへ行けるように」

「彼らはきみの家族だ、メイベス。ぼくの家族はほかのところにいるんだよ」

「いやよ、バック。あなたもこなくちゃ。あたしたちはどうなるの？」

「ぼくは行けないよ。行きたいけど、だめなんだ」

「あなたの家族も連れてくればいいわ」

「そんなことをしたらどうなる？　家具の一部を捨てなくちゃならなくなるよ。それに忘れないで、ぼくらはおたずね者なんだ。きみたち一家を厄介事にひきずりこむような危険はおかせない。ぼくはセントルイスに行く」

真珠が彼女の頰を転がり落ちた。ちいさな涙が一滴。

「だったら、あたしは行きたくない。あなたと一緒にいたい」

「そんなこと家族がゆるさないよ。家族の胸はずたずたになる。それに、一家にはきみが必要だ、きみだってわかっているだろう。ぼくらのカヌーにきみを乗せる場所もない」

「ああ、バック」

メイベスはぼくを抱きしめた。ぼくらのそばでは、今や棒だけになったからっぽのティピが、中身の消えた生き物の黒い骨のように立っていた。

スコフィールド一家は最後の身の回り品をトラックの荷台に詰め込んでいた。「メイベス」ミスター・スコフィールドが呼んだ。「ほうっといておやり、パウエル」ビール母さんが言った。

メイベスがぼくの手を取り、ぼくらは川が一点からもう一点へ流れ込んでいるのが見える場所へゆっくり歩いていった。ぼくの過去と未来、その両方の分岐点だった。朝食の焚き火のにおいがしたが、川から吹いてくる風は顔にひんやりとして、ミネソタ川によって運ばれる沈泥がかすかににおった。沈泥はミシシッピ川まで運ばれていき、遠い海へと流れこむのだろう。

メイベスがぼくのほうをむいてキスし、肩に頭をもたせかけてつぶやいた。「手紙を書いて。そうしたらあたしも返事を出すし、これからもずっと一緒よ」

「どこに送るの？」

「おばさんの名前はミニー・ホーンズビー。シセロに住んでるの。シカゴの近郊よ」

「きみからの手紙の宛先は？」

「局留め郵便にする、セントルイスの」

うまくいくとは思わなかったが、それでメイベスの気がすむならかまわなかった。

ぼくらはトラックへ引き返した。双子はすでにうしろに乗っていて、スコフィールド一家に残ったさまざまなものに囲まれていた。ミスター・スコフィールドが運転席にいて、奥さんはその隣にいた。ビール母さんがあいた助手席のドアのところに立っていた。ぼくがメイベスに手を貸して荷台に乗せると、枕がのった平らなスーツケースの上に彼女は身を落ち着けた。

ビール母さんはぼくの肩を片腕で抱いた。「バック、心はゴムボールだよ。どれだけへこんでも、元通りになる。それから、これをおぼえておいて。スタウト通り一四七」

「なんですか、それ？」

「あたしの妹ミニーのシセロの住所だよ。がんばるんだよ、いいね？」

「はい、マアム。そうします」

彼女が乗り込むと、ミスター・スコフィールドがエンジンを始動させた。アルバートは見事にやってのけていた。モーターがすぐにうなりだした。トラックが動きだすと、はじめは隣人であり、やがては友人となった人たちが別れの手を振り、ぼくは彼らにまじって立っていた。心のゴムボールがぺしゃんこになった。

ミスター・スコフィールドはマンケートへ続く埃っぽい道に出るまでゆっくりトラックを走らせた。最後にメイベスを見たとき、彼女は片手を高くあげ、もう片方の手で涙をぬぐっていた。

46

すべてがむなしかったが、真の愛の喪失はそんなふうに感じられるものだ。一切が燃え尽きる。漆黒の穴。宇宙一からっぽの場所。メイベスは去り、ぼくの人生も終わったように思えた。

恋をしたことがない人なら、とりわけ若い恋をしたことがないなら、ホーパーズヴィルの人たちがそれぞれの生活へ戻っていくなか、スコフィールド一家の灰になった焚き火やティピの骨組みの隣に立っていたぼくの気持ちや別れのつらさは理解できないかもしれない。

グレイ大尉がぼくの肩をつかんで、言った。「彼らのことはもう心配いらんよ、バック。きみのしたことにあらためて礼を言う」そして彼も引き潮のように去っていく人びとのあいだにまぎれこんだ。

ぼくはまったくのひとりぼっちだった。ほんの短いあいだだったが、生活が、歌が、笑いが、熱い食べ物のにおいが、家族の温かな毛布が、そしてメイベスがいた場所に、数分、ぼくはじっと立っていた。もうなにもなかった。すべてがことごとく燃え尽きてなくなった。

ぼくは歩いた。自分の足がどこへ身体を運んだのか、今日に至るまで、よくわからない。正午すぎ、気がつくと、アルバートとエミーとフォレストがいるあのポプラの木々に囲まれた野営地にいた。驚いたことに、モーズも一緒だった。

でも彼は以前のモーズではなかった。以前のモーズは風に漂う羽根だった。どんなことがあっても、彼の心は軽く、精神は踊っていた。今、みんなと離れてひとりですわっているモーズからは威嚇的な闇が放たれていて、ぼくの帰還を見守る目は苦しんでいた。

「腹がへってるだろう?」フォレストが言った。彼はモーズの雷雲に気づいていないようだった。乏しくなりつつあるぼくらの食料から、フォレストはリンゴ一個とチーズ一切れをぼくに投げた。「ノーマン、喉を潤せるようにバックにその水袋も渡してやれ」

ぼくはエミーの隣に腰をおろした。ちいさな顔は不安にこわばっていて、それがすべてを物語っていた。ぼくをちらりと見ると、ほんのかすかにモーズのほうへうなずいてみせて、わからない程度に肩をすくめて困惑をあらわした。アルバートは忙しさを装って、ふたつの部分と回転する取っ手から成る金属の鍋のようなものをひねくりまわしている。

「それなに?」ぼくは訊いた。

「兵隊用の野外調理セットさ。昨日、買ったんだ——そのときはまだおれたちに金があった。古いブリキ缶で料理をしなくてすむように、北マンケートの店でな」彼はふたつの金属部分を組み合わせ、取っ手を回して所定の位置にねじこむと、どうだというように持ちあげてみせた。

「すごいね」

「すくなくともおれが金を使うのは、おれたちのためだ」

「なんて心が広いんでしょう、おばあちゃんたら」

「みんなのためだ」

「自分の世話は自分でできるよ」

「結構。じゃ、エミーのことは?」

「あたしなら大丈夫」エミーが言った。

「おれたちがいるからだろ」アルバートは言った。

アルバートはぼくに怒っていたが、腹立ちまぎれに吐いたこの乱暴な言葉に、エミーは泣きそうな顔になった。

小石がアルバートとぼくのあいだの地面にぶつかった。勢いあまって跳ね返り、木立に飛びこんだ。顔をあげると、モーズが立ちあがってぼくらをにらみつけていた。喧嘩を売ろうというかのように全身が緊張している。

〝おまえらはちっぽけだ〟と手話で言った。〝おまえらの心はすごくわがままだ〟

ぼくはフォレストに視線を移したが、この感情の激発に驚いた様子はまったくなかった。

〝おまえらは目の前にあることしか見ない。みんな自分のことしか気にかけない〟

ひとつの家族をまるまる助けたばかりだと反論することもできた。あるいは、エミーの安全を守るために精一杯やっていると指摘することも。ぼくらがエミーを助けたから首に賞金をかけられ、刑務所まで、もっとも悪いことまであと一歩のところにいるのだと彼に思い出させることもできただろう。でもモーズの足元にはまだ石が転がっていた。彼がまた投げつける気にならないとはかぎらない。今度はぼくに命中するかもしれないし、モーズはすでにそうやって人をひとり倒している。これはぼくの知らないモーズだった。彼になにができて、なにができないのか、見当もつかなかった。

「今、あなたが見ているのはなあに、モーズ?」エミーが訊いた。恐怖からではなくて、深い気遣いからの質問であることが、ぼくにもわかった。

〝歴史だ〟彼は答えた。〝自分が何者かを見てる〟

それはどんな人間なのかと訊きたかったが、正直に言うと、ぼくはすっかり怯えていた。怖れずにしゃべったのはエミーだった。「あたしたちに話して」

モーズはじっと考えこんだ。その顔はいまだに怒りの仮面だった。やがて彼は肩の力を抜き、まっすぐに立つと、手を動かした。〝ついてこい〟

ぼくらはぞろぞろとついていった。フォレストだけは残って、ぼくらを見送った。フォレストとモーズのあいだに共謀めいた関係を感じたが、どんな目的があるのかさっぱりわからなかった。そのときは、この新しいモーズは未知の存在で、フォレストも意味ありげな謎に包まれたままだったから、どんなことになるのかとぼくは緊張していた。用心深く肩越しにぼくとエミーをちらちら見てばかりいるところから、アルバートも同じ気持ちでいるのが伝わってきた。

小島で骸骨に出くわしてから、すべてが以前とは同じでなくなった。ぼくらは呪われているのだろうか、と思った。そういう物語を読んだことがあった。死者の眠りを妨げた人びとがおそろしい代償を支払う話だ。それとも、スー族の血筋によってモーズは復讐の精霊に取り憑かれてしまったのだろうか。なにが真実であるにせよ、ぼくは引き返したかった。川へ。過去へ。蛍が無数の星のように舞っていたギレアド川のスズカケノキ、隣でエミーがぼくの手を握り、ほんの束の間、完全な自由と深い幸福に浸った木の下のあの場所に戻りたかった。

「彼らはみんな死んだの」エミーが言った。

モーズがそれを聞いて立ちどまった。ゆっくりふり向いて、暗い目でエミーを凝視した。次に手話で言った。〝三十八人だ〟モーズはぼくとアルバートを見た。ぼくらにもわかるはずだというように。でも、そうでないのはあきらかだったから、彼は向き直って歩きつづけた。

モーズがぼくらを連れていったのは、ぼくが前にメイベスといた場所だった。鉄柵で囲まれた狭い草地のまんなかに墓石のような御影石が立っている。モーズは彼もまた御影石から切り出されたかのように、その石板の前にじっと立ち、そこに刻まれた言葉を見つめた。

一八六二年十二月二十六日
三十八人の
スー族のインディアンが
ここで首を吊られた

「みんな死んだ」ぼくはエミーの言葉を繰り返した。

さっきだけでなく、数日前にも小島で発作がおさまったとき、彼女はそう言ったのだ。

「おまえはずっとここにいたのか？」アルバートがたずねた。

モーズは首をふって、手話で言った。〝ひとりで考えてた。図書館で〟

「図書館？」ぼくは言った。「なんのために？」

〝自分が何者かを知るため〟

エミーが言った。「あなたは何者なの？」

〝モーズであり、モーズじゃない〟そして彼は綴りを一字一字伝えた。〝A-M-D-A-C-H-A。みじんに砕ける〟

「フォレストがここにきみを連れてきたの？」ぼくは訊いた。

モーズはうなずいた。

「首を吊られたスー族の話をしたのか？」

〝すこし。自分で一部始終を学んだ、図書館で〟

「一部始終って？」アルバートが言った。

モーズが手話で言った。〝すわれ〟

モーズが雄弁に伝えた悲惨な話のすべてを語ること

はしないが、かいつまんで言えばこういうことだ。

一八六二年の夏が終わる頃には、スー族が代々住んでいたミネソタ南部の土地の大部分は、ろくな説明もなく、露骨で高飛車な協定によって、奪われていた。インディアンの代理人として指名されていた強欲な白人たちのせいで、スー族に約束されていた割当金や供給物資の供与は実現しなかった。飢えた女たちや子供たちはとうとう代理人のひとりに食べ物をくれるよう懇願した。

〝代理人が彼らになんと言ったかわかるか？〟モーズが手話で訊いたあと、手をおろした。苦しげにゆがむその顔から、モーズはもう先を続けないんじゃないか、とぼくは思った。ようやく彼は言葉を継いだ。〝草を食べろ、と言ったんだ〟

食べ物も着る物もなく、怒りと絶望にかられた南部ミネソタのスー族の一部が蜂起した。戦いは数週間で終わり、どちらの側にも数百人の死者が出た。兵士たちはミネソタ州南部のインディアンのほぼ全員を狩りたて、戦いとは無関係の人びとともろとも強制収容所にほうりこんだ。その年の冬、病気による死者は数百人にのぼった。生き延びた人びとは散り散りになって遠くはモンタナの居留区や施設に入れられた。

四百人近いスー族の男たちが残虐な戦いにおける、事実とも推測ともつかぬ行為のために裁判にかけられた。裁判とは名ばかりだった。法的代理人を立てることすら認められなかった。容疑にたいしてみずから弁護する機会は与えられず、そもそも容疑の大半がでっちあげだった。審問は数分で片付けられた。結局、三百人以上が死刑判決を受けた。エイブラハム・リンカーン大統領は大多数を減刑したが、目に余る行為により有罪となった三十九人は別だった。一八六二年十二月二十六日――〝クリスマスの翌日だ〟とモーズは辛辣に言った――死刑判決を受けた者のうち三十八人が、全員を同時に処刑するために巧妙に作られた長方形の絞首台へ行進させられた。

〝彼らは両手をうしろで縛られ、頭からフードをかぶせられていた〟とモーズが語った。〝互いを見ることができなかったから、全員がそこにいて、身体も心も一緒であることを互いに知らせるためにそれぞれの名前を大声で叫んだ。彼らは死を運命づけられていたが、くじけてはいなかった。アムダチャは彼らのうちのひとりだった〟

モーズは一瞬、言葉に詰まり、涙に濡れた顔で空を仰いだ。

それから。〝大勢の白人が見物のため集まっていた。定められた時間に斧による一撃で綱が切られ三十八人全員が死んだ。血にはやる白い群衆が歓声をあげた〟

モーズが話しているあいだ、ぼくの頬にも涙は流れた。そのすべて——そのむごたらしさ、そのゆるしがたい裁判の茶番——が、ぼくが人生のこの四年をすごした地域で起きていたのに、ただの一度も、いかなる授業でも、リンカーン・インディアン教護院では、ぼくの知るかぎり、それを教わったことはなかった。現在にいたるまで、あのとき自分が泣いたのは、その不当な扱いを受けた人びとのため、あるいは、圧倒的な苦しみをかかえたモーズのためだったのかどうか、よくわからない。涙をこぼしたのは、心に重くのしかかっている罪悪感のためだったのかもしれない。ぼくはモーズとは異なる人びとから生まれた。肌の色は、アムダチャが死んだとき歓声をあげた人々と同じ色をしており、すべてのインディアン部族にひどいことをした連中と同じ色をしている。自分の血に忌まわしい汚点を感じた。

パトカーが一台近づいてきて、スピードを落とした。「行かないと」アルバートが静かに言って、通り過ぎるパトカーを見た。

彼は歩きだし、エミーとぼくもあとに続いた。でもモーズはためらった。うつむいて、墓石のまわりの草むらに涙をこぼしていた。

47

夕暮れ時、ぼくはホーパーズヴィルに向かった。迫りくる夜の薄闇のなか、木炭色の木々のあいだからのぞく焚き火が光のちいさなオアシスか、歓迎の小島のように見える。ぼくはスコフィールド一家のことを考えていた。親戚でもなんでもない子供を見た瞬間から迎え入れ、思いやりと気前のよさを示してくれた一家のことを。あれこそ愛情だった。それにしがみついていたかった。彼らの野営地に戻ることしか考えられなかった。それはある意味、我が家に帰るようなものだった。

川沿いに行くと、近くの暗がりから人影が急ぎ足にぼくを迎えに出てきた。奇蹟が起きて、メイベスが戻ってきたのだと、心が高鳴った。でもすぐに足をひきずっているのがわかって、人影の正体はあきらかになった。

「バック」グレイ大尉はすこし息を切らしていた。「きみがふらりと戻ってくるんじゃないかと思ってね。立ち去ったほうがいい。今すぐに」

「どうして？」

「今日、きみを捜しにきた連中がいるんだよ。そのうちひとりは警官だった、郡保安官だ」

「ウォーフォード？　赤ら顔の大男でしたか？」

「そうだ」

まず撃って、質問はあと、の保安官、とぼくは心の中で思った。

「他はどんな人たちでした？」

「もうひとり男がいた——背が高く、痩せていて、黒い目に黒い髪だ」

「クライド・ブリックマンだ。あとのひとりは女性？」

「ああ、男の奥さんだろう。知っている人たちか？」

「ええ、全員厄介な連中です」

「野営地にハーモニカを吹く子供がいると聞いたと言っていた。情報をほしがっていたな。その子と、その子と一緒にいるかもしれないちいさな女の子についての情報を」

「あなたはなんて言ったんですか？」

「なにも。だが連中は金を出すと言っていた。われわれはみんな困窮しているから、誰か情報提供した者もいただろう。姿をくらましたほうがいいぞ」

「ありがとう」ぼくはそう言ってから、付け足した。「DCに着いたら、警察をこてんぱんにやっつけてください」

「そうするよ」グレイ大尉は重々しくうなずいた。

ぼくはいそいで野営地へ引き返した。マンケートの郊外にいたあいだ、ポプラの林付近で人を見かけることが全然なかったから、ぼくらはちょっと油断していた。野営地ではアルバートが火を焚いていた。兵隊の野外調理セットから取り出したフライパンでハンバーガーを焼くにおいがした。

「火を消して」ぼくは言った。

兄は顔をあげた。今にも文句を言いそうに表情が一気にこわばった。「なんでだ？」

「ブリックマン夫婦がここにきてる。ウォーフォード保安官も一緒だ」

エミーはあぐらをかいてすわり、アルバートが料理するのを眺めていた。彼女が息をのんだのが聞こえた。モーズは焚き火のずっと向こう側にいた。ぼくらと一緒にいるときの、それが新たな定位置になっていて、今もひとりだけぽつんと離れている。背中を丸めて物思いにふけるように炎をじっと見ていたが、ブリックマンとウォーフォードの名前が出ると、まっすぐ背筋を伸ばし、身を硬直させた。

フォレストが静かに言った。「川がまたおまえたちを呼んでいるのが聞こえる」

アルバートが火に水をかけ、ぼくらはむっつりと黙ったまま、生焼けの肉と白パンのハンバーガーを食べた。あとのみんなのことは知らないが、ぼくはブリックマン夫婦から逃げ切れるかもしれないと希望的観測をいだきはじめていた。すくなくとも、彼らが怒りをくすぶらせたままリンカーン教護院に帰り、ぼくらがあとにのこしてきた生徒全員を恐怖で支配するやりかたを再開させることで溜飲《りゅういん》をさげるのではないか、と思っていたのだ。でも今は、消えた焚き火を包む暗闇のなかで、自分たちは彼らから自由になれないのでははないか、彼らの追跡をかわすことは無理なのではないか、と怖くなっていた。

「夜が明けたらすぐ川に出る」アルバートが言った。「世間が起き出す前にここから姿をくらまそう」そのあとの言葉が、岩のようにぼくを襲った。「くるか、モーズ？」

暗くてモーズの顔がはっきり見えなかったが、彼の手がもちあがって言葉を形作るのは見えた。〝わからない〟

その夜はよく眠れなかった。いつもの単なる不眠症ではなかった。自分の知っている世界がばらばらになろうとしていたからだ。ぼくは起きあがって川べりまで歩いていき、大きな岩に腰をおろしてつながったふたつの星を見あげた。メイベスの星とぼくの星は常に北をさしていた。川が次にぼくらを連れていくのはそこなのだ。月はまだ出ておらず、川は黒々と流れていた。自由を約束してくれる象徴として考えていた川なのに、今はただの絶望をあらわしているようにしか見えなかった。

そのとき、口中に苦味をおぼえるほどのどす黒い考えが頭に浮かんだ。どうしてぼくらはリンカーン教護院から逃げ出したりしたのだろう？　確かにみじめな生活ではあったけれど、それなりに予想のつく毎日でもあったのだ。あそこでは警察に追われてはいなかった。ブリックマン夫婦は悪魔だったけれど、対応の仕方ならわかっていた。アルバートとモーズの学業はほぼ終わっていて、彼らの選択次第でなにをしようが自由だっただろうし、ぼくだって残りの数年をどうにか乗り切れただろう。それにひきかえこの川の上では、ブリックマン夫婦と警察の追跡によっていつかは逮捕されるという以外、確実なことはなにもない。この先ぼくらを待っていることにくらべたら、仕置き部屋での一夜などピクニックみたいなものだ。


夜明け前の鼠《ねずみ》色の光のなか、ぼくらは起きて、静かにカヌーに荷物を積んだ。モーズは手伝ったが、一緒にくるのかどうか意思表示はしなかった。ぼくは彼の返事が心配だったので、たずねなかった。とうとうその話を切り出したのはエミーだった。

「お願いだからきて、アムダチャ」彼女はモーズのスー族の名前を使って懇願した。「あたしたち家族でしょう」

モーズは長いことエミーを見つめたあと、長いこと川を見つめた。ついに彼は言った。〝きみが安全だとわかるまでだ〟

彼が同行を承知したのはひとえにエミーのためであり、アルバートやぼくは関係ないのだ。家族？　そんなものは、ぼくらが旅に出たときに持っていた希望と同じで、死んでいた。

「あんたはどうする、フォレスト？」出発の用意ができると、アルバートが訊いた。

「まだわからん」

「一緒にきていいのよ」エミーが言った。

フォレストは感謝のこもった笑みを浮かべたが、首をふった。「おまえたちのそのカヌーにおれが乗る余地はないよ。それに、ここはおれのふるさとだ。ここに家族がいる。そろそろ会いに行く頃合いだ」彼はアルバートを見た。「目的地はセントルイスだったな。だがまず別の聖人《セント》を訪ねないといけない。セントポールだ。そこにいる人を知ってる。いい人びとだ、喜んでおまえたちを助けるだろう」

彼はシャツのポケットから紙切れとちびた鉛筆を取り出して何事か書きつけ、兄に渡した。アルバートと握手し、次にぼくと握手したあとエミーの髪をくしゃくしゃにした。

フォレストはモーズ、今はアムダチャのほうを向いて、肩をぐっと握りしめた。「ワカン・タンカ・キシ・ウン」

エミーがぼくにささやいた。「神の恵みがあるように」

アムダチャが艫《とも》をおさえているあいだに、アルバートが舳先に乗り、エミーとぼくはカヌーの中央にすわった。アムダチャが乗り込んでパドルを持ちあげると、フォレストがぼくらを流れへ押し出した。

48

リンカーン教護院を逃げ出してからひと月が過ぎていて、ぼくは逃げることにくたびれていた。その日は午前中いっぱいずっとカヌーにすわったまま、黙ってあれこれ思い巡らしていた。他のみんなも静かだったし、エミーとピーター・ラビットですら口を開かなかった。まわりの景色もぼくらの気分を明るくしてくれるようなものではなかった。どこまで行っても大洪水の証拠が広がっていた。干からびていたり、腐っていたり、いろんな残骸が川の両側の木々の低い枝にひっかかり、川のどのカーブ地点でも高い土手に流木がうずたかく積み上がっている。谷底から引き倒されて水没したハコヤナギの木の白茶けた枝が、流れのなかほどに隆起した砂州に恐竜の骨のように乗り上げていた。ぼくらが沈黙していたのは、このあらゆる破壊の証拠がもたらす影響だったのか、それともみんながぼくと同じく、その引き抜かれた木々のように、自分たちを場違いで無力だと感じていたせいかもしれない。

正午ごろ、ニレの大木の張り出した枝がつくる木陰の砂浜にカヌーをとめた。だんだん乏しくなる食料から昼を食べた。

「見て」エミーが川向こうのハコヤナギの木を指さした。地面から十フィートのところで幹が裂けている。汚れて腐ったマットレスがその裂け目にひっかかっていた。「どうしてあんなところに?」

「洪水だ」アルバートが言った。

「そんなにすごいの?」

「この川は洪水で生まれたんだよ、エミー」アルバートは言った。「一万年前、北部に湖があった。現在あるどんな湖より大きな湖だ。それはアガシーと命名された。ある日、大地とそれを支えていた礫層《れきそう》の壁がくずれ、水が一気にあふれでてリヴァー・ウォレンという大洪水が起きた。洪水はミネソタを縦断してミシシッピまで何マイルもの谷をうがった。おれたちがいるこの川はその大洪水の名残なんだ」

兄はいつも読書で培った知識をみせびらかしていた。

その話はかなり興味深かったが、ぼくはそう言うのをやめた。

「あたしたちがここにいるあいだに、川は氾濫する?」

「雨量が多ければ、その可能性はあるな」

どうか雨が降りませんように、とぼくは心の中で祈った。

だがエミーの目は驚嘆のあまり大きく見開かれていた。「見てみたい」

モーズ——彼をアムダチャとして考えることに、いまだにぼくは慣れていなかった——はぼくらから離れてすわっていた。さほど距離はないが、孤立を感じさせるには充分だ。

「オディ、小鬼とお姫様が結婚したのかどうか、話してくれてないわ」ぼくのぽかんとした顔を見ると、エミーは言った。「あの小鬼とお姫様の話。結婚したの?」

返事を考えているあいだに、一本の長い流木が視界に入ってきて、渦につかまり回転しはじめた。

メイベスとのことは誰にも一言もしゃべっていなかった。アルバートがミスター・スコフィールドのトラックの修理を手伝いに行ったときも、たまたま知り合って、困っている家族としか伝えていなかった。スコフィールド一家との本当の関係をなぜ秘密にしていたのか、彼らの娘への深い気持ちをなぜ黙っていたのか、自分でもよくわからなかった。メイベスをひとりじめにしたかった——たとえ記憶にすぎなくても——からだ、とぼくは自分に言い聞かせようとした。なにかを説明しなければならないことをまぬがれ、ぼくの初恋にたいするアルバートの皮肉のきいた一言をかわしたかったからだと。

でも、くるくる回る流木を見ているうちに、やっとぼくは真実を受け入れた。つまり、アルバートとエミーとモーズとぼくの仲を裂こうとするひびわれにはとっくに気づいていたから、自分たちがばらばらになるのがこわかったのだ。その瞬間、自分はまちがった家族とどまることを選んでしまったのかと思わずにいられなくなり、ぼくは深い絶望に沈んだ。

「小鬼とお姫様は結婚しなかった」ようやくぼくはエミーに言った。

「お姫様は民を助けるためにとどまり、小鬼は彼自身の道を行ったんだ」

「なんだ」エミーはがっかりした顔をした。

「恋はいつも実るとはかぎらないのさ」エミーにそう言うと、ぼくは川に小石を投げた。

夕方までカヌーを漕ぎ、とある町の郊外にたどりついた。

アルバートが言った。「フォレストが川の周辺についておおまかに教えてくれたんだ。前方のあれはきっとルシュール郡だ。夜に備えてカヌーをとめよう」

ぼくらはちいさな入江で野宿した。そろそろ寝ようとしたとき、町から銃声のような音が聞こえた。

「誰が撃ってるの?」エミーが訊いた。

「誰を狙って撃ってるんだ?」ぼくが付け加えた。

アルバートは首をかしげて耳をすませ、すぐに口元をゆるめた。「銃声じゃない。花火だ。今日は七月四日だろ」

リンカーン教護院では花火は禁止だったが、毎年独立記念日になると、ぼくらは列を作って町へ行き、ユリシーズ・S・グラント公園のそばに集まった市民と一緒に青年会議所が打ち上げる流星花火や砲弾花火や迫撃花火を見物した。今思うと、何十年も前、家族から引き離され、自由を奪われた子供たちが、その行事に参加させられたのは実に不適切だ。だが実際、みんなは空に浮かびあがるめくるめく花火が大好きだったし、寮の消灯時間がきたあとも声をひそめて仲間内で最高の瞬間を真似したり、特別にすばらしかったフィナーレを思い返したりした。

ルシュールの花火は火が暮れるとまもなくはじまった。公園は川からあまり遠くないところにあるにちがいなかった。というのも、打ち上げの爆発音や歓声がごく間近に聞こえたし、周囲の空気も振動したからだ。

「わあ、見て」金色のシャワーのまんなかに赤紫色の巨大な菊の火花が散ったとき、エミーが叫んだ。彼女は興奮してアムダチャの手を握りしめた。ぼくは彼がひるむのを見た。だがすぐに緊張はとけて、ぼくがびっくりし、またほっとしたことに、彼はほほえんだ。久しぶりに見たその笑みは、いつまでも消えないように思えた。

「なにか吹いて、オディ」夜がふたたび静かになると、エミーがねだった。

ぼくの心は軽くなりはじめていたが、とりたてて愛国心をかきたてられたわけでもなかったから、ホーナー・ハーモニカ（ホーナーは老舗のハーモニカメーカー）を口にあてると、『ダウン・バイ・ザ・リヴァーサイド』を吹いた。エミーのお母さんが教えてくれた歌で、そのメロディと歌詞はいつもぼくを元気づけてくれる。

エミーがすぐに気づいて、心をこめてうたいだした。

「眠い頭を下ろそう、この川辺に……」

数小節後にアルバートが加わった。「戦争はもういやだ、戦争はもういやだ……」

第三番でアムダチャが歌詞を手話であらわした。

その夜、ぼくらは危険を覚悟で火をおこし、川の旅に出て以来、幾晩もやったように火を囲んで静かに話しあった。一度は壊れたものがまた元通りになったような気がしたが、けっして以前と同じでないことはわかっていた。川がカーブするごとに、ぼくらは変わり、ちがう人間になっていった。ぼくらの旅も、セントルイスへ着くのだけが目的ではないことにはじめてぼくは気がついた。

エミーはぼくの肩に頭をもたせかけてうとうとしていた。毛布に寝かせたが、しばらくすると目をさましてしがみついてきたので、ぼくも横になってそばについていた。

アルバートとアムダチャは消えかけた火のそばにいた。最後の炎がふたりの顔をぼんやりと照らしていた。

「同情する」アルバートが言った。

〝なにに？〟アムダチャが手話で訊いた。

「おれは両親を知っていた。自分がどこからきたか、知っている」燃えさしを見つめていたアルバートは、このとき、目をあげた。「おまえがどんなつらい思いをしていたか、考えたこともなかった」

〝なにより大切なのは、今のおれが何者かってことだ〟

アルバートが棒切れを拾いあげて燃えさしをつついたので、また炎が燃えあがった。「おまえが一緒にこないんじゃないかと怖かったよ」

〝おれはあそこへ戻る。いつか〟

「アムダチャになったから？」

みじんに砕ける、とぼくは思った。

アムダチャは夜空を見あげ、その問いをちょっと考えてから、わずかに肩をすくめて言った。〝ちぇっ、まだモーズと呼んでいいよ〟

第五部　ザ・フラッツ

49

さらに二日たつと、セントポールが見えてきた。実際にぼくらが最初に垣間見たのは、前方に横たわるスネリング砦《とりで》の威容だった。灰色の城壁がミネソタ川とミシシッピ川の合流点の絶壁にそびえ立っていた。

その巨大な砦の下を通過したとき、モーズが憎悪をたたえた目でそれをにらみつけた。〝おれの一族を殺した兵士たちは、あそこからきた〟と手話で言った。そしてなにかを捜すかのように、川底をのぞき、木々や暗がりに目を走らせた。〝やつらはここに囲い柵を作って、二千人近い女、子供、老人を押し込めた。その冬、数百人が死んだ〟

モーズにとっては、ぼくらがニューブレーメンを発ってから起きたすべてが心をさいなむ拷問だった。数日にわたり、セントポールめざしてカヌーを漕ぎながら、ぼくはモーズが胸を引き裂かれる苦しみにもがくのを見ていたし、夜は、彼が眠りながら何か叫ぶのを耳にしていた。だから、人生から奪い取られたあらゆるものを象徴するその石の城壁の下を通ったときの彼の怒りが理解できる気がした。

日没時、ミシシッピ川に入った。広々とした水面は鏡のようになめらかで、川岸の絶壁が残照を浴びて真っ赤に染まっている。アルバートが夜に備えて川岸へぼくらを誘導した。カヌーをおりて水から引きあげ、木立にいったん落ち着いてから、火をおこすための流木を集めはじめた。食料は底をついていたから、火を焚くのはひとえに明かりのもたらす慰めのためだった。一日以上、なにも食べていなかった。ブーツに隠した五ドル札で食べ物を買うことを考えたが、エミーは正しいときがくればわかると言っていたし、まだなにも感じなかった。

ミネソタ川では積荷を運ぶ引船に何度か出くわしていたが、広大なミシシッピ川で最初に見た二隻は長さが二倍はあって、一隻は十艘《そう》の平底船を、もう一隻は八艘の平底船を牽引《けんいん》していた。それらの大型船が通過するさいの波が汀線《ていせん》に打ちつける様子を見て、こんな船団の航跡につかまったらぼくらのカヌーはあっけなく沈没だと思った。

旅に乗り出したとき、月はほぼ満月に近かったのだが、その夜はふたたび満月が出ていた。ぼくは川岸の木立の下に寝転がって、月に住む男（英米では月面の斑点を人の顔と考える）をじっと見あげた。枝の隙間から見えるその顔はひび割れて、壊れていた。眠れなかった。セントルイスへ連れていってくれるミシシッピ川についに到着したものの、あとどのくらいあるのか、何度満月を見ることになるのか、見当もつかなかった。

モーズが起きる気配がした。見ると、寝床を抜け出していく。トイレに起きたのだろうと思ったが、いつまでも帰ってこないので心配になった。ぼくはブーツをはいて毛布から出ると、彼が姿を消した川沿いの低地のもっと奥へ足を向けた。モーズはちいさな空き地にあぐらをかいてすわっていた。夜空にむかってあげた顔が月光を浴びて白く見える。低い声でなにかを唱えている。舌がないのだから言葉を発しているわけではないが、自分が発していることの意味を知っているのはあきらかだった。フォレストが教えた聖なる祈りなのか、あるいは、今、彼の中にあるものに声を与えているだけなのか。高くなったり低くなったりするその音が、夜の海に生じる穏やかな波を思わせた。祈るように彼は両手を持ちあげた。それとも、祝うためかもしれない。ぼくになにがわかるだろう。入ってはならない領域へ踏み込んで、他者には立ち入れないなにかを見たような気がして、ぼくはそっとその場をあとにした。

翌朝、ぼくらはカヌーにふたたび荷物を積んで、セントポールに入る準備をした。上流の絶壁の上に家々が建っているのが見えたが、いくつかはものすごく大きくて立派に見えた。

「あそこには王子様やお姫様が住んでるの？」エミーが広壮な屋敷を見あげて言った。

「金持ちなのはまちがいないな」アルバートは言った。「金持ちは決まって他人を見おろせる場所を見つけるものなんだ」

「いつか、お金持ちになりたい」エミーは言った。

「そしてああいう大きな家に住むの」

アルバートが言った。「ああいう家がいくらぐらいするか知ってるかい？」

エミーはかぶりをふった。

「魂とひきかえさ」彼は言った。「さあ、出発しよう」

ぼくらはほぼ午前中いっぱいパドルを漕いだ。川の様子が変化した。木々が消えて工業地帯が増え、こぢんまりした家が丘陵に整然と並び、やがて石の塔の集団が見えてきた。これまでに見たこともないのっぽの建物群が密集している。その後方には丘陵が広がっており、丘の頂上には堂々たる聖堂のドームがそびえていた。頭上には信じられないほど高い橋がかかっていて、その下をくぐりぬけたあたりでようやくアルバートは長い小島と南の岸のあいだの細い水路へカヌーを入れた。ぼくらはにぎやかな繁華街の高層建築群とは反対の川岸にカヌーをひきあげた。

陸にあがると、アルバートはポケットから紙切れをひっぱりだした。フォレストの言った、ぼくらを助けてくれる人の名前が書きつけられたものだ。本当に助けが必要なのか、全員が風呂に入ったほうがいいことをのぞけば、ぼくにはぴんとこなかった。シスター・イヴと別れてから、ぼくらはちゃんと身体を洗っていなかったし、お互い、死にかけか、もう死んだみたいなにおいを放ちはじめていた。

「〝ウエストサイド・フラッツ、ガーティー・ヘルマン〟」アルバートが紙切れを読みあげた。「〝誰にでも訊けばわかる〟」

ぼくは肩越しにのぞいていたので、名前のほかにフォレストが川のへたな地図を描いていたのがわかった。ウエストサイド・フラッツがどこなのかバツ印が書き込んであって、そこはまさにぼくらのいる場所だった。

「これからどうする？」ぼくは訊いた。

「ガーティーを見つけに行く」

「カヌーはどうするの？」

「おまえたちはみんなカヌーのそばにいてくれ。おれがひとりで行く」アルバートはモーズを見た。「しっかり見張っててくれ」

モーズはしかつめらしくうなずき、兄は川の土手をのぼって見えなくなった。

ぼくの経験では、鉄道線路と川は兄弟に似ている。あらゆる場所で彼らは追いかけっこをしている。ぼくらが上陸した地点の上には二組の線路が走っていた。アルバートが戻ってくるのを待つあいだ、動きの遅い貨物列車が頭上を通過して川下へ向かっていった。車両はからっぽで扉のいくつかはあけっぱなしになっていた。人がひとりかふたり、所在なさそうに中にすわっているのがときどき見えた。通りすぎる彼らをぼくらがじっと見ると、むこうはうつろに見返してきた。どこへ行くんだろうとぼくは思った。行き先を知っているのかどうか、気にかけているかどうかもあやしい気がした。

最後の車両が通過したとき、三つの人影が線路の向こう側からあらわれた。ぼくらみたいな子供で、両手をポケットに突っ込み、カヌーの横に立つぼくらを興味津々で見おろしている。

「おまえら、インディアンか?」一番背の高い子供がたずねた。もじゃもじゃの黒髪で、ぼくらのと似たり寄ったりのよごれた服を着ている。ぼくと同じ年頃だ、と見当をつけた。

「ぼくらがインディアンに見えるか?」ぼくは呼びかけた。

「そいつは見える」と、彼はモーズを指さした。「それにおまえ、カヌーを持ってるじゃないか」

「ぼくらはさすらい人だ」ぼくは言った。

「さすらい人か。どこの国からきた?」

「ここさ」

「嘘つけ、ここにはアラブ人とメキシコ人とユダヤ人はいるけど、さすらい人なんて聞いたことがないぞ。おまえら、名前は?」

「バック・ジョーンズ。あれはアムダチャ。この子は――」エミーは別名を名乗っていなかったから、なにか適当な名前を思いつこうとしてぼくはためらった。

「エミー」彼女が言った。

「おれにはエマって名前の妹がいる。似たような名前だな」背の高い子は言った。「おれはジョン・ケリー。こいつはムーク、あっちはチリ」彼は川上に目をやった。「カヌーでここにきたのか?」

「そうだ」

「どこから」

「知りたがりだな」ぼくは言った。「このへんに住んでいるのかい？」

「みんなザ・フラッツに住んでる」

「ガーティー・ヘルマンを知ってる？」

「知らないやつなんかいないよ。どうして？」

「ぼくらは彼女を捜してるんだ」

「すぐに見つかるさ」彼は好奇心まるだしでカヌーを見た。「そういうのは乗ったことないな。ひっくりかえりやすいのか？」

「操縦をこころえていれば、そんなことない」

「ちょっと乗せてくれない？」

「そのうちな」

「しばらくここにいるつもりか？」

「まだわからない」

「バック・ジョーンズか、映画スターみたいだな」とジョン・ケリーは言ったあと、にやりとした。「嘘だろ。またな、バック・ジョーンズ」

彼はくるりと向きを変えて遠ざかっていった。あとのふたりがついていく。

数分後、アルバートが帰ってきた。「カヌーに戻れ」

「ここにとどまるんじゃないの？」

「もうちょっと川下へ行く」

さらに半マイルほど進むと、小島の先端に着いた。細い水路がまた広がって広々とした川の流れになっている。土手沿いに掘っ立て小屋がずらりと建っており、あとで知ったことだが、ぼろ船と呼ばれるものも何艘か係留されていた。ぼくらがたどりついたのは、壁に〝モーガン・ボート製作所〟と大きな活字体の白ペンキで描かれた煉瓦のりっぱな建物だった。細長い木の桟橋がふたつ川の中へ突き出ていて、たくさんの船が繋がれている。数艘はマストがあり、二艘は流線型のスピードボート、一艘は操舵輪付きの引船だった。男がひとり、茶色く濁った川の水に膝までつかって、大きめのヨットのひとつのほうに身をかがめ、喫水線の上の、ベニヤ板でぞんざいにふさがれた穴を凝視している。アルバートはぼくらをその男のすぐそばまで連れていった。男はばしゃばしゃという音を聞いてふりかえった。

「ウースター・モーガンを捜しているんですが」アル

バートが言った。

「おれだ」頭はほぼ禿げあがっているが、黒いハンドルみたいな口ひげが上くちびるに沿って派手にくるんと巻きあがっている。まくりあげた青いワークシャツの袖からはボーリングのボールみたいな二頭筋が盛りあがっていた。

「ガーティー・ヘルマンのところからきたんです。おれたちのカヌーをあなたが預かってくれると聞きました」

「そう言ったのか、ガーティーが？　ガーティーを嘘つきにはしたくないな。そいつを持ってきな、保管場所を見つけてやるよ」

ウースター・モーガンは水からあがって、ぼくらが荷物をカヌーからおろし、兄とモーズがカヌーを肩にかつぐのを見ていた。「こっちだ」と、手をふった。

足を踏み入れてみると、ボート製作所はひとつの広大な部屋だった。あらゆる種類の旋盤や研磨機、それに、これまでに見たこともなければ、どんな目的に使うのか見当もつかない未知の道具が所狭しと置かれていた。溶接器具もたくさんあったし、垂木にはクジラを一頭持ちあげられるぐらい大きなフックのついた太い鎖がかけられていた。造船台に、船体にブレードが取り付けてある小型船がのっていた——あとになって、氷上ヨットだと知った。グリースとアセチレンがぷんとにおい、削りたてのカンナ屑のいいにおいがほのかに混じっていた。こうした機械類を見てとったアルバートが、天にも昇る心地になっているのがわかった。

ウースター・モーガンは木挽台《こびきだい》をすえ、カヌーがそこへ置かれると、ぼくらの名前をたずねた。ぼくらは当時使っていた名前を言った。

「ガーティーはおれのボート・ホテルのルールについて言ってたかい？」モーガンが訊いた。

「いいえ」アルバートは答えた。

「預かるのは一週間。通常料金は一ドルだが、ガーティーの友人てことだから……」彼はぼくらを眺め、口ひげをなでた。「おまえたちからは握手、そこのかわいい嬢ちゃんからはほっぺたにキス、それでよしとしよう」

ぼくらはウエストサイド・フラッツを歩いた。七、八ブロックつづく家々は、エミーですら通り抜けられないほどくっつきあって建っていた。正直に言って、ホーパーズヴィルの急ごしらえの掘っ立て小屋のほうが大部分の家よりも頑丈そうに見えた。どの家も裏に野外便所があって、水道がひかれている様子はなかった。草一本生えておらず、目に見えるまばらな木は発育が悪く、ひねこびていた。なにもかもがみすぼらしく思えたが、そこから共同生活が生まれていた。ぼくらが見かけた人たち全員から判断するに、活気あふれる共同体が。女性たちは洗濯物を干しながら破れた柵ごしに呼びかわしていた。薄汚い子供たちが泥の庭で遊んでいた。男たちは馬や荷馬車でそれぞれの仕事に精を出していた――廃品回収業、氷屋、鋳掛屋。自動車は数えるほどで、多くはなかった。フェアフィールドという通りに入ると、両側に商店が並んでいた――肉屋、乾物屋、雑貨店、床屋が二軒、鍛冶屋。どの店も客が出入りして、顔を合わせたりすれちがったりすると互いに礼儀正しく挨拶を交わしている。

リンカーン教護院には屋内に水洗トイレとシャワーがあったし、頭の上にはおおむね雨漏りしない屋根があった。草もいっぱい生えていたし、木々もあった。一日三回食事を与えられ、眠るベッドもあった。実際、快適な点はたくさんあった。でも、このごちゃごちゃの無秩序な共同体には、リンカーン教護院ではぼくらに与えられていなかった貴重なものがふんだんにあった。幸福と自由だ。

「あそこだ」アルバートが指さしたのは、角にある二階建ての老朽化した建物で、窓に〝ガーティーの家〟とペンキで描いてあった。

ドアがあけっぱなしだったので、ぼくらは兄について中に入った。テーブルがいくつもごたごたと置かれていた。逆さまになった椅子がテーブルの上に、脚を天井に向けてのっていた。中の空気はなんとなく香ばしかった。

狭い食堂の隅の脚立に男がひとり乗って、天井にあいた穴を修理していた。木の床を踏むぼくらの足音を聞いて、男はふりかえってぼくらをじっと見た。作業用手袋をはめ、オーバーオールにブーツをはいていたが、アフリカまで歩いていってそのまま帰ってきたようなブーツだった。彼が脚立をおりてぼくらのほうへ歩いてきたとき、顔の傷に気づいた。右目のすぐそばまで深い傷跡が縦に走っている。本人は古傷に頓着しているようには見えなかったが、直視するのがためらわれるほどの傷跡だ。彼は手袋を脱ぎ、握った両手を腰に当てて、ぼくらをひとりひとりじっと見た。それから口を開いた。男のような外見だが、男ではないことにぼくは気づいた。

「やあ」彼女は言った。「あたしがガーティーよ」

50

「まず最初にやるべきことをやる」

ガーティーはぼくらを調理場へ連れていった。コンロのそばに女性がひとり立って、湯気をたてている巨大なふたつの鍋の中をのぞいていた。この建物に入ったときにかいだ、あのすばらしいにおいの源だ。

「フロ」ガーティーは言った。「お客さん」

女性はふりかえった。鍋の湯気で金髪がくたっとし、顔は赤らんでいたが、美しさはちっとも損なわれていなかった。目ははっとするほど青く、すぐに大きくほほえんだ。

「子供たち？」

「ここにいるノーマンによると」ガーティーが言った。「フォレストがこの子たちを送りこんできたんだ」

「フォレストが？　彼は元気なの？」驚きと喜びのいりまじった口調でフロは言った。「どこにいるの？」

「失業中で、マンケートにいる」ぼくらには答える暇を与えず、ガーティーが言った。

「ミネソタに戻ったのね」フロが言った。その笑みは絶えたことがないように思えた。「彼に会える？」

ぼくらに向けられた質問だったが、またしてもガーティーが答えた。

「しばらくはふるさとから離れないだろうけど、あたしの勘が当たってたら、いずれ弟に会いにこっちへくるさ」

夏空のように熱っぽいフロの青い目がぼくら全員にさっと移った。「それであなたたちはいつまで……？」

「この子たちはセントルイスに行く途中なんだ。ひと息いれに立ち寄っただけよ」ガーティーは言った。「小屋に泊めてやるつもりさ」

フロはふくらはぎ丈の花柄の服を着ていた。彼女は裾をちょっとたくしあげて、エミーと目の高さが同じになるようかがみこんだ。「あなたみたいにかわいい子、見たことがないわ。お名前は？」

「エミー」

ぼくは天井を仰いだ。エミーはいつになったら学習するんだろう。

フロがちらりとぼくを見あげた。

「バック。バック・ジョーンズ」ぼくは言った。

「映画スターみたいね。あなたは？」と、アルバートに訊いた。

「ノーマン」

「あなたは？」

モーズは彼女をじっと見おろした。たとえ舌があったとしても、きっと口がきけなかったと思う。モーズはフロにすっかり魅了されていた。

「彼の名前はアムダチャ」アルバートが言った。「スー族なんだ」

「フォレストやカルヴィンと一緒ね」フロが言った。

「カルヴィンて？」ぼくは訊いた。

「フォレストの弟よ。聞いてないの？」

「はい。フォレストはただここでガーティーに会えと教えてくれただけなんです」

「たぶんカルヴィンがいるかどうかよくわからなかったからだわ。この季節、川は忙しいのよ。あなたたち、両親は？」フロは訊いた。

「ぼくらは孤児なんです、全員」アルバートは言った。

「かわいそうに」笑みがやや陰った。「誰もが今は生きていくのが大変な時期よね」

腹が鳴った。ぼくはほぼ二日間食べていなかったし、鍋から漂ってくるにおいを無視するのは無理というものだった。

「おなかがすいてるの？」フロが訊いた。

「馬一頭だって食べられそうです」ぼくは言った。

「今夜はあたしたちと一緒よ」ガーティーがぶっきらぼうに言った。「この子たちに食事をさせ、小屋で寝てもらう。夕食時の店を手伝ってもらえばいい」

「わかったわ」フロは同意のしるしにうなずいた。

「おいで」ガーティーが言った。「ここのことを説明しよう。それからあんたたちを食べさせて、そのあとは――」彼女はいかめしい目でぼくらをじろりと見た。「そのあとはシャワーだ」

ぼくらがシャワーを浴びたのは繁華街のはじっこの、川向こうにある石造りの公衆浴場で、そこは家に風呂がない下層階級の人たちでにぎわっていた。混雑ぶりから判断して、そういう人たちはたくさんいるようだった。

ザ・フラッツに戻ったのは、そろそろ夕方という頃だった。ガーティーの店はまだ開いていなかったが、ふたり連れの男がテーブルについていた。ぼくらが中に入っていくと、彼らはふりかえって、闖入者《ちんにゅうしゃ》でも見るようにぼくらをにらんだ。

「まだやってないぜ」ひとりが言った。

背が高くて肩幅の広い男だった。こしのない茶色の髪、顎のあたりは伸びはじめたひげでうっすら黒くなっている。目はフロの目に似て真っ青だが、歓迎の色はこれっぽっちも浮かんでいない。

もうひとりはインディアンで、すぐにフォレストの弟のカルヴィンだとわかった。すくなくとも十歳はフォレストより若く、編んだ髪を肩の下まで垂らしている。その顔つきは連れのそれとはちがっていた。特に、ヒッコリーナッツみたいな焦茶色の目はモーズに気づくと、しきりに彼を観察しはじめた。

ぼくらを代表して答えたのはアルバートだった。彼は挑むように言った。「今夜、ガーティーに雇われているんだ」

「聞いてないね」肩幅の広い男が言い返した。「あたしがここでなにをするか、あんたには関係ないことだからさ」ガーティーが調理場から出てきて言った。「あんただって自分の船ですることに口出しされたくはないでしょ、トル。ここはあたしの領分だ。それに、あんたの口のききかたは気に入らないわね、とりわけ、あたしの雇い人たちにたいする口のききかたは」

トルと呼ばれた男の前にはコップがあった。中身の液体の色と、かすかな泡立ちから、ビールを飲んでいるのだとわかった。トルの口調とぼくらに向けた不機嫌な表情から、飲みはじめたばかりではないのだろうと推測できた。

フロがガーティーのうしろからあらわれて、感心したようにぼくらを見まわした。「すごくすっきりしたわね」次に彼女はカルヴィンと不機嫌な男がすわっているテーブルに椅子を引き寄せた。「うまくいってないの、トル？」

トルはビールを長々とあおった。「ウースター・モーガンはすくなくとも一週間あればすむと言ってたが、そろそろ二週間になる。エンジン部品の不良箇所をつきとめなけりゃならなかったとやつは主張してるんだ。ベレンソンの引船はあのろくでなしのクーパーのところへ行くだろう。そのあとすぐにおれの荷があるのかどうか、誰にもわからん」

「直せないの？」

「たぶんな。モーガンが道具を使わせてくれたら、直せるかもしれない」

「やつは言ってたぜ、地獄が凍ったら使わせてやってもいいって」カルヴィンが穏やかな笑みを浮かべて言った。

「ああ、トル、癇癪《かんしゃく》をおこしちゃだめだって言ったでしょう」フロはトルの腕にそっと手を置いた。「どうにかなるわよ」

「いざってときにまだ船員がいてくれりゃいいが。マック・クーパーが、働く気のあるやつは全員雇うとすでに発表したんだ」

「忠誠心があるなら、マックのほうにはいかないわよ」とフロ。

「ホワイトハウスにフーヴァーがいる今は、金のほうがあてになるのさ」トルは答えた。

「カルヴィン、この子たちをここへよこしたのはあなたのお兄さんなのよ」フロが話題を変えて、ぼくらをひとりずつ紹介した。

「フォレストは元気なのか？」インディアンはたずねた。

「おれたちが別れたときは元気でしたよ」アルバートが言った。

「どこで？」

「マンケート」

「牛追いの仕事がなくなったんだな。今後の予定について、なにか言ってたか？」

「いいえ」アルバートは言った。

カルヴィンは椅子にすわりなおした。「ヘロー号を修理できないなら、おれもマンケートに行くかな」

「ヘロー号？」ぼくはたずねた。

「兄さんの引船の名前よ」フロが言った。

兄妹なのか。言われて納得がいった。

「ほんとは地獄か洪水《ヘル・オア・ハイ・ウォーター》（どんな障害が起きようと、という意味）号っていうんだけど、わたしたちは縮めてヘロー号って呼んでるの」

「だがあのいまいましいエンジンを直して引船作業に戻れなけりゃ、そうも言っていられない」彼女の兄が言った。

「あたしらが店をあけるまでそこにすわって飲んでるつもり、トル？」ガーティーが両手を腰にあて、不機嫌な男をにらみつけた。

「あんたのまずいメシを食うぐらいなら死んだナマズをしゃぶるほうがましってもんだぜ、ガーティー」

「好きにしな。だけど、今夜はフロのレンズ豆のスープよ」

「またくる」トルはビールを飲み干した。「行こう、カル。埠頭《ふとう》がどうなってるか見てこよう」

ふたりが行ってしまうと、フロが言った。「本当はいい人なのよ。今はにっちもさっちもいかなくなって苦しんでるだけ」

「顔見知りになってからずっとその状態だ」ガーティーが言った。ぼくらを観察してから、彼女は言った。

「すっかりきれいになったじゃないさ。さあ、用意はいいかい。忙しい夜になりそうだ」

ある意味、それはぼくがはじめて正式に雇われた日であり、その後も二度となさそうな仕事をしたはじめての夜だった。

51

ガーティーの出す食事は毎晩一種類のみだった。その夜はレンズ豆のスープとパンで、いやなら帰るだけだった。そんなわけで給仕はいたって簡単だった。食堂の設備は必要最低限で、実質本位であり、テーブルクロスもなければ、壁にはしゃれた額入りの写真も絵もなく、妥当な値段でうまい家庭料理を提供していた。フロが調理場で料理を皿に盛り、エミーとぼくが運んだ。アルバートはテーブルを片付けた。モーズは皿や鍋やグラスを洗い、ガーティーが会計を担当して、仕事をまわした。

みんながガーティーを知っていたし、ガーティーもみんなを知っていた。客の大半は男で、あきらかに運に恵まれていない人たちだった。「あたしは慈善事業をしているんじゃないよ」が、しばしば彼女の口にする言葉だったが、腹をすかせた相手を追い返すところは一度も見なかった。

開店は五時ちょうどだったが、明確な閉店時間はなかった。店が終わるのはスープがなくなったときで、鍋は確実にからになった。

後片付けがすんで、ボウルや鍋がしまわれたあと、フロはパンの塊とチーズ、薄切りのコールドビーフ、トマトにレタスを持ち出して、ぼくら全員にサンドイッチを作ってくれた。正面の窓に近いテーブルでぼくらは食べた。夕暮れ時で、夜の明かりが金色の波となってガラスから差し込んできた。表の通りは静かだった。足音、馬車、まばらな自動車のたてる喧騒が次第にちいさくなってやさしく流れていった。

「あんたたちは働き者だ」ガーティーが言った。「文句も言わない。もっと前に雇えていたらよかった」

「みんながエルマーとジャッグスのことを訊いていましたよね」ぼくは言った。「エルマーとジャッグスって誰ですか？」

「二日前まで、あんたたちが今日やったことをそのふたりがやっていたんだ。今はふたりとも川向こうの郡刑務所に入ってる」

「なにがあったんです？」

ガーティーは言った。「酔っ払って、悪い連中と喧嘩をしたのさ。十五日たたないと、出られない」彼女はぼくらひとりひとりを注意深く見た。「ふたりの代わりに働くのはどう？　セントルイスへは急いで行かなくちゃいけないの？」

アルバートが口を開いた。「賃金は？」

「部屋と食事つきで一日一ドル」

「めいめいに？」

ガーティーは苦笑いした。「そこまで人手に困っちゃいない。全員で一ドルよ」

アルバートはぼくらひとりひとりを見て、反対する者はいないと見てとった。四人で一日一ドルもらえれば、十五日後にはセントルイスまで行くには充分な額になっているだろう。彼はガーティーに手を差し出した。「決まり」

ドアが開いて、トルとカルヴィンが戻ってくるなり、ぼくらのテーブルのそばに椅子を二脚置いた。

「なにも残ってないよ」ガーティーが言った。

「そのサンドイッチ、うまそうじゃないか」トルが言った。

「なにか作るわ」フロがテーブルを離れて調理場へ行った。

「それで、どうだった？」ガーティーが訊いた。声はつっけんどんだったが、いい知らせを聞きたがっているのだという気がした。

「来週までにヘロー号を川に出せたら、クレスクが穀物の牽引をまかせてくれそうだ。パーキンスがさばくことになっていたんだが、モリーン行きの密造酒を船倉に詰め込んでたせいで逮捕されたんだ。クレスクの引船はシンシナティへ行く。おれがここへ運べる炭酸飲料の荷がある」

「それまでにヘロー号を修理できるの？」

「さあな。どう思う、カル？」

「あんたとウースターー・モーガン次第だな。あんたが愛想よくふるまったら、おれに道具やなんかを使わせてくれるかもしれない。だとしても……」カルヴィンは曖昧に肩をすくめた。

「トルーマン・ウォーターズが人に頭をさげるって？」ガーティーが言った。「見てみたいもんだ」

ドアがまた開いて、子供が駆け込んできた。みおぼえがある。ジョン・ケリー、その日早く線路からぼくらに話しかけてきた子供たちのひとりだ。

「ガーティー」肩で息をしながら、ジョンは言った。「赤ん坊が生まれそうで、母ちゃんが大変なんだ」

「母ちゃんに言われてきたの？」

彼は首をふった。「ばあちゃんに。医者が必要だって思ってるんだ」彼はちらりとこっちを見て、ぼくに気づいた。「よお、バック」

「あんたたち、知り合いなの？」ガーティーが訊いた。

「午後に会ったばかりさ」ジョン・ケリーが言った。

「あんた」ガーティーは有無を言わせぬ目つきでぼくを見た。「あたしらと一緒においで」彼女は立ちあがると、他のみんなに言った。「あたしを破産させるんじゃないよ。フロ！」調理場に呼びかけた。「出かける。ミセス・ゴールドスタインがお産なんだ」

フロがエプロンで両手をふきながら台所から出てきた。「赤ん坊を取り上げることなんてなにも知らないでしょう、ガーティー」

「知らないからってためらわないのがガーティーさ」

トルがぼそっとつぶやくのが聞こえた。

「ゴールドスタイン家のみんなが落ち着いたら帰ってくる」ガーティーはジョン・ケリーとぼくを引き連れてドアから飛びだした。

ぼくらは彼女と一緒にジョン・ケリーの家には行かなかった。通りの突き当たりで、彼女は命令した。

「あんたらふたりはドクター・ワインスタインのところへ行って。ドクターの家を知ってるね、シュロモ?」

「うん、ステートのほうだ。でも母ちゃんは医者に払う金がないって、ガーティー」

「それはあんたが心配することじゃない。きっとドクターにきてもらうんだよ」

「シュロモ?」ガーティーと別れたあと、ぼくは訊いた。「ジョン・ケリーって名前じゃなかったのか」

「それはただの渾名だ」

「渾名? ムークとチリは渾名だろうけど」

「込み入ってるんだよ。あとで説明してやる。行こう」彼は走りだした。

ジョン・ケリー——生涯、彼をシュロモ・ゴールドスタインとして考えたことは一度もなかった——はステート通りのとある家のドアをたたいた。ようやく痩せた女の人がドアをあけた。日はすっかり暮れており、女の人はくたくたに疲れているようだったが、辛抱強くたずねた。「どうしたの、いったい?」

「母ちゃんに赤ん坊が生まれそうなんだけど、問題があるみたいなんだ」

「あなたのお母さん?」

「三丁目のロージー・ゴールドスタイン」

「どうした、エスター?」女の人よりさらにくたびれた様子の男の人が彼女のうしろからあらわれた。

「この子のお母さんがお産なのよ、サイモン。どうやら難産らしいわ」

男の人の細い鼻梁《びりょう》に眼鏡がのっていた。彼は眼鏡ごしにぼくとジョン・ケリーを値踏みした。「お母さんにはいま誰がついているんだね?」

「ばあちゃんと姉ちゃんが」

「産婆はいないのか?」

「ふたりだけなんだ。でもガーティーが向かってるよ。先生を連れてこいってガーティーに言われたんだ」

「ガーティー・ヘルマンか？　どうしてそう言わない？　エスター、診療鞄を」

ゴールドスタイン一家は二階建て住宅の二階に住んでおり、地面から二フィートあまりの外壁に黒い水位線がついていた。

「あれか？」ぼくの質問に答えてジョン・ケリーが言った。「洪水だよ。ザ・フラッツじゃほとんど毎年春に起きるんだ」

家に入ったとたん、ミセス・ゴールドスタインの苦悶《くもん》の叫びが聞こえた。ふたりの女性がぼくらを出迎えた。階下のお隣さんで、独身のエヴァとベラのコーエン姉妹だった。「きてくださってありがとうございます、ドクター・ワインスタイン」エヴァが言った。「手伝おうとしたんですけど、なんだか普通じゃないみたいで」

「失礼しますよ、おふたりとも」医者は姉妹にそう断ると、階段をあがっていった。

「あなたたちはうちにいらっしゃい」ベラが言った。「あなたの妹のエマもきてるのよ、シュロモ。なにか食べ物を用意するわ」

コーエン姉妹はぼくとジョン・ケリーとその妹の幼いエマにライスプディングをご馳走《ちそう》してくれた。ぼくにとってははじめての食べ物で、すごくおいしかったが、上から聞こえる叫び声から気をそらしてくれるにはいたらなかった。後年、負傷してフランスの野戦病院で過ごす目にあったが、セントポールのウエストサイド・フラッツでのあの長い七月の夜、産みの苦しみにもがくジョン・ケリーの母親のような悲鳴は聞いたことがなかった。お産は何時間も続き、とうとうベラはみすぼらしいソファにエマを寝かせて子守唄をうたい、アフガン織の毛布をかけてやったあと、ジョン・ケリーとぼくにすこし休んだほうがいいと告げた。だが、ジョン・ケリーは眠れなかった。彼は天井を見つめていた。今にもそこから赤ん坊が生まれ出るのを期待するかのように。

「カードを持ってますか、ミス・コーエン？」じっとしていられなくなって、ぼくは訊いた。

「ええ、バック」エヴァが答えた。「取ってくるわ」

ぼくはジョン・ケリーに言った。「クレイジー・エイツを知ってるか？」

「うん。誰だって知ってるよ」

というわけで、ぼくらはクレイジー・エイツを夜がしらじらと明けるまでやった。ついに女性の悲鳴がやんで、いれかわりに別のもっと高くて弱々しい泣き声がした。

椅子に腰かけてときどきうとうとしていたベラ・コーエンがおおげさに両手を握りあわせて、言った。

「生まれたわ」

ジョン・ケリーはカードをほうりだしてぱっと立ちあがり、コーエン家の外階段を駆けあがっていった。ぼくは親切にしてくれた姉妹にお礼をいって、彼のあとにつづいた。踊り場のところで、ぼくらが食べたライスプディングみたいに白い顔をしたガーティーに出くわした。彼女はシーツの束を腕にかかえていた。かつては白かったのだろうシーツには、暗い真紅のしみが点々ととんでいた。

「男の子だ」ガーティーは言った。

ぼくは声もなくシーツを見つめた。お産のことはなにも知らなかったが、ガーティーの腕の中のものがぼくをふるえあがらせた。「お母さんは死んだの？」

ガーティーは首をふって、弱々しく微笑した。「いいや、バック、難産だっただけ。逆子ってやつよ。赤ん坊の向きがさかさまだったんだ」

「いつもあんなに……大騒ぎなの？　いつも汚れるもんなの？」

「いつもじゃないだろうね」

「大勢の赤ん坊が生まれるのを見てきた？」

「正直に言おうか、バック？　今度がはじめてだった」

「ぼくは見たくないな」ぼくはまだ血だらけのシーツを見つめていた。

「男の子よ」ガーティーはぼくの肩ごしに、階段をあがってきていたコーエン姉妹を見て、言った。

姉妹は笑い声をあげ、互いになにか言い合い、のちにぼくはそれがイディッシュ語であることを知った。

「そのシーツ」エヴァが言った。「洗濯はわたしたちにまかせて」

「たのんだわ」ガーティーはシーツをふたりに渡した。

「バック、あんたにはもうひとつたのみたいことがある。シュロモは新聞配達をしてるんだ。一緒に行ってやってくれない？　彼の家族にとっては大変な夜だったから、連れがいたらきっと喜ぶ」

　ぼくは了解し、ガーティーはありがとうと言うと、またゴールドスタイン一家のフラットに引き返していった。数分後、胸にのっていたピアノをたった今持ち上げた人みたいな顔をして、ジョン・ケリーが出てきた。

「おれ、行かなくちゃ。新聞配達に遅れそうなんだ」

「ぼくも行っていい？」

「いいやつだな、おまえ」ジョン・ケリーはずっと親友だったかのようにぼくの肩に腕をのせた。

52

　ザ・フラッツに街灯はなかったけれど、ぼくらの道は月が照らしていた。ぼくらはミシシッピ川にかかるアーチ型の石橋を渡った。下に見える川は銀色にちいさく波立っていたが、遠くのほうでは夜の広大な闇に呑みこまれていた。セントポールの繁華街の立派な建物のあいだを縫う人気のない通りをぼくらは進んでいった。ぼくは何年も前にセントルイスを訪れたことがある。おぼえているのは、やっぱりのしかかるように建つたくさんの建物だった。だが、唾を吐いたら町の向こう側にとどきそうなほどちいさな辺鄙《へんぴ》な町の外にあるリンカーン教護院に長いこと暮らしていたから、都会の果てしなくつづくがらんどうの回廊は心が休まらなかった。

　その夜は注意を奪うことがたくさんあったから、ぼくらは無言で歩いていた。だがついにぼくは、コーエン姉妹と一緒にすわっていたときからずっと気になっていた疑問をぶつけてみた。

「お父さんはどこにいるんだい、ジョン・ケリー？」

「くず物商なんだ。くずを回収するためずっと留守なのさ。会うのは月に一度ぐらいで、そのときは父ちゃんが帰ってきて集めたものを売る。今はサウス・ダコタにいるよ」

「お父さんがいないあいだ、誰が家のことをやるの？」

「おれたちみんなでさ。だけど父ちゃんはおれが一家の柱だって言う。おまえは？　両親はどこにいるんだ？」

「死んだんだ。ずっと前に」

「ごめん」

「なんでジョン・ケリーと名乗ってるんだ？」

「そのほうが安全だし、楽だから」

「どういう意味？」

「警官のほとんどはアイルランド人だ。やつらは相手がユダヤ人と知ると、ひどいことをよくやる。クソ、殺すのだってやりかねない。ガーティーを見ろよ」

「顔のこと？」

「そう。警官がやったんだ」

「なぜ？」

「言っただろ、ユダヤ人とわかると、すぐに警棒をふりあげる。おれの知るところだと、ガーティーは警察が殴り殺そうとしていたどこかの貧乏人を助けようとして、ひどい目にあったんだ」

ぼくらは路地を進んで、とある建物の裏手に沿って走る今はほとんど無人の荷物搬入場所に出た。いかつい男がそこにひとり立っていて、短くなった葉巻を嚙んでいた。

「どこにいやがったんだ、このガキが」男はがみがみ言った。

「きびしい夜だったんで」ジョン・ケリーは一人前の男のような口をきいた。

男はジョン・ケリーの足元に撚紐《よりひも》でしばった新聞の束をほうりなげた。「さっさと配れ、いいな。苦情は聞きたくない」

「これまでおれのお客から苦情が出たことがあるのかよ？」

「きいたふうなことを言うんじゃない、ガキ。ぶちのめしてやるぞ」

「わかった、わかった」ジョン・ケリーは言った。

彼は撚紐でしばった新聞を持ちあげ、ぼくらは繁華街を抜けてから長い急坂をのぼり、ようやく大聖堂の近隣地区にはいった。見たこともないほど大きな堂々たる屋敷がいくつもあった。どの角にも街灯が明るく輝いていて、ジョン・ケリーはそのうちのひとつの下で立ちどまり、折りたたみナイフを取り出して撚紐を切った。片腕で新聞をかかえようとしたが、無理だった。

「この新聞の山を運ぶのに楽なズック袋がうちにあるんだけど、今夜は大騒動だったから忘れちゃった」

「半分よこせよ」ぼくは言った。

ぼくらは通りをあがったりくだったりして、彼のいつものルートを一緒にたどった。どの屋敷にも真っ白な円柱、ジンジャーブレッドみたいな縁取り、しゃれた鎧戸《よろいど》、装飾的な鋳鉄製の塀があって、そのすべてが声高に富を主張しており、ぼくは自分の知っている世界のことを考えた。人間には二種類あるように思えた――持てる者と持たざる者。持てる者はブリックマン夫婦みたいな人たちで、持たざる者から盗むことによってすべてを手に入れていた。大聖堂の丘《カテドラル・ヒル》の大きな屋敷で眠っている人たちはみんなブリックマン夫婦みたいな人間なんだろうか？　もしそうなら、ぼくは持たざる者のひとりでいるほうがいい、と思った。

最後の新聞を配り終え、東の空にかすかな光がきざしはじめたとき、荒っぽい声がぼくらを呼びとめた。街灯の下で立ちどまると、図体の大きな警察官がアーチ型に枝を伸ばしたニレの木の薄暗がりからぶらりとあらわれた。

「不良がふたりでなにをたくらんでる？」

「新聞配達です」ジョン・ケリーが答えた。

「ほう？　新聞はどこにあるんだ？」

「すっかり配り終わりました。うちに帰るところです」

「新聞配達なら、袋はどうした？」

「忘れたんです。今夜はいろいろあったんで。二時間前、母ちゃんがおれの弟を産んだんですよ」

「そうかい。名前は？」

「まだ知りません。母ちゃんが決めないうちに家を出たんで」

「おまえの名前は？」

「ジョン・ケリー」

「そっちは」警官はとがった鑿《のみ》みたいな顎をぼくのほうに突き出した。

「バック・ジョーンズ」

「映画スターと同じか、え？」

「はい」ぼくは言った。「母さんがファンなんです」

「ありゃだめだ」警官は言った。「俳優なんかみんなだめだ。うちはどこだ？」彼はジョン・ケリーに訊いた。

「コネマラ・パッチ」

「ならいい。さっさと帰れ。ぐずぐずするな」

「コネマラ・パッチ？」警官から離れたところにきてから、ぼくは訊いた。

「アイルランド人がたくさん住んでる場所なんだ」彼は肩越しにちらりとうしろを見た。「名前はシュロモで、ウエストサイド・フラッツからきたなんて言ってみろよ、今頃ふたりとも痣だらけだ」


ぼくらはフェアフィールド・アヴェニューで別れた。あたりは早くも活気づいていた。ほとんどが荷車や馬や、早番で足をひきずってどこかへ向かうくたびれた顔の人びと——仕事にありついた幸運な——だった。

「今日の午後はなにをしてる、バック？」ジョン・ケリーがたずねた。

「別になにも」

「なにもってことないだろ。おれとなにかしよう」彼はいたずらっぽい目をして言った。「捜しに行くよ」色褪せたダンガリーパンツのポケットに両手をつっこみ、口笛を吹きながら、彼は歩き去った。兄になった一家の大黒柱。ぼくの新しい親友。


ガーティーの店に着いたとき、食べ物のにおいに誘われて調理場へ足を向けた。フロが大きなコンロに鉄のフライパンをかけ、ベーコン・エッグを作っていた。彼女は顔をあげ、ブロンドの長いほつれ毛を顔から払いのけると、言った。「ガーティーがゆうべのことを詳しく話してくれたわ。大変だったわね」

何時間もぶっつづけでお産に苦しむジョン・ケリー

のお母さんの叫び声を聞くのがどんなにつらかったか、しゃべりたくなかった。

「シュロモの新聞配達を手伝ったんでしょ?」

「全部終わりました」

「じゃ、きっとはらぺこね」

「大丈夫です」本当は、象一頭だって食べられそうだったが、フロの朝食を横取りしたくなかった。

「なに言ってるの。ベーコンをまたちょっと炒めて卵をもう一個落とすだけのことよ。トーストはどう? コーヒーは?」

ぼくらはふたりだけでテーブルにすわって食べた。親密で特別な感じがした。

「ガーティーは?」ぼくはたずねた。

「ゴールドスタイン一家のところへブリンツを持っていったわ」

「ブリンツ?」

「ユダヤ風パンケーキ。ジャムなんかをくるんで焼いたものよ」

父親が密造酒を配達していた先の何人かはユダヤ人だったが、それがなにを意味するのか、ぼくはあまりよく知らなかった。

「ザ・フラッツに住んでる人はみんなユダヤ人?」

「みんなってわけじゃないわ」

「じゃ、あなたとガーティーはユダヤ人?」

「わたしはちがう。堅信をうけたカトリックだもの。ユダヤ人かとガーティーに訊いたら、たぶんちがうと答えるでしょうね」

「ユダヤ人であることをやめたの?」

「人はなにかであることをただやめたりはしないと思うわ。ガーティーはもうシナゴーグには行かないけど」

「シナゴーグ?」

「ユダヤ人にとっての教会みたいなもの」

「あなたはまだ教会に行く?」

「ときどき」

「自分の宗教を捨てていないんだね」

「質問ばっかりね。あなたって信心深いの、バック? だからこういう質問ばかりするの?」

「信心深い?」

その言葉をぼくはためつすがめつした。そのときのぼくにとっては、宗教とはブリックマン夫婦の偽善的日曜礼拝だった。彼らは神を仔羊の群れを見守る羊飼いとして説明していた。だが、アルバートがたびたび苦々しくぼくに思い出させたように、彼らの神は群れを食う羊飼いだった。シスター・イヴが心の底から信じている愛に満ちた神ですら、幾度となくぼくを見捨てた。ひとつの神など信じない、とぼくは思った。信じるのは、互いに争っているたくさんの神であり、このところ優勢なのは竜巻の神だった。

「いいえ」ようやくぼくは答えた。「信心深くなんかないです」

　そのときブリンツをあげにいったガーティーが帰ってきた。「シュロモに会った。相当くたびれているようだった。あんたもよく眠ったほうがよさそうな顔をしてる。食べ終わったら、休むといい。朝食の手伝いは心配無用だよ。あんたがいなくても大丈夫」

「あなたもすこし眠ったほうがよさそうよ」フロが言った。

　ガーティーはその言葉を手振りで一蹴した。「あとあと」

　ぼくは皿とフォークを流しに運んですすぎ、ふりかえったところで驚きに目を丸くした。フロがガーティーを両腕に抱いて、一瞬やさしく抱きしめてから、いとおしげに長いキスをしたのだ。

53

人間は愛情を呼吸している。それは人間の存在の本質であり、魂のありようそのものだ。ガーティーの店の裏にあるおんぼろの小屋で簡易寝台に横になりながら、ぼくはふたりの女性のことを考え、目撃したばかりの愛情の性質をじっと考えた。フロがきれいな花からガーティーはたくましい母穴熊であり、ふたりが分かちあっている愛情を解き明かそうと努力した。自分がメイベス・スコフィールドに恋したのと同じ気持ちで女性が女性を愛せることをぼくは知らなかった。リンカーン教護院を出て以来、川の向きが変わるたびに世界は広くなり、その神秘はさらに複雑になり、可能性は無限になっていった。

ガーティーは朝食の手伝いに兄とモーズとエミーを起こしていたが、ぼくは寝ていることをゆるされた。小屋のにおいは、〝豚脅し〟のジャックがぼくらを閉じ込めた馬具部屋を思い出させた。広さは馬具部屋の二倍で、簡易寝台がふたつあった。郡刑務所に収監される前、エルマーとジャッグスが寝ていた寝台だ。モーズとアルバートがそのうちのひとつを共用し、エミーがもうひとつを使っていたが、ぼくにゆずってくれていた。ザ・フラッツからはいろんな音が聞こえた。くず屋の呼び声――「くずー！　くずー！　新聞紙！　骨！」――荷馬車のぎしぎしいう音、馬のいななき、ときどきガソリンエンジンのうなり、まだ未舗装の通りのわだちを乗り越える車台がたてるがたがたという音。フェアフィールド・アヴェニューから聞こえてくる人声はイディッシュ語が多かったが、ウエストサイド・フラッツは多くの移民がセントポールに上陸した最初の土地だったから、スペイン語やアラビア語をはじめとする聞きなれない叫び声もたまに耳にはいってきて、フリモント郡から百万マイルも離れたところへきたような気がした。

眠りはしたが、まわりのざわざわした活気のせいで熟睡できなかったし、自分が蜂の巣でじっとしている唯一のミツバチみたいな気分だった。ついにあきらめて起きあがり、ガーティーの店の裏の野外便所を使ってから、他のみんなはどうしているだろうと見に行った。

エミーとフロが台所で昼食のつけあわせの用意をしていた。

「おはよう、お寝坊さん」エミーが明るく言った。

「ノーマンは？」

「とっくに出かけたわ、バック」フロが答えた。「あなたのお兄さんは、わたしの兄が喉から手が出るほど求めている才能を持っているみたいね」

「人をいらいらさせる才能？」

「そんな言い方していいの？」

「あなたはお兄さんにいらいらしないの？」

「しょっちゅうしているわ。それでも、ゆるせるのよね、兄妹だから」フロはナイフとニンジンの山にむかって顎をしゃくった。「手を洗ってから、切るのを手伝って」

ニンジンを切りながら、ぼくはたずねた。「それで、お兄さんがノーマンの手を借りたがっていることって？」

横から口をはさんだのはエミーだった。「トルの船を直すの」

「直す努力をする、でしょ」フロが言い直した。粗挽きトウモロコシの粉を練った生地が入っているボウルを手元にひきよせて動かないようにかかえ、エミーが生地をスプーンですくって型に落としはじめた。

「アルバートはなんでも直せるんだよ」ぼくは言った。

「モーズは？」

「モーズとカルヴィンも手伝いに行ったわ」

「ガーティーは？」

「夕食の仕入れ。今夜はビーフシチューよ」

野菜を切り終わるとフロはぼくを解放してくれたが、一言つけくわえた。「一時間半したら昼食だから、それまでに戻ってくるのよ、バック」

手紙を書きたいので、紙と封筒はあるかと彼女にたずねた。フロはその両方と、HB鉛筆を貸してくれて、さらに、芯を尖らせてくれた。ミシシッピ川にかかるアーチ型の橋へ歩いていき、そこに腰をおろして、メイベス・スコフィールドのことを考えた。

ホーパーズヴィルをあとにしてから、メイベスのことを考えない日は一日もなかった。キスの思い出や、シカゴへ向かうピックアップトラックの荷台から悲しそうに手をふっていた最後の姿を思いかえし、川で何時間も過ごしていた。彼女の家族と一緒に行っていたら、どんな生活になっただろうと想像もした。自分の家族を捨てられないことは心の底ではわかっていても、異なる選択をしたらどうなっていただろうと、ぐだぐだと考え続けていた。

親愛なるメイベス、と書いた。セントポールで何週間か過ごすことになりました。フェアフィールド・アヴェニューのガーティー・ヘルマンとその友だちのフロのところで厄介になっています。きみの旅が順調であるといいと思っています。毎晩、北を指すぼくらの星を見て、きみのことを考えています。

キスのことについてなにか言ったほうがいいだろうかと迷ったが、その問題は最初にメイベスに手紙の中で切り出してもらったほうがいいと判断した。彼女がなにか言ってきたら、その手紙はセントルイスでぼくを待っていてくれるはずだが、そうしたら、ぼくのほうからも思いの丈をぶつけよう。でもしばらくは淡々としているのが一番だ。だから、こうしめくくった。

また書きます。ご両親とビール母さんによろしく。どうサインしようかとさんざん考え、ようやく、いつも変わらぬきみの、オディ。とした。

〝いつも変わらぬきみの〟のほうが、〝愛している〟より無難だと思った。

手紙を畳んで封筒に入れ、宛名をしたためた。イリノイ州シセロ、スタウト通り一四七。メイベス・スコフィールド様。差出人住所は書かないことにした。メイベスが返事を書くとき、セントポールにいるかどうかわからなかったからだ。郵便局の場所を知らなかったのと、ガーティーの店に戻って昼食の手伝いをしなければならない時間だったので、兄の詮索好きな目や質問から守るため、手紙をシャツの内側にすべりこませてザ・フラッツへ引き返した。

モーズは帰ってきていたが、アルバートもトルもカルヴィンもいなかった。

〝船のエンジンに取り組んでる〟モーズが手話で言った。それ以上の説明をする間もなく、ガーティーがドアをあけてぼくらを仕事につかせた。

昼食客のために用意されていた豆のスープとコーンブレッドは二時間でなくなったが、フロがぼくらと彼女自身とガーティーの分をとっておいてくれた。ぼくらは正面の窓に近いテーブルを囲んで、みんなで家族みたいに食事をした。

「ヘロー号はどんな具合?」ガーティーがモーズに訊いた。「ウースター・モーガンは手伝ってくれるって?」

モーズは手を動かした。〝トルーマン・ウォーターズを手伝うなんていやなこった、と言った。だけど、アルバートが話をした。モーガンはアルバートを気に入ってる。機材や道具を彼に使わせてやるって同意した。アルバートが尻尾を巻くだろうと思ってたみたいだけど、アルバートの作業は順調にいってる〟

ぼくが通訳するとガーティーは首をふった。「トルーマンは頑固野郎だからね。でも、彼のために言っておくと、ほんとはヘロー号と乗組員のことは気にかけているのさ」

フロが言った。「あの船の面倒をみるってパップに誓ったんだもの」

「パップ?」ぼくは言った。

「わたしたちの父さんよ。死んだとき、父さんはヘル・オア・ハイ・ウォーター号をトルにゆずったの。わたしたちは代々川の民だった。ヘロー号の面倒を見ることは、トルに課せられた神聖な義務なのよ」

ガーティーがあざけるように鼻を鳴らし、それに答えてフロがやさしく言った。「すべての罪人は聖人の可能性があるのよ、ガーティー」

調理場が片付けられるとモーズは船仕事に戻っていった。元気そうにみえるが本当は疲れきっていたガーティーは、ついにフロの主張に同意して、しばらく休むことにした。フロはエミーにその夜出すビーフシチューに添えるビスケットを焼くのを手伝う気があるかどうかとたずねた。ぼくがガーティーみたいにちょっと昼寝でもしようかと思っていると、ジョン・ケリーが入ってきて言った。「おもしろいことやりたくないか?」

貨物列車に飛び乗ったことはそれまで一度もなかったが、ジョン・ケリーは常習者だった。

「すべての貨物列車が速度を落とすんだ、そら、ザ・フラッツをごとごとと通り抜けるあいだはね」

ミシシッピ川と交差するアーチ型の鉄の構脚橋のそばでぼくらは待った。ちょうど列車が通過したところだったが、ジョン・ケリーが言うには、すぐに別の列車がくるとのことだった。

「きみのお母さんと赤ん坊の弟は元気?」ぼくは訊いた。

「ばっちりだよ」彼は言った。「母ちゃんは牡牛みたいに頑丈だし、モーディはおれによく似てるんだ。くず屋並の肺の持ち主でさ」

「モーディ?」

「モーディカイ・ダビド。けど、モーディのほうが似合ってる」兄は誇らしげに言った。「だけどさ、ほんとの話、ガーティーがいなかったらおれたちどうなったかわからないよ。彼女が食べ物を切らさないようにしてくれるおかげで、ばあちゃんは母ちゃんに食事を作れるし、母ちゃんはモーディに乳をやれるんだ」彼は線路を指さした。「ほらくるぞ」

長い車両の列をひっぱって機関車が轟音とともに通りすぎた。あけっぱなしのドアの中からみすぼらしい男たちがこっちを見ているのがときどき見えた。からっぽの車両がその重量で線路を押しさげ、わずかに揺れながらぼくらの横にやってきた。ジョン・ケリーが「いまだ!」と叫んでいきなり車両に飛び込んだ。ぼくはその場に立ちすくんで呻きをあげる大きな鉄の車輪を見つめたまま、失敗したら、イチゴジャムまみれのずたずたのパンみたいになって終わりだ、と考えた。

「早く!」ジョン・ケリーが叫んだ。

おいてきぼりにならないためには走らなくてはならない。ジャンプするとジョン・ケリーがぼくをつかんで無事にそばまでひっぱりこんでくれた。「これ、どこに行くんだい?」荒い息をつきながら、訊いた。

「川向こうの囲い地どまりさ。だけど、列車によってはシカゴでも、セントルイスでも、デンヴァーでも、どこへでも乗っていける。ここからあらゆる場所まで走ってるんだ」

列車が川の反対側でスピードを落とすと、ぼくらは交錯した線路と駐められた車両のあいだに飛びおりた。ジョン・ケリーは涼しい顔をしていたが、ぼくはよろめいてころび、メイベス・スコフィールド宛てに書いてシャツの内側に突っ込んでおいた手紙がすべり落ちた。ぼくは服をはたいて、手紙を拾った。

「それ、なんだ？」ジョン・ケリーが訊いた。

「なんに見える？」

「メイベス」と彼がぼくの肩越しに手紙を読んだ。

「おまえの惚《ほ》れてる子？」

「まあそんなもんだよ」

「投函したいのか？」

「うん。でも切手を貼らなくちゃ」

「簡単さ」

彼は繁華街にある巨大な灰色の石の建造物にぼくを連れていった。そこらじゅうに小塔がついていて、大きな時計塔まであって、こんな堂々たる建物は見たことがないと思った。そこは州裁判所で、ジョン・ケリーの説明によると、北中西部の主要な郵便局も兼ねているという。威厳があった。裁判所なのだから、きっとありとあらゆる種類の法の代理人がいっぱいいるにちがいなかった。ジョン・ケリーはまるで我が家みたいにすたすたと中に入っていき、ぼくは不安を押し殺してついていった。

内部はどこもかしこも大理石とマホガニーで、ひっきりなしに人が行き交っていた。行ったりきたりする人の流れを縫って歩いた。どの顔も真剣で、ときには涙のあとがあり、例外なく、頭が考え事でいっぱいのように見えた。法律はとてつもなく巨大な容赦のない力であり、ぼくはその鼻先にいた。なるべく人目をひかないよう、ちいさくなろうとした。

ジョン・ケリーは郵便取扱いの窓口へぼくを連れていった。そこにはいくつもの列ができていた。そのうちのひとつに並び、順番を待った。ふたりの制服警官がのんびりそばを通りすぎた。自分を捜しているわけではないと頭ではわかっていても、とにかくぼくはうつむいて顔を見られないようにした。

ぴかぴかの床をそうやって見つめていたとき、大きな手がぼくの肩をつかみ、低い声が言った。「おっ、おまえ」

声の主を見たとたん、めまいをおぼえた。目の前に立って、片目でぼくをにらみつけていたのは、〝豚脅し〟のジャック、フリモント郡の納屋でぼくが撃ち殺した男だった。

54

墓からよみがえった片目の悪魔にむんずとつかまれて、ぼくは完全に麻痺《まひ》状態だった。

「おい！」ジョン・ケリーが十三歳にできる精一杯のぶっきらぼうな声で言った。「その手を放せ！」

まわりの人びとの視線が集中した。ぼくは〝豚脅し〟を恐れているのと同じぐらい、これ以上の注意を引くことを恐れた。建物には警官たちがいたし、法律の介入だけはなんとしても避けなければならない。

「ご……ごめんなさい」ぼくはつぶやいた。

「ごめんなさい？」ジャックは言った。「なんのことだ？　おまえはおれを救ったんだ、バック」

左腕を吊っていたが、彼の顔は怒りとはほど遠い正真正銘の喜びにゆるんでいた。

「救った？」

「そこ、大丈夫なのかい？」隣の列にいる男がたずねた。

「顔なじみなんだ」ジャックは男に言った。「そうだろ、バック？」

「そうだね」ぼくは用心深く答えた。

ジャックはにこやかに言った。「どこか話のできるところへ行こう」

ぼくらは建物を出て、通りの向こうの公園へ行った。途中、ぼくの心臓はゼリーみたいにたよりなく、頭は逃げろと命じつづけていたが、死んだ男がどうやって生き返ったのか、知りたくてたまらなかった。好奇心がそこまで強くなかったら、逃げていただろう。ニレの木陰のベンチに腰をおろすと、ジャックは語りだした。

「おれは納屋で意識を取り戻した」と説明した。「シャツが血だらけで、胸に穴があいていた」彼はいいほうの右手でシャツのボタンをはずし、縫った傷跡をぼくに見せた。「医者は弾が心臓のすぐそばにあるから、取り出すと命が危ないと言うんだ。あと半インチずれていたらまちがいなくおれは死んでたよ」ジャックはシャツのボタンをはめなおし、顔をあげた。枝から差し込む木漏れ日が金色のしぶきみたいにその顔を染めた。「その半インチはまさに奇蹟だった」彼は声をひそめて言った。そしていいほうの目でぼくをじっと見おろした。「おれほど奇蹟の恩恵にふさわしくない男はこの世にいない、バック。だが奇蹟は訪れた」

「ここでなにをしているの？」ぼくは訊いた。

「おれは心を入れ替えた。おまえの兄貴が作ってくれたあの蒸留器を打ちこわしてから、身辺をきれいにして、アギーとソフィを捜しにセントポールへきた」

「見つかったの？」

「神の導きで、見つかった」彼は晴れやかに言った。「アギーの妹の家にみんなで厄介になってるが、女房の準備がととのったら、家に帰れる。あと一日かそこらだ。それにしても、おまえとこんなふうに出会えるとはなあ。残りの仲間はどこにいるんだ？」

彼を撃ち殺した、つまり、そう思いこんでいたわけだが、その少し前、ぼくはジャックのなかに善人の片鱗《りん》《へん》を見ていた。そのあと彼は元に戻ってしまった。その暗い変化の原因がアルコールであることはわかっていた。だがこの男の二面性のようなものの根底に他にどんな要素が潜んでいるのかわからなかった。そこで、ぼくは真実を告げるのを控えて、かわりにこう言った。

「あんたの家を出たあと、ぼくらは別れたんだ。ばらばらになったほうが安全だと思ったんだよ」

「そりゃ残念だ、バック。彼らはおまえの家族だった。家族を失うものはすべてを失う。かわいいエマライン、あの子は元気なんだろうな？」

「大丈夫」ジャックの屋根裏部屋で見た、残忍な憤怒の発作によって――ぼくの想像では――ずたずたにされたマットレスを考えずにいられなかった。「じゃ、ルディはどうなったの？」

「ルディか？」ジャックは悲しそうに首をふった。「おれはずっとあいつを誤解してた。ルディがアギーとソフィを追い回していると思っていたが、それは酒でまともな考えができなくなっていたせいだった。彼はおれがふたりに危害をくわえるんじゃないかと心配していただけとわかった。ルディはアギーの妹のところへふたりを送り届けたあと、ファーゴへ向かったよ。そこに家族がいるんだ」ふとジャックの顔に影がさした。「なあ、バック、おまえたちみんなをひどく扱ったことをすまないと思ってる。動物みたいに鍵をかけて閉じ込めたりして。恥を忍んで言うが、おれはおまえたちの金を盗んだ。農場が差し押さえられないよう、浴びるように酒を飲んでいたのは使っちまったんだ。それが心配だったからだ。あのときはどうせおまえたちがリンカーンの知り合いから盗んだ金なんだから、かまわないだろうと思ったが、悪事は悪事だ。どうやって償えばいいのかわからない」

ぼくはミスター・スコフィールドにあげたお金のことを思い、それが役に立ったことを祈った。そして、ぼくの前には心を入れ替えたジャックがいた。彼が奪ったお金はその変化に一役買っているのだろう。それに本音を言えば、人を殺した罪悪感が取り除かれたことに安堵するあまり、ぼくはほとんど有頂天になっていた。

「たしかにあれはそもそもぼくらのお金じゃなかったんだ。役に立ったのなら、うれしいよ」

ぼくに意識を集中するあまり、ジャックはぼくの連れには気づいてもいなかったらしい。今になって、彼はジョン・ケリーに笑いかけた。「これは誰だ？」

「ええと……」説明しようとして、ジャックの納屋での出来事が急転直下の解決をみたあまり、あらためて事実を言うことが一番賢明な選択とは思えなくなって、ぼくはためらった。

横から口をはさんだのはジョン・ケリーだった。

「リコだ」

「リコか、うん？　じゃ、リコ、会えてよかった」ジャックは片手を突き出した。

ジョン・ケリーは男としっかり握手を交わしつつ、ぼくにウインクをした。

片目のジャックは立ちあがった。「用事があるんでおれはもう行くよ。フリモント郡へ行くことがあったら、忘れずに寄ってくれ、歓迎する」彼はすぐには立ち去らず、いいほうの目を閉じて、なにか甘い香りでも吸い込んでいるかのように顔をあげた。それから、ぼくが銃弾を撃ちこんだ胸の箇所に手をふれ、微笑した。「人生は思いもよらない不思議な美しさに満ちている。ありがとよ、バック、それを教えてくれて」

ジャックはぼくと握手をして、歩き去った。

「リコだって？」ザ・フラッツへ向かう橋のほうへ並んで歩きだしながら、ぼくは言った。

「『犯罪王リコ』を見たことないのか？　エドワード・G・ロビンソン主演の？　リコはな、タフな悪役なんだ」

ジャックと出会って時間を食ったせいで、ガーティーの店に戻るのが遅くなり、モーズとエミーはすでに一生懸命働いていた。ガーティーはただちにその夜の食事客のための用意の手伝いをぼくに言いつけた。だから死んでいない男との遭遇について、みんなに伝えるチャンスがなかった。夕食は大忙しだったが、そのあとみんなでテーブルを囲み、ぼくらのために取っておかれていたシチューを口に運んでいるとき、ぼくはジャックのことを話す決意をした。ところが話そうとしたとき、アルバート、トル、カルヴィンがそろって上機嫌で店にあらわれた。

「天才だ」トルが高らかに宣言して、ぼくの兄の肩をぴしゃりとたたいた。「ここにいるのは、まぎれもない機械の天才だぞ。フロ、この男になにか食う物を出してやってくれ。それからガーティー、祝杯をあげるビールを頼む」

フロはすぐに椅子から立ちあがったが、ガーティーは動かなかった。彼女はきむずかしげな目でトル・ウォーターズを見た。「なにがそんなにめでたいのよ？」

「どうやらうまく修理できたようなんだ」トルは言った。「あと一日か二日もありゃ、ヘロー号は荷船を引いて川をくだる準備がととのいそうだ、嘘じゃない」

ガーティーは確かなの、というようにカルヴィンを見た。「その子には才能がある」カルヴィンは言った。「ウースター・モーガンでさえ感心してたよ。ノーマンを船大工に雇いたがってる」

「おれの目が黒いうちはそうはさせるか」トルが言った。「この子はおれの組に加わってもらう」

フロがビーフシチューを運んできた。ガーティーは泡立つグラスを二個持ってきた。

トルが言った。「ノーマンのグラスも頼む、ガーティー」

彼女が兄を見ると、アルバートはまったく彼らしくない、いたずらっぽい笑いを浮かべて言った。「ちょうどほしかったところなんだ」

リンカーン教護院でアルバートがヴォルツと酒の密売にからんでいたのは知っていたが、アルコールを飲むところは一度も見たことがなかった。彼はその晩、ビールを飲んだ。しかも次々にグラスをあげてしこたま飲んだ。

その夜、ジャックのことを話すつもりでいたが、アルバートは酔っ払ってモーズと共有の簡易寝台に倒れ込むなりものすごいいびきをかきはじめた。エミーにとっては長い一日だったから、彼女も枕に頭をのせたとたんに眠りに落ちた。モーズはアルバートのいびきで眠ることができず、ついに立ちあがって月光の中へ出ていった。自分がジャックを殺したわけではなかったことがわかったのだから不眠症はもう終わりだろうと期待していたのに、頭の中がいっぱいで、やっぱり眠りは訪れてくれなかった。ぼくはあきらめて起きあがり、外にいるモーズのところへ行った。

ザ・フラッツにはあるにおいがあった。毎春ミシシッピ川を氾濫させ、ぐらぐらの家々に流れこむ洪水によってじわじわと進行する腐食のにおいだ。ジョン・

ケリーの家のような多くの家には、一番最近の被害で水がどこまできたかをあらわす水位線が上のほうについている。春はなにもかもがぐしょぐしょに濡れ、つづく夏の暑さのなかでそれがゆっくりと腐っていく。腐食の悪臭に四方を囲まれて、ぼくはガーティーの店の上階にともった明かりを見つめ、引かれた日除けの向こうを複数のシルエットが行ったりきたりするのをモーズと一緒に見守った。

〝おれは彼女たちが好きだ〟モーズは言った。彼の手は月光の下で乳白色に染まり、優雅だった。〝エミーのお母さんを思い出させる。心がやさしい〟

「フォレストはそれを知っていたから、ぼくらをここへ送ったんだね」ぼくは言った。「彼の弟は彼そっくりだ」

〝いい人たちだ〟そのあと、こう続けた。〝おれはここが好きだ。アルバートもここが好きだ〟

ぼくはモーズを昔から知っている。だから、顔つきや手の動かしかたから、モーズが言葉に声を与えることができるなら、その口調はこんなふうだろうとわかることがよくあった。今、読み取ったその口調がぼくをすこしヒヤリとさせた。

「それ、どういう意味？」注意深くたずねた。

〝トルはおれたちに一緒に働いてもらいたがっている。おれたちに仕事をくれると言ってる〟

トルーマン・ウォーターズがしきりにそんなことを言うのは耳にしていたが、アルバートのおかげで彼の引船が早々と運航できそうになり、経費も案じていたよりはるかに安くあがることになったから、威勢よく大口をたたいているだけだろうと思っていた。

「トルは本気なの？」

〝本気も本気さ〟

「きみたちふたりも？」

〝おれたちふたりもだ。トルの誘いに応じるべきだと、カルが言う。このごろは仕事を見つけるのはほとんど不可能だと言うんだ〟

「カルが好きなんだね」

〝彼はおれの同胞だ〟

「アルバートとエミーとぼくがきみの仲間だと思ってた」

〝今だってそうだ。おれの心にはおまえたち全員の場所がある〟

「セントルイスはどうなるんだ?」

〝おれはセントルイスを知らない。だがザ・フラッツを知りつつあるし、落ち着くには悪い場所じゃなさそうだ。ガーティーとフロはエミーをかわいがってるし、エミーもふたりになついている。おまえも今はここに友だちができた。おまえの口ぶりだと一番の友だちだ〟

これまではずっとアルバートが一番の友だちだった。だが、兄は変わりつつあった。トルーマン・ウォータ—ズの隣にすわって、まるで対等な相手みたいに一緒にビールを飲んでいた兄がどんなに誇らしげだったか、ぼくは見ていた。蛇に咬まれて九死に一生を得てから、アルバートは別人のようになり、ぼくは深い悲しみをおぼえた。ぼくらの終わりが、すくなくとも、互いにとっての立場の終わりが見えてきたような気がした。

小屋から聞こえていたアルバートのうなるようないびきがやんでいた。モーズは手話で言った。〝朝食は早い。すこし寝たほうがいいぞ〟ぼくの肩に置かれたモーズの手が、大人が子供をさとすかのような、ぎょっとするほど保護者めいたものに感じられた。そしてその他意のないしぐさがぼくの心を打ち砕きそうになった。

ぼくがモーズから肩を引き離すと、彼はひとりで小屋に戻っていった。

泣きたい気持ちだったが、泣けばまだ子供だというモーズの評価を裏付けるだけだろう。代わりにぼくは自分の中にある一切を怒りに変えた。ザ・フラッツもまた、破られるもうひとつの約束にすぎなかった。これまでぼくらは居場所があるという安心感に浸っていたが、このままとどまれば、それが壊れてしまうか、そうでなくとも、互いが必要だという気持ちが壊れてしまうのはあきらかだった。互いを大事に思う気持ちも終わりを迎えるだろう。本当の我が家を探す旅も終わりとなる。どうすればよいのか、わからなかった。だが、ザ・フラッツがぼくらの旅の最終目的地でないようにしてやる、と心に誓った。ぼくらはセントルイスめざして出発したのだし、神にかけて、そこがぼくらの終点なのだ。

55

「セントルイスとジュリアおばさんのことを話してよ」翌朝、ぼくはアルバートに言った。

ぼくらはガーティーの店のテーブルで、兄とトルとカルが船の作業に出かける前に、朝食をとっていた。太陽はかろうじて顔を出したところだった。

「なんで？」ブラックコーヒーをすすりながら兄は言った。昨夜のトルーマン・ウォーターズとの飲みすぎで、ひどい二日酔いらしい。

「しばらく話してないから、ときどき忘れちゃうんだ」

それは本当だったが、理由は別にあった。兄を引き戻して、ぼくらの最終目的地がセントルイスであることや、ぼくらの旅の真の目的である真実の家族がそこにいることを考えてもらいたかったのだ。その流れでジュリアおばさんやぼくらの両親の記憶をよみがえらせて、アルバートの心をゆさぶり、ついに郷愁の思いが彼を正気に戻す、という計画だった。

アルバートはうつむいて皿を見つめ、思い出すどころか、胃の中のものをスクランブルエッグの上に吐くことを考えているのではないかとぼくは不安になった。

エミーがすばらしい助け舟を出してくれた。彼女は目を輝かせて、たずねた。「セントルイスって本当に大きいの？」

「あ、ああ」アルバートはほんのわずかにうなずいた。頭が転げ落ちるのを恐れているのかと思うほどかすかな動きだった。

「ジュリアおばさんのどんなことをおぼえてる？」ぼくは訊いた。「すごくやさしかったことしかぼくはおぼえていないな」

アルバートはフォークをおろして目を閉じた。口を開いたとき、かなりの努力をしていた。「きれいだったのをおぼえている。それに花みたいないいにおいがした。ライラックだ。おれたちがおばさんを訪ねたのは一度だけで、母さんが死んだあとだったが、やさしくしてくれたのはおぼえている」

「おばさんの家はすごく大きくて、ピンク色だったよ」

「川のそばだった」アルバートは言った。

「通りをおぼえている？」

アルバートはかぶりをふった。「ギリシャ語の名前だったが、思い出せないな。角に菓子屋があって、おれたちふたりにファッジを買う小銭をくれたのはおぼえている」

「あのファッジならおぼえてるよ」

「最高にうまいファッジだったな」アルバートが言った。

そうした事柄を思い出している兄の目に、焦がれるような色が浮かんでいるように思えた。

「モーズに聞いたんだけど、兄さんたちはトルに雇ってもらうんだってね」確認のためにモーズを見ながら、ぼくは慎重に言った。モーズはフォークで卵を口に運ぶところだったが、ちょっとだけ手をとめてうなずいた。

「そうするの？」

「そうさ、なにが悪いんだ？」アルバートは言った。

「ここにとどまるのは危険だからだよ」

「どういうことだ？」

ここでぼくは爆弾を落とした。「片目のジャックに会ったんだ。彼は生きてる」

アルバートのぼんやり充血した目が突然焦点を結んだ。「嘘をつけ」

「嘘じゃないよ」

モーズがフォークをおろして、手を動かした。〝なんでおれたちに言わなかった？〟

「チャンスがなかったんだ。でも、今言ってるだろ。ここにいちゃまずいんだ」

ドアが大きく開いて、トルとカルが入ってきた。ふたりとも朝早くから意気《いき》軒昂《けんこう》で、特にトルはやる気満々だった。

「ああ、ここにいた」トルがアルバートの背中を元気よくたたき、アルバートはその朝ようやく胃袋におさめたわずかな食べ物をもどしそうな顔をした。「今日は忙しくなるぞ、ノーマン」

モーズが手話で伝えてきた。〝あとで話そう〟

男たちはぼくらのテーブルに椅子をよせて一緒にす

わった。ガーティーとフロが食べ物を出した。しゃべったのはもっぱらトルで、来週引船で下流へ向かう計画を説明した。「勉強することがどっさりあるぞ」とアルバートとモーズのふたりに話しかけた。「重労働だが、川での生活もおいおいわかってくるだろうし、誓ってもいいが、おまえたち、こんないい生活はないぞ」

　コーヒーを注いでいたフロがほほえんで、ぼくらに説明した。「わたしたち、トルとわたしは川で育ったのよ。思い出せないぐらい何度も〝ビッグ・マディ〟（ミシシッピ川の渾名）を行ったりきたりしたわ」

「ミシシッピ川に昇る朝日ほどすごい眺めはないぞ、ノーマン」トルが言った。「まわりの水が火みたいに赤くなって、川全体が自分と自分の引船以外からっぽになる。そんな朝は操舵室《そうだしつ》に立っていると、自分の城から所有地全土を見渡すときの王様もこんな気分にちがいないって思うのさ」

「川はおまえの所有物じゃないけどな、トル」カルが思い出させた。

「王様気分になることもある」彼は兄の肩に手を置いた。「今にわかるさ、ノーマン」それからぼくに笑いかけた。「おまえさんを忙しくさせる仕事も見つけてやるからな、バック」

　ぼくは兄を見た。充血した目に青ざめた顔で、彼は耳にはいってくるすべてにぺこぺこ従うまぬけな手下みたいにうなずいており、その瞬間、ぼくは兄を盗もうとしているトルーマン・ウォーターズを憎んだ。

　午後、メイベスへの手紙を投函しに出かけたが、最初にぼくはヘル・オア・ハイ・ウォーター号がドック入りしている修理場に足を向けた。引船の甲板に乗り移ると操舵室にモーズとカルがいるのが見えた。機関室のあけっぱなしのドアから、金属同士がふれあう音と、アルバートとトルーマン・ウォーターズが話しあっている声がした。甲板にはエンジンのいろんなパーツが置かれていた。きれいに磨かれて光っているものもあれば、まだグリースまみれのものもあって、暑い七月の日差しの下で腐っていく殺された動物の内臓を連想させた。

「カル！」トルが中から叫ぶのが聞こえた。「右舷のピストン棒を持ってきてくれ！」

だが操舵室にいるカルには聞こえていなかった。

「カル！」トルがまた叫んだ。返事がないとみると、彼は大声で悪態をつき、機関室から甲板に出てきてぼくを見つけた。意外にも、すごくうれしそうににんまりした。「やあ、バック。手伝いにきたのか？」

「見にきただけ」

「まあいい、中に入って見て行け」トルは油まみれの手でぼくを招いた。

機関室は狭苦しくて、引船の心臓である大きな機械で足の踏み場もないほどだった。細長いボイラータンクに連接棒やピストンやシリンダーやポンプが網の目のように連結している。アルバートが仰向けになってその金属の蜘蛛の巣をじっと見あげていた。グリースまみれで、片手に大きなモンキーレンチをつかみ、ぼくが見たこともないゆるゆるの幸せそうな笑みを浮かべている。機械の世界が、兄のいるべき場所であることは、ぼくの目にもあきらかだった。蛇に咬まれるという試練がアルバートを動揺させ、ある意味、彼は迷子になったように思えたが、引船の内部で彼はふたたび自分を見出していた。アルバートが幸せなのを喜んであげたかったが、ぼくの怒れる心は壁を築いていた。作業に夢中になるあまり、アルバートはぼくに気づいてもいなかった。

ぼくはヘロー号をあとにして、アーチ型の橋を渡りかけたが、半分まで行ったところで立ちどまってミシシッピ川をじっと眺めた。午後の日差しの下、それは糞便みたいな茶色だった。ハリエットと呼ばれる大きな島が橋の西にあり、島の公共の浜辺には広い更衣場があったが人影はなかった。当時のミシシッピ川は下水が垂れ流しの不潔な場所で、市は最終的にその貴重な資源をもっとうまく管理するようになるのだが、一九三二年にはそこで川遊びをしようとするほど勇気ある人間はいなかった。

みすぼらしいザ・フラッツを上から見おろしている高台をぼくはじっと見あげた。高台には立派な家々が建ち並んでいる。フロやガーティーやトルやカルやジョン・ケリー、それにほかの人たちは、なぜかつかつの暮らしに満足しているのだろう、と思った。

船の修理場を見下ろし、そこで休んでいるヘロー号を見た。川でひと月以上すごしてきたが、引船は大きくて、不格好で、ぼくには異物に見えた。カヌーのほうが何倍もいい。

繁華街のどこかで時計が四時を打ち、早くガーティーの店に戻って夕食の準備を手伝わなければならないことに気づいた。まだメイベスへの手紙を投函していなかった。結局、投函することはなかった。

56

「今夜、スイート・スーでささやかな祝宴を開くことにする」その夜、トルが夕食のあと発表した。「みんなぜひきてくれ」

「スイート・スーって？」エミーが訊いた。

「おれのおんぼろ船だよ」トルは説明した。「カルとおれはそこに住んでるんだ」

食堂と調理場の片付けをすませると、ぼくらはそろって川へおりていった。風雪にさらされた水上小屋が川岸にずらりと並んでいた。ザ・フラッツの通りで人びとが暮らす掘っ立て小屋よりさらに——そんなことがありうるなら——貧しいみてくれだったが、ひとつだけちいさな利点がある、とぼくは思った。毎年洪水がきても、これらのみすぼらしい船は上昇する水に乗って、高い位置に乾いたままとどまれるだろう。人びとが——数家族全員——甲板にすわって、通りかかるトルとカルに挨拶してきた。

トルはアイスボックスから密造ビールを出して、気前よく配った。大人たちは飲んだが、アルバートは賢明にもその申し出を断り、エミーやぼくやモーズのように、代わりのサルサパリラ（サルサ根のエキスで味付けをした炭酸飲料）を受け取った。甲板には元の高さを半分にきりおとした鋼の樽がひとつあった。夕暮れが深まって暗くなると、トルはその樽に火をおこした。川岸沿いのどの船にも灯油ランプの明かりがゆらめき、気がつくと、ぼくらはザ・フラッツという大きな集合体の中にちいさな共同体をつくっていた。

エミーとフロとガーティーは逆さまにした空の木箱に一緒に腰かけ、モーズとカルはその隣にすわっていた。トルはぼくの兄を独占し、ビッグ・マディでの冒険のかずかずをべらべらしゃべっていた。ぼくはひとり離れてすわり、黙っていらだちをつのらせていたが、やがてカルが立ちあがって甲板を横切り、ぼくの隣に腰をおろした。

「おまえはひとりだけ浮いてるな、バック。トルを見るたびに、石を投げつけたそうな顔をしている。トルは本当にいいやつなんだぞ」

「飲み過ぎるよ」

「荷船を押しているときはちがう。そのときはしらふだし、仕事一辺倒だ。川で一番の水先案内人のひとりだ」

ぼくはサルサパリラを飲み、返事をしなかった。

「おまえの目を開かせるようなことがある。ガーティーを痛めつけた警官たちだが、連中は気絶するほど殴られた。誰にやられたのかわからないと連中は言ったし、そうなのかもしれない。だが、ザ・フラッツ中の人間が、ふたりの警官に思い知らせたのが誰なのか知っている。誰だと思う？」

「トル？」ぼくは不承不承、言った。

「彼はフロに忠実なんだ。そしてフロはガーティーを愛しているから、ガーティーにも忠実だ。ガーティーにだまされるなよ。彼女はトルを愛してる」

「変わった愛情表現をするんだね、だって、ふたりが投げつけあう言葉からは、とてもそうは思えないよ」

「クルミを食べたことがあるか？　固い殻を割ると、中に甘くて柔らかい果肉がある」

フロが静かに呼びかけた。「バック、ハーモニカでなにかひとつふたつ吹いてくれない？」
「そういう気分じゃないんです」ぼくは言った。
「じゃ、物語がいい」エミーがねだった。
「物語を頼む、バック」トルーマン・ウォーターズが言って、後押しするようにビールを持ちあげた。
「物語？　いいよ、話をしよう」

昔、四人のさすらい人がいました。
「きれいなお姫様と、巨人と、魔法使いと、小鬼が出てくるの」エミーがほがらかに言った。「そして、彼らは黒い魔女を殺すために、オデュッセイに出るの」
「そのとおり」ぼくは言った。

四人は長くきびしい旅をしていました。黒い魔女はたくさんの敵をさしむけてきましたが、四人はまだかすり傷ひとつ負っていませんでした。というのも、四人が一緒にいれば無敵だったからです。彼らのあいだには彼らを強くする魔法があって、たとえ黒い魔女の邪悪な力をもってしても、彼らに立ち向かうことはできませんでした。

彼らは気づいていなかったのですが、これは彼らの弱点でした。お互いへの絶対の信頼、そこに落とし穴があったのです。

けれども黒い魔女は知っていました。軍勢をさしむけても無駄であることを知っていたし、彼らを滅ぼす別の方法があることも知っていたのです。

ぼくは効果を狙ってそこで口をつぐんだ。みすぼらしい船の甲板に集まった人たちは黙りこみ、ついにエミーがしびれを切らして叫んだ。「どんな方法？」

黒い魔女は彼らが眠っているすきに、小蝿を送り込んで彼らの耳元でささやかせました。小蝿が巨人にささやいたのは、こうでした。おまえは強いのだから、あとの三人は必要ない。魔法使いにはこうささやきました。おまえは頭がいいのだから、あとの三人は必要ない。きれいなお姫様には、あなたには魔法があるのだから、あとの三人は必要ない。ところが、小鬼の耳にささやこうとしたとき、小鬼はぴしゃりと小蝿をたたきつぶしました。

翌朝、巨人は目をさまし、友だちを見て、思いました。なんでこの三人が必要なんだ？　おれはひとりでも充分強い。魔法使いは目をあけると、思いました。どうしてこの三人が必要だろう？　わたしはひとりでも充分頭がいい。きれいなお姫様はいつも思いやりのある人でしたが、目覚めると、思いました。わたしの魔法は強力なのよ。どうしてこの三人が必要かしら？

小鬼だけが黒い魔女のしかけた罠に気づいていました。「みんな」と彼は叫びました。「だまされるな。この国にはびこるすべての悪に立ち向かう唯一の方法は、全員が一丸となることだ」

でも、小蝿のささやきは効果があって、三人のさすらい人は小鬼の言葉に耳を貸しませんでした。

巨人は言いました。「おれはひとりで黒い魔女を殺す。おまえたちの助けはいらない」

魔法使いは言いました。「わたしが黒い魔女を殺す」

きれいなお姫様は言いました。「いいえ、わたしが黒い魔女を殺すわ」

三人の傲慢なさすらい人は疑いのまなこでにらみあい、怒りをつのらせました。三人は喧嘩をはじめ、とうとう三人とも死んでしまいました。落胆して見守るばかりで、喧嘩をとめようにもとめられなかった小鬼だけが生き残りました。

彼は自分だけでは黒い魔女を殺すことはできないと知っていました。彼は生涯ひとりでその国を放浪し、黒い魔女を呪い、倒れた仲間たちをしのびました。

沈黙のなか、聞こえるのは丈を詰めた樽の中でぱちぱちと燃える火の音だけだったが、トルーマン・ウォーターズがわめいた。「なんだよ、くそ、あんまり楽しい話じゃないな」

「すべての物語がハッピーエンドってわけじゃないんだ」ぼくは言った。

ぼくの陰気な話は期待どおりの効果を生み、スイート・スーのにぎやかだった雰囲気が暗くなった。ガーティーが立ちあがって、言った。「みんなもう寝たほうがいいね。夜明けが早々とやってくるし、おなかをすかせた人たちがそれとともにあらわれる」

ぼくらはガーティーの店にぞろぞろと戻り、アルバートとモーズとエミーとぼくは小屋で寝る準備をした。アルバートが蠟燭をともし、ぼくらは簡易寝台に腰をおろした。

「さあ、小鬼」アルバートが言った。「片目のジャックのことを全部話してくれ」

郵便局でばったり会ったことや、公園でジャックと話した内容をぼくはあらためてしゃべった。

モーズが手話で言った。〝心臓に弾があたったのに、生きてるのか？〟

「ジャックは死んだんだ」アルバートが言った。「死んだはずだ」

「死んだように見えただけだったんだよ。銃弾は心臓から半インチずれていた」

「ジャックはあたしたちを憎んでいなかったの、オディ？」エミーが訊いた。

「それどころか、感謝してたし、ぼくらが人生を変えてくれたと断言していた。言いたいのはこういうことだよ。ぼくらを捜してもいなかったジャックがぼくらを見つけたなら、黒い魔女とそのごますり亭主だって、ここでぼくらを見つける可能性がある。ぼくらは川に戻って、セントルイスとジュリアおばさんのところへ行くべきだ」

蠟燭のゆらめく明かりのなかで、ぼくはみんなの顔色を読もうとした。昔だったら——それほど前のことじゃない——彼らの表情から、ひとりひとりに関するすべてをぼくは説明できただろう。でも今は、彼らが見知らぬ人のように思えた。なにを考えているのかつかめなかった。

「どう？」ぼくは言った。

「おれは残る」アルバートが言った。「トルに雇ってもらうつもりだ」

モーズがうなずいて、手を動かした。〝おれも残る〟

エミーはぼくを傷つけるのを恐れるかのように、そっとつぶやいた。「あたしも残りたいの、オディ。フロとガーティーが好き」

「ジャックはぼくを見つけたんだ。百万の人間がいる都会で、ジャックはぼくを見つけた。捜してもいなかったのにだ。ブリックマン夫婦はぼくらを死に物狂いで捜している」

アルバートが言った。「来週、モーズとおれはヘロー号でミシシッピ川をくだる予定だ。おまえとエミーをも一緒に行けるかもしれない。そうすれば、しばらくは安全なはずだ」

「しばらくはね。だけど黒い魔女は絶対にあきらめないよ。わかってるだろ」

「断言はできない。おまえだってそうだろう。ブリックマン夫婦だってしまいにはおれたちのことを忘れるさ」

「黒い魔女はちがう。絶対忘れない」

「わかったよ。みんなで決めようというわけだな。残りたい人は手をあげて」

投票の結果は最初からわかっていたから、アルバートが蠟燭を消したあとも、ぼくは怒りがおさまらず眠れなかった。

起きて小屋を出ると、あてもなくザ・フラッツの通りを歩いた。両側の家々は暗く、店先に人気はなく、夜気は動かず、暑くてどんよりしていた。シャツが汗で背中にへばりついた。湿気のせいなのか、歩いているためか、それとも、ぼくの中のすべてがねじくれて不安定なせいなのか、わからなかった。なにかおそろしいことが迫っているのだ、ぼくにはそれが見えた。なぜほかのみんなには見えないのだろう？

そのとき、はっと思いあたった。ずっと顔をそむけてきた恐るべき真実。ディマルコの殺人。ジャックを撃ったこと。アルバートの蛇の咬創。ブリックマン夫婦の執拗《しつよう》な追跡。これはみんなぼくの招いたこと、ぼくのせいなのだ。これはぼくにとりついた呪いなのだ。竜巻の神がおりてきてコーラ・フロストを殺し、エミーの世界をこなごなにするずっと前に、その復讐の悪魔はぼくにとりついて、どこまでもついてきていたのだと、今になって悟った。母さんは死んでいた。父さんは殺されていた。人生に起きた不幸のすべて、ぼくが関心をもったすべての人の人生に起きた不幸のすべては、ぼくのせいだった。ぼくだけの。痛いほどはっきりとわかった。もしぼくが兄やモーズやエミーと一緒にいたら、結局は彼らをもめちゃくちゃにしてしまうだろう。それは衝撃的発見だった。ぼくは息もできずにひとりで立ちすくみ、激しく恐れた。

ひざまずいて、シスター・イヴが受け入れなさいとうながした慈悲深い神に祈ろうとし、この呪いを解いて、導いてくださいとがむしゃらに祈った。だが、感じたのは自分の孤立と圧倒的無力感だけだった。けれども、煌々《こうこう》たる月の下でウエストサイド・フラッツにうずくまっているうちに、すこしずつ暗く冷たい理解が生まれてきた。ようやくその未舗装道路の泥から立ちあがったとき、自分がなにをしなければならないかはっきりわかっていた。

57

「よお、バック・ジョーンズ！」暗がりのなか、ジョン・ケリーが駆け寄ってきた。「新聞配達を手伝ってくれるのか？」うれしそうにぼくの背中をぴしゃりとやってから、ぼくの顔を見た。「おまえ、大丈夫か？」

「出ていくことにした」ぼくは言った。

「どこに行くんだ？」

「セントルイス」

「あとのみんなは？」

兄とモーズとエミーのことを考えた。彼らは居場所《ホーム》を見つけたと信じている。幸せなのだ。ぼくと一緒にきたら、きっとその幸せをぼくがめちゃくちゃにしてしまう。

「ひとりで行く」

「どうやってセントルイスまで行くんだ？」

修理場に保管されているカヌーのことを考えた。勝手知ったる舟であり、友だちみたいなものでもあったが、ミシシッピ川のような大きな、なじみのない川をひとりでカヌーをあやつって進めるとはとても思えなかった。

「操車場からセントルイス行きの列車が出てるって言ったよね」

「うん」ジョン・ケリーは興奮ぎみに言った。「貨物列車に飛び乗ればいい」

「どの列車なのかわかるかい?」

「いいや、けど、おれたちが操車場で聞いてまわれば、きっと誰かが教えてくれるよ」

「おれたち? きみはこないだろ」

「うん、けど、おまえが安全に出発したとわかるまでは、ひとりにしないよ。友だちだからな」

「ありがとう」ぼくは心から感謝した。「ガーティーの店から身の回りのものを持ってこなくちゃ、いいかい?」

小屋に忍びこんでエミーが寝ている簡易寝台に近づき、薄いマットレスの下からハーモニカとメイベス宛ての手紙の入った封筒をひっぱりだした。大切なこのふたつをズボンのポケットに突っ込んだ。きれいなお姫様に負けないぐらいいつもかわいかったエミーの寝顔を眺めた。長い放浪《オデュッセイ》の旅を続けるうちに、彼女はコーラ・フロストの遺児以上の存在になっていた。ぼくの妹になっていた。やさしくてかわいい妹だ。身をかがめておでこにキスをしたくなったが、起こしてしまいそうで心配だった。ぼくは向きを変えて、アルバートとベッドを分けあっているモーズを見つめた。安らいだその顔は以前のモーズを思い出させた。すぐに笑顔になる、大きくて無邪気な心を持ったインディアンの大柄な少年。彼自身について知ったすべて、彼が生まれた世界について理解するようになったすべてが、モーズをめったに笑わない人間にしていたが、笑みはまだときどき浮かびでたし、彼の心は二度と無邪気にはなれなくても、その大きさは変わらないことを、ぼくは確信した。

次に兄のことを考えた。これまで生きてきてひとつだけ不変のものがあった。それがアルバートだった。アルバートはすべての記憶のはじまりにいて、旅先のあらゆる道でぼくの隣にいて、かぞえきれないほど多くの危険からぼくを救ってくれた。他のどんな人間よりもぼくの心をよく知っていた。シスター・イヴは兄が望んでいるもの、兄が心底願っているもの、それはぼくを安全に守ることだ、と言っていた。それが彼の人生だった。長いあいだ、ぼくのために犠牲を払ってくれていた。だからぼくは兄を愛していた。全身全霊をもって愛していた。ぼくの決意をゆるがすほど激しく。数えきれないほどやったように、兄の肩に頭を押しつけたかった。ぼくの肩に手をまわして、万事心配いらない、おまえは安全だし、おれたちはこれからもずっと一緒だ、と言ってほしかった。それが兄弟のすることだから。アルバートと別れるのはもっともつらい行為だった。自分の指先にキスして、その手でアルバートの心臓の上にそっとふれ、涙をふいて外に出た。ジョン・ケリーが待っていた。

「南だ」操車場のちいさな焚き火を囲んでいた男たちのひとりが、ぼくらに言った。「南へ向かう列車なら、おまえさんたちをセントルイスへ連れていってくれる」線路と川がならんで夜のなかへ吸い込まれているあたりを、男は指さした。「忘れるなよ、もし列車が東か西へ曲がったら、飛びおりて別のをつかまえろ。南だ。南からそれるな」

ジョン・ケリーとぼくは一緒に立ち、重い音をひびかせる列車がやってくるのを待った。まもなくザ・フラッツの方角から、焚き火の男が指差していた方角へゆっくり向かう列車が橋をわたってきた。ジョン・ケリーがぼくの手を握った。男同士が別れるときにやるみたいに。

「がんばれよ、バック・ジョーンズ」彼は言った。

「ありがとう、ジョン・ケリー。約束してほしいことがあるんだ。兄やほかのふたりがぼくのことをきみに訊くだろう。黙っていてくれたら感謝するよ」

「まかせとけ、相棒。これはおれたちだけの秘密だ」彼はぼくの後方に目をやった。「あいている車両がくる。準備したほうがいいぞ」

有蓋貨車がガタゴトと通過する直前、ぼくはあいている扉から中へ飛びこみ、うまく乗り込むと首を突き出してジョン・ケリーに無事の合図を送った。彼はさよならと片手をあげたまま、月光を浴びた銀色のちいさな彫像となった。

ぼくは壁に寄りかかって、川向こうの闇に包まれたザ・フラッツを、あけっぱなしの広い扉から見つめた。まだ街灯はなかったが、いつかは設置されるだろう。そしていつかは、道路もすべて舗装され、室内にトイレのあるもっといい家がいまにも崩れそうな小屋に取って代わるだろう。だが、壊滅的な春の洪水は引きつづき発生し、三十年以内にセントポールの町は全市民の利益を最優先してすべての建築物の完全取り壊しを決断し、一方、ザ・フラッツによって人生が形づくられていた人びとは、自分たちの歴史がほぼ根こそぎ消滅するのを泣きながらただ傍観するしかなくなる。

だが、十三歳の誕生日を目前にひかえた一九三二年の夏、そんなことはまったく知らず、愛するすべてが着実に過去へ遠ざかっていくのを見守っていた。のんびりとセントポールを出た列車は次第に速度をあげ、轟音とともに夜を走りぬけていった。どんなカヌーにもかなわない速さで、シスター・イヴがつねにあなたの心の中にあると言っていた場所、すべての疑問に答えてくれる場所、放浪が終わる場所へと列車は近づいていった。

我が家へ近づいていった。

第六部　イサカ

ゆうべ出発した操車場に似ていたが、隣に背の高い穀物倉庫が城の塔のようにそびえていた。車両の列のずっと先のほうで、ひとりの男がきびきびと歩きながら、貨物列車の全車両の下をのぞきこんだり、あけっぱなしの扉の中を見たりしている。操車場を巡回する血も涙もない鉄道警察の手にかかってひどいめにあったという話を聞いていたので、ポリ公だなと思った。有蓋貨車からおりていそいで逃げだした。

操車場と町の大部分は切り立った崖の下にあった。線路の近くのすすけた通りにちいさな簡易食堂を見つけた。ベーコンを炒めるにおいが漏れてきて、からっぽの胃袋を直撃し、ぼくをたぐりよせた。半覚醒状態だったエミーが、ブーツの中のお金を使うべきときがきたら自然とわかると言っていた。はらぺこだったぼくは——さびしくもあった——今がそのときだと判断した。カウンターにすわった。中にいる女性はブロンドで痩せていて、くたびれた顔つきだったが、ぼくがすわるのを見て感じのいい笑みを浮かべた。手をのばして、ぼくのシャツから藁くずを取った。

「ゆうべはどこで寝たの、ん？　干し草の山の中？」

58

眠るなんて無理だった。一晩じゅう有蓋貨車の中にすわって、不変の伴走者である父なる川を見つめていた。町はあらわれては遠ざかっていったが、川はつねにそこにあり、月もまた、白くてまばたきひとつしない、すべてを見ている目のようにつねに空にあった。ぼくはモーズのエミーへの励ましを思い出した。〝ひとりじゃない〟その言葉を何度も自分に言い聞かせ、川と月が一緒にいてくれることに感謝した。

明け方近く、ようやく床で眠りに落ちた。よほどぐっすり眠っていたにちがいない。目がさめると、列車は止まっていた。ぼくは起きあがった。マットレス代わりの固い木のせいで身体じゅうが痛かったが、あけっぱなしの扉から外をのぞいた。そこは操車場だった。

「そんなところです」

「おなかがすいてるの？」

「それはもう」

「なんにする？」

「卵とベーコン。それにトースト」ぼくは言った。

「卵はどうするのが好き？」

「スクランブルエッグでお願いします」

「お願いします、ね」女性はまだ笑みを浮かべていた。「あたしのお客さんがみんなそれぐらい丁寧だといいんだけど」

「ここはどこですか？」

　すこし離れたスツールにすわっている男が言った。「アイオワ州ドゥビュークだよ」カウンターのうしろの女性に男は片目をつぶってみせた。「干し草じゃないな、ロウィーナ。この子は有蓋貨車で寝たんだ、そうでないなら、おれの名前はオーティスじゃない」

「そうなの、ん？」ロウィーナが言った。「列車に乗ってるの？」

　そのことを彼らがどう感じているのかわからなかったので、ぼくは答えなかった。


「家族はどこにいるの？」ロウィーナがたずねた。

「死にました」

「まあ、そうだったの、かわいそうに」

「最後に食べたのはいつだ、ぼうや？」男が訊いた。

「ゆうべです。ちゃんと食べました」

「そうか」嘘をついているらしいが気持ちはわかる、というように男は言った。「その子の朝食はおれのおごりだ、ロウ」

「そんなわけには」ぼくは言った。

「いいか、ぼうや、おれにもおまえと同じ年頃の子供がいるんだ。その子がひとりで旅をしてるなら、助けてくれる人がいたらいいと思う」

「ありがとうございます、サー」

「サーか」男は笑顔で言った。「おまえはきちんと躾《しつ》けられたんだな」

　ぼくは満ち足りて簡易食堂をあとにした。おなかがいっぱいになっただけでなく、見知らぬ人たちのやさしさのせいでもあった。アルバートがこの経験を一緒にわかちあい、夜になったら焚き火にあたりながらその話ができたらどんなにいいだろうと思わずにはいられなかった。

れなかった。アルバートが恋しくてたまらなかったが、それだけでなかった。いいことは、どうしてそうなったかの経緯を人に話すと、さらに輝きを増す。でも、アルバートのことを――モーズでもエミーでもいいのだが――考えると、そのたびにふたたび会えるのかどうかわからないだけに、ぼくの幸福感は暗雲につつまれるのだった。

南へ向かう貨物列車をつかまえると、昨夜ほとんど寝ていなかったせいであっというまに眠りこみ、夕方近くまで目をさまさなかった。有蓋貨車の外へ目をやり、列車がトウモロコシ畑を太陽めざしてまっしぐらに進んでいるのに気づいた。地平線に沈もうとする太陽が、空を赤くそめている。列車は西へ向かっていた。どのくらいのあいだ、まちがった方角へ旅していたのか見当もつかなかった。ぼくは自分に腹を立て、大声で悪態をつき、すぐにでも列車が停止するよう祈った。だが、列車はとまらなかった。日が沈んで月が出ても轟音とともに走り続け、地平線上に町の明かりが見えてきたとき、ようやく速度を落とした。

列車がゆっくりと停止したのは、たくさんの線路がからみあい貨物列車が休んでいる巨大な車両基地だった。大丈夫そうだとみるとすぐに地面に飛びおりた。そこがどんなところかつきとめて、たった今きた方角を向いている機関車に連結された車両がないかどうか確かめようとしたが、そこはまるで線路の迷路だった。暗い夜のなか、ぼくは途方に暮れた。

百ヤード向こう、基地の端にちいさな火明かりが見えた。ホーパーズヴィルのよそ者を拒まない焚き火や、セントポールの操車場の焚き火のそばで、方角を指して、とにかく南へ行くよう親切に助言してくれた男の人のことが頭に浮かんだ。車両基地をよこぎって細流が流れている浅い溝をたどり、火が焚かれている暗《あん》渠《きょ》のほうへ歩いていった。

そこにはふたりのみすぼらしい男がいた。ひとりは毛布の上で寝ており、もうひとりはすわって瓶を片手に炎のほうへ身をかがめていた。その瓶を見たときに回れ右すべきだったのだ。ぼくは相手をおどかしたくなくて、ゆっくり近づいていったが、瓶をつかんでいる男がいきなりこっちをふり向き、喧嘩でもふっかけようとするかのように身構えた。

「すみません」ぼくは言った。「びっくりさせるつもりじゃなかったんです」

男はぼくをじろじろ見てから、肩の力を抜いた。

「てめえみたいなクソ生意気なガキに誰がびっくりするってんだ」

人間らしさをまったく欠いた動物のうなりのような声を聞いた瞬間、ぼくはとんでもない間違いをしたことに気づいた。

毛布に寝転がっていた男が起きあがってすわった。

「お友だちだぜ、ジョージ」瓶を持った男が言った。

ジョージもぼくをじろりと見た。まぶしそうな目つきから、瓶の中身がなんだろうが、彼もそれを飲んでいたのはあきらかだった。「ただのガキじゃないか、マニー」

「だな」マニーはそれがいいことのように言った。

「すわれ、ガキ」

「通りがかっただけですから」ぼくは一歩あとずさった。

「すわれと言ってんだよ」

ジョージが立ちあがって、ぼくの背後へまわりこみはじめた。

ぼくはさらに一歩さがった。

ジョージは期待していたほど酔っていなかった。コヨーテみたいにすばやく動いて、万力のようにぼくの腕をつかんだ。もぎはなそうとしたが、見た目より力があって、ぼくは両腕をうしろで押さえつけられた。ブーツの足で脛《すね》を蹴ったが、ジョージは手を放さなかった。蹴ったことは彼の怒りをあおっただけで、ぼくをぼろ人形みたいに揺さぶってわめいた。「もう一度やってみろ、ガキ、首根っこをへしおってやる」

マニーが立ちあがり、ぼくのポケットを探った。

「こりゃなんだ？」彼はハーモニカとメイベス・スコフィールド宛ての手紙の入った封筒をひっぱりだした。調子っぱずれに一度ハーモニカを吹いていじわるく笑った。封筒を焚き火に投げこんだ。ぼくの見守る前で、封筒は茶色くなったかと思うと一気に炎に包まれた。マニーがすぐそばまで顔を近づけてきて、ウィスキーと口内衛生をおこたっているがゆえの、ひどい口臭がにおった。

「金はないのか、ガキ？」

右のブーツに隠してある五ドル札二枚が頭に浮かんだが、こいつらにやるつもりは断じてなかった。

「ないよ」ぼくは言った。

男は手荒にぼくの全身を服の上からたたいた。「嘘はついてねえ、ジョージ。こいつめ、おけらだぜ」

「なにもないわけじゃないぜ」ジョージが豚のようなうなりを発した。

「そうだな」マニーが言った。

目の前の男の顔に、あの石切場での最後の夜、ヴィンセント・ディマルコがビリー・レッド・スリーヴのことを話したときと同じおぞましい飢えが浮かびでるのを見た。ぼくはジョージの手から逃れようとしたが、手錠をかけられたみたいにびくともしなかった。マニーを蹴ったが、彼はうしろへ跳ねてかわし、ジョージが片手を放してぼくの頭を殴りつけた。耳鳴りがした。

「火のそばへ連れてけ」マニーが言った。

ジョージがぼくを焚き火の近くへひきずっていって地面に突き飛ばし、男ふたりは獲物を前にしたジャッカルみたいにぼくを見おろした。ビリー・レッド・スリーヴのことを考えるとき、いつもぼくはディマルコが少年の苦しみを終わらせる前にどんなことをしたのかという恐るべき詳細を想像しないようにしていたが、忌まわしい目つきでふたりの男に見られているその数秒間、あまりにもむごたらしいイメージが浮かんできて胃袋がぎゅっとちぢこまり、今にも吐きそうになった。吐くほうがいい戦略だったのかもしれない。だがぼくは代わりにあることをやった。

「金を持ってる」急いで言った。

「でたらめ言うな」マニーが言った。

「ほんとだ。十ドルある」

「どこに？」ジョージが問い詰めた。

ぼくは右のブーツに手をのばして靴紐をほどいた。男たちはじっと目をこらした。ブーツを脱ぎ、中に手をつっこんで五ドル札二枚を引き抜いた。男たちの目が別種の飢えに光ったが、ぼくは金をつかみとろうとするマニーをかわして、二枚の札を焚き火にかざした。

「燃やすぞ」ぼくは脅した。

「やれるもんならやれよ」ジョージが応酬した。

「ハーモニカを返せ、そうしたら金をやる」

「ガキの言うとおりにしろ、マニー」

ハーモニカをつかむなり、ぼくは札を火にくべた。それらは貪欲な炎の上で枯葉みたいにひらひら舞った。ふたりの男が燃える現金を救出しようと泡を食っているすきに、ぱっと起きあがって脱いだブーツとハーモニカを持って全速力で暗渠から逃げだした。線路と休止中の貨物車両の迷路めざして突っ走り、思い切って、肩越しに背後をちらりと見たが、追っ手の気配はなかった。それでも、走りつづけて、あけっぱなしの車両に飛び込み、倒れ込んで荒い息をついた。

しばらくたってから、その遭遇がはらんでいた恐ろしさにあらためてふるえあがった。やがてぼくは声を殺して泣きはじめた。ひとりぼっちだと思ったことは前にもあったが、本当に自分は孤立無援なのだとそのとき身にしみて感じた。胸の中に、全宇宙をのみこんでしまいそうな虚無が口をあけた。

「アルバート」ぼくはささやいた。「アルバート」

59

二日後、ぼくはセントルイスに着いた。待ち望んでいた目的地だったので、着いたらなにか特別な感慨に打たれるだろうと期待していた。予想に反して、ぼくが立っているのはまた別の見知らぬ場所であり、のっぽの建物がジグザグに並ぶその陰に蜘蛛の巣みたいに走る線路のただなかだった。どの建物も古い五セント玉みたいな灰色の空の下に広がっていた。

どこへ行けばいいのか、どうやってジュリアおばさんを捜せばいいのか、雲をつかむようだった。セントルイスにきたのは母さんが死んだあとの一度だけで、ぼくの一生の半分も昔のことだった。今では親しみを感じるものといったらミシシッピ川だけだったので、川沿いに歩いていった。セントルイスはバラックの町だった。想像を絶するそのフーヴァーヴィルには、ホーパーズヴィルの百倍の人口がひしめいていた。川下までたっぷり一マイルにわたってバラックが平地を埋めつくしていて、瓦礫の山と山のあいだに建てられた小屋はどれもこれも貧弱そのもので、灰色の空が割れて大雨になったら、目の前の一切合切が川に流れおちて運ばれていってしまうのではないかと思った。

強烈な腐食のにおいと衰退感がたちこめるなか、にわか作りの小道を歩いた。旅の全行程を通して、ぼくの想像の中のセントルイスは手の届かぬすばらしい約束の地だった。そう思ってはるばるやってきた。それなのに、これまでくぐりぬけてきたすべてはいったいなんのためだったのだろう？　そう思うと、希望はどんどんしぼんでいった。

「おーい、そこのきみ！」

ぼくは顔をあげた。暗い心のうちがきっと顔にも出ていたのだろう。スペインゴケみたいなもしゃもしゃのひげを頬にたくわえた男が空と同じような陰鬱な色のフェドーラのつばの下からぼくを見て言った。

「浮浪児かい？　腹ぺこだろう？」男は川下を指さした。「橋の下に無料の食料提供所があるよ。ウェルカム・インだ」

「ありがとう」

「今に慣れる」

「え？」

「今はわからなくても、すぐにわかるようになる」男はピアノを運ぶ木箱ほどのサイズで、タール紙で覆われた小屋にひっこんだ。

行ってみると、ウェルカム・インには長い行列ができていて、なんだろうともらえるものを求める絶望した人びとがならんでおり、女性や子供もいた。かなり空腹だったが、まだその列にくわわる気になれず、ぼくは川べりへさまよっていった。

油膜の張った虹色に光る水面が、人工的な悪臭を放っていた。向こう岸で工場の煙突がきたない灰色の空に煙の柱を吐き出している。それらの企業がミシシッピ川になにを注ぎこんでいるのか、わかったものではなかった。セントポールを流れるミシシッピ川は救いようがないぐらい不潔だったが、それが多数の町や都市を通り、もっと汚れてここまで流れてきていた。ぼくの後方で物乞いをしている人びとの集団といい、目の前のミシシッピ川の無惨な様子といい、ぼくがめざしてきた場所はそれ自体が地獄のようだった。

「メイベスと一緒に行けばよかったんだ」ぼくは声に出して言った。その名前のひびきに胸がおしつぶされそうだった。だが、できるだけ早く手紙を書きあおうと約束したことを思い出して、ちょっと明るい気持ちになった。ぼくが書いた手紙は投函されずじまいだったが、メイベスはもっと運にめぐまれたかもしれない。

フーヴァーヴィルで三人にたずねたあげく、やっと町の中心部にある郵便局にたどりついた。セントポールの郵便局の威厳にはとてもかなわないが、同じぐらい混雑していた。列に並び、窓口までくると局留めについて質問した。

係員は鼻先にのせたレンズごしにぼくを見た。「名前は?」

リンカーン教護院を逃げ出して以来、自分の不名誉な行為の噂が広まっている場合に備えて、ぼくは本名を言わないよう注意していた。

「名前だよ、ぼうや」

でもこれはメイベスのためなのだからと、言った。

「オバニオン。オデュッセウス・オバニオン」

「オデュッセウス? 調べてみよう」

彼はしばらく席をはずし、戻ってくると首をふった。

「なにもきていないよ、きみ」

「バック・ジョーンズだったらどうですか?」

「カウボーイのスターみたいだね」彼はほほえんだ。「えらく有名な名前をふたつも持ってるんだな。見てみよう」

その名前も空振りだった。窓口を離れようとしたとき、別のことを思いついた。「おばさんを見つけようとしてるんです。ギリシャ語の名前のついた通りに住んでいて、角にファッジの店があるんです」

係員は天井をにらんで考えこんでいたが、思い当たるふしがないのはあきらかだった。ところが、ぼくのうしろに並んでいた、その肥満度から判断して大恐慌の影響をあまりこうむっていない男の人が大声で言った。「それなら知ってるよ。キャンディー・ストアだろう。ダッチタウンのイサカ通りとブロードウェイの角にあるが、去年、閉店したぞ。この不景気のあおりをくった犠牲者のひとつだよ」

係員が紙切れに道筋を書いてくれた。郵便局を出たとき、ぼくの足取りは新たなエネルギーにあふれていた。また目的地ができたのだ。我が家は目前だった。

窓ガラスに書かれている白い文字は、エマーソンズ・ファッジ・ハウスと読めた。大きなウィンドーの奥にはからっぽの棚とからっぽのカウンターがあるばかりだった。イサカ通りを半ブロック歩いたとき、それがあった。記憶にあるそのままだった。煉瓦の三階建ての家は周囲を高い鋳鉄製の柵に囲まれていて、記憶どおりピンク色に塗られていた。だが、おぼえているよりはずっとちいさくて、ペンキは塗り直しの時期をとうにすぎていた。家の隣の区画は空き地になっていて雑草がおいしげり、柵のあいだから侵入して、刈る必要のある芝生にまではびこっていた。窓という窓にはブラインドがおりていて、全体にあまり近寄りたくない雰囲気をまとっていた。門を開くと、さびついた蝶番が大きくきしんだ。アプローチをゆっくり進んで階段をあがり、正面ドアをノックした。ようやくドアをあけたのは、絹の赤い化粧着をまとったほっそりした黒人女性だった。きれいだが、極端な睡眠不足といった顔つきで、目の前に立つ子供を見てすくなからず落胆したようだった。

「なに?」ぼくが口をきけないでいるうちに、彼女が言った。

「人を捜しているんです」ぼくは言った。

彼女は挑むようにこぶしを腰にあてた。「へえ? 誰を?」

「ジュリアおばさん」

ペンシルで描かれた眉が持ちあがり、くたびれた表情が消えた。「ジュリア?」

「はい、マアム。ぼくのおばさんなんです。前にここに住んでました」

彼女はぼくの全身を眺め、ぼくが血の通った人間であることが信じられないかのように、かすかに首をふった。「ここで待ってて、ぼうや」

急に甘い口ぶりになったのは他意のないことなのか、それともぼくをあざけっているのか、判断がつかなかった。彼女はドアをしめ、ぼくは狭いポーチに立ったまま空をじっと見あげた。もう灰色ではなく不気味な緑色をおびていて、竜巻の神がフリモント郡をめちゃくちゃにしてエミーのお母さんの命を奪った日から深く記憶にしみこんでいる空だった。旅のあらゆる局面に竜巻の神が待ち受けているような気がした。ぼくからハッピーエンドを取りあげることが竜巻の神の最終目的ではないかと思った。

ドアがふたたび開き、知らない女性がそこに立っていた。だが、彼女の目は驚いたように見開かれ、ルビー色の口からこぼれた言葉は押し殺したように静かだった。「まあ、なんてこと。本当にあなたなのね」彼女は手を伸ばしてぼくの頬にふれ、茫然とささやいた。「オデュッセウス」

60

ぼくらが腰をおろした家の奥の部屋は、コーラ・フロストの農家の居心地のいい客間を思い出させた。ちいさな暖炉のマントルピースには骨董めいた時計がのっていた。一方の壁には本が詰まった本棚があった。色とりどりの花を活けた花瓶が部屋のあちこちにあって、部屋を明るくしていた。ジュリアおばさんはさっき、絹の赤い化粧着の女性に、サンドイッチとレモネードを持ってきてくれるよう頼んでいた。サンドイッチはハムとチーズで、レモネードには氷が入っていた。一日じゅうなにも食べていなかったので、食べ物をむさぼりたい衝動にかられた。だが、ジュリアおばさんの物腰が上品だったので、おばさんを怒らせたくなくて、おばさんと同じように、すこしずつ食べた。

生まれてからこのかた、ぼくがおばさんを見たのは一度だけだった。ジュリアおばさんは、もっぱら母さんが子供時代を語るときに口から出る名前にすぎなかった。それでも、温かい抱擁と大量の涙という感情がほとばしるような再会を、ぼくは想像していた。想像ははずれた。ジュリアおばさんはぼくを家の中に招き入れると、奥にあるこのこぢんまりした部屋に通し、コーヒーテーブルをはさんで腰をおろした。会話はぎごちなかった。

「どう……どうやってここにたどりついたの？」

「列車に乗ったんです」

「渡り労働者《ホーボー》みたいに？」

「この頃の誰もがやるみたいに」

「まあ」おばさんは眉をひそめてから、微笑した。

「でも無事だった。無事にやりおおせたのね。はるばる、ええと……？」

「ミネソタから」

「そこの学校からね？　インディアン学校ね？」

「はい、マアム。そこです」

おばさんはサンドイッチをちいさくかじってから眉を寄せた。眉はもうひとりの女性と同じような形に描かれていた。「でも、あなたの教育は終了していないはずよ。まだ十二歳でしょう」

「じきに十三です」

「それでも」

「逃げ出したんです」

彼女はちょっとすわりなおして、背筋をこわばらせた。「そう、それはいいこととは思えないわ」

「あそこの大人たちはぼくらに意地悪だったんです」

「学校はきびしいところでもあるのよ」

「ぼくらをたたきました」

「まあ、本当なの、オデュッセウス」

「少年がひとり死んだんです。ビリー・レッド・スリーヴが」

おばさんは黙った。急に思い出したみたいに、おばさんは言った。「アルバートはどこ？」

「ミネソタにいます」

「学校に通ってるの？」

「セントポールで仕事を見つけたんです」

ぼくが家に入ったとたん緑の空がひびわれて、今はすさまじい雨が窓ガラスをたたいていた。ぼくはフーヴァーヴィルにいる人たちのことを考え、彼らの持つすべてが川に流れこんでいくところを想像した。

ジュリアおばさんは外の嵐に目を転じて、見たものに気を取られているようだった。「それじゃ」あきらかに作った表情とわかる明るい目でまたぼくを見て言った。「これからどうするつもりなの？」

ぼくは嚙んでいたサンドイッチを飲み込んだ。今から言おうとしていることに、急に喉がからからになったので、飲み込むのに苦労した。

「おばさんと一緒に暮らせないかなって」

「わたしと一緒に？　ここに？　それはむりじゃないかしら、オデュッセウス」

「他に行くところがないんです」それは本当だったが、できるだけ哀れっぽく聞こえるように努力しながら、言った。

「もちろんそうでしょう」彼女は本物の同情をこめて言ったが、思いやりのない自分をしかっているようにも聞こえた。「それじゃ、こうしましょう。あなたをどうするか決めるまでという期限つきで泊めてあげるわ」

「ありがとう、ジュリアおばさん」

ばつが悪くなるほど長いあいだおばさんは無言でぼくを見たあと、ようやく言った。「最後に見たとき、あなたは今の半分の背丈だったわ。まだちいさかった。すっかり大きくなって。一人前の大人といってもいいぐらいね」

一人前の大人。そう言ったとき、おばさんはまるでぼくの成長に一役買ったかのように誇らしげだった。実際、そう考えているのだとわかった。たった一度顔をあわせたときからずっと、おばさんはぼくの幸福を願ってブリックマン夫婦に金を送っていた。彼女は知る術もなかったが、ぼくらが盗むまで、おばさんの金はアルバートとぼくのためにはまったく活用されていなかったのだ。

おばさんは立ちあがってドアに近づき、呼んだ。

「モニク！」

赤い絹の化粧着の女性が戻ってきた。ふたりは低い声でしゃべっていたが、モニクがこう言うのが耳に入った。「この天気じゃ、今夜は期待できそうにないわ」

ふたりはさらに話しあい、最後にジュリアおばさんが宣言した。「じゃ、屋根裏部屋ね」

屋根裏部屋に足を踏みいれた瞬間、ぼくは記憶の中へひきもどされて、ジャックの農家とずたずたのマットレスがある彼の屋根裏部屋にいた。この場所はあそこまで乱雑にちらかっているわけではなかったが、やっぱり人目をさけるような雰囲気があって、ぼくは逃亡者みたいな気になった。確かにそうではあったのだが、自分のおばさんからそんなふうに扱われるのは心外だった。

「ここなら快適よ」ぼくの到着以来ずっと維持している見せかけの明るさで、おばさんは言った。「ほら、窓もあるし」

窓からはほったらかしの裏庭と、真下のくたびれた石のポーチ、それに敷地の裏の路地が見おろせた。そのすべてがどしゃぶりに打たれてわびしげに見えた。部屋には狭いベッドがひとつ、たんす、電気スタンドがあり、カビのにおいがした。

「誰がここに泊まってるの？」ぼくはたずねた。

「長いこと空き部屋だったのよ」悲しげなひびきがおばさんの明るい口調を裏切っていた。やがてあることが彼女の意識にのぼった。「荷物は、スーツケースはないの？」

「荷造りしてる時間がなかったから」

「なんとかしないとね。たぶん明日あたり。今日はもう休みなさい。くたびれているでしょう」

「トイレを使いたいんだけど」

たちまちおばさんが不安そうになったのがわかった。

「下の階にそれぞれひとつトイレはあるけど、そっちは使わないでほしいの。そのふたつは……」言葉が尻つぼみになって途切れた。「そのふたつは、他のお客さん専用なのよ」

「他のお客さん？　ここはホテル？」

「そういうわけじゃなくてね、オデュッセウス。あとで説明しましょう。地下室にトイレがあるの。裏階段を使って」

ちぇっ、とぼくは思った。ぼくと蜘蛛たち専用のトイレか。

「くつろいでね。おなかはいっぱいになった？」

「はい、マアム、大丈夫です」

「マアムと呼ぶのはやめて。年寄りみたいな気分になるから。ジュリアおばさんでいいわ」

彼女は階段をおりていき、屋根裏部屋のドアが閉じられるのが聞こえて、ぼくはまたひとりになった。部屋は息苦しかったので、窓をほんのすこしだけあけた。雨が吹き込んできて、窓がまちにたまり、木の床にしたたりおちたが、すくなくとも新鮮な空気が入ってきた。トイレに行きたかったが、地下までずっとおりていく代わりに、表の土砂降りにむかって放尿した。窓をふたたびさげたが、空気が通るぐらいにすこしだけあけたままにして、からっぽの有蓋貨車にいたときと同じぐらい孤独を感じながら、ベッドに腰をおろした。でも有蓋貨車にはマットレスなどなかったし、ぼくのお尻の下のマットレスはうっとりするほどやわらかだった。ジュリアおばさんの言うとおりだった——ぼくはくたびれていた。あっというまに眠りに落ちた。

女性の甲高い笑い声が真下から聞こえてきて、目がさめた。屋根裏部屋は暗くてものがよく見えなかったが、まだ雨が窓をたたいているのが聞こえた。ベッドからおりたとき、足が濡れた。あわてて電気スタンドをつけると、嵐のせいで大量の雨が室内に吹き込んでいるのがわかった。

床を拭くものがなかったので、階段をおりて廊下に出た。笑い声はやんでいたが、閉じたドアの向こうからかすかな人声がした。ぼくが動く前にドアがあいた。男がひとり出てきた。上等のスーツを着ているが、ネクタイはしめていなかった。そのあとから、太ももの上がかろうじて隠れるほど短いピンクのシュミーズをつけた、若くてきれいな金髪の女があらわれた。髪は乱れ、口紅がはみでていた。男はぼくに気づかなかった。女のほうへ身をかがめ、彼女の口に長い湿ったキスをした。

「来週ね、マック?」女が言った。

「おまえがついてりゃもっと早いな」

「ついてる気がする」女はふざけて男の尻をぴしゃりとたたいた。

男はふりかえることもなく、廊下の先の表階段へ向かっていった。男がいなくなると、女の態度が変わった。ぐったりして、ドア枠に力なくよりかかった。片手で左の脇腹をさすり、痛いところにふれたかのように顔をしかめた。次の瞬間、ぼくに気づいた。態度は変化しなかったが、物問いたげな表情になった。

「あんたがそうなんだ。ジュリアの子」

「甥です」ぼくはいった。

「そうだってね。なにか入り用？」

「雨が窓からはいってきちゃって。タオルがあれば」

「見てみるね、ハニー」

彼女は廊下に置かれたちいさなたんすに近づき、ふわふわの白いタオルをひっぱりだした。「これでどう？」

「ありがとう」

「礼儀正しいのね。そういうの好きよ。名前はなんだっけ？」

「オデュッセウス」

彼女は片手を差し出した。爪は気をそそるような濃い赤に塗られていた。「ドロレス。はじめまして」

ドロレスがまだぼくの手を握っていたとき、ジュリアおばさんが、たった今、男がおりていった階段からあらわれた。ぼくがドロレスといるのを見ると、顔がけわしくなり、早足になった。

「上にいなさいと言ったでしょう、オデュッセウス」

「タオルが入り用だっただけよ」ドロレスが言った。

「雨が窓から入ってきたんだ」ぼくは説明した。

「だったら、その窓を閉めなさい。それからドロレス、身なりを整えること」

「そうね、ジュリア」ドロレスはぼくにウインクして、部屋にひっこんだ。

「上にあがって」ジュリアおばさんはそう言うと、ぼくのあとからついてきた。

スタンドの明かりのなかで、おばさんはあけた窓の下から床に広がった水たまりを眺めた。

「息苦しかったので」ぼくは言った。「ちょっと空気がほしかっただけなんだ」

「タオルをよこして」ぼくがタオルを渡すと、おばさんは膝をついて床を拭きはじめた。

「ぼくがやるよ」

「あなたのせいじゃないわ、オデュッセウス。気づくべきだったのよ」彼女は膝をついたまま身体を起こして、言った。「きつい言い方をして悪かったわ。すべてを説明するのにふさわしい時間が欲しかっただけなんだけどね」

「いいんです」

おばさんは両手につかんだびしょぬれのタオルをじっと見た。「あなたには理解できないことがたくさんあるのよ」

「ぼくなら大丈夫」

「明日」おばさんはまた床を拭きはじめた。「明日、話しましょう」

彼女はふたたびぼくをひとりにして出ていったが、その前に、やさしく、きっぱりと言い渡した。「朝までこの部屋から出ないで」

ドアに鍵をかけたわけではないが、藁束の代わりにマットレスがあることをのぞけば、屋根裏部屋はリンカーン教護院の仕置き部屋とたいして変わらないと思わずにはいられなかった。

61

夜間、ぼくはおしっこをしたくなった。蜘蛛に囲まれて放尿するために地下室までずっとおりていく代わりに、またしても窓をあけ、ずっと下に見える古い石のポーチの上めがけて用をすませてから、朝まで眠った。起きたのは遅く、今度は開いた窓からではすませられない要求をおぼえ、ジュリアおばさんに指示されていたとおりに裏階段をおりて、途中、台所で女性たちのたてる音を聞きながら地下へ向かった。

地下室はぼくを驚かせた。そこは想像していた蜘蛛やげじげじの巣窟なんかではなく、タイル張りで明るく照らされた場所で、聞いたことはあっても見たことのない電気製品——脱水機能のある洗濯機——が置かれていた。リンカーン教護院では服やリネンの洗濯は手でおこなわれ、そのすべては女子生徒の仕事だった。濡れたものは外の長い洗濯紐にかけて乾かすのが決まりで、手がちぎれそうに寒い冬のさなかでも同じであり、それが終わる頃には、凍傷寸前の指先がじんじん痛くなり、女子はよく泣いていた。地下室にはそのときはからっぽの物干しラックが三列に並んでいて、家じゅうのベッドのすべてのシーツも余裕で干せそうだった。寒い外に干す必要もないし、あるいは、その日のような雨の日に、なかなか乾かずに気をもむ必要もなかった。

大いに安堵したことに、トイレは清潔でモダンで、ちいさなシャワー室まであった。ぼくは用を足した。トイレから出ると、ドロレスが洗濯物を洗濯機に入れているところだった。彼女がふりかえった。化粧をしていない顔は地味だったが、それでもきれいだった。それどころか、素顔のほうがきれいだった。

「おはよう、お寝坊さん」ドロレスが言った。

「おはよう」

彼女はぼくが着ている服をしげしげと見た。「それ、洗ったことあるの？」

「ずっと着たままなんだ」

「だと思った、におうもん。そのまま寝たのなら、あんたのシーツも洗うべきだわよ」

「このまま寝たわけじゃないよ」

「着ているものを脱ぎなさいよ、他の洗濯物と一緒に洗うから」

「着替えを持ってない」

その返事をおもしろいと思ったようににっこりすると、ドロレスは言った。「ここで待ってて、かわいこちゃん」

数分後、ピンクのテリー織のバスローブを持って戻ってきた。「全部乾くまでこれを着てればいいわ」

ぼくはトイレで服を脱いだ。ドロレスの身長はぼくと同じぐらいだったから、彼女のものらしいそのローブはぴったりだった。彼女は脱いだ服を受け取ると、熱い湯と石鹸をすでに攪拌《かくはん》している洗濯機にほうりこんだ。

「しばらくこのままにしておこう。おなかすいてる？」

「はい、マアム」

「マアム？　やだ、歳はあんたといくらもちがわないわよ。シャワーを浴びて、それから台所にあがってきたらいいわ」

台所は、行ってみると、騒がしかった。数人の女性が大わらわで朝食の支度をしている。全員がドロレスみたいに若くて、まだ寝巻き姿の人が多かった。ここは女性専用の寮みたいな場所なんだ、とぼくは判断した。都会にはそういう場所があると聞いたことがあった。若い女性たちに弟みたいにからかいぎみに扱われて、ぼくは歓迎されている気分を味わった。食堂の大きなテーブルについてみんな一緒に朝食を食べた。なじみのある食べ物――スクランブルエッグ、ハム、ラズベリージャムを塗ったトースト――もあったが、粗挽きカラス麦のオートミールやフライド・グリーン・トマトもあった。この最後のはじめて食べ、すぐに大好きになった。

「朝食はいつもこんなふうなの？」ぼくは訊いた。

「前はコックがいたのよ」女の子のひとりが言った。赤毛で名前はヴェロニカだった。「でも、出ていってもらわなくちゃならなかったの」

「洗濯女やメイドもね」ドロレスが言った。「この不況だもの」彼女はモニクを見た。「ゆうべのお客は全部で十人？　日曜より悪いね」

「嵐のせいよ」モニクが言った。

ドロレスは窓の外を見た。雨はまだ激しく降りしきっていて、朝を陰気にしていた。「この土砂降りがつづいたら、今夜も商売はあがったりだわ」

ジュリアおばさんがあらわれると、おしゃべりがぴたりとやんだ。おばさんがこの女性専用の寮で特殊な立場にいるのは明白だった。おばさんはぼくを見るとあきらかにぎょっとし、探るようにテーブル中をすばやく見まわした。

「この子が起きてきたから、みんなで朝食に招待したのよ」ドロレスが言った。

「そのローブは？」

「あたしのよ」ドロレスが言った。「彼の服は洗濯中なの」

ジュリアおばさんは食堂の窓からぬれそぼった陰気な空を一瞥した。「オデュッセウス、今日は買い物に連れていけたらいいと思っていたけれど、この雨じゃ延期するしかなさそうね。みなさん」おばさんはひとつだけ空いている椅子にすわった。「今日は家事の遅れを取り戻す日ですよ」

　ぼくは地下室での仕事をわりふられ、ドロレスの洗濯を手伝うことになった。洗濯物の大半は寝具だった。その作業は、当時のぼくにはよくわからない理由から毎日必ずやらねばならないことであり、家政婦を兼ねていた洗濯女がやめて以来、女性たちの持ち回りになっていた。

「あんたを見てると弟を思い出すわ」シーツを物干しラックにふたりでかけていると、ドロレスが言った。

「弟はこのへんに住んでるの？」

「メイヴィルよ。ジョプリン郊外のちいさな町。あんた、いくつ？　十三か、十四？　弟もそのぐらいなの」

「最後に会ったのはいつ？」

「あたしが家を出た日。五年前よ。今のあんたぐらいの歳だったわ」

「ここでなにをしてるの？　仕事を持ってるの？」

　ドロレスは作業の手をとめて、妙な目でぼくを見た。

「この家がなんなのかわかってるの、オデュッセウス？」

「女子寮だと思うけど」

「うん、まさしく女子寮だわ」

　雨はやむ気配がなく、午後になって作業が終わると、ジュリアおばさんが屋根裏部屋へ行きなさい、わたしもすぐに行くから、と言った。ぼくは上に行って窓辺に立ち、外を見つめながら川沿いの低地に暮らす人びとのことを考えた。彼らが歩いていた小道はいまごろぬかるみと化し、ウェルカム・インで食べ物をもらう列に並んでいる人たちはずぶぬれになっているだろう。自分が幸運なのはわかっていた。屋根裏部屋は風通しが悪いが、頭の上にはちゃんと屋根があり、おなかはいっぱいで、気にかけてくれるおばさんがいることに、罪悪感をおぼえた。

　おばさんが階段をあがってくるのが聞こえた。銀のお盆を持っていて、レモネードのグラスがふたつとジンジャー・クッキーの皿がのっていた。彼女はお盆をベッドに置き、マットレスをたたいた。「さあ、すわって」

「ここはおばさんの家なの？」レモネードをちょっと飲んで、クッキーをかじってから、ぼくはたずねた。

「ええ」

「きっと金持ちなんだね」

「あなたには想像もつかないほど費用がかかったのよ、オデュッセウス」

「ここにきたのは一度だけだった」ぼくは言った。

「でも、ちゃんとたどりついたわ。あなたに最後に会ったのは、ロザリーが亡くなった直後だった」おばさんはぼくの母さんの話をしていた。「ジークがその知らせを伝えにきたときよ」ぼくの父さんだ。エゼキエル・オバニオン。「おぼえてる？」

「あんまり。おばさんがぼくとアルバートにファッジを買いなさいって小銭をくれたのはおぼえてるよ」

ジュリアおばさんはほほえんで言った。まるで彼女にとってのよい記憶をぼくが取り戻したかのようだった。「そうだったわ」

「どんな人だったの？　母さんは？」

「おぼえていないのね」

「よくは」

「ロザリーはすばらしい姉だったわ。あなたたちにとっていい母親でもあった」

「でも、どんな人だった？」

「耳の聞こえない人にしてはすごくおしゃべりだったわ。両親がロザリーをギャローデット（ワシントンDCにある聴覚障害者のための大学）へやったときは、わたしは涙が涸れるほど泣いたものよ。クリスマスにロザリーが一時帰宅して、彼女に会えたのは、わたしにとって最高のプレゼントだったわ」

「ギャローデット？　それ、なに？」

「耳の聞こえない人のための学校よ。でも彼女はそこには長くいなかった。父が翌年亡くなって、母が教師の職についたけれど、給料は雀の涙だったの。家計が苦しくて、ロザリーは家に帰ってきた。わたしは昔からファッションの才能に恵まれて、自分の服を作っていたので、町の婦人服店へ働きに行って、可能なかぎりお金をためたわ。やがて母が亡くなった。ジークはふたりが子供のころからロザリーにくびったけだったから、彼との結婚は姉にとって最善のことに思えたの。わたしは、あの息が詰まりそうなちっぽけなオザークの町からどうしても逃げ出したかった。だから、町を出て、そして――」おばさんは周囲を見まわして両手を持ちあげ、空気のよどんだ部屋とそれがある家を示した。「そしてここにきた」

「この家を買ったんだね」

「ここを所有していた男が刑務所に入れられたのよ」

「なんの罪で?」

「人を殺したの。刑務所に入る前、わたしにここを譲渡してくれたのよ」

「その人と結婚してたの?」

「ただの……いい友だちよ。でも、それはあなたのお母さんについての疑問の答えになっていないわね。ロザリーは頭がよくて、なんでも読めたし、親切だった。子供の頃のわたしの望みは、ロザリーみたいになることだったわ」

「なんで……?」

「なんで?」

「父さんが死んだあと、なんでアルバートとぼくを呼び戻して、ここで一緒に暮らさなかったの?」

「あなたのお父さんの死を知ったのは、ずいぶんたってからだったわ。あなたたちはふたりともミネソタの学校できちんと世話をされていると聞かされたのよ。そこでの生活の足しになればとお金を送ったわ。それが、この状況ではわたしにできる精一杯だったのよ」

「この部屋で暮らすほうが幸せだった。アルバートもそうだったと思う」

「他の子供たちと一緒のほうがいいと思ったのよ」

「あの場所は地獄だったんだ」ぼくは言った。

「まあ、まさかそんなこと、オデュッセウス。そこまでひどかったはずがないわ」

「昔は独房だった部屋があって、大人たちの思い通りにならない子供はそこへ入れられたんだ。あいつらはそこを仕置き部屋と呼んでいた」ぼくは憎々しげにその言葉を口にした。「冬は寒くて夏は暑くて、ネズミが一匹棲みついていたよ。そのネズミが部屋で一番ましなものだった。あいつらは生徒をそこに入れる前に、たいてい鞭で打つんだ。ディマルコって男が鞭打ちをやって、そいつはそれが大好きだった」

「あなた、そこに入れられたの?」おばさんが訊いた。

「そこに住んでいたといってもいいぐらいだった」

「本当にあなたを鞭でたたいたの?」

彼女の目が涙でうるんでいるのに気づいて、ぼくは口調をやわらげた。「ぼくはただ、ここでおばさんと一緒に暮らせたらよかったのにと言っているだけだよ」

おばさんは泣き声をあげてぼくを抱きしめ、ぼくは自分の言ったことがまるごと真実だったにもかかわらず、しゃべらなければよかったと後悔した。

「わたしがつぐないをするわ、オデュッセウス。きっとそうする」

「ぼくをここにいさせてくれたらそれでいいんだ」

彼女は涙を拭いた。その日はじめての日の光がさしたように、ほほえみが浮かび、おばさんは言った。「もちろんですとも、ずっといていいのよ。これからはなにもかもよくなるわ、約束する」

雨はあがるどころかますます激しく降り、ノアの時代はきっとこんなふうだったのだろうと思うほど降りしきった。ぼくは窓辺にすわってそのわびしい光景を眺めていたが、他にすることもなかったので、気晴らしにハーモニカを取り出して自分の好きな曲を吹きはじめた。気がつくと、屋根裏部屋は何人かの女性でぎゅうづめになっていて、彼女たちが口々にリクエストをしていた。とうとうドロレスが訊いた。「『シェナンドー』を知ってる?」

それを吹くと彼女の目が悲しそうになり、ぼくはコーラ・フロストとエミーのことを思い浮かべ、その歌が彼女たちにとってどんな意味を持っていたかを考えた。そのせいなのか、ぼくはドロレスがみんなの中で一番好きになった。それと、ちょっとメイベス・スコフィールドと似ているというのもあった。

ジュリアおばさんがくわわった。『マイ・ワイルド・アイリッシュ・ローズ』に耳を傾けたあと、おばさんはほほえんで言った。「あなたのお父さんがよく吹いていたわ」

「父さんのなんだ」ぼくはホーナーを持ちあげた。「父さんのたったひとつの形見だよ」

「みなさん」ジュリアおばさんが言った。「オデュッセウスとわたしはすこしふたりだけで過ごす必要があるの」彼女たちがいなくなると、おばさんはベッドのぼくの隣に腰をおろした。「どうやってここにたどりついたのか、話してくれてないわね。その話を聞きたいわ」

だからぼくは包み隠さず彼女に話して、すべての犯罪とすべての罪を打ち明けた。ディマルコ、エミーと誘拐、ジャックを撃ったこと、アルバートと蛇の咬創、メイベス・スコフィールド、竜巻の神、それらに関する真実におばさんは耳を傾け、ぼくがなぜセントポールを出たかの理由も聞いてくれた。話し終わって、完全に肩の荷を下ろしたとき、おばさんのしたことがあまりにも思いがけなくて、ぼくは言葉を失った。彼女はぼくの前にひざまずき、ぼくの両手をつかんで、まるで罪人と聴罪司祭の立場が入れ替わったかのように、懇願したのだ。「わたしをゆるして」

62

その夜遅くやっと雨が通過し、翌日の朝食のあとジュリアおばさんがタクシーを呼んで、ドロレスと一緒にぼくを買い物に送り出した。

「ドロレスは若いから、あなたにどんなものが似合うのかわかるのよ」というのがおばさんの説明だった。だがタクシーに乗ると、ドロレスは言った。「ジュリアはまったく外出しないの。あの家は彼女の刑務所みたいなもんね。自分の部屋に閉じこもって、聞こえてくるのはミシンの音だけなんだもの」

「ミシン？」

「あたしたちはみんな自分の服を買うけど、ジュリアは自分が着るものをデザインして縫うのよ。いつもすごくしゃれてるの。彼女みたいな才能があたしもほしいわ」

ジュリアおばさんのそういう点には気づいていなか

った。十二歳だったし、ズダ袋でできているのでなければなんでも最新流行という田舎に長いこと住んでいたせいもある。

「おばさんのところに長いこといるの?」ぼくは訊いた。

「長くいるかって?」アラビア語をしゃべったかのようにぼくを見てから、ドロレスは首をふった。「あんたってすごくうぶなのね、オデュッセウス。たぶん、すぐにほんとのことがわかると思うわ」

「オディって呼んでよ」

「じゃ、あたしのことはドリーって呼んで。あんたに新しい服をひとそろい買うよう指示されてるんだ」

「靴はいらないよ」ぼくは言った。「このレッド・ウィングはほとんど新品なんだ」

「レッド・ウィングなら知ってる。高級品よね。どこでお金を工面したの?」

隠し立てをすることもなかったので、ぼくはドリーに、ミネソタ州ウェスターヴィルの用品店でそのすばらしいブーツに出会ったいきさつを、語り部みたいに、微に入り細に入り語りつつ、実際の状況は大幅に省略してしゃべった。おかげでドリーはぼくが誘拐犯とはまったく気づかなかった。殺人犯とも。話が終わるころには、ドリーはげらげらと笑いころげていた。話に聴き入っていたタクシーの運転手も笑っていた。

「話すのがうまいわねえ、オディ」ドリーは言った。「書こうと思ったことないの?」

「いつか、書くかもしれない」

彼女は運転手にセントルイスの繁華街にある〈シュティックス、ベア&フラー〉といって、一街区をまるごと占める百貨店へ行くよう告げた。一箇所にこれまで見たこともないほどたくさんの商品が並んでいて、妙なことに、それはぼくの高揚した気分に水をさした。百貨店はすいていた。平日のまだ早い時間のせいなのか、それとも誰もが呪う不景気のせいなのか、ぼくにはわからなかった。ズボン、シャツ、下着、靴下、靴を数点ずつ買うよう指示されている、とドリーは言った。ふたつばかり試着してから、ぼくはほしくないとドリーに言った。

ぼくが異端発言でもしたかのように、彼女は言った。

「新しい服がほしくないの?」

実のところ、どうでもよかった。今、身につけているズボンもシャツも下着も靴下も清潔でまったく問題なかったから、彼女にそう言った。だが、別の本心も働いていた。

「見せたいものがあるんだけど、ドリー」

「いいわよ。なに？」

「ここじゃないんだ。すこし歩くんだよ」

「運動になりそうね」

数ブロック歩いてぼくらは川岸に広がる低地を見おろした。多数の掘っ立て小屋が建ちならび、ウェルカム・インの前に食べ物を求める人々の列ができていた。前日はひどい土砂降りだったから、ぼくはその人たちや彼らのにわか作りの小屋がどうなったかと心底心配していた。小屋が川に流されたような様子はうかがえなかったが、フーヴァーヴィルに暮らす全員がどろんこの小道を足をひきずるように歩いており、嵐のあとに顔を出した明るい太陽にもかかわらず、いまだに洪水に打ちのめされているかのように、みんな肩をすぼめていた。

「あたしがこういうことを知らないとでも思ってるの？」ドリーの声は固く、言葉の端々に怒りがこもっていた。

「新しい服を買ってもらうわけにはいかない理由を、ただわかってほしかったんだ。もったいないし、着たらきっとうしろめたくなる」

「この服を着ているあたしも反省すべきだって思うの？」

ドリーが着ているのは青地に白い水玉が一面に飛んだドレスで、黄褐色のボタンがついていて、同じ色のパイピングが広い襟をふちどっていた。きれいな服だと思っていたし、それを着ているドリーはきれいだった。

「こういう服を着るために、あたしがどんなことをしなくちゃならないか、わかってる？」いまや目はぎらつき、顔全体が引きつっていた。どんなことをしているかを正確に、なまなましく、飲んだくれの水夫みたいな言葉づかいでドリーは事細かに話した。

想像だにできない世界に投げ込まれて、ぼくは衝撃のあまり立ちすくんだ。だがイサカの家にたどりついたとき、そこがどんな場所なのかを物語るあらゆる徴候が顔をのぞかせていたことに、このときになって思いあたった。

「ジュリアおばさんも？」

「そう、あなたの大事なジュリアおばさんもよ。目をさましなさい、オディ。ろくでもない世界なのよ」

「歩いて帰る」

「勝手にすれば。ジュリアがなんて言うかしら。なにさ」

ドロレスは怒って行ってしまい、ぼくはひとり取り残されて、親しみを感じる唯一の世界をじっと見おろした。朝起きたときの世界が、いまでは異質で、とんでもなくまちがった世界のように思えた。

ふらふらとフーヴァーヴィルに迷い込み、ブーツを泥だらけにしてあばら屋のあいだを歩きながら、段ボールやごみからあさってきた木材でできたドアにぼんやりとよりかかっている人たちを観察した。雨風をしのぐためにぼろぼろの毛布をつるしている家もたくさんあった。どの顔にも苦闘の色があった。そして絶望。そして落胆。

そのときだった、暗澹たる雰囲気のただなかにぼくに希望を与えるあるものが見えた——電柱に貼られたチラシに太字の見出しが躍っていた。〈神癒伝道団ギデオンの剣〉。

リヴァーサイド・パークという場所に複数のテントが設置されていた。そこはフーヴァーヴィルから徒歩だとかなりの距離があった。大テントからピアノが聞こえてきて、行ってみるとウィスカーが鍵盤をくすぐっていた。ぼくを見るとすごく喜んでくれて、細い顔いっぱいにミシシッピ川並みの大きな笑みが広がった。

「バック・ジョーンズじゃないか、こいつは驚いた」ぼくの手を握りしめただけではすまず、痩せた両腕で温かくハグしてくれた。「あとの仲間はどこなんだ？」

「やむなく別れたんだ」ぼくは言った。

「そりゃ残念だ。まだあのハーモニカを持ってるか？」

ぼくはハーモニカを見せてから、シスター・イヴについてたずねた。

「さっき見かけたときは、料理テントに向かっていたよ。おまえさん、しばらくいるのかい？」

わからないんだ、と答えてから、急いで料理テントに行ってみたが、シスター・イヴはいなかった。ディミトリが骨が砕けそうな熱意でぼくの手を握り、肺が飛び出しそうな強さでぼくの背中を心をこめてたたいた。

「あのでかいインディアンはどこなんだ？」

会う人ごとに説明するのは気がすすまなかったので、ウィスカーにしたように適当にお茶を濁した。シスター・イヴのことを訊くと、衣装用テントにいると教えてくれたが、そこにもいなかった。ニューブレーメンにいたとき、彼女がどこに行っても神の声が聞こえるように、すべての伝道活動からすこし離れた静かな場所を探すのだ、と言っていたことを思い出した。

川をみおろす小山の上に休憩所があり、遠くからだと無人に見えた。シスター・イヴは日差しをいっぱいに浴びて目を閉じ、そこのベンチにすわっていた。なんらかの救済を必死に求めていた子供のぼくにとって、その顔は輝いて見えた。

深く瞑想しているようだったので、ぼくは小声で言った。「シスター・イヴ」

彼女は目をあけた。ぼくがくるのをずっと知っていたかのように、シスター・イヴはあっさり言った。

「オディ」

ぼくらは話した。ニューブレーメンを逃げ出したことからはじめて、ジュリアおばさんについて発見した事実のことまで、全部彼女に話した。

「あなたはそれだけがジュリアおばさんという人の真実だと思うの、オディ？」

「おばさんは……」ジュリアおばさんのことをどう思ったか、そのとげとげしい表現をぼくは口にできなかった。「全然ぼくの想像とはちがってたんだ」

「どんな想像をしていたの？　彼女は聖女であなたを温かく迎えてくれるとか？」

「ええと……うん」

「温かく迎えてくれなかったの？」

「ぼくを屋根裏部屋に押しこめたんだ」

「セントルイスまで無事につけますように、とお祈りした、オディ？」

「うん、たぶん」

「でも、あなたがここで見出したものは、あなたの祈りへの返事ではなかった？」

「我が家だよ、シスター・イヴ。ぼくは我が家を与えてくださいと祈った。ジュリアおばさんの家は我が家じゃない。ぼくが祈っていたようなものじゃないんだ」

「かなえられる祈りはひとつしかないと一度あなたに言ったでしょう。おぼえている？」

それはとてもシンプルで慰められるものだったから、忘れたことはなかった。「ゆるしを求める祈りだね」

「ジュリアおばさんはゆるしを求めているのかもしれないと思わない？　あなたはそれを差し出すことができると思う？　あなたの話からすると、彼女は状況がゆるすかぎり、最善を尽くそうとしたのよ」

休憩所から見える川の眺めは目をあざむくもので、水の不潔な色は青空を映す水面の下に隠れていた。ぼくはそれをじっと見ながら、おばさんをゆるしたいと思ったが、心は石のように動かなかった。

「あの家には住めない」ぼくは言った。

「よかったら、伝道団にまた参加してもいいのよ。ウィスカーはまちがいなくあなたとあなたのハーモニカを懐かしんでいたわ」

その言葉は、ぼくが求めていた救済だった。ぼくは、そうすると言って、感謝をこめてシスター・イヴを抱きしめた。

「エミーの無事を確認する必要があるわ」彼女は深刻な口調で言った。「彼女には並外れたものがあるのよ、オディ」

彼女の言う意味はわかる気がした。セントポールからひとりで放浪するうちに、ぼくは何度もエミーのことを考え、風変わりな出来事をつなぎあわせていた。ブリックマン夫婦の家のあの部屋で、出ていくことを知っていたかのように服を着替えてぼくらを待っていたこと。錯乱した男がショットガンでシスター・イヴを脅す前に、あの『夢見る人』が間一髪で危機を救うと知っていたこと。そして、ずっと前から、ブーツの中のあの五ドル札の重要性を知っていたこと。シスター・イヴがはじめてエミーの手を取った瞬間に予見したことが、やっとぼくにもわかった気がした。

「あなたは過去を見る」ぼくは言った。「エミーは未来を見るんだ」

シスター・イヴはちいさくうなずいたが、言った。

「それだけではないかもしれないわ、オディ」彼女は手を組んで心を落ち着かせた。「わたしが今から言うことはありえないように聞こえるでしょうね。でも、ありえないことをこれまでにも見てきたから、言うわ。エミーは発作に苦しんでいるんだったわね？　あれはエミーが未来をのぞきこんだときに見たものと必死に取り組んでいるせいじゃないかしら。エミーは見たものを変えようとしているんだと思う」

ぼくはびっくりした。「エミーが未来を変えるってこと？」

「軽く微調整するだけかもしれない。すぐれた物語作者が最後の一文を書き直すように」

そのことを肝に銘じて、ぼくはエミーの発作について考えた。ジャックがぼくらをつかまえる前にエミーは発作を起こした。そして意識を取り戻したとき、こう言った。「彼は死んでないわ、オディ」アルバートが蛇に咬まれる前に発作からさめると、こう言った。「彼は大丈夫」ぼくらが骸骨を発見した小島で発作を起こしたあと、彼女は言った。「彼らはみんな死んだの」そして、こうも言った。「あたしは助けられなかった。助けようとしたけど、できなかった。もう終わっていたの」あれはエミーがモーズの同胞の悲劇的歴史を見たが、それは過去だったから、変えられなかったということなのか？

ぼくはシスター・イヴを見つめた。「ぼくはジャックを殺すことになっていたのかな？　アルバートは蛇に咬まれて死ぬことになっていたんだろうか？　でもエミーがそうならないように変えた？」

「時間は液体だと聞いたことがあるわ、オディ、わたしたちの目の前にあるこの川のような。わたしは川をさかのぼる力を与えられたのよ。だとしたら、下流へ、つまり前へ移動する別種の力を持つ人がいたって不思議ではないわ。それが可能なら、物事をほんのすこし変えられることだって不可能じゃないでしょう？」

「ニューブレーメンでの発作のあと、エミーの手を握ったよね。なにが見えたの？」

「霧の中をのぞきこむような感じだったわ。エミーに訊いたら、なんのことかわからないようだった。わたしの考えていることが正しいなら、エミーはそのことを自分ではよく理解していないのかもしれない。すくなくとも、今はまだ。あんなに幼いんですもの、オディ、だから、彼女の無事をたしかめたいの」

「フロとガーティーがちゃんとエミーの面倒をみてくれる」ぼくはシスター・イヴを安心させた。「それにアルバートとモーズもいる。あのふたりなら絶対に彼女を危ない目にはあわせないよ」

シスター・イヴは気が楽になったようだった。「そうね。よかった。それで」と小首をかしげてぼくをじっと見た。「これからどうするの？」

「いったん戻って、ジュリアおばさんに出ていく意志をつたえないと」

「一緒に行きましょうか？」

「車に乗せていってくれるとうれしいな」ぼくは言った。「一日じゅう歩きっぱなしだった気がするんだ」

「いいですとも」

ぼくらはぶらぶらとテントにむかって歩いていった。ピアノを弾いているウィスカーとしゃべっていたシドが険のある目でぼくを見た。

「おまえが戻ってきたとウィスカーから聞いたよ。うるさくつきまとう人間のようにな」彼はシスター・イヴを見た。「まさか同行するんじゃないだろうね？」

「またわたしたちの仲間入りをするのよ、シド、決まりよ。デソートのキーを貸して。バックを送っていくの」

「どこへ？」

シスター・イヴは答えを求めてぼくをちらりと見た。

「イサカ通り」ぼくは言った。「ダッチタウンにあるんだ」

「ここから五分だ」シドは言った。「どこだかわかるのか、イヴィ？」

「バックが教えてくれるわ」

シドはポケットに手を入れてキーを取り出すと、シスター・イヴの広げた手のひらに落とした。それからぼくに不安げな視線をよこした。「おい、今度は厄介事を持ちこまないのが身のためだぞ」

「持ちこむのは希望よ、シド」シスター・イヴがやんわりと言った。「人びとがわたしたちのところへくるとき、それが彼らが持ちこむものなの」

ジュリアおばさんの家は簡単に見つかった。「あなたに見つけることができたのも不思議じゃないわね」シスター・イヴはピンクの外観を見て微笑した。「わたしも中までついていく？」

「ひとりで大丈夫だけど、ちょっと時間がかかるかもしれない。ここが片付いたら、伝道団のところに行くよ」

シスター・イヴは穏やかだが真剣なまなざしで長々とぼくを見た。「あなたは我が家を探し求めていたのよね、オディ。その信念があなたを連れてきたのが、ここなのよ。だからといって、これであなたの旅は終わりというわけではないわ」

「ここからどこへいこうと、あなたと一緒にいるのがいいんだ」

「わかったわ、じゃあね」シスター・イヴはぼくの頬にそっとキスした。

玄関に近づいて、ベルを鳴らした。ドリーがドアをあけたが、いまだに腹をたてているのはあきらかだった。

彼女の声はひややかだった。「あんたのおばさんがお待ちかねよ」

ドリーのあとから屋根裏部屋に行くと、ジュリアおばさんがベッドに腰かけていた。彼女の両側に、その多くがフレームにおさまった写真が並んでいる。室内はひんやりとしてすがすがしかった。いったん雨がやむと、換気のためと、夜中に階段をいくつもおりずにおしっこをするため、窓をあけっぱなしにしていたせいだ。

「ありがとう、ドロレス」おばさんは言った。「もういいわ」

ドロレスは冷たい空気をひきずって出ていった。

ぼくはジュリアおばさんの前に立ち、怒られるのを覚悟した。新しい服というプレゼントを拒絶したことへの怒り。今までほっつき歩いていたことへの怒り。もしかしたら一番の怒りは、ドリーがおばさんの真の姿をしゃべったことで、ぼくに心構えをさせるチャンスを失ったことかもしれなかった。

実は、ぼくの気持ちは固まっていた。すでにおばさんをゆるしていた。おばさんがどんな人で、どうやって住む場所を確保し、ピンクの家に暮らす女性たちに必要なものをまかなっていたか、そういったことはもうどうでもよかった。ぼくはひとり人を殺していた。二人殺した、と思っていたときもある。嘘をついた回数はおぼえていないほど多い。盗みもやった、というか盗み同然のこともした。悪いことはかぞえきれない。ぼくのおばさんがどんな人間であれ、ぼくだって似たようなものだ。

だから、どんな叱責も受け入れる覚悟だった。ところが、ジュリアおばさんはぼくを驚かせた。写真のひとつを取って、ぼくに見えるように持ちあげたのだ。「これが誰かわかる?」おばさんは静かにたずねた。

「赤ん坊」

「どんな赤ん坊?」

ぼくは肩をすくめた。

「これはあなたよ、オデュッセウス」

自分の写真をこれまで見たおぼえは一度もなかった。アルバートとぼくは手ぶらで、ぼくらの過去の手がかりとなりそうなものは一切持たないまま、リンカーン教護院にきた。その写真をおばさんに渡されたが、めずらしい動物の写真を見るようなものだった。自分とは無縁のものだという気がする。

彼女は別の写真をベッドから手に取った。「じゃ、これは?」揺り木馬にまたがった幼い子供の写真だった。「三歳のあなたよ。そしてこれは四歳のあなた」おばさんはまた別の写真を指さした。「これが五歳のとき。わたしの持っているあなたの最後の写真がこれよ。六歳だったわ。一度だけ、ここにわたしを訪ねてきたときに撮ったの。二日前までは、この写真がわたしが最後に見たあなただった。こうした写真をわたしは自分の部屋に保管しているのよ」

おばさんは赤ん坊の写真をぼくの手から取って、その子の笑顔に魅入られたように眺めた。ぼくの顔らしいが、ちっともそうは思えない。

「ぼくの両親がおばさんに写真を送ったの?」

「ロザリーがね。ほぼ毎年送ってきたわ」

「アルバートがいないね」

聞こえていないようだった。おばさんは赤ん坊の写真とそれが彼女にとって持つ深い意味だかなんだかに完全に没入していた。「あなたが生まれた日をおぼえているわ。まるで昨日のことのように」

「その場にいたの？」

「ええ。この部屋だった。あなたはこのベッドで生まれたのよ」

たしかに、それは驚くべきニュースだった。驚愕の新事実にぼくは言葉を失った。

「わたしがあなたをオデュッセウスと名付けたのはね、母が読んでくれるホメロスの叙事詩を聞いてロザリーとふたりで育ったからなの。自分の名前の由来を知っているでしょう、オデュッセウス？」

「ギリシャの英雄だ。リンカーン教護院のコーラ・フロスト先生が教えてくれたよ」

「彼は偉大な指導者だったのよ。あなたもいつかそうなるとわたしにはわかっていた。でもそう名付けたのは、あなたがイサカ通り（イサカはギリシャ西方のイオニア諸島の島で、オデュッセウスの生まれ故郷）で生まれたためでもあった。そのことが予兆のように思えたのよ」

聞いていられなくなって、ぼくは怒鳴った。「名前をつけたのは、ぼくの母さんだ」

彼女は黙ってぼくを見つめた。蝿の大群がぐるぐる回って出口を探しているかのようなブンブンという音が、頭の中で鳴りだした。

しまいにぼくはおばさんを見つめかえした。理解の色がきっと顔にきざしていたのだろう。おばさんはうなずいて、ささやくように言った。「そうよ」

63

「ここは子供を育てる場所じゃなかった」ジュリアおばさんは説明した。

いや、ジュリアおばさんじゃない。母さんだ。頭の中でその言葉を口にしてみたが、とてつもなく見当はずれに聞こえた。

その驚くべき事実を明かしたあと、おばさんはじっとしていられなくなり、行ったりきたりしてしゃべりながらぼくの反応を推し量ろうと、ときどきこっちを見ていたが、ぼくはじっとベッドにすわりこんでいた。さぞかしやりにくかっただろう。ぼくは驚きのあまりかかしみたいにぼうっとすわりこんでいただけだったから。

「ロザリーにはもう子供がいた。アルバートをとても上手に育てていたわ。わたしの育児は彼女の足元にもおよばなかった、とりわけ、ここではね。そりゃ、ここを出て、なにか他の方法で生計をたてようと努力することもできたでしょう。でもわたしにはなんの技術もなければ、訓練を受けたこともなかった。これが」――と、両手をあげて部屋を、家を、環境すべてを抱きこむしぐさをした――「これが知っているすべてだったの。そしてね、オデュッセウス、みんなはあなたにとてもやさしくしてくれたし、アルバートはすばらしいお兄さんだった」

「それじゃ……誰なの？」ついにぼくは訊いた。

「誰って？」

「ぼくの父さん」

彼女はぴたりと立ちどまった。うつむいてしばらく立ったままだった。微動だにしないその様子は、花《か》崗《こう》岩《がん》から彫った像のようだった。「教えてあげられたらいいんだけど」ぼくの反応をうかがいながら、おそるおそるぼくを見た。「こういう場所ではね、オデュッセウス、予防措置をとっても、赤ちゃんは生まれることがあるのよ」施しを期待する物乞いみたいに、彼女はぼくのほうへ両手を広げた。「でもそれは過ぎたこと。父親が誰かなんて、今は重要じゃないわ。大事なのは、あなたがここにいて、あなたさえ望むなら、これからはわたしがあなたの面倒を見るということよ」

「なぜ?」

「なんのこと?」

「ぼくの父さんが殺されたとき……」そこまで言って、ぼくは口をつぐんだ。それはまちがいだったから。彼はぼくの父さんではなかった。「ぼくのおじさんが殺されたとき」と言い直したが、それもやっぱり、変な気がした。「どうしてそのときぼくらを迎えにこなかったの?」

「もう言ったでしょう。なにがあったのか、長いあいだわたしは知らなかったのよ。それがわかったとき、あなたたちがいるところにそのままいるのが一番いいように思えたの。そういう事柄にくわしい人たちと話しあったとき、リンカーン教護院はすばらしい施設だと彼らが断言したからよ」

「ぼくはインディアンに混じった白人の子供として大きくなった」

「それがそんなに悪いこと?」

「悪いのは、あそこの大人たちのぼくら全員にたいする扱いだった」

「ちっとも知らなかったわ、オデュッセウス。本当よ。毎年院長先生からは、あなたがとても元気にやっているという手紙を受け取っていたわ」

「黒い魔女め」

ふたたび行ったりきたりしていた彼女は、また立ちどまった。「なんですって?」

「ぼくらはそう呼んでいたんだ、院長のミセス・ブリックマンのことさ。黒い魔女っていうのは、あまりにもぼくらにたいする態度がひどかったからだ」

彼女はうなだれた。彼女を突き動かしていた神経のたかぶりがとうとうしぼんでしまったようだった。

「ごめんなさいね、オデュッセウス。本当に悪かったわ。でも今、あなたはここにいる。埋め合わせをさせてちょうだい」

「ぼくは出ていくよ。セントルイスに友だちがいるんだ」

「誰なの?」

「神癒伝道団ギデオンの剣、ていう団体だ」

「それ、なんなの? 教会?」

「そんなようなものかな」

ジュリアおばさん——いまだにぼくは彼女を母親として考えることができなかった——は写真を集めてぼくの隣に腰をおろした。いつまでも黙りこんでいたが、やがて言った。「わたしをゆるしてくれる?」

まただった。シスター・イヴが言っていたとおり、すべてはそこに帰着する。

「たぶん」ぼくは言った。「考えることがたくさんありすぎて、すこし時間が必要なんだ。考えがまとまったら、戻ってくるかもしれない。いい?」

「ええ」おばさんは手をのばしてぼくの手を握った。

人間は精神の生き物だとぼくは信じるようになった。そしてこの精神は電流みたいにぼくらの中をかけめぐり、ひとりからもうひとりへと伝わる。母さんの手からぼくが感じとったのは、深い切望の精神だった。ぼくは彼女の息子、たったひとりの息子であり、彼女の膝の上の写真、彼女が送った現金、黒い魔女の数々の嘘を信じた彼女のおひとよしの善意、そうしたすべてが、ぼくにたいする彼女の不変の愛情を物語っていた。

ぼくはただちに家を出たわけではない。朝食以来、なにも食べていなかったので、ジュリアおばさんはドリーにサンドイッチとレモネードを持ってこさせた。ふたりぼくがこの世に生まれでたその屋根裏部屋で、ふたり一緒の最後の食事——すくなくともしばらくはないだろう——をとることにした。だが、まだいくらも食べないうちに、ドリーが戻ってきた。

「あなたに会いに人がきてるわ、ジュリア」

「今は困るわ、ドロレス」

「いいえ、今よ」

しゃべったのはドリーではなかった。姿は見えないが、下から声が響いた。ぼくのよく知る声だった。ドリーがわきにどくと、セルマ・ブリックマンが階段にあらわれ、そのうしろからクライド・ブリックマンがやってきた。

「オディ・オバニオン」黒い魔女は言った。その言葉が毒入りの蜂蜜のように、口からしたたった。「それにジュリア。またふたりに会えるなんて、うれしいこと」

ドリーは追い払われ、屋根裏部屋のドアをしめていなくなった。狭い部屋の中は、ブリックマン夫婦とジュリアとぼく、それに、不気味な竜巻の神のはかりしれない気配でいっぱいになった。

「すっかり戸惑っているようね、オディ」黒い魔女は言った。「それにジュリア、あんたの顔ときたら特大のはてなマークじゃないの」

恐怖より、驚きと怒りがまさって、ぼくは噛みつくように言った。「どうやってぼくを見つけた？」

「昔セントルイスにいたときの知り合いが、今もここにいるのよ、オディ。あんたがエミーとわたしたちの金庫にあったすべての書類とともに姿を消したとき、あんたが向かう先はここじゃないかと思ってね、電報を打って、人を雇ってジュリアの家を見張らせていたのよ」

ジュリアおばさんはぼくを見て、目に納得の色を浮かべた。「黒い魔女って？」

ぼくはうなずいた。

「わかってるだろうけどね、オディ、そんな渾名、わたしには痛くも痒くもない」セルマ・ブリックマンは言った。「むしろ恐怖は強力な助っ人よ」

「ここでなにしてるの、セルマ？」ジュリアおばさんが問い詰めた。

「知り合いなの？」ぼくは言った。

「ジュリアとわたしは長いつきあいなんだよ、オディ」黒い魔女がおばさんに代わって答えた。声ががらりと変わって、酒を飲んでいるときの魔女の口調としてアルバートが言っていた鼻にかかった口調になった。オザーク山地の僻地《へきち》で育った人間の声だ、とアルバートから聞いていた。「はじめてあんたのところへ来たときのことを、今もおぼえてるよ、ジュリア。あんたはどう？　あたしはね、おやじに売り飛ばされて、買い手のあのひとでなしにここへ連れてこられたんだ。あんたはあたしの自由を金で買った。しばらくのあいだ、あたしらは姉妹のようだった」声がまた変わって、やわらかくて魅力的なものになった。「山出しの少女の粗野な面をあなたはすっかり削りとって丸くし、礼儀作法や本や男をよろこばせる方法をわたしに教えこんだのよ。おぼえてるでしょう、ジュリア？」

「わたしがおぼえているのは、あなたがわたしの人生に巧みにはいりこみ、地元の警察組織と契約を結んでこの家をのっとろうとしたことよ」

「野心を持てとあたしをたきつけたのはあんたじゃないか」セルマ・ブリックマンの顔に動物めいた表情が浮かんだ。「あたしは泥と汚物と、血を分けた子供を売るような家族から身を起こした。娼婦になったのはだからさ。でもあんたはそうじゃなかった、ジュリア。じゃ訊くけど、あんたにはどんな言い訳があるっての？」

ジュリアおばさんはちらりとぼくを見たが、答えなかった。

「あんたに追い出されたあと、あたしがどんなひどい目にあってきたか、あんたには想像もつかないさ」黒い魔女は続けた。「とうとうあたしはスー・フォールズのうすぎたない売春宿で働くはめになり、そこでスパークスという孤独な男から結婚してくれと言われた。彼はミネソタの州境あたりでインディアンの子供たちのための学校を経営していたわ。願ってもないチャンスだった」

「この人がミスター・スパークス？」ジュリアおばさんが訊いた。

クライド・ブリックマンは一言も発していなかったが、神経質になっているのはあきらかだった。目がせわしなく部屋中を移動しては、今にも誰かがいきなり入ってくるのではないかとびくついているかのように、閉じられたドアのほうへ向けられた。

「ミスター・スパークスは結婚して一年後に致命的な心臓発作を起こした」セルマ・ブリックマンは言った。「これは二番めの夫、クライドだよ。スー・フォールズで賭博場を経営していて、あたしのおとくいさんのひとりだった。インディアン学校での優秀な右腕をあたしは必要としていた。そしてクライドは……？」彼女は夫を一瞥した。「まあ、悪くはない」

「ミネソタ」いろいろなことが腑に落ちた口調で、ジュリアおばさんが言った。「そこへジークをおびきよせたの、セルマ？　彼を利用して、わたしたちに復讐するためのばかげた計画をたてたの？」

ジーク。父の名前だ。「父さんを知ってたのか？」と黒い魔女に訊いた。

「あんたの父親はこの家に酒を配達していた。禁酒法ができる前からもう彼は酒を密造していたよ。ジュリアとあたしの仲が悪くなると、荷造りする機会もくれずにあたしを追い出したのは、ジークだった。あたしは着のみ着のままで立ち去った」毒気のある口調でしゃべっていたセルマが、今度は薄笑いを浮かべた。酸で焼かれた傷跡のような薄いくちびるがカーブした。「クライドとあたしはリンカーンで密造酒が届くのを待っていた。副業のひとつでね。ふたりの子供を連れてそこへあらわれたのが誰だったと思う？　ジークがあたしに気づいたとき、あたしは彼に過去を暴露されるんじゃないかと思った」

「だから、父さんを撃ったんだな？」黒い魔女の首を絞めてやろうと、ぼくはベッドから飛びかかろうとしたが、ジュリアおばさんにひきとめられた。

「誰があの引き金を引いたのかはわからずじまいだろうね、オディ」そう言って、黒い魔女はジュリアおばさんに冷酷な笑みを向けた。「ジークの子供のひとりはあんたによく似ていてね、ジュリア、胸が躍ったよ。あたしはオディとその兄をリンカーン教護院の保護のもとに置くと主張した」彼女は冷たい喜びをにじませてぼくを見た。「あんたがあそこで苦しむたびに、革の鞭がふりおろされるたびに、あたしは快哉《かいさい》を叫んだ。あんたの大事なおばさんの心臓を突き刺すようなものだったからさ。さてと」セルマ・ブリックマンは興奮を鎮めた。「あたしがここにきた理由だ。エミーはどこ？」

「おまえに見つけられるもんか」ぼくは怒鳴りかえした。

「あんたのことはもうどうでもいいんだよ、オディ。過去は過去ってね。あたしがほしいのはエミーだけ」

「エミーはおまえを憎んでる」

「いずれ愛するようにさせる」

「愛情を強制することはできないわ、セルマ」ジュリアおばさんが言った。「愛は贈り物なの。与えられるものなのよ」

黒い魔女はおばさんを無視した。「警察はエミーの誘拐犯たちの追跡をやめたわけじゃないんだよ、オディ。もしも逮捕されたら、あんたは今後数年間をリンカーン教護院よりもっと大変な場所で過ごすことになる、まちがいない。だけどあたしはあんたに助かるチャンスを差し出してやってるんだ。あんたの兄さんやするかのように、低い声で言った。「発作のことなら知ってるよ」

邪悪な二個の石炭のような目をにらみながら、どうやって知ったのかとぼくはいぶかしんだ。

黒い魔女は言った。「あたしが育った谷に一人暮らしの隣人がいた。醜いばあさんで、予言者だとみんなに言われていた。未来をのぞいて、そうしたいと思ったら、そこで見たものをいじることができるという話だった。エミーは一緒にいたあいだに、例の発作を起こしたんだよ。発作がおさまると、エミーはこう言った。〝あなたは落ちないわ、オディ。彼は落ちるけどあなたは落ちない〟あとでそのことを訊いてみたけど、あの子はおぼえていなかった。ヴィンセント・ディマルコの死体を石切場で発見したあと、あたしは思い当たる節をつなぎあわせて驚くべき可能性を突きとめた。あたしの推測が正しければ、エミーは特殊能力の持主なんだ、オディ。そうなんだろう?」ぼくが答えずにいると、黒い魔女はぞっとするような笑みを浮かべた。「エミーに必要なのは彼女を導き、その能力を失わせないようにする人間なんだよ」

モーズも助かるチャンスをね。あたしがほしいのはちいさなエミーだけさ」

「絶対に渡さない」

「だったら、あんたを警察に突き出すしかないね」

「アルバートは台帳を持ってる」ぼくは言った。

「地元市民のリンカーン教護院への寄付をクライドが記した台帳のことかい? あれのことなら、ウォーフォード保安官は全部了解ずみだよ、オディ。セントルイス警察にあたしたちが説明するのを、保安官が喜んで手伝ってくれる。あんたも手間が省けて助かるってもんだよ。あたしがほしいのはエミーだけ」

「彼女は嘘をついてるのよ、オデュッセウス」ジュリアおばさんが言った。

でも言われるまでもなく、わかっていた。黒い魔女はぼくら全員を滅ぼすまで満足しないだろう。

「どうしてそんなにエミーがほしいんだ? 彼女はあんたを憎んでるんだよ」ぼくは言った。「それに、エミーはあんたが思っているような完璧な子じゃない。ときどき発作を起こす」

黒い魔女はぼくのほうへ身を乗り出し、内緒話でも

「あんたはその人間じゃない」ぼくは叫んだ。

「あたしだともさ。一度はあの子を自分のものにしたんだからね、オディ。またそうしてみせるよ」

「エミーはおまえのものになったことなんかない」

「そう言い張るなら」彼女はとどめを刺すように言った。「警察にそのあたりを決めてもらわないとね」

「警察には行かせないわ」ジュリアおばさんが口を開いた。

「誰がとめるってのさ？　あんた？」

「そうよ」

「どうやってあたしをとめるのさ？」

「やむをえなければ、あなたを殺す。行きなさい、オデュッセウス」ジュリアおばさんは言った。「どこへ行けばいいかわかるわね」

「行かないよ」ぼくは言った。それから付け加えた。「母さん」

彼女はぼくを見つめた。その目の中に、これまでずっと探し求めていたもの、わからないままに求めていたものを、ぼくは見つけた。ぼくの骨の骨、ぼくの肉の肉、ぼくの血の血、ぼくの心臓の心臓。

「母さん？」セルマ・ブリックマンはそう言ったあと、ガラガラ蛇のような笑いを浮かべた。「へえ、あんたたちふたりが瓜二つなのも当然だね」彼女はバッグから銀メッキをほどこしたちいさな拳銃を取り出した。「あんたの息子をもらうよ、ジュリア」

ここまでずっと怯えたように沈黙していたクライド・ブリックマンが口を開いた。「おい、いったいどうするつもりなんだ、セルマ？」

「お黙り、クライド。あんたがあたしの期待していた半分でも男らしかったら、こんなことをしないですんだんだよ。オディ、一緒にこないならジュリアを撃つよ、母さんだろうがなかろうがかまやしない」

「そして死刑になればいい」ぼくは言った。

「正当防衛だよ、あたしに襲いかかってきた女から身を守っただけさ。死刑にはならないね」

「襲いかかってなんていない」

「クライドがちゃんと証言するさ。それにおまえはちいさな少女を誘拐したんだ、オディ。あの子にどんな卑劣なことをしたか、わかったもんじゃない。母親が売春婦の不良少年の申し立てなんか、誰が信じるもんか」

ぼくが黒い魔女に飛びかかったのはそのときだった。銃声を聞いたおぼえはないが、黒い魔女に手が届く前に、右太腿に鋭い痛みをおぼえて床によろめき倒れたことは記憶している。ちいさな部屋の中が大騒ぎになり、ぼくは混乱する頭で自分が撃たれたことを認識した。周囲で空気が渦巻き、さながら大嵐が室内を通過するようなすさまじさで、ぼくは竜巻の神が降りてきたことを確信した。

だが、それは竜巻の神ではなかった。それは母さんだった。彼女はぼくのわきをかすめて黒い魔女に飛びかかった。ふたりはもみあって室内をぐるぐるまわった。取っ組み合ってくんずほぐれつするうちに、あけっぱなしの窓に近づいていった。そして次の瞬間、姿が消えた。

ぼくは立ちあがろうとしたが、負傷した脚は体重を支えることができなかった。クライド・ブリックマンが窓にかけよって声もなく下を見た。ぼくは血の跡を残しながら床を這って窓枠をつかみ、身体を持ちあげた。妻ほど冷酷な人間ではなかったブリックマンが、眼下の光景が見えるようにぼくを抱きあげた。三階下の古いポーチの石の上にふたりの女性は微動だにせず横たわっていた。彼女たちの人生を映しだすかのように、彼女たちの身体もからみあっていた。

64

病院でぼくは母さんのベッドのかたわらにすわっていた。撃たれた脚には包帯がぶあつく巻かれていた。彼女の意識は戻っていなかった。果たして戻る見込みがあるのかどうか、医師たちにもわからなかった。ドリーがぼくに付き添って一緒に母さんの寝ずの番をしていた。病棟は患者でいっぱいだったが、母さんにはお金と多少の影響力があったので、ぼくらは個室にいた。

黒い魔女は完全に死んでいた。ポーチの石にたたきつけられて、頭が卵みたいに割れたのだ。母さんが同じ運命をたどらなかったのは幸運だった。セルマ・ブリックマンの上に落ちたからだ。この世界と別れるにあたって、黒い魔女は生前の悪事をほぼ償っていた。母さんの落下の衝撃をやわらげるクッションの役目をすることで。医者はそれをちいさな奇蹟と呼んでいた。

何時間もベッドわきにすわっていたとき、アルバートが病室にはいってきた。モーズとエミーとシスター・イヴが一緒だった。彼らを見た瞬間、ぼくはわっと泣きだした。

「どうやって……？」

アルバートがかたわらに膝をつき、なだめるようにぼくの肩に腕をまわした。「やっとのことでジョン・ケリーから聞き出して、トルが可能なかぎりの速さでヘロー号を下流へ航行させたんだ」

戸口から声がした。「川の水量が多くて、往来がすくなくてついてたぜ」トルーマン・ウォーターズがドアから首を突っ込み、カルがそのそばにいるのが見えた。

ぼくは困惑してシスター・イヴを見た。「あなたがみんなを見つけたの？」

「みんながわたしを見つけたのよ。あなたがやったのと同じ方法でね。シドが行く先々で貼るべきだと主張する、あのポスターのおかげ」

「シスター・イヴがおれたちをジュリアおばさんの家へ連れていってくれたんだ」アルバートが説明した。

「そこにいた女性たちがここを教えてくれた」まるでもう死んでいるかのようにぴくりともしないジュリアおばさんを、アルバートは見た。「間に合わないんじゃないかと思ったよ」

「話すことがすごくいっぱいあるんだ」ぼくは言った。

看護師がひとごみをかきわけるように入ってきて、全員の退出を要求した。

エミーがぼくの手に手を重ねて、言った。「でも彼はあたしたちの兄弟なんです」

結局、看護師はカルとトルを追い払ったが、残りはとどまることをゆるされた。

ぼくは彼らになにもかも話した。ぼくの血縁関係に関する真相を告げたとき、ぼくはアルバートの顔をじっと観察したが、想像していたような驚愕の色はまったく見られなかった。「ぼくらが本当の兄弟じゃないって知ってたんだね？」

「ときどきそのことを考えた。おまえはある日いきなりあらわれた。おれはまだ四歳だったから、なにもわからなかった。だが今はよくわかってる、おまえがときどきおれを逆上させるってことをな」

ぼくは笑わなかった。

「なあ、オディ、おまえはおれのあらゆる記憶の一番大きな部分なんだ。おまえはまぎれもなくおれの弟だ。あとのことはどうだっていい。おまえがかわいすぎて、命が縮むこともある。おれが死ぬ日まで、おまえはおれの弟だ」

モーズが割り込んで、手を動かした。〝おれの弟でもあるよ〟

エミーがにっこりして言った。「あたしにとってはい兄さん。あたしたち、これからもずっと四人のさすらい人ね」

母さんのベッドわきで寝ずの番をしているあいだ、他のみんながかわるがわるぼくと一緒にいてくれた。一度アルバートとふたりだけになったとき、シスター・イヴとぼくがエミーとその発作について話しあった内容を明かした。

彼は正気か、というようにぼくを見た。「エミーがジャックを殺すところだったおまえの銃弾をふせいだ、そう言ってるのか？　蛇に咬まれておれが死ぬのをふせいだと？」

「考えてもみてよ。状況をごくわずかに変えただけなんだ。ジャックの心臓を銃弾は半インチの差でそれた。解毒剤の到着が間に合うように、ちょっと時間をいじった」

アルバートはじっくり考えた。「ここにくる途中、ヘロー号でエミーはまた発作を起こしたんだ。発作がおさまったとき、エミーは言った。〝彼女は今は死んでない〟誰が死んでいないのかとたずねたが、エミーはぼんやりこっちを見つめただけだった、ほら、その場に実在していないような、例の感じだよ。それから眠ってしまった。おれは彼女がなにを言おうとしたのかさっぱりわからなかった」

「セルマ・ブリックマンが落下したとき、エミーが彼女の身体をすこしひねったんだよ、アルバート。それだけでよかったんだ」ぼくは母さんの手を上から包んだ。流れは弱々しかったが、それでも、命の電流が流れているのが感じられた。「そのことがすくなくともチャンスを与えたんだ。他にもある。黒い魔女はエミーとその発作のことを知っていた。エミーはブリックマン夫婦と一緒にいたあいだ発作を起こしたことがあると言っていた」

「エミーがなにを見たのか、言ったか？」

「はっきりとは。だけど、石切場でのぼくとディマルコのことだったらしい。穴の縁から落ちたとき、ぼくは真下にあったちいさな岩のでっぱりにひっかかった。おかげで下まで落ちなくてすんだんだ」

「つまり、エミーがそのでっぱりをそこに作ったと言ってるのか？」

「あるいは、ぼくが落ちたときに、でっぱりがぼくの真下にくるように、ぼくをちょっと動かしたんだ。すこしでも右か左にずれていたら、でっぱりにはひっかからなかっただろう」

アルバートはしばし考えたあと、言った。「エミーに未来が見えるなら、竜巻がくるのを見たはずだ。お母さんを救うための手を打たなかったのはどうしてだ？」

「わからない。やろうとしたけど、できなかったのかもしれない。竜巻が大きすぎて、エミーの手に負えなかったんじゃないかな」

アルバートはかぶりをふった。「これがどんなに荒唐無稽に聞こえるかわかってるのか？」彼の技術屋の頭脳が数学的計算では証明できないひとつの可能性を受け入れようと闘っているのが目に見えるようだった。そして実のところ、エミーについてのぼくの話を信じたとは生涯認めなかった。けれども、その夜ぼくの顔に浮かんでいたせっぱつまった表情に気づいていたにちがいない。なぜならこう言ったからだ。「オディ、なにがあっても、おれにはおまえが、おまえにはおれがいる。これからもずっと兄弟だ」

シスター・イヴがぼくと一緒にすわっていた。彼女が最初に病院にきてからほぼ二日になろうとしていた。母の容体に変化はなかった。

「ぼくは祈ってるんだ」と彼女に言った。「心の底から祈ってる。でも役には立っていないみたいだね。エミーが例の発作をまた起こす見込みはあると思う？」

シスター・イヴはほほえんだ。「彼女は自分に与えられたこの能力をよく理解していないのよ、オディ。まだ今はね。いつかわかるようになるわ。よろこんで彼女の助けになるつもりだけれど、どうなるかはエミー次第だわ」

「ぼくの頭を殴ってみたらどうかな、そうしたら、ぼくもなにかの才能を授かるかもしれない。母さんを助けられる才能を」

彼女はまたほほえんだ、やさしく。「そういうやり方がうまくいくとは思えないわ。それにあなたはすでに才能を与えられているわ」

「どんな？」

「あなたは物語作家よ。心のはばたくままに世界を創造することができる」

「物語の世界は現実にはならないよ」

「宇宙はひとつの壮大な物語なのかもしれないわ、語ることで宇宙は変えられるんじゃない？」

シスター・イヴを信じたかったから、ぼくはこんな想像をした――

母さんがついに意識を取り戻した。ゆっくりと目が開き、枕の上で頭を動かした。ぼくを見たとき、その顔はまばゆいほどに輝き、ささやいた。「オデュッセウス、オデュッセウス。わたしの息子、わたしの息子」

エピローグ

時間と宇宙のなかを流れる川がある。それは広大で不可解な、すべての存在の中心にある魂の流れであって、われわれ人間という分子はひとつ残らずその一部だ。その川全体が神でなくしてなんだろう？

一九三二年の夏をふりかえるとき、わたしに見えるのは、神という川をとらえ、それを囲いこんで理解できる形にしようと精一杯がんばる、まだ十三にもならないひとりの少年だ。先人のじつに多くがそうであったように、少年も神を形づくり、また作りなおし、さらに作りなおしたが、神の川は彼のあらゆる理屈にさからいつづけた。できるものなら彼に呼びかけて、理屈ではどうにもならないこと、その川のとらえにくいねじれや澱《よど》みをまっすぐにするのは無意味であり、流れが自分をどこへ連れていくのか心配すべきではないことを教えてやりたいが、白状すると、齢八十を越えた今なお、理解しようともがいている。それは人智を超えた神秘なのだと密かに思っている。おそらく、わたしが生涯にわたって学んだもっとも大切な真実は、川に身をまかせ人生の旅を抱擁してはじめて、安らぎを見いだすということだ。

オデュッセイに出航した四人の孤児についてのわたしの話はまだ終わっていない。彼らの人生は、なだらかな農地や高い崖、川沿いの町々、その夏の回り道の旅の途上で遭遇した驚くべき人々のはるかその先までつづいていった。数百ページ前にはじまった物語、偉大な川がすべてのさすらい人をどこへ連れていったのかというお話の終わりがここにある。

セントルイス警察での全面的自供のなかで、クライド・ブリックマンは、アルバートの父で、わたしが自分の父親でもあると思っている男を撃ったのは、セルマであると申し立てた。それは大勢には影響しなかった。どのみちブリックマンはその殺人における当人の役割だけでなく、リンカーン・インディアン教護院を経営していたあいだ妻と共謀して働いた横領と密造酒販売、また、アルバートがブリックマン夫婦の金庫から持ち出した台帳その他の文書によってあきらかになったその他もろもろの犯罪のかどで、刑務所行きとなったからだ。それらの手紙をなぜ破棄しなかったのかと訊かれて、ブリックマンはインディアンの家族から妻とふたりで盗んだ金を、いつか返却するつもりだったから、と言った。どんな判決がくだされるにしろ、それを軽くするための新たな嘘だと思ったわたしのブリックマンへの憎しみは、さらに深まった。

第二次世界大戦中、ヨーロッパで戦っていたとき、シスター・イヴから、ブリックマンが肺病で死んだとの知らせを受けた。死期が近づいたとき、彼はシスター・イヴとエミーを呼んでもらい、ふたりは刑務所病院のベッドに横たわるブリックマンを訪問した。彼はふたりにゆるしを求め、ふたりは惜しげなく与えた。息をひきとる前に彼はひとつの頼み事をした。自分に代わって、わたしとアルバートとモーズからもゆるしが得られるようとりなしてくれと。

人生で他者に与えることを求められるもののなかで、もっともむずかしいのはゆるすことかもしれない。一九三二年のあの宿命の夏からずっと、わたしの心の中にはブリックマンの名を刻みつけた重い石のような怒りが棲みついていた。わたしにとっては、ちいさなカヌーではじまった旅が終わったのは、シスター・イヴの穏やかな要請と指導によって、やっと憎しみを解き放つことができるようになってからだ。その解放の瞬間、わたしは竜巻の神に執着するのをやめた。われわれ全員がその一部であるこの偉大な川について、やっとおぼろげにわかるようになり、ギレアド川の土手で悲しむエミーを慰めていたときのモーズがいかに正しかったかに思い至った。あのときモーズはエミーに、きみはひとりじゃない、と言ったのだ。

わたしはアルバートやモーズと一緒にセントポールには戻らなかった。エミーもだ。われわれはセントルイスを選び、わたしは母と、エミーはシスター・イヴとともに暮らした。彼女はエミーの驚嘆すべき才能をきちんと理解させるため、多くの必要な方法でエミーを導いた。

贖《つぐな》いへの道は一本だけではない。母はたしかに昏睡からは脱したが、その後も両脚は使いものにならなかった。ルシファーがアルバートを咬み、医師が咬まれた脚の切断をすすめたとき、わたしは兄が物乞いの一生を送ることになるのではないかと暗い想像をめぐらした。母の負傷の厳しい現実を知ると、わたしは絶望の淵に沈み、同じような悲劇的結果を思い描いた。神を心から信じればシスター・イヴが手助けして治癒へ導いてくれるかもしれないと、自分本位に母をせきたてた。だが、アルバート同様、母はあっさりそれを拒んだ。代わりに彼女自身の中にある勇気の深い井戸に手を伸ばし、セントルイスへ向かったときに、わたしがあらゆる点で期待していた女性そのものであることを母は証明してみせた。車椅子に拘束されたままではあったが、新たな人生に乗り出したのだ。長年、自分の服をデザインして縫っていた母は、人様のために同じことをしようと決心したのである。イサカ通りの角の無人のファッジ店を買いとって、自分の作品を売る洋品店に変えた。母の世話になっていた若い女性のうち三人が母のもとにとどまり——おおいにほっとしたことに、ドリーもそのひとりだった——母は彼女たちに技能を教えた。最初はなかなか客がつかなかったが、母は必要とあらば脅迫めいたことを躊躇なく実行し、以前の客のなかでももっとも金のある男たちを選び、妻のためのドレスを買うよう要求した。やがて母のデザイナーとしての評判が広まった。大恐慌が終わる頃には、メゾン・ド・ジュリアのドレスはセントルイスの名士の奥さん連中のあいだで大人気になった。

アルバートは十八歳でミネソタ大学に入学し、機械工学の学位取得をめざし、結局、複数の学位を取った。だが毎年、ミシシッピ川上流の氷がとけると、兄とモーズはトルーマン・ウォーターズやカルと一緒にヘローー号で働いた。わたしはよく彼らに加わったし、エミーも同様だった。そんな日々が終わりに近づいていたある早春の一日、一緒に川下りをしていたとき、モーズがふとした気まぐれから、テスト選手としてセントルイス・カージナルスの入団テストを受けた。彼は二軍チームの一員になり、一年後にはメジャー・リーグに昇格した。かつてエミーはモーズが有名な野球選手になると予言したことがある。そこまではいかないまでも、モーズは二度打点王になった。静かなる《サイレント・》スー《スー》の強打者《スラッガー》と呼ばれ、彼の写真や情報がのった野球カードはいまや珍重されている。

第二次世界大戦が勃発すると、あまたの若者同様、アルバートとわたしは軍服を着た。蛇の咬創の後遺症で片脚をひきずってはいたが、機械に関する兄の非凡な才能は採用を見送るには貴重すぎ、彼は海軍に入隊した。またたくまに昇進し、航空母艦の強力なエンジンの責任者になった。戦争終結まぎわ、巨大な空母はカミカゼ攻撃によって撃沈された。空母はやむなく見捨てられたが、アルバートは艦内にとどまり、できるだけ多くの機関室付き乗組員が無事脱出するのを見届けた。兄はその生涯を通じてわたしの英雄だったし、英雄らしい最期を遂げた。アルバートの栄誉をたたえて、わたしの第一子である息子は彼の名をもらい、わたしのライティングデスクの上の棚にある革製のケースには、兄の犠牲を悼んで与えられた海軍十字章がいまも入っている。

モーズは三度のフルシーズンをカージナルスでプレイしたが、四度めに入ってまもなく、速球が彼の頭を直撃した。その昔、モーズが文鎮をクライド・ブリックマンに命中させたのを思い出させる一幕だった。ダメージは左目におよび、サイレント・スー・スラッガーの短いキャリアは終わった。だが、スポーツを愛するモーズの気持ちは変わらなかった。一年後、彼はリンカーン教護院へ戻った。経営陣が刷新され、〝インディアンを殺し、人間を救え〟というモットーは、ネイティヴアメリカンの子供たちに住む場所と教育を与えるためのより人間らしい方法に変わっていた。ブリックマン夫婦が君臨していたあいだにはびこっていた悪意をやわらげることに最善を尽くしていた、あの親切な年寄りのドイツ人、ハーマン・ヴォルツは、モーズが到着したときはまだそこにいたが、二年後の就寝中に息をひきとった。モーズは教護院の野球とバスケットボールのチームのコーチを務めた。彼が結婚したドナ・ハイ・ホークは、かつてわたしに欠けたボウルに入った小麦クリームを出してくれたネブラスカ出身のやさしいウィネベーゴ族で、リンカーン教護院の女子生徒たちに家政学を教えていた。

カージナルスでのキャリアと、リンカーン教護院で教えているチームが成績優秀だったことから、モーズは国民的な名声を得、彼の似顔絵は一度《サタデー・

イヴニング・ポスト》誌の表紙を飾った。名声を活用してネイティヴアメリカンの権利、とりわけ、子供たちの福利の擁護者となった。リンカーン・インディアン教護院は一九五八年に閉院した。それからまもなくギャローデット大学がモーズを指導教師として雇用し、彼は家族とともにワシントンDCへ引っ越して、議員事務所を頻繁に訪れ、雄弁な両手から流れ出る言葉で国会議員の意識を高めることに尽力した。わたしは何年にもわたってモーズと彼の家族を訪問し、モーズの旅が友好と平和の地へ彼を連れていったことを目の当たりにして、そのたびに感動をおぼえた。一九八六年、モーズは白血病のため、妻と子供たちに見守られて旅立った。ドナがのちに話してくれたところによると、モーズが手話で最後に彼女に伝えた言葉は次のようなものだった。〝ひとりじゃない〟

はじめに言ったように、これはみな昔の話だ。こうした事柄をおぼえている人はもう多くはない。だが、物語を聞かせるのはナイチンゲールを空へ放つようなものであり、そこには、その歌が決して忘却の淵に沈むことはないという希望がこめられているのだ。そうわたしは信じている。

わたしの曾孫たちは訪ねてくると、四人のさすらい人と黒い魔女との戦いの物語を聞きたがる。わたしが一番気に入っているのは、魔法のハーモニカを持つ小鬼と、メイベス・スコフィールドというそれらしからぬ名前を持つお姫様が、長い別離と多くの試練を経て結婚し、ギレアド川という川の土手でいつまでも幸せに暮らしたという話だ。そのきれいなお姫様は、曾孫たちが生まれるずっと前に静かにこの世を去ったから、この子たちにとって、彼女はすてきなおとぎ話の一部にすぎない。

曾孫たちがセントポールの自宅に帰ってしまうと、わたしはしばしばスズカケノキの木陰で休息する。ここに建てた家で暮らすのは、わたしひとりではない。妹のようなわたしの友は、七十年前のあの遠い夏、冒険の旅に出た先での平和なひとときに、きっとこの同じ木の下に戻ってくると約束した相手だ。彼女自身のおどろくべき旅、誰よりも早く彼女が予見していたその旅は終わりに近づいている。今も彼女は発作を起こしがちで、それを彼女は神から授かった出来事と称しているが、いくつかの事柄——彼女の母親の死やアルバートの死の状況のような——は彼女の能力が遠くおよばないものであることを受け入れなければならなかった。それでも、彼女は多くの人々の人生を劇的に変えた。夕暮れの淡い光のなかを彼女が家から歩いてきて、ギレアド川のわたしのそばに腰をおろし、わたしの手を取る。わたしたちの皮膚にはしみが浮き、皺がよっているが、わたしたちを結びつける愛情はいつまでも若い頃のままだ。血はつながっていなくとも、心は兄と妹のわたしたちは最後のさすらい人である。

すべての楽しい話には真実の種がひそんでおり、その種から美しい物語が花開く。わたしが語った話のうち、ある部分は真実であり、あとは……そう、薔薇の茂みに咲いた花と呼んでおこう。心身に苦しみをかかえる人を治療できる女だって？　未来を見、そこで見たものと闘う少女？　とはいえ、すべての存在が宇宙のガスが爆発した無作為な一瞬に生じたなら、こうした事柄だって、さほど受け入れがたいとはいえないだろう。わたしたちの視力にはかぎりがあり、頭脳はいともたやすく混乱する。だとしたら、子供のようにすべての美しい可能性に心を開放するほうがずっといい。心が想像できないことなどないのだから。

謝辞

例のごとく、エージェントのダニエル・イーガン＝ミラーと、ブラウン＆ミラー・リテラリー・アソシエイツの彼女のチームにお世話になった。彼らの意見、ビジネス感覚、熱意、支援、長年にわたる友情に感謝する。

エイトリア・ブックスの担当編集者であるピーター・ボーランドとショーン・ディロンにはおおいなる恩恵を受けた。彼らはきわめておおざっぱな原稿を快く引き受け、専門家としての助言を惜しみなく与えてくれた。あの初期の原稿を、そうそうこうするつもりだったのだと思えるストーリーにする手伝いをしてくれてありがとう。

この物語の歴史的背景に関しては、ブルー・アース郡歴史協会とミネソタ歴史センターのゲール・ファミリー・ライブラリーに負うところが大きい。時の埃に埋もれていたブーツの詳細に関する追跡調査という地道な努力をしてくれたレッド・ウィング・シューズのクレア・パヴェルカ、きみにも感謝するよ。

悲しいことに、ネイティヴアメリカンの子供たちが政府の寄宿学校に強制入学させられ、虐待されたという話は、草原の草の葉にまけないほど無数に存在する。わたしが語った物語は、アダム・フォーチュネット・イーグルのすぐれた回想録『パイプストーン』に大きく助けられた。彼自身の体験談に特段の謝意を捧げる。

最後にカリブー・コーヒーとアンダーグラウンド・ミュージック・カフェのバリスタたちにお礼を言いたい。この物語はそこで書かれた。毎朝薄暗い時間帯にきみたちが笑顔で差し出してくれたカフェインがわたしにはっぱをかけたのだ。不当なほど長時間椅子とテーブルを占拠しつづけるわたしに我慢してくれたきみらの忍耐にもお礼を言うよ。きみたちなくしては、この本は書けなかっただろう。

著者の覚書

オディ・オバニオンと仲間のさすらい人たちが一九三二年の夏に出発した川の旅は、神話になぞらえた物語だ。しかし、その背景となる大恐慌の世情の現実は、わたしの両親をはじめ、わたしのような第二次世界大戦後の豊かな時代に生まれた子供たちの親の記憶に深く刻まれていた。わたしの父は生粋のオクラホマ人だった。わたしは父の話を聞いて育った。ダスト・ボウル（一九三〇年代に米国中西部を襲った砂塵嵐）に見舞われた歳月、食事の足しにしようと野生の菜葉をあさったこと、空から泥の雨が落ちてくるのを眺めたこと。母はノース・ダコタのエレンデールで飢えと闘う家族のもとに生まれた。四歳でワイオミングの親戚にあずけられ、結局、養女として育てられた。

大恐慌はほぼすべての人間に苦労を強いたが、子供のいる家族にとってはとりわけ壊滅的影響をおよぼした。一九三二年、アメリカ合衆国児童局は国内を放浪している家族はすくなくとも二万五千にのぼると報告した。大恐慌のピーク時には推定二十五万人の十代の少年少女が好むと好まざるとにかかわらず家を出て、移動労働者となっていた。

書きたいと思うストーリーを考えはじめたときは、はっきりいって、『ハックルベリー・フィンの冒険』のアップデート版を想像していたわけだが、大恐慌は、挑戦しがいのある、申し分のない時代背景としてわたしを刺激した。それはわたしの国における絶望の時代であり、人間の本性が最善と最悪の両方を広範囲にわたって露呈した時代だった。この時代背景をできるだけリアルに描くために、わたしは数えきれないほどの一人称の語りを読み、マイクロフィルム化された当時の新聞を大量に熟読し、膨大な写真記録を調べた。可能なかぎり、その時期の経済状況や社会的な真実を保持することに努めた。

歴史上のその一時期と、わたしが作りあげたストーリーの両方にとって特に重要なのが、国中の都市に出現した貧民街だった。それらはフーヴァーヴィルと呼ばれた。大恐慌の初期の数年間に大統領をつとめたハーバート・フーヴァーを揶揄《やゆ》した呼び名だ(フーヴァー靴といったら、底に穴のあいた靴のことで、フーヴァー革はその穴をふさぐためのボール紙のことだった)。こうしたにわか作りの、板切れで建てられた共同体には、世界的経済破綻の結果としてすべてを奪われた人びとが住んでいた。こうした人びとは慈善救援活動の対象となったが、同時に団結した排斥運動の標的ともなった。わたしがストーリーに登場させたセントルイスのフーヴァーヴィルはアメリカ最大の規模であり、五千人以上の人口があった。州政府はこの場所を一九三六年に一掃したが、掘っ立て小屋のちいさな集団のいくつかは一九六〇年代になってもなお持ちこたえた。

わたしはチャールズ・ディケンズの愛読者だ。『このやさしき大地』の冒頭シーンをリンカーン・インディアン教護院という架空の施設にしたのは、ひとつには、社会的不公正を描いたディケンズの強烈な小説への共感によるものである。ネイティヴアメリカンにたいするわが国の歴史は、想像しうるなかでもっとも悲惨な人間の蛮行のひとつだ。文化の撲滅を狙う多くの試みのなかに、居留地外に寄宿学校を作るという実にうすっぺらな計画がある。"インディアンを殺して、人間を救う"という有名なスローガンをかかげたリチャード・ヘンリー・プラットだった。一八七〇年代から二十世紀なかばまで、数十万人ものネイティヴアメリカンの子供たちが強制的に家族から引き離され、居留地の家から遠く離れた寄宿学校へ入れられた。一九二五年には六万以上の子供たちが三十州にあるこうした三百五十七の施設に住んでいた。インディアン寄宿学校の生活は単に過酷だったのではない。その冷酷さは魂を砕くものだった。子供たちは部族の服、髪型、私的な身の回り品をはぎとられた。自分たちの言葉でしゃべると罰せられた。感情的に、肉体的に、性的に虐待された。白人文化に子供たちを同化させ、生産的な交易を教えるための方法としてさかんに奨励されたが、実際のところ、これらの学校の多くは無報酬の労働力の輸送路として機能し、農業や地元市民の家庭での働き手を提供していたのである。

『このやさしき大地』のために、わたしはこれらの施設での身の上話を多数読んだが、大きく依拠したのが、アダム・フォーチュネット・イーグルの回想録、『パイプストーン――インディアン寄宿学校での暮らし』だった。ミネソタ州南西部のパイプストーン・インディアン寄宿学校の寄宿生としての日々をつづったものだ。一部の人にとって、アダム・フォーチュネット・イーグルは聞き覚えのある名前かもしれない。一九六九年の十一月にはじまり、その後十九カ月間にわたって全国のネイティヴアメリカンの積極的行動主義に刺激を与えた、アルカトラズ島占拠事件のリーダーのひとりだったからだ。

二十世紀初頭は信仰復興運動の波が国をさらい、ウィリアム・J・シーモアやアズサ・ストリート・リバイバル、伝道師のビリー・サンデー、カリスマ的な信仰治療者エイミー・センプル・マクファーソンのような人びとによって運動の輪が広がった。一九三〇年代にはいる頃には宗教上の熱気はかなり下火になっていたが、わたしの物語に登場する〈神癒伝道団ギデオンの剣〉のような、復興テント活動は南部や中西部ではひきつづき人気があった。打ち明けると、シンクレア・ルイスと彼の小説『エルマー・ガントリー』にはとても感謝している。そこには彼が若い頃に見た宗教的偽善への痛烈な批判が描かれている。その作品の登場人物であるテント伝道者のシャロン・ファルコナーにわたしはつねづね魅了されていた。真摯な宗教的情熱を持ち、世故にもたけた女性だ。わたし自身のシスター・イヴはルイスの魅力的なキャラクターの造型にならっている。

リサーチのほとんどは図書館や博物館でおこなわれたが――ミネソタ歴史センターのゲール・ファミリー・ライブラリーや、ブルー・アース郡歴史協会の歴史センターおよび博物館――個人的にかなりの時間を費やして、実地調査もおこなった。カヤックやカヌーを漕いで、オディとその仲間が小説のなかでたどる水路を行き、彼らが歩いたであろう同じ地面を歩いた。ブルー・アース郡とミネソタ川の合流点に立ち――架空のホーパーズヴィルの住民が仮の掘っ立て小屋を建てていた場所——オディとメイベス・スコフィールドがキスを交わした岩の上にすわった。セントポールのウエストサイド・フラッツの街をさまよい歩いた。あのさすらい人たちが一時的に旅を休止した頃から景色は劇的に変化しているにもかかわらず、ガーティーの店があったであろう場所や、船の修理場やジョン・ケリーの弟が生まれた家を、わたしはありありと思い描くことができた。

最後に、この小説の真実についてだが、時代の精神に誠実であろうと努め、なるべく実地調査から得た現実の地名等を使うようにしたとはいえ、『このやさしき大地』は物語にすぎない。そのことは語り手としてのオディ・オバニオンが小説の最後近くで率直に認めている。「わたしが語った話のうち、ある部分は真実であり、あとは……そう、薔薇の茂みに咲いた花と呼んでおこう」と。

解説

東京大学准教授
諏訪部浩一

ウィリアム・ケント・クルーガーは、デビュー長篇『凍りつく心臓』（一九九八）以来、ミネソタ州の小さな町を主な舞台にした、元保安官コーコラン（コーク）・オコナーを主人公とするシリーズの作者として知られてきた。〈コーク〉シリーズの成功によって実力派作家としての評価は確固たるものとなったものの、むしろそうした定評ゆえに、シリーズに属さない小説はなかなか書きにくかったのだろうが、十年ぶりのノン・シリーズ作品として出版された『ありふれた祈り』（二〇一三）はエドガー賞をはじめとするさまざまな賞を獲得する大ヒット作となり、クルーガーは出版社と契約を取り交わして、ただちにその姉妹篇《コンパニオン・ノヴェル》の執筆にとりかかった。

こうした経緯は、日本の熱心なミステリ・ファンには知られていただろうし、「姉妹篇」が読める日を心待ちにしていた読者も多いはずだ。だが、このプロジェクトは、すでにベテランの域に入っている小説家にとっても、過重なプレッシャーを与えるものだったようである。クルーガーのウェブサイトに掲載されている「読者への手紙」の一部を引用しよう。

……姉妹篇への期待は巨大であり、破壊的でさえあった。わたしはそうした期待のすべてに応えようとした物語に、三年近く骨を折った。残念なことに、完成した原稿は、わたしが望んでいたものにはほど遠かった。

結局、わたしはエイトリア（クルーガーの小説を刊行し続けている出版社）に、その作品を出版しないでほしいと頼んだ。彼らが理解してくれ、再度の挑戦を躊躇なく認めてくれたことに感謝している。……両肩から期待がすっかり取り除かれ、再び自由を感じられるようになってみると、ほとんど即座に、書くべきであった物語が見えてきた。それはまったく異なる種類の物語であり、非常に個人的な物語だった。わたしは過去三年、その原稿に取り組んできた。『このやさしき大地』はその結果である。

著者の生真面目な性格が滲《にじ》み出ているような文章である。その「生真面目さ」を斟酌《しんしゃく》すると、むしろお蔵入りしてしまった「姉妹篇」も決してダメな小説ではなかったのではないか、クルーガーの自作品に対する評価は厳しすぎるのではないか、どうにかして読ませてはもらえないだろうか……などと思わされもするのだが、しかしもちろん、読者としては、再び三年の執筆期間を経て、厳しいセルフ・チェックに合格した作品が世に出たことをまずは喜ぶべきだろう——しかもその小説が、クルーガー作品の中でも屈指の力作となったのだからなおさらである。

本書『このやさしき大地』（二〇一九）は六部構成の大作だが（クルーガー作品の中で最も長い小説である）、巻末に置かれた「著者の覚書」においてマーク・トウェインによる『ハックルベリー・フィンの冒険』（一八八四）の「アップデート版」として構想されたと述べられていることからも推察されるように、全体としては「少年の成長を描いた物語」ということになるだろう。

実際、主人公オデュッセウス（オディ）・オバニオンの設定からして、規範的な「成長物語」のそれである。アメリカにおける成長物語の主人公は、たいてい十二歳か十三歳あたり——「ティーンエイジャー」になるかどうかの時期——に設定されるものであり、例えば『ありふれた祈り』のフランク・ドラムは十三歳だったが、物語の現在時点におけるオディも十二歳である（ちなみにハックルベリー・フィンは十三〜十四歳）。また、オディは幼い日々はいわゆる「貧乏白人」のエリアとして知られるミズーリ州のオザーク地帯で暮らしていたが、六歳で母を、八歳で父を亡くしたとされており、こうした貧しい孤児という境遇も、成長物語における定番の設定だといっていい。

父が死んでからの四年間、オディは四歳年長の兄アルバートと、ミネソタ州にあるアメリカ先住民のための寄宿学校に引きとられて——白人の生徒は彼ら二人だけという環境で——暮らしてきたが、「黒い魔女」とあだ名される女院長が支配し、児童虐待が常態化しているそこでの生活に、ほとほと嫌気がさしていた。そのようなとき、ある事件をきっかけに、オディは寄宿学校にいられなくなってしまい、アルバートと、友人のモーゼズ（モーズ）・ワシントン、そして近隣に住む六歳の少女エマライン（エミー）・フロストとともに、カヌーに乗って、兄弟のおばがいると推測されるミズーリ州セントルイスを目指して旅に出ることになる。

以上は物語の起点となる第一部の概略だが、これだけでも本書が読みごたえにあふれた成長物語になることは予想されるだろうし、この「解説」を本篇より先に読んでいる方に安心していただくために記しておくと、その期待は裏切られることはない。こうして始まったオディの「冒険」は、良質のロード・ノヴェルとしての性格を本書に与えつつ、各パートの内容はそれぞれが一つの中篇小説として成り立つほど充実したものとなっているのである。

そうした充実ぶりは、本書がクルーガーにとって初の本格的歴史小説として書かれたことと無関係ではあるまい。『ありふれた祈り』も一九六〇年代という過去が舞台だったが、一九五〇年生まれの作者にとって六〇年代は自分が経験した時代だった（そうした経験は〈コーク〉シリーズ第十作 *Vermilion Drift*［二〇一〇］や、とりわけ第十八作 *Lightning Strike*［二〇二一］にも活かされている）。それに対し、本書の舞台は一九三二年、つまり著者が生まれる前の時代であり、それゆえに執筆に際しては「覚書」で触れられているような入念なリサーチが必要とされ（完成に三年を要したのもそれが主な理由だろう）、そうした努力がこの物語に、ただの「冒険小説」にはめったに感じられない厚みを――あるいは、いささか無粋な表現であることを承知でいえば「文学性」を――付与することになったのだろう。

事実、というべきか、本書が「アップデート」しているのは『ハックルベリー・フィンの冒険』にとどまらないように思える。第三部で描かれるリバイバル集会は、著者自身が言及しているシンクレア・ルイス（ミネソタ州出身の作家）の『エルマー・ガントリー』（一九二七）に加え、ウィリアム・リンゼイ・グレシャムのノワール小説『ナイトメア・アリー』（一九四六）を想起させるし、第四部の「フーヴァーヴィル」に関しては、大恐慌時代のアメリカを扱ったジョン・スタインベックの『怒りの葡萄』（一九三九）が意識されていないはずはない。第六部でジュリアおばさんの「家」にたどりついたオディの振る舞いにしても、ウィリアム・フォークナーの『サンクチュアリ』（一九三一）を知る読者であれば、思わずニヤリとさせられてしまうはずである。

クルーガーは極めてアメリカ的な小説を書く作家であり、その「アメリカ性」は、かなりの程度、彼がアメリカ文学の古典的名作に深く親しんでいることに出来しているように思えるのだが（そもそも〈コーク〉シリーズにしても、先住民と白人の関係を大きな主題とするジェイムズ・フェニモア・クーパーの「革脚絆《レザーストッキング》物語」五部作［一八二三‐四一］の「アップデート版」ではないだろうか）、同時代ではない「歴史」を扱った本作においては、彼はそうした先行作家達に単に影響されているのではなく、いわばその世界に入りこみ、彼らと対話しながら執筆しているように感じられるのだ。

誤解を避けるために強調しておけば、クルーガーは熟練の「冒険小説家」であり（〈コーク〉シリーズも冒険小説的な性格が強い）、本書は「歴史」自体に強い関心がなくとも十分に楽しめる小説となっている。ハーモニカの演奏と物語の語り聞かせが得意なオディ（この物語自体、八十年ほど経ってからオディが回想しているものである）、壊れた機械をたちまち直してしまうしっかり者のアルバート、四歳にして舌を切り取られてしまうがたくましく成長し、先住民としての意識に目覚めていくモーズ、そして愛らしいだけでなく、運命を変える不思議な力を持っているらしいエミーという四人の「さすらい人」が協力して困難に立ち向かい、絆を深めていく冒険小説的なストーリーは感動的である。

ただし、本作の主人公達を成長させるのは、いわゆる「冒険」自体というより、旅の過程で登場し、しばしば彼らを助け、導いてくれる多彩な人々との関わりというべきだろう。物語に登場してきたときのオディは、普通の子供が味わう必要のない辛酸を嘗《な》めて育ったとはいえ、寄宿学校に隔離されていたため、外の世界にある「現実」についてはよく知らぬまま、とにかくタフに生きねばならないと信じている「子供」だった。だが、寄宿学校にも優しい大人はいたのだし、外の世界には――大恐慌の時代であるにもかかわらず、というよりはむしろそれゆえに――苦しみながらも助けあって生きている人々が大勢いた。オディの成長はそうした市井の人々への共感という形をとってあらわれるのであり、これは本書がさわやかな読後感を残す最大の理由だろう。

そうした観点から強調しておきたいのは、オディが各パートで交流する人々が、例外なく「家族」という主題を浮上させることである。〈コーク〉シリーズを読む楽しみの一つがコークの子供達の成長ぶりを見ることにある（シリーズの進行にともない、作品世界では十五年以上が経過している）点を想起していえば、「家族」はクルーガー作品におけるまさに最大のテーマと見なしてよい。血のつながった家族であれ、あるいは疑似家族や拡大家族といったものであれ、人には助けあう家族が必要なのだという信条が、クルーガーの小説には常に存在しているのだ。

とにかく家族が大事だというと、ともすればナイーヴにすぎると思われてしまうかもしれない。だが、家族が重要だというイデオロギーは、ときに呪縛となって人を苦しめることになるのだし、さまざまな形態の家族があり得るとすれば、どれを選ぶべきかという葛藤も生まれる——そこに「成長」の機会があるわけだ。例えば本作の中盤、モーズが人種意識に目覚めることでいささか不穏な空気が立ちこめるが、それは先住民的な家族意識＝部族主義が、オディという白人少年が（漠然と）抱いている（疑似）家族像と衝突し、それをおびやかすからに他ならない。

いまあげたモーズの例は、クルーガー作品における特権的な主題である先住民問題の例としても見なせようが、アルバートにしてもエミーにしても、旅の途中で出会う「家族」との交流によって、「孤児」であるオディが抱く家族のイメージを、たえず不安にさらし続けることになる。オディがセントルイス行きに固執するのは、その不安を抑圧するためであるはずだ。

エピグラフにホメロスが引かれている小説で、「オデュッセウス」という名を持つ主人公が「家＝故郷《ホーム》」への帰還を絶対に諦めないのは、いわば既定路線である。だが、各パートにおいて、それぞれの「家族」のもとにとどまるという道を選択肢として与えられるオディが、他の三人と違ってあくまでセントルイスを——その「イサカ通り」（イサカは「イタケー」の英語読み）を——目指して旅を続けるのは、決して予定調和などではない。旅を続ける選択は、何かを切り捨てる決断でもあるのだ。したがって、オディの選択が正しいかどうかは——小説が与える結末がどうであれ——誰にもわからないといわねばならない。正答がない問題こそが若者を成長させる。そしておそらくはそのような問題だけが、作家にとって特権的なテーマとなるのである。

紙幅が残り少なくなったが、本作で扱われる先住民問題の歴史的背景についても、少しだけ記しておこう。先住民の武力抵抗が完全に鎮圧された十九世紀の末、アメリカ政府はいわゆる「同化政策」に舵を切った。「覚書」にも書かれているが、一八七〇年代以降、さまざまな地域に先住民寄宿学校を建設したのもその一環であり

（ミネソタ州には十一校が建てられたが、これはオクラホマ州、サウスダコタ州、アリゾナ州に次ぐ多さである）、現在ではそれは善意の名目でなされた狡猾な「民族浄化」の方策であったという評価が定説となっている。

本作が一九三二年に設定されているのは（大恐慌の時代であり、禁酒法の時代でもあったということもあるだろうが）、半世紀にわたって同化政策を進めていたアメリカ政府が、一九三四年に「インディアン再組織法」を制定し、部族自治を推進する方向へ転換したからだろう。ちなみに、執筆に際して著者が依拠したとされるアダム・フォーチュネット・イーグルの回想録『パイプストーン』（二〇一〇）で紹介される寄宿学校生活は、扱われている時期が一九三五〜四五年だということもあってか、虐待などまったくないし、先住民文化を抑圧するようなところもほとんどなく、本書を読んだあとに読むと驚かされる。

だが、それならば本作のクルーガーがアメリカの旧悪を成長物語の舞台としていわば幸便に利用しただけかというと、決してそういうわけではないだろう。そもそも一九五〇年代には、先住民を都市に移住させるという形で（それによって部族解体と居留地の解消が目指された）、同化政策が再び採用されてしまうのだ。寄宿学校が先住民に与えたトラウマ的な影響は深く長く残るのであり（例えば、本格的な先住民文学の書き手は一九六〇年代の末まで出現しない）、それについては近年の〈コーク〉シリーズでもしばしば扱われることになっている。先住民と白人の関係は、いまだに「正答」が存在しない難問なのであり、その問題に取り組み続けることは、おそらくこの「生真面目」な白人作家が自己に厳しく課した義務なのである。

クルーガー作品の翻訳が刊行されるのはほぼ八年ぶりであり、本書の刊行が新たな読者を多く獲得することを期待したい。

日本における〈コーク〉シリーズの紹介は第七作の『血の咆哮』（二〇〇七）までで途絶えているが、これはまことに残念なことである。というのも、このシリーズは第九作 ***Heaven's Keep***（二〇〇九）で衝撃の展開を見せるし（ネタバレになるので内容は伏せておくが、私は「シリーズもの」を読んでいてこれほど驚いた記憶がない）、第十七作の ***Desolation Mountain***（二〇一八）ではノン・シリーズ作品『月下の狙撃者』（二〇〇三）の主人公ボー・トーセンが登場するなど、刺激的なものであり続けているからだ。

ともあれ喜ばしいことにクルーガーは七十歳をすぎても執筆意欲が衰えることはないようで、この八月には〈コーク〉シリーズの第十九作 ***Fox Creek*** が出版された。齢百を優にこえているまじない師ヘンリー・メルーが大いに活躍する作品で、ファンにとってたいへん嬉しい一冊となっている。

二〇二二年八月

本書では作品の性質、時代背景を考慮し、現在では使われていない表現を使用している箇所があります。ご了承ください。

訳者略歴　立教大学英米文学科卒，英米文学翻訳家　訳書『鏡と光』『ウルフ・ホール』『罪人を召し出せ』マンテル，『賢者たちの街』トールズ，『夕陽の道を北へゆけ』カミンズ，『ありふれた祈り』クルーガー（以上早川書房刊）他多数

このやさしき大地《だいち》

2022年10月10日　初版印刷
2022年10月15日　初版発行

著者　ウィリアム・ケント・クルーガー

訳者　宇佐川晶子《うさがわあきこ》

発行者　早川　浩

発行所　株式会社早川書房
東京都千代田区神田多町2－2
電話　03－3252－3111
振替　00160－3－47799
https://www.hayakawa-online.co.jp

印刷所　精文堂印刷株式会社
製本所　大口製本印刷株式会社

Printed and bound in Japan

ISBN978-4-15-210174-7 C0097

乱丁・落丁本は小社制作部宛お送り下さい。
送料小社負担にてお取りかえいたします。